澎湃人物志
THE PAPER

被聚焦的和被淹没的

澎湃新闻 组编

黄杨　黄芳 编选

上海大学出版社

图书在版编目(CIP)数据

澎湃人物志：被聚焦的和被淹没的/澎湃新闻组编；
黄杨，黄芳编选.—上海：上海大学出版社，2018.8(2020.9重印)
ISBN 978-7-5671-3199-6

Ⅰ.①澎… Ⅱ.①澎…②黄…③黄… Ⅲ.①新闻报道－作品集－中国－当代 Ⅳ.①I253

中国版本图书馆CIP数据核字（2018）第162671号

责任编辑 陈 强
装帧设计 缪炎栩
技术编辑 金 鑫
　　　　 钱宇坤

澎湃人物志：被聚焦的和被淹没的
澎湃新闻 组编
黄 杨 黄 芳 编选
上海大学出版社出版发行
（上海市上大路99号 邮政编码200444）
（http://www.shupress.cn 发行热线021-66135112）
出版人 戴骏豪
*
南京展望文化发展有限公司排版
江苏凤凰数码印务有限公司印刷 各地新华书店经销
开本710mm×960mm 1/16 印张26.5 字数407千
2018年8月第1版 2020年9月第3次印刷
ISBN 978-7-5671-3199-6/I·505 定价 56.00元

序一　对抗速朽

张涛甫

复旦大学新闻学院执行院长

近年来,"非虚构写作"热度看涨,成为媒体内容业态的新宠。"非虚构写作"这一文体,穿越于文学与新闻之间,属于"两栖"文体,它既溢出了现实主义文学的经典理解,也溢出了传统新闻的外延和边界,是文学和新闻杂交的产物,但其基因还是新闻的基因,因为它以写实为底线。"非虚构写作"是一个极具弹性和包容想象力的文体,似乎什么都可以有,但不能有:虚构。

一

通常认为,"非虚构写作"源于20世纪60年代的美国。"非虚构写作"的兴起,有这样的背景:美国社会运动风起云涌,社会不满烈火般蔓延,但既有的新闻机制和表达手段反应不力,不能与充满张力的社会现实相匹配。新闻是对现实的观照,但这种观照不是广角的、无遮挡的,而是选择性的。经由媒体组织驯化的新闻报道,面对不断"出轨"的社会问题,总是拘谨的、保守的,从媒体新闻生产流水线出来的新闻往往是局部的、流程化的、套路化的,以至于新闻给社会现实"画像"会落下诸多盲点。尤其是在社会发生剧烈动荡的当口,新闻的既有表现力会出现枯竭。这就需要有新的新闻形态问世,适应变化了的社会环境。"非虚构写作"即是在这种背景下进入公共视野的,只不过,当初它并非以"非虚构写作"命名的。"非虚构写作"在体制化的新闻常规之外,寻求新的突破空间和表达形式,意在突破传统新闻书写的刻板和僵化,激活新闻的想象力和表现力。

虽说"非虚构写作"不是中国本土物种，但其所指的写作形态在中国则有悠远的背景：中国独特而又深厚的史传传统，就是非虚构写作的传统。《史记》《汉书》《资治通鉴》等，可谓是"非虚构写作"。也就是说，传统意义上的史传书写，虽无"非虚构"之名，但有"非虚构"之实。及至"非虚构写作"进入中国，蓦然回首，原来，在我们的历史背影里，影影绰绰闪现着"非虚构写作"的面影。

"非虚构写作"在中国的演进轨迹，也是与新闻写作的脉络或显或隐地纠结在一起的。诸如报告文学、特稿、特写等文体，均以不同形式彰显"非虚构"的样态和形式，以至于这些概念经常交叉感染，难以用锋利的界定将它们切割清楚。在很多时候，我们多喜欢在概念上纠缠，忽视了每一种文体出没的社会语境。一个文体的活性，常与这一文体的社会语境有关。"文章合为时而著"，比如，报告文学在中国不同时段的活跃，与这一文体与环境的呼应密切关联。

近年来"非虚构写作"的兴盛，不能完全归因于外来的影响。如果没有中国社会的内生需求，"非虚构写作"不可能绽放出葱郁的生机。若没有时代巨变和社会转型，没有媒体生态的剧变，没有深广的外部变数，也就难以理解当下媒体内容与形式的嬗变。深刻的社会巨变，为媒体的新闻生产打开了广阔的界面，社会巨变的深度和广度考验媒体的新闻反应的力度和广度。理论上说，媒体对社会的反应当呼应社会变革要求，跟上时代的步伐。事实上，我们的新闻反应会慢半拍，有时甚至会慢好几拍。究其原因，内因和外因均有。

如今，我们不得不面临这样的悖论：一方面，我们被围困在无边的信息海洋中，冗余信息、口水信息、虚假信息泛滥成灾，以至于信息营养被严重稀释；另一方面，很多重要信息和有价值资讯的供给严重不足，特别是那些关乎公共利益和社会进步的资讯时常稀缺。或者说，在海量的廉价信息、口水信息的倒灌之下，有限的有价值信息被大幅度稀释，给人的总体感觉，如今的资讯质量大面积贬值了。在这种情境之下，仅靠既有新闻力量难以接纳被迅猛打开的现实世界，须有新的新闻力量的策应和声援。从这个意义上理解"非虚构写作"的出场，就显得特别必要了。

"非虚构写作"属于非主流文体，在既有的新闻话语格局中，处于与中心疏远的位置。但"非虚构写作"的边缘化存在，恰恰成就了其不可或缺的价值，在主流新闻叙述目力未及之处，力有不逮之时，"非虚构写作"以其灵活的身段出场，弥补了主流新闻叙事的盲点，拓展了新闻表达空间，增强了新闻表现力。无论从新闻议题的角度，还是从新闻表现力的角度，抑或是从写作主体角度看，"非虚构写作"皆弥补了既有新闻表达的不足。

"非虚构写作"拓展了新闻议题空间。媒体作为社会的瞭望者，其议题设置的范围、节奏与社会变迁同步。面对不断涌入的社会问题，媒体的跟进应是同步的，但是由于种种原因，媒体的反应往往不到位、不及时，甚至出现选择性失明。特别是在社会发生巨变的时候，媒体议题设置不及时，出现很多问题盲区，这个时候，就需要有新的新闻物种的补位。"非虚构写作"出场，弥补了既有新闻表达的议题盲点。

"非虚构写作"以新的表现力，让新闻变得更有魅力和内涵。"非虚构写作"尝试了诸多突破传统新闻叙述常规手法的方式，强调细节，坚守故事性，用摇曳多变的叙述，丰富新闻叙述的表现力。在传统新闻常规中，由于死磕"事实"，强调有硬度的事实，并以严格的采编流程和写作记录，捍卫新闻的"客观性"。这种机械、僵硬的新闻叙述，勾勒出来的往往是"冷"真实。事实上，社会和人性的复杂性，远远超出了传统新闻叙述的表现极限。"非虚构写作"敲开新闻的硬壳，还原新闻丰富的社会性和人性。知名"非虚构写作"作家南香红将"非虚构写作"喻为"砸开一只坚果，看看里面的核"。"非虚构"追求的不仅仅是真相，更是真相内部更宽广的现实，有关人性与这个错综复杂的世界。袁凌认为，"非虚构"是跨越文学、新闻、历史、社会等诸多领域的一项共同的行动，"非虚构是一种精神，我们的写作，是为了写出人类的存在状态"。

"非虚构写作"延长了新闻的生命周期。南香红认为，"新闻是速死的，而非虚构所要做的，就是对抗速死的新闻"。在一个快节奏的时代，写非虚构作品要抓住故事情节之下潜伏的永恒的素质，才能对抗时间。在当下由短、快、轻新闻主导的新媒体和自媒体时代，非虚构作品逆时代潮流而行，反而提供了快餐新闻所给不了的、手工制作、独一无二的文章。它更有文学性和创造性，是诗意的、富有人情味的、个人化的文字。非虚构需要抓住流动的故事大河之下的永恒之物。美国学者托马斯·亚历克斯·蒂松曾说,"所有的特写都是史诗"。

二

在当下中国"非虚构写作"作者群构成甚为多元。与常规新闻写作文体的作者群相比,"非虚构写作"作者群构成特别复杂,有来自媒体机构的,有非媒体机构的,有来自文学界的,甚至有来自境外的写作者,此外,还有不少"非虚构写作"的"散户",即以自由撰稿人身份出场的"非虚构"写作者。

上述出身不同的非虚构写作者,虽然他们都顶着"非虚构写作"之名,但各自对"非虚构写作"的理解往往不尽相同。比如,出身于媒体机构的"非虚构"写作者,更多接受的是特稿训练,认同的是特稿理念和操作规范。曾有一度,《南方周末》的特稿和《中国青年报》的"冰点"特稿,成为媒体行业中的标杆。后来,《南方都市报》《新京报》等都市报也紧随其后,兴起了一股"特稿"时尚。还有《南方人物周刊》《人物》等杂志,也是"特稿"写作的高产地。

文学界对于"非虚构写作"理解有很大的弹性,其内涵和外延都较宽泛,凡不能被"虚构"收纳的纪实写作皆可放在"非虚构"之列。比如,梁鸿的《中国在梁庄》、李娟的《冬牧场》、王小妮的《上课记》、慕容雪村的《中国,少了一味药》、乔叶的《拆楼记》和《盖楼记》等,还有杨绛的《干校六记》、杨显惠的《夹皮沟纪事》、何兆武的《上学记》等纪实类作品,也被收在"非虚构"名下。

"非虚构"概念进入当代文学视野,有人认为,源自2010年《人民文学》将"非虚构"写作作为一个重要的文学事件加以倡导。"这一期我们新开了一个栏目,叫'非虚构',何为'非虚构'?……我们认为,它肯定不等于一般所说的报告文学或纪实文学……我们也希望非作家普通人,拿起笔来,写你自己的生活自己的传记,还有诺曼·梅勒、杜鲁门·卡波特所写的那种非虚构小说,还有深入翔实、具有鲜明个人观点和情感的社会调查,大概都是'非虚构'。"(《人民文学》2010年第2期)向来被视为中国主流文学风向标的《人民文学》,突然间大张旗鼓倡导"非虚构写作",这不能简单将其理解为主流文学的脱虚向实或亲民文风，这说明主流文学敏感地意识到"非虚构写作"对于当下文学书写的强劲影响。这种"非虚构写作"的宣示，显然不是写实主义文学框架所能收纳的。

外来"非虚构写作"群体的"异军突起"，成为又一支引人注目的力量。起步于上个世纪80年代的中国改革开放，让中国渐渐融入世界，世界也开始打量中国。伴随着中国对外开放的深入，越来越多外来媒体进入中国。中国话题在境外媒体中从冷变热。境外媒体的中国报道兴趣，从原先单一的政治议题，渐渐转向多元议题。这些当初各怀成见的境外报道者，随着对中国认识的深入，发现真实的中国并非他们原先脑子中想象的样子。眼界渐开，偏见渐少，报道也不再干瘪，报道手段更为多元。这其中，"非虚构写作"功不可没。"非虚构写作"给予进入中国的报道者以宽阔的表现空间，涌现出一批佳作。诸如，海斯勒的《寻路中国》《江城》《奇石》，张彤禾的《打工女孩》，迈克尔·麦尔的《再会，老北京》《东北游记》，理查德·普雷斯顿的《血疫》，张彦的《野草》等。这些作品在中国刮起了一股"非虚构写作"旋风，对中国当下的"非虚构写作"影响甚巨。

中国写作者对域外的"非虚构写作"也表现出极大的兴致。比如，《时尚先生Esquire》和《智族GQ》问世。《时尚先生Esquire》这份来自美国的精英类杂志，是"非虚构写作"的试验场。《Gentlemen's Quarterly》这本创刊于1952年的美国杂志，也是关于时尚、风格、时事及男性事物的杂志。1999年，《时尚先生Esquire》中国版创刊，2009年，《智族GQ》问世。这两本杂志起初的专题内容，多是搬运其母版杂志的非虚构叙事文章或长篇特稿。后来，《时尚先生Esquire》和《智族GQ》从国内媒体江湖招募精英，诸如斜江明、李海鹏、蔡崇达、林珊珊等，这些精英集结在新的营地，展开了生机勃勃的"非虚构写作"。

新媒体的崛起，为"非虚构写作"释放了更为宽广的表达空间。"非虚构写作"成为新媒体平台内容创新的试验场。界面的"正午故事"、腾讯的"谷雨计划"、网易的"人间"、澎湃的"镜相"等纷纷出场，形成了百舸争流的热闹景观。更加壮观的是，在无垠的网络空间，个人化写作门槛极低，带动"非虚构写作"进入"草根"时代，从而使得人人皆可成为"非虚构"写作者。在这种语境下，"非虚构写作"如何安顿？众声喧哗，会不会带来写作的"无组织无纪律"？私人言说与公共言说之间的关系如何确立？"草根"与"精英"之间如何对话？诸如此类的问题，都需要我们去面对。

三

顺着上述背景，我们再回过头来看"澎湃"的"非虚构写作"实践，即能见其不同寻常的意义。"澎湃"从《东方早报》转世而来，其"非虚构写作"并非"东早""转基因"产品。《东方早报》长于时政和思想，"特稿"非其所长。与周遭活跃的同行相比，"澎湃"的"非虚构写作"起步不算早，它起于澎湃新闻的"人物"栏目。经"人物"团队的精心培育，"澎湃"的"非虚构写作"已成气候，成为当下中国"非虚构写作"的一支重要力量。

"澎湃"具有强大的新闻基因。"澎湃""非虚构写作"把新闻性放在首要的位置，其"非虚构"作品的文学性是依附于其显豁的新闻性的，以至于会给读者造成一种错觉："澎湃"的"非虚构写作"不够精细，属于大颗粒状的。与那些明星级的"非虚构"写作者相比，"澎湃"的"非虚构"作品似乎不够文学，细节、情节、人物形象以及故事安排等方面技术，可能不及那些处在头部位置的非虚构写作者。"澎湃"的策略似乎是要绕过对文学性的过度迷恋，宁愿牺牲"非虚构"的部分文学性，在新闻性上走得更远些。这恰恰彰显了"澎湃"新闻的长项。由于常规新闻生产多在低空飞行，致使新闻的有效供给存在不足。这样，人们对新闻日益增长的需求与新闻有效供给不充分、不平衡之间的矛盾并没有得到有力的解决。如何在坚持正确舆论导向的大前提下，扩大新闻的有效供给，满足公众知情权，这是"澎湃"作为新型主流媒体的代表需要着力解决的。"澎湃""非虚构写作"不同寻常之处在于：通过局部突破实现整体突破，边线突围，得寸进寸，慢慢推动新闻大盘的整体上行。

"澎湃""非虚构写作"在新闻上的突破主要表现在以下诸项：

拓宽新闻作业面。"澎湃""非虚构写作"努力拓展新闻的目击范围，竭尽所能地开掘新闻表达边界，让新闻表达最大范围地触及广阔的社会领域。在一个巨变时代，社会的复杂性远远超出新闻人的想象。对于中国这个超大型的发展中国家,是蕴藏量惊人的新闻富矿,新闻人作为探矿者和开矿者,时时刻刻都会有发现的惊喜,随时皆会遭遇新闻现场。由于某些客观且主观的条件约束,我们新闻人的视野或主动或被动地收窄了。这时候,就需要新闻人走出常规的"一亩三分地",野外觅食。"澎湃"勇敢地走出了一步。在其报道中,让我们看到了很多极有新闻力度的人物和故事。比如,《我在柬埔寨找人代孕》所披露的故事是极具震撼力的。"代孕"是阳光背后的暗箱勾兑,为法律和人伦所不容,但因属"刚需",难以杜绝。这篇报道所披露的恶行,触目惊心。《单身女性生育权之困》所揭示的问题,也远在大多数人的想象之外。报道抓住单身女性生育权这一新生社会问题,用鲜活的新闻故事,刷新了我们的社会认知上限。

在别人止步的地方起步。如今,很多新闻报道喜欢在中低位扎堆,尤其是那些热点新闻,很多报道者难以在新闻上做增量,往往做一些重复性的传播。真正的新闻人不会满足于低水平劳动,应做一些增量上的努力。"澎湃""非虚构写作"的可贵之处,在于在别人止步的地方,他们向前走。《致命邂逅》写作的背景是"江歌遇害案"。大家都记得,当时"江歌案"一出,舆论鼎沸,口水太多,事实不够用。"澎湃"人物栏目没有停留在口水层面,而是在舆论口水和浑水中打捞真相,完成了一件高难度的真相打捞工作。再如《冤狱之后》《我在南山写代码》等报道,都没有止步于对热点的炒作,而是在热点事件变冷之后,继续追踪下去,发掘新闻背后的新闻,把新闻做厚、做透。做到这一步,实属不易,需有责任和实力担当。

为中间或底层人物画像。新闻往往有追光冲动,即会追逐那些高光的人和事。这是新闻本性使然。但会带来这样的后果:大多数光亮度不高的人和事,就无法得到新闻"感光",致使大多数人沦为"沉默的大多数"。新闻的这种选择性照明,忽视了大多数人的存在,忽视了中底层人群。其实,这些在主流舆论场中失语的人群,其生活的精彩与无奈,理应获得主流人群的关注。在此,我们应向"澎湃"致敬:他们把新闻之光投射到社会的中低阶层。"澎湃"的"非虚构写作"没有追逐那些自带光环的精英人物,而是把焦点放在那些中间或底层人物上,关注"沉默的大多数"中那些被淹没的小人物。这些人物生活中的悲喜苦乐以及人生遭际,通常进入不了公共视野,比如农民画家、留守少年、码农、流水线上的写诗者、酒徒，等等。这些底层人物的故事，经"澎湃"曝光之后，才能进入公共视野。

速朽是新闻的宿命。某一个时刻沸反盈天的热点事件，转眼即会无声无息。"非虚构写作"所做的努力，是想把新闻的生命周期延长。他们采取的努力，就是用文学的方法为新闻保鲜、抗衰，效果是明显的。"澎湃"的"非虚构写作"对抗新闻衰老的策略，不是文学，而是新闻。他们抓住那些值得关注的人和事，为时代存档。有些新闻若不及时捕获，就可能永远消失在公共视野里，失忆于集体记忆。若干年后，当我们回望这段饱满的历史，把"澎湃"的"非虚构写作"所作的努力置于其中，就更能显示其边缘突破的"补白"意义了。

序二　人

黄　杨

澎湃新闻网副总编辑

这是30多个关于人的故事。

或者相互伤害，或者相互支撑，或者相爱相杀，或者相互冷漠，或者相互牵挂，或者忽远忽近，或者相互信任，或者相互猜疑，或者最终相互告别……

"人"字的结构，就是如此简单，又如此复杂。

一

人其实不是活一辈子，而是活在几个最有张力的片段里。这些片段，可能是自己的，也可能是别人的，无论完美或遗憾，都伴随着某一刻最大的勇气，最大的怯惧，或者最大的挣扎。

这些张力的叠加，就是当事人的故事。所以，澎湃新闻一年前开设的非虚构专栏"镜相"设在"澎湃人物"的栏目下，这本身就是我们的表达。

写故事，写人的故事，写人之所以为人的故事，写人之所以会不像人的故事。我们探索"非虚构写作"，也必然高举人性的旗帜。

作为从传统媒体转型而来的严肃新媒体，澎湃新闻在四年的时间里，凭借在时政和思想领域报道的影响力，迅速成长为一个现象级的主流新媒体平台，这是超乎我们转型初期的预想的。这是因为，澎湃新闻这四年命运的背后，是中国社会超乎想象的变革，是这个时代的命运张力。

所以，作为新闻人，以人物为主题写作非虚构作品，就要尽可能地深入反映这个时代，用新闻长镜头反映"正史之外的历史图景"与"历史背面的沉重记忆"(复旦大学张涛甫教授语)。

著名作家王安忆曾说,小说的理想是,以语言为材料的故事形态,建设一个心灵的世界。那么套用一下,澎湃新闻"非虚构写作"的理想,就是以语言为材料的故事形态,搭建一个人的世界。无论被聚焦的,或者被遗忘的。

二

有一次,我参加了我们人物栏目记者的一个饭局,他们多数生于1990年前后,对一些社会不公现象痛心疾首,几个女孩子一度失声哭了起来,红着眼睛向我控诉,并控诉我。

我挺难过,但我更欣慰。这是一个矛盾的交响,理想与现实激烈冲突。而仅仅是写作本身,就已经如此矛盾如此复杂,遑论记者去调查十天半月甚至更久,所掌握的大量素材的呈现。客观是复杂的,人更复杂。

有记者说,采写过程中,在深入接触采访对象之后,落笔时有时怀有很强烈的共情,曾经有过跟采访对象抱头痛哭的经历。这种情况把握得好会添彩,把握不好很危险,悲悯心与疏离感要达到一种平衡,蛮难的。

但是,写作是让人痛苦确又着迷的。而每个人,特别是每个有一定经验和能力的特稿记者,都会有自己的思路和写法,都有自己的坚持。我和人物新闻部的主编黄芳,还有记者,经常会因为一个小小的细节争得死去活来。

写人的,也是人。

三

还有一次我问记者,在写故事的时候是怎样的状态?有这样几个回答:

"跟稿子处朋友,谈恋爱。"

"不论作品好还是不好,创作过程都是同等煎熬。"

"越在意越怕写不好,而不在意时会满心愧疚、自责,会自省。"

"如果暂时写不出来呢,是因为想跟他多待一会儿,培养感情。"

"对采访对象的态度,可能是不辜负,争取让她活在纸面上。"

"真正专注写稿的时候,感觉写得整个世界都安静了,像被抽成真空,写完之后才感觉背和屁股早麻了。"

"一篇稿在心中达到极佳创作状态的标准是,不是自己要写,而是必须立刻马上握住笔,让脑海的文章顺着笔淌出来,不管在骑车、睡觉还是聊天。"

"它是一个作品,是一个你愿意用心血去熬的作品,更是一个生命对另一个生命的托付,只能用生命换生命。"

最让我惊悚的一句话是:"感觉不是我在写人物,是人物在握着我的手写自己。"

我们对好的故事本身也没有什么特别的要求,怎么写都行,好看就行。比如一要追求"凤头,猪肚,豹尾",二要让读者能用一两句话体悟出来你在讲什么,三要能打动一些人。回头一看,其实也挺不容易的。

无论文字的节奏、快慢、细节、流向、起伏、情绪是怎样的,希望每一篇文章,都能成为作者成长的印记与路标,能成为澎湃新闻和我们的读者窥探命运的钥匙孔。

我想用陈奕迅的歌《歌·颂》里的一句词来描述我们践行"非虚构写作"的使命:"为前尘留缩影,为未来留光影,留下世界的兜转过程,每一拍为这时代做证。"

是为序。

目　录

重访北川，了解我故去的父亲 ………………………………… 1
"敬礼娃娃"拍摄者／你不冲在前面，能拍到好照片吗／
用镜头拍下来的，有家园的重建，也有内心的重建

致命邂逅 ……………………………………………………… 12
你知道你犯下了到死为止都一定要背负的罪吗？／
陈世峰在看守所：写道歉信，哭，那里很冷，经常感冒／
同寝四年，我以你为荣，也以你为耻

冤狱之后 ……………………………………………………… 36
出来后进入这个社会，都是迷惘的／那钱是我拿命换来的，
我不借给他们／农村人凭什么坐十几年牢得这么多钱

故宫捐宝人何刚 ……………………………………………… 44
有位岁数大的老先生一看就断定："元朝的"／故宫捐献者名录
"景仁榜"上的名字"何刚"究竟是谁？／同样是去故宫，
以前是"送"，现在是"要"，心情天壤之别

农民熊庆华的画家梦 ·· 55
　　有人称他为"中国毕加索"/画画是熊庆华逃避现实世界的
　　一扇窗/做艺术就是纯粹自我/钱一到手我就去买绘画材料，
　　没钱了就去给人做事

盲人调音师幺传锡 ·· 66
　　盲人是世界上最痛苦的人/每个后天失明的人背后都有
　　一段伤心往事/这座以"开放前沿"著称的城市，尚不能
　　完全接受导盲犬/作为健全人，终究不能理解盲人

寻找戴金秀 ·· 79
　　要是有安乐死就好了，没有痛苦，保持尊严地走/你们坚持
　　让我忍受折磨，只会逼我用更惨烈的方式走/母亲才是
　　真正的编剧大师和表演者

我在柬埔寨找人代孕 ·· 91
　　我拼了这么大的努力把他带到世界上/你可以放弃这个孩子，
　　我们重新给你做一个/没孩子，婚姻、家庭、你的人生都是不完整的

悬走于高空钢丝的野心家 ·· 100
　　如果我不努力，中日关系就会崩溃/"空降"政坛的日本梦/
　　中日年轻人的沟通者

"为人民服务，别找容易的路" ································· 115
　　我不要工资，我的目标是帮助中国农业/连星球都没有界限，
　　国界更不值一提

陕南山里日本女人的一生 ································· 125
做过军官太太,当过农民老婆／除了"王玉兰",
她还有一个名字——水崎秀子

"朝阳群众"的日与夜 ································· 133
世界第五大"王牌情报组织"／您干吗的呀？您住哪儿啊？
您做什么工作的呀？／我们是毛主席教育出来的人,
就是任劳任怨,甘当老黄牛

我在南山写代码 ································· 141
我有一个很棒的想法,就差一个程序员了／十年编程两茫茫,
工期短,需求长／黑白颠倒没商量,睡地铺,吃食堂

单身女性生育权之困 ································· 153
我不一定生,但不代表你就能不让我生／单身女性无法求助于人工
授精、试管婴儿等技术／可以冻精,却不能冻卵

潮汕难民遗殇 ································· 163
"走日本"／逃难到闽西一带的潮汕人,在当地被称为"学佬"／
寻亲潮"现在是最后一拨了"

流水线上的写诗者 ································· 171
边上班边构思作品,下班后就写下来／写作是我的精神支柱,
上瘾了,成了生命的一部分／写"打工诗"的人数以万计,
能如她一样改变命运的,少得可怜

王者荣耀的"玩家社交" ……………………………………… 183
应该反思家庭教育和学校教育是否给了孩子充满爱的环境 /
我要在网络中寻找那一点点、微不足道的存在感

隐秘"蝶蓓蕾" ……………………………………………… 192
传销救我有人监督别暴露 / 演戏让我回家 / 我们管那个窝点叫"家" /
这个社会有很多地方是人们不知道的

云南镇雄留守少年服毒事件 …………………………………… 205
最大的错误就是没有把儿子小龙带在身边 / 你为什么要把我生在这个
世上,让我活得这么累 / 留守儿童的心结,隔代的爷爷奶奶和
老师很难解开

"穷孩子"的成功课与命运突围 ……………………………… 214
放牛班的孩子 / 许多人还在他们的命运轨迹里盘旋,但已意识到自身
拥有的可能性 / 独立认识这个世界,有勇气选择自己的人生,
他们在久牵就毕业了

少年"逃离者" ……………………………………………… 225
从家庭走向街头,青少年被暴露在更大的风险中 / 坚决打击组队离家
出走、教唆离家出走和未成年离家出走

"无法告别"的临沂网戒中心 ………………………………… 235
他要矫治的"是性格缺陷,而不是网瘾" / 孩子因为恐惧听话了,
家长就感恩戴德

少年小赵 ·············· 249
从小不敢走出城墙外，觉得城墙外是外国／平遥文协唯一的90后会员／
90后的我们并非是迷茫的一代、颓废的一代、失败的一代／

可可西里巡山队的25年 ·············· 261
中国第51处世界遗产／没有车时，要步行活着出来简直难以想象／
在这样的地方，如果不开开玩笑，还怎么熬得过去呢？

跨越大半个中国去奶你 ·············· 272
冻奶箱像一位使者，将母子栓在了一起／亲自运送是她能想到的
最好方式／开车、坐大巴、坐高铁或坐飞机去运奶

假发下的秘密 ·············· 279
她一点也看不出是癌症病人，假发替她保守了秘密／比假发更
难以启齿的，是癌症本身／从医30多年，从来不知道化疗这么难受

酒徒的战争 ·············· 286
比起男人，一个总喝酒的女人是离经叛道的／无法戒酒的自责让她
选择喝酒逃避／酒瘾在身体里面，灵魂在外面

民法典接力60年 ·············· 298
自己是国家培养出来的，哪能有什么私有的东西／当官不学《民法典》，
不如回家卖红薯

不能说的秘密 ··· 307
　　你不可怜，你不脏，你不卑微／就跟你出门摔了一跤一样，
　　留了一个疤／性侵犯真正的伤害在于这件事背后的意义

雾霾之下三位母亲的选择 ······································· 320
　　你看到那些数据，好像真的能看到你肺上正趴着这些颗粒／
　　除了装满空气净化器的家，孩子还能去哪儿？

一直等待，在飞机失联的一千多天里 ······························ 329
　　飞机呈降落的姿势，朝向她的心脏／我害怕的是我这一生能否
　　等来MH370的真相／但愿马航你去的地方，鱼儿能飞上苍穹

一个村庄的讣闻 ··· 340
　　新磨村一组从地图上消失了／茂县新磨村村民都是羌族，被称为
　　"云朵上的民族"／茫茫石海里，唐文明找不到儿子和女儿的家

北京大学里的平民学校 ··· 347
　　你来了，你不白来；你出去，你不再是来时的你／平民学校的前身——
　　校役夜班／工友获得的不仅是知识，还有北大对你的尊重

寻陨香格里拉 ··· 357
　　人类探索外太空秘密"价廉物美"的科学样品／猎陨既要有陨石知识，
　　也具备野外生存能力

中国最遥远的足球故事 ··· 372
　　这些民间球队多数缺钱也缺人,却像沙漠里的胡杨林一样生机勃勃/
　　皮球在一眼不见尽头的沙漠里翻滚,这条路会通向哪里?

寻源太极拳 ·· 381
　　陈氏太极杨家传/只有打才是真功夫吗?/有人来学拳,我就教,
　　没人来,我也不去宣传

布拖大桥杀人事件 ··· 390
　　也许到最后,他也不明白这一切为什么发生/阿布日木被抓后,
　　人群突然从四面八方涌了出来

重访北川，了解我故去的父亲

杨卫华：1963年生于重庆，曾任四川《绵阳晚报》摄影部主任，从事新闻摄影工作20年，汶川大地震"敬礼娃娃"照片拍摄者。2015年2月因病去世，享年51岁。

讲述者：杨卫华之子杨博

父亲是2015年春节去世的，那几天绵阳一直下着阴雨。

父亲下葬后，有很多后事要处理。他没有兄弟姐妹，没有妻子，这些事只能由我来做。我一个人在父亲家住了段时间。我对这个房子并不熟悉，父亲尚在时，我在这里住的日子也屈指可数。

那天，我刚洗完澡，想吹头发，但满屋找了一圈也没找到吹风机，便下意识地问了出来："爸，你把吹风机放哪了？"

空荡荡的屋子里，没有任何声音回应我。那一刻，我才真正意识到，我已经没有爸爸了。

曾经陌生而遥远的父亲

父亲在我心里，一直是个陌生而遥远的形象。

小学五年级有次考试，作文题目是"我的父亲"，我交了人生中第一张白卷。老师问我为什么，我说我不知道写什么，我不知道我的父亲是个怎样的人。

父母离婚之前已分居多年，父亲在绵阳市区工作，母亲在山里的空气动力研究所工作，我从小一直随母亲住，与父亲在一起的时间很少，一周只见一次。我小时候体弱，每次生病都是母亲陪在身边。我对父亲没有什么印象，也没有太多的感情，见面也没什么话讲。

我很不喜欢去父亲家，看到他和那位阿姨在一起，就不想在那儿待着。父亲说："这就是你家。"我说这不是我家。他有点不高兴："为啥子不是？"我没有回答。

可能是我潜意识里，一直介意父亲对母亲造成的伤害，以至于她这么多年都没有再婚。虽然她不说，但我能感受到她对父亲的恨，我从小和她生活在一起，这种负面情绪多少会影响到我。

我和父亲真正开始亲近起来是初一。学校举办运动会，我想拍些照片，向父亲借相机。他有点惊讶，又蛮高兴的。那天下午我们聊了很多，他教我怎么拍，怎么抓瞬间，怎么调光圈、快门，他把他的经验知识都告诉了我。这是我第一次拿相机，也是长这么大第一次和父亲交流。

父亲看了我拍的照片，第一次夸我，说比他报社有些记者拍得还好，说我有天赋。后来我一心想学摄影，像父亲一样成为一名摄影记者。仔细想来，我是在父亲的鼓励下慢慢喜欢上摄影的。

父亲曾对我说，他对我未来的设想是三个选择：要么做自己想做的，要么往母亲那个方向靠，最末才是搞摄影。他觉得干这行比较辛苦，而且我的性格不善交际，他可能担心我干不来。没想到我想做的恰恰是摄影，父亲便尽他所能帮助我。从初中开始，只要有机会，他都会带我一起去拍摄采访，以身作则告诉我，怎样才是一名优秀的新闻工作者。

我虽然知道父亲是记者，但一直不了解他的工作，直到2008年，他第一次带我走进北川震区。

2008年5月12日14时28分，汶川特大地震发生。我正好往教学楼走，走在平地上，猛地摇了一下，感觉要倒了，之后又没什么动静。当时通信中断，我不知道这场地震有多严重。后来接通父亲的电话，我问他那边怎么样，他说他去采访了。

几天后，我随母亲在绵阳市区安置，父亲赶来和我匆匆见了一面。他看上去很疲惫，整个人黑了一圈，好像也老了一些。他大概说了些"好好照顾自己"之类的话，便走了。

三个月后，父亲带我去了北川。路还没修好，时不时会出现一个大坑，还有落石从山上滚下来，砸到车顶。我不禁有些害怕，父亲说："这算什么，那天晚上我遇到的石头比这大多了。"

父亲告诉我，"5·12"当晚他就开车进了北川，余震不断，乱石齐飞，也没有路灯，特别黑。我听着觉得非常危险，不知道那天晚上父亲是怀着怎样的心情闯入北川的。

我去的时候，废墟还没有完全清理，空气中弥漫着腐臭味，偶尔能看见遇难者的遗体。我看到一个被压扁的小朋友，心里特别难受，总感觉他还没死，想去救他。

我看不到父亲的表情，他像往常一样走在前面，但与平时不同的是，他一路都很沉默。他指着一片废墟告诉我，5月13日那天早晨，他就是在这里听见了郎铮的求救声。

我看向那片废墟，完全看不出它原来是个幼儿园。父亲说，那天他本来打算站在高处拍照，顺便观察下地形，偶然听见小孩的哭声，他顺着声音找到了郎铮——一个穿着黄色衣服困在废墟深处的3岁小孩。郎铮被救出后，对着解放军叔叔说了句"谢谢"，并向他们敬礼。父亲本能地拍下了这个瞬间，没想到这张照片会有这么大的影响。

父子回访北川

地震发生后一个多月里，父亲几乎都在北川采访。此后六年，到他病重，他一直在追踪灾后重建问题，记录地震幸存者的生活，见证新北川从无到有、从一片河滩变成一座新城的过程。震后连续三个春节，他都是在帐篷里、板房里、新居里，和北川的受灾群众一起度过的。

我也跟父亲在北川度过一次春节。上大学后，几乎每年寒暑假我都会跟着父亲一起回访北川，已不下十次了。

2013年7月，北川突降暴雨，引发特大洪灾，老北川地震遗址几乎被淹没。我和父亲去时，水势还很大。看着漫到胸口的洪水，我有些胆怯，问父亲："真的就这样进去拍吗？"父亲用著名战地记者的那句名言激励我："做我们这行，你不冲在最前面，你能拍到好照片吗？"

几天前刚发洪水，父亲就独自来过一次。那天他收到消息后，急忙赶过去，没来得及吃饭，也忘记带他平时采访时都会带的葡萄糖盐汽水和干粮，结果在开车上景家山拍全景的路上，低血糖犯了，差点晕过去，幸好遇到一位老乡，把他带到家里喝糖水、吃东西，救了他一命。

我们穿着连体防水衣探入被淹没的地震遗址，有些地方水没到脖子，脚也陷进淤泥里，寸步难行。我看着对岸的北川大酒店，想起父亲几天前在这里拍下的照片。当时还下着暴雨，面前波涛巨浪，水声震耳，一不小心，随时可能被卷入洪流中。

父亲并非不知道害怕。他曾跟我说过，2001年绵阳洪灾，他随武警部队坐冲锋舟采访，冲锋舟被洪水打翻，他差点淹死，抓住江心的一棵树才没被冲走。从那以后，他就开始买保险了，他说万一有什么意外，可以给我留点钱。

三个月后，父亲被确诊为肝癌。北川洪水之行，成了我和父亲最后一次外出拍摄。

父亲两次手术和最后一次住院，我都陪在他的身边，这大概是我们在一起最长的时间。但因为我们长期尴尬、不交流惯了，一直到他去世，我都没有跟他好好说过话。

整个治疗过程中，父亲一直表现出异于常人的坚强，我从未见他有过一丝的负面情绪。有天夜里，他突然说他疼得睡不着，我站在床边让他靠着我，他抱着我说："我真的好难受，我坚持不下去了，好想早点结束死了算了，但我真的放不下你啊！"我感觉到他在哭。那一刻我有很多话想对父亲说，最终也没说出口。

那段时间，每天都被告知，今天可能是最后一天。我什么都做不了，只能看着父亲的生命一天天凋零。我心里很矛盾，一面想父亲早点解脱，一面又希望医生说的不是真的，希望还能有转机，希望这是一场噩梦，可以让我早点醒过来。

那天早上，我陪完夜回去睡觉，刚躺下就接到谭叔叔（编者注：杨卫华生前好友，绵阳市中心医院医生）的电话。我刚回到医院，父亲就走了，我一直看着他，脑子一片空白。

我原来以为，父亲在我生活中可有可无，毕竟他一直都是这样的存在；

但当他真正离开的时候，我才意识到我失去的是多么重要的后盾。

父亲去世后很长一段时间，我都不知道该以怎么样的状态去面对生活，做什么开心事都会有愧疚感，似乎开心活着是不对的，但活得太悲伤，似乎也不对，父亲肯定不希望我这样。

仔细想想，我好像从来没为父亲做过什么事。

父亲生前想办个地震摄影展，因生病耽搁了。做完肝移植手术后，谭叔叔曾劝父亲把他拍的照片整理一下，他那时还很乐观，没有时间紧迫感，笑说："哎呀，你让我出遗作了吗？"后来才接受了建议，他生命的最后几个月都在做这件事。但因为病情恶化太快，终究没来得及整理完。谭叔叔说，他是带着太多的遗憾走的。

如今地震过去十年了，父亲也去世三年了，我想在这个时候，帮父亲完成未了的心愿。

父亲走了，我和父亲说上话了

最近刚整理完父亲拍摄的照片，有几个T的容量，与地震相关的照片有几千G、数万张。

这是我第一次系统、完整地看他一辈子拍的所有照片，我发现我好像跟父亲说上话了。父亲用镜头记录了一段历史，如果没有父亲这样的人，以后可能很少人知道，这里曾经发生过的事情。

我想知道，地震究竟怎样影响和改变了父亲，这场灾难对他而言意味着什么。我决定重访北川，重访父亲拍过的那些人。

大年初一，我先去了新北川县城拍舞龙。街上熙熙攘攘，广场上歌舞升平，每个人的脸上都洋溢着笑容。地震之殇似乎离我们越来越远了。我站在禹王桥底下，发了一会呆。总觉得父亲会在旁边说，发什么呆，快拍呀，然后指导我，这样拍比较好，那样拍才对。以前会因此和他拌嘴，现在却很想听他唠叨。不唠叨我，我都有点不知道拍什么了。

我独自开车去老北川地震遗址，没想到，来参观的车辆在路上排起了长龙，全国各地的车都有。这是我第一次自己开车来北川，有些山路比较险，一边是悬崖，心里还挺忐忑的。之前每次来都是父亲开车，我什么也不用担心。

到了著名的三倒拐，我看了看右边的景家山，想起以前父亲告诉我，他刚参加工作时，厂里要把他分配到景家山上，他抬头一看，心想，这么高我才不要来呢。谁知道20年后，父亲一次又一次地跑上景家山，拔草开路，寻找最佳拍摄点。

父亲常说，你要拍跟别人不一样的角度，就不要找容易到达的地方。所以他经常会带我爬山，爬到高处、悬崖边、没有遮挡的地方拍摄。有时候我拍着拍着不自觉往前靠，他会在后面紧紧拉着我，生怕我掉下去。

几天后，我去了唐家山堰塞湖旁的楼房坪村，2011年这里重建后，我和父亲来拍过几家人。那次杜爷爷也是一个人在家，他儿子长期在外打工。政府每年给每户送20只鸡，他种了很多菜，自己吃不完，都摘给鸡吃了。临走前，杜爷爷邀请我和他一起吃饺子，平时他都是一个人吃饭，我觉得我应该留下来陪他吃个饭。又突然想到，其实父亲也跟杜爷爷一样，长期都是一个人。

记忆里每年的除夕年夜饭我都是和母亲一起吃的，唯一一次和父亲正式在一起过年，却是在病房里。

有年春节我问父亲，你一个人过年寂寞吗？他好像很意外，表情有点尴尬，说："其实没什么，一个人也挺好的，除了有时候生病比较难受。再说，我过年跟谭叔叔他们一起的嘛！"

谭叔叔和父亲就住对门，我当时真的以为父亲有朋友陪就够了。很久以后我才知道，父亲生病那段时间，谭叔叔曾撞见他一个人在家掉泪。

春节前，我去拜访了郎铮家。一进门，郎铮就热情地抱了我。我很惊讶，因为之前见他，他对我还很腼腆，他跟我父亲比较亲。

地震后，父亲经常去看郎铮。郎铮读小学，父亲亲自送他去学校。父亲住院时，郎铮也来探望过。父亲的葬礼，郎铮一家人都来了。他们的关系已经超越了记者与采访对象的关系，就像亲人一样。

郎铮现在读初一，个子长到一米七了。郎爸经常带他去打球，当年他被压骨折的左臂，现在可以活动自如，用左手打乒乓球都能轻松赢过郎爸。吃饭时，父子俩一起讨论NBA。郎爸说年三十抽到他值班，朗铮有点失望，埋怨说："你怎么那么倒霉！那么多人就抽到你了！"郎爸说："嘿，那叫运气好,那么多人只抽到我了。"

看着他们父子间的亲密互动,我很羡慕。我和父亲从来没有这样平常又自然的对话。

说起父亲,郎铮一家都很感激。郎铮说他有时候骑车,还会特地绕到父亲家门口看一看。郎爸说:"现在唯一的心愿就是好好培养郎铮,将来做一个对社会有用的人,才对得起你爸的在天之灵。"我想,如果父亲还在,他会很开心看到郎铮这样健康快乐地成长。

走访一圈下来,我还没有找到答案。于是,我去找了父亲的同事贺阿姨。

用拍片寻求内心救赎的父亲

贺阿姨和父亲合作过很多次,既是拍档,又是朋友,父亲成名后,她曾采访过父亲在灾区的经历:

> 我们俩平常喜欢开玩笑,没一句正经的。但采访那天,我们特地找了个茶楼,相对而坐,从正午到黄昏,谈话一次次中断。他一次次红了眼眶,最终,泪流下来。
>
> "5·12"当晚他闯入震区,抵达北川中学时已是深夜11点。大片大片的废墟上,呼救声清晰、凄惨。面对与儿子一般大的孩子,他实在没办法再拿着相机去拍照。他加入到救援队伍中,刨瓦砾,搬砖块,传遗体。不能扔在脚下,脚下到处是人。随便一块砖头,都可能砸到生者或死者。
>
> 当时的救援很无力,因为没有工具,都是用木头棍子对付钢筋水泥,有的还要拿菜刀把孩子被压着的腿砍断,否则救不起来。他深刻地体会过人类在大灾难面前的那种无力感。

一篇写父亲的报道里提到,当晚有个十七八岁的女孩拉着父亲的裤脚向他求救,但因为他当时正在救另一个同学,只能眼睁睁看着这个女孩在自己面前死去。一个月后,他再次来到北川中学,面对废墟三鞠躬、三叩头，号啕大哭。

父亲对我说过，偶尔他一个人在家里，会出现幻听，总感觉有人在向他喊救命。那时地震已过去很久了。

贺阿姨说，他一直没有消化这场灾难。他说自己像是一个"受益者"，别人受灾了，他却获了奖。许多时候，他感觉自己像在赎罪一样。

> 他一直在拍片，不光是为别人做，也是为自己做，他一直在寻求一种内心的救赎。虽然他不是地震的直接受害者，但这场地震也压在了他身上。他在现场受到的震撼和伤害是同样巨大的，所以他比很多人都做得更投入更深刻，否则如果仅仅是对事业的态度，他不可能要用生命去做的。

谭叔叔曾劝过父亲很多次，他的身体条件不允许他这样超负荷工作，但他停不下来。

"他越跑陷得越深，几乎放弃了自己的日常生活。"贺阿姨说，"他用镜头拍下来的，既有家园的重建，也有内心的重建，比如说他对试管婴儿的全记录，实际上在讲述一个家庭如何再把感情建立起来，把希望建立起来。"

地震中有很多失去孩子的高龄父母，正常受孕很难再怀上孩子，国家为他们提供了再生育全程免费技术服务。像震后首例试管婴儿王涪蓉一家，父亲生前关注多年，为他们找学校、寻住房，经常给他们送钱送物。

当年在地震中，年过四十的王树云夫妇失去了19岁的儿子，他们做了结扎手术，无法再生育，便通过试管婴儿技术生下一个女儿。2018年，王涪蓉已经8岁了，上二年级，活泼好动，备受宠爱。

除了郎铮和王涪蓉，父亲还跟踪了很多个孩子的成长，包括"夹缝男孩"郑海洋。（编者注：汶川地震中，北川中学高一学生郑海洋被压在水泥板下22个小时，被救出的那一刻，他透过缝隙摆出"胜利"的手势，对着镜头微笑。因与同桌廖波同埋于夹缝之中，被外界称为"夹缝男孩"。廖波失去左腿，郑海洋失去了双腿。全班69个同学，53人丧生。）

做完高位截肢手术并在康复一年后，郑海洋重返校园，上课地点搬到了绵阳城北的长虹板房学校，他告诉我：

> 我就是在那时认识杨叔叔的。第一次见面，没聊多少，当时人很多，只有他留了电话号码，说有什么事可以找他。我一开始不好意思打电话，第一次麻烦他，是因为我行动不便，从学校带了很多书，他就开车过来送我回安昌板房，路上跟我讲了很多话。之后我们每个月都见一两次，都数不过来了，反正常常见，常常打电话，什么都聊，感情问题也聊。
>
> 地震后那几年，很多人过来看我帮我，但都不长久。杨叔叔一直都在，他对我真的很关心。我去成都装假肢，他开车送我去，到半夜两点再把我送回来；他帮我找资助人，解决了我大学所有的费用，我第一次创业，也是他找的资助人给了我一部分资金；我说我想学摄影，他亲自带我去买相机，我钱不够，他还帮我付了一部分。
>
> 后来他生病，我想去看他，但打电话他不接，发信息他也不回，一直不告诉我在哪儿住院，我和廖波挨个医院、挨个病房去找。最后他看到我们来了，非常惊讶，马上从病床上爬起来。我给他买了书，在书上写了很多话，激励他。
>
> 杨叔叔去世后，偶尔夜深人静时，我还会忍不住发微信给他，但一直没有回复。

目前郑海洋还在创业路上，正在做一款专注于残疾人康复的APP，他发现，残疾人其实很需要通过信息平台得到帮助和关爱。

地震后，他曾有很长一段时间意志消沉、自暴自弃，不明白"为什么让我活下来，又夺去我的双腿"。当时外界对郑海洋关注甚少，我拿着父亲拍的照片给他看，他说，很感谢父亲记录了他当时的样子。

父 爱 如 山

贺阿姨还说了些我不知道的事情。我读高中时，成绩不好，父亲曾拜托贺阿姨出面请我的老师吃饭，希望老师对我要求严格一点。父亲其实不善于做这种事情，都不知道买一包烟来给老师散，还是贺阿姨跑到吧台拿了一包烟。

我在唐家山堰塞湖拍过一组"漩坪乡被淹5年后浮出水面"的照片，得到了一些关注，上了央视。贺阿姨说，父亲是一个感情很外向的人，他要哭的话就是真的动了感情，反过来，他开心的时候也很开心，哈哈大笑，笑起来，眼睛在闪，牙齿也在闪。所以"他当时的得意和骄傲从他脸上一眼就能看出来"，"他一天到晚东奔西跑的，就怕耽误儿子，结果儿子成长得这么好"。

我知道父亲是很疼爱我的，虽然他没有表达出来。

大二有一门课是传统摄影，冲洗胶片时我总是把握不好显影和定影的时间，就去问父亲，他在电话里跟我讲了一通，最后说："哎呀，我跟你说不清楚。"然后当天中午他就直接从绵阳飞到上海来了。当时我很吃惊，觉得没必要特地飞过来，我无非自己多试几次。他可能很想手把手教我吧。

2014年我大学毕业，当时父亲因药物作用开始脱发，手脚脱皮，脚掌踩在地面都痛，我让他不要来，他坚持要来参加我的毕业典礼，我知道他不想错过我人生最重要的时刻之一。我在学校门口等他，看着他因为疼痛蜷着手弓着背地走路，所剩无几的头发已经发白，我意识到父亲真的老了。那天他很开心，一直拉着我拍照。

我在上海读大学，每次返校父亲都会送我去机场，每次回来都会接我回家。有次飞机晚点，凌晨两三点才起飞，到上海已经五六点了，我发短信报平安，父亲竟然秒回，我问他怎么还没睡，他说："你没到我睡不着。"

父亲去世后，我一直强忍着，不在人前表现悲伤，冷静操办父亲的葬礼。葬礼那天，母亲给了我一封手写信，让我在火化时烧给父亲，我问她写了什么，她说："我原谅他了。"

父亲曾对我说，离婚这件事对不起我，我当时没有作任何回应。现在我更加理解父亲了，却已经没有机会与他和解，认认真真对他说一次感谢了。

那天晚上父亲抱着我喊疼，我没有哭。父亲去世时，我也没有哭。葬礼结束后，亲友一一过来跟我握手，最后一个轮到谭叔叔，我想事情终于完成了，如同紧绷的弦突然断了，再也忍不住，抱着谭叔叔痛哭。那是我第一次释放长久以来压抑的情感。

父亲在病房的最后时间,我的两个发小来探病,父亲给我们仨小时候拍过一张合影,便提议给我们再拍一张。父亲去世后我整理那天的照片,才明白原来那个时候,父亲的病情真的恶化到很严重的程度了。因为那张合照构图歪了,要知道父亲对照片的要求是很苛刻的,以前他让我拍个身份证或者什么资料,我随手一拍发给他,他会因为拍得不正或者背景不干净,斥责我让我重新拍。而这次,我真的也很想让我父亲给我重拍一次。

采访、撰稿/张小莲
原载《澎湃人物》2018年5月3日

致命邂逅

2017年12月20日下午,中国女留学生江歌在日本被杀一案于东京地方裁判所宣判,法院以故意杀人罪和恐吓罪一审判处被告人陈世峰有期徒刑20年。两年间,三个年轻人在东京相遇、结识,未料到成为一场致命邂逅。

江　歌

百度百科搜索"江歌",弹出一行字:1992—2016年11月3日。江歌遇害时,只有24岁,还没有谈过一场恋爱。

高二那年,江歌喜欢一个男生,说要去追他。母亲江秋莲觉得不妥,说:"哪有女孩子去追男孩子的?""怎么没有?我就要去!"等到下周放假回家,江秋莲问她:"追了吗?怎么追的?"她说,拉着一个女同学,跑到那男生面前,直接说:"我喜欢你。"

这段青涩告白没有下文。后来老师找江秋莲谈话,说江歌跟谁走得很近,"(早恋)要扼杀在摇篮里"。江秋莲一听笑了,让老师放心,"他俩就是好哥们"。她把这件事告诉江歌,江歌很高兴,"因为我理解她"。江歌去日本后,江秋莲曾听她提过有男生追求她,她拒绝了。江歌不止一次在微博上表达过对爱情的向往,但她认为要先拥有独立自由的生活,"才能拥有不被世俗打败的爱情"。

在母亲、邻居、老师眼中,江歌是个努力上进的孩子。她对未来有很多明确的计划。她想第一份工作去中小型公司上班,能学到更多东西,积累经验，将来有机会自己创业。她想在东京买房，接母亲过去一起生活。她想去环游世界，去西藏，去诞生《哈利波特》的英国，去有"天空之镜"的玻利维亚。

到日本两个月后，也就是2015年6月，江歌找到兼职，开始攒旅行基金。第一天往存钱罐里投1元，第二天投2元，第三天投3元，以此递增，按照她的计划，大约攒到2022年的时候，就可以起程了。江秋莲让她到时找个男朋友陪她去。

江歌萌生环游世界的想法是受"高老头"（江歌对他的昵称）的影响。"高老头"是她大学的日语老师，常戴一顶小帽，留着胡髭，长得像林子祥。江歌听他讲环球旅行的见闻，"感觉这老头真洋气，帅死了！"他教了江歌一年，便回了国。江歌和他约定，去了日本一定去看他。

除"高老头"外，江歌还有一位关系很好的老师——高中班主任梁启友，每年春节都去他家拜年。江歌遇害对他打击巨大，很长一段时间走不出来，经常整宿失眠，后来"躲到了千里之外的菏泽"，在农村支教。

梁启友是江歌的英语老师，但其实江歌的英语并不好，高考只考了30多分。江秋莲觉得掌握一门外语在当今社会很重要，便让她在高考后的暑假报班学日语，因为江歌爱看动漫，有兴趣基础。

江秋莲说，江歌英语成绩差与漂泊的童年有一定关系。那些年，她忙于生计，居无定所，只能将江歌寄托在农村外婆家上学，5年级才转到县城读书。在村小没学过英语，转学后跟不上，扼杀了兴趣，有了心理阴影，后来怎么也学不好。

从外婆家搬出来的那天晚上，江歌睡不着，江秋莲又累又困，便给她一张报纸让她剪。第二天醒来，看到一被窝碎碎的剪纸。

江歌遇害后，她回想此事，心痛不已。"她从小就是这么安静听话的孩子，我宁愿她不要这么懂事，她要是自私一点多好，她要是自私一点，她就不会收留刘鑫，也不会被陈世峰杀害了。"

陈 世 峰

2010年夏天，江歌在青岛参加高考的同时，刘鑫也在同一个城市考上了泰山学院日语专业，而陈世峰已是厦门华侨大学华文学院的学生。

彼时，陈世峰刚结束大一学期，在放暑假，他与室友齐麟、王河山没有回家，留校打工。齐麟家庭困难，是西北地区"放羊的孩子"。因下雨，齐麟做家教的房子塌了，为了保护学生，没能及时跑出来，被砸断了腿。

陈世峰和王河山听说后，立马撂下活儿去医院，照顾了他一个假期。齐麟一直记着此事，至今感激他们。大二开学后，齐麟出院回来，学校给他开了一个小单间，方便他养伤，房间里有电视、冰箱，陈世峰等经常在那儿吃饭、过夜。

王河山是陈世峰关系最好的同学，两人同班，又同一寝室，都是比较活跃的人。在另一名室友李崇阳看来，王河山为人仗义，为陈世峰付出很多。毕业后两人联系并不多，但陈世峰出事后，王河山几乎每周都会给他父母打电话，"每次都哭"。

陈世峰的微信昵称叫"南侨十五"，这是他们宿舍楼的名字。宿舍8人不都在一个班，他们所学的对外汉语专业约有80人，陈世峰在其中成绩平平，只有个别学科考得好，但表现积极上进，一直是班委，善于组织活动、与人打交道，"学院有什么活动，都会找他"。因此，在老师同学眼里，陈世峰是个优秀的人。

在李崇阳的印象中，陈世峰把时间安排得比较紧凑，常常不在寝室。从大一开始，就一直在打工挣钱，四年没有中断过，也没听说过他向家里要钱，基本每年都领到了助学金。

哪怕是关系最好的同学，对陈世峰的成长背景也不了解，"他从来不和我们说他的家庭"。

在案发后长达一年的时间里，陈世峰家庭在公共舆论场里一直很神秘。2017年5月21日，江秋莲在网上曝光刘鑫及家人的同时，也曝光了陈世峰的身份信息，又过了半年，媒体才据此寻查出一些线索。

陈世峰在宁夏出生，户口挂靠在陕西省榆林市定边县定边镇，老家在定边县冯地坑乡冯崾岘村，距离县城一个半小时车程，位于山沟底部。如今，陈家曾居住的三口窑洞已破败不堪，荒草丛生。

在村民看来，能够走出山沟的，都是有出息的人。陈家从冯崾岘村搬走时，陈世峰只有五六岁，还没上学，"跟别的孩子一样，整天在泥坑土堆里玩"。

在宁夏银川唐徕回中念复读班时，陈世峰存在感不强，时隔八年，同校师生已很难想起这个人，"甚至想不起关于他的任何一件事"。在此期间，陈世峰的父亲在定边县正西街经营一家杂货铺，后来搬走。邻居回忆，陈家两口子人都不错，性格温和，是慢性子。

李崇阳说，陈世峰打电话有时会突然大声吼，有一次说的是家乡话。还多次在半夜听到他嘶喊，像在做噩梦，曾跟他提了一下，他嘿嘿一笑，没有回应。"我觉得他肯定有心事，但他不说，我也不会去问。"

"他在我面前很少说自己的事情，感情的事也聊得很少。"李崇阳说，陈世峰在大学受女生欢迎，据他所知，至少交过四个女友，都是和平分手，除了蔡艺。

蔡艺小陈世峰一级，通过"围外教"认识了陈。案发后，她在网上发帖称曾与陈世峰交往，被他用脚踢过。但李崇阳所知情况不太一致，他说，蔡艺先在言语上激怒了陈世峰，又先动手打了陈一巴掌，陈世峰"一下就爆发了"，一拳打在她的肚子上，直打得她蹲在地上。

毕业前夕，陈世峰和李崇阳酒后谈心，对蔡艺没有太多评价，只提到无法投入每段恋情，交女友多是抱着玩和炫耀的心态，十分憎恶出轨行为。

在华侨大学老师萧静淑看来，陈世峰表现出来的高傲、自尊，恰恰是因为他自卑，"他自卑是因为出身不高"。蔡艺是富二代，陈世峰是穷孩子，有人说他"癞蛤蟆吃天鹅肉"。

萧静淑说，陈世峰看上去一表人才，嘴巴甜，讨人喜欢，很容易谈到女朋友，但往往谈不长，因为他本身"不是很有内涵"，又穷得叮当响。

"他有一种心气，就是想改变命运。他在女孩子面前老是没有得到，他知道自己长得漂亮，对女孩子有杀伤力，但是到最后都杀伤不了，因为他还缺应该有的东西。"萧静淑分析道。

赴 日 留 学

2013年，陈世峰争取到了毕业出国做志愿者的机会。他在泰国农业大学孔子学院教书法，在被他教了半年的24岁学生Mew看来，他称得上是一个认真负责的老师，又开朗幽默，爱开玩笑，"经常哈哈大笑"，"上他的课不会无聊"，"95%的学生都喜欢他"，就是给分不高。

Mew说，陈世峰上课比较用心，会一个个看学生写得对不对。Mew不喜欢用墨，觉得浪费纸张，跟陈世峰说了后，陈世峰送给他一张可以重复使用的水写布。

2014年年底，陈世峰从泰国回来，学校给他安排了一个读研的机会，但不是正经的研究生，只读一年多，他觉得没意思。他回西安找工作，工资三四千元，他觉得太低。于是去找萧老师，说自己在泰国挣了6万元人民币，问她去日本留学够不够，最终他选择了比较便宜的福冈九州语言学校。

2015年1月，陈世峰前往日本。三个月后，江歌飞抵日本，入读东京言语教育学院。而一年前，刘鑫也选择了这所学校。

江歌没有提过去日本，但母女同心，江秋莲知道她很想去，想着等她大学毕业后，就送她去日本留学，并在她大二时告诉了她这个决定。

当时江歌像个孩子一样，欣喜若狂，抱着母亲又蹦又跳转圈圈，"妈妈你怎么会想到要送我去日本留学啊？""那你想不想去嘛？""我想啊！"江歌拼命点头。

此后，江歌学日语更加用功，洗脸刷牙吃饭睡觉，都在听日语。几个月后，她考上日语三级；一年后，考上日语一级，即日语能力测试（JLPT）水平的最高等级。

去日本前，江秋莲给女儿定做了一件红色的羊绒大衣，长到小腿肚，她怕遇上极端天气，东京买不到这么厚的衣服，此外万一遇上地震，红色显眼，也容易被发现。

这件大衣花了900元，是江歌这辈子穿过最贵的衣服，江歌觉得太贵，想退掉，江秋莲骗她说不能退。但后来发现，东京没有那么冷，她没有机会穿这件大衣。

那天行李超重，须另付托运费，江歌想把部分行李拿出来，但江秋莲希望给她买的东西她都带上。因为多付了200元，江歌生了气，没跟她拥抱就上了飞机，令她事后很后悔。

后来江歌告诉母亲，到日本下飞机的那一刻，她就在心里发誓，一年之内必须考上大学。

江歌很争气,到日本6个月就考上成蹊大学,4个月后,又考上法政大学,全日本排名前三十。她参加法政大学二轮面试,十几分钟就结束了,以为不过关,一出来就打电话来哭:"妈妈对不起,对不起……"

江歌出国后,江秋莲有次偶然听到邻居在背后讥笑,"没钱还学人家出国"。她没有去争辩,不愿生无谓的是非。作为单亲妈妈,独立抚养江歌的这24年,她一直过得隐忍,将风言冷语屏蔽在外。"江歌说过,以后有能力了,要带我离开这个环境。"

2015年8月24日,是江秋莲的阳历生日,她收到一份快递,是一束鲜花,卡片上署名"左岸",是江歌从网上预订送来的,朋友们都夸她有个好女儿。她还说,歌子肯定只记得阳历生日。没想到,第二天农历生日,江秋莲又接到快递电话,这次是一个大蛋糕。

每年给妈妈买生日礼物,是江歌从初中开始延续的习惯。记得第一年,"她突然跟我要100块,我问她干嘛,她说不用你管。我知道这孩子不会乱花钱,就给她了,第二天,她就抱回一个蛋糕"。

从第二年开始,江歌知道要存钱了,方法之一就是向她"讹钱"。"江歌胃不好,吃得少,我总嫌她瘦,她称体重时就下蹲作弊,说'妈妈!我到100斤了!'"江秋莲想让她多吃点,她就会伸手要钱,一块两块地讨价还价。

2017年8月24日,见完刘鑫的第二天,江秋莲失去女儿后的第一个生日,在泪水中度过。

命 运 交 集

2015年7月,李崇阳赴日进行为期一月的游学,给陈世峰带了一瓶剁椒。陈世峰当时在考研究生,打了两份工,比较忙,两人只见了一次。

当时,李崇阳看他蓄发束辫,不太喜欢,忍不住调侃:"你这个发型也是越来越日式了,是要转行做艺术家么?"他说日本很多年轻人都这样。李崇阳想到日本理发很贵,便不再多言。

除了发型,李崇阳感到他比以前更成熟,更"社会"了一些。聊天也很平常,没怎么聊他在日本的生活。

那次见面，在李崇阳的宿舍做饭吃，像以前一样，李崇阳主厨，陈世峰做帮手。宿舍还住着两个小孩，去买食材和零食的时候，其中一个孩子喜欢吃纳豆，想买一种专门装纳豆的袋子，李崇阳本想糊弄过去得了，没想到陈世峰还真的挨个去问，之后在哄小孩吃饭的时候也挺耐心。

后来，九州语言学校的院长回国招生，与李崇阳、萧静淑一起吃饭，聊起陈世峰，"院长说陈的日语也就N3水平，本来想让他找一个能上的，拿到学历再说，专业不要太挑。但是陈世峰非常固执，态度比较强硬，他说他就要读这个专业（对外汉语）"。

2015年年底，陈世峰的签证即将到期，他必须考上大学院，才能继续留在日本。他特地从日本回到厦门，拜访萧静淑，请求她帮自己推荐学校。

"他说老师，我是穷得连一点买点心的钱都没有了。"萧静淑认为，陈世峰这个人本来很有礼貌，尤其在老师面前，"他这样来麻烦你的时候，大概就是他没办法了。"

萧静淑很生气，责怪他事先不告诉自己，他选读一月生，签证只有一年零三个月，这意味着他要在一年内把日语学好，考上研究生，相当于把自己逼上绝境了。"我说你一句日语都不会的人，一年能把日语拿下来，你把自己估计得也太高了。"

"他就跟我说，老师，你别不相信我的日语，要不我们来比一比。"萧静淑并非不支持他读书，但头疼的是，他日语水平一般，做学问的本领也缺乏。

萧静淑劝他不行就回国，但他态度坚决，说自己一定要考硕士，而且一定要在东京，他说只有在那边才能改变他的命运。"老师，你相信我，我是要读博士的人。"

陈世峰父亲也给萧静淑打了电话，说孩子要读书，希望她多多关照。从教多年，萧静淑接到的学生家长电话屈指可数，这个电话让她感到，陈世峰的父亲很重视这个孩子。

2016年4月，陈世峰考上大东文化大学，第一个向萧静淑报喜。"他的录取通知书发过来，我高兴得不得了，比我考上什么都还高兴！"萧静淑说，陈世峰是华侨大学第一个考上"姐妹学校"大东文化大学的硕士生，"这是多么光荣的事情！我说后面的学生你要帮忙，他说当然当然。"

一个月后，萧静淑刚好去日本，和几个同学一起去居酒屋为陈世峰庆祝，按理应由陈世峰来请客，萧静淑知道他没钱，不想伤他自尊，就建议全部AA制。席间，陈世峰送了她一瓶蓝山咖啡，很不好意思地说："萧老师，这个咖啡很小瓶，但是我知道你爱喝。"

其实除了大东文化大学，萧静淑还推荐了另一所大学。两边报名费都交了，一共3万日元，但似乎因为时间冲突，陈世峰没有参加另一所大学的考试。

在考试前，家里的店铺房子莫名起火，导致陈世峰心神不定。萧静淑劝他暂且放下这件事，必须咬紧牙去考。"所以他考上这个硕士很不容易，对他来讲，算是一个新的人生开始了。"

2015年11月，刘鑫因故搬到江歌的宿舍，闲聊中得知，刘鑫曾在江歌就读的初中借读过半年，两家仅相隔10公里，因此两人亲近起来。

2016年4月，对从语言学校毕业的江歌和刘鑫来说，是一个崭新的开始。江歌考入了法政大学，刘鑫考入了大东文化大学。

毕业典礼那天，江歌和刘鑫都穿着白衬衫黑西装，江歌身着长裤，刘鑫搭配短裙。两个人在写着"卒业式（"毕业典礼"的日文）"的牌子前合照，江歌扎着马尾，站得笔直，表情庄重，左手挽着刘鑫的右胳膊；刘鑫披着发尾有波浪卷的长发，左手比着剪刀手，开心地笑。

朋友与恋人

在大东文化大学研究生院，陈世峰的研究室在5楼，刘鑫在6楼。虽然专业不同，上课还是会碰面。刘鑫觉得陈世峰看上去很斯文，和教授交谈时也很有礼貌，因此对陈世峰有些好感。

两个月后，他们开始交往，随后同居。他们住在东京板桥区高岛平二丁目一间30多平方米的一居室里。邻居日本阿姨对旁边的这个中国男生有印象，"打扮得就像现在的年轻人那样"，那时的陈世峰蓄着长发，"见面会跟我打招呼"。

高岛平是大东文化大学的留学生聚集地之一，那里有一片片高层混凝土住宅楼。1960—1970年，日本经济高速增长，为了解决大量的住房需求，以城市郊外为中心建设了密集的住宅楼。当年入住的年轻人多数已经退休，如今居民中约有半数都是65岁以上的老人。

陈世峰租的这间房子由UR房屋中介公司管理，免收中介费和礼金，不需要保证人，房子略旧，房租每月约6万多日元（现约合3 500元人民币），相对便宜。

房租大概是留学生除学费外最大的开销。多数在日留学生都打工，陈世峰与刘鑫也分别在便利店和中华料理店打工，每小时分别赚900和1 000日元（近五六十元人民币）左右，日本法律规定留学生一周打工时间不得超过28小时。

考上法政大学后，江歌在中野区租了房子，交通很方便。从东中野车站下车，出站右拐，沿着一条约5米宽的小路，走大概10分钟就能到。

这是一幢三层小楼，江歌租的是二楼最里面一间。一楼的门口有个栅栏似的小铁门，铁门上有把手，只要轻轻一拧就能打开，对面墙上写着："外人不许进入。"

房东太太和江歌见面的时候，看她一个瘦瘦的姑娘，还替她担心，提醒江歌从车站到回家这条小路有些危险，之前多次有色狼出现过，问她真的没关系吗，江歌一口应下来，表示没关系。房东太太觉得这个姑娘很有礼貌，又很直爽，就答应把房子租给她。这些都是后来房东说给女儿听的，房东平时不住这里，女儿住在江歌租的公寓一楼。

房子安顿下来，江歌也在中野区找到份兼职，在一家居酒屋做大堂服务生。这家店以牛排和金枪鱼为招牌，一楼除了一个包间，围着吧台有十几人的座位，像电影《深夜食堂》的布局。二楼有十几桌，约50多个座位。周末和节假日忙起来时，上下两层都能坐满。这种时候，店里大堂至少需要四个服务生，江歌就是其中之一。

在店长的印象里，江歌每次来出勤，穿的都不是很显眼的衣服，看起来很稳重。她每周有两到三天晚上在这里打工，从晚上6点到11点左右，每小时1 000日元（约合60元人民币）。她穿着店里橙色的T恤，围上深色围裙，穿梭于一楼、二楼的大堂和厨房之间，给客人安排座位、点餐、上菜、收拾桌子。

店里生意很好，江歌干活麻利，也愿意帮助别人，哪里忙不开，她都会搭把手。店长印象中，江歌话不多，很认真体贴，从不迟到，"打工的都是学生，临时有谁请假了，给江歌打个电话，她总是会过来帮忙"。一起打工的日本大学生桥本对江歌的第一印象就是"笑起来很好看。个子很高，体态很好"。接触时间长了，他觉得江歌很照顾周围的人。

桥本很少去打工，每次见到江歌都很开心，"她笑着听我说话，是一个很温柔的朋友"。"江歌经常笑吗？"澎湃新闻记者问，桥本犹豫了一下，"我觉得她经常笑，可能是因为我觉得她笑起来很好看"。

在桥本眼里，江歌很积极向上，是一个有梦想的人，"她很坚定地说将来要留在东京，要自己创业"。他不记得江歌说过消极的话。

江歌跟着桥本学日语，白天新学了一个词，晚上有时会问桥本。桥本记得自己经常给江歌讲解日语中动词的各种用法；桥本跟江歌学中文，江歌常帮他纠正发音和声调，"mā má mǎ mà"。

两个人都住在中野区，都喜欢看电影。江歌喜欢有猫咪出现的电影，跟桥本说2017年有一部要上映，很想去看。

命 案 之 前

刘鑫在中华料理店打工。老板李虹在日本生活了30多年，孩子也在日本长大，她很照顾在异国求学的留学生。

李虹告诉澎湃新闻记者，刘鑫大概每周出勤一次，每次三四个小时，时薪900日元。她的印象中，刘鑫工作起来"不那么走心"，反应比较慢，说话有时不过脑子，情绪挂在脸上，不高兴时会绷着脸。

2016年6月，刘鑫和陈世峰开始交往以后，起初感情很好，不久之后就开始吵架。在刘鑫看来，陈世峰性格有点阴郁。他们开始为各种琐事而争吵，小到一顿饭、一部电影，陈世峰凡事非要和她辩出个对错来。陈世峰生气的时候，会直盯着她的眼睛，也不说话。刘鑫想要搬走。

2016年8月25日晚，刘鑫和陈世峰又吵了起来。陈世峰让刘鑫睡觉，刘鑫不想睡，陈世峰抓她手腕，刘鑫很害怕，想着要和他分手。她给中华料理店老板李虹打电话，说男朋友对她动粗，李虹劝她不要待在家里。

那晚刘鑫仓皇出逃，跑下楼的时候大喊"救命"，以至于邻居报警，陈世峰一路追来，抢走了刘鑫的手机。

李虹记得凌晨三点多，刘鑫打车来到她家，身上没有钱，车钱也是李虹帮忙付的。见面之后，刘鑫看起来受到了惊吓，她告诉李虹从没见过男朋友那么大声。那晚，李虹让刘鑫好好休息，等情绪平复下来再说。后来，她还专门跟刘鑫要陈世峰的照片看，好奇那么凶的男人长什么样。

第二天8月26日，刘鑫觉得不便给老板继续添麻烦，搬到了另一个店员小宋家里。李虹提醒过小宋，帮人也要有限度。

8月26日，江歌母亲江秋莲来日本探望女儿，和女儿住了一周后，9月2日回国。那一天，刘鑫搬进了江歌的公寓。

在此前一天的9月1日，江歌收到了刘鑫微信发来的信息："刘鑫在哪？"江歌问："你是谁？"对方回复："我是刘鑫男朋友。"李虹告诉澎湃新闻记者，店员小宋也收到过类似信息。

江歌去找刘鑫，要帮她从陈世峰那里要回手机，见面地点约在中华料理店。为了保护刘鑫，江歌不让刘鑫和陈世峰碰面，自己在店外和陈世峰大吵了一架。

李虹来到店里的时候，架已经吵完了，看到还在气头上的江歌，李虹劝这个豪爽仗义的山东妹子，态度也别太强硬，说话别太大声，别让陈世峰恨你。

李虹到店外去找陈世峰。陈世峰戴着白色口罩在店门口一旁，李虹一见他，"你就是那个男的呀"。隔着口罩，单看眉眼之间，李虹觉得这个男孩长得很干净，但看上去有些憔悴。李虹问他为什么戴口罩，他说被警察叫去，还被警察打了。

后来等陈世峰摘下口罩后，李虹没看见他脸上有伤。几个月后，警察来找她了解情况时，她特意问了警察，警察说不可能，只是有邻居报警举报他扰民，怎么可能打他。

李虹那天在门外劝陈世峰，"父母送你出来留学，你就好好读书，将来有出息了，还怕找不到女朋友吗？何况你长得又不赖"。她劝陈世峰和刘鑫好好解决问题，不要动手脚。分手也好好说，好聚好散，在同一个学校低头不见抬头见。要是对刘鑫真的放不下，那就拿出诚意来，或许她有一天会回心转意。

说这番话时，李虹看到陈世峰在抹眼泪，她也有儿子，一下就心软起来。李虹让陈世峰把手机还给刘鑫，陈世峰商量想和刘鑫见一面，她答应了，让刘鑫和陈世峰单独见了面，最终，陈世峰把手机还给了刘鑫。

那天，李虹请三个孩子吃饭，她让陈世峰和刘鑫坐在窗边的一桌，江歌坐靠近厨房的另外一桌，自己远远走开，"我看他们边吃边聊，挺心平气和的，聊到一半，两个人都哭了。我当时想，他们应该能和好"。

刘鑫过来找李虹商量，告诉她，陈世峰说自己几天没吃饭了，工资也没发，能不能借点钱。李虹说当然要借，你们俩好的时候互相照顾，现在分手了，他有困难，你作为朋友也应该帮他，你不借我借。"我想男孩子跟你借钱，那肯定是真的有困难了，不然不会开口。"李虹事后告诉澎湃新闻记者，她让刘鑫借两万日元，刘鑫说只有一万，于是她就借了一万给陈世峰。

澎湃新闻就当时陈世峰的经济情况，采访其辩护律师中岛贤悟，中岛并不认为陈世峰那时已经窘迫到吃不起饭的地步。澎湃新闻求证陈世峰是否一度因为出车祸、无法打工而没有收入来源，中岛回应2016年5月左右，陈世峰确实因为车祸住院而无法打工，当时经济很困难，但他强调住院时间并不长。

李虹告诉澎湃新闻记者，她听说刘鑫和陈世峰是平摊房租的，中岛也告诉记者陈世峰找女朋友确实有房租方面的考虑。两个月后的11月初，陈世峰已经准备和新的女友同居。

9月1日的见面之后，李虹怕以后陈世峰再来店里闹，影响做生意，告诉刘鑫暂时不用来上班了，10月开始，就没排她的班。从那以后，刘鑫多在高岛平站附近的拉面店打工。

2016年9月15日，陈世峰跟踪刘鑫到江歌家所在的东中野车站。10月12日，陈世峰找到刘鑫打工的拉面店，跟着她上电车送上生日礼物，还了一万日元。11月2日下午，陈世峰突然出现在江歌家门口，江歌要报警，刘鑫阻止，担心暴露自己和江歌合住不被房东允许。江歌回家大声呵斥陈世峰让他离开。随后陈世峰跟着刘鑫坐电车，给她发了有内衣照片的恐吓信息以求复合，被刘鑫拒绝。

当日下午，陈世峰来到刘鑫打工的拉面店，刘鑫此前跟店里的张先生说过自己被前男友纠缠，希望张先生可以假扮她男友，让陈世峰死心。下午6点左右，张先生和店长一起到店外，看到刘鑫和看似是她前男友的人在一起，男的戴着白色口罩。张先生出去后，刘鑫靠近他，指着他告诉陈世峰，她已经有喜欢的人了。

陈世峰没说什么就离开了，随后发短信给刘鑫："如果你和他交往，我什么事都能做出来。"晚上11：37，他给刘鑫发了最后一条信息："你和那个男人交往到什么程度了？"刘鑫回复："那是我的隐私。"

发完信息3分钟之后，陈世峰出现在江歌家公寓楼下，推开小铁门，沿着铁制旋转楼梯，拿着一瓶威士忌走向三楼。

他在三楼喝了几口威士忌，等了约半个小时，11月3日00：13，他在三楼的楼梯处看到刘鑫和江歌一起回到楼下。

刘鑫先进了小铁门，绕上两层铁楼梯，经过走廊开门进家。江歌还在第一层楼梯的转角处，她在那里查看信箱，然后左转上了第二层楼梯，沿着两人宽的走廊走十步左右，就可以进家门了。她万万没有想到，在她走这十步的同时，从三楼的台阶上走下一个人，跟着她一步步走到了门口，把手放在了她的右肩上。

案 发 以 后

电视里播报新闻，11月3日凌晨，中野区一位中国女性被杀害。中华料理店老板李虹脑袋里的第一反应是刘鑫一定出事了。她赶紧给刘鑫发信息，直到晚上才接到刘鑫回电，刘鑫用颤抖的声音告诉她，是江歌出事了。李虹惊呆了，怎么会是江歌？她也想不明白：三个人都是很普通的孩子，怎么会到这一步呢？

凶手没有被抓起来，店里曾经收留过刘鑫的小宋也怕得不敢回家，躲到别人家去了。

店长记得11月4日应该是江歌出勤的日子，下午6点过后江歌还没来，此前江歌从未迟到。他给江歌打电话、发line（类似中国的微信），江歌都不回复。之后的出勤日依然是这样，店长不知道发生了什么。直到后来看新闻，他惊住了。

店长回想案发前一周，江歌休息了一星期，他和江歌说的最后一句话是那样平常，江歌下班临走前，两个人互道了一句："辛苦了。"

一起打工的桥本起初看到新闻后很吃惊，他自己也住在事发的中野区。两三天后到店里打工，才得知遇害的竟是江歌。桥本回忆，整个11月他都在痛苦中度过的，不知道该不该跟朋友提起这件事，他什么都不想干，只想知道犯人是谁、到底是什么原因，可日本媒体没有详细报道。

受到晴天霹雳般打击的，是江歌的母亲江秋莲。11月3日下午5点，中国驻日大使馆打来电话说江歌遇害时，她怀疑是骗子。下午6点，她通过微信视频和刘鑫确认后，瘫软在地，大脑一片空白。

江秋莲回过神来的第一个想法是，"我没有活路了"。她拜托村支书帮她把房子卖掉，钱给母亲养老。她要去日本看歌子最后一眼。

当时和江秋莲在一起的是刘鑫父母。村支书回忆，刘鑫妈妈通过视频看到女儿没事，对江秋莲说了一句："你也别着急，应该没什么事儿。"然后和丈夫走了。

江秋莲11月4日晚抵达日本，11月19日带着江歌骨灰回国，其间一直希望和刘鑫见面，但刘鑫没有露面，刘鑫对此的解释是要配合警方调查。

2016年11月5日，陈世峰把作案时背的双肩包扔在上野公园。萧静淑后来得知，当天陈世峰向"日本妈妈"交代自己"犯了严重的事情"，让她帮忙退掉房子，并留了父母的联系方式。

2016年11月24日，日本警方以涉嫌杀人罪向陈世峰发布逮捕令。报道和照片随之而来。

"我一看就是陈世峰，我说完蛋了，这家伙怎么会杀人呢？真的是万万没想到的，几天都睡不着觉。"萧静淑说。

收到萧老师发来的消息后，李崇阳大概有一个小时脑子都是空的，"第一反应是不是重名，不相信是他，同学里都炸开了，为什么是他？怎么是他？"

他记得就在案发前几天，2016年10月底，王河山的女儿出生，同学相聚，陈世峰给他们打来了微信电话，聊了会儿天，语气中还透露出他们熟悉的积极和幽默。

"记者给我打电话，我第一句就告诉他，你不要问我陈世峰这个人怎么样,我告诉你他杀人了,杀人了就没话好说了,再优秀的学生都没话好说了。杀人这件事就是铁证,就是不能宽容的!有什么好宽容的?没什么好宽容的!"萧静淑厉声说道。

陈世峰在日本曾受到一位日本太太的帮助,他称其为"日本妈妈"。他在大学时教过这位"日本妈妈"一年中文,让她一直感恩在心。2017年,萧静淑曾与"日本妈妈"见过一面,才得知陈世峰欠了"日本妈妈"100多万日元。

"她非常痛心,这件事对她的打击比任何人都大。但老太太并没有对他绝望,她觉得他没有蓄谋,认为他还有救。"萧静淑说,"日本妈妈"去监狱看过陈世峰一次,他看起来像是刚从死亡阴影中走出来,刚恢复了点元气。"她说我相信他只要活着,就能够还我钱。"

萧静淑对"日本妈妈"感到非常抱歉,无论是作为陈世峰的老师,还是作为一个中国人。

配合完警方调查后,刘鑫于2017年1月回国前去中华料理店见了李虹。李虹记得那天刘鑫没有跟她说什么,警方要求严格保密。李虹劝刘鑫,回国后一定去好好陪陪江歌妈妈,家里要拿出最大诚意去弥补人家,这样你以后的日子才会好过。她记得刘鑫答应了。

后来,李虹再也没和刘鑫取得过联系,直到看国内报道才知道,事情过去294天后,刘鑫才和江歌母亲见面。

其间,为逼刘鑫出现,2017年5月21日,江秋莲在网上发表文章《泣血的呐喊:刘鑫,江歌的冤魂喊你出来作证!》,曝光了刘鑫及其父母的照片、身份证信息、手机号码。

2017年8月,刘鑫接受媒体采访,她与江歌母亲见面的视频在网上播出后,掀起巨大舆论风波,刘鑫及其家人遭受网友口诛笔伐。

与此同时,嫌疑人陈世峰一家尽管遭受网友及媒体的人肉搜索,却始终在舆论面前保持沉默。此前传闻陈世峰家人重金聘请日本律师中岛贤悟,中岛向澎湃新闻回应称,陈世峰家里经济情况不好,没有花很多钱请他,但也不是免费的。

中岛律师介绍,他于2016年12月开始接手这个案子,此前有另外一个律师,那位律师的方针是"沉默方针"。后来家属决定换律师,经人介绍,通过微信联系到了中岛。中岛告诉陈世峰必须要把真相说出来,"我们花了很长时间,一次说一部分"。

曾经给予陈世峰很多帮助的"日本妈妈",在2017年12月11日庭审开始前,真实姓名被媒体曝光。中岛律师此前希望她出庭作证,说说陈世峰平时生活的模样,证明他是一个认真的人。由于担心出庭后生活受到媒体干扰,"日本妈妈"临时取消了出庭计划。

案件发生后,桥本时常在网上搜索案件进展,他在日本网站上查不到,就到百度上查。中文看不懂,他拜托懂中文的同学讲给他听,那也是他第一次跟朋友说了这件事,大概在2016年11月中旬。

2017年,他一直在百度上搜索事情进展,也看到江歌母亲发起签名活动,请求判决凶手死刑。12月11日,江歌案在东京地方裁判所开庭审理,桥本每天去现场排票,他要亲自去现场看看凶手,听他的声音,看他的表情。他也想知道日本司法如何回应江歌母亲的诉求。最重要的理由,他不理解日本媒体为什么对这件事关注度这么低,他要作为日本人的代表,向外界传递信息。

案发后,江歌生前所住的公寓邻居们陆续搬走,房东女儿给三层楼安上了监控,房子空了大概半年也没租出去。日本房屋中介规定,发生过命案的房子,在事件发生后的一段时间内,中介公司必须和租客提前说明。没人愿意租这样的房子,也没人愿意买公寓前那片可以建房子的空地。如今,事情发生一年多,房子终于低价租给了一些大叔们。一年间,江歌妈妈几次来到这里,最近一次是江歌案庭审第一天清晨,她在小铁门门口给女儿献了一束花,跪在门外,对女儿进行了短暂的祭奠。

12月11日,是她第一次见到陈世峰的日子,见了那个她征集了450多万个签名、要置其于死地的人。

案发后,刘鑫没有再发过朋友圈,最后一条是在2016年11月1日。

2016年6月,她发了与江歌的合影,说"学到头脑发热生无可恋之时,最幸福的事情就是找三叔一起吃吃吃"。她的朋友圈中,江歌出现频率很高,除此之外,就是与吃相关的消息、吐槽段子和日常记录。可以看出来,她常丢三落四,爱睡懒觉,偶尔会因想家而伤感。从2016年4月开始,时不时能看到江秋莲的点赞或评论。那时,她是江歌在日本最亲的朋友。

尾 声

陈世峰把手搭在江歌右肩后，到底发生了什么？没有监控，只有控辩双方各自给出的"真相"。

公诉人认为，陈世峰是提前准备好刀去杀刘鑫的，怕江歌报警，觉得江歌是个障碍，遂杀害江歌。

被告辩护律师认为，陈世峰是特意去找江歌咨询和刘鑫的恋爱问题，结果刘鑫递刀给江歌，将江歌推出屋外后锁了门。江歌用刀刺被告人，被告人与江歌夺刀过程中，失手造成致命伤，此后的几刀确实怀有杀意，但不是致命的几刀。

陈世峰去江歌家的原因，依然扑朔迷离。

公诉人称，陈世峰对于刘鑫声称有了新的男友感到嫉妒，产生绝望，陈世峰否认，称"我交过几个女朋友，如果每个女朋友在分手的时候我都绝望，我不是早就崩溃了吗？"

辩护律师坚持，陈世峰是去找江歌商量怎么和刘鑫复合的。"陈世峰那么喜欢刘鑫吗？"澎湃新闻记者曾问过陈世峰的辩护律师中岛，中岛说他不这么认为。"那为什么一定要和刘鑫复合？"中岛说他不知道。

2017年12月16日，中岛接受澎湃新闻采访时谈及量刑，他主张陈世峰应被判定为杀人未遂罪和对刘鑫的恐吓罪。

在前一天的庭审中，陈世峰在法庭上低着头说："犯了这么大的罪，说实话，我真的不知道怎么去赔偿，如果可以，我想尽我所有，去赔罪。"江秋莲突然崩溃，怒喊："还我女儿！拿你的命来赔！"检察官立即示意她安静。随后，她努力压低自己的声音，一边摇头，一边哭着重复一句话："还我女儿，还我女儿……"

"如果真的能……"陈世峰试图回应，被法官制止，他一直低着头，声音哽咽，继续说了下去："如果真的能搭上我这条命……"再次被法官制止。然后他抬头看了江秋莲几秒，又低下头。

江歌倒下后，决定扎那几刀，用了不到10秒，辩护律师问他这段时间在想什么，他一口气说了一段很长的话："感觉世界特别安静，我从来没感觉世界这么安静过，我的耳朵听不见任何声音，我也看不见，也不是看不见，就是外界的一切都进入不到我的身体里了，感觉自己在飘。"

辩护律师问他："你知道你犯下了到死为止你都一定要背负的罪吗？"他意外地沉默了。律师继续问："你知道你犯下了到死为止你都不可以忘掉的罪吗？"他沉默了一两秒，用几乎听不见的声音"嗯"了一声，然后用衣袖擦泪。

"现在你会尽力去补救吗？"

"是的，我愿意，我什么都愿意……"陈世峰哭着回答，声音颤抖。

江秋莲瘫倒在椅子上，开始干呕。因身体不适，她在医护人员的陪同下暂时离庭，直至最后时刻才出现，并让代理律师替自己念意见陈述："如果没有江歌，我活下去还有什么希望？陈世峰杀了我的江歌，同时也杀了我。我活不下去，我的母亲也活不下去。陈世峰同时杀了我们三代人。"

在念陈述书的整整8分钟里，陈世峰全程趴在桌子上，双手握拳，抵在额头上，微微颤抖。念完后，他用手帕擦了脸，然后抬起头，满脸通红，眼睛红肿。

2017年12月18日，庭审第六日，日本检方要求判处被告人陈世峰有期徒刑20年，江母代理律师则要求判处陈世峰死刑。陈世峰律师对检方详细地进行反驳，江秋莲听完对法庭说："法官，请你们当庭释放陈世峰。"审判长制止她再次发言。

陈世峰的家人始终没有出庭，辩护律师中岛对此的解释是，陈世峰家人想到江歌妈妈在法庭上见不到女儿，他们觉得自己见儿子也很"厚脸皮"，所以没来见。

中岛向澎湃新闻介绍陈世峰过去的一年在看守所的状态：写道歉信，哭，那里很冷，经常感冒。在法庭上，陈世峰出示了一份由父亲写的、母亲签名的道歉信。

江秋莲在法庭陈述中，明确拒绝了陈世峰的道歉：陈世峰极为残忍，在颈部刺了那么多刀。他在作案后，还隐藏证据。如今证据确凿，他不知悔改，还在狡辩，还在表演。道歉只有"对不起"三个字。难道三个字，就能放了他，就能原谅他？而且，道歉信是11月10日才写的，距离开庭那么近。

12月13日，刘鑫来到法庭，通过视频的方式"出庭"作证，当被辩方律师问起报警时说的是"把门锁了"还是"怎么把门锁了"，她的语气突然激动，语速变快，她强调自己说的是"怎么把门锁了"。她说，门外那一声急促的"啊"让她害怕，产生了许多联想，直到警察到来为止，她没有再打开门，在玄关处坐了30多分钟，直到江歌的遗体被警察带走。

视频里，她哭着说："我很想见她（江歌），我还有很多话想跟她说。我真的很想再见到她。我们还有很多约好的事情还没有去做。"

此时，桥本在旁听席突然情绪失控，压抑着哭出声，神情悲痛，久久未能平复。他觉得刘鑫这段话说到了他心里，他也想见江歌，也有想跟她说的话……

他接受中国媒体的采访，回忆和江歌曾经一起打工时的点点滴滴。他希望江歌妈妈通过看报道知道，在异国他乡，也有她不知道的人在关注这件事。他最想让江歌妈妈知道的是，在她看不到的地方，江歌也曾在努力地工作、生活。

2015年2月19日，江歌赴日前两个月，"高老头"在日本去世。"高老头"离开中国那天，送了江歌一盒烟。江歌很难过，跑到阳台上点燃了一支烟，看着它燃尽，祈愿下一次相遇。当时没想到，没有下一次了。

"高老头"葬礼那天，江歌又点了一支烟，并在微博上发了篇悼文，附上了她与"高老头"的合影。她在结尾写道："今后每一个219，我这里都会为你点燃一支烟，直到你送我的那些烟燃尽，你又有一个新的人生，愿那个人生一世安好……"

（应受访者要求，文中部分人名为化名。实习生陈瑜思对此文亦有贡献）

附：

编者按：江歌案12月20日宣判，陈世峰的大学舍友投书澎湃《心事一杯中——写给我大学四年的舍友陈世峰》，希望通过澎湃新闻把这封信转交给陈世峰，也转给所有读者。"同寝四年，我以你为荣，也以你为耻。如还有机会，望你能修身养性，痛改前非；如再无机会，也愿你了无牵挂，四下安详。"

心事一杯中——写给我大学四年的舍友陈世峰

世峰：

久疏消息，谨祝安好。

已过凌晨，遂问个早安。

近日数家记者联系，说是想了解一下我们当年在学校时的事情。我因出差在外，工作繁忙，空暇实在有限，故除了回忆一些当年共同学习生活的片段外，并没有说太多。

今日有记者问我，有没有什么话想和你说的。当时我正在收拾行囊，这是我本次出差的最后一天，要赶中午的火车回家，下周依然要出差。然而听了记者的话我还是萌生了给你写一封信的想法，或许是被对方的话给搅乱了心神，慌乱中将电脑的电源线忘在了旅店，发现时已不在一个城市。回家后打开电脑，呆坐良久，竟茫无头绪，不知从何写起。眼见电脑存电已然不多，便坐了末班车来到办公室，用办公的电脑给你写下这么一封信。夜已深沉，冬月朦胧，寒气入窗来，战栗不能御。

想拿同事的姜红糖水给自己冲一杯，却因近几周连续出差，作息不规律导致上火，牙龈肿痛，思考再三还是决定放弃。

从何处说起？

当年，我准备去日本留学，正学日语以做前期准备。忽一日林老师联系我，说你不愿意走泰国志愿者归来后他们给安排的出路，遂想让你跟我一道赴日留学。于是我便将联系人钟老师介绍给你，由他帮忙联络日本方面的事宜。只是后来阴差阳错，你去成了我没去成，从这个角度去想，是我和林老师一手把你送去日本，也不是没有道理。当时的我们怎么也想不到，亲手为你打开的门却连接着一条通往悲剧的路。

要说自责，肯定是有的。这一年来跟我说能避则避，莫要沾上这因果的同学、亲友也不止一个。但我总觉得我们同寝四年，彼此叫过兄弟，我和黄、秦、杨、池到底与你的关系非同一般。我们无法在你犯下错误的时候助你逃脱应有的制裁，兄弟归兄弟，法律归法律。

看了这几天庭审的报道，我和一些同学竟有些不知所措。说实话，经过一年时间的舆论发酵，我们已不求你能给人一个并没有钻法律空子以逃脱罪责的印象，然后坦然面对惩罚；只是觉得你和律师应该针对这一年来在国内造成的你"父母很有势力""刻意隐瞒实际情况"的舆论氛围有些应对措施。因为我们知道，你的父母真的只是普通人，更知道网络上不明真相的误会与别有用心者掀起的谣言对他们的伤害有多深。

诚然，人在面对不利情况下寻求自保那是天性使然，律师努力将当事人的损失减到最小也是职业素养。但近几日你们在庭审中的语焉不详与刘鑫的前后矛盾确已在事实上加深了大家的猜疑和诘问。我说这些非为博取同情，更非落井下石，只是觉得是过错终要承担责任，是隐情终能水落石出，但既然是庭审，总是要给出一个令人信服的说法和证据。庭审中的你，真的不是我们希望看到的你。

至于刘鑫，我不认识她，自是无话可说。

其实这些话本该是和你关系最好的黄来说，由我来说只怕效果不好。因为虽然大家一贯认为你我是林老师最看重的两个学生，但实际上若要在学校里选出一个老师们公认的"好学生"，怕是九成的老师会选择你而不是我；若要在同学间选出一个大家印象中的"领军者"，估计九成的同学也会选择你而不是我。我甚至还曾不吝恶毒地想过，会不会在老师们心目中，若是做下那番不可饶恕之事的是我这个不成器的，比起是你做的更容易接受一些。

我是文人，本性懦弱，没有那么大的勇气与能力做到像黄那样一年多来将所有的媒体挡在联系到你父母的最后一道关卡上，让他们无法干扰二老的正常生活。去年他的女儿刚出生时，秦在我的住处住了几天，那时你还从日本跟我们进行了微信语音聊天，当时你的语音还透露着我们印象中的积极与幽默。几天后，便发生了江歌事件，我们当时并没有把事情与你联系起来，直到有报道说是你做的……

那次通话的当天晚上，我俩和你班的女生庄一起前往黄家去看他的女儿。那是我第一次见到刚出生不久的婴儿，还不及小臂长短，在襁褓中睡得很是香甜。嫂子我已见过多次，那一次我还真从她身上看到了传说中

"母性光辉"那一类的气质。那晚吃饭，伯母从老家带来的腊肉鲜美无比，炒的蒜苗满屋飘香。吃到一半庄提议给孩子拍一张照片发给你看，我们觉得闪光灯可能会吓到孩子所以就没拍。

几天后秦就起程和女友一起前往尼日利亚闯荡了，近一年来的通话都说"挺好的"。但我妈跟我说这家伙告诉她其实在那边不是太顺，在尼日利亚办汉语教育很多客观条件还并不成熟，语言学校的创办受到了些挫折。

真是个倔得要死的家伙是不是？那可是个比你还要强的人，受了挫折一定不会告诉兄弟的。据说过年那会儿他会回国一趟，到时会和女友订婚。他应该很挂念你吧，还记得有一次假期他和你都没回家，在厦门打工，他打工处的房子塌了，腿被砸断，是你和黄立马撂下手里的活赶赴医院看望他，照顾了他一个假期。学校为了给他养伤在一楼单开了一间条件不错的宿舍给他暂住，我们后来也经常在那里吃饭和过夜，还记不记得我在那里煮的羊肉火锅和牛肉丸？不知为什么现在网上传成了是学校为了平息你打蔡造成的不良影响而给你开的，或许是因为蔡发到网上的那篇文章吧。

同学们在这一年中都改变了不少，有的事业已小有成就，有的研究生毕业在考虑读博的事，还有不少已经走进了婚姻的殿堂，还有的已经或是将要和自己的孩子享受天伦之乐。

至于我，放弃赴日留学后多手准备，去年经林老师介绍得了一份工作，主要是中小学的教育信息化这一块的。薪资不高，但总算有了个开始，也逐步进入正轨了，就是这半年来几乎每周都要出差，挺辛苦，倒也见识了不少乡镇基层学校的教学与设施的现状，阅历增加了不少。还有就是我的诗零零散散发表了几篇，小说也终于开始在网上连载了，给你写完这封信还要去敲出今天需要更新的内容。

个人问题……如你所知，至今仍是单身。

光阴似箭，当年我们在寝室里谈天说地之时也不是没畅想过毕业后的情景。当年大家认为，你是个天生的活动家，黄是个天生的从业者，秦是个天生的励志者，杨是个天生的志愿者，池是个天生的倾听者，而我这个成绩最差的反而是个天生的学者。

我们是最后一届四年全在华文的对外汉语专业学生，我们之后的几届陆陆续续都搬到厦门校区的本部去了，如今华文里边除了预科和境外生以外再也没有本科的华文系学生，空荡荡真有一种人去楼空的感觉。几年来我也曾数次回到华文看看，我是不敢见老师的，毕竟当年数位老师对我的印象我还是心里有数的。

当年的教学楼、宿舍楼、食堂、图书馆以及卧在校园门口的龙舟池，当年的一点一滴总能浮上心头。当年有老师质疑我学习能力有问题，你反驳道我是因为不感兴趣而非没有能力；有同学质疑池太过腼腆为人内向，你怒吼说池每周看的书比他们一个月看的都多；有人说秦性格太过冲动早晚要跌跤，你说总比那些连做都不敢做的人强；有人揶揄高除了提升绩点外什么都不关心，你怼回去说能考那么高的分数再说。

凤凰树下，花开如火；水灯节上，光影逐波……

当然，我们私下里也不是没讨论过你性格中不好的一面。你打电话时没来由地提高音量大声与对方争辩，我们没有劝阻你，因为你并没有吵到我们；你殴打蔡那次我们没有多说什么，因为蔡此人在同学中争议甚大；你半夜梦中突来的数次撕心裂肺的嘶吼我们没有安慰你，因为我们认为你的开朗与上进会帮你克服困难。如今想来，或许在不经意间，我们的不作为早就帮助你内心的极端与阴暗种下了改变性格的种子，最终酿成一场人间惨剧。

我和同学们讨论你的事，有同学认为你性格的改变或许是在去了日本之后，或是与刘鑫交往之后，有老师至今不太愿意相信你这么优秀的学生会做出那样的事来。毕竟在学校中，老师印象里的学生，永远是片面的，这一点在哪都一样，哪怕是再亲近的老师，依然是学生生活的旁观者。

2015年我去了日本一趟，跟你见了一面，那时的你长发束辫，我虽不喜欢男生留这样的发式，但想到相传的日本理发奇贵便也就没多说什么，只是调侃了一句。当时的你依旧是那个阳光上进的陈世峰，仔细地告诉我在日本生活的点点滴滴，还对被安排在我住处的两个小孩子照顾有加，帮我给他们做饭，也帮我把他们从游戏机前哄到餐桌上吃饭。

可无论如何，你对江歌做的事情让我们无法宽恕你。你性格中恶的一面究竟是来自家庭还是来自在日本的经历，我们不愿过多去挖掘，可既然你用如此残暴的方式将之暴露在世人面前，等待你的无非就是法律与道义的制裁。我们会心痛，我们会惋惜，但我们无法原谅。

此次出差结束，我打算去祭拜一下江歌，如有机会，还想去探望一下她的母亲，只是不知她知道我是你同寝四年的同学后愿不愿意见我……

还有……我不知这话说出来究竟好不好。如果，如果最后的判决使你再也无法见到你的父母了，我会和黄他们商量，一起来照顾二老。

这两件事是作为兄弟能做的为数不多的事了。

我这几趟出差主要是给基层学校的老师们讲解人教社开发的电子教材的使用方法，最近几次讲到小学音乐课的时候，总拿出四年级上册的第一课《赶海的小姑娘》这首歌来做示范。而今天再听这首欢快的儿歌，内心却突然想起你来，一时间思绪万千，心绪庞杂。

随信附上被选入人教社电子教材的这首歌的范唱版，如能被你听到，算是同寝四年的兄弟送你的一份礼物吧。我不敢听当年我们09和10两届学生大合唱的那首《龙文》，我怕哭，也怕你哭……

同寝四年，我以你为荣，也以你为耻。如还有机会，望你能修身养性，痛改前非；如再无机会，也愿你了无牵挂，四下安详。

刚才思考下文之时抽空定了明日（严格讲是今日）出行的火车票，猛想起此次出差时间略长，故我还要回家给行李添两件换洗的衣服，或许没有时间供我小睡一觉了，何况还有作品需要更新。

久坐之下，腰背俱痛，晚灯夺月，遍体生寒。

手抚额前，悲从中来，临稿涕零，不知所言。

弟 重阳
2017年12月17日

采访、撰稿/张小莲、于亚妮、黎毣、王倩、刘成硕
原载《澎湃新闻》2017年12月20日

冤狱之后

已经是内陆的冬天,海南岛上的风依旧湿热。

2016年11月1日,在海口秀英区东山镇一片占地300亩的生态农庄里,44岁的总经理黄家光正蹲在地上修钓鱼竿,农庄里突然来了十几位客人,一个女人冲上前握住他的手,激动地说:"你就是黄家光啊,带我们上山捡鸡蛋去……"

此前的一周,黄家光迎娶了一位比他小15岁的俊俏姑娘,新娘脖颈和手指上闪闪发光的金饰引来不少对这桩婚姻的揣测和流言,来自外界的关注几乎要超出他此前经历的17年冤狱。

因被卷入1994年的一场村民械斗命案,黄家光自1996年起成为犯罪嫌疑人;2000年,经过法院两轮审判,他被定为主犯之一,以"故意杀人罪"被判无期徒刑;此后,黄家光及其家人开始了漫长的申诉,直至2014年9月,海南高院再审宣判,黄家光被宣告无罪并当庭获释,海南高院向其支付国家赔偿金160余万元人民币。

十几年牢狱之灾摧毁了他的生活:女友离开了他,父亲申诉未果抱憾离世,家中一贫如洗。在出狱后的两年里,这个身材瘦小、两眼深陷的男人投资做生意,为家人盖房子,也数次传出恋爱的消息,似要将那些在监狱中失去的补回来。

但揣着160万元赔偿金,经常有人找他去玩、赌,也有很多人请他吃饭,乘机向他借钱。"那钱是我拿命换回来的",他一分也不借,渐渐地就与村里人疏远了。

如今,新婚生活刚满一周,在几次与妻子的争吵后,他显得无所适从:"我出来后,都是迷惘的。"

新 生 活

农庄里种植了咖啡、椰子树、花梨木和各种蔬菜，养了兔子、鸽子、鸡和猪等牲畜，以会员制形式经营，一个星期给客户送货两次。2016年4月，黄家光投入10多万元入股，占农庄5%的股份，并出任总经理，老板凌利生安排他负责农庄的后勤和接待。

在从商之前，凌利生曾是一名记者，他和黄家光的结识是从后者的案子开始的：2005年，在《海南特区报》供职的凌利生首发黄家光案报道，并刊出曾咬定黄家光作案的同案犯翻供为其作证无罪的证词。这篇调查报道在《海南特区报》上连发了三个版，当时引起了很大的反响。报道刊发后的次年，该案的另几名嫌犯被宣判，但判决书上所列的同案犯中已经没有黄家光的名字。此后，凌利生离开了海南特区报，在他的首发报道9年后，黄家光被宣告无罪。

"我见证了他的苦难，也希望能见证他后半生的幸福。"一身唐装打扮的凌利生，普通话中带着海南口音。

让黄家光来农庄，他也是考虑再三决定的。出狱后，黄家光很信任凌利生，凡事都向他吐露和商量。因担心他被人欺骗，凌利生跟他约法三章：不能吸毒赌博，不能随便借钱给别人，尽量不要和别人合伙做生意。

"他喜欢打麻将，但做事情肯吃苦。如果是自己的公司，做事情也会更有责任心。"凌利生让他入股农庄，并安排他夫妇在里边工作，每月工资6 000元。

"这是我自己的公司，我有信心把它做好。"说这话时，黄家光有些失神地望着身边的妻子杜文。

2015年9月，经媒人介绍，黄家光认识了杜文，一个29岁的漂亮女人。"第一次见她，我就喜欢上她。"望着妻子的背影，黄家光黝黑的脸上露出羞涩的笑容。

第一次在海口见面时，黄家光就告诉杜文，自己坐了17年的冤狱，并让对方马上上网搜索他的名字。"我喜欢她的个性，有事就说事，说话直来直去的。"黄家光说。

那次见面之后,他打电话、发短信,甚至经常去杜文家。两个月后,两人在一起了。

"阿光对我女儿特别好,有次我女儿脚上生疮,他马上买药给女儿涂。"杜文的母亲韩雪明曾对记者说,为此她也就不计较两人年龄上的差距。

"阿光老实善良,还特别懂女人。"杜文说。2016年6月,两人到民政局领取了结婚证。

10月24日结婚当天,黄家光在家里摆了二十桌酒席,请全村的人都过来喝酒,酒席一直摆到了黄氏祠堂门口。

黄家光说,出狱后他第一次感觉到了幸福。

17 年 冤 狱

从入狱到回家,黄家光用了17年的时间。

"那些法院检察院的,开车送我回去,到家后我就哭了起来。"鞭炮响彻了东山镇新岭冲村,但已不见父亲黄举志的身影。黄举志在儿子归家一年前去世,终究未看到儿子沉冤昭雪。

22年前,22岁的黄家光曾是一名建筑工,"那时每天工资有二三十块钱"。有一个谈了两年的女朋友阿梅,也正商议着和她结婚。"事发时我都没在现场,我在(澄迈县)永发镇打工。"

1994年夏天,新岭冲村发生斗殴事件,导致隔壁一村民黄恒勇死亡。黄家光被列为犯罪嫌疑人之一,后因证据不足,警方几次抓捕又几次释放。

三年后的1997年,主犯黄家鹏被抓捕。他起初称,事发当天黄家光在外打工,后又改口说他也参与追杀。1998年,黄家光被抓捕,两年后被判无期徒刑。

"他们(警察)说,有人都说你了,你还嘴巴硬,给我吊起来打。"黄家光挽起裤脚,露出青紫色膝盖对记者说,"你看,我的腿跪玻璃跪坏了,身上很多地方都是伤。"

据《海南日报》报道,黄家光曾控诉自己的认罪供述是警方刑讯逼供的结果。"被抓的当天,办案民警就将我带到红明农场,将我吊在门框上,脚尖仅能碰到地面,棍子、凳子朝我身上乱砸。我被多次打得昏死过去,以致琼山看守所害怕出人命而拒绝接收我。在审问的过程中,办案人员多次诱供我。他们说'打你打得多了,再打也不好意思。你不想再受折磨,我们也想早日结案,你就照我们的说了吧。不说你去杀人也可以,就说你跟着别人去围观。当围观的群众有什么罪,你一说我们就结案,你也就可以回家了'。于是,我就照着警察所说的,在供述上签了字。"

而指证黄家光杀人的黄世胜、黄家鹏等人,也均表示曾受到逼供和诱供。黄世胜在接受采访时说:"公安机关逼供,因为受不了他们的殴打就承认了,也供述黄家光参与了此案。"而黄家鹏则说:"当时公安机关怀疑他,把黄家光关了6个月,他供述我们十几个人有的参加,有的不参加,后来我们知道了很恼火,所以就指认他也参与了,实际上黄家光没有参与。"2014年,海南省高院总结了本案侦查存在的几点失误:一是追逃不及时,1994年案发,1996年至1998年期间黄家光先后三次被抓,另外两名同案犯是案发后5年才到案,其余同案犯均是2005年才抓捕归案的;二是办案不规范,接警记录、立案破案材料缺失;三是取证不及时,对被告人有利的证据不重视、不收集;四是口供定案,黄家光涉嫌故意杀人案的证据主要是口供,后期证据变化也主要是口供变化,导致错案。

回忆起监狱里的那些日子,黄家光说,一到下雨,他身上就痛得难受。1999年,女友阿梅寄来了一封信,"她要结婚了,叫我不要等她,让我好好改造"。黄家光当场就把信撕掉了,"结婚就结婚呗!"——出狱后的第二年春天,黄家光回家转车时,看见阿梅带着她五岁的小孩,"我心里不是滋味,她看见我也眼睛红红的"。

为了调查本案,记者凌利生曾进入监狱见到了黄家光本人,11年过后,凌利生依旧对那次见面印象深刻:年轻的黄家光跳了起来,大声说"我没有杀人"。

在黄家光十几年的冤狱中,高墙外的父亲黄举志从未放弃过,当时年过八旬的老人拄着拐杖,不停上北京和海口申诉。

凌利生曾向澎湃新闻投书,描述2005年11月见到85岁的黄举志的情景:"见到我时(他)双腿着地,老泪纵横,称他儿子是冤枉的,求我救救他儿子……晚上,我前去黄家再次安慰这个可怜的老人,老人家没开电灯,独坐在黑暗中。他说没交电费已断电了,种地的收入很少,省下钱来为儿子申冤，我将自己身上所有的钱都掏出来放在他的桌子上，流着泪转身离开。"

凌利生当时拍摄下一张照片：骨瘦如柴的黄举志站在几乎要坍塌的土灶台旁，背后是被柴火熏得漆黑的土墙。"黄家光的父亲在2005年时告诉我，家中已无米下锅。"凌利生在这篇照片的注释中写道。

年过九旬的黄举志在2013年过世。"知道他（黄家光）是被冤枉的，到死都在念叨'阿光、阿光……'"黄家光的大哥黄家达回忆道。

出狱回家的第二天，黄家光去到父亲坟前，对着父亲的坟包说了一下午的话。

"他死的时候，跟我舅妈说，最放心不下的就是我，死的时候眼睛都闭不上。"再次想起父亲，黄家光闭上了眼睛，眼角滚落两滴泪水。

160万元赔偿金

"那个160万？"新岭冲的一位村民说起黄家光，语气中带着嘲讽的意味，"不在那边打（麻将）嘛。"

现在，只要不上班，黄家光就在村里小卖部打麻将。"就打几块钱，我就是和他们高兴一下。"黄家光并不避讳说自己的爱好。

跟人说话时，他经常闭着眼睛，路上遇到熟人也不爱打招呼。"我过我自己的生活"，黄家光说，村里人以为他傻，其实他是装傻。

即便已经回来两年，除了打麻将的小卖部，村子依旧让他觉得无所适从。

"出来后进入这个社会，都是迷惘的。"身材瘦小，两眼深陷，今年44岁的黄家光，看起来有一种超出年龄的沧桑与孤寂。

刚出狱时，全国媒体都跑来采访他，"网上挂了一大堆新闻"。2014年12月，央视新闻来海口采访黄家光，凌利生陪记者一起过去，见到了出狱后的黄家光：比以前更瘦了，但精神看起来不错。

但当热闹散场，一切又回归原状。家乡在他出狱后显得熟悉又陌生：曾经的老房子更加破败，新建的楼房又觉得陌生；从前那些还是小孩的，现在都结婚有自己的小孩了；曾经的老人变得更老，很多人都消失不见了……

黄家光不喜欢待在村子里，回家的第二年正月，他就去三门坡镇跟人种柠檬树了。兜着160万元国家赔偿金，镇上媒婆争相给他介绍对象。之前有媒体报道，黄家光见过不下20个女人，甚至还有女人跑到他家里，说愿意和他结婚过日子的。

"身份证和离婚证，她都没有，这我哪敢要啊！"黄家光回忆起这些时，说他当时掏了200元，给相亲的女人回家作路费。

被抽走了17年的青春岁月，他愈加渴望婚姻与家庭。黄家光也先后谈过几个女朋友，并几次在媒体上传出结婚的打算，但后来都不了了之。"她们叫我在城里买房子，我一个农民，怎么去城里买房子？"

那160万元国家赔偿金还招来不少借债的人。

经常有人找他去玩、赌，很多人请他去吃饭，其实想向他借钱。"那钱是我拿命换回来的，我不借给他们。"黄家光说，"我借给你，你还不起，你以为我是傻子，除非你有利息给我。"他也没有借钱给村里的亲戚朋友，唯一一笔，是给大哥黄家达44万元盖房子。

2015年11月，在21年前的老房子原址上，黄家达修建了两栋楼房，一栋一层楼，一栋两层楼，给三兄弟一起住（注：老二黄家风外出打工）。黄家达有四个孩子，最大的刚上大学，最小的在上小学。夫妻俩种了三四亩地，除了一年收两季稻谷外，还种了豆角、红辣椒、青瓜等蔬菜卖。家里养了鸡鸭鹅牛，曾经还有十几头猪，但因为修新房子没地方建猪圈就不养了。

11月1日早上，黄家达到地里摘了47斤豆角，运到马路边摆摊卖了121元，"我赚钱养小孩就好。"黄家达不愿向弟弟借钱，"那是他用命换来的，我也不想要他的钱。"

之前为了黄家光，黄家达曾和父亲去过北京、海口申诉，请人写了不少诉状，花了差不多有七八万元，但是黄家达从未向弟弟提起过。"说那做啥，都是家里人。"

有新房子住的黄家达，已经觉得很满足了。让他觉得心痛的只是，黄家光用钱有些大手大脚：回来半年后，他买了一串金项链和一个硕大的金戒指。"听人说金项链能保护我。"黄家光说，但他现在不想戴了，"我朋友让我低调点，坏人把你的抢了偷了怎么办？"

黄家达几次建议黄家光把钱存银行定期，"如果他听我的，100万元存银行定期，那他现在还剩有100万元。"

"我大哥就是担心我，从那里（监狱）出来的人，我们不是傻子一个。"但黄家光也曾差点被人欺骗：2015年5月，一个自称省检察院的人说要帮他办事，让黄家光打两千元到他的卡上。黄家光信以为真，准备去转账前，打电话告诉凌利生。"开什么国际玩笑，省检察院的人怎么可能提出这种荒唐的理由。"凌利生说。

"一百多万元，两三年花完了，别人会笑话你。"黄家达只是替弟弟担忧，结婚生小孩后怎么过。

黄家光宽慰说，他还剩有50万元存银行定期。

"有些人就想看你笑话，农村人凭什么坐了十几年牢得这么多钱？"黄家光想创业，他觉得待在家里吃利息没意思，去年到三门坡镇种柠檬，他投入了20万元；今年去到生态农庄，又投入了十几万元。

"人不怕失败，就算我创业失败了，我打工也可以过日子。"他说。

婚　姻

10月31日，婚礼的热闹已经褪去。新房依旧挂满彩纸，一切都是崭新的，柜子、床、茶几和电视都泛着光。但前一天晚上，刚结婚一个星期的黄家光和杜文吵架了。

事情的起因是，结婚那天，黄家光对前来采访的记者说，他已经做了个人财产公证，这让杜文觉得黄家光不信任她。"我姐妹当时都在这边，她们说为什么你家老公是这样的，难道结婚了都还不信任你吗？"说这话时，杜文的声音有些颤抖。

"我什么都跟他说，像以前生过小孩、坐过牢……因为觉得没必要隐瞒。"争吵中，杜文告诉黄家光，"一分一毛我都不要你的。"

杜文爱喝啤酒，喜欢和姐妹去酒吧玩，黄家光说他一直在包容，结婚第二天，杜文的一个姐妹打电话来催杜文还钱，"我帮她还了一万多块也没说她什么"。

"她一个人喝酒到凌晨两三点，然后大吵大闹。"黄家光很伤心，从没骂过妻子的他，打了杜文两巴掌，"我真的后悔结婚了。"

"像我在海南，都是名人了，很多人认出我，都要和我合影。"黄家光说，过去的青春补不回来，很多人叫他出去玩，但他不喜欢去娱乐场所。"我喜欢去喝茶，不像她们，又去唱歌又去跳舞又去喝酒。"

结婚之前，杜文经常一个人跑去玩，看不到杜文的黄家光，有时甚至都无法安心做事。为此，凌利生干脆在农庄开业后，把杜文也安排到农场仓库，好跟黄家光一块儿工作。

结婚后的杜文改变了许多，但两人的一些分歧仍旧无法消弭。黄家光喜欢小孩，结婚前就经常问杜文：怎么在一起这么久都没有小孩？

"我姐妹跟我说，他在（监狱）里面十几年，而且现在年纪大了，怎么可能想要小孩就有小孩！"杜文曾有过一个小孩，因为当时没有结婚，父母便把孩子送了人家。黄家光曾提出把这个孩子要回来，但孩子的养父母不同意。

经年的监狱生活使他的健康状况受到影响。黄家光去过医院检查，医生说他身体条件不利于要孩子，为此，他现在每天早上都去锻炼。

2014年12月，海南省高院曾公开表示，在黄家光案中，公安机关存在破案失误："公安机关、检察机关、法院对无罪辩解也表现得不够重视，对有罪证据是否达到确实、充分的标准把关不严，而且对黄家光的申诉没有引起足够重视。"

其时，海南省高院称，已启动"黄家光案回头看"程序。海南省高院院长董治良表示："待我们把责任厘清，肯定要对当时办案人员进行追责。"时隔两年，当年那些办案人员至今没有人登门道歉。黄家光越想越生气：我回来两年了，我慢慢等，我都结婚了……"还法律一个公正，我的要求不过分吧？"他反问道。

采访、撰稿/明鹊
原载《澎湃人物》2016年11月10日

故宫捐宝人何刚

出发之前，何俊清本想去买一条薄裤，但因媒体来访频繁，一直没有时间，最后还是穿着那件厚牛仔裤去了北京。

他从来没有想过，人生第一次来故宫，竟然是参加父亲的追思会。

2017年6月22日，故宫博物院为农民工何刚举行追思会，缅怀他32年前向故宫捐赠了一批价值极高的文物。

这32年，何刚一直活在"坎"里，两任妻子先后去世，父亲重病，儿子离婚……连自己最后也倒在了工地上，劳苦的一生被终止在54岁。

父亲走了，何俊清感到，天也塌了。家里两个80多岁的爷奶，一个6岁的女儿，老婆又怀着双胞胎，再过一个月，就要找人照顾了，而自己因为请丧假，刚丢了工作。他不敢想明天，"一想就受不了"。

以前村里人总说他们家，"挖宝把风水挖破了"，才一直出事。他也曾让父亲请个先生来看看，但一提，父亲就生气。父亲不信风水，他信命。有时候他也说："苦啊，苦啊，苦也要好好过啊。"

何刚的遗体在他做工的山东火化了。6月14日，何俊清把骨灰带回了河南老家，两天后，把父亲与两位妈妈合葬在离家两里外的麦子地里。

借钱去北京捐文物

从郑州坐3小时大巴到商水县，再搭近1小时的三轮车，来到固墙镇，随便找个人打听，都知道何刚是谁，家在哪里。

"在外出名的是我们家挖文物,但在这边,我们家这种(多灾多难的)日子才是出了名的。"何俊清自嘲道。

在离镇街1公里的固墙村西北角,胡同深处,是一栋灰色水泥外墙的两层小楼。2003年建成,直到近几年何俊清结婚,才刷了墙,铺上地板。屋内陈设简单,除了电视机和洗衣机,没有几件像样的家具。

"他们是借钱盖的房,就是充下门面,在农村,不盖房子找不到老婆。"何刚的堂哥何书勒解释说。

院子里,80多岁的爷爷奶奶坐在板凳上,拿蒲扇驱赶满地乱飞的苍蝇。两位白发老人刚失去独子,脸上见不到一丝笑容。

因家里一直出事,平日很少有人来串门。这几天媒体来采访,客人也多了。何父双目几乎看不见,眯着眼听大家说话,提到当年捐赠文物的过程,才插了一句:"文物是我发现的。"

1985年冬天,何父在自家宅院里磨豆腐,挖坑栽桩时挖出了一个缸,打开发现,里面装满了瓶鼎杯碗,他一件件拿出来看,夜黑看不清,忙乱中还不小心踩烂了几件。

"我叔说都是银子做的,那银子这么厚,有个花瓶外面还镀了金。"何刚的表侄张海涛用右手拇指和食指比了个一寸的宽度,"农村人不知道啥文物几级,但是对金子银子特别敏感,他就觉得这肯定不是一般的东西,肯定值钱!"

那年何刚才22岁,初中毕业,一时拿不定主意,谁也没告诉,直接去找了自己信任的生产队副队长刘红恩(后来当上村支书)。深夜,两人在屋里秘密商议后,决定上交。

在以后的30余年间,不断有人问何刚同一个问题:"咋不卖?"总是得到同样的回答:"文物属于国家,不能卖。"

"谁卖了,谁就要受处分。"何父在旁边又插了一句。

在刘红恩的建议下,何刚找到商水县固墙食品公司主任老于,他有个战友正好是故宫的保安。村里没有电话,他们用老于办公室的手摇电话,联系上时任故宫文物管理处处长梁金生。

梁金生让他们送来看看,并答应报销路费,何刚当下便选了10件银器,向表哥张黑孩先借了150元路费,与刘红恩、老于两人连夜坐火车去了北京。

第一次见面，梁金生印象中，何刚比较腼腆，话不多，基本都是刘红恩在说。而何刚曾回忆，当时有六七个人围着挨个看，光点头，光说好，有位岁数大一点的老先生过来一看，就断定："元朝的！"然后又说了一声，"好！"

故宫博物院收藏的元代遗存银器较少。梁金生说，何刚带来的这批元代窖藏银器确实是个惊喜，可以说填补了故宫博物院藏品的一项空白，在后来的重大展览中多次展出，甚至被送到国外。

他给何刚普及文物法。何刚说家里还有几件，有些破了。破了也要，梁金生让他把剩下的全拿过来。

临去北京前，何刚找人借路费，只字不提献宝的事，"保密得很"。没想到，从故宫回来后，全国各地的文物贩子便找上门来了。

"当时有人出几千块想看一下东西，何刚不让看，打发他说，都送故宫去了。其实当时家里还剩了几件。"

还有人以为何刚嫌钱少，直接让他开价，"一袋子钱总够了吧？"在何刚眼里，能装满一个蛇皮袋，那已经是"很多很多钱"了。

每天都有人来问，每次都吃闭门羹。回来没几天，何刚就把剩下的9件全部送去了故宫。梁金生又问，这些银器装在什么地方，何刚说有一个缸，梁金生又让他把缸也拿来。

三个月后，已是1986年2月，何刚抱着几十斤重的缸，第三次跋涉赴京。至此，何刚与故宫的交集告一段落。

经鉴定，何刚献出的19件银器包括二级甲文物1件、二级乙文物11件、三级文物5件、一般文物2件。

但在以后的很长一段时间里，他并不知道，自己所捐赠的文物，究竟有多宝贵；而数以亿计的游客也不知道，那个与名门大家、政府官员一起被镌刻在故宫捐献者名录"景仁榜"上的名字"何刚"究竟是谁，过着怎样的生活。

吃不上的哈密瓜

何刚第二次去故宫前，妻子本想留下一个银碗，给刚出生的女儿何华以后作嫁妆，何刚不肯，全带走了。

"我弟说咱不能留，留一件就对不起国家。"当年住在对门的何书勒隔着一条马路，听到了两人争吵的声音。

妻子后来经常为这个事生气。

当时故宫给了9 000元，1 000元报销三人路费，8 000元奖励何刚。拿到这笔巨款，何刚依然节俭过活，"不舍得花钱"，按张黑孩的话说，是"抠一点"。

妻子想买一台缝纫机，要一两百块钱，何刚不同意，两人又吵起来。妻子一时想不开，喝了农药。

经人介绍，何刚娶了第二任妻子，对方也是二婚，也带着一个女儿，改名何燕华。不久，何俊清出生。

然而仅仅过了十年，何刚又遇到了人生第二个大坎，妻子患上尿毒症，而且是晚期。治好要换肾，换肾要三四十万元，也一直找不到肾源。只能做透析维持生命，一次六百多元，三天做一次。

"摊上这个病，人家都说是无底洞，扔多少钱都不行。"何俊清说起那时候的艰难，总是以一句"哎呀你都不知道"收尾。

2003年，"非典"横行大半个中国的时候，病魔也在这个贫寒的家庭里肆虐。

何燕华回忆，当时家里正在盖房，盖到一半，母亲检查出尿毒症，父亲不想盖了，要留着钱给她看病。但母亲怕父亲以后一个人，再赚钱盖房很难，就以不去医院、不吃药的方式威胁，硬逼着父亲把房子盖起来。

何刚一边盖房，一边为妻子看病。打工多年的积蓄花完，就到处借钱，借不来了，就去银行贷款，找人担保。有人劝他，反正治不好了，没必要花那么多钱。

该借的借了，该卖的卖了，一点办法也没有了，刘红恩提议他去找故宫，大家都附和："你给国家捐了那么多宝贝，现在有困难了，国家会帮助你的。"

抱着试一试的心态，何刚带着村里和乡里的介绍信，在张黑孩的陪同下，坐大巴去北京，路上一碗泡面也没舍得吃，饿了八九个小时。

同样是去故宫，以前是"送"，现在是"要"，心情天壤之别。在亲属和村民看来，如果不是"山穷水尽""走投无路"，以何刚的性格，是绝对不会跟人张口要钱的。

梁金生接待了他们，何刚依然"话不多"，只讲了困难，"有点不好意思张口的感觉"。

故宫第一次遇到捐赠者求助的情况，没有这方面的专项基金，但考虑到何刚确实困难，还是从福利费中支出了5万元给他。

何刚清楚故宫没有义务帮忙，却还是伸以援手，心里既感激又不安，从北京回来的路上，就念叨"等以后翻过身得把钱还给人家"。

但在"无底洞"面前，5万元也如杯水车薪。用完了，又开始借钱。后来借钱也成了问题，就借一次透析的钱。

张海涛记得，有一次叫救护车，何刚只借了600元去市医院，做完透析后，兜里只剩下30多块钱，不够买车票回家。

再后来，六百块也借不到了，就请学医的张海涛每天去他家打针，缓解肾衰症状，严重时一晚上跑五六次，这样又持续了一段时间。

"一直到最后，我爸还去找担保人贷款，还没贷到人就不行了。"何燕华回想起来至今遗憾，有次透析回来，母亲想吃哈密瓜，但没舍得买。"那时候我还小，没想那么多，她说不买我们就没去买。现在想想真后悔，就一块哈密瓜都没能满足她。"

"苦啊，苦也要好好过啊"

在子女的记忆中，父母虽然经常因为没钱吵架，但感情很深。为母亲看病那两年，父亲一直表现得很坚强；人一走，那根一直紧绷的弦也断了。何刚每天在家喝酒，喝得烂醉，往街上一躺，睡死过去。当时，所有人都觉得何刚精神出问题了，"就跟傻子一样"。

在外人眼里，何刚做的很多事情都很"傻"。

比如捐文物，村里一直有人怀疑何刚有私藏，过来打听，说没有人家还不信——"真的假的？""真的。""傻子啊！全部捐出去。"

自从妻子患病以来，家里一直欠着好像永远也还不完的债。有个邻居家里急需用钱，向何刚借，他直接给了500元，不让对方还。何燕华听说后气得心疼:"你自己过的什么日子啊,你自己都没钱,怎么还想着别人?"何刚说:"他比我苦。"

给妻子看病,大家也觉得何刚"傻"。既然换不了肾,看病就是浪费钱。

妻子也不想拖累家庭,想打一针"安乐死",何刚一直不同意,气急了撂下一句狠话:"我就算去卖血也要给你看!"

"有一次在医院抢救,连我妈的娘家人都说算了,拉回家准备后事,只有我爸一直在坚持,他说只要医院不给他下达通知,只要有一丝希望都要救回来。因为我爸,后来我妈又多活了几个月。"何燕华说。

妻子去世后,何刚整个人就垮了。一喝酒就往外跑,吃饭不回来,天黑也不见人。有好几次,何俊清和大姐都是深更半夜在母亲的坟边找到他,有时候在那儿哭,有时候躺在坟上睡了。坟在地里,旁边有口浇灌用的井,家里人总怕他想不开跳进去。

2006年,人还没走出来,债还未还清,何刚的老父亲又得病了:骨质增生,股骨头坏死,急需动手术。家里再次陷入了绝境。何刚又去找了故宫,故宫又给了5万元。

生活还在继续。为了还债,为了给儿子娶媳妇,他重新出去打工,开始了到处奔波的日子,全国各地跑,西藏、新疆、黑龙江,哪有活就去哪,什么都干。

直到2009年儿子结婚了,何刚的精神状态才渐渐好起来,酒也喝得少了。但结婚没几年,女方嫌家里穷,没婆婆照顾孩子,又离了。

"我爸辛辛苦苦攒钱让我结婚,结果离了,对他又是一个很大的打击。"何俊清一说起这些事,声音就变得很轻,就像他在黑暗中的叹息,缥缈迂回,然后消匿于漫长的沉默。

"人家都说,这个坎过去了,一辈子也就过来了。但我家是一个坎接一个坎,一直有个坎,一直在坎里。"

自从何俊清去年娶了现任妻子,父子俩挣的钱也可以还债了,终于感觉日子开始"有一点顺了","以为过去了,没有想到,又一个坎"。只是这个坎,何刚再也跨不过去了。

"我爸这辈子太不值了,一辈子多苦多难,没有享过一天福。有时候他也说，苦啊，苦啊，苦也要好好过啊。"

"罕见的老实人"

浙江绍兴摄影师董建成听闻何刚的死讯，"整个情绪都掉了"。他发了一条800多字的朋友圈，怀念这位仅有一面之缘的朋友。

在外除了工友，何刚很少与人有交集，董建成是为数不多的一位。

2011年3月13日，董建成接到《中华遗产》杂志社的电话，让他去采访一个叫何刚的人。听说此人多年前向故宫捐了19件文物，现正在绍兴斗门的高铁工地打工，他一开始不太相信，会有这样的人吗？

当时何刚没有手机，董建成通过工友才辗转联系上他。赶到工地后，听说何刚受伤回工棚了，那是几十人一间的油布棚，何刚的床在最外面，"要是刮风下雨，他那里是首当其冲的"。

等了几十分钟，何刚一瘸一拐地来了，问起伤势，说是被砖块砸到了。当时他在工地上搬砖，一块砖几十斤重。工资并不高，一天只有几十块钱，干了40天，领到1 700元。

当时何刚身体不好，腰、腿、胳膊都疼，从绍兴回来后，检查出腿弯处囊肿，做了手术。此外还有腰椎间盘突出、肩周炎、高血压等问题。

在工地采访完后，董建成送何刚回工棚，路过小店时，给他买了一箱方便面和一箱啤酒。何刚不愿平白受惠，想自己付钱，董建成至今想起这一幕仍觉悲痛，"他当时自己拼命掏，一共就掏出15块钱，他身上没钱"。董建成让同事打掩护，在方便面箱子里偷偷塞了200元。第二天早上7点，何刚就用工友的手机打来电话，说："董老师，你有200块钱漏在泡面箱里，我给你送去，你在哪里？"董建成赶紧说："千万别送来，那就是给你的。"回到单位后，董建成跟同事讲述了这件事，说这是一个"罕见的老实人"，有着这个时代非常"稀缺、尊贵"的品质。

此后，两人像朋友一样，一直保持着联系，每次都是何刚主动打电话来，问董建成身体怎么样，工作忙不忙，偶尔也倾诉家里事情多。

"今年春节，何刚还打来电话，说自己身体不太好，干活没力气，全身都有点问题。我劝他不要干了，可以休息了，他说哎呀不干怎么行呢，上有老下有小的，要养家啊。"

那一期《中华遗产》杂志还报道了其他故宫捐赠者的故事，但何刚活得最苦。"我问他，那么值钱的东西捐了，自己吃这样的苦，干这种活，又养不活家里，你后悔吗？他说不后悔。如果再发现（文物），还捐吗？他还捐。"

令董建成感到遗憾的是，当时何刚儿子生的第一胎不太健康，想生二胎，需缴一万多元的罚款，村支书催他赶紧交，不然就涨价了，但何刚家里还欠着两万多元债，根本无力支付。董便劝说他去找故宫，他非常纠结，不好意思再张口要钱。不过，他从书上看到，在国外捐赠文物后，可免除税收，就琢磨着能不能请故宫开个证明，免了这笔罚款，"当时村里甚至也说只要故宫出张证明来，（就给他免掉）"。

6月23日，梁金生接受澎湃新闻采访时表示，何刚在电话里"提了很多次"，因为没有政策依据，故宫最终还是拒绝了何刚的请求。"故宫不是福利院，不是政府，哪有那么大的能力？"

梁金生说，何刚后来再没有联系过他。

还不完的债

"其实，跟故宫要钱的事一直是我叔的心病，他觉得欠了故宫的，心里不干净。"张海涛父子近几年听何刚说过，以后日子好点了，得把故宫的钱还了，这辈子还不完，死后也要让儿孙还。

家里不停出事，一直入不敷出，借钱是家常便饭。但在还钱上，何刚从不失信。他曾向张黑孩借了5 000元，欠了很多年没还上，"都没脸去见人家"。

2015年，在外打工的何刚听说张黑孩家要盖房子，就从村支书刘红恩那儿借了5 000元送过去。张黑孩知道后又把钱送了回去，对他说："你不用借他的钱来还我，我盖房不差这钱，不着急还。"何刚坚持还了。

2017年年初，何刚又向大女儿何华借了钱，把5 000元还给了村支书，"我爸说工资还没到账，先用我的钱还人家，等他回来了再给我，后来我爸领到工资，就把钱给我了。"何华说有时候回一趟娘家，他也会让她记账，为家里花了多少钱，等他回来都还给她。

"我爸从不问儿女要钱,就算子女给也不要,我跟姐姐出去打工,没给他手上交过钱。"唯一有一次,何燕华打工一整年,回来给了父亲1 600元,其他时候再没给过。何刚认为自己还年轻,还能挣钱,还不是伸手向子女要钱的时候。

何刚去山东打工,把钱都留在家里,自己只带了200元,工地两个月不发工资,他没钱用了,也不跟家里说。他烟瘾大,有个工友递给他一根烟,他说自己两天没抽了,没钱了。工友说借点给他,他不好意思多借,只借一百,一有钱马上还了人家。

何燕华每次问父亲有没有钱用,没有给他寄点,"他都果断拒绝"。何刚知道,这个嫁去福建大山里的女儿,家境并不富裕,去年才盖房子。去年何刚发了工资,还想着给她两千元。

2017年4月,因老母亲摔倒住院,何刚请假回家。他已经一年多没回家了,这次回来,大家都感觉到他很高兴,"笑容多了",人也胖了,"以前没看过他这么开心"。

何华说,可能是因为弟媳妇怀了双胞胎,父亲干了一年手里也挣了一些钱,债也还得差不多了,所以心放宽了。

张海涛问何刚,小儿子的双胞胎生下来,唱不唱戏?他大声回答:"唱戏!借钱也要唱!"

老母亲身体好一点了,就催何刚快回去上班。但他不想走,觉得家里老的老,小的小,儿媳妇又怀着孕,应该留个人照顾。去张黑孩家帮忙垒鸡窝时,聊到这个话题,张黑孩让他放心走,家里有啥事会帮他料理,"不出去挣钱不行啊"。

何刚还欠老伙计"毛孩"9 000元。临走前,他似是承诺般对"毛孩"说,再干一年,把债还完,就不干了,不想再出去了,再干一年就回家。

意外比明天先降临

2017年5月29日,"毛孩"接到何刚的电话,拜托他割麦时帮忙开车运回家。"毛孩"有个三轮车,每次何刚回来,都是他开车去接。

他相信何刚把文物全捐了,毕竟"有钱谁还出去打工",在村里,像何刚这样50多岁还出去打工的人很少。

20世纪90年代后期，何刚夫妇去江苏无锡捡破烂，他也跟着去，但很不习惯，不到一个月就回来了，"那不是一般人能干的活儿"。

张海涛也曾去无锡找过他们，一个院子住了好几家，何刚夫妇在其中一间屋子，10平方米，吃住都在里面，床边堆满废品，门也坏了，关不严。他记得，那天晚上吃的是何刚从高档小区里捡回来的一块冻牛肉，味道还挺好。

张黑孩回想表弟的一生，想来在无锡捡破烂那几年，算是何刚人生中最平顺的一段日子了。

5月30日，何刚一大早给大女儿打来电话，问："玉米种了没有？""不是说好今年给别人种吗？""哦，我忘了。"然后挂了。

何刚的这部手机是刚买的，还不太会用，发微信语音，以为跟打电话一样，按住了等对方接，因此，他每条发出去的语音，都没有讲话。

今年春节，何刚没有回家，在茫茫的麦田和大雪中，一个人守着工地，给儿子打电话说这边没意思，没人说话。何俊清给他寄了一部智能机，"几百块的那种"，可以看新闻，看电视，视频通话。

5月2日，何燕华最后一次与父亲视频通话时，他还在看工地。名义上看工地，其实什么杂活儿都干，做饭、洗衣服、搬东西，一天工作十几个小时，130元。

"我爸老实人，在工地就被欺负，什么脏活累活都让他干。"何俊清印象最深的是，那次去绍兴工地抬钢筋，在老家说好抬一吨多少钱，但最后结账时差得很远。

年纪大了不好找工作，山东这份工虽然既危险又累，但比较稳定，何刚不想丢掉，几乎是"小心翼翼"在做。

"过年都不舍得回来"，工人都回家了，经理希望他留下来看工地，他就留了下来。一开始听说老母亲摔倒，何刚想请假，问经理"会不会找人顶替我"，经理说可能会，他就不敢走。后来老人病情加重，他才请了几天假回去。

5月30日11点30分，本该是吃饭时间，但上面说"不干完不准下班"。何刚被队长安排去爬30米高的龙门吊，同队的工友朱国华告诉记者，那个工程已结束，当时他们正赶时间拆卸设备，何刚等7人是上去去拆螺丝的。子女们不能理解，父亲50多岁了，看工地看得好好的，为什么让他爬那么高？何况他还有点恐高。

恐高是因为以前摔过一次。有一年他在无锡做清洁工，从架子上摔下来过，肋骨断了几根。他没跟家里人说，也没要求人家赔偿，自己去医院挂了水，就这样不了了之。

2016年年初，何俊清和父亲一起去了山东工地，几个月间，被磕掉门牙，被打到眼睛，被40斤重的铁块砸坏手指头。正好赶上收麦子，何刚让他回家，伤好后去无锡工作。

何刚在电话里常说工地危险，老有人受伤，家人劝他别干了，他又说"防着呢，防着呢"。

11点44分，正在闲聊的朱国华突然听到"咔嚓"一声，抬头看到龙门吊一边正在倾斜，只跑出3步，就塌了。他转身跑过去一看，人已经没了动静。

何俊清有一年没见到父亲了，两人隔三岔五通电话。出事那天，正好是端午节，父亲摔下来的时候，何俊清在无锡上班，心里还想着晚上给他打个电话过节。

采访、撰稿/张小莲、邹佳雯、郭芃
原载《澎湃人物》2017年6月27日

农民熊庆华的画家梦

一小时不到,画布上出现了一匹牛驮着一个少年和少女的轮廓,少女裸露着胸脯,似要从奔跑着的牛身上滑落。

熊庆华开始上色,他一只手插在裤子口袋里,或画,或低头沉思,或转身在筐子里寻找合适的颜料,时而他又后退几步,琢磨整体布局。

1976年出生的熊庆华是湖北仙桃永长河村村民,在这个年轻人纷纷外出打工的村庄里,他差不多是唯一留守的男青年。他在这里生活了40多年,不种地,不工作,不出门,整天躲在家里画画。

在前35年里,他一直被认为是一个毫无前途可言的人,村民称他"蠢材"。但如今大家开始叫他画家,不仅如此,外界甚至还有人把他称为"中国毕加索"。2017年3月26日,他的第三个个人画展又将在北京开幕。

乡 村 城 堡

"噢,是那个画家啊!"司机没问具体地址,径直从镇上开往村里。路不宽,但几乎没人。绕了几个弯,车子就被油菜花包围了。

"喏,就那儿!"没等记者反应过来,司机指着远处一个尖尖的绿屋顶喊道。在一群大同小异又毫无美感的建筑中,它显得鹤立鸡群。

熊庆华主动走上前与澎湃新闻记者握手,动作略为拘谨。他身穿靛蓝色薄羽绒服,皮肤黝黑,时常咧嘴笑,露出一口整齐的白牙,有点"憨"的意味。

熊庆华有种"拒人于千里之外"的心理——并不是说他傲慢冷淡,只是不善表达让他很难轻松融入陌生人的对话，就连与人交流绘画也让他感到窘迫。

他更愿意沉溺在自己的世界，因此从小就立下目标，建一个自己的"城堡"。40岁前夕，他在自家菜园子里实现了这个梦想。

"城堡"就是那个"绿屋顶"，这是他的画室：白色的栅栏围着一小栋精致的欧式风格建筑，尖尖的角，朱红色的屋檐，绿色的屋顶，还有喷泉、雕塑等，大部分建筑元素都无法在一个普通农民家庭找到。只有画室里开垦的几块蔬菜地显示这儿是在农村，青菜叶上还沾着新鲜而潮湿的泥土。

熊庆华每天就窝在这里画画。画室是开放的，阳光透进来倾洒在画布上、地板上、人身上。熊庆华站在画架前，正为一幅新作打草稿。

他有时只是在纸上画了一条线，顺着这条线想，一幅作品便出来了；有时是先想一个主题，再根据主题慢慢想。

"现在把画画当作什么？从小的梦想可能就是把画画当作一个谋生的手段吧。别人劝我临摹，我就反感，画画要看自己喜欢画什么，怎么能看别人想看什么就画什么呢。"他做出标志性的咧嘴笑表情。

整天沉浸在幻想中的熊庆华，曾幻想过多种成功模式。比如某天写了一段不错的文字，会幻想成为作家；唱了一首不错的歌，会幻想成为歌星。幻想给他的生活带来快乐。而在这多种幻想里，他意识到，唯一能做出成就的就是画画。

他从6岁开始画画，没人启蒙也没人教，自己埋头勾画连环画上的英雄人物。那时他在班上年纪最小，个头矮又长得黑，很自卑。是画画让他受到关注，邻居称赞他，老师也欣赏他，说他有天赋，可以成为美术家。这使他感到小有成就，在学校里，他有时故意假装一不小心，把画摊在桌子上，好让同学看到。但倘若发觉哪个同学画画要超过他了，那他是受不了的。

画画也是熊庆华逃避现实世界的一扇窗，"做什么事不成功或者受到挫折的时候我就去画画"。

升入镇中学后，熊庆华住校，内向的他无法适应，成绩下降得厉害。渐渐地，他越来越讨厌学习，经常在课堂上偷偷画画，让别的同学给他打掩护。

同班同学雷才兵那时也喜欢画画,他记得,美术课常被文化课占用,美术老师上课也敷衍起来,没有人教也没有画画的氛围,但熊庆华就是喜欢画,如果美术老师布置一个主题,熊庆华总是画得很好。

他没有经过系统训练,凭借热情和天赋自学,也固执地不愿求教他人。"如果你硬是塞给我一个老师,我就可能不画了。"他从书上摸索绘画笔法,遇到不懂或者困惑的地方,也绝不愿向会画画的人请教。

他分析自己的脾性深受三哥影响。他的三哥是个农民,却爱好研究历史,读书写诗,常一边放牛,一边给熊庆华讲历史故事。听多了,熊庆华自认有能力把各种历史事件串联起来,便瞧不起课堂上教的。

"离开仙桃"

念完初二,熊庆华的文化课成绩已经"惨不忍睹"了,他决定辍学。20世纪90年代,村子里孩子辍学是常见的事。

那时,熊庆华才15岁,性格孤僻,不喜欢跟人说话。第二年,雷才兵毕业后骑自行车来找他,他却羞于见同学。

自卑的熊庆华认为画画是一个"高大上"的职业,他渴求从中获得荣光。父亲熊光元当时40岁出头,只有两个孩子,一开始并不强求儿子打工赚钱,他认为画画好歹算"一技之长",也不错。

那时,熊庆华经常骑两小时的自行车到仙桃市区的图书馆看绘画书。有一个学美术的同学毕业,书不要了,熊庆华就把那人的书都买了,找父亲付了200块钱。拿到书后,他整天就窝在家里研究绘画。

"他内向,你说(话),他也不跟你说。"在父亲熊光元看来,熊庆华一直到现在"搞这个事",也是他自己的性格造成的。

熊光元夫妇都是农民,在绘画方面无能为力,但他们也不强迫儿子干农活。

"小时候画画,周围人对你更多的是赞赏。一个人有特长,别人总会对你另眼相看。后来慢慢长大,又不去做事,别人感觉你这个人一生好像会废掉。"熊庆华已经慢慢感受到周围人态度的变化。

那段时间,迈克尔·杰克逊刚开始流行,他买了一盘磁带,每天用收音机放杰克逊的歌,边听边画画。"邻居都听得吵死了,都说你怎么天天听一些哭啊吵架的东西。"

村里和他同龄的孩子,基本都出去打工了。冷嘲热讽越来越多,父亲熊光元有时也忍不住说:"你(干吗)非要搞这个事,你那些读美院的同学也没搞成功。"

同样喜欢画画的同学雷才兵走上了另一条路。他初三参加了美术培训班,考上了中等师范学校美术专业,毕业后被分配到镇上当老师,当时镇上已经有了美术教师,便派他教数学。

教书头几年,雷才兵还随身带个速写本,闲暇之余画些东西。后来有了其他的兴趣爱好,开始打篮球、乒乓球,慢慢就不画了。

非议在熊庆华结婚后达到顶峰。1998年,经人介绍,他认识另一个村庄的女孩付爱娇,她比他小一岁,认识10个月后,两人结婚了。

"那是到了一个年纪吧,可能要完成父母的期待,或者任何一个年轻人要完成的任务。"他总结自己婚姻的起源。至于爱情,他害羞地笑起来,"哈哈哈……这怎么说?"

他称呼妻子是"最亲的人",画画烦躁的时候可能只对"认为最亲的人"发火。

付爱娇起初对丈夫"整天画画"的事一无所知,知道后一度对他崇拜不已。两人婚后育有一子,但随着孩子长大,付爱娇越来越希望丈夫可以出去打工挣钱,熊庆华依然不愿意。

小学四年级就辍学的付爱娇没有什么技能。2003年,她决定独自去深圳打工。妻子离开后,经不住邻里家人的舆论压力,熊庆华决定外出打工,这是他第一次离开仙桃。

他去了一家工厂流水线,负责清理手表外壳上的毛料。他一天清理200多个手表,而他身边一个老头一天可以做几千个。熊庆华觉得自尊受挫,三天后,招呼也不打就走了。

2006年,熊庆华又做了第二次尝试。他得知深圳有个大芬村,很多人在那里做画工。

大芬村被誉为"中国油画第一村",有60多家规模相对较大的油画经营公司,1 200多家画廊、工作室以及绘画材料门店。

熊庆华打算去找个画画的活儿，他把作品带去了，结果画廊老板提出各种质疑，说："你都画了些什么东西啊，你的基础根本不行啊！"

一直梦想成为最伟大画家的熊庆华，心理落差非常大，"想死的心都有"："努力了这么多年，一下子就被人全部抹杀了。"

但过了几天之后，他又恢复了"打不倒的小强"本色："你瞧不起我，我偏要在这一行做出成绩来。"

那天晚上，熊庆华去厂里接妻子回租住的小屋。路上，妻子一直劝他安安心心找一份工作，"坚持一年，我们一起回去"。这是付爱娇当时最低的要求。

熊庆华却突然烦躁起来，"我永远不会在工厂做事！"他一甩妻子的手，闷着头就往前走。通往出租屋的路黑黢黢的，付爱娇喊住他，说："你要往哪里去？"熊庆华心里也觉得很好笑："是的，我能往哪里去呢？"

"独 狼"

最困难的时期，有邻居劝诫付爱娇夺掉他的画笔，偷掉他的画具。但后来，妻子也心灰意冷了。"他就像个小孩子一样，想干什么就干什么。"怀着破罐子破摔的心情回到村里后，熊庆华觉得一生画画如果没什么名堂也就没什么名堂，大不了种田嘛，反正在农村也不会饿死。

村子里早已闲话四起，"各种各样难听的话都有，什么最没有用的人啊，蠢材啊……就连父母也时不时影射自己为蠢材"。

"蠢材"是当地对一个人最低的评价，逆反心理很重的熊庆华觉得，"他们越说，我就偏要向那个方向走"。

他每天带着儿子一起画画，两人一块在墙上涂鸦。儿子把下面的墙涂完了，他又拿着梯子爬到房顶上画，墙壁全部画满以后，他索性把墙都粉刷了重新画。

永长河村主要种植水稻，外加小麦和油菜。家里的收入完全靠着妻子打工，父母种地、养鱼塘。付爱娇在电子厂打工，每个月工资不到1 000块，每年回家，她把钱一股脑都给丈夫用。

"我从父母那里要不到钱画画，只能跟老婆要点，自己再打点零工，摸摸虾。"为了买笔和纸，熊庆华去田沟里摸泥鳅，挖鳝鱼。

但他做这些事都坚持不了十天。"做十天之后我就各种怨言，找各种理由不干了，你把钱给我吧。钱一到手，我就去买绘画材料，没钱了我又去给人做事。"

他不是一个好的庄稼汉，农活基本都干不好。他插过秧，但插得既慢也不规范。送牛奶是他坚持时间最长的一份工作。2007年，他每天早上四点多起床给村民送牛奶，一直送到七点半左右。这不会影响他画画，也买得起油画材料了。他一个月大概赚900块钱，坚持了一两年。

熊庆华的创作灵感大都源于农村生活，但他的画笔落到画布上有种幽默的天马行空。比如，几个孩童踩到西瓜皮摔倒了，他画里的西瓜皮碎片漫天飞舞，孩子们手舞足蹈，动作夸张。

坐在门口闲聊的邻居议论着他的画："我们老看他画，就搞不清楚什么名堂"，"太深奥了也不懂，我们只能有时候看得懂"，"有的是打鱼，有的是玩耍……"

他从不在乎村里人的眼光。"我一直认为，做艺术就是纯粹自我，过多地在乎别人的眼光是做不好艺术的。"他形容自己从小就像只独狼，喜欢一个人到处跑，玩耍也不合群。

"他认为我们不懂，跟他谈不到一块。"父亲熊光元一边在磨刀石上磨着镰刀，一边嘟囔说，"我们要是发表一点看法，他就说你不晓得！"

妻子付爱娇身形微胖，有张温和的圆脸。她今年39岁，普通话带些方言口音，回答问题时总是会羞涩地笑起来。有时无聊，付爱娇也会来看看丈夫画画。她并不都能看懂，但也不会去问，担心丈夫说她"操冤枉心"。

结婚之初，熊庆华曾跟妻子交流过几次画画，但感觉说的不合自己胃口，"她指出应该怎么画、应该画什么后，我就不想跟她说了"。

大多数时候，付爱娇扮演的是一个勤恳而任劳任怨的主妇角色。她打工赚钱，照顾丈夫和儿子的起居，几乎从不参与熊庆华的创作。

画　家

2003年，在当了8年乡镇中学教师后，26岁的雷才兵嫌工资太低，地方太小，辞职去了深圳打工。

在深圳的那些年，雷才兵没有见过熊庆华，但他偶尔会听说，熊庆华还在家里画画，赚不到钱，很孤僻。"当时觉得他这个人很固执，看不到未来的情况下做这么久。"

2009年，两人偶遇。雷才兵记得，当时熊庆华完全是一副农民打扮，整个人甚至比一般的农民还要沉默，"他很内向，孤僻，不自信"。

雷才兵问熊庆华在干嘛？"我说我在画画，就觉得很丑（丢人）。"熊庆华很不好意思。此时的熊庆华正处于人生中很绝望的时刻，他再次面临是否要出去打工的抉择。

雷才兵想看看他这些年都画了些什么。一进他家，就看到大门上熊庆华画的门神，二楼有个房间是熊庆华的画室，天花板上、墙壁上、木床上、画架上都是他的画。他没钱买画框画布，只得自己用木头做画框，蒙上白布就画，有时布不好，破了，他就随随便便作为装饰钉在墙上。

雷才兵惊奇不已，拿着相机到处拍。他喜欢这些画，在他看来熊庆华的画贴近现实，"但不是纯写实，而是经过了提炼、夸张"。

之后，雷才兵在一些论坛上开了帖子，陆续上传熊庆华的作品。过了两三个月，网上反响很好。

过去从未接触过网络的熊庆华，世界像是被打开了。他原本只是期待雷才兵能把他的画介绍给某个老板，给自己找份工作。但没想到网络上有这么多人喜欢自己的画，雷才兵告诉熊庆华，每天要顶一下帖子，帖子才不会沉，并让他再发点画过来。

熊庆华像是看到了希望，他加紧创作。为了拍画传给雷才兵，他买了人生第一台卡片相机。周围的邻居都说他疯了，花1 000块钱买这个东西。2010年，他卖出了人生第一批画。一位女士打电话联系到雷才兵要买画，雷才兵告诉了熊庆华。熊庆华兴奋得难以形容，他什么都没说，有点不敢相信。

"当时最大的希望是一幅画卖两三百块钱，像大芬村一样。"他从来没想过自己的画会有人买，甚至也不知道如何定价，他去问雷才兵，最终以1 000元一幅卖了5幅画。

"当时对我来说，是一笔巨款。邻居说，啊，一幅画一千啊，谁这么蠢啊。"他回忆时,又忍不住咧开嘴笑了。

熊庆华当时不善言辞,普通话又不好,沟通很困难,最终还是雷才兵帮他谈下这笔交易。由于画框很大,邮政不让寄,镇上又没有快递,熊庆华只能把五幅画摞起来背到仙桃市区物流处寄送。

卖了第一批画之后,他给自己买了台电脑,开始自己发帖、卖画。网上的作品吸引了他后来的策展人郭宇宽。

郭宇宽对那些画"过目不忘",从北京一路南下,寻到熊庆华家。"不像北京宋庄,那地方没有一点艺术气息。"郭宇宽回忆说。

熊庆华从床底拉出来好几幅画给他看。后来,郭宇宽把身上的2万块钱都给他了,以5 000元一幅的价格买了几幅。他告诉熊庆华,以后每个月买他一幅画,并且给他5 000元工资。

2014年,郭宇宽开始做画廊,要给熊庆华办展。2015年1月和2016年7月,熊庆华先后两次在北京举办了个人画展。

办展后的熊庆华像是在艺术界腾空出世,被很多人关注,评价则褒贬不一。

郭宇宽说,最初一些艺术评论界的人不认可他,美院的画家说他画的一点都不好。"熊庆华是野路子杀出来的,美院的人学了一辈子基本功,所以抵触比较大。"

画家黄志琼觉得,熊庆华的画的确是有些想象力,带点诙谐、调侃。但他认为熊庆华的画属于农村风俗画类型,不是艺术作品,不能进入当下的艺术语境,"他的画不少人很喜欢,是因为很容易明白作品里的故事"。郭宇宽认为,熊庆华的天性里有着诙谐乐天的部分,"在穷成这样的一个地方创作,他不是愁眉苦脸的,是自得其乐的"。

对于一直习惯独自琢磨的熊庆华来说,艺术上的规范需要遵从,不能完全打破,"比如说,构图上怎样保持均衡,色彩上如何调配"。

但他同样坚持,画画是一种出于人本能的东西,过于强调基本功这套思想是过时的:"像罗忠义,他这么高深的美术功底都不做写实,你还强迫后来的人再去学这些,有什么意义呢?"

他到外面也很少跟人交流绘画,"基本上都是客套话,他们的某些观点我也不会赞同"。

"熊 熊 火"

8年来,熊庆华的画早已从单幅一千元涨到六七万元。他不再是村里"没有用的人",而是人尽皆知的画家。他现在有了一个学生,是村里喜欢画画的孩子。

雷才兵感觉熊庆华如今比过去开朗自信很多。原来基本不跟外人接触的他,2017年春节还去参加了初中同学聚会。采访期间,熊庆华的几个初中同学来看他,还有同样爱好摄影的朋友专门从市区开车来拜访他。

但如果没有朋友来,他也不觉得孤单。几十年来,他早已习惯了一个人。成名后,除了给自己建了个"城堡"外,他的生活基本与之前一样,他不买车,不买房,也依然不爱出门。

互联网为他解决了生活和创作材料的问题。过去没有网络,他经常坐三个小时的公交车去武汉买绘画材料和书。"那时画布很重,颜料也很重,我用一个蛇皮袋装满,然后扛回来。"

现在,需要什么材料,他都从网上买,画画累了,就去做些手工,修理一下喷泉。画室的建筑都是他自己设计建造的,画室外面挂着"涤渡"两个大字,是熊庆华起的名字,表示"在河边画画"。

他对一切视觉传达的东西感兴趣,如今最大的支出是摄影,买了各种顶级相机和镜头。2016年春节,他买了无人机玩航拍,想从天空看看自己生活的地方。

郭宇宽曾问熊庆华要不要来北京发展,熊庆华说还是喜欢乡村的环境,他在城市里很迷惘,走在街上都会迷路。虽然他并不喜欢村里的人,也不喜欢他们讨论的话题,但时间久了,他又会很想见那些村里人。

"这个地方是我创作的根,离开这个地方,感觉也不想画画了。"熊庆华缓慢而又慵懒地说着,"只有住在这里心才能静下来,才能天天想如何画画,怎么画。"

鸟在林子里叫着,叽叽喳喳,农村的妇女们在"城堡"外头聊天,也是叽叽喳喳。当熊庆华沉浸在画室里时,付爱娇带孩子,忙家务,或者跟一群村民坐在门前的小板凳上晒太阳,他们闲聊,话题无非孩子、麻将这些琐事。熊庆华从不参与，"跟他们谈不拢"。

付爱娇不再出去打工，人们羡慕她，总算熬出了头。过去独自在外打工时，有时在路上看到别的夫妻或情侣，付爱娇常常失落。但熊庆华没有对妻子感到过内疚，"因为我要画画，要是内疚，肯定没法画画了"。

付爱娇感到丈夫不够关心她，她说着说着就眼里泛泪。2017年情人节，她说，过情人节了啊。熊庆华说，情人节是给情人买东西，又不是给老婆买东西。

熊庆华唯一为妻子做过的事还是画画。在旧屋二楼的卧室里，床头墙壁上有一张妻子穿着婚纱的巨幅画像，这是2004年、2005年妻子在外打工时，熊庆华陆陆续续画完的。"因为我们结婚时没有拍婚纱照，她就老要我补拍，我一直不肯。我觉得结婚都好几年了，没必要浪费钱拍。"于是他就亲自在墙上画妻子的画像。

熊庆华的微信名字叫"熊熊火"，因为觉得自己脾气暴躁。他还特意给自己设计了一个头像，像一团火一样，定做之后挂在屋前。

画画已经融入他的生命之中，无时无刻不受它影响。画得很有感觉，心情就会很好；画得很糟糕，心情也会很糟糕；如果哪天不画又觉得很失落。

有时画得烦躁，跟他说话都会被骂。要是妻子对骂，他就暴跳如雷了。妻子被吼了后，就一个人躲在床上偷偷哭。

这时，画画再次成为熊庆华逃避现实的出口。他从来不去哄妻子，"我被她弄得心情烦躁，就要靠画画去调节，直到自己心情好一点"。对他来说，画画一直都高于一切，他时常感叹画画的时间还不够，"每天画一下，一天就过去了"。

他的朋友郑刚打扮整齐入时，倚着池边的栏杆情不自禁地说："这是他的庄园，一直不断在建设，去年来的时候还没有栅栏。"

原本，郑刚想叫熊庆华一起去武汉拍照，但熊庆华不去。他喜欢自己安排事情，不希望画画节奏被打乱。

画室里到处都是画，刚完成的、未完成的，油迹未干，他提醒我们不要弄到身上。随后，他展示了柜子里这两个月的作品，将近10幅。

他从2008年真正开始创作，一年创作5—10幅画。2010年后，他开始要求自己一个月保持创作4幅画的频率。他的目标是一生画2 000幅油画。前几天，一个70多岁的老人去拜访他，自我介绍说画画一生，没有成功。"如果我不被认可，可能跟他一样。"熊庆华时常有危机感，一想到万一哪天自己的画别人不喜欢了，就觉得恐惧。

他现在每天早上7点起床，8点多吃饭，大概9点开始画画，一画就画到晚上10点。他觉得自己在绘画方面还有非常大的提升空间，想创造自己的绘画风格，"辨识度非常高，让别人一看就知道，啊，这是熊庆华的画"。

采访、撰稿/张维、章文立
原载《澎湃人物》2017年3月25日

盲人调音师幺传锡

在钢琴调音师幺传锡看不见的世界里,他不知道危险什么时候降临,也无法阻止意外的发生。

2017年3月20日,他的导盲犬奥斯卡跑丢了,在离他不到30米处。他报警,通知家人,在狗友群里求助附近的居民帮忙寻找。做完这些,他就只能干等着。光天化日之下,独处于黑暗中的幺传锡意识到,奥斯卡不见了,身为主人他却一点办法也没有。在焦急和自责中等了四个小时,他等来了好消息。一位狗友在一间旧民房处找到了奥斯卡,跑出范围仅500米。

"毛主席曾经说过,'盲人是世界上最痛苦的人'。"幺传锡不知道这句话的具体含义,但他确确实实体会到了作为盲人而不自由的痛苦。

即使是他——一个被认为幸运的盲人。

宿命与改变

3月18日上午,微雨,住在深圳南山的幺传锡撑着伞,背着工具箱,去给附近一家住户调琴。

进了屋,幺传锡随女主人来到钢琴边,这双摸过几千台钢琴的手,只摸了一下,就叫出了这台钢琴的牌子和型号。他摸索着把琴盖掀开、放好,拿出工具,开始工作。

作为一名从业8年的高级调音师,一台钢琴88个琴键,200多根琴弦,8 000多个零部件,它们每一个的位置、形状,早已刻在了幺传锡的脑子里。也有客人质疑"你这样能调吗?"他总是不卑不亢地解释,用手艺打消他们的疑虑。

他一手在琴键上敲音,一手用工具调弦,嘴唇紧闭,侧耳凝神,弹个十几下,一根弦就调好了。约莫一个半小时后,他调完了所有的琴弦。女主人试着弹了一首久石让的曲子,明快的旋律在屋里流转,幺传锡一直严肃的脸上慢慢浮现出了笑容。

一台年久音散的钢琴,经他手一调,发出了标准、紧凑、和谐的声音,弹出的旋律悠扬动听,这是他最享受的时刻。

很多人说幺传锡是一个幸运的人。因为在他31岁的人生中,做过两件重要的事情,获得了"有眼睛"的主流社会的关注。

22岁时,他顶着所有反对的声音,放弃推拿,改行学钢琴调律,成为一名稀缺的盲人调音师。

30岁时,历经四年等待,他迎来了家庭新成员"奥斯卡"——这是深圳第1只、广东第2只、全国第106只导盲犬。

但身为盲人,他扎扎实实地走了一条比别人都艰难的路。

1986年,幺传锡在山东聊城出生。四个哥哥姐姐都健康,唯独他生下来看不见。

他从小听人家叨唠自己的眼睛,不明白什么意思,只记得跟着小伙伴跑,总是磕磕碰碰。直到小伙伴都去上学了,他也吵着要上学,父母说,你眼睛看不见,怎么看课本?怎么写作业?那一刻,他才真正意识到,自己跟别人是不一样的。

他不服气,让姐姐带他去学校。一开始藏在姐姐桌子底下听课,时间长了,就"明目张胆"地坐在旁边听,有时也回答问题,别人答不上来的,他能答对。教语文的男老师挺喜欢他,评价说:这孩子心灵。

要是没有这位语文老师,幺传锡也许会像很多盲人一样,无法接受教育。他清楚地记得那是1995年的夏天,他正在吃早饭,语文老师兴冲冲地踩着单车上家里来了,宣布聊城有了第一所招收盲人的特殊教育学校。

第二天,父母便带着幺传锡去报名,可惜来晚一步,学校已没有名额。他急了,在地上打着滚哭,有人建议父母去给校长送礼。校长说今年实在负担不了,全校教盲人的老师只有两个。

等到第二年,10岁的幺传锡终于有学可上了。他学得很认真,数学能考99.4分。他把寒假作业带回家，逢人便说："我也有作业了，我也能写作业。"他觉得，自己也跟大家"一样了"。

在潍坊初中毕业后，他又去了济南读中专，跟大部分特教学校一样，针对盲人只有"中医推拿"一个专业。

推拿、算命、乞讨是中国盲人的三大传统职业。老师常跟他们说："你们踏踏实实学按摩，将来能找碗饭吃，除了这个，你们还能干什么？"但他打心底里不喜欢按摩。中专毕业后，他辗转多地，按摩店换了一家又一家，总是静不下心来，归根结底是对这份工作不热爱。

2005年，幺传锡从广播里听到中国第一位女盲人调音师陈燕的故事，才知道原来除了按摩，盲人还可以有别的选择——钢琴调律。

幺传锡从小喜欢音乐，一直是班里的文艺骨干，会吹葫芦丝、萨克斯。他18岁第一次接触钢琴时，就喜欢上了这种乐器。他用手细细摸，轻轻弹了两下，哦，原来这种像桌子一样的东西就是钢琴，原来钢琴的手感是这样的，原来钢琴不用插电，原来钢琴没有电也能发出这么浑厚的声音。他觉得太神奇了。

按摩常常一天上十几二十个钟头，按到手脚酸痛，工资只有一两千元。他在气味浑浊的按摩店里想，难道这辈子就这么过了？

2006年，幺传锡第一次打电话给北京市盲人学校，这所创办了全国第一个盲人钢琴调律专业的学校，当时只针对市内招生。他没有死心，一直与北京盲校的老师保持联系。2007年夏天，他终于等来北京盲校将面向全国招生的消息。

2008年年初，他被告知一年学费8 000元。上哪儿去弄这笔钱呢？自从他透露了转行的想法，所有人都觉得很不现实。有个老师甚至在背后说他是个失败者，按摩不学好，搞些不切实际的。家人也不支持，他去找已成家的大哥借钱，没借到。妈妈劝他，不想做推拿就去算命。

幺传锡不服气。他好不容易鼓起勇气踏出这一步，如果因为钱的问题就放弃，他会遗憾一辈子。

他整天为学费发愁，"太入迷了，太想要得到（这个机会），什么方法都想去尝试"。听的电台节目里来了个银行行长，他就莽莽撞撞打给电台，请求在银行办理助学贷款。银行拒绝了贷款请求，却给他捐助了6 000元，么传锡总算把学费凑够了。

很多人说他幸运,他不否认,但他觉得自己至少敢于尝试。身边很多盲人其实都不喜欢按摩,都想转行,但只有他付诸行动了。

对他而言,放弃按摩,意味着只能走钢琴调律这条路,万一失败了,"就只能在农村里苟延残喘地过下半生了",所以"只能成功,不能失败"。抱着这样的决心,么传锡于2008年9月奔赴北京盲校,与其他13名学员一起接受了一年的训练。

盲 人 家 庭

在那里,他遇到了现在的妻子阿英。

阿英在班里爱打扮,经常被老师说"臭美",他就跑到人家座位边,想摸摸她的样子。盲人主要靠"听"和"摸"认知事物,在他们之间,"摸"是一个很正常的行为。

么传锡不知何为美。相识9年,妻子谈起记忆中自己的模样,转头对丈夫喊了一句:"么传锡,美女哦!"他听了就笑:"有多美?"他不止一次听人赞叹妻子年轻时的美丽,但还是无从想象。

当年班里14个学员,有四对情侣,他们是最不被看好的一对,因为两人都是全盲。但最后另外三对都分了,只有他俩结婚了。

盲人结婚是一大难题,单身者居多。很多盲人希望至少能找低视力者,而低视力者则会希望找健全人。但由于交际圈封闭,盲人的朋友大多是盲人,对象也大多只能在圈里找。么传锡说,残健结合在外国是很正常的事情,但在中国,盲人找盲人更现实,"一个健全人找盲人可能会顶着巨大的思想压力"。

阿英是在一个女人最美好的年纪失去光明的。那年她26岁,长得漂亮,在银行工作,组建了幸福的家庭,与家境不错的丈夫,生下了一个可爱的儿子。

1998年冬天,阿英站在银行的玻璃门前,望着外面,突然看到眼睛中间"啪"一下,出现了一个红色的血点。去医院检查,说是眼底病,要住院。

接下来两年,病情反反复复,眼底出血时,看不见,血化开了,又能看见。父母带着她四处求医,一边治疗,一边恶化。直到2000年,她彻底看不见了。她形容那两年就像打仗一样,打到最后不行了,"就认输了"。比失明更让她心冷的是前夫的背弃。去民政局办离婚手续的那天,阿英刻意穿得漂漂亮亮的。最后签字时,她签不了,前夫就"迫不及待"地捏着她的手,赶紧去摁那个手印。她觉得真可笑。

离婚后,前夫把儿子带走了。2008年,阿英由妈妈带着去学校看儿子,儿子躲着不见,跑了。自此她再没见过儿子。

多年后接触到盲人圈子,她发现每个后天失明的人背后都有一段伤心往事,不乏像她这样被伴侣抛弃的例子。她认识四对夫妻,都是其中一个后天失明,结果有三对都离了婚。

26年的光彩生活戛然而止,阿英陷入了无尽的黑暗。她在家待了6年,"门都不敢出"。即使在家这样熟悉的环境,也如同丧失了生活自理的能力。她迷茫,恐惧,无力,拼命想睁眼看看,就是睁不开,就是看不见,就是走不出这黑暗。

直到2005年,阿英遇到了一个大着肚子的盲人,深受触动,她完全无法想象,一个盲人怎么怀孕?怎么照顾孩子?她第一次有了走进盲人圈的想法,别人可以好好过日子,她为什么不可以?

她开始参加残联的活动,学会了定向行走,也慢慢学会了以盲人的身份重新走入社会。遇到幺传锡后,她甚至重新对生活有所期待。

但对于生孩子,阿英依然有顾虑,父母也反对,怕遗传,也怕不好照顾。幺传锡坚持要生。如果有遗传病史的话,能不生就不生,生了也是给国家添麻烦,但夫妻俩都没有这个情况,幺传锡觉得可以生,"毕竟有了孩子家庭才完整",将来老了也有个寄托。

2011年,"小甜甜"出生了。阿英第一时间问医生,听说孩子眼睛正常,她才放下心来。当时还在琴行上班的幺传锡听到消息后,激动得连招呼也没跟老板打,就让同事领着自己到医院去了。他摸着女儿的小手,听着她"哇哇"地哭,无比欣喜,无比感恩。

幺传锡曾幻想,女儿慢慢长大,她会在一个阳光明媚的午后,陪着爸妈在林荫道上散步。

但很多时候，他们对女儿的成长、教育无能为力。孩子生病发烧，他们急得团团转，唯一能做的就是赶紧送医院。上幼儿园，老师说孩子学了大人的习惯，什么都要摸一下，要纠正她，可是他们看不见，怎么纠正？女儿成绩不好，总是不好好写作业，他们无法辅导，也无从监督。

最怕是女儿像奥斯卡一样走丢。有一天傍晚回家路上，"小甜甜"突然闹别扭，一生气甩手跑了。他和妻子追不上，怎么喊都没用，两人吓坏了，生怕她被车撞被人拐。他们摸着黑走回来，心急火燎地一路问人。岳母赶过来，一下就把人找到了，原来女儿就在楼下的摇摇椅上坐着，就在他们眼皮底下。

除此之外，这个家庭与其他家庭并无两样。夫妻一外一内，一搭一唱，偶尔拌拌嘴。孩子淘气，又懂事孝顺，会念着给爸妈买东西。爸爸管教孩子，妈妈出面维护，爸爸就怪妈妈，"一管你就护，真是拿你没有一点脾气"。一家三口去公园散步，不让孩子走远，每隔两分钟就要确认孩子的方位。父母宠孩子，要什么就尽量给她买什么。孩子不经意间会向外人炫耀爸妈的好："我妈妈可会做饭了！她从不切到手。"

像所有父母一样，幺传锡夫妇对女儿的将来，也有未雨绸缪的期待和担忧。

阿英对女儿说，长大以后，要做自己喜欢的工作，一定要独立。幺传锡则为女儿的学习发愁，他不要求最好，但也不能最差，"你爸爸我都没有倒数第一过"。他打算攒钱给女儿买台钢琴，培养兴趣，开发智力，也给女儿请个家教，好好把成绩抓一抓，起码别人都会的东西，自己也得会。"你只有随大流，才能不被这个社会淘汰。"幺传锡认真地说。

出 行 困 扰

过去20多年，幺传锡一直在努力融入主流社会。

他争取到了教育机会，从事喜欢的工作，结婚生子买房。他玩微信，发朋友圈，关注时事，打滴滴，出门不带现金，都用线上支付。人们常常看他耳朵贴着手机，听着读屏软件2倍速的语音提示熟练操作，在10秒内打开了支付宝扫码收付款页面，觉得惊奇不已。他最近还在学音频制作，准备搞个自媒体电台。

这些别人都在做的事，他也能做到，唯独出行问题始终不如意。

幺传锡在深圳三家琴行工作过，老板都不肯让他上门调音，收入因此少了大半。他一直渴望拥有一只导盲犬，然后辞职自己单干。

2012年年初，幺传锡听说大连导盲犬培训基地可免费申请导盲犬，立即致电办理。导盲犬的培训成本非常高，一只要花费12万—15万元，淘汰率高达80%，该基地自2006年成立至今只培训出118只导盲犬。而我国有超过1 700万名的视力障碍残疾人，其中500多万盲人。

足足等了四年，幺传锡才排上了号。当时深圳还有另外两位申请者，大连基地派了两名工作人员来考察申请者是否具备使用导盲犬的条件，最终只有幺传锡率先通过了考核。这大概与他的独立出行能力有关。幺传锡刚来深圳时，不忍心老麻烦岳父母，就让他们带着自己认路，把周边路况都走熟了，包括公交、地铁路线。

全盲者大多不能单独出行，像大部分盲人一样，幺传锡的妻子能不出门就不出门，每次出门都要"发好大的愁"。当年北京盲校14个学员，最后从事钢琴调律的人只有两三人，"主要还是因为出行问题"。

根据幺传锡的自身体验，很多城市的盲道修得并不规则，有时候在地铁站沿着盲道走，根本到不了站台。"其实脚踩在盲道上，我感到很踏实"，但他也不敢走太快，不知道什么时候走着走着就撞上了。他每天经过的派出所门前那条盲道，就老停着好多车。

在深圳，盲人等公交车也很尴尬，每次不知道哪路车进站，问人也并不总是管用。有一次他听见有车进站了，便跑上去问司机，发现不是自己要坐的车，赶紧下车，那一刹那，突然开过来另一辆车，把他夹在两车之间，几乎动弹不得。

《深圳市无障碍环境建设条例》规定，公共汽车应逐步设置供候车的视力残疾人识别车辆线路的提醒装置，但实际上大部分公交车都没有安装。"我们家聊城小城市都有，为啥深圳还没有？"

深圳的红绿灯大多没有过街音响提示，因此大部分时候，幺传锡只能凭感觉来过马路。人多时，跟着人流走；人少时，根据有无车辆通行的声音来判断。有时走到一半，信号灯会突然变红，他曾几次差点被车撞上，盲杖被轧弯了好几根。

"盲人为什么不愿意出行？因为盲人出行一次，就是冒一次的生命危险。"他说着突然有点激动。

有了奥斯卡之后，出行情况有所好转，但随之而来的另一个问题依然让他苦恼。奥斯卡是深圳第一只、也是目前唯一一只导盲犬，这座以"开放前沿"著称的城市，尚不能完全接受导盲犬。

2016年9月，幺传锡带奥斯卡在深圳第一次搭公交车就被拒载，他告诉司机，这是导盲犬，法律有规定，导盲犬可以坐车。"谁规定也不行！我们公司规定不让狗上车。"司机撂下这句话，把门一关，油门一踩开走了。幺传锡向深圳市交通委投诉，在当地媒体的报道中，交通委随后向深圳多家公交公司下发了"放行"通知。目前他坐地铁已不成问题，周围常坐的公交车基本也不阻拦了。但其他公交路线，他没有把握。

3月21日，幺传锡带着奥斯卡从外面调琴回来坐公交，被司机和乘务员出言阻拦，问他们是否收到上级通知，对方声称从未收到过通知。幺传锡自顾自往里走，靠窗坐下，奥斯卡随即趴在地上闭目休息。

在记者跟着他出行的几天里，这种"拒绝"不时发生。常去的中山公园一开始也不让进，他投诉过后，大部分保安都不拦了，唯独有一个年纪较大的保安，每次都要说几句。他尝试带奥斯卡去超市，又被保安拦下，他解释了几句还是说不通，扭头便走，不愿纠缠。被拒绝太多次了，他每次都要解释、争辩、抗议，感到心累。

幺传锡带着奥斯卡行走在外，经常招来路人的注视，被偷偷拍照、合影而不自知。所幸，这些各种各样的目光，他都看不见。他感觉到奥斯卡分心了，就扯了扯链子，"你管别人干嘛，好孩子，咱们走咱们的"。

只 求 平 等

采访期间，记者与幺传锡并肩而行，时不时会提醒他身边的障碍物，他总是低声应着："知道，我知道。"似乎急于摆脱被照顾的角色。

即使是他这样自尊自强的人，也不得不承认，盲人在这个社会是弱势群体。

幺传锡说,他十几岁时曾拿了张崭新的100元去买东西,老板说这钱是假的,过了一会儿把钱递回给他,他一摸就知道钱已经调包了,换了一张半新的假币,但没有证据,他也不敢质问。

阿英失明后请过钟点工,家里的东西,钟点工想拿就拿,经常当着她的面,把冰箱里的水果切一大块,直接拎走了。

2009年,幺传锡带着妻子去济南看眼睛,在酒店投宿,前台登记开了房间后,酒店老板突然跑过来,把他们轰了出来,说什么也不让盲人住。幺传锡为什么更喜欢用网约车,就是因为搭出租车经常被狠宰,"人家一看你是盲人就漫天要价,你看不见表,司机说多少就多少。"

他常常感到愤怒,为什么会这样遭人欺负?

他也抗议过。上小学时,学校组织学生去踏青、旅游,唯独不让盲人同学去,他站出来抗议,第二年的校外活动所有人都可以参加了。

读屏软件读不出来图片,把这个问题一反映,倒被嫌弃"事儿多"。他妈妈也觉得他爱争理。比起外人的歧视和坑骗,家人有意无意的言行更让他难过。

小时候,幺传锡父母经常吵架。他印象最深的一次,父母吵完之后,他在屋外玩耍,父亲在屋里睡觉,母亲收拾行李,带着四个哥哥姐姐去姥姥家了。他当时年幼不懂事,没想太多,只是很疑惑:"为什么不带我一起走?"后来长大了,他想明白了,在那个父母吵到分居的时刻,母亲只带着哥哥姐姐离开意味着什么。

14年前,亲大姐结婚,谁都可以去,就他不能去,一家人为此吵架,大姐最后让他别去了。

阿英也是因为跟父母有隔阂,才分开住的。失明后,父母为了照顾她,费尽心力。但在日常生活,父母作为健全人,终究不能理解盲人。尤其生了女儿之后,她关心则切,凡事都要过问,母亲有时便不耐烦,认为不被信任。其实她只是因为看不见,太想知道女儿的情况罢了。

阿英觉得父母还是在拿正常人的思维去想象盲人,他们会经常责怪,怎么那么简单的事情都做不好呢?"你们在说我之前,把眼睛蒙上,自己也做一遍,你做得比我好,再来教训我。"

上个月,有家电视台来拍他和奥斯卡,对方提出让奥斯卡帮他拿报纸的拍摄要求，幺传锡觉得很无语，"我根本看不了报纸啊！"

女儿一岁半就很会走了，他们出门就把围巾的一端拴在她腰上，一端手里握着，"像遛小狗一样"。

路人甲看到说："这么小就要领着爸妈走路，好可怜。"

路人乙看到说："这么小就能领着爸妈走路，好厉害。"

这样的话幺传锡听过太多了，有人说他看不见，多可怜，有人说他看不见，还能工作，多厉害。

他讨厌被人同情，自己活得好好的，有什么好可怜的?

他也讨厌被作为励志的榜样。他曾参加电台的主持人比赛，评委说他能来参加比赛，"好勇敢好坚强好了不起"，然后给了他一个特别奖。

"坚强""勇敢""自食其力""自强不息"，健全人总是把这些词加冠在他头上，在他看来，这种夸赞反而是一种歧视。他只希望凭实力获得认可。

2010年，他刚来深圳，去琴行应聘调律，老板却让他站柜台，吸引人的眼球，一个月800元。五年后，他无意中发现，琴行用他的照片在网上做宣传，标题为"爱心企业给了他一片蓝天"，意思是琴行录用他是在献爱心。他心里很不是滋味，对老板说："我能来这里，是靠本事吃饭的。"

"我只是个普通人，我也有七情六欲，我也有缺点，我跟你们是一样的。"他不要谁的赞美，也不要谁的怜悯，他只希望被平等相待。

阿英从看见到看不见，两种生活都体验过，以前是"看"着做事情，现在是"摸"着做事情，"只是方式不同，结果都是一样的"。

光 明 与 自 由

幺传锡一直具有很强烈的独立意识。他10岁离家寄宿学校，一直由家人接送，19岁中专毕业后，去济南找工作，坚决不再让家人陪同，父母不答应，他反问："你们能陪我一辈子吗?"

对盲人而言，天底下最困难的事情，就是第一次单独出门远行。他在济南下了车，没头苍蝇似的乱撞，四周全都是人，"好多人在讲话"，但都与他无关。

他背着行李，立在人流中央，彷徨，无助，焦虑，胆怯，迷茫，如同辽阔的黑洞，没有尽头。他有点后悔不让父母跟着了，又强迫自己必须克服。只有克服内心的恐惧，才能真正独立。

如今，幺传锡出行有奥斯卡相伴，但导盲犬的帮助毕竟有限，他不能太依赖导盲犬。人的眼睛比导盲犬更能带给他安全感，他也不能依赖人。

在生活中，他很少找人帮忙，几乎从不申请义工服务，也不止一次地劝诫妻子，不要凡事都依赖爸妈，"爸妈能陪你一辈子？"孩子也不可能一直守在身边，早晚得自己独立生活。

小时候，他羡慕小伙伴骑自行车，自己也想骑，胆子又大，就偷偷学会了，在村子里骑，"我骑车技术可高了！可以单手扶把，也可以载人"。2017年春节回家，他还用电动车载着妻女在村里骑了几百米。

幺传锡天生活泼好动，他喜欢赛车，喜欢冲浪，喜欢一切有速度与激情的运动，却偏偏看不见。因为看不见，更因为世俗对盲人的偏见，很多想做的事情做不了，是他感到最不自由的时候。

他无数次做过同一个梦。梦见自己一人在骑自行车，从家里出发，骑到很远的地方，骑得又平又稳，想去哪儿就去哪儿，那种感觉特别舒服，以至于梦醒后依然回味无穷。

他还梦见过自己在一辆无人驾驶车上，车里有一个触摸屏，用手一摸还有语音提示，他输入自己要去的地方，按下出发键，车子便缓缓地启动了。行驶在宽敞的马路上，风在耳旁呼啸而过，一种前所未有的轻松充盈胸间。他心想，这下可好了，终于不用麻烦别人了，我可以自由自在地去我想去的地方，做我想做的事情。自由真好。

自从做了这个梦，幺传锡一直很关心无人驾驶技术。他希望能发明一种传感器安装到自行车的手把上，哪一边有障碍，哪一边的手把电流就强一点，让盲人也可以在城市里骑自行车。他相信不出20年，科技的发展必定可以让盲人像健全人一样行动自如。

幺传锡向往科技，妻子则更多地寄希望于医疗的进步。当年医生说她患眼疾，与免疫力低下、不注意饮食作息有关，所以她现在吃一种营养餐，想把身体调养好，期盼以后有机会把眼睛治好。其实她的眼球已萎缩，几无可能复原，但她始终没有死心，复明的想法一直潜藏在心里，时不时就要冒出来一下。"我每天都在想，一定要好起来，一定要看见。"

阿英还希望通过吃营养餐来减肥，恢复到以前的身材。失明前不久，她买了一件浅绿色的毛呢大衣，失明之后因为吃药变胖，就再也没穿过，一直在衣柜里珍藏着。她最近拿出来穿，扣上了纽扣还是有点紧，她扯了一下衣角，念叨着肚子上的赘肉。

阿英体验过能看见的好，便总也忘不了。幺传锡从未体验过，却也时常神往。每当别人向他描述这个五彩斑斓的世界的时候，他就想亲眼看看，也为此纠结过好长一段时间。

他曾与朋友泛舟湖上，朋友说这里风景如画，湖面波光粼粼，湖水清澈见底。他想知道：什么是风景如画？什么是波光粼粼？什么是清澈见底？但不管朋友如何细致地描述，他都想象不出来。这种时候，他真的很想知道，视觉带给人的体验究竟是怎样的。

小时候有人曾问他知不知道什么是黑，他说不知道。那人说："你现在什么都看不见，这就是黑。"他还是不知道。他能感知到白天和黑夜的区别，却想象不出它们各自的样子。

3月18日11点，他调完琴出来，雨停了。

"出太阳了吗？"他问记者。

"没有，现在还是阴天。"

走了一会儿，他抬起头，"这儿有阳光了？"

"没有，太阳没有出来。"

走了一会儿，他又嘀咕起来，"好像是出太阳的感觉"。

"没有出太阳。"

"那哪里来的热度？"

记者向他解释，有一种天气介于阴晴之间，太阳被云挡住了，但整个天地还是非常明亮。

"如果太阳真的出来了，我们是有倒影的，但是现在你看，我们没有倒影。"

话一出口，两人都沉默了。回家后，他跑到阳台上唱起了歌："黑夜给了我黑色眼睛，我却用它来寻找光明……"他只会这两句，对着无垠黑夜，反复唱了好几遍。

记者问他假如有了光明,最想做什么。他想了一会儿说:"最想看看女儿的样子。"

采访、撰稿/张小莲
原载《澎湃人物》2017年4月11日

寻找戴金秀

戴金秀失踪了。

这是她得知自己肺癌晚期之后的第四个月。医生预判,如果不用抗癌的靶向药,她的生命只剩三到六个月。她没有用药,选择消极治疗。

2017年8月初,戴金秀刚从上海的小儿子家搬来温州,与女儿涂凌宇一起居住。16日上午,母女俩去中医馆看病,出门前,戴金秀磨蹭了一会,选了一身长袖的橘红T恤、碎花小脚裤、黑色布鞋穿上。

后来,她先从中医馆离开,说去公园看戏。中午,涂凌宇回到家不见母亲,发现她留下一封诀别书,让儿女不要找她。

母亲出门时没带手机,刚从老家南昌寄来的60粒安眠药也不翼而飞了。天气灼热,涂凌宇有种不祥的预感,她赶忙通知在南昌的大哥涂震宇和在上海的弟弟涂欢宇。

"没毛病,挺好的"

戴金秀一米四九的小个子,老家在江西南昌,女儿在温州做生意。她白天常去位于温州中心城区的华盖山公园跳交谊舞,女跳男步,与众不同,舞步也有张有弛,一看就有底子。

林华68岁了,比戴金秀小两岁,想学男步,又想找个单纯点的人学——如果找个男人学,搂搂抱抱,容易招致流言蜚语。她和戴金秀倒是一拍即合了。

戴金秀怕作为本地人的林华瞧不上她,不太会跟她说起拮据的状况。

她极为节俭，自己在华盖山下淘了五块、十块的衣服，有次跟林华说，自己穿穿，买给老家的亲戚穿穿都不错。

林华提醒她，"谁穿过都不知道，不干净！"戴金秀满不在乎，"洗洗就能穿了，没事"。

有次林华张罗着几个关系好的舞友下馆子聚个餐，戴金秀抹不开面子，不好拒绝，只说以后单独聚。

跟她俩一起玩的陈美莲今年57岁，老家在湖南，比较有乐感，舞跳得轻盈。同是异乡人，戴金秀跟陈美莲常结伴而行。

2017年3月的一天，阳光正好，戴金秀带着陈美莲上松台山跳舞。爬到半山，戴金秀咳嗽了一阵，突然吐了两口猩红色的块状物，"不像是气管里的血，她那么聪明，肯定知道"，陈美莲说。

好多舞友见状，劝戴金秀的女儿带她做一次身体检查。

被女儿问起时，戴金秀故作镇定，"没有这回事，她们瞎编的。我不用去做检查！"女儿感觉再问，母亲会生气，就缩了回去。

戴金秀心里清楚得很。过去早上七点买完菜，提着菜到华盖山，跳舞到近十点往家里赶，一天劲很足。今年年头却感觉到一动弹背后就一阵阵发虚汗，得垫一块毛巾在背后。

咳血也不止一次。陈美莲和林华先后旁敲侧击建议她去做个全面检查，她就敷衍地去个小诊所，看完出来说："没毛病，挺好的。"

3月底一个下午，戴金秀打电话给陈美莲，约她在公园见面，说想早点离开温州回老家南昌，正好也能赶上清明节，给15年前故去的丈夫扫墓。

"妹子，你啥时候回去？我想早点走。"

"那我也4月走。"

说到这里，戴金秀又忍不住跟陈美莲坦白，"如果回去（回南昌）真查出来是什么坏毛病，我自己解决掉"。4月8日，陈美莲离开温州回老家湖南常德，之后她再也没能打通戴金秀的电话。

杳无音信的三天

当意识到第一步就走错了，涂欢宇快急死了。

发现母亲走失后，在上海的他遥控指挥姐姐和她的男朋友沿着瓯江找。但他很快发现问题，沿江线有十几公里，凭母亲70岁的体力很难走远，又不够隐蔽，想长期失踪绝无可能。

留给他们的时间不多。8月16日，涂欢宇托人咨询过专业人士，对于一个肺癌晚期的病人来说，服用60粒安眠药后弥留时间有多长。对方回复是，服药后先是大脑中枢迟滞，身体瘫软到陷入深度昏迷，接着进入呼吸衰竭，最后是器官衰竭。正常人经历这个过程需要七八个小时，而身患肺癌的母亲呼吸系统脆弱，只消三小时就可以被判定死亡。

当他想到排查监控探头，已是失去母亲音讯的第二天。

母亲口袋里可能会有些零钱，天热体力不够，又想去人迹罕至的地方。综合下来，各方推测她是坐公交出走的，而且就从中医馆附近坐城市通往郊区的公交。排查附近公交的监控，直到8月17日下午，涂欢宇获得了一条线索：16日上午9点16分，母亲是在垟儿路站坐了6路公交。

龙湾公安分局瑶溪派出所的值班民警王炳铼接到报案时已是8月17日晚上，过了8点。

派出所的所有人从6路瑶溪终点站的监控开始一站站往前排查。棘手的是，终点站是一个交通枢纽，车多人杂，监控全部排查后没有发现戴金秀。当天太晚，王炳铼建议家属次日一早去公交公司调用车上的视频，以确定她在哪站下车。

到18日下午，警方才通过公交监控确定老人先在山下站下过车，张望了下周围，很快又上了车牌号为C28281的后续6路车。

巧合的是，6路公交恰好在那几天临时改道，原本是从山边绕行，改为直接穿山而过。"她应该是看着途经的路，觉得离山近了，没想到第一次下车的地方是个新城区。"涂欢宇说。

10点11分18秒，母亲在6路的白楼下站台下车，两分钟后又出现在龙永路高架桥下。

10点17分，她又出现在毛竹岭，这是一条通往道观和教堂的古道。然而奇怪的是，到10点53分，她折了回去，又出现在了龙永路4弄高架桥下。

在夏天穿长袖的她很显眼，警方综合几位目击者的说法称，她先后出现在两个地方：一处是道观门口，有人看到她歇了个脚；还有一处是小店门口，她询问盒饭多少钱一盒，对方说十块钱一盒，她就离开了。

11时41分，白楼下站台附近监控录像中，老人正推开一道房门，似乎在探头查看里面是否有人居住。

最后捕捉的瞬间出现在12时44分，她又出现在通往教堂的岔路上，这里距离她最初上车的地点大约十五六公里。

子女们从监控里感受到母亲走路的那种样子，直不愣登的，不会左顾右盼，"这就是她的反侦查能力，不想让当地人察觉这个人对环境不熟悉"。他不由想到母亲在家常看的节目是《法治进行时》《今日说法》。

涂欢宇还能感受到母亲在用固执的出走意念管理自己的行为，"看到我妈妈上山下山的样子，他们说你妈妈走得很飘逸、很轻盈，走得并没有很明显的痛苦感或者说迟滞感。我无法去想象，她已经在那儿转了那么长时间，一定是极其疲惫的，但她还依然保持这个状态。"

8月16日下午3时48分，涂欢宇在朋友圈发出了一条寻人启事。这条信息很快在朋友圈传开，引发了一场全城搜救。

民间搜索力量也出动了，许多人主动驱车去找老人，不要一分钱。温州本地出租车司机余伯还记忆犹新，那几天里，交通广播台里定时会播放寻人进展，刷新手机信息时也看到新闻滚动。

母亲杳无音信的第三天，搜救眼看无望。

母亲：真正的编剧大师和表演者

戴金秀4月如愿去了南昌，她没有住在大儿子家里。

大儿子的家住南昌市中心老公房的八楼，没有电梯。一来她在家族里辈分高，怕去儿子那里住招亲戚关心；二来以她的体力爬八楼实在有点吃力。

"天天买菜、做饭，退休金存不下来。"戴金秀曾这样向朋友描述在大儿子家的生活。

戴金秀退休前是老家南昌弹簧厂的职工，做过仓库的保管员、出纳、食堂管理员和厂办幼儿园教师。丈夫所在的汽车配件厂离她不远。丈夫在计划经济时代做采购科科长，进入市场经济后又成为供应销售科科长，厂里分给他两套南昌市区八楼的房子。厂里效益不好，三个孩子负担又重，他于是下海跟人合伙做钢材批发、分销的生意，有了不错的收入。戴金秀也就趁丈夫下海之际买断工龄，办理了"病退"，跟着他走南闯北，从南昌去北京，到上海，照料丈夫的饮食起居。

在上海的日子里，戴金秀闲时会去社区跳舞唱戏，性格变得更开朗了。"（妈妈）唱戏还是有板有眼的，有的时候隆重的都是上扮相的，穿戏装的。"涂欢宇回忆。

1997年，小儿子涂欢宇到上海打拼。2000年，戴金秀和丈夫以小儿子的名义在上海宝山区的共康地区全款15万元买了间50多平方米的毛坯房，后来由小儿子慢慢添置家具家电。

2002年，丈夫去世前留下十万元现金、南昌市中心八楼的两套50多平方米的房子，打通后仍共用一个洗手间。

在涂欢宇看来，父亲去世后，母亲的孤独感和自责感都很强烈，她在家庭里没有情感和价值出口，在子女成家立业的当口，经济上最需帮助时，家中的经济支柱倒下了。

戴金秀跟几个好友提过，也想过找个老伴，一个人的退休工资租房、花销，另一个存钱，这样搭伴过日子能好些，但一直没找到跟老涂一样好的人。

戴金秀最终把江西一半的房产和十万块钱现金分给了大儿子，房子的另外一半给了女儿，自己全无保留。

2017年年初，她还跟陈美莲振振有词地说，今年想存个几万块补贴给大儿子，不过要以大女儿和小儿子的名义给。陈美莲不解："明明是你的钱，为什么不以你的名义给？"戴金秀自有主张："我想用这个缓和下子女之间的关系。"陈美莲替她不平："讨好了所有人，却没有一个地方是你的家。"

戴金秀骗孩子说去南昌住在外甥女家，事实上她4月25日在南昌进行了住院体检，4月27日医生给她报告前心有顾虑，但她对医生说："我没有家属，你就把结果告诉我。"

她拿到癌症晚期的确诊报告后立即办理了出院手续。

4月28日，戴金秀把病情告诉外甥女，让她帮忙向自己的子女隐瞒。

她最怕给人找麻烦，也总担心连累子女。"上次做胃部手术放化疗就已经出现了那么严重的痛苦反应，生不如死，还不如在自己还玩得动做得动的时候就出去玩玩，到哪算哪，不要告诉他们就好了，半年以后我会联系他们，要么跟他们说。"

戴金秀并不知道，十年前自己得的是晚期胃癌，那次是严重便血被送进医院，当时她还在南昌帮大儿子带上小学的孙子。

她的三个孩子托人伪造了一份假的检查报告，称其得的是重度胃溃疡，手术方案是切除溃疡部分——胃的四分之三，没有全切是为了让母亲保留生活的尊严。好在当时她体内癌细胞还没有开始扩散或转移，手术还算顺利。

而这次棘手得多，戴金秀预先知道了病情。外甥女得知戴金秀的病情后吓坏了，虽说有戴金秀的"情感绑架"，她还是直接把实情跟戴金秀的子女们说了。平时不易怒的戴金秀生气了，拿出了要挟子女的情感武器。

"要是有安乐死就好了，没有痛苦，保持尊严地走。在医院等死的样子，我想想都可怕。你们守在身边，我看了也心疼，我也怕到那个时候我连自己了断自己的力气都没有了。如果你们坚持让我忍受折磨，只会逼我用更惨烈的方式走。"

孩子们第一次知道了她有离家出走的想法，由不得她控制，三个子女让她先挑一处静养。47岁的大儿子住在八楼的老房；45岁的大女儿在温州租房住；43岁的小儿子在上海购置新房不久，结婚但尚未要孩子，他几乎义不容辞地揽下照顾母亲的活。

子女们却发现谁也劝不动老人去上海，除了母亲在海南的好朋友陈文慧。陈文慧当初是涂、戴夫妇的媒人，鼓励过羞涩的戴金秀去接受"高富帅"却成分不好的老涂。5月，陈文慧特地从外地赶来，把戴金秀护送去了上海。

戴金秀到上海时当着陈文慧的面故作开心："哎呀，你们都这么关爱我，我一定听孩子的话，看有没有治疗的条件，如果有治疗条件的话就接受治疗，没有治疗条件的话就陪在孩子们身边。"

涂欢宇目前从事影视创作、制作工作，他事后觉得，母亲才是真正的编剧大师和表演者，会内心做剧本、设定自己的角色，并且很坚定地依着剧本走。

拆 车 场

民警王炳铼不敢去想如果找不到要怎么办。

"其实我们都知道这个黄金时间差不多要到了，谁也没点破。你说几天时间没出村，手里只有一瓶水都不到，大热天，那几天温度很高，三十几度，她还穿着长袖，当时感觉（活着的）希望是非常小的。"

过了8月19日凌晨，王炳铼连日无眠，眼里布满了血丝。他自己也遭遇过至亲离去，用他的话说，"我知道等死是什么滋味"。

巧合的是，他曾在最后锁定老人行踪的村落做过三年的片警，对地形很熟悉。他本来想稍微眯会儿，但鬼使神差又爬起来画地形图，部署搜索的三个区块和队伍，一直画到了凌晨4点。

身为儿子，涂欢宇则不敢想母亲离开时身边没有一双有温度的手。

在找不到母亲的几天里，涂欢宇觉得闲着一秒钟都让他受不了，眉头紧蹙，一支接一支抽烟。他总是会想到15年前在上海去世的父亲。他清楚记得那天自己在漕宝路接到电话，一路打车绕了上海四分之一个外环去共康，"我到的时候人已经在抢救了，爸爸的生命在我手指缝里慢慢流失掉。他脑溢血后深度昏迷，你抓着他的手，他就是一点点变凉。医学指标全面下降直到宣布死亡"。

8月19日，天亮了。他和大哥涂震宇在公安局会议室躺了一会儿，在凌晨5点左右就朝着母亲有可能出现、体力能企及的主路上来回开车。只要看见有开门的早餐铺子，他们就拿着寻人启事去问，一路问过去，一直问到6路终点站，再从终点站折回，这样来回跑到早上8点多钟。涂欢宇让大哥继续这样找，自己跑去瑶溪派出所看搜救如何部署分工。

早上7点，视频侦查员就带着移动硬盘去找母亲活动过的一些路线，但凡有可能捕捉到行踪的布点就进去拷贝影像，9点多赶回来。

这样就找到了公安监控失去画面以后11点30分到12点40分之间的另外三组画面。

"看到那三组画面，基本上我的心都凉掉了。"涂欢宇说。母亲最后出现的环境是一个拆车场，前一天去过，但是没有进去搜。拆车的地方堆满了大型零部件，对于身材矮小的母亲来说找个空隙钻进去最容易不过。浙江民安公益救援中心温州支队也加入了这场搜寻。队长黑皮当时就跟涂欢宇说："这里面还是值得我们再去看一下。11点30分她就进入这个区域，到12点40分她都没出来，她如果在这里待过一个小时，至少我们可以在这里找到她曾经停留过的地方，这可能也会有线索。"

黑皮看了他一眼，涂欢宇迟疑了下，又想去，又怕去，最后还是一块儿去了。

两 封 遗 书

戴金秀本打算在上海看一眼就走，没想到被儿子拖着待到了8月。涂欢宇好像总能找到各种借口让母亲留下，先是母亲节，然后是自己过生日，在母亲说起生自己没坐月子时，趁机接话说给她补坐月子。

戴金秀到了上海以后就被女儿和小儿子带去肿瘤医院做了增强CT。按照医院专家的说法，她的生命期被判定在三到六个月。

本来子女们想让戴金秀做穿刺，这样就可以用靶向性的抗癌药物控制病情。穿刺是靠近心脏主动脉的，虽然是微创，但还是有很大的风险，只要一控制不住颤抖的话就有性命之虞。医院判断戴金秀没有手术条件，因为她的求生意愿不强，恐惧又占了上风。

涂欢宇把母亲和姐姐带出去谈话，他明显能感受到母亲的眼里透着绝望，直愣愣看着他。"如果一定要做，我会咬牙坚持的，我怕你们难过。"说这话时，戴金秀的手一直攥着不松开。三个子女当中，涂欢宇是最为希望母亲积极接受治疗的一个。这下他看到母亲惊惶的神色，不再多坚持，"妈我们不做了，我们回去"。

那天回去的路上，戴金秀非常开心，一早来的时候心情沉重，回去时完全没有了。涂欢宇带她下了馆子，给她点了一份红烧肉，她全吃了。

后来，涂欢宇放下工作，陪她在家静养，知道母亲动过离家的念头，他基本不让母亲出门。他买菜就骑平衡车去菜场，用最短的时间往返。家里用的是那种电子门锁，戴金秀自己没办法开门，也没办法关门，所以她不敢贸然在儿子出门的十分钟内出去。

那段时间，戴金秀会絮絮叨叨说些旧事，也会把对身边人的期许写在小纸片上藏在家中的小角落。比如她对小儿子的妻子很感恩，说她重塑了儿子；她对大女儿心有愧疚，因为她重男轻女，让女儿很早出来工作；对大儿子不舍，希望他注意身体，好好待老婆孩子……

儿子家的一张折叠床，牵拉出来是一张双人床，她睡上面半张，儿子睡下面半张，每晚两人握着手入眠。她曾跟儿子开玩笑说："我就算要走，我也不走在你的新房子里，不吉利。"

儿子给她做燕窝，她没法推辞，看电视里说燕窝没效果，就专门回放给儿子看。涂欢宇也懂，"她自己的话说服不了我，所以就用电视上得到的信息告诉我，其实主要是不想花钱"。

"我都是一个快死的人了，没有必要再为我花钱买新衣服了。每天早上营养粥配燕窝，中午不是鱼，就是肉，晚上还有各种炖汤。我现在身体已经没有什么不舒服的感觉。"戴金秀说。

涂欢宇回忆，母亲看上去状态调理得还可以，唯一不好的表征就是失眠。她夜里辗转反侧，总是睡不到一小时就醒来，只能依赖固定剂量的精神药品入睡——涂欢宇从锡纸上剪下两粒艾司唑仑片给她，剩下的自己保管，藏在家中各处。他让母亲一天隔一天服用，以免她产生赖药性。十几块一盒的药不贵，因是处方药，只能断断续续开药。

到了8月，戴金秀坚持回温州，涂欢宇也没有多想，"即便我有不好的预感，我一直坚信，她的精神崩溃一定是建立在肉体（痛苦）的到来，而不是早于肉体的到来"。

8月16日，女儿涂凌宇带她去看中医调理身体，早上出门前，戴金秀在自己房间里磨蹭了一阵。涂凌宇当时没有多想，觉得老年人出门动作慢很正常，也不好去催。

到了中医馆，戴金秀发现专家号不是看睡眠问题的，当场拒绝就医。涂凌宇自己正好要排队抓药，母亲不愿等她，说要去平时常去的中山公园看戏，就先离开了，那里距离中医馆仅一街之隔。此时是上午9点，两人说好到中午饭点在家一起吃饭。

中午涂凌宇回到家，见母亲不在，匆忙折回中山公园找，按理说，母亲那天穿的衣服很显眼，但涂凌宇找了一圈却没找到人。再回到家，她才发现母亲给自己留下的两封信，一封是母亲想给别人看的：

> 因因你辛苦了，我带了所有的存款，决定去外面旅行，的确我很任性，玩心不变。玩一圈回来，身体好了也说不定，所以我必须抓住有限的时间，不悔这剩下余生。千万别告诉哥哥和弟弟，免得他们生气，我会经常和你联系。

另一封她却想保守秘密：

> 我在你面前装得若无其事，我实在坚持不了了，失眠、胃胀都是大问题，没有耐心医疗，就算老妈求你，一定忍住眼泪，坦然面对，就当什么事都没有发生，把我的事隐瞒到明年。就是祝老师（编者注：涂凌宇的男朋友）也别说实情，因为他的儿子婚期马上到了，免得他担心，不利（编者注：不吉利）。
>
> 世界很大，天气炎热，也不想让儿女奔波，更无脸回老家见你老爸。南昌亲友、老同事、陈阿姨（编者注：指陈文慧）、温州邻居、上海朋友，都不要说出实情。所以不要找，不要报警，就让我默默走。这是我多年的心愿。
>
> 这生不如死地活着，还不如早点解脱。不过请放心，我会在外面玩到最后，他们给的红包钱我都带走，这远比我百年后的几张黄纸强，我在外面玩能派上用场。唯一好的那件绵羊皮衣，只穿了一个冬天，现在只有小外甥女身材能穿，就给小外甥女。告诉她是学生送我的，不是旧衣。陈阿姨是我的好闺蜜，代我多多看望。我只能求助大表姐到明年工资卡失效，再报失踪。祝老师去湖南可叫大外甥女来温州，在我这里挑一些好的用得上的东西，其他就扔掉。
>
> 我对不起儿女，对不起关爱我的亲朋好友。

这封信的落款时间原本是2017年9月，但被涂掉了。戴金秀或是想选择以更匆忙的方式告别，她房间的垃圾桶里，三瓶药的纸盒被撕成了很小的碎片，碎到看不出字。

"找到了，找到了"

涂欢宇到达拆车厂内部通道的时候，看到一个车厢里面有一张床垫，进拆车场的通道旁边有一个教堂，心里拔凉拔凉的，他觉得到处都像有母亲的踪迹。

全是大零件，堆积如山的零件，每个零件之间都有大大小小不规则的空隙。

他走入拆车厂主道，往下看就是当地人种的田地，边上还有一个居住用途的集装箱房。他刚想走到旁边的黑色小木屋时就听到小山丘上的黑皮在喊"找到了，找到了！"

"活着吗？"涂欢宇本能地问了一句。

"没有体征。"黑皮有些懊丧。

涂欢宇一下往山上猛冲，黑皮就下来一把抱住了他，"不能上去，必须要通知派出所，不能破坏现场"。

后来涂欢宇被架上警车开到派出所，在车上，过往画面在他脑中反复回放。

他去年置换新房时想把旧家电给扔掉，母亲节俭，坚持要把旧货带回南昌给大哥。两人大吵了一架，他一度想砸掉微波炉不让她带走，母亲却用小身板护住，把涂欢宇看哭了。母亲最后高高兴兴地抱着微波炉坐慢车回了江西。母亲的固执总能获得胜利。

"我妈就像一只鹅，我攥着她的脖子，我脚下是悬崖，我松手她摔下去会死，我再继续掐着她也会死，这是我最纠结的地方。""你再用力去爱，都抵不过母亲对我们的爱。"涂欢宇早就知道，跟母亲在爱的方式上掰手腕，自己永远是失败的。

他还记得母亲最后的心愿，"我还想去北京，那还有我几个比较好的朋友，当年我也在北京生活过，我们生活过的地方，如果我以后有力气的话，我还想去看看木樨园与红领巾公园……等我走了，你也快点去工作"。戴金秀最后服下了所有的安眠药走了，被发现在没有水泥路或田埂通往的小土丘上：身体稍微有些蜷曲，脚冲下，头冲上，脸侧着。路上有散落的药瓶，为了不让家人找到，她在药品说明书上写道："无脸面对家人，请就地处理。"

（为保护个人隐私，文中部分受访者使用了化名。）

采访、撰稿/彭玮、吴佳晖、陈瑜思

原载《澎湃人物》2017年9月29日

我在柬埔寨找人代孕

很长一段时间，林涵（化名）不愿回忆过去半年的经历。她总觉得那不可能发生在自己身上，尽管她真切地经历过拥有孩子的喜悦和被困失去自由、仓皇逃亡的恐惧与绝望。

直到2017年10月21日下午看到儿子的体检报告单，"轻度脑萎缩"几个字仿佛巨石般砸向她，击溃了她。

她瘫坐在医院的椅子上，痛哭了一个多小时，心里只有一个声音："我拼了那么大的努力把他带到世界上，他却是一个不健康的孩子，他这辈子该怎么办？"

不满三个月的孩子躺在婴儿车中，睁着大眼睛看着她。

她怎么也没想到，自己花上百万代孕生出的孩子，刚出生就身患重症。更令她心寒的是代孕中介的态度，对方回复她："放弃这个孩子，重新给你再做一个。"她不明白，孩子快三个月了，她怎么放弃？

2017年11月，记者在上海一家宾馆见到了林涵。她刚离了婚，带着孩子来上海看病。33岁的她身形瘦削，脸色有些苍白，穿着一身粉色睡衣缩在椅子上，说话时语速很快。回忆起那场改变她命运的异国非法代孕经历，她几度哽咽。

以下为林涵的口述。

"像疯了一样，就想要个孩子"

2011年结婚后，我一直没有怀孕。

2013年10月,我在上海一家洋酒公司做销售督导。有一天上夜班时,突然间肚子疼得浑身冒汗,被送去医院看急诊。

一位很出名的妇科专家怀疑我是先天性子宫发育不良。一做核磁共振,真的是单角子宫、残角子宫。后面又做了手术,输卵管被割掉了一侧。医生告诉我,我以后生育是很困难的,可能只剩25%的机会。

当时觉得,老天对我太不公平了。我从小吃了那么多苦。父母去世得早,我19岁就去上海打工。刚去的时候住200块钱一个月的地下室,蚊子咬,又没有空调,来例假的时候疼得冒汗,我就在席子上打滚。我文化程度也不高,边打工边上的大专。在上海打拼了10年,好不容易从最初的销售员做到了销售督导。丈夫在上海待了三年后回老家工作,我们两地分居。

一开始,我只想做试管婴儿。上海、贵阳、广州、香港,能去的医院我都去了。每家公立医院做试管婴儿的,都人山人海的。因为我以前吃过抗抑郁症药,一直没能成功建档。

后来听说泰国做试管婴儿成功率高,我又去了泰国的一家医院。跟我同一批去的7个人,全都没有一次成功。医生说我的身体条件比她们差得多,我大受打击,灰溜溜地回了国。

回来后我着魔了一样,到处咨询,加了一二十个QQ群、微信群。柬埔寨金边的一家试管婴儿诊所客服找上我,武汉的一家代孕机构的工作人员也找上我。还有一位"病友"说跟我情况一样,约我一起去柬埔寨做代孕。

那时候我就想不明白,别人都是一结婚就生孩子,我这个就没戏,怀不上,我能怎么办?我怕这次不去的话,这辈子都要不到孩子了。

因为国内代孕违法,很多人就到印度、泰国等东南亚国家做代孕。2015年印度、泰国相继打击非法代孕,很多人又转去柬埔寨。我没想到,就在我到柬埔寨的第二天,2016年10月24日,柬埔寨政府发布了针对商业性代孕的禁令,直接导致很多外国代孕夫妇回不了国,我也没能逃脱。

之前约我同去的"病友"没有出现。后来我才意识到,她很可能是武汉那家代孕机构安插的"托儿"。

到金边后,我先去了试管婴儿诊所。之后武汉的代孕机构工作人员带我去了与他们合作的柬埔寨某生殖遗传医院。那是一家中国人投资的医院，请来的都是国内的妇产科专家。医院有八层楼高，下面三层是医院，上面是住宿酒店，看起来规模更大、环境更好。

一到那儿，一位女医生给我做了检查，让我先促排卵，不行的话再找代孕。从第二天开始，我每天肚子上都要打两针促排卵针。到第5天的时候，医生说卵促不起来，因为我的子宫不好，盆腔又积液积水，做试管成功率很低，必须找代孕。

那时我还不知道自己可能被"套路"了，先劝说客户促排卵、再告诉她们只能做代孕据说是他们惯用的伎俩。

2016年11月1日，我和武汉的代孕机构签了合同，45万元包成功，两年之内包孩子健康出生，包DNA，包回国。

在国内，包成功套餐要65万到70万元。柬埔寨"代妈"（指代孕母亲）只拿7 500美金，所以费用要低一些。

"终于有孩子了"

签约前，代孕机构工作人员带我去他们在柬埔寨的"代妈"基地参观过一次。那是位于柬埔寨金边郊区的一栋白色三层别墅。一进门，是间宽敞的客厅，五六位"代妈"打赤脚坐在地上，两位刚移植完胚胎的"代妈"躺在地垫上。客厅里电视、冰箱都有。我打开冰箱，里面有些脏，但有肉有水果。

工作人员说，这样的别墅他们在柬埔寨有五六个，一个别墅有4间房，"代妈"一人住一间，有营养餐有水果，不用干活。

没怀孕的"代妈"们齐刷刷站在了我面前，冲着我嘿嘿笑。她们的年龄看上去比我还大。我看面相选了两位：一位说自己22岁，生过两个孩子；另一位叫阿星的说自己26岁，生过一个，还拿出身份证给我看。问她怎么生的，她把衣服撩起露出肚子，两只手顺着肚子摆出下滑的姿势，表示是顺产。阿星后来成了我孩子的"代妈"。直到生产前一天她才告诉我，中介教她说只生过一个，但其实她生过三个孩子，最大的12岁，最小的2岁。

来基地之前，阿星离婚了，在外面洗碗打工，一个月50美金。有中介找到她,告诉她帮别人生孩子可以拿到6 000美金,每个月还有150美金的工资,吃的好住的好,不用干活,她就去了。

去了后她发现并非中介说的那样:她那个基地里有二三十个"代妈",只有两间房给她们睡,十几个"代妈"得打地铺挤一个房间;夏天空调只开一会儿;水果、肉等食物,有客户去参观时才摆出来;"代妈"们得自己洗衣服扫地,有时还会挨骂。

而这些,中介不会让客户知道。

2016年11月3日上午,我被推上手术台取卵。麻醉药注入体内,意识开始模糊。半小时后醒来,只觉肚子胀痛,坐不起来。我就在手术台上哭,痛得呕吐。医生说给我取了7枚卵子,伤到了卵巢。我在病床上躺了5天才回国。

12天后,中介给我发来"代妈"移植胚胎的照片;十天后告诉我,"代妈"怀孕了。阿星怀孕3个月时,我心里忐忑,又飞去柬埔寨带"代妈"做产检。当B超探头在"代妈"肚子上移动时,我隐约看到宝宝的小脚丫一蹬一蹬的。医生说,宝宝很乖很有活力。我笑嘻嘻的,转过头还忍不住看。

终于有孩子了。那一刻,觉得老天对自己真好。

滞留柬埔寨

孩子出生前两个月,中介就让我提前去。那时我已经做到了公司副总,月薪三四万元。为了孩子,我把工作辞了。

2017年6月30日到柬埔寨后,中介工作人员不在,我一个人在酒店里等。别人告诉我,怀孕后期要一个星期检查一次,不然怕孩子在里面缺氧。

7月12日,"代妈"被检查出胎盘钙化,需要每天吸氧直至孩子出生。中介认为会"折腾""代妈",不同意。

等到7月24日预产期过了,还是没有动静。我就把"代妈"带到条件好一些的医院,代孕机构的工作人员说那儿没法办出生证,让我送到他们指定的医院。在车上时,"代妈"痛得满脸通红,我把手给她,她就使劲地捏我,眼泪都出来了。

我们去的是一个三层楼高的小诊所,紧挨着高架桥和加油站,噪声很大。病房只有5平方米左右，小桌子上满是灰尘，还有蚂蚁在上面爬。到医院时已是晚上5点多，中介让一名翻译留下来陪护，不让我进去，怕被医生知道是代孕的。

回酒店后我担心得睡不着，迷糊间等到凌晨3点还没消息。我就出去找车，酒店前台说这里晚上出门不安全，劝我别去，我顾不上那么多，找了个三轮车就胆战心惊地赶过去了。

凌晨5点多到医院时，孩子刚生出来，还在擦洗。我弹了下孩子的手和脚，孩子"哇"一下哭了出来。没待一会儿，中介就催我回去。

我急得生病了，扁桃体发炎，难受得要死。晚上6点多又灰溜溜地去了，看到儿子撅着背躺在那儿，满脸发紫，呛奶了，找来医生抢救了半小时才回过神。中介发微信让我赶紧走，说医生知道你是代孕的就完蛋了。那时外面下起了大雨，我不放心孩子，偷偷待到第二天早上才走。

就这样，我每天偷偷摸摸地半夜去、早上回，坚持了4天。4天后，中介将孩子交给我。那时我已经付了35万元了，合同上写的是：10万元尾款是包孩子的亲子鉴定、健康评估，还有回国手续。

中介让我先付尾款。我坚持按合同上写的，先做亲子鉴定等再付尾款，于是和中介吵了起来。

这之后，我带孩子去医院检查，查出患有黄疸，但因为不是出生的医院，无法做新生儿评分等全面检查。

孩子的黄疸一直不退，我心急如焚，担心黄疸会入脑，便决定自己去办回国手续。一去金边机场移民局，我和丈夫、孩子的证件便被扣留，对方怀疑我们是贩卖人口，要调查我们。

我和丈夫四处托人找关系，还求助中国驻柬埔寨大使馆，使馆工作人员告诉我们，中国代孕不合法，他们也只能督促移民局走法律程序。

滞留柬埔寨的两三个月，我们东躲西藏的，这个酒店住几天，那个酒店住几天，怕真把我们逮进去了。那时整夜整夜地睡不着，看着孩子直掉眼泪，天天盼，不知道什么时候可以走。

丈夫也因为回不了国生意失败。跟我们一起被滞留的两对代孕夫妇先后"跑路"。我不愿走，还是想以正规途径回国。从未对我发过脾气的老公，第一次歇斯底里地爆发了，骂我"到现在还没清醒过来"。我默不作声，一个劲地哭。

惊魂逃亡

最终我们也逃了。

2017年10月9日，在收到法院传票后，我和丈夫花了26 500美金，找当地的蛇头偷渡回国。

出发前，蛇头告诉我们，路上会很艰辛，贵重物品都不能带。我们就把所有行李都扔了，什么都不敢带，只买了一个背包，装孩子路上用的奶粉、奶瓶、湿巾、纸尿裤等。我和丈夫还特地买了套当地人穿的花衣服花裤子换上。

出发那天下午5点，天开始变黑了，一男一女两名蛇头来酒店接我们，把我们转移到蛇头的一个民宿窝点。第二天早上9点多，我们从金边出发，坐了七八个小时的皮卡车后到了一座桥边。4个骑摩托车的柬埔寨女人正等着我们。

车门一开，我还没反应过来，一个胖胖的女人一把抱过孩子，拿出一块事先备好的脏毛巾盖住孩子的头。另一个女人帮我拿包，甩给我一件黑衣，示意我套上。他们说越南话和柬埔寨话，我听不懂，只能按她们说的来。

坐上摩托车后，胖女人抱着孩子坐我后面。我不敢动，也不敢回头，一只手死命地拽着孩子的小脚。车疾驰在山路上，绕来绕去，大约半小时后，来到一个关口，开始冲关。我缩着头不敢看，只隐约听到一句"OK"后，车便冲了过去到了越南境内，停在一家小卖部门口。整个过程不过5分钟。

下车后，胖女人把孩子递给我。我打开毛巾一看，孩子的脸被捂得红红的。丈夫坐的车迟迟没有来，我胆战心惊，心想完蛋了。

半小时后，丈夫终于出现。他说，他们过的那个关口突然有领导检查，蛇头便绕另外一个关口过关。他当时想着要是出了问题，就让我和孩子先走，不会拖累我们。我俩就在那儿，他看着我哭，我看着他哭。最后老公就拍我，说别哭了，我们最难的一关也过了。

没过几分钟，我们又坐上了摩托车。我把孩子放前面抱着，一只手拽着前面人的裤带，一只手托着孩子的头，又紧张，手又动不了。车子绕了一个多小时后，我们下车，我的腿还在发抖，老公就把孩子接过去。蛇头告诉我们，今晚没车了，要在越南过一夜。

第二天一早，我们吃了个米线就出发了，坐了十几个小时的大巴后下车，肚子饿，就在路边买干面包啃。之后又坐了2小时的出租车，换上另一辆大巴，从越南的南部开到北部，整整两天两夜，我们这辈子都没受过这样的苦。

我跟老公挤在车子最底层，窝着身子，轮流换着抱孩子。数星星数月亮，分分秒秒煎熬到骨子里。孩子哭，只能用矿泉水冲奶粉喂他。我心里一阵发酸：他大概是最小的偷渡客吧。

喝口水休息下，我们又再次坐上摩托车，之后坐摇橹船渡过一条河，穿过河边的草丛，来到一处两米多高的围墙。蛇头告诉我们，翻过这道墙，就是广西的C镇（化名）了。

墙下，一位边民手扶梯子等候着。老公一手扶着孩子的头，一手爬梯子。梯子晃了下，孩子差点就摔下去了。我吓傻了，从钱包中抽出一张钱塞给扶梯子的人，那人立马把梯子拽紧。等老公过去后，我看着高墙不敢爬，双腿害怕得发抖。老公抱着孩子说："没事，你爬。"我深吸了口气，死命拽着梯子，一步步往上爬。脚落地后，差点没站稳。

再往前穿过一条小巷，几条大猎狗冲着我们叫。蛇头说："你们从这儿出去就可以了。"一出去，就看到了C镇的大门，我跟老公一下子瘫软跪地。我说，老公，到了，我们这回可以回家了。丈夫"哦"了一声。我又热又累又饿，眼泪没忍住，"哗"地一下流出来了。

"他这辈子怎么办？"

谁知回到家第二天，就出问题了。

我带孩子去医院检查。一去，就发现孩子不对劲，他的头使劲往后仰，按都按不住，脚后跟也不会着地，脚尖是绷着的。同龄孩子能做的动作，他都做不了。新生儿评分也不及格。

四天后，去医院拿检查结果。去的路上，我心里祈求老天，我们吃了这么多苦，孩子千万不要有什么问题。

拿到报告单的那一刻，看到上面写着"轻度脑萎缩"，眼泪一下子就出来了，内心崩溃。我拼了那么大努力把他带到世界上，他却是一个不健康的孩子，他这辈子怎么办？

第二天去见医生，心里盼着：医生告诉我这只是个误诊。然而，医生一看片子就直摇头，说孩子情况很严重。

此后，我带孩子去做了串联质谱筛查，排除了遗传因素的影响。随后，开始每天给他头上打神经节苷脂，促进大脑发育；每天带他做康复、理疗、按摩。

医生说，孩子的发育神经那一块是空白的，怀孕后期没有发育好，如果产检过程中及早发现，还有"代妈"的营养得到完善的话，或许不会这样。

我找到代孕机构的负责人。他说："如果是我们这里做的、不健康的，你可以放弃这个孩子，我们重新给你做一个。"

我说："孩子都三个月了，什么叫放弃孩子？我把他放到哪里去？"对他们来说，孩子或许只是一个商品，但对我来说，他就是我的命。就算他真的是一个高危儿，需要我一辈子照顾他，我也不可能放弃他，倾家荡产也要治他、救他。

丈夫、亲戚也找中介谈过，他们每次都说"先付尾款再说"，还推脱说："偷渡环境那么恶劣，孩子有问题，你怪得了谁啊。"

我找了四五位律师咨询，他们都说，代孕在中国不合法，我和中介签订的协议也无效，案件很棘手，打赢官司的可能性很低。

媒体报道后，代孕公司武汉的办事处已经搬走了，但网站还照常开放。滞留柬埔寨期间，我跟丈夫矛盾激化，回国后不久就离婚了。我带着孩子去上海看病，从找代孕到给孩子治病，已经花了200多万元。孩子查出问题后，保险公司都拒保了。

因为没有发育好，孩子的抵抗力格外差，经常病毒感染，全身严重湿疹。屁股、头上针打多了，现在给他指尖抽血，他都已经不吭声了。那么小一个孩子，每天要去上课、做运动，要让他撑、爬、扶。他有时不想动，就趴在那儿睡觉，或是哭，我心疼得直掉泪。

做了几个月的康复后，孩子病情有所好转。医生说康复治疗要一直做到周岁，再看后续情况。

每次我带孩子去做康复治疗时，别人问我宝宝是第几胎、多大年龄生的，我不知道该怎么回答。你说这种事情说给别人听，不丢人吗？

你问我那时候为什么要找代孕，中国人传统的观念是，如果没孩子，婚姻、家庭、你的人生都是不完整的，所以在这方面去求孩子的，很多女人都是很悲哀的。

你问我后不后悔代孕，后悔也想要个孩子啊！孩子怀到一半的时候，我还想再生一个，但经历那么多之后，打死我也不生了。

采访、撰稿/方岸、唐烨

原载《澎湃人物》2018年2月2日

悬走于高空钢丝的野心家

刚入11月,初来沈阳的加藤嘉一就见识到了东北寒冬的不客气。他终于屈服了,把每天的晨跑改成下午跑,还在百般挣扎之后,买了条秋裤,虽然他很介意这会让腿看起来变粗。

他是同学心目中的帅哥老师,身高一米八三,身材匀称,平时上课要穿西装打领带,声称理发要回东京特定的理发店,屋里有几瓶不同味道的香水。

2016年10月,加藤嘉一刚到辽宁大学国际关系学院开课时,研究生杨旋觉得简直是偶像走进现实。她因加藤嘉一的自传——《从伊豆到北京有多远》报考国际关系专业,没成想研二这一年,加藤嘉一竟成了她的老师。

加藤嘉一讲授的课程为"国际关系前沿问题",既不是必修课,也非选修课,算讲座类,没有学分,本科生和研究生都可以自愿参加。

并非每个人都和杨旋一样了解加藤。在决定是否听课前,同学们还是搜索了下这位加藤老师。百度搜索"加藤嘉一",搜索结果第一条:"加藤嘉一被赶出中国",相关搜索:"加藤嘉一骗了中国十年"……

2003年,加藤孤身来到中国,成为北京大学国际关系学院的学生。2005年,他因对反日游行的评论走入公众视野:那时他出书、演讲、被两国领导人接见,责任大到认为"如果我不努力,中日关系就会崩溃"。

悬走于中日关系的钢丝上,加藤自信可以掌握"平衡",却未料在2012年,因对"南京大屠杀"的言论一夜间遭遇"讨伐"。失意离开中国后,他又被曝"履历造假"。

在美国访学三年后，加藤重返中国。

回来一年半，他似乎"失宠"了：外界少有人知道他的去向；也鲜有人知道，他从未放弃野心，正酝酿一个"空降"政坛的日本梦。

"你他妈跑步也得买票！"

加藤嘉一要去北陵公园跑步，不知道要买票，直接就冲进去了，被门卫大哥截住。"我是来跑步的。"加藤解释。"你他妈跑步也得买票！"东北大哥粗声吼道。"请原谅我的无知"，加藤拿出日本式的客气。

对于加藤来说，沈阳的生活是新鲜的。他好奇"东北大哥为什么从中午就开始喝酒"，担心自己是否能挨得住东北的冬天，关心辽宁省的经济发展为何如此不景气，困惑自己讲课时是不是出了什么差错，总有两个女孩子笑着耳语……

2016年11月10日这天晚上，是一节讨论课。

17：30左右，辽宁大学则行楼的会议室里陆陆续续来了几十个学生。20分钟后，加藤嘉一走进了教室。他上身穿绿色运动服，下身穿黑色运动裤，背着书包，头上别着运动镜，像是刚训练完的体育生。

他跟学生们自然地打招呼，前排同学跟他聊天，他抽空过来跟澎湃新闻记者寒暄几句，解释"刚跑完步没换衣服，平时都是穿西装来上课的"，说完向旁边的同学求证，"对吧？"同学点点头，小声补充："还扎领带。"觉得"偶像走进现实"的杨旋也来了，她研二的同学们虽然忙着考博或者找工作，还是有将近一半的同学来听加藤上课。

这周讨论的题目是"中日关系如何和解"，先自由讨论。时间到，加藤一拍手，喊一声"好"，让各小组依次发言，这时他看起来又像是长跑队的教练。

班长柴永兴很喜欢加藤老师的活力，他评价加藤老师上课的特点是"有爆发力"，"他的讲话和他的肢体语言，特别有爆发力，不自觉地就会集中精力听他说"。

杨旋更喜欢的，是加藤老师能给他们说很多全世界各国的见闻。

下课已经是20：20左右了，五六个同学还是围在老师身边，他们总要把加藤老师送到学校大门口，一路和他聊天，目送他打上车才肯离开。

加藤告诉澎湃新闻记者，学生们送他的时候，他前所未有地感受到活着的意义，"他们让我感觉我这个人活在社会上还是有用的"。

"比当年见国家领导人感觉还强烈吗？"记者问。他停顿了好久，"那时我是膨胀的，像个泡沫，现在踏实，接地气。我只需要为眼前少数的学生负责"。

他的生活似乎简单了许多，每天只剩下写作、跑步、上课。他用的诺基亚按键平板手机里，联系人只有三十几个。

"有些节目都能看100遍"

这和他几年前的生活截然不同，那时候他很忙，要交的朋友很多。

加藤回忆，那时他每年接受300多次采访，写200篇以上的文章，进行超过100次的演讲。

在自传《从伊豆到北京有多远》中，他写道："2010年1月21日晚，接到母亲电话，说父亲得了胰腺癌；25日下午，医生让全家人到医院；他迅速安排了行程，23日回日本，26日一早就回了北京。"

26日下午，他要去录制凤凰卫视"锵锵三人行"，晚上要写《金融时报》专栏，之后的几天还要飞上海、飞辽宁……

2011年，他在对外经贸大学做了一次演讲，母亲坐在台下。27岁的加藤那天感谢了很多朋友和恩人。

"你有没有想过，如果你待在日本，会是怎样的人生轨迹？"坐在辽宁大学附近的咖啡厅里，澎湃新闻记者问加藤。

"不知道，可能在伊豆种地吧，"他不假思索，"可能继续朝着当优秀运动员奔跑，但最终不得不被迫回伊豆种地。"

他的故乡伊豆，以海景、山脉和温泉以及一个日本式的纯真爱情故事《伊豆的舞女》著称。但在加藤的记忆里，他在故乡度过的童年很难称得上浪漫和纯真。

在自传中他回忆，自己3岁开始种地，13岁开始每天凌晨3点半送报纸，16岁开始做翻译养家。父亲工作不顺利，不仅拿不到工资，丢了房子，还使得一家五口人外出逃债，无家可归。

2003年高中毕业后，加藤嘉一独自来到中国读大学。他来中国的理由之一是：在日本读不起大学，他要顾及弟弟妹妹的学费，中国物价低。来中国后，他为了生计到肯德基打工，通过背诵《人民日报》等方式学中文，做翻译挣钱。

7年以后，当年的穷小子荣归故里。2010年后，加藤嘉一开始出现在日本的电视上，他甚至有了一档以他名字命名的栏目——"加藤嘉一流"，他开始频繁地出现在各种讨论类、旅行类节目里。

加藤觉得很满足，因为80多岁的姥姥很高兴。姥姥从小带他，老太太把这些节目都录下来，每天重复看，"有些节目都能看100遍"。亲戚们也在看，当年父亲欠债多少给家人间的关系带来些影响，如今亲戚们看到加藤很努力，也对他家给予了谅解。

"这个人好像是个人物"

为什么是加藤火了？

在凤凰卫视主持人胡一虎看来："最重要的还是他的中文，非常好。"但加藤自己觉得，是时势造就了他。

2005年4月9日，北京中关村发生反日游行，21岁的北大学生加藤嘉一跑到现场。第二天，作为亲历游行的日本人，他被请到了凤凰卫视演播厅。

在胡一虎的印象中，之所以请加藤，大约是留意到这个日本年轻人在网上说过要做"中日年轻人的沟通者"。

加藤嘉一至今清楚地记得，胡一虎直播时抛给他的问题："你认为导致这次游行的原因和责任，出在中国和日本的哪一方上？"

这个问题，加藤回忆，好像是"有人把枪口顶在了他额头上"。最终，他给出了让他一举成名的回答："既然是一个具有外交性质的事件，那么错就不在某一方身上。"颇具外交风范的回答、流利的中文，加上21岁的意气风发，加藤的表现给了凤凰卫视惊喜。他成了凤凰卫视的常客。"中日关系之间我们要听很多的声音，我们听多了专家的声音，我们听多了官方的声音,我们要去听我们从来没有想过、也从来没有听过的日本年轻人的声音。"胡一虎告诉澎湃新闻记者。

加藤成了媒体的宠儿。

除了上电视,他开始写文章。《南方周末》编辑蔡军剑记得,加藤是主动给他们投稿的,"我觉得他的水平一般,他的文章改了又改,他不是一个思维细密、非常精细的人,但是应该说是一个敏锐的人"。

蔡军剑告诉澎湃新闻记者,加藤主动要求署名:"日本旅华作家。"2008年,中国举办了北京奥运会;这一年,中国国家领导人访问日本,中日互动频繁。

在那前后,FT中文网(英国《金融时报》中文网)的专栏作家魏城也收到过加藤的自荐信。"他给我发了个邮件,就问可不可以给你们写专栏,他说他喜欢FT中文网,当时他最大的愿望就是能用中文给FT中文网写专栏。"

魏城答应了他,试着刊发了第一篇,反响不错,"中国人写日本的不少,但是日本人写中国,相对少一些。那我们提供这么一个窗口"。加藤嘉一的专栏《第三眼》由此诞生。

加藤嘉一曾告诉过记者,自己很重视FT中文网的专栏,因为想要影响决策层。除此之外,加藤还同时给《环球时报》《看天下》等各类媒体撰文。2009年起,加藤嘉一开始独立出版图书。

单是2011年一年,加藤出了七本书。这一年8月8日,他为新书《致困惑中的年轻人》写序,写的更像是自己的困惑:"不知来华后付出八年以上时间的我的奋斗史意味着什么,总感觉自己挺失败的,无休息的日子,辛辛苦苦获得的话语权,好像只是意味着祸,而不是福。我依然什么也不是,人生是一条长河,我的八年奋斗,似乎只是摧毁了道路,失去了良心,打破了底线。真不知接下来该怎么走,我的路在哪里,我的心在哪里。"

《南方人物周刊》的记者张雄也关注到了加藤,他去跟访,想弄明白:加藤在中国当时的环境下,为什么会受到狂热般的欢迎,不仅是在大学生当中,而且是在各种地方都显得很吃得开的样子。"最后发现,确实各种人都还觉得,诶,这个人好像是个人物。"

才31岁,"我不敢和安倍竞争"

故事的转折点发生在2012年5月20日,南京先锋书店的一场讲座。

那年,中日关系到达冰点。年尾,12月31日,新华网原文转载日本共同社文章总结称:"今年是日中邦交正常化40周年,但两国在尖阁诸岛(即我钓鱼岛及其附属岛屿——本网注)问题上摩擦不断,友好气氛荡然无存,'对立'成为日中关系'不惑之年'的主基调。"

在南京先锋书店讲座现场,一名读者提问:"中国和日本对历史认识都是有问题的,那我们如何去了解历史真相?"

多年历练后,踌躇满志的加藤似乎松下了当年紧绷的神经,也忘记了这里是南京。他在回答中围绕南京大屠杀事件,说了一句"不明白"。尽管他在随后的声明中解释道,"不明白"指的是具体的数字和细节,并非回避或否认历史,但显然已于事无补。

后来,张雄的文章也刊登出来了——《红人加藤"混"在中国》。文章列举了一些例子证明加藤的"混",是一门学问。

比如,对想要结识的人,他用了很多招数。某人去厕所,加藤跟在后面——哎,你好你好!会场里,某副部长衣服挂在椅子后面,他故意走过去把衣服碰掉。——啊,对不起对不起!

张雄告诉澎湃新闻记者,文章发表后,加藤给他发过邮件,"他当时原话是说,这篇文章出来后,我在中国的路就更不好走了……他就点点点,他那个情绪就是点点点的这种情绪"。张雄觉得加藤也不是责怪,就是觉得自己很倒霉,离开之前有点怨。

更大的风波接踵而至,在他离开中国后。

2012年10月31日,日本《周刊文春》曝出加藤履历造假。

加藤嘉一当日向公众致歉,承认自己过去公开、私下各种言论中出现过的"放弃东大""考入东大""退学东大"的说法一律不属实。在他离开中国一周前,FT中文网曾对加藤做过一次告别采访,主持人问:"你找过代笔吗?你虚构过学历吗?你撒过谎吗?"他果断地回答了三个"没有"。

在那之后,FT中文网与加藤终止了合作。魏城告诉澎湃新闻记者:"因为在中国这个闹得沸沸扬扬，我们当时就觉着可能对我们FT中文网的品牌影响不好。"

凤凰卫视在知道加藤的履历问题之后，把加藤列入了黑名单。"我们这档节目真的非常强调真实，那你既然是如此，我们坦白讲，这个时候我们就不考虑你。"胡一虎说。

加藤很清楚履历造假意味着什么。他在2010年撰文《成功的逻辑》批判唐骏学历造假，文章谈及造假在日本政坛会有严重的后果——加藤希望自己从政。

"这是互相矛盾的，但确实发生了，可以说明我当时虚荣心多么强大，我当时需求多么强烈，当时在没钱没背景的条件下，没考虑那么多。后来醒过来的时候已经晚了。"2015年8月11日晚，加藤在北京三里屯的咖啡厅里向记者坦述。

他形容曾经的自己是个泡沫，"实力没有上去，但是你的知名度、影响力、话语权，这些跟社会有关的表象的东西不断地上去"，他说自己有赌博心态，知道早晚要被人戳破，但没有勇气承认错误，只能往前跑，"看自己跑得快，还是媒体追得快"。

对于他曾经抨击唐骏学历造假，他解释为"一次释放"。"这个社会是有病的，本来该查的却没被查，而继续表面上的光彩。"

在那次采访中，加藤毫不掩饰自己过去的经历和对未来的雄心。"如果我要竞选的话，我会告诉选民我是有人生污点的竞选人，希望你们不要犯同样错误。只能这样子。"

2015年，他决定不回日本，觉得自己才31岁，"我不敢和安倍竞争"——他要在中国积累，等自己的经验和职业生涯能够发挥重要作用的那一刻，再回日本。

"访美三年，明白了三件事"

三年美国生活，加藤说自己终于明白了一个道理："慢，不是坏事。"

他在微博分享自己的生活。"2013年2月6日：花了三个月，断断续续，终于看完《甄嬛传》，共76集。"

《甄嬛传》是一部讲述后宫权力争斗的电视剧，主人公甄嬛从纯真的少女一步步蜕变为深谙权谋的深宫妇人。在加藤看完这部电视剧不久，该剧在日本BS富士台播出，有媒体报道称，有将近四千万日本人看过这部剧，这大约是该国人口的三分之一。

在远离中国，也远离日本后，加藤过去的光环渐渐消失。

2015年2月11日他在微博发文："哦，你要去跑步啊，跑多久？"，"90分钟吧，下个月的比赛我一定要好好跑。""怕丢脸是吧？""哈，是啊。""没用的，你已经够丢脸的。"家人如此坦诚，他感到欣慰。他似乎遇到了可以走进心里的人。

2015年2月18日：下了雪。散散步。有阳光。她不说话，很安静。"你在想问题吗？""不，我在认真走路。"

他的微博评论里总有谩骂声，也不失呵护声。

2015年2月18日的微博下，网友"尽量不无敌"评论：对加藤嘉一取消关注，然后又关注，过程还是蛮挣扎的，读懂一个人还是应该自己看的；网友"千寻白马"留言：有"她"了呀？新年新气象啊……加油。

三年的微博，他除了记录生活，也有在美国反观中国的思考；三年里，他持续写作，出了本日文书——《中国民主化研究》。

2015年6月30日回中国前，他在微博对自己的三年做了总结——访美三年，体验并明白了三件事：自己的无用、生活的美丽、家庭的珍贵。感谢美国，有缘再见。

"一个30多岁男人该承担的我都承担了"

回到中国的加藤很少在媒体上露面。

2015年年末，新华网盘点"2015中日关系大事记"，标题是：《中日关系保持回暖势头　但重回正常发展轨道依然任重道远》。

FT中文网的魏城告诉澎湃新闻记者，加藤主动联系过他，告诉他自己在沈阳教书。私下里他们还是好朋友，但是他不会为加藤开专栏了，因为加藤已经不再是大学生，不是初来中国的新鲜视角，将来"就中日关系可能会单独约稿"。

《南方周末》的蔡军剑也没有再联系过加藤。他说一个原因是，之前联系用Gmail，现在登录不了。

2016年5月，凤凰卫视的胡一虎又重新请加藤做了一期节目，谈日本高层对特朗普当选美国总统的看法。他认为加藤公开道歉过，而且在要探讨的话题上有新颖的观点。

2015年12月，加藤在凤凰FM电台开设了一档广播节目《文武两道》。节目介绍为："一个游走在中、日、美三国之间的城市观察者，他对城市生活有最入微的观察和最独到的见解。他谈跑步、书店和公园，谈自己，也谈村上春树……"

凤凰FM的编导马燕负责和加藤对接，马燕之前对加藤了解不多，接触后觉得："他其实是一个很认真，然后说话也很务实、很好相处的人，真的是跟个大男孩一样。"

马燕说，上完节目之后，加藤会关心大家的评价，会看微博下的评论。现在，坐在辽宁大学附近的咖啡厅里，加藤说，记不清这回到中国一年半都做了些什么。

这一年半，澎湃新闻记者见过加藤三次。

第一次，是2015年8月11日，在北京的咖啡厅里，他刚从美国回来。那天，他穿了一件紫色衬衫，一条米色长裤，衬衫用一条棕色腰带扎在裤子里。他背着书包，脸上带着胡茬，情绪不高，看起来像个学者。

那次接受采访时，加藤还在思考接下来能在中国做些什么，他希望自己成为穷苦孩子的反面教材，不奢望盲目赢得公众信任，"但如果做得好的话，我相信公众最终是带有公正的眼光来看待"。

第二次，是2016年8月17日，在上海的一家咖啡厅。这一次，加藤穿着白色衬衫，扎在西服裤子里，手里拿着西服上衣。他提着电脑包，带一个红色的拉杆箱，人精神了许多。"这个红色的拉杆箱是你自己买的吗？""是啊，红嘛，喜欢中国嘛。"

他对即将开始的教学生活充满期待，省外办批准他进大学当老师，他看作是自己"脱敏"的信号。对于去经济发展不理想的辽宁省教书，他认为这是自己观察中国的一部分。

他给自己2016年定的目标是"无心"，就是凡事不要想太多。他回想以前和别人联络，如果对方不回复，他会琢磨原因，"不回复可能有八种原因，针对每种原因想以后如何改进"。

对个人生活，他似乎也有了更多的底气："一个30多岁男人该承担的我都承担了，该有的我也都有了。"

这是第三次，在辽宁大学，他穿一身运动装——看起来是他最松弛的一次。他感谢他的学生，觉得"原来因为自己的懦弱、自以为是，会去在乎名声、地位，现在彻底不在乎，放松而集中地解决学生的问题就好"。

"我内心一直关怀着她，由衷地渴望她一路走好"

除了感谢学生，加藤也感谢邀请他来辽宁大学教书的国际关系学院刘洪钟院长。他们2015年在美国结识，刘洪钟邀请加藤来辽宁待一阵，做半年访问学者，加藤同意了。

对于这个"争议人物"，刘洪钟觉得"年轻人即使真的犯了些错误，也不至于一棒子打死"。作为国际关系学院院长，他感觉中日缺乏交流。

"我总体感觉在日本人中，他对中国了解还是比较多的，而且从他的角度也希望中日关系好，所以他是很适合我们结交的。"刘洪钟以外教的名义聘请加藤，对加藤他没有专业领域的要求，而是希望他以跨文化的视角，开拓学生的国际视野。

除了上课，加藤拒绝参加任何会议。他说自己很少和学校里其他老师来往，接触最多的就是国际交流中心的杨璐。杨璐负责为他办理入职的各种手续，在加藤看来，自己是"敏感人物"，能得到省外办批准、进入大学当老师，杨璐一定是费了周折的。

他跟记者聊天时提起杨璐："人家还看我基本所有的书呢，人家把我的广播节目都听了两遍。"

除此之外，他还说杨璐特别好的朋友是他本硕期间的同学，"虽然好多年没见，但我内心一直关怀着她，由衷地渴望她一路走好"。

记者见到杨璐时，问她是否听了两遍加藤的广播，"你咋知道的，哎呀这个人呐，我就跟他随便这么一说，他就拿出来当成炫耀的资本了。"这是个实在的沈阳姑娘。

她确实听了两遍，不过是因为听第一遍时落了几期，姑娘有强迫症，听第二遍时又一期不落听了一遍。

加藤的书她并没有都看过，除了加藤送的两本，自己也就在网上买过一本。加藤的大学同学也不是她的好朋友，而是她妈妈的老同学的女儿，她连微信都没加。至于加藤入职的申请手续，她说一切都很顺利。

不过她还是喜欢和加藤一起吃饭，加藤跑步的习惯也影响了她。

"你们一辈子我都包了"

影响是加藤作为老师最想带给学生的，就像当年他给FT中文网、《看天下》写专栏想影响决策层、大学生一样。

加藤对学生的要求是——畅所欲言，他甚至拿出了"东北大哥"的气魄："你们随便说，有事我担着。"

加藤嘉一自诩为另类，他也愿意包容、甚至偏爱另类。他在2013年2月19日写过一条微博：与一名中国大学生对话。她问："中国社会稀缺的是什么？"我答："稀缺的是稀缺性本身"；她问："怎么评价中国大学生？"我答："优等生过剩，稀缺的是偏才、专才、怪才"（我把这三者视为成为大师的潜质）。

讨论课上，班里有个喜欢慷慨激昂演讲的男生，他大概算是加藤偏爱的一个，杨璐对他有印象。

她有一次去旁听加藤讲课，"下课后一个小子跟加藤说，老师你那个地方说得不对，嘚儿嘚儿嘚儿就追出去了"。"加藤什么反应？""他去洗手间了，和那个小子边走边讨论。"

加藤帮记者补上了故事的后续，"那个小子"跟他说："我有个建议，以后我来提供思想，你来代笔。"他一边跟记者讲，一边哈哈大笑。"你怎么说？"记者问。他沉下嗓音，用长辈的口气还原情景："我说'好，老弟，牛！'"

他对"那个小子"的"偏爱"还体现在周末的饭局。他请了十几个学生一起吃饭，大概男女对半。加藤早早就想好了这次饭局的主线就是给"那个小子"介绍对象。

半调侃半认真，饭局一开始加藤就直奔主题，问在座的女孩子对"那个小子"的印象。姑娘们也直爽，直接列出拒绝理由一二三。

饭局上加藤的气质和在课堂上不同。那天他穿着前一天刚买的白色长袖体恤，外面套着棕色紧身针织衫，围着棕色与蓝色相衬的围巾，一条修身黑裤。

饭桌上，加藤给同学讲村上春树，"跑着、写着、活着"，他一拍大腿，"太牛了"，班长跟着激动，顺势提议："来，举杯喝酒。"

他跟同学们讲读硕士唯一的意义，"就是学一门手艺"。他单手握拳在胸前，掷地有声："关键时候靠什么？必须有手艺，不怕被炒鱿鱼。"加藤像是激昂的演讲者，他手指细长，双手或摊开，或握拳，或伸食指，或挥舞手臂。他跟喜欢韩寒的同学讲，自己和韩寒交情过硬，"下次把他叫到课堂"。就在他高谈阔论时，同学们或举杯，或鼓掌——酒到酣处，加藤手臂一挥，"你们一辈子我都包了"。班长感叹："从没遇到说这样话的老师"，全场站起来，端起酒杯，加藤一声"干"，中气十足。

意识到记者在场，他话到嘴边不由得留了三分，有时说完了转向记者，丢下一句："这个你不要写啊。"

"你做不到就不要活了！"

话留三分多数是因为涉及其他人了，围绕他本人，加藤怕是要说到十三分不可。

张雄回忆当时采访加藤，觉得他有小孩子的"耿直"，不忌讳在自己面前炫耀"混"的技能，类似"我会这个，我玩几招给你看看"。

加藤和记者单独聊天的时候很容易激动，他也会意识到这点，解释说是稍微刻意地表达真实的自己。

他每天给自己定下计划。"你做不到就是输给自己，完蛋，扯淡废物！"他语速极快，语气严厉，能让人想象到他训斥自己时的毫不留情。"我任何时候都是自责自卑的，你做不到就不要活了！"

"我每时每刻批评自己，我特别不理解那些人哪有空批评别人？如果批评，肯定要面对面，而不是背后说别人坏话，这就是丢颜无耻！"他意识到了自己情绪激动,"我今天说得很直接,我很少这样说话。"

"你听过别人背后批评你吗?"记者问。

"没听过,"他毫不犹豫,"我平时也不看微博什么的,但是这容易想象得到,让他们去吧。"

他没解气,又说:"我从来不在微博上反驳,如果反驳,对方必须署名,和我一对一对着干,公开透明,否则我不理你,我可以帮你花钱准备两千名观众。"

"上哪儿找两千名观众?""靠那些'黑帮',这个我有办法。"他表现得和口中的"黑帮"走得很近:"去××地方吃住有大哥安排","跑马拉松晕倒有大哥照料","我很喜欢'黑帮'"……

加藤曾经在传记中提过,从小作为长子,他替家里和讨债的"黑帮"交涉,"每次见面都彬彬有礼的、鞠躬,甚至跪下来,请求他们再等一等"。即便如此,他每次都要被打。他脖子上有块疤,"具体怎么弄的,我就不细说了,太残酷了"。

他似乎时刻有种不安,认为自己拿"生命"在中国生活。2012年因为回答南京大屠杀问题不得体遭到讨伐时,他认为自己快要被"杀"了,记者以为他想说"封杀",他说不是。

他还举例说有一次在微博上说关于高铁的事,被网友围骂:"这个日本人没资格说话。"回忆到这儿,加藤说:"我特别害怕。"

人生第一条秋裤

他知道如何跟媒体打交道。

前一天和记者在酒吧里聊到要出一本新书,是和很有名的军事学者合著的,书名叫《日本梦》,并嘱咐记者不要写进报道。

后一天早上见面时,他就主动把出版社编辑的电话给了记者,并提醒记者这是"独家新闻"。

在《日本梦》中,加藤嘉一和国防大学教授、大校刘明福围绕"美国对日本战略角色的评价和反思""日本主义、中国主义、美国主义——加藤的体验和对比""美国人如何思考'中日必有一战'?"等诸多问题进行了对谈。

"这本书可能会有争议。"记者说。

"当然会有争议,肯定会有,连争议都没有没意义。有争议才会有人去反思。"他认为自己和军事专家合著是一个极大的创新,"肯定有些媒体要搞我","这才是我的风格,必须是这个风格"。

他高度自律,"每天吃一样的东西,踏实淡定地做自己,只有这种自律中才能创新,重复当中微调整"。他带记者去了最常去的面馆,吃最常点的牛肉面,后来去最常去的优衣库,买了人生第一条秋裤。

买秋裤时,他很难找到合适的尺码,他又瘦又高,长度合适的过肥,肥瘦合适的又太短。他拿着秋裤对记者说:"这也说明我能力不够,没有一家公司专门为我做,那是我的问题。"

"嗅到时代的空气"

除了优衣库、耐克,他很少穿别的品牌,他的目标是让自己成为品牌,"强大到让品牌来找你"。他喜欢的自我介绍是:"大家好,我是加藤嘉一。"没有名头,没有身份,"加藤嘉一就是身份"。

他标榜自己"检验真理的唯一标准就是与众不同",但还是为村上春树开了个特例——他崇拜喜欢甚至模仿村上,"孤高,只做自己"。

让自己成为品牌只是加藤从政之路的第一个条件——身份。他认为还要满足两个条件:时机和途径。

关于时机,第一次采访时他解释过:"不能随便出手,机会只有一次。"

途径一定要是"空降","拿我的经历和知识背景直接通向那里"。他受不了经过烦琐的人情,一步一步往上爬,"这样对日本社会最好,我不希望把我这个人浪费在那些没有意义的党内斗争"。

数年过去,现在他似乎对从政有了不同的理解——从政不过是表达的一部分,表达才是最重要的。即便在家,他也要牢牢控制话语权,哪怕财产继承权都可以不要。

2016年11月28日,加藤回日本参加冲绳马拉松,这似乎成了他每年的惯例。记者不知道他为什么选择去冲绳跑马拉松,直到读到作家熊培云

2016年出版的《西风东土》：

"如果从政，我可能考虑参选冲绳知事。先做些准备吧！我已连续几年在冲绳参加马拉松比赛，赛后还会在琉球大学做演讲。会场通常有三四百人。我要让冲绳人慢慢适应一个非冲绳人也能在这里参选知事。当然目前胜算可能性是零，我要等待机会。假如冲绳将来出现危机，我会参与必要的社会运动。我的主张是将冲绳消费税降到零。"2014年10月14日，加藤这样对熊培云说。

在书中，熊培云写道："加藤很少在我面前掩饰自己的观点，而我也总能在他身上看到他与日本社会的格格不入以及年轻人独有的雄心勃勃。"这种雄心被寄予期望。一位日本媒体前驻华记者接受澎湃新闻采访时说："这几年来日中关系面临着不少困难。看来日中两国的情况错综复杂的局面在短期内不会改变。在日中之间的矛盾堆积如山的情况下，像加藤嘉一那样的青年中国通为了促进两国人民之间的互相了解可能会发挥积极的触媒作用。现在日中两国都需要能够更客观地、更冷静地观察对方的'知中派'和'知日派'。"

"我不知道他将来工作的去向如何，但希望他不搞夸大的个人宣传，而在自己选择的道路上更踏踏实实地前进。"前述记者说道。

加藤1984年生，属鼠，但他认为自己有个"狗鼻子"，可以"嗅到时代的空气"，他声称自己"站在国家领导人的角度想问题"。

"站在国家领导人的角度想问题？"澎湃新闻记者反问。

"当然！每时每刻都在想！"他皱着眉头盯着我，眼珠快蹦出来了。这种场景似曾相识：第一次采访时，他说"我不怕死，只怕自己"时；这次采访，他说"我用我的灵魂和生命在教书"时；或许几年前他说"如果我不努力，中日关系就会崩溃"时也是如此……那个眼神是严厉的。他是认真的。

采访、撰稿/于亚妮、周梦竹、蒋玮琦、钟政、尚芳剑
原载《澎湃人物》2016年12月25日

"为人民服务，别找容易的路"

2016年6月9日，川崎广人又生气了。

适逢农历端午节，网店上的订户比较多，河南小刘固农场的员工将没有成熟的西红柿采摘装箱，预备给全国的订户送去。"会变红，但甜度不提高，不行！"一身蓝色工装的川崎操着僵硬的中文，音量明显提高，头上几缕白发被包装间的风扇吹得倒向另一侧。

三个四五十岁的农场大妈只听明白"不行"，便停手了。最后，当天所有的西红柿订单都没发货。

进入夏季，西红柿已进入快熟期，但对川崎来说，差一天都不行。这种站在品尝者角度的锱铢必较，常让农场主李卫不解：眼看着订单越来越多，却只能推迟发货。

川崎广人67岁时只身从日本来到中国推广循环农业，辗转两处后落脚在原是猪场的河南原阳县小刘固农场，多数时候，他无法理解周遭的人，而别人也无法理解他。

"中国人容易说'这个好'，但不会去做，有钱也不做。"2016年5月底，70岁的川崎在他种植的迷你西红柿大棚里初见澎湃新闻记者时说，他丝毫没有顾及在一起农作的人当中，他才是少数派。

来农场学习的新农民常是乌泱泱来了又走，签证的问题差点把他赶回日本，去教堂礼拜面对的是听不懂的河南方言，他唯一的"知己"是这个农场已故的主人——农场主李卫的父亲李敬斋，生前与川崎素不相识，如今后者常在他的墓前倾吐心事。

生气时，川崎绝食、长啸或者默默流泪。而排遣孤独的方式之一是在夜深人静时,留在小刘固农场一楼的办公室写长微博,试图告诉他微博上的4万粉丝,他"每日生气,但努力工作"。

"可 以 忍 耐"

人生的际遇总是来来回回,这种孤独,川崎在日本时就感受过。

1946年,川崎广人出生在日本九州鹿儿岛,彼时正是二战结束次年,日本百废待兴。川崎10岁上小学,50人的班级里,两个同学因饥饿早逝。川崎在小学没吃过鸡蛋、牛奶,到中学还没吃过牛肉,只能吃一些廉价的猪内脏充饥。

问他,你不饿吗?他说,我可以忍耐。

母亲在川崎上小学三年级时患上结核病入院,父亲要拉扯大家庭中六个孩子。父亲是川崎最早接触的堆肥农民,他很严格,常常不苟言笑。烈日下,父亲教他除杂草时连根拔起,"夏天大热天下一边受到父亲申斥一边努力除草到头晕目眩",唯一的办法是忍耐。

高中毕业后,川崎到大阪工作了一年又去了东京,边打工边念书,28岁的他在东京念亚洲农业经济专业,在印尼获得硕士学位后归国,进入东京一家农业研究所工作。

久而久之,他发现研究所的老学究们常批评中国农业如何糟糕,却无人提出实质性建议。尽管研究成绩出色,却因党派身份,川崎在研究所屡遭打压。故纸堆里做文章的生活让他郁闷至极,38岁的他决定回祖籍本州岛岩手县做些农业实践。

岩手县生活协同组合联合会(以下简称"生协")会长加藤善政回忆,川崎在"生协"工作时,人际交往存在一些障碍,川崎起初在企划部工作,后来被安排到鲜鱼店从事加工流程,一做就是20年。

"目标是帮助中国农业"

川崎广人第一次踏足中国是临近退休前。

"2006年中国青岛农业大学校长等参观岩手消费合作社联合会,他们邀请我来中国参观农村和商谈合作可能性。2009年到2010年在大学一边努力建立大学消费合作社，一边研究中国农村农业。"川崎在"第29号论坛报"中提及自己的经历。在网上发布的《论坛报》总共有30期，是川崎用中文写就的堆肥技术普及读物。

尽管后来川崎未能成功在大学建立消费合作社，但他在实践中意识到中国农民频用化肥，使用的堆肥发酵也不完全。

在川崎看来，使用化肥农药的土地就像运动员用兴奋剂，短期效果立竿见影，长期则使土壤板结，贻害无穷。而他所谓的堆肥是一条相反的路径，简单来说，是10天内的家畜新鲜粪便，保持50%—70%的水分，通过氧气作用发酵而成。高温情况下，两个月可制成，长期使用可以解决土壤板结的顽疾。

中国农业大学资源与环境学院教授、博导李季从20世纪90年代初开始接触和引进日本的堆肥技术，同时带着百号人的团队在河北曲周从事农业实践十多年，2013年在学校主办的全国堆肥大会上他与川崎有过交流。"目前，日本的有机肥料占比是76%（包括堆肥、物理肥料等），化肥只有24%。我们国家有机肥是20%，剩下来80%都在用化肥。"李季在电话中与澎湃新闻记者谈及国内堆肥行业的现状时说。

当川崎广人决定去中国，妻子拉住他说，孩子读书的贷款还未还清。他于是答应留在日本还完贷款再出发，而在这段时间里，他还努力自学汉语，在网上学习日本的堆肥技术。

2013年夏天，偶然去北京的川崎广人认识了陈向阳。陈向阳做过英语老师，后来成了营销专家，他曾把污水马桶背到北京推销给潘石屹。潘石屹愣是拿出2 000多万元在家乡甘肃天水的50所学校修了循环旱厕，还用孩子们的尿液浇灌苹果。

陈向阳带着川崎广人去了潘石屹的办公室，那年之后，川崎去天水帮助栽种苹果。因为川崎来中国办的还是旅游签证，他要一个月延长一次签证。

但两人合作以失败告终。"他是个好人，但我下辈子也不想再见到他。"评价川崎时，陈向阳甩过重话。

两年后，向澎湃新闻回忆当年与川崎的合作，陈向阳在电话中语气还很激动,"为了川崎能在中国工作,花了我不少银子,认识他就开始亏钱"。按照陈向阳的说法,川崎跟他之间曾有君子协定,川崎给他写苹果栽培手册,介绍日本的栽培技术,他则给川崎每月两千元的报酬,但最终川崎并没有兑现承诺。

但陈向阳所谓的不惜代价,到川崎这边具体地解释为"每月500元人民币工资,跟农民住在一起,厕所不干净",更为关键的是,川崎的堆肥技术在陈向阳的农场没有获得施展拳脚的空间。"陈向阳的苹果栽培面积很小,几十亩,我的技术对此无益,所以我的工作很少。"

川崎向澎湃新闻提到40页的苹果栽培手册时说:"我不要工资,我的目标是帮助中国农业。"

可他那些改良中国土壤的宏图大志显然不符合陈向阳的商人思维。

"1吨小麦才卖几百块,使用堆肥又没有政府补贴,要靠高价出售才能生存下去。"陈向阳说,"川崎是个有献身主义和国际主义精神的人,但中国目前的环境不适合他这种过分理想主义的人。"

2014年2月21日,在签证续延受阻后,川崎描述"之后两天有奇迹发生",陆续有四封邮件给他介绍工作,其中一份是在深圳认识的日本朋友介绍河南洛阳的一家农场,最终他选择了出走。

"没有工作最不开心"

小刘固村地处黄河古道,受黄河水冲击的河底形成了黄河滩区,往南约10公里可以看见暗流汹涌的黄河,西南方向45公里则是郑州。这个国家省级贫困村占地1 680亩,有706人,其中34户合计146人的收入在贫困线以下,人均年收入不到2 800元。30%的人外出打工,留下的老人、女人和孩子,面对着一铲子挖不下去的泥土。

2014年元月,当川崎以访客身份第一次来河南原阳县的小刘固村,就管上这里的"闲事"了。

住在小刘固村的一个月时间里,除了蜷在小刘固农场(彼时称为"兴达旺公司")二楼的宿舍里瑟瑟发抖,川崎还天天跑去看看牛粪堆,望望猪圈,骑着借来的自行车到稍显荒芜的庄稼地里遛弯,一周去县城洗一次澡。

晚上照例给农场主李卫写电邮，问候或吐槽，结语总是中肯的建议，多半关于在小刘固村建立循环农业——即把家畜粪便转化为堆肥，施堆肥产出好农产品，家畜再食用农产品饲料。

那年春节他望眼欲穿，也没有收到李卫的回信。这跟来中国之后受到的数十次打击一样，川崎已经习惯了这种石沉大海。

两个月过去，李卫偶然打开几乎弃用的工作邮箱，发现几十封未读邮件，全部来自那个与自己一面之缘的老头。她逐封阅读邮件，除了那些关于空气、水、肥料、作物的言语，川崎在邮件中劝诫尚住在郑州的她搬到农场和农民"同吃同住同劳动"，"日本农场主比谁都起得早，对农民都寒暄，认识作物现状"。

李卫之前是《河南日报》的记者，父亲李敬斋过世后接掌了农场。她事后才知道，收不到回信的川崎到处问村民"有没有见到李卫"。她能想象，一个老人穿梭在田间地头的孤独身影，甚至是生着气的。枯坐至深夜，李卫完全没有睡意。当晚，她决定搬回小刘固村，按照川崎的主意试着改造农场，以及给还在洛阳工作的川崎回个信。

2014年3月下旬，李卫和洛阳的农场主商量好，把川崎引入小刘固。"川崎刚来时是个晚上，挺落魄的，几乎像个要饭的。"小刘固农场的门卫老贺回忆说，他一早起来打扫农场前的空地，扫把搅动着几只扑闪的苍蝇和发酵中的堆肥气息。

老贺跟川崎一样岁数，几十年看着这个农场的兴衰，用他的话说，"总得有个人留到最后，有始有终"。川崎比老贺看着年轻，于是他会用年龄嘲弄下老贺。即便农场来了新客人，川崎也会笑得眼睛眯成一条缝，毫不见外地跟来人说："老贺是我父亲（的年龄）。"

他把中国视为第二故乡。当年在日本的生活一度让他绝望，"决死于中华大地"是2015年5月他跟自己立下的约定。川崎用中文写下约定，把李卫看哭了，他却冷峻而坚定。

开心时，川崎会开罐啤酒，虽然会抱怨几句这里的啤酒不够好喝，还是满脸笑容地喝下涌出的泡沫。他还会唱两句日本歌，随身带的小本上工整地抄写着歌词。

李卫曾对川崎说："没有钱你也没有不开心。"川崎说："没有不开心，没有工作最不开心，不怕没有钱，没钱吃饭饿了也不怕，我可以去小刘固村吃饭。"

他在生活上安于清贫，惯于节俭。岩手县"生协"联合会会长加藤善政把前同事川崎广人比作乌拉圭的"最穷总统"穆希卡，"当选总统后，穆希卡不住总统府邸，坚持居住在首都蒙得维的亚郊外一座农场，睡在一间摇摇欲坠的板房里，农场外只有一条仅够一辆汽车行驶的土路"。

但在改善农场的事上，川崎又显得大方：在小刘固花完从日本带来的最后3 000元盖大棚买设备，没有薪水可拿的他却在拉到50万元的投资后直接投入堆肥厂的建设。

农场的公共议事：力不从心

拥有600亩地的小刘固农场初期管理混乱。"那时号称是台湾农业博士和山东蔬菜专家的人负责管理农场，基础的连作障碍都不懂，全部种上青椒。"川崎说。

厕所是川崎绕不过去的话题，农村的厕所常常让他气愤。"看到那些蛆，我睁不开眼。所以我少吃，尽量少上、不上厕所。"作为外来者，他想改变这一切，他亲自打扫厕所，画循环厕所的图纸。

止步于文明之外的，可能还有民风民俗。

2015年9月，外村的妇女屡遭家暴后逃到小刘固农场，女人的丈夫晚上10点找到农场，两个人撕拉打骂到凌晨2点。农场办公室的电脑、电话、打印机、玻璃也被砸坏。男人甚至对试图制止打砸的川崎动粗。警方却拒绝因为家暴逮捕男人，理由是离婚批准后暴力犯罪才受法律制裁。

川崎不解，在日本丈夫一打妻子，两人马上就能离婚，也有庇护遭受家暴者的场所，但在中国，两人打离婚官司需要钱，批准离婚最快也要半年。后来男人多次半夜进入农场，有一次大家让女人跳墙逃跑，她的衣服和皮肤都被墙壁划破。他一边提心吊胆，一边在微博上叩问："中国农村女人被法律保护吗？""中国有没有保护我们安全的法律？""我已经快七十岁的老人，深夜狗叫时都被惊醒，这些存在是不是合理？"

最后男人喝醉酒白天闯入农场闹事，被七个警察带走。

川崎后来在办公室的窗门上贴上手写字报："作为职员，白天不喝白酒，因为白天喝酒是一个坏习惯，喝醉不仅让家庭瓦解，而且让公司合作社损失更大。我们和村民一起约定，禁止白天喝酒。"他慢慢把白天喝酒、下午消极怠工的人赶出办公室。

2016年3月，窗上糊着的纸和字已有些褪色，村委书记李小义中午喝了酒回农场上班，川崎直接将此事发微博，李小义再三求饶，川崎才把微博中的真实姓名隐去。

很快，办公室的墙面上又多了李小义的检讨书，"对不起川崎老师，以后不再喝酒，今天正式上班，我在你的视线里就不会喝酒"。

事后记者问李小义，是不是主动写的检讨，他说，上头对干部上班喝酒查得紧，当时迫于舆论压力才写的。

农村生活的种种让他感到孤独。2016年5月的一个周末午后，信仰基督教的川崎步行至离农场一公里的教堂，200多个人参加礼拜，大多是中年妇女，男人约占六分之一。这是川崎来小刘固村的第三个年头，他只来过这个教堂四次，"牧师说话用方言，我一切都听不懂，所以我不想去教堂"。

"不再帮助安排考察"

菜农赵冉峰是2016年3月川崎从集市上挖来帮农场种植蔬菜的人，这个会下围棋的小伙逢人便说："我是一个农民。"就像川崎总是逢人就问："你是农民吗？"

两人第一次见面，川崎尝了一口小赵种的葱，说氮肥上多了，苦。"我自己种的葱当然心里有数，我马上知道这不是个假和尚。"

后来小赵进入农场工作，他直言川崎极度认真和固执，也珍视约定。"如果答应了川崎上午修剪作物的侧枝，就不能拖延到下午，否则他会生气、绝食。"

2015年2月，日本一家种子公司的老板谷川幸吉先生赴小刘固村考察时，就邀请川崎和某农业部门的官员赴日本考察，可是官员们的日程迟迟无法确定，原定3月的行程不断被拖延，最后直到12月才成行。川崎不断在电话中跟谷川先生说抱歉，当时坐在一旁的李卫说："你是这里的总经理，不要说对不起。"可是川崎委屈："不遵守约定。"

更令川崎失望的是，考察结束后，他给该农业部门寄送了32页的考察报告，参与考察的官员却称，川崎先生安排的考察日程太紧，"没有玩的时间，希望再次安排考察"。

这彻底惹恼了川崎，他提及此事时大呼，"我不再帮助（安排考察）！""6月25日我回日本更新工作签证，听说我去日本，朋友们就告诉我想一起去日本考察……参加者都是规模农牧业公司及合作社领导人。"他特地强调，"没有玩的时间。"

令他无法理解的还有乌泱泱来农场几天就走的年轻学员，有些学生想利用川崎的名号去日本，有些学生开始信誓旦旦学农业，在农场生活了一周后因无法忍受堆肥的臭味半途而废。这样来来回回十次之后，川崎对前来学习的年轻人本能地不信任。

开始，农场花钱找愿意跟随学习的年轻人，一个月包吃住，给工资1 500元，学生来了又走了；后来取消工资，仅包吃包住，学生还是流失；最后有人给川崎出主意，让他办一期两天的培训班，一人一天收100元，留下的还得给农场交食宿费，反倒有人不走了。

"我不懂为什么这些年轻人不能恒久，不能忍耐，我一个70岁的老人语言不通，生活不便，（有时甚至）遭受欺骗，困难比他们多得多，我都能忍耐。"在大棚干活的川崎边说边失望地摇了摇头，此时一个农场新来的学生隔着两行植株向他请教修剪问题，他又疾步匆匆穿过行道前去指导。从事IT行业工作的杨荣曾在小刘固农场待过两三周，当被问及为何离开时他说："脱产对我来说还是有点难，学费也比较贵，一年两万元。坦白讲，比较难以判断有没有帮助才走的。"

与川崎在网络上有过来往的一位无锡的农场主陈大立则认为，这种失望实属正常："在日本堆肥技术很普遍，川崎也是自学和摸索，不能说是专家。"

中国农业大学教授李季也在采访中称："他年纪很大，还来中国推广堆肥，值得敬佩，但他只是一介农民，不能代表堆肥行业。"

"川崎懂技术，但不懂流通销售。"从北京一家银行辞职来农场工作的大卫想帮助小刘固农场打开销售局面。步入不惑之年的大卫渐渐发现城市的餐桌上没了儿时的味道，做银行销售经理收入不错，但精神压力大。他来小刘固之前，农场没有网店和众筹，更没有可信赖的销售渠道。

"别找容易的路"

"你们要进窄门。因为引到灭亡，那门是宽的，路是大的，进去的人也多；引到永生，那门是窄的，路是小的，找着的人也少。"川崎常引用圣经中的这段话，告诉来人他选择走窄路。"还没成功培养循环农业领导人，正在寻找中，不但没有工资反而支付学费，当然进窄路。"

2015年夏天，川崎回日本续签证期间，"谁都不修剪，谁都不管理，没有成功"。等他回来时大棚里已成"密林"。到冬天，从农场运去北京让人代销的农产品滞销，一月后蔬菜全部腐坏，他说对方不愿支付分文，还诋毁自己在蜂蜜里加了糖；祸不单行，北方罕见的大雪压塌了温室大棚和川崎一整年的心血，整个村庄停电。

川崎清晰记得自己在2016年2月5日写下的微博，因为这些烦恼每晚就在他脑中转悠，周而复始，"春节马上要来，怎么样支付职员工资？这整年我们努力工作，又被欺骗（使）产出亏损，积雪（使）温室大棚坏了颗粒无收。有很多失败。一家规模公司约定春节前支付我们钱，还没支付。一家公司约定春节前投资，还没开始。我已经习惯没钱的生活。这里宿舍三餐没问题。我的烦恼不仅（是）我（的），而且（是）河南农民的。专业农民没有钱"。

"每日工作难，我一个人生气，有人约去别的地方，在先进地方农场容易成功。在这么困难地方有无穷价值……'为人民服务'是别找容易的路……在河南小刘固村我可以努力工作的，是70年间人生中最幸福的时间。"川崎把自己在小刘固农场工作的意义写下来标在墙上。

他希望明年可以免费给农民送液肥种有机小麦，即便产量不足，可以稍高的价格收购农作物，给农民提高收入。他的期待是"栽培面积从400亩要增加1 500亩，销售额增加至少1 000万元以上，毛利到达350万元以上"。

作为日本人，为什么要替中国农业这样卖命？老人没有直接回答，他说自己有个25岁的儿子，整日埋头研究宇宙飞船，常念叨人类以后搬去月球住不难。在幼稚园工作的太太都无法理解他们父子。儿子喜欢说："为什么学宇宙，因为在宇宙。"

或许在他俩看来，连星球都没有界限，国界更不值一提。

采访、撰稿/彭玮、程颖迪
原载《澎湃人物》2016年7月19日

陕南山里日本女人的一生

在陕西省丹凤县竹林关镇雷家洞村白李湾组，88岁的王玉兰猫着腰，独自坐在土屋门里的板凳上，望着门外。

一波又一波的记者、"公家人"来看她。来了，她就唠两句，走了，说句："慢慢儿的。"

聊到开心时，她缓缓跷起二郎腿哈哈大笑，露出磨得参差不齐的牙。更多时候话到嘴边又咽下，摇摇头没精神："不提了，不去想，一想心里就难受。"

隔三岔五就有记者来采访，村民们都习惯了，午后抱着孩子聚在她家门前唠家常。他们听说有出租车司机明明知道她家，开个高价，拉客人绕竹林关转一大圈再回来。

他们感叹王玉兰88岁还会写字，两颊还有红脸蛋，年轻时更是长得"排场"，会骑自行车，会跳绳。

王玉兰觉得自己是个苦命人，嫁了四次，脸上不光彩。她做过军官太太，当过农民老婆，没生过孩子。

除了"王玉兰"，她还有一个名字——水崎秀子。

"一等"军官的阔太太

1929年，水崎秀子出生在日本福冈县一个渔民家庭，是家中独生女。她不愿回忆童年，"一说心里就难受"。她怨父亲在外面玩女人，女人卷走了钱，母亲离家出走。

1942年，13岁的水崎秀子被送到中国长春，投靠在"伪满洲国"做生意的姑姑。自此，王玉兰再也没见过父母，也不知道他们什么时候去世的。

在姑姑家住了几年后，十七八岁时经人介绍，王玉兰和国民党军队的一个营长宗开国结婚。她显然对这段婚姻很满意，告诉记者当时姑姑也很高兴，觉得她"嫁了个一等的"。

她回忆宗开国长得也很"排场"，两人脾气很温和，都不骂人。结婚时宗开国请了关系好的朋友下馆子，还送了她戒指。

王玉兰从此成了太太，这段"太太时光"是她乐意提及的。

宗开国给她请了一个60多岁的老汉做饭，逢星期天回家时，就带她去看戏、逛街。那时她只会说简单的中文，也教宗开国说日语。

有一次她从长春坐飞机回沈阳，宗开国有事，派人去机场接她。她比宗开国先到家，家里的朋友们让她藏到楼上的房间里。宗开国赶回家后，大家逗他太太没回来，让他一顿着急。

"太太时光"大概只持续了半年，宗开国打仗去了。"往日打仗不兴带家属，他出发了，把我撂了。"

王玉兰从此没了丈夫的消息。"他走了，我也没个地方去。"她中文说不好，也不敢多说话，"心里整天咚咚咚，怕一句话说错了就坏了"。王玉兰孤身一人，等不到宗开国，别人把她介绍给另一个当兵的——雷国顺。比起宗开国，雷国顺是个"小兵"。

"小兵"的二房媳妇

1949年，雷国顺把王玉兰领回陕西老家，起初把她留在商南县城，没敢领回村。他家里还有一个老婆，父母包办的。

王玉兰后来向养女宋秀梅回忆，雷国顺跟家里人讲，这个女人不会针线活，但是人家识字，就把她带回来了。"后来啥都学会了，会放线，会做针线，做鞋做得好呢。"宋秀梅告诉记者。

这个曾经的军官太太很难向谁哭诉心里的委屈，陕西话也说不明白。她后来的儿媳刘改凤听说，婆婆当年来村里时，烫发，黑裙子，戴着金镯子、金项链，穿着高跟鞋，皮的。之后因为没钱，把首饰都卖了。

宋秀梅告诉记者，母亲从东北回来时带了一块怀表，还带了一床丝绵的被子，后来从雷国顺家出来时，都给他留下了，什么都没拿。

跟雷国顺生活大约一年后，两人到公家办了离婚。

后来，村里的刘姓妇女主任把她介绍给村民宋治福，他比王玉兰大一岁。

宋治福父母都过世了，家里很穷，住草房。王玉兰还是答应了，她说宋治福也可怜，自己也可怜，两个人在一起是没有办法的事。

他们结婚了，但没有孩子。结婚几年后，从别处抱养了一个2岁女婴，起名宋秀梅。宋秀梅记得父亲说他们家就像《红灯记》里的三口人，一家人三个姓。

那时流行看样板戏《红灯记》，讲的是抗日战争时期，中共地下党员李玉和一家三代与日军斗争的故事。

在宋秀梅印象中，父母总是吵架。父亲宋治福是个勤快人，但一个农民挣不了什么钱。"母亲浪漫惯了，吃的穿的用的都要好的，喜欢在外头串门，父亲看不惯。"

王玉兰每年过年都要给女儿置办新衣服，从头到脚都是新的。宋秀梅记得有一年，父亲说今年没钱不要给她买新衣服了，母亲说："就一个小孩你还不给穿，买！"

贫农的糟糠妻子

宋秀梅听母亲跟她讲过一个"东北男朋友"的故事，母亲曾以为他打仗死了，才嫁给了雷国顺。

和宋治福结婚一两年后，有一个男人找到他们家。男人从东北出发时，身上带着1 000大洋，路上花光了，一路要饭到了陕西，打听到他们家院子。男人问邻居王玉兰是不是住在这里，邻居不知道他是什么人，说院子里从来没有这人。男人说他打听过，只要见一面就行。邻居怕男人把王玉兰领走，没说实话。

男人走了。过了五六天，邻居才把这件事告诉王玉兰。

王玉兰哭了很多天。

但宋秀梅不记得这些了,她只记得当时家里吃了上顿没下顿,"都吃不上哭啥嘛"。

那时候,商南县在生活上照顾身份特殊的王玉兰。

宋秀梅记忆中,母亲花八毛四去粮站领香油,回来可以两块五卖出去,赚些零花钱。她用零花钱买水果糖、雪花膏。

别人穿的都是老粗布,母亲穿深蓝色的好布料,是全村最好的。宋秀梅上小学,穿的也是班里最好的。

小学一年级,宋秀梅和班里同学吵架,同学骂她:"你妈是日本人!"她不信,回家问她妈:"人家说你是日本人",王玉兰骂小孩。

学校的小孩不依不饶,说宋秀梅的妈妈就是日本人。后来王玉兰承认了,告诉宋秀梅:"你就说我妈是日本人你能咋?"

宋秀梅第二天找到同学说:"我妈就是日本人你能咋?"同学被宋秀梅的理直气壮灭了气焰,"我说你妈是日本人啊,你还不信呢"。

同学们表面嘲笑,心里好奇日本人什么样。宋秀梅说很多同学借到她家玩的名头,来看母亲。也有小孩上学路过她家门口,朝里面大喊一句:"打倒日本鬼子!"刘玉琴就是其中一个,王玉兰不搭理她。

在村里,王玉兰的人缘好得很。因为识字,她成了供销社的售货员,管记账。村里谁家有红白喜事,需要帮忙,王玉兰几天几夜去帮忙,尽心尽力。

1976年,宋治福病死了。宋秀梅觉得父亲生病是因为和母亲整天吵架,气得一口气没上来得了坏病。

王玉兰很快改嫁,嫁到了丹凤县白李湾李明堂家。宋秀梅劝她:你到哪去都是给人家养小的老的,但王玉梅不听。

鳏夫的"老来伴"

李明堂有一个13岁的儿子和18岁的女儿,丧妻十几年。

47岁的王玉兰第一次去李家时,李明堂的弟媳妇刘新梅下厨擀面条,"来了个嫂子,长得好,心里喜欢"。

这里的人不是姓白就是姓李。王玉兰进了李家门,村里人多半就把她当成自家人。

王玉兰觉得李明堂很善良,手很巧,会做木匠活。李明堂不用她做饭,总让她去休息。儿媳妇刘改凤说不管婆婆说什么,公公都依。

他们成了村上红白喜事最热心帮忙的人。李明堂做得一手好菜,负责切肉炒菜,王玉兰做凉菜。

这时候的王玉兰已经和陕西人没有任何区别,吃陕西的辣椒,说纯正的当地话。村里人对她评价很高,甚至要推选她做乡人大代表。

老村支书白启颜评价王玉兰:人又勤奋,性格泼辣,说话又和气,群众基础很好。村里有老人行动不方便,王玉兰冬天去河里替她们洗衣服,帮她们做饭。

刘新梅很喜欢嫂子。那年她生病住院半个多月,王玉兰每天到她家给几个孩子做饭,洗衣服。大年三十她出院,年饭也是在王玉兰家吃的。李明堂女儿出嫁,王玉兰做了8双鞋,除了新郎新娘的,新郎的6个兄弟姐妹每人一双。

日子安定下来,2002年王玉兰曾经申请过回日本探亲,没想到得到的回应是,水崎秀子已经回国定居了。王玉兰被冒名顶替了。据日本《每日新闻》报道,假水崎秀子伪造了证件和印章,在1995年领着儿孙6人回日本落户。

2005年,日本厚生劳动省派人来到陕西王玉兰家,进行了DNA取样等一系列复杂的取证调查后,确定王玉兰为水崎秀子本人。

2006年4月,时隔60多年,王玉兰和老伴李明堂一起回到日本,见到了表姐。77岁的王玉兰已经不会说日语了,和姐姐说话得靠翻译。相隔多年,太多话不知从何说起。翻译官在场,王玉兰浑身不自在,吃饭也不好意思,丈夫则在一旁大口吃。

正如13岁那年,她觉得日本没有她容身之所一般,在日本待了两个多星期后,王玉兰选择和丈夫回陕西。她甚至没有留表姐或者侄子的联系方式,如果打电话,还要请翻译官。

独守空房的耄耋老人

2015年,李明堂过世。养女宋秀梅的丈夫周平安夫吊丧,他一进门就看见丈母娘张着大嘴在哭。

在此之前，李明堂夫妻两人已经把老房让给了养子一家，儿子儿媳为老两口盖了两间砖瓦房，把老房改成了当地流行的两层楼房，两个房子前后院。

李明堂过世后，王玉兰独自一人住在小瓦房里，儿媳每天给她端两次饭来，家里人吃什么，儿媳就给端一碗什么来。

儿孙们回家团聚也不例外，家里人一起在楼里吃，端一碗送到小屋里。中午儿媳送午饭来，顺便收走早饭的碗。

土屋里除了几个空箱子，几床厚被子，没什么家具。箱子上、锅上落了厚厚一层灰，屋里黑黢黢的，没有取暖设施。儿媳说给婆婆买过电热毯，但是婆婆年纪大，不会调开关，怕出意外就没敢用。

2017年4月，媒体报道了王玉兰，称在中国生活了70多年的日本老太太没有户口，无法享受高龄补贴等政策。

关注蜂拥而至。社会组织和当地领导看了老太太的居住环境，为王玉兰联系当地养老院，带她理了发，买了衣裳和拐杖，去养老院参观了一圈。儿媳听说有人要把婆婆送到养老院，还要签协议：如果老人生病或过世，家里出钱医治，接回埋葬。

她坚决反对王玉兰去养老院，说婆婆有儿子儿媳，被接到养老院，让她面子往哪搁？再者，婆婆在家里住了几十年，现在去养老院，万一国家给拨款，补助是不是就给了养老院？

儿媳大嗓门，当着王玉兰的面，跟外人们解释其中的道理，王玉兰在一边默不作声，末了说一句，儿媳说得对。说完跟记者指指自己的脸，小声说一句："人总是要脸嘛，名声不好听。"

王玉兰不去养老院了，心里觉得愧疚，毕竟收了人家的拐杖。

来探访王玉兰的不止领导、记者，还有公安局的人。

4月中旬，几个穿警服的公安人员来到小土屋门前，问王玉兰："你儿子给你饭吃吗？""给。""一天给几顿？""两顿，我晚上不吃。""要是不给你饭吃告诉我们。""好。"

公安局的人走了，王玉兰反复跟身旁的记者说："这个人说要是不给我饭吃就告诉他，也没留个电话呀？"

王玉兰的养女宋秀梅住在临县，她腿脚不方便，走路一瘸一拐，跟过往的人打听李家儿媳管不管她妈，别人说管。她告诉记者："她要是不管，我让我老伴去把她接回来，毕竟养活了我二十多年，我管。"

王玉兰嫁到李家后，宋秀梅怕李家介意，不常去李家。她老伴去镇上路过，就过去看看丈母娘，临走留下200块钱。

"好得很"的日本妈妈

户口的事，村支书李苏武说，王玉兰去日本那年，居住证什么的都被日方收走了没还回来，她是日本国籍，退不了日本国籍，就办不了中国户口。李苏武介绍，为了给老太太弥补损失，2016年，县里破例给老太太办了合作医疗，民政部门以她养子的名义申请了临时救助，有几千块钱。因为是临时的，每年要重新申请。

过年时，村里领导还会拿一袋米一桶油来探望王玉兰。去年，还拿来一床被子。

记者们一天几拨人轮流来采访王玉兰，她跟记者说想吃肉，有的记者给她买肉夹馍，有的记者给她买饺子。

邻居们抱着孩子聚在跟前看热闹。王玉兰拿着筷子颤颤巍巍，夹着饺子半天送不到嘴里。邻居看不下去，把孩子放在一边，喂给她吃。

邻居们七嘴八舌闲聊，跟记者说这老太太年轻时利利索索，干干净净，现在吃饭都费劲，也没空捯饬自己了。

当年在王玉兰家门口大喊"打倒日本鬼子"的小学生刘玉琴今年55岁了，她成了王玉兰家的邻居，常来找王玉兰逗笑。

刘玉琴记得王玉兰年轻时很活泼。村里人都不会骑自行车时她就会，还把脚腾空变着花样骑，给大家表演。她还会跳绳，两个人在旁边摇大绳，她在中间跳。

最让刘玉琴佩服的是，王玉兰88岁了还会写字，她起哄让王玉兰现场写给记者看看。王玉兰手抖着拿起笔，说眼睛看不清了，在记者本上写下：水崎秀子。连笔字，写完给记者解释，"水崎"是姓，读"mizusaki"，"秀子"是名字，读"hideko"。

刘玉琴让她把中文名也写下来，她慢慢写下"王玉兰"三字，说"王"是王八的王。众人哄笑，她也哈哈大笑。

养女宋秀梅如今有了外孙，外孙看电视里的日本人很坏，就问姥姥："你妈妈是日本人，你害怕不，坏不坏？"宋秀梅说不坏，好得很。

夕阳西沉，邻居们、记者们都回去了。王玉兰从小板凳上慢慢地、一点点挪起身子。她的腰不好，说是去年床塌了摔的。

她关上砖房的门，在里面再用小板凳倚上，万一有个什么动静的，能听到。她说自己胆子小。

采访、撰稿/于亚妮、殷一冉
原载《澎湃人物》2017年5月12日

"朝阳群众"的日与夜

71岁的王爱青趴在小区值班室的窗口,一双眼珠滋溜转。

过去十多年里,她的主要工作是观察社区情况,如有"风吹草动",立即向居委会或社区民警上报。

王爱青是"朝阳群众"中的一员,这是一支由北京市朝阳区居民组织而成的治安志愿者队伍。

公开数据显示,北京市登记在册的"朝阳群众"达13万人,相当于平均每平方公里的地面上有277人。其中6万余名活跃的"朝阳群众",平均每月向朝阳警方提供线索2万余条,集中反映涉及盗销电动自行车、街头诈骗、反恐、公共安全、涉毒类等线索。

这支民间力量已经成为警方破案的隐形助手,2015年的前十个月,根据朝阳群众提供的线索,警方侦破了1 023起案件,刑拘了810名犯罪嫌疑人。甚至有网友戏称,"朝阳群众"是世界第五大"王牌情报组织"。

2017年2月16日,全国两会前夕,王爱青代表志愿者参加了社区居委会布置治安防控的会议。任务下来了,她和其他志愿者将守在社区附近的公交站路口负责"上街安全"。

对他们来说,紧张的时候又到了。

任 务

一级防控的通知从多个街道下发到居委会,最后通知到每一位朝阳群众。

王爱青从居委会领取任务后，再派发下去。她将和社区里的几百名志愿者轮流到大街上站岗，每人巡逻两小时，在距离自己所在小区几百米的街口，盯防周边。

三源里社区共有六个支部，分管六个路口，王爱青归属第一支部，一共管理七栋楼。她带领的支部一共有23名党员志愿者，划分为邻里纠纷、治安巡逻、出租房管理、居家维修、养犬自律、停车管理等十个小组。志愿者全都是过去工厂的退休职工，年龄在60岁至75岁之间。

刚过完春节，王爱青就进入了"备战"状态：几个志愿者戴着红袖章往大马路边一站，撑一把伞，放一把椅子。至于奖励，是一瓶水或一杯茶，"老人就乐呵"。

和王爱青一样精神紧绷的还有潘家园社区的张复之。

潘家园一共有11个社区，一个社区一个支部，张复之是其中一个支部的党员书记，今年71岁。两会期间，她同样接受了值班巡逻任务：社区里16个人轮流值班，一个班两个人两个小时。居委会已经排好值班顺序，他们只需照常执行。

"就得发动群众，我们院里的群众警惕性都特别高。"张复之压低嗓门说。

任务已经交代清楚："看上去贼头贼脑的人都得过去问问，您干吗的呀？您住哪儿啊？您做什么工作的？"

再过几天，和王爱青一样，她也会戴上"首都治安志愿者"的红袖标，在马路口执行任务。"就瞅着点，有什么危险情况往上报到社区和警务室。"全国两会、"五一"、"十一"假期和各种峰会等人流密集时段，志愿者都会上大街上站岗。"这一年就没有歇着，都在小区和大街上转悠。"王爱青说话声音高亢洪亮。

从工厂退休以后，王爱青闲不住，只要分配下来任务，她只有两个字："行！去！"

"我有时候开会给党员说，咱们都得有担当！得担当责任，得有这个心。"比如，春节刚过，社区里有人丢东西，她预备着在院里挂一横幅，提醒大家"防火防盗"。

时间久了，王爱青身边聚集了二十几名志愿者，只要有事，跳出来

"一喊"，所有人像巢穴里的飞鸟，"嗖"地都从家里蹿了出来。

"我就是在王姐的领导之下"，群众志愿者马文茹坚信，她们对"有犯罪倾向的人"有震慑作用，绕着社区"转一圈，别瞧小脚，还是管用"。如果遇到险情，马文茹也想好了对策，"虽然追不上也跑不动，我们可以报警；不对劲儿的，我就看着点，他到底要干什么"。

75岁的于福海是这支志愿者队伍里少有的男性："我们365天执行任务都是无偿的。和谐社会，一是为自己，也是为了人家，高兴。"

王爱青则归结为"老有所为"："老了不能在家，能发挥一点余热，就发挥一点余热。"

"雷 达"

朝阳区全区面积超过470平方公里，是北京人口最多的城区，这里聚集了众多外事、金融和文体机构，治安环境复杂。

公安部人民公安报社主办的《人民公安》杂志曾披露过一组数据：朝阳区聚集了165家外国驻华使馆、22家驻京国际组织机构和159家外国驻京新闻机构；仅CBD地区就集中了1 250余家金融机构、250余家外资金融机构和110余家国际组织和商会；这里流动人口有175万人，大量以地缘、亲缘、业缘为纽带聚居在城乡接合部地区……朝阳公安分局年均接报110警情60余万件，日接报最高峰值2 200余件，年均受理治安案件9万余起，受理涉外案（事）件2 900余起。

多年下来，王爱青已经形成习惯，无论是买菜的路上，还是遛弯的间隙，只要是发现可疑情况，她就会立即向居委会或社区民警汇报；平日，她就在院里待着，对出入院里的房屋中介、保洁人员的情况都了如指掌。儿子女儿刚开始不支持她做志愿者，都劝："您别老出去了，都这么大岁数了。"之前一个下雪天，王爱青出门巡逻，踩到了地上的小薄冰，一滑摔出了脑震荡，打了半个月的点滴。

"我们是毛主席教育出来的人，就是任劳任怨，甘当老黄牛，有什么事都管。"年轻的时候，她参加工作，厂里分配什么活她都卖力干，"都是那个时候教育的，应该说是一种烙印"。

十几年前，王爱青刚退休做志愿者的工作，一天夜里，9号门一户传来小姑娘"嗷嗷"一嗓子，她从床上爬起来立马报了警。

随后，警察破门而入，才知道有三个人强奸姑娘。

在这块地盘上，她什么都管。那天刮大风，7号楼旁的大树枝丫倒下来划破了一户居民家的玻璃。"那是一个潜在危险。"王爱青跑到社区找居委会主任汇报了这件事。"她比社区干部管的都多。"马文茹说。

而于福海形容，他们"就是起个眼睛的作用"。这双眼睛像是监控动态的雷达，紧张工作以维护社区的安全。

这几年，社区的人数增加到一万多人，人口流动性增大。王爱青并不排拒外来人员，但进院就得登记。院里有多少停车位，她心里一清二楚。车辆进进出出，不按规矩停放的，她一律贴上纸条，"咱们弄的就是11号楼和9号楼，11号楼不占人家车位，就是9号楼老是随便乱停，该进院的不进院，老是占人家地儿"。

这么多年下来，王爱青也"摊上过一些事儿"。十多年前的一个夜晚，一个年轻女孩走进小区，一个陌生男孩跟在她后面。女孩怀疑自己被跟踪，回头直接和男孩吵了起来。

王爱青听到了争吵声，下楼一看，已经围了一圈人，男孩手里拿了块大板砖对着她。"街里街坊你干吗啊？谁敢拍，谁敢动？"她站出来吼了一句。后来了解得知，男孩是过来找亲戚的。结果，这桩乌龙事件周旋到夜里12点，众人才各自回了家。

过去很多个夜里，王爱青带着警察上门查案，小区居民都认识她，才给开门。

三源里小区是朝阳区治安先进社区。从20世纪90年代末开始，王爱青每年年底都被朝阳派出所评为治安积极分子，每次发一床被褥作为奖励。同样被评为治安积极分子的还有张复之。她主要负责小区里的其中三栋楼，每栋楼设有楼长和门长，"这边五个门，这边四个门，后边是七个门，门长负责一个门的12户居民的社区治安和活动。"她像说顺口溜一样，语速很快。

最近，由于外面的人经常跑到小区里上厕所，院里丢了几辆自行车和三轮车，抓不着小偷，张复之心里着急。

"现在什么人都上这来上厕所,一天得进来二百人。"她在院里边转边说。突然,她看到旁边站着一个陌生男人四处张望,便快速走过去问:"您来这儿干吗呢?没见过您。""随便看看。"男人说完匆忙离开了小区。

观 察 屋

所有的"任务分配"和"缜密安排"都是在小区一间"值班室"小屋里完成的。屋子在小区的入口处,紧邻社区大门,面积不足五平方米,却是王爱青和二十几名志愿者的阵地。从这里看出去,能将每个进出小区的人收入眼底。

平日,这间屋子由五个人轮流值班,只要有陌生人出入小区,志愿者的"雷达"便响起了。

王爱青的样子看上去比实际年龄年轻十几岁,视力和听力没有随着年龄增长而衰弱,只是最近脚上长了一个骨刺,疼得厉害,但她仍然闲不住,总寻思下楼转转。

那天吃完早饭,她蹒跚着下楼钻进值班室,在靠墙的椅子上坐下,两只眼睛紧盯着来往的行人。

几分钟后,马红容后脚跟了进来。两人开始聊起小区里的住户。

"像四门,有一间两间三四间是老住户,其余的全搬走了,一门还没怎么走。"

"瞧我们这三门,还有几个老的,一个我,一个六楼,就这两家了,有的买房了,有的卖了,都租出去了,都不认识了。"

小屋是他们信息交流互换的场所,社区里发生的一切少有能逃出他们的视线。

一对情侣从窗前路过,"结婚了吗?"马红容摇摇头。

65岁的马红容过去是志愿者队长。2008年奥运会的时候,她带着一大群人在小区和大街上巡逻站岗,后来为了照顾孙子,马红容就暂时退出了。她居住的社区是半封闭小区,几十年的志愿者生活让她变得警觉。那天,她在小区一栋楼的墙面上看到一张非法活动的宣传单,赶紧揭下来,上交到居委会。贴纸条的人使劲往单元门里面塞,一次塞四五十张。她一边骂一边撕："有种就不要躲在暗地里！"

马红容不会上网，不知道"朝阳群众"在网上成了热词，但被人问起，她就像被什么东西突然击中，"我就是朝阳群众啊，我不就住朝阳吗？"她乐呵呵地说。

他们的大脑像数据库，社区里的人员信息多数被准确无误地输入存储库中。小区的住户一出现，所有相关信息都会迅速弹出：谁是老住户，谁家是租房，谁家有几个人，谁家的车停哪个位。甚至根据车牌号，他们也能轻松检索出主人的名字。

"那几年，老管记得清，现在老了，有时候认车不行，就认人，有的时候换车了，记不住。"王爱青摇摇头说。

相比六七十岁的老人，58岁的潘家园社区的门卫张浩海是相对年轻的群众志愿者。每天早上8点到晚上7点，张浩海一直在他的观察屋里待着。白天，他守在小区入口处的一间值班小屋，透过玻璃窗追踪小区里的情况。小区里的人他都认识，"贼眉鼠眼"的准保成为他的"重点关注对象"。有一次，小区门口一对男女打架，女的不停喊救命，张浩海报了警，警察过来后把人都带走了；还有一次，小区进来一小伙，张浩海看他东张西望不对劲，立马报了警，小伙在偷车时被抓了个现行。"要看着不对劲，就多盯着点，警惕点，这是肯定的。"

小区以前有一个男人吸毒，"瘦着呢，焦黄焦黄的"，后来被强制戒毒后放了出来。警察给张浩海打了招呼，他像猫盯耗子一样盯着那人，"他要复吸似的，有什么情况我就上报"。他说话的时候，视线一直停留在窗外过往的行人身上。

那天，北京下了一场雪，外面呼呼刮着大风。张浩海一个人蜷缩着身体坐在值班室里。

下午4点，小区里的两个老人嚷嚷着推门进了值班室，聚在小屋里，聊起街坊邻居和小区情况。

"这人怎么又把垃圾卸那里了？""叫他给拉走？""垃圾都往这儿拉，还想在门口坐会儿呢，现在怎么坐呀，咱们得跟社区说说。""我刚跟他说了，就这一次，下次就不让你进来了。"小区15号楼的楼长、79岁的何润芳气嘟嘟地坐到凳子上，说话底气十足。

"首都荣誉"

1946年出生的王爱青在三源里社区已经居住30多年，她的房子是20世纪80年代厂里分配的。

当时厂里规定，两个儿子就是两居室，一个儿子一个闺女各满12岁就是三居室。那时王爱青一个儿子一个女儿，但俩孩子没到12岁，最后只分到了两居室。

"这边是发展的好兆头"，王爱青笃定地说。

她分析过小区的区位优势："以后区政府不是搬通州那边吗？这边是北京的京城，这边算首都，咱们中间夹着，一肩挑两担，挺关键的，治安什么的责任重大。"她边用手比划边说。

在社区居委会主任侯喜君眼里，这些居民平时聚在一起"侃山"，"聊的都是国家大事"。比如王爱青，在家只看"央视一套和十三套的新闻节目"。"他们关心十八大开会、十九大、国际问题、南海问题，这是一种大视野的政治，对首都的安全和稳定大家都特别在意。"

这些年，小区周围发生了很多变化，多了不少写字楼和宾馆，王爱青的年纪也越来越大，但当年工厂先进工人的劲头一点没减，"凡事喜欢冲在前面"。

2014年3月，北京市颁布实施了《群众举报涉恐涉暴线索奖励办法》，奖励划分为三个等级，最低的三级线索也会给予1 000元以上、5 000元以下的奖励。该办法旨在鼓励更多的群众参与到反恐、防恐的工作中来。

三源里社区位于三环路段，交通便利，流动人口多，共有4 500户居民，总人口超过1万人。说服群众加入志愿者队伍并没有花费侯喜君太多力气，"大量工作都是依靠党员志愿者完成的，这些居民政治责任感强"。

社区共有480多名党员，其中志愿者就有250多名，90%的年龄都在60岁以上。侯喜君的激励方式就是"提高觉悟"，"我们的老同志都是党员，过去都是讲究觉悟的，还不要报酬"。

2012年当上居委会主任后，他每月定期组织志愿者学习培训一次，主要对社区安全形势进行分析和开设健康讲座。

在培训课上，侯喜君经常对志愿者讲："我们这个社区是三元桥的一角，那边都是写字楼和宾馆，就我们这里是居民区，我们是北京进城第一社区。我们当然得做好，这是朝阳的荣誉、北京的荣誉、首都的荣誉。"

在朝阳区，除了志愿者队伍，社会治安防控体系队伍还包括党员巡逻队、专职巡逻队，以及义务巡逻员、治保积极分子等群防群治力量。

侯喜君在社区成立邻里服务社，让支部党员带头负责小区的治安巡逻、环境卫生、停车管理、民调纠纷等，"能张罗的事全管"。

"遇到危险情况历来不主张作正面斗争，就是及时报警。"在他看来，老人在执行任务的时候也有优势，"老人上了年纪，容易激起对方的同情心"。

根据侯喜君的观察，近几年小区入室盗窃案有所减少。"小院变成一个熟人社会，外来犯罪就少，如果大家谁也不认识谁，那就会给犯罪分子机会。"

2015年4月，中共中央办公厅、国务院办公厅下发《关于加强社会治安防控体系建设的意见》，指出要进一步拓宽群众参与社会治安防控的渠道，落实举报奖励制度，努力提升新媒体时代社会沟通能力。

2017年2月，由北京朝阳区警方会同相关部门研发的"朝阳群众HD"也已上线。这是一个集成警民合作、案件下发和群众上传等功能的平台。

此前，曾有几名80岁以上的志愿者找到王爱青，主动要求参加巡逻值班，结果在执行任务过程中血压升高或者突发脑血栓。之后，她再不敢让年纪太大的老人加入，"出了事，心里一辈子不好受"。

侯喜君也有同样的担忧。曾经有80多岁的老大爷找侯喜君，报名到街道巡逻，他把水、咖啡给志愿者送过去，老大爷喝完咖啡就心跳过速了，侯喜君立即让他"终止任务"。

王爱青年纪大了，她跟居委会说过："再给你们干几年，我们岁数都大了，我们快干不了了。"

马红容是志愿者队伍中坚定的一员。她性子急，看不惯的事情都爱管。只是她暂时卸下了"志愿者"的身份，但等孙子不久后上了小学，她又将重返"战场"。

采访、撰稿／袁璐、喻琰

原载《澎湃人物》2017年4月1日

我在南山写代码

2017年12月30日，欧建新的遗体告别仪式在深圳沙湾殡仪馆举行，他的妻子带着两个孩子向他做了最后的告别，随后艰难地在火化同意书上签下了自己的名字。20天前，这位研发工程师从他就职的中兴公司通讯研发大楼26层跳下，结束了自己42岁的生命。

这是位于深圳市南山区科技园中心的一幢地标建筑。在它的周围，还聚集了众多创业公司，多数与IT相关。南山区有144家公司上市，资本厮杀的战场上，横空出世的黑马和幻灭的神话总是同时上演。

成千上万的工程师和程序员，汇聚在南山科技园70万平方米的土地上，他们像专业化的螺丝钉，推动高速运转的机器，改变着我们这个时代，也改变着他们自己。

代码改变命运

南山区位于深圳市西南方向一角，在过去38年里，它随着整个经济特区一同，矮屋变高楼、农田变大道、小渔村变大都市。南山科技园、北京中关村和上海张江高科技园，很难说三者谁才是"中国的硅谷"。

由南向北进入南山科技园的标志，是深南大道和大沙河交会处的一座沙河大桥，桥身上设计了镂空的1与0的数字组合，也有人称之为二进制桥，意味着通往计算机之路。

柳莹来到深圳之前，从来没想过自己的命运会和一串串代码联系在一起。这个1992年出生的姑娘来自湖南怀化，大专学的是服装设计。CAD

（计算机辅助设计）曾是她最爱的一门课程，她喜欢用一根根线条勾勒出模型的感觉，这也成了她当时找工作的方向。

但当满怀期待的她跟随学校大巴来到实习基地时，她看到的是冰冷的铁门、荒凉的工厂、拥挤的集体宿舍。

走进车间，机器的轰鸣声震耳欲聋，传送带上是一个个待折叠的纸盒，两边的工人阿姨将纸盒拿起、折叠、放下。除了这个机械的动作之外，她们面无表情、一言不发。

"当时我的心就凉了，我以为会是办公室设计之类的工作。"随后的一周里，她也不停地重复着这一系列单一的动作——拿起、折叠、放下。每天让她疲惫的不是站着工作八小时，而是枯燥麻木的工作给她带来的无力感。那几天，她几乎没说过话，除了上工，她哪儿也不想去。

一周后，她哭着打电话给父亲，想要回家。在得到父亲的支持后，她工钱也没结算就逃离了工厂。

这次实习经历，似乎让柳莹预见到了自己的未来。

毕业后不久，她的表哥从深圳南山打来电话，得知了柳莹的情况后对她说，要不你也来南山吧，跟我学写代码。

那是柳莹第一次听说代码和编程，第一次听闻程序员这个职业。上学期间，她都没有过一台属于自己的电脑。但柳莹想，反正自己不喜欢当时的工作，去就去吧。

可这一去，她什么也不会，一切都得从头开始学。

当时表哥留给了柳莹一台陈旧的联想笔记本电脑，她能学的东西也很有限，"Java后台太复杂学不来，做UI美工我没底子，只能学前端开发"。

每天表哥上班后，柳莹就一个人在狭小的出租屋里自学。她对着电脑看着视频，一点一点走进编程的世界。

对她来说，零基础学编程要吃很多苦。由于写代码要用到不少英文单词，而她的英语很差，只能一遍又一遍地背诵、抄写。好在用得多了，自然也就学会了。柳莹回忆，自己有时学累学腻了，也会聊天逛网页。被表哥知道后，断了她的网，只留本地视频给她看，这让柳莹的焦虑感骤增。

吃住全在表哥家的柳莹为了减轻负担，有时还会去帮着朋友看店。每个月赚几百元，虽然不多，但至少吃饭的钱有了。

时间慢慢过去，她始终处于一种迷茫和焦虑的状态中，学了真的就能找到工作？这样的疑问持续了三个月，有天她终于沉不住气问表哥："我能不能去上班了？"表哥打心眼里觉得，她学的那点东西自己压根看不上，但还是让柳莹试着投投简历。

接下来就是撒网式投简历、跨区域面试的过程。

十家公司里面能有两家回应她就很开心了，虽然第一份工作的月薪仅有3 500元，但至少能够租一间属于自己的屋子，开始赚钱养活自己了。三年过去，如今柳莹的月薪也过万了，这个水平在行业内算不上优越，仅仅是一线的普通"码农"，但对她来说，命运早已在那三个月发生了改变。

她时常会想起那天从工厂里逃走的情景，也会怀念在表哥的出租屋里夜以继日学代码的日子。

"风口上的猪"

在某搜索引擎上输入"程序员"三个字，搜索结果的前几条都是与编程有关的培训广告。为了摆脱贫瘠的生活，不少年轻人通过参加培训班进入IT行业。

国家统计局发布的数据显示，在2016年城镇私营单位就业人员中，信息传输、软件和信息技术服务以63 578元的年平均工资占据了收入榜首。

这似乎是程序员的最好的时代，也可能是最坏的时代。

柳莹回忆，2015年，她曾经上午从一家公司离职，下午去另一家公司面试，第二天立马就可以上班。光是2017年，柳莹就换过三家公司，一家破产，一家老板跑路。

一面是资本的热流涌动，另一面是创业公司的骤生骤死。进入IT行业六年，雷大同形容自己一路"摸爬滚打"。

1990年出生的他来自湖南，虽然只有高中学历，但已经称得上公司里的"技术大牛"。这位"大牛"最常的打扮是，上身一件穿旧的深色短袖，下身牛仔裤、皮拖鞋，看起来貌不惊人。他住在南山区西侧宝安区的一处城中村内，狭窄喧闹的街道两边是密密麻麻的"农民房"。

"农民房"的说法来自改革开放后，当地人修建了许多简陋的房子用于出租。这些房子显得陈旧而又拥挤，又被称为"握手楼"，意思是两栋楼挨得很近，楼两边的人甚至可以握到彼此的手。

雷大同和一个老乡合租在一栋农民房的顶层，狭小的空间里摆满了衣物、箱子、自行车，25平方米左右的屋子里不大能找到下脚的地方——很难想到他的年薪有25万元。

上学时爱玩游戏的雷大同在高中毕业后去了一家游戏公司。当时"年少无知"的他给自己算了一笔账，"如果我不上大学，一个月挣4 000元，四年下来你想想有多少钱？"

他的工作并非是开发设计，而是测试。"他们设计了一款游戏，我就负责玩，玩出bug给他们修复。"在外人眼里，这是一份看似轻松愉悦的工作，但雷大同说，他熬了不知道多少个通宵。

每当游戏上线或发布新版本之前，所有测试员必须通宵达旦地作业，从早到晚重复着机械的动作，只要一两天就会失去玩游戏的乐趣。为了节省人力，更高效地进行测试，有人会用脚本让机器自动测试。雷大同也开始跟着学，他心里明白，不学这个，工作就干不下去。

2011年，在某天凌晨加完班后，雷大同泡了一杯柠檬茶，喝了几口就睡了过去，等醒来他感受到剧烈的胃痛袭来。这样的情况持续了几天后他才去医院检查，诊断结果是慢性糜烂性胃炎。

"我上网查了一下，这是长期熬夜、饮食不规律导致的。"雷大同说。

从那时起，雷大同就慌了，随即辞职，回去开始自学后端开发。每天他什么也不干，早8点睡醒了就开始看视频，一直看到晚上9、10点。

回忆起那段日子，雷大同说，纯粹就是没钱吃饭，又不想问家里要钱，心里的一个想法就是一定要赶紧学好，毕竟之前的收入也不多，他想靠这个来改变自己的生活。

好在写过脚本的他有些基础，一个月内就把整个Java语言过了一遍。然而等找到工作后他才发现，程序员的工作比想象中的要困难很多。

雷大同说，有些互联网公司属于宽进快出的类型，每次招七八个人，最后只留下一两个。为了留下，整个半年他都在加班加点，上班没做完的工作他带回家继续做，那是他此前从未有过的拼搏岁月。

雷大同信奉小米创始人雷军的一句话：站在风口上，猪都可以飞。不少人认为,创业找对方向就能赚钱。而对于就业者来说,选对行业也是一样的道理。

但雷军还问过这样一个问题:"没有风的时候,猪怎么办?"

雷大同说,雷军前面那句话没说完,"猪都可以飞得起来的台风口,我们稍微长一个小翅膀,肯定能飞得更高"。这个"小翅膀",对雷大同来说可能就是夜以继日的努力,还可能是一纸文凭。

云栖社区做过一份《2017年中国开发者调查报告》,发现中国开发者中58.6%的人是本科毕业,21.8%的人是专科毕业,11.9%的人是硕士毕业。

像雷大同这样的高中毕业生甚至没能挤进调查样本。2017年,他参加了成人高考,就是为了让工资"赶上"自己的能力。

他能明显感觉到,近几年当"风口的风"没那么大时,公司招聘开始设置门槛,要求具备一定学历。有次他去应聘,HR过了,技术顾问过了,部门经理也同意他加入团队,但简历一到老总那儿发现他的学历是高中,最后还是将他拒之门外。

这个时候,他特别后悔当时算的那笔账。"现在来看,还是算亏了。"雷大同苦笑着说。

"没加过班的程序员不是一个合格的程序员"

雷大同也许有些悲观,学历之外,一些创业公司仍然看重程序员的工作经验和自学能力。当然有时更重要的问题是,"你是否愿意加班?"

凌晨时分走在南山科技园的街道上,一座座大楼早与黑夜融为一体,但只要一抬头就能看到日光灯把办公室照得格外清晰。在南山某知名互联网公司大楼下,出租车一辆接着一辆,即使是在凌晨,他们也不愁拉不到生意。

2017年最后一个周六,印小龙仍然早早起床坐上地铁。公司最近项目赶得很急,他已经连续加了好几天班。

好在周末的地铁并不像往常那样拥挤,印小龙可以在接下来的一小时路程内,悠闲地靠在车厢栏杆上,听着歌刷手机。

换作2015年那会儿，他压根不敢这么悠闲。

印小龙本科毕业后来到深圳，目前就职于一家智能家居公司，年薪30万元。虽然才28岁，但他看上去已经有些发福。

印小龙说，自己其实是一会儿胖一会儿瘦的。"加班的时候会坐很久，作息也不规律，很容易就胖了。"但如果有时间，他就会疯狂地打羽毛球、跑步。

之所以会这么做，因为这两年的加班生活已经让他开始担心起自己的身体。

在大学里，计算机只是他的第二专业。所以当进入IT行业时，他发现当年学的东西和工作实际出入很大，还要重新学。

"醒着在敲代码，睡了好像还是在敲代码。"印小龙如此形容自己刚入行那会儿的状态。文科出身的他认为自己学得很慢，"比如同步模式Synchronous这个单词自己怎么也记不住，只能一遍又一遍地抄、背。"

那时候，他一边上班一边学习，最忙的时候一天就做三件事——看、写、敲。饿了就随便吃点，熬到太晚澡都不洗就睡了。等到突然冻醒，"哇，天都这么亮了，赶紧起来洗脸敲代码"。

对于程序员来说，加班也分情况。

有的加班实属无奈。比如新产品、新版本上线，或者开发的产品出现了不可控的问题需要紧急修复，用户等不起；比如在芯片工程行业，眼看硬件就要投入量产，物料、人力都已经就位，此时软件出现了问题，所有工程师都要加班加点，制造商等不起。

还有一种情况，公司为了追求利润，直接绕过技术组的意见盲目地和客户商定交货日期，这"坑"的就是程序员。

2017年6月，印小龙所在的公司接到了一家500强企业的订单，整个领导层十分激动，决定一定要做好"这一票"。

项目越早交付也就意味着利润越高。所以公司与客户商定，20个工作日后交付产品。但后来印小龙才发现，这个项目以他们团队的能力来看，至少要做两个月。然而公司方面不愿意浪费这次大好良机，在项目立案当天，领导召开了一个激情澎湃的鼓动会，希望所有人咬牙完成任务。印小龙说，这叫"打鸡血"。

项目开始后一周,所有人都在头脑风暴、框架搭建,团队每天都在讨论,如何突破各个功能需求。这就好像在写作文之前打草稿。

但如果说写一篇作文需要花60分钟写完,此时已经有20分钟用在了构思上。能力强的团队剩下40分钟争分夺秒也能完成,但对于印小龙的团队来说,这实在是一项不可能完成的任务。

此时公司的一位上级主动开始加班,并要求下属团队每天至少加班到晚上10点。印小龙并非吃不了苦,他也是这么一路走过来的。但当时他的妻子临近生产,他想有更多时间陪在妻子身边,便向上司提出拒绝加班。

上司听了很生气,"这可是一家500强企业的订单,做好了对我们公司的发展很有帮助,你们为什么不加一下班,加班我们也给你们补助啊!"

印小龙愣在那里不知如何回答,此时一位同事抢在他之前回道:"你要觉得我做得不够好,开除我就是了。"

印小龙此时明显感觉到上司情绪不对了,但那位同事手上握有法国的一个项目,上司也不敢说开就开。印小龙赶紧半开玩笑地缓和道:"我们都累了几天了,回去跑跑步运动一下,不然命都没了怎么写代码?"

上司沉默了几秒后说:"是啊,身体重要。像我就落下了胃病,一发病,什么都干不了。你们以后要锻炼啥的不能加班,提前和我说一下。"

最后,项目的工期还是延长了,印小龙还是加班了,只不过没有加得太晚——公司内部有个"铁律",只要以运动的理由拒绝加班,上司或老板都会默许。

在印小龙看来,加班越多可能说明企业效益越好,"有做不完的项目",你能拿到的奖金收入也就越高。这让很多程序员无奈地接受这件事,"你不愿意加班就走人,愿意加班的人大有人在"。这是行业残酷的一面。

程序员的中年危机?

在南山科技园,几乎没有程序员不知道欧建新之死。

出生于湖南省邵阳武冈市一个农村家庭的欧建新,前半生一直努力通过自我奋斗改变命运。1994年,他高中毕业,以优异成绩考入北京航空航天大学,走出了老家的那个小山村。

毕业后,欧建新进入株洲的一家研究所,2001年,他辞职南下深圳,进入华为公司工作了8年。后来,他又考上南开大学的硕士,在2011年,进入中兴通讯旗下子公司——深圳中兴网信科技有限公司工作至今。

欧建新在深圳定居,结婚生子,也购置了房产和私家车,是老家人称道的榜样,直到他突然被公司劝退。

据他的妻子描述,2017年12月初,欧建新的直接领导王某某找他谈话,其间流露出劝退的意思。欧建新向公司提出是否还有挽回的余地,能否内部调换岗位,王某某回复说,上面领导已经决定的事情就没有回旋的余地了。

对此,中兴网信公司品牌部一位负责人曾向媒体表示,公司是按照正常的人事流程和劳动制度在执行,对员工进行劝退也属于企业正常事宜。公司目前没有大规模裁员计划。

2017年12月10日10时左右,欧建新从公司北面26层坠亡。深圳南山警方经现场勘察,初步排除他杀。

没有人知道他为何走上这条绝望之路,但他的死却在舆论场中生发出"程序员中年危机"的命题讨论。

"我刚开始工作的时候,23岁吧,网络上就流传说30岁以后的程序员没人要。我们到了30岁的时候,就变成35岁程序员没人要。我现在快35岁了,发现公司里面40多岁的程序员还是一大把啊。"人到中年的程序员连平认为"中年危机"的说法很可疑。

傍晚6点,刚下班的他把奔驰停在了路边,随后走进一家咖啡馆。他的胸前还挂着公司的工作牌。这个34岁的工程师不仅没有发福,而且身材保持得相当好。一头利落的短发配上瘦削的面庞,看上去格外精神。

连平是一家知名芯片设计公司的工程师和项目主管,属于公司中层。十年前他通过校园招聘来到深圳。那时,和多数年轻的程序员一样,住的是"握手楼",吃的是快餐,一条牛仔裤穿六七年,裤脚磨出了毛剪掉继续穿。

他也经历过做梦都在加班的日子。

有次他所在的团队为了一个项目连续30天加班,一天晚上他和同事正在网上沟通bug，聊着聊着同事就没了影，怎么也不回复他。两个小时后，同事发来消息，"刚上厕所晕倒了"，然后继续讨论bug。

连平说，没有加过班的程序员不是一个"合格"的程序员。但当年龄慢慢上来后，他就发现，自己的身体吃不消这么折腾，"公司里年过30的都开始注意健身，这也许就是所谓的程序员的中年危机吧"。

但他认为，30岁的程序员加班加不过20岁的，这是必然的，也没什么好焦虑的。真正能称得上危机的，一个是自我价值的提升，一个是现实的压力。几年前，连平和妻子离异，他归结说，忙碌的工作和不规律的作息是原因之一。

连平自己是程序员出身，但他对管理项目更有兴趣，更喜欢和人沟通，所以等到一个合适的机会，他就跳了出去。当然在他的身边，也有人不愿跳。"有些人的性格就适合当程序员，他的兴趣就是解bug写代码。你跟他讲晋升他理解不了，让他管项目也不行。我们公司也有很多这种人，技术大牛。但是有一个问题，如果出现紧急情况他就得顶上去，他的作息时间永远在波动。"

在连平看来，程序员的"天花板"由许多因素决定，"性格、学历、工作年限、人脉、公司人员架构、机遇……"还有关键的一点，你的脚步能不能跟上行业更新的速度。

几乎所有受访者都表示，互联网和通信行业最大的特点就是技术日新月异，产品在不停地更新迭代。如果你不更新自己的技能，你不拥抱新的技术，那你就会被淘汰。

"现在拼得好厉害，（编程）语言出现得太快了。python的出现，让我们觉得没有突破的可能性了。百度的无人驾驶都是跟它相关的，AI算法都需要这个东西写。"说这段话的时候，印小龙的脸上充满了焦虑，语气里满是不安。

或许对于年轻人来说，还有时间、精力去学习新的东西，但当你有了家庭，有了孩子，进一步深造就是很大的挑战。

连平有一个6岁的女儿，每天他都会在女儿的拥抱中醒来，送她上学后自己再去公司。最忙碌的时候要数周末。

"一到周末就是各种培训班，我女儿学英语，你要花很多心思挑哪个培训机构好,好的不一定离家近,所以每次都要开车半个多小时到培训机构。上完之后,得马上找地方吃午饭。下午又得赶场,在另外一个区学音乐。学完之后回家,还得复习当天的英语。第二天上午再上英语课,下午要带她去游乐场。晚上回来,周末就结束了。"

他说身边的同事也是一样,周末就是全深圳乱窜,反正都是在去培训机构的路上。"与其说是程序员的中年危机,不如说是中产阶层恐慌。担心自己的孩子以后比不过别人,维持不住中产的地位。"

连平说,有了家庭和孩子,加上房贷和车贷后,他"不敢倒下",好在经过十年的打拼,他已经没有房贷的顾虑。

在他看来,程序员工资高,根本原因是这个行业值钱,但反过来,当行业有一天不景气了,风口的风没那么大了,风口上的人们该怎么办?

2013年,一位工作了十年的员工辞职离开通信行业后,在论坛陆续更新了18 000多字,回忆他在行业里的种种过往:"通信行业外表风光,沾了高科技的光,不少家长都愿意送子女去学习。实际上,在2000年前后的移动通信浪潮的风光过后,就逐步开始走下坡路。"

这位资深通信人士分析,通信相比于互联网,人员流动性差,可选择的余地小:"高度垄断的行业,高新技术集中,专利多,研发周期长,注定是属于大公司之间的游戏。"此外,知识易贬值,技术淘汰快:"2G、3G、4G彼此之间用到的技术都不一样。可能等到5G出来,用到的技术又不一样。"

这篇叫《通信十年》的文章在当时引发了很多人的共鸣。

留 下 或 离 开

在南山区科技园一带,每天清晨的图景都由人流和车流汇聚而成。一号线高新园地铁站的广播里,不断重复着"客流高峰时段,请乘客加快脚步,不要停留"。人群从列车、公交和班车上鱼贯而出,匆忙、井然有序地组成人流,去往他们所在的公司与工位。

王安可就是人流中的一员。这个戴着黑色方框眼镜的程序员来自湖北,目前在一家支付公司工作。早在2008年高中毕业的时候,他就来过南山。

"我老家农村的，十八线小地方，就想着出来看看。"王安可说，那会儿他就整天在街上闲逛，等到工作时间，街上连个人影都没有，他抬头看着高楼大厦，就在想人们都在里面干嘛。那个时候，他连软件是什么都不知道。直到他进入IT行业成为一名程序员，先后在山东齐鲁软件园、武汉光谷软件园待过，也曾去过上海、东南亚，2013年来到深圳后一直没再离开。

他和刚结婚一年的媳妇租了间两室一厅的房子，每个月房租3 000块，用他的话来说，"日子就这么凑合着过"。当提到要不要孩子这个问题时，王安可沉默了好一会儿，然后慢慢叹了口气，"明年吧，去东莞或者惠州看看房子"。

有天夜幕下，王安可走在南山科技园东边的大冲城市花园小区围墙外，突然停下脚步，抬手指着一户亮着灯的人家说，"就这样的，八九万（一平方米）呢"，随后他盯着看了好一会儿。

2016年，美国经济咨询公司Longview Economics的一项研究显示，深圳房价高居全球第二；国际货币基金组织（IMF）发布的全球房价观察报告（Global Housing Watch Report）指出，2016年上半年全球各大城市的房价收入比深圳位居第一。

印小龙喜欢深圳这座城市，"环境好、气候温暖、医疗条件也很先进，对人才也有不少优惠政策"。但他不确定，深圳是否会向他张开怀抱。

这里的房价让他实在为难，孩子在2017年9月出生后，生活压力更大了。"小孩子一个月吃四五罐奶粉，进口奶粉四五百元，还有尿不湿，花费很大。没买房子，还能承受，一买房子怎么办？买个奶粉都纠结半天，日子真的没法过了。"

但孩子的出生也让他感到一种责任，他打算留在南山继续打拼几年，将来再作打算。

傍晚时分，南山的街上总能看到一辆接着一辆的大巴，都是企业的接驳车。下班的人群依旧走得飞快，但神情比起白天已经缓和了很多，人群中不时能听到闲谈和笑声。6点半，高新园和深大两站地铁口准时开始限流，地铁口卖小吃的摊贩忙得抬不起头。

入夜，二进制桥的桥身上亮起了霓虹灯，蓝光透过一个个镂空的数字照射出来。

在南山区，上市公司多达144家。这一数据在全国区（县）中排名第一。光是在2017年，南山区就新增了22家上市公司，相当于每17天就有一家公司上市。

许多创业公司正经受着生与死、兴与衰的考验。有个段子说："我有一个很棒的想法，就差一个程序员了。"事实上，程序员是最不可少的一环。他们被贴过各种标签：穿着、收入、性格，甚至是猝死。有的程序员不以为意，有的还会跟着一起自黑。

一位受访者就饶有兴致地念了一段："十年编程两茫茫，工期短，需求长。千行代码，bug何处藏。纵使上线又如何，新版本，继续忙。黑白颠倒没商量，睡地铺，吃食堂。夜半梦醒，无人在身旁。最怕灯火阑珊时，手机响，心里慌。"

"在南山写代码是一种怎样的体验？"

一位姓曹的受访者用三句话概括说：我们在创造一个时代；我们身处浪潮之巅；我们在改变世界。另一位受访者则淡淡地说：这就是一份工作，养家糊口的工作。

（应受访者要求，文中人物均为化名）

采访、撰稿／沈文迪、王倩
原载《澎湃人物》2018年1月29日

单身女性生育权之困

"它改变了人们对自身和人类最亲密关系的理解。它影响着城市的建造和经济的变革。它甚至改变了人们成长与成年的方式,也同样改变了人类老去甚至去世的方式。"

它是单身潮。这段话出自纽约大学教授艾里克·克里南伯格所著的《单身社会》一书。单身潮是美国自婴儿潮以来最大的社会变革,并引发全新的生活方式。

刚刚过去的11月11日,在电商将它变成购物狂欢日之前,它被网友赋予了"单身节"的含义。据民政部统计,中国独居人口从1990年的6%上升到2013年的14.6%。而2010年第六次人口普查显示,30岁及以上未婚女性比例比十年前增加近2倍。

不得不承认,相比男性,单身女性往往负重更多——她们一面扛着经济独立、精神独立、自主意识提升的大旗,一面作为统计学意义上的"少数群"遭遇社会观念和制度层面的壁垒。

而对于单身妈妈来说,来时之路尤其艰辛:社会抚养费、孩子的户口、环境的歧视与忽视、人工辅助生殖技术的法规禁区……

单身女性能否在被保护的环境下生育、养育第二代?她们还在等待答案。

"自由选择权在谁手里?"

十二三岁时,梁曦薇把所有的童年愿望写在一个记事本上。最上面的

第一条就是：我要在20岁之前做妈妈。

发现自己怀孕时，她还不到19岁。是意外，但她迅速做出决定："怎么样也要生下来。"男朋友只比她大一岁，反复犹豫几次最终还是劝她打胎。正值感情倦怠期，吵来吵去她干脆提了分手："孩子我自己搞定。"

没有告诉父母，她去投奔了在深圳读书的表姐。孕期准备、生产过程、法律政策、胎教……待产的日子里，她在图书馆把空缺的知识全部补了回来。

怀孕七个月时，梁曦薇的母亲才发现，当场开始哭，父亲则让她第二天就去医院堕胎。梁曦薇难过，却没有妥协，这成了她至今从未后悔的选择。"我觉得（儿子）是上天给我的，我也一直很为我儿子自豪。"说起这些话，她眼里都亮着光。

九儿出生后十个月零六天，突然扶着椅子迈出了蹒跚一步，玲姑娘瞬间就在朋友圈发布了这一"历史性记录"，幸福感满溢。

27岁之前，她压根没想过结婚，也没想过生孩子。作为一家青年旅社的老板娘，玲姑娘交了许多朋友，活得自由自在。托朋友们的福，干儿子干女儿倒是一大堆，"九儿"完全是顺下来的排名。

孩子的父亲在知道她怀孕之前，就有了分手的想法，玲姑娘成了"被甩"的那个。生下九儿是她主动的选择，"可能是因为老了"。说这话时，她哈哈大笑，一对圆形大耳环跟着在黑直的长发中乱晃。

她带着孩子去四季如春的云南重新开始生活。如今旅游淡季，她就背着儿子四处走访朋友，每天拍照在朋友圈发"带着九儿看世界"的照片。在一个活动现场，马户对着玲姑娘臂弯里的九儿左看右看，忍不住感叹了好几遍："太可爱了！"马户今年26岁，"路上碰见一个可爱的小孩就想上去打个招呼"。旁人夸她抱孩子的姿势娴熟，她回答："因为经常抱……见个孩子就想抱抱。"

由于女同性恋的身份，马户没法结婚，也没有孩子。她和玲姑娘因《中国"单身"女性生育权现状及法律政策调查报告》而结识，报告由三个本土机构组成的"单身女性生育权关注组"发布，她们都是被访谈案例。

这份报告中"单身女性"的定义主要参考国家法律政策中的规定，指

"不在婚姻关系存续期间"的成年女性。报告采用问卷调查、深度访谈、文献研究等方式,历时半年完成,其中在线问卷调查(2 801份有效问卷)结果显示,在支持单身女性生育这个问题上,持同意态度的女性比例是男性的2倍以上。

李英是不婚主义者。在她看来,"不结婚就不能生小孩"的观点是一种歧视:"我不一定生,但不代表你就能不让我生。这不是我生或者不生的问题,而是自由选择权在谁的手里。我要的是这个权利。"

已是14岁男孩母亲的梁曦薇态度则更审慎。考虑到可能有生育时任性、生完了又不负责任的单身妈妈,社会又缺乏有效的儿童保护机制,她忧心忡忡:"总归小孩是无辜的,每个决定都会影响小孩的未来……"

"我愿意交罚款,可想交都交不上"

为给儿子办户口,梁曦薇奔波了五年,总结出四个字:有血有泪。

一般程序中,已婚妇女怀孕后领取"准生证",生产后到所在地妇幼保健院,凭借医院的《出生医学记录》和父母双方身份证领取《出生医学证明》。公安部门再根据双方身份证、结婚证和《出生医学证明》为孩子办理户口。如果是计划外生育,办户口之前还需缴纳社会抚养费。

这一切顺理成章的前提是"已婚"。单身女性怎么办?梁曦薇翻遍法律法规也没找到答案。孕期中,她只得托朋友在家乡广州找到一位妇科主任帮她产检和接生,算是绕过了"准生证"。

孩子出生后,她很努力赚钱:"如果这个惩罚(社会抚养费)是我和我儿子可以堂堂正正做人的前提,我愿意交罚款。"可是,缴纳社会抚养费的前提是"已婚的计划外生育"。

她又托了人问,答复说父母双方至少各罚八九万元(社会抚养费)。梁曦薇和孩子的爸爸早就彻底断了联系。她问,如果一共18万元,能不能这钱都由她来交?

答复是不行。

"(问我)你不知道人家是谁你跟人家睡?你跟他在哪里睡的你不知道?那你怎么跟人家睡的啊……反正态度好像就是,我没有歧视你孩子啊，我歧视的是你啊。"回忆起来，梁曦薇不无自嘲地笑起来，微微地摇了摇头。

孩子五岁时，她急得都快魔怔了，知道有人和"街道办"仨字搭边的都想抓住问怎么办。四处恳求，终于有人愿意帮忙，前提是要有《出生医学证明》。梁曦薇的户籍和分娩医院在广州的两个不同区，结果两边的妇幼保健院都称无法出具证明，"让我到公安局去问，让我去报警，（说）父亲一栏不能填空白啊，（孩子）不可能没有爸啊"。

暗地里她想过找人"冒充"，可"父亲"身份牵涉太多，她考虑再三又作罢了。没办法，又再次求人、托人，直到2007年，在缴纳了6万多元社会抚养费并去司法鉴定所做了一轮亲子鉴定后，孩子的户口终于赶在上小学前办了下来。

和梁曦薇比起来，玲姑娘幸运一些。

她赶上了全面放开二孩政策实施，孕检没有托人，拿着病历本直接去了湖南省妇幼保健院，没有遇到障碍。

办理孩子户口时，她辗转联系到家乡湖北的户籍警，得知2014年有未婚妈妈为孩子成功办户口的先例，但《出生医学证明》必须是湖北省内的，否则就需要亲子鉴定。

2013年年底，《湖北省〈出生医学证明〉管理办法》出台，其中规定："湖北省境内出生的婴儿均应依法获得国家统一制发的《出生医学证明》，各签发机构与管理机构不得以结婚证、生育证等作为签发的附加条件。"于是玲姑娘决定回老家生。

孩子满月时，她亲自去办了户口。"很快就拿到了。"玲姑娘觉得，自己是众多单身妈妈中运气最好的一个。

2016年年初，国务院办公厅印发《关于解决无户口人员登记户口问题的意见》，其中规定："政策外生育、非婚生育的无户口人员，本人或者其监护人可以凭《出生医学证明》和父母一方的居民户口簿、结婚证或者非婚生育说明，按照随父随母落户自愿的政策，申请办理常住户口登记。"

在律师燕文薪看来，理论上，国家的这一规定解决了户籍制度与社会抚养费之间挂钩的问题。但这种脱钩，也在某种程度意味着社会抚养费丧失"强制力"。

前述《中国"单身"女性生育权现状及法律政策调查报告》指出，实际执行中，新生儿办理户口仍然常常面临困境。此外，生育女性需要缴纳高额社会抚养费，对单身妈妈来说也是很大的负担。

中国人口学会会长、中国人民大学社会与人口学院院长翟振武解释说，社会抚养费相关的法规、政策都是建立在"已婚夫妇超生"的前提之上，单身女性生育由于实践中数量较少，并无明确规定，"这个问题确实值得讨论"。

比如像梁曦薇这样未婚生育的母亲可能要面对缴纳高额抚养费的问题，甚至是"想缴都没资格缴"。

"国家放开二孩意在鼓励生育，如果按比例算，单身女性生一个小孩也没有超出计划。"在上海社会科学院性别与发展研究中心副秘书长陈亚亚看来，目前政策对单身女性关怀力度还不够，"不仅社会抚养费应该废除，单身女性如果有困难的话，还应该给予经济补贴"。

无保障的生育配套权利

在律师燕文薪看来，单身女性真正需要的不是自然生育权——"想生谁也挡不住"，而是法律规制下与生育配套的一系列相关权利。

"就算我不结婚，我也交生育保险，凭什么生孩子的时候就不能享受？"李英觉得，这是社会对单身者不友好的体现。她不是没有交过男朋友，只是最终发现自己是对自由空间要求很高的人，不适合太过亲密的关系。

自从打定主意不结婚后，总有人"关心"她，然后质疑她的选择。李英因而对"选择的权利"分外敏感：姐姐和弟弟都有孩子，孩子们喜欢她，她也喜欢他们，但生小孩对她来说并不是人生必选项，只是一种可能性。她希望的只是这种可能性能够得到尊重和保障。

但如果不结婚而生育，她可能面临一系列"额外负担"：无论是社会抚养费，还是由于无法享受产假可能导致的失业，包括独自抚育孩子的费用，对李英来说都难以负担；而在国内，类似使用辅助生殖等技术于她更是不可能的事。

国家卫生部（卫计委）修订的《人类辅助生殖技术规范》明确规定：

"禁止给不符合国家人口和计划生育法规和条例规定的夫妇和单身妇女实施人类辅助生殖技术。"这意味着单身女性无法求助于人工授精、试管婴儿等技术手段。对李英而言,做母亲的唯一途径只剩下自然受孕,然后祈祷和玲姑娘一样好运气。

女同性恋者马户连"自然受孕"这条路也没有了。她将唯一的希望寄托在自己的户籍所在地。

2002年,吉林省人大通过的《人口与计划生育条例》中第三十条规定:"达到法定婚龄决定不再结婚并无子女的妇女,可以采取合法的医学辅助生育技术手段生育一个子女。"这是地方《人口与计划生育条例》中唯一允许单身女性采取医学辅助生育技术的。2011年的修订本中也保留了这一条。

但2016年5月起,马户连续咨询了吉林省四家医院的精子库,得到的回复无一例外:按照国家卫生部的规定,必须要有结婚证,单身女性不能申请。

她想不通,自己甚至都还没来得及暴露同性恋的身份,只因单身就已被拒绝,前述《人口与计划生育条例》难道完全无效?抱着疑问,她向吉林省省政府、省公安厅、省计生委和吉林大学白求恩第一医院递交了政府信息公开申请。

在吉林省卫计委,马户了解到,单身女性要先到社区开具一份证明,然后就可以到医院申请人工授精。"我问,如果办好这个证明,医院还是拒绝配合的话,怎么办?工作人员说,那你再到卫计委来,我们一起想办法。"

我国《立法法》第九十五条第二款规定:"地方性法规与部门规章之间对同一事项的规定不一致,不能确定如何适用时,由国务院提出意见,国务院认为应当适用地方性法规的,应当决定在该地方适用地方性法规的规定;认为应当适用部门规章的,应当提请全国人民代表大会常务委员会裁决。"

吉林省《人口与计划生育条例》相关规定通过已有14年,与《人类辅助生殖技术规范》相抵触的问题至今未被提出,国务院和人大常委会也没有相关意见和裁决。马户没了辙,她说,只能再等等看吧。

"可以冻精，却不能冻卵"

相比起人工授精，李英更关心卵子冷冻。会不会用到是一回事，甚至成功率多高也不重要，她已经30岁了，只想为自己加一道生育保险。

2015年7月，演员徐静蕾公开在美国冷冻卵子引发关注。冷冻卵子被划入"人类辅助生殖技术"，按照国家卫计委规定，单身女性不被支持使用该技术。

据澎湃新闻此前报道，自1986年世界上首名慢速冷冻卵子宝宝诞生至今，全球已有百余个经"冻卵"复苏技术成功孕育的试管婴儿。这些孩子的未来健康状况如何，会不会受到"冷冻卵子"的潜在影响，目前尚无精准的数据予以佐证。

复旦大学附属妇产科医院医生张国福此前接受澎湃新闻采访时表示，冻卵在取卵、保存、冷冻、解冻等各个环节都存在风险。尤其是保存环节，一定要在不间断的恒温条件下存储，医院在管理上更不能张冠李戴，搞错标签，也并不是所有女性都适宜冻卵。

但在李英看来，冷冻卵子距离实际生育还有很长距离，在冻卵环节就将单身女性排除在外，可能加大女性的婚姻焦虑，因为"太晚结婚"的担忧本质上就是对错过生育年龄的恐惧。

"（男性）可以冻精，（女性）不能冻卵，这是不是性别歧视？"她反问道。根据《人类精子库基本标准和技术规范》，男性可以出于"生殖保健"目的，或"需保存精子以备将来生育"等情况下要求保存精液。

像明星徐静蕾那样，一些有经济实力的单身女性选择"海外冻卵"，与李英同龄的吴露西就是其中一例。

她从斯坦福大学毕业，年收入30多万元，刚刚通过一家海外冻卵初创公司与美国医师进行完第一轮咨询，打算利用圣诞假期赴美进行冻卵操作，"当作送给自己的礼物"。

由于有自己的公司，吴露西工作时间不太固定，也常有应酬，尚无暇考虑"稳定"。她说："恋爱是我的必需品，但婚姻不是。"

孩子也一样。她认为，生孩子一定要是因为想生，而不是迫于周围人的压力，不是空虚寂寞，更不是为了绑住男人。

五年之内，吴露西都没有生孩子的打算，只怕错过生育时期后会突然改变主意，所以"花钱做个准备"。

陈尔东就是前述海外冻卵初创公司的创始人，在上海筹备半年，他已经积累了十几位"种子客户"，其中超过一半有海外经历。他的客户群体定位很清晰：30至40岁，受过良好的教育，有一定的经济能力，生活方式和思维视野上"都比较有前瞻性"。

赴美冻卵的成本约3万美金，服务费在5万人民币左右。陈尔东坦承，公司刚刚起步，用户也还需要培养，但至少在上海这样的城市，还不愁找不到目标客户，"一年做到2 000个女性，我觉得还是指日可待的"。

有苹果公司等科技巨头为女性员工免费提供冷冻卵子技术案例在先，陈尔东并不担心这种服务的伦理问题。在他看来，（即使禁止）地下的市场仍然存在，"黑市交易"反而更危险。

"我有爸爸吗？"

"如果你当初不把我生下来，就不会这样。"这是梁曦薇预设儿子会跟她说的最狠的话，尽管从未发生。她只是记在手机记事本里，时常翻出来提醒自己。

"什么事都跟我儿子商量，唯独把他生下来是没有商量过的。我对他是有这个愧疚感。"她说。

四五岁的时候，儿子问她："我有爸爸吗？""当然有啊，谁都有爸爸。""那我爸爸在哪里？""不知道。……等你长大之后一起去找他好不好啊？"

如果儿子成年后想见父亲，梁曦薇愿意给予最大支持。她觉得自己有做单身母亲的权利，儿子也有认亲生父亲的权利。也因此，她并不支持对单身女性放开人工授精技术："没有家庭本来已经是个缺陷，那他连爸爸是谁都是个问号的情况下，这个缺陷就有点太大了吧。"

李英强烈反对"缺陷"这个说法，她认为按这个逻辑，所有采用非生父精子出生的孩子都有"太大缺陷"，与母亲是否单身无关。"为什么健全的家庭就一定要有一个爸爸、一个妈妈？家庭的本质是什么，我觉得是可以探讨的。"

"为孩子提供好的成长环境、足够的爱与陪伴。"这是玲姑娘的答案。说这话的时候，随时一脸笑容的她格外严肃。她说，现在有很多"婚姻内的单亲妈妈"，丈夫什么都不管，女性结了婚还是独自抚养孩子。

原生家庭和朋友是玲姑娘强大的后盾。"他（爸爸）就说我生了你，只是把你带到这个世界上，但你怎么过是你的权利。如果说你过得很开心，我干嘛不支持你呢？"玲姑娘语调轻快地转述，一脸坦然。

她的两个男性好友认了九儿当干儿子，给了孩子远比生父更多的情感支持。给九儿在老家办满月酒时，她找了其中一个好友一起回去。这也是为父母考虑，自己在外无所谓，父母还要在村里一直生活，她怕村里人说老人家闲话。

闲话，梁曦薇就听得多了。如今儿子已十四五岁，还常有不熟的男人向她明示暗示。"他们会首先判断你是非常随便的，这是对每个未婚妈妈最大的伤害。未婚生子不代表我放荡，我只是早一点当了妈妈。"

但她又话锋一转："如果你要做特别的事情，你就要承担相应的代价。"她比其他单身女性多十几年的养育经验，也深刻意识到社会在文化环境、教育制度、社区安全等方面还有很大不足。

"从一般舆论环境来说，没有父亲的孩子可能会面临很多质疑。"学者翟振武在"单身女性生育孩子"这个问题上显得态度审慎，"毕竟一夫一妻的家庭结构是长久以来形成的，单身女性带孩子的家庭，从客观条件来说可能不如一夫一妻家庭，当然不是说双亲家庭的孩子就没有问题，只是说单身女性带孩子出现问题的概率更高一些……"

当了14年的单身妈妈，梁曦薇也认为，与权利相对应的是责任，如果没有家人朋友的支持，没有足够的心理准备在不完善的社会环境下担负起全部的责任，就不要急着要求权利。

在翟振武看来："价值判断没有谁对谁错，例如有人认为没有父亲也没关系，也是一种观念。但如果法律有规定，就只能按照法律来做。法律是约定俗成的一种规则，也是道德、民俗的集中体现。希望改变法律规定的想法也没有对错之分，但要看社会观念发展到什么阶段，大众能不能接受。"

但他认为，首先要厘清的是："孩子生下来，各种权利都是平等的，应该教育大家去理解和包容。法律没有规定要处罚的，那大家就都不要处罚；没有规定可以歧视，那就大家都不要歧视。"

（应采访对象要求，文中玲姑娘、马户、李英、吴露西均为化名）

采访、撰稿/章文立、周梦竹、黄芷欣
原载《澎湃人物》2016年11月26日

潮汕难民遗殇

那是一张泛红的、破损的卖身契,被林阿金轻卷起来装在一个长条盒子里。

契约上的字迹清晰可见:"立出卖亲兄生女字人吴林氏缘因生活困难,百物昂贵难以度日,只昔情原将兄亲生女名叫林阿金,年方八岁,七月十七日干时建生托媒人送于上杭城内……"

卖身契是林阿金寻亲的唯一线索,按照上面的出生年份推算,她今年80岁。

林阿金是在抗日战争期间从潮汕地区逃难来的。《汕头史志》记载,民国二十七年(1938年)九月间,日寇集中海陆空三军,由大鹏湾强行登陆,攻陷广州后,民国二十八年(1939年)夏历五月初四日下午二时许,日敌海陆空同时发动,飞机二十余架,飞汕、澄、潮各县轰炸。

从1941年起,数以万计的潮汕难民被迫离乡,涌向粤东、闽西、赣南等地,俗称"走日本"。研究者统计发现,超过30万人加入了逃难大军,逃往江西的潮汕民众有10多万人,逃入闽西的有10万至20万人,其中大部分是被父母或卖或送的孩童。

战争制造了无尽的分离和创伤。在福建上杭县,生活着许多像林阿金一样的老人,年轻的时候,他们没能回去寻亲。大半个世纪后,子女都长大了,离家走远了,这些老人还在找自己的家。

生离70余年

林阿金的家在巷道尽头,十分安静,门口的朱缨花正开得耀眼,在微风中簌簌拱动。屋子里光线暗黄,像一个复古的画框,老人正倚在桌边收拾午饭后的杯盘碗碟,客厅的茶几上准备好了新鲜的浆果和茶点。

坐定下来,林阿金开始回忆日军轰炸那天的情景,一边断断续续说着,一边快速比画着手势。

偶尔,这个头发灰白、面容苍白、身材小巧的老妇人,合起枯瘦的双手,十指紧扣,接连击打自己的头部,就像在模拟被炸飞的残骸。静默良久,她突然吐出一句:"太惨了。"

75年前的农历十月初七,14岁的男孩邱千祥亲眼看见父母、哥哥和叔叔被日军飞机炸死。

飞机飞得很低,一道明亮的白光从空中滑入地面,随后浓烟四起。邱千祥家里的房子烧毁了,潮州到汕头的火车铁路都被炸烂了,整座城市坑坑洼洼。他嫁出去的姐姐生死未卜。

在邱千祥的印象里,那是灰蒙蒙的上午,街上空荡荡的,一片死寂。

他独自一人在街上流浪,乞讨。突然,一个年轻的男人走到他身旁,说带他去一个很好的地方。他什么也没问,跟着男人走了。

他和那个男人一起,穿过城市破烂的街道,向一条河边走去,沿途尽是烧焦的味道。那人带着他上了船,漂荡两天两夜到了广东松口(注:广东梅县区下辖镇)。上了岸,穿过丛林,又翻山越岭,光着脚不知走了多久,一路只见黄土崖。

想起以前的事情,邱千祥止不住地掉眼泪。当年,他们辗转到了福建,他被带到上杭县城西大门边的石国官,乌压压一片,像牲口一样被人挑选。他被稔田镇枫山村的养父买回了家,改名廖和庭,在那里生活了72年。

被人带到上杭时,林阿金只有8岁左右。她依稀记得,生父在潮州一个镇里卖豆腐,后来死在日本人的刺刀下。

离家的前一天,母亲领着她去了村里的寺庙,烧香跪拜祈福。第二天寅时,她跟着一个人到河边坐上了轮渡,载着十七八个人的船,在深蓝色的水里走走停停,她不知道船将开往哪里。

后来她才知道,终点叫上杭。那时她又饿又瘦,脚上全是水泡,一只眼睛也看不见了,连被挑选的资格都没有。一对年老的夫妻看她可怜,把站在街边的她领回了家,当作童养媳养大。

异乡弃儿

这不是一个秘密。

小城向南40公里外的太湖村,79岁的老人黄宝州所在的太湖村,有十几个外乡人在战乱时期逃到这里。

小时候,村里的孩子一直骂黄宝州"野娃子",大人都叫他"学佬"。他跑去问父母,父亲说他是"从天上掉下来的",母亲说他是"路上捡的","从别人那里抱养的"。

黄宝州不信,继续追问,结果被父亲打了一顿。后来他再没问过,心里却扎下了一根刺,越长越大。

直到村里一起逃难来的老人告诉他,他们是被人贩子带上了同一条离开潮汕的船。那时大约是1943年,黄宝州刚会扶墙走路,一直哭泣不止,逃难的老乡从人贩子手中抱过他,哄他。在上杭县的人口贩卖市场,他们被人挑选买卖。

贩卖布匹的养父此前从没有吐露过这些,直到黄宝州长到30多岁。养父告诉他,他是从人贩子手中花了100个花边银元买来的。当时黄宝州可能只有3岁,白白胖胖,和其他形容枯槁的孩童比起来,显得格外可爱。养父一眼就看中了他。

逃难时他太小了,没有留存任何与家乡有关的记忆。即使是那些年纪稍长的人,在70多年后,记住的事情也越来越少了。他们说一口流利的客家话,看上去和当地人没有两样。

陈秋妹的记忆中,家乡"汕头"由一些片段组成:一层瓦房的家,没有围墙,靠近大海,距离海边300米左右;家中有父亲、一个姐姐和一个弟弟,母亲过番了(下南洋);一日三餐以吃鱼为主;日军轰炸时,飞机飞得很低……她已经记不得家里的门牌号,只记得最后都炸成了一堆废墟。

老人们的出生年月也是模糊的,失散年龄和现有年龄前都只能加上"大约"。著有《潮汕难民口述史调查》的上杭县图书馆馆长郭晓红说,当年的小女孩,如果是卖作童养媳,往往会把年龄报大一两岁。

陈秋妹被人带走时大约9岁。她记得,那一天突然响起隆隆的轰炸声,远处黑黢黢的浓烟一片。父亲急匆匆地进屋取出一对手镯，套在她的两只手上，反复说："留在那里会被打死，现在要送你去有饭吃的地方。如果还活着，以后要记得回家。"

说到这里，陈秋妹哭了。她用了现在时，仿佛一下回到9岁那天，"一切都灰飞烟灭了，我亲眼见过"。她的语气加重了一些，似乎想让听她说话的人确信这一点。

陈秋妹跟着一个她不认识的人和另外三个孩子，走了一段路，坐了两天汽船，再走路到了上杭县。在这里，她被卖给了一对夫妻，长大后经人介绍嫁给了同村一个男人，生下六个孩子，生活了78年。

年轻时，家里穷得揭不开锅，丈夫拿走她父亲留给她的镯子到集市上换了几袋大米。就这样，陈秋妹失去了唯一的寻亲信物。她曾经去找过那个人贩子，想从他口中得到一些家乡和亲人的信息，但那个人守口如瓶，至死都未透露一字。

和时间赛跑

日复一日，炮弹夺去了许多人的生命，那种摧毁性的后果，幸存者也未能幸免。

逃难到闽西一带的潮汕人，在当地被称为"学佬"。这是一个有别于当地人的称呼，跟随了黄宝州70多年，听来总不是滋味。郭晓红对潮汕难民的认识就是从这个称呼开始的，小时候，大人们这样叫这些异乡人，她也跟着叫。后来，她长大了，他们也老了，离世的越来越多。她渐渐有了危机感，深感那段历史大约要随着老人的离去而消逝。

2011年，郭晓红开始搜集他们的信息。她寻访了上杭县各个村庄，几乎每到一处，村民都能准确指出老人的家，一个接一个，像滚雪球一样。几乎每个上杭县的村庄都有"潮汕难民"。最后郭晓红收录进来的将近一千人，目前生活富足、中等和困难的大约各占三分之一。

她知道还遗漏了很多，不少人已经离世。在她接触的老人中，当年离开家乡时最小的一两岁，最大的十六七岁。

现在都是一张又一张布满皱纹的脸。提起日本人和那场战争时，他们的面容大多时候是平静的，像在讲别人的故事，可话题一转到亲人，许多人抑制不住地哭泣。他们共同的记忆是，盘旋在城市上空的日本飞机狂轰滥炸，遍地都是遗体，幸存者饥饿难耐，只能啃树皮充饥。

"大部分人都是家里有好几个孩子，为了活下去，父母卖掉了孩子去逃难"，郭晓红说，这些老人善良、乐观，他们把苦痛压到了内心深处，才能继续生活下去。

几十年后，他们中的多数婚丧嫁娶，柴米油盐，像普通人一样。一些人的后代离开了上杭，去往更大的城市。

人生即将退场，他们想弄清自己从哪里来。2017年年初，上杭县阳光公益协会秘书长周家远发起了一场"梦归潮汕"的寻亲活动，循着郭晓红书中的地址，他和一些志愿者去到上杭县的23个乡镇，为寻亲的老人搜集家乡的线索。

这些记忆大多是零散、破碎的，往往要很长时间，才慢慢浮出，一点点拼凑出来：一句潮汕话，一口井，一座寺庙，一条河。

半年时间里，先后有200多人主动找到周家远登记信息，他们平均年龄在80岁左右。这是一场与时间赛跑的行动。寻亲的急切写在老人们的脸上，有会一星半点潮汕话的老人买来方言字典，戴着老花镜查找那些词语的释义，像破解回家的密码。

半年多以来，寻亲成功的有23位老人。"梦归潮汕"寻亲活动的队长钟桂香说，也有少数老人不愿再找，或是因为年迈记忆太过模糊，或是因为子女担心后续财产分配产生纠纷。

南 下 寻 亲

抗日战争结束后，陆续有一些从潮汕地区过来寻亲的人。郭晓红说，寻亲潮分别出现在20世纪五六十年代和八九十年代，"现在是最后一拨了"。

2017年的重阳节，从潮州来了10位寻亲志愿者，帮村中的老人找家人。邱千祥向他们提供了几个线索：家门前有一口塘，一棵榕树，一座箱子桥。

三天后，志愿者找到了这个地方。不久，邱千祥带着儿子南下潮州，见到了姐姐的女儿和侄子，遗憾的是，姐姐已经去世。战争中烧毁的房子还在，而邱千祥已经不会说潮州话，只是和亲人拥在一起，默默流泪。

儿女都在上杭，邱千祥的晚年打算在这里安度。但他想好了，只要还能走路，希望每年都回潮州一次，见见亲人。

大多数人还在寻亲的路上。每次见到从潮汕来帮人寻亲的民间团体，陈秋妹都忍不住流泪。她的丈夫已经去世20多年了，过去她很少提起自己的身世。

潮汕来的人让她泛起了希望，她可以用潮汕话和他们交流，这让她愈加有了盼头。儿子赖洲照想为母亲圆梦，只要有寻亲活动，他都会跑到现场登记。但登记三次寻亲信息都没有找到后，陈秋妹有些沮丧了，"别去找了，找不到了"。过了一会儿，她又问儿子："找到了吗？"

黄宝州寻亲的发端是几十年前的出身审查。初中毕业后，他去往沈阳军校学国际钳工，先后在南京和内蒙古服役，正值"文革"期间，需要审查家庭成分，黄宝州提出自己是广东人，希望部队帮他找到亲人，证明身份。

寻人无果而终，但他却结下了心结。1972年，从部队转业的黄宝州一路南下，开始了漫长的寻亲。所有关于家乡的线索，都来自当年和他一起逃难到上杭的人，以及他名字里的"州"字。

他记得，第一次去潮汕，坐船沿着汀江顺流而下，两岸是大片茂密的竹林，四周群山环绕，星星比平时看到的更加闪亮。到了梅州，汀江换名为韩江，这些景物不曾在他记忆里，但他却一直流泪。

船长是潮汕人，两人仿佛他乡遇故知，一路上喝茶聊天很是投缘。说起自己的身世，黄宝州说想去潮州看看有没有亲人。

船长告诉他，自己也有个妹妹，叫王添妹，战乱时被卖到福建。黄宝州一听名字，想起村子里有个叫添妹的——后来，船到达潮州后，船长就折返回福建找妹妹，果真找到了。

黄宝州自己的寻亲却并不顺利。同船的乘客此前告诉他，当年潮汕30万人只留下2万人留守空城。他跑过了潮州的许多大街小巷，问了许多人，都一无所获。走在潮州的街上，他有一种恍惚的熟悉感，眼泪不由自主地就要往下掉。

那次回来之后，黄宝州画了一幅画，一条鱼从渔网纵身跃出。"我就是那条鱼，在这场灾难中死里逃生。"

此后的30多年里，黄宝州去潮汕地区跑过七八次。每次只要有一点线索——谁家的弟弟丢了，谁家的哥哥和自己长得像，他立马一个人跑过去，漫天四海地找，"发疯了一样"。

可总是从希望跌落到失望。

20世纪80年代，在一家机械厂工作的黄宝州到古田出差，和他同住一间房的是从潮州来的锁厂厂长杨正平。两人一见面，杨正平就盯着黄宝州看，面露惊讶。

"你是哪里人？怎么看起来很像我一位朋友的弟弟？"

"我长在上杭，出生在潮汕那边。"

"是吗？我一个朋友的弟弟是1943年逃难卖到上杭的，当时只有3岁。"

杨正平联络那个姓周的朋友后，让黄宝州寄了张自己的相片过去。几天后，黄宝州收到了回信，打开一看，还是自己的照片，并附上了"保重"二字。

十几岁时，养母把卖身契交到了林阿金的手中，告诉她是哪里来的。她不识字，但动了寻亲的心思。林阿金的女儿小怡记得，从小母亲就讲她的身世，隔一段时间就去翻看那张卖身契，一边看一边喃喃自语。家人都知道，这是她的心愿。

十多年前，儿子带着林阿金去往潮州的很多地方，一个个寺庙打听，但都不是记忆中的样子。后来，他们在当地报纸上登载了寻人启事，也杳无音信。

望江寄思泪

经历过战乱、伤痛、饥荒的老人在晚年，依然忘不了自己是难民和弃儿。零散的记忆像摇曳飘忽不定的梦，缠绕他们一生。

年岁越大，找到亲人的希望也愈发渺茫。黄宝州寻亲的念头开始动摇了，但心里面的那根刺却拔不掉了。

2007年，他在院子里修了一间思乡园，一个人在里面住了十年。房间外种着各种植物，立着几块碑，上面刻着他写的诗：

异乡四十年，绵绵思远道。
望江寄思泪，忆别双悲悲。
岸芦白茫茫，亲人在何方？
父母盼人归，相去路阻长。

在黄宝州的村子里，有三个逃难来的老人生活贫穷，一辈子没有嫁娶。黄宝州说，他现在最大的心愿是在汀江、韩江、永定河三条河汇流的那片田地上盖个养老院，给他们居住。

如果没找到亲人，死了也想家，黄宝州说。

到了80岁的高龄，林阿金仍无法摆脱这种无边的飘零感。她的两条腿不好，筋绷得很紧，不能走太远的路，骨头会痛。大多数时间，她都只能在空荡荡的房子里走来走去。患有阿尔茨海默症的丈夫坐在沙发边的轮椅上，她忍不住埋怨他，在年轻时不支持她回潮汕寻亲。

林阿金说，等自己死后，要把骨灰洒在上杭的汀江里，流向下游的韩江。

陈秋妹的亲人仍然没有音信，她常常自言自语："别人的都找到了，为什么我就找不到。"心里的火苗渐渐湮灭，"我这么老了，找不到了，也不知道他们是死是活。"

陈秋妹瘦小的身子陷进了一张红木椅子里。她的头发全白，牙齿掉光，但她还记得父亲的名字，一遍遍用潮汕话重复说着"凉树"（音）。

前不久，"梦归潮汕"的志愿者告诉陈秋妹的儿子赖洲照，在龙岩的武平县，有一个正在寻找亲人的老人提供的信息和陈秋妹的情况很相似，这个88岁的老人名唤陈秋莲，曾有一个妹妹和一个弟弟。

赖洲照打算抽空过去看看这个老人。他在手机上打开陈秋莲老人的照片，放到母亲眼前问："你看像吗？像你姐姐吗？"

陈秋妹盯着照片，看了又看，憋着一口气，一句话也说不出来。

采访、撰稿/袁璐、李潘、郑江洛
原载《澎湃人物》2018年2月12日

流水线上的写诗者

"每次想到这两首诗,我都会汗毛直竖。"电影纪录片导演吴飞跃挽起右边袖子,露出手臂,"就像电流一样,每次碰到都会被再次触动。"

这两首诗是《纸上还乡》和《矿难遗址》,它们都与死亡有关。

2010年,深圳富士康"十三连跳"事件震惊世界,当时在富士康打工的郭金牛被派去安装"防跳网",他用安装防跳网的手写下《纸上还乡》的诗句:

> 少年,某个凌晨,从一楼数到十三楼/数完就到了楼顶/他/飞啊飞。鸟的动作,不可模仿/少年划出一道直线,那么快/一道闪电/只目击到,前半部分/地球,比龙华镇略大,迎面撞来……

《矿难遗址》是煤矿工人老井纪念矿难遇难者的诗。老井在诗的题记中说:煤矿井下发生瓦斯爆炸后,现场产生的大量瓦斯及明火往往会引起反复的爆炸,有关部门只有下令砌上隔离墙以隔断氧气,避免爆炸再次发生。

"没来得及抢救出的许多遇难者遗体便被搁置了地心的黑暗里,一年两年,甚至更久。"

两年前的3月,财经作家吴晓波在《读书》杂志读到诗歌评论家秦晓宇的《共此诗歌时刻》,文中提到一个他此前没注意过的群体——工人诗人。

不久,吴晓波在杭州把上述两首诗拿给导演吴飞跃看,希望他将诗歌以影像的方式呈现。当晚,诗中的意象一直在吴飞跃脑海盘旋,他几乎睡不着觉。次日,吴飞跃回到上海,召集公司所有同事,为他们读了这两首诗。他向同事提出一个想法：将公司所有项目暂停，为工人诗人拍摄一部纪录电影，呈现他们的写作和生存状态。

梦想/现实

截至2016年12月10日，由吴晓波担任总策划，吴飞跃、秦晓宇导演的纪录电影《我的诗篇》已通过众筹的方式，在全国超过180座城市放映了900多场。

吴飞跃告诉澎湃新闻，影片将于2017年1月13日公映。在此之前，尽管影片获得上海国际电影节最佳纪录片金爵奖，也入围了台湾金马奖和全球最大的纪录片节阿姆斯特丹国际纪录片节，但直到2016年10月20日，《我的诗篇》官方微博仍在发布寻找宣发公司的消息："国内尚且没有一家发行公司对这部影片的全国院线发行有足够信心。"

2015年6月17日，影片主角之一邬霞受邀参加上海电影节"互联网电影之夜"。

走过50米的红地毯，让吴晓波觉得"是一件煎熬人的事"："我和邬霞、晓宇、飞跃站到签名大屏前面，摄像机们象征性地举起，然后快速地放下，几分钟后即将到来的李易峰才是真正的高潮。"

而吴飞跃觉得，这一刻如果拍下来会很有意思："走过去的都是像刘亦菲、宋承宪这样的大明星，我们像'闯入者'般进入一个被闪光灯包围的有点虚幻的世界。"

红地毯外的摄影师和粉丝前面还在尖叫，"突然看到我们就蒙了"。吴飞跃说："你能感觉到那气氛比之前冷了。"

个子瘦小的邬霞穿着深粉红色吊带裙出场，那是她在地摊上花70多块钱淘的，也是她最喜欢的一件。一旁的吴晓波发现，平时很少穿高跟鞋的邬霞走起路有些一摇一摆，不像那些女明星们那么步态优雅。

红毯环节结束，邬霞坐在刘亦菲和宋承宪身后，那场景对她而言如同梦境。"看到那些明星很激动，本来我就是追星一族，很羡慕那些明星的生活"，但她"没有机会也不好意思和那些明星交流"。

1996年，14岁的邬霞初二辍学，从老家四川内江来到深圳一家日资制衣厂打工。担心工厂不收童工，她借了表姐的身份证进厂登记。"从这一刻起，我是这家日资企业的假名童工，在年满18岁、拿到身份证之前，要过隐姓埋名的生活。"

刚进厂时，邬霞在包装部上班，每天站十几个小时，"脚底钻心般的疼痛，小腿肿得像馒头，每天晚上下班后，感觉双腿像灌了铅，躺在铁架床上时，双腿抽筋"。

然而，对自尊心极强的邬霞而言，精神的痛苦比身体的劳累更难忍受。每次领导用粗口骂她，她都会"觉得很没有尊严"，躲在宿舍或走廊里哭。一次，邬霞和同在工厂上班的母亲坐在坐桶上干活，厂里一个男翻译路过，嫌母女挡路，对着她们的坐桶一脚踢过去。"我就气得要命，觉得好像自己低人一等。"

到了晚上，邬霞的怨气仍无法排解，一向喜欢看文学杂志和言情小说的邬霞突然萌生创作的想法。她对母亲说："台湾的席绢和于晴可以写小说，我为什么不可以？"（编者注：席绢和于晴均为台湾地区言情小说作家。）

从此，她用在流水线工作的所有间隙写作，有时晚上11点多下班，她甚至写到凌晨三四点。写作成了她的情感出口和精神慰藉，也寄予着她改变命运的希望：她想通过写作得到一份类似编辑的"体面"工作。

她想象自己是言情小说中的作者或女主人公。在一本小说的封面上，女作家席绢背着一个单肩包，她便模仿席绢去买了个黑色单肩包。可那时她觉得自己是工人，"出去也不好意思背包，怕别人说又不是坐办公室的背什么包"。

爱美的邬霞常在夜市买20多元的裙子，但平日里她就穿着直筒式的工衣，不敢穿裙子出门，"觉得只有白领才适合穿那些漂亮衣服"。

她把吊带裙藏在床上，等半夜舍友都睡着了，就偷偷穿上，跑到工厂的洗手间。她拿玻璃窗当镜子，对着"镜子"转圈、摆造型。

"互联网之夜"播放了《我的诗篇》中关于邬霞的片段，邬霞的诗《吊带裙》以旁白朗诵和字幕的形式呈现在大屏幕上：

包装车间灯火通明/我手握电熨斗/集聚我所有的手温/我要先把吊带熨平/挂在你肩上不会勒疼你/然后从腰身开始熨起/多么可爱的腰

身/可以安放一只白净的手/林荫道上/轻抚一种安静的爱情/最后把裙裾展开/我要把每个皱褶的宽度熨的都相等/让你在湖边/或者草坪上/等待风吹/你也可以奔跑/但一定要让裙裾飘起来/带着弧度/像花儿一样/而我要下班了/我要洗一洗汗湿的厂服/我已把它折叠好/打了包装/吊带裙/它将被装箱运出车间/走向某个市场/某个时尚的店面/在某个下午或晚上/等待唯一的你/陌生的姑娘/我爱你

向澎湃新闻回忆写这首诗的过程时，邬霞描述了另一个梦境般的场景：在工厂熨烫吊带裙时，水汽袅袅升起，白色的迷雾如同仙境，她想象自己是诗中那位"陌生的姑娘"，穿上吊带裙，腰身被白马王子轻抚。

她常常这样边上班边构思作品，下班后就写下来，"这样会觉得工作的时间过得快一点"。

成年后，邬霞报名一家在某杂志广告页上号称"圆你明星梦"的艺校，从深圳远赴位于大连的艺校学编剧8个月，把当童工4年的积蓄全搭了进去，却没得到任何正规培训。从艺校回来，她在父亲陪同下，带着小说手稿来到广州一家出版社，编辑让回去等通知，等来的是"不宜出版"的信。她去书店抄下所有能看到的文学杂志、出版社的地址以便投寄作品，在一些刊物上零星地发表一些作品……通过写作改变命运的激情被这一系列经历消磨。

她至今记得第一次发表作品是在2001年年底，一本大众文学杂志刊登了她的一篇随笔，笔名梦遥。许多年过去，成为编辑、过上"体面"生活依然像个遥远的梦。

2015年6月21日，《我的诗篇》于上海国际电影节获最佳纪录片金爵奖。邬霞回到深圳，想要找一份文职工作。

她再也不想回工厂。

更多人通过纪录电影和媒体报道认识了邬霞，帮她介绍工作，但都因为没有学历失败了。"这一年多找工作，因为没有文凭吃了好大的亏。"

因为影片的影响，邬霞上了央视和凤凰卫视，成名后的邬霞反而看清了"写作不可能改变命运"，"写作是我的精神支柱，上瘾了，成了生命的一部分"。

流动/固化

《我的诗篇》中的其他5位主角——煤矿工人老井、爆破工人陈年喜、叉车工人乌鸟鸟、充绒工人吉克阿优、富士康流水线工人许立志，也曾有凭诗歌改变命运的想法。

2014年9月30日下午近两点，许立志在深圳龙华新区一座大厦的17层窗口一跃而下，去世时仅24岁。在此一个月前，许立志拒绝了《我的诗篇》的拍摄请求，称自己已经不写诗了。

得知许立志去世，秦晓宇和吴飞跃去了许立志在深圳那间350元一个月的出租屋，看到许立志写给深圳中心书城的一份自荐信。信中，许立志列举了他发表在刊物上的作品，并强调自己对书的热爱："我羡慕所有在书城上班的人，他们可以在书海里畅游，时常能见到来书城做活动的著名作家，获得更好的学习机会。"

2016年11月，在21世纪初就获得多项文学大奖并以"打工诗人"身份闻名的郑小琼，出任广东省作协主办的文学期刊《作品》杂志社副社长。

许立志的房间有郑小琼的诗集。郑小琼曾在深圳的一次诗会上遇到许立志，"他那时很活跃地参加诗会，我看过他的诗。同样年纪的时候，他比我写得好"。但郑小琼"害怕看见年轻人炽热的眼睛，希冀她告诉他们改变命运的方法"，"写'打工诗'的人数以万计，能如她一样改变命运的，少得可怜。她拿不出能传授他人的方法，更害怕自己的光环会遮蔽掉这真相。"（见张瑞、李晓晋：《流水线上的兵马俑——打工者许立志写作史》，《南方周末》，2014年11月）

陈年喜比郑小琼更悲观，在北京皮村接受澎湃新闻采访时，他多次用"铁板""铜墙铁壁"来形容社会阶层的固化风险。"你要想把这个铁板破开，真的是特别不现实。不同阶层的人可能会同情你，给你一些帮助，但很难让你进入他那个阶层。"

爆破工的经历让陈年喜走遍大漠荒山，工人诗人和《我的诗篇》主角的身份则让他有机会去许多大城市参加颁奖和展映，接触许多诗人、记者、艺人、企业老板，又赴美与名校教授交流。

2015年，陈年喜受邀参加一档名为《诗歌之王》的电视节目。2016年11月5日，因《我的诗篇》冲击第89届奥斯卡最佳纪录片奖的缘故，陈年喜受邀跟随主创人员去了美国波士顿、纽约、洛杉矶和旧金山，在7所高校和1个工会做展映交流。

从美国回来后，陈年喜感觉"特别沮丧"。他暂住在北京皮村工友之家做义工，没有收入。母亲患食道癌，妻子身体也不好，儿子因他常年在外打工而变得叛逆和疏离。

身高一米八四的陈年喜因常年低头和扛机器在低矮的矿洞中作业，患了严重的颈椎病。2015年4月，医生在他的颈椎植入了三块金属，以至于在美国过安检时总引起安检门的报警。术后的他无法再回到巷道从事已干了十几年的爆破工作。

长年被巷道爆破的巨大噪声冲击，陈年喜右耳几近失聪，左耳听力亦慢慢退化。陈年喜很迷茫，"现在自己身体这样了，听力这么差，颈椎也不好，不可能再到矿山去了。今后怎么养家糊口？你说你还能干别的什么，你还会干什么？"

在皮村，陈年喜的工作是跟工友之家的人外出做关于工人生存状况的调研，以及到北京的各个募捐点去回收爱心人士捐的衣服。衣服挑好的拿到"爱心超市"卖，差的卖给回收废品的人。

他给妻子、孩子和自己挑了三箱十几二十元的衣服，邮寄回家。"假如过几年我身体不好挣不到钱，这些衣服至少可以让我全家穿10年。"

"我一生都活在这种特别深层的恐惧当中，好像一生都在为自己挑衣服，给自己取暖，把自己包起来、隐藏起来，不愿意去面对这个强大的世界。"但他乐意站出来配合《我的诗篇》的宣传和交流活动。"它（《我的诗篇》）可能没有对现实产生明显的影响，但不管什么人看了电影，都会在心里留下一个划痕。若干年后，假如观众当中的某些人到了一个多少能给工人提供帮助的处境，他可能会为工人做一点事情。"

导演吴飞跃也希望影片能对社会和人心形成潜移默化的影响："不管是电影，还是《我的诗篇》的整个综合计划，我们最大的目的是希望通过一种强有力的方式，让工人诗人的心声和他们诗意的文化创造传递到更多的人那里，然后促进大家的反思和对话。因为我们觉得不同阶层之间的相互理解和对话其实是一个社会良性发展的标志。如果一个人只生活在自己的一个相对封闭的世界里头,对其他人的情况不闻不问,我觉得那是一个没有希望的社会。"

言说/失语

对《我的诗篇》来说,传播到工人群体本身比传播到"另一些群体"更难。一年多来,电影的观众中有老人也有小孩,有企业主也有大学生,大部分是年轻的城市白领阶层,不乏有过工人经历的人,却极少有现在仍是工人的人。

吴飞跃觉得,工人观影"需要更多带动":"我们就有这样的案例,有些企业的老板看了《我的诗篇》很受感动,包场下来让自己的员工看。有个做房地产的企业主看完后,叫他的包工头们跟承接他项目的建筑公司说,今天晚上的工程可以停下来,他出钱请工人们一起去看。先传播到工人群体之外,再传播回工人那里,可能是我们比较能主动规划的一个路径。"

曾经有一位在舟山开造船厂的老板在观影后特意找到吴飞跃说:"我们船厂曾经办过一个很小的图书馆,我看好像没有人进去,就让人把门给锁了。今晚回去我会重新把门打开,哪怕只有一位工人要进去看书,我也要为他留好这扇门。"

与在工人以外的群体受到的欢迎不同,影片曾在工人观众那里遭到"冷遇"。

2015年7月12日,《我的诗篇》北京首映会在皮村打工文化艺术博物馆举行。皮村是北京市东北五环到六环之间的一个城中村,除1 000多名本地居民外,12 000多名外来务工人员居住于此,他们大多在建筑、工业以及服务行业工作。

秦晓宇参加了北京首映会。

那天天还没黑,工人们抱着孩子、拿着板凳来到打工文化艺术博物馆的院子里。秦晓宇对工人们说:"电影主人公和大家一样背井离乡,在城市里跑生活,如果说有什么区别,就是这些人用诗歌表达自己的生活、工作和喜怒哀乐。许多打工朋友可能不太会表达，有什么事搁在心里或者跟亲戚朋友说说就完了，但我觉得大家的声音应该传递给社会的其他人，让更多人知道你们的心情和处境。不管怎样，特别希望大家看完片子和我交流，特别想听到大家看完电影的感受。"

影片从晚上七点多放到九点多。中途有小孩睡着了，工人抱着孩子离开；一些工人要早起上班，中途离席回家休息。放映结束后，秦晓宇走到院子中央，希望跟大家交流，工人们却三三两两散去。

"在别的地方放映，其他职业的观众会有跟导演交流的强烈愿望。在皮村，工人看完好像心情很沉重，可能不知道说什么好，可能不习惯表达，最后大家散去了，和工人的交流没有实现。"

长期处于失语境地的工人，面对这样一部讲述工人诗人故事的纪录电影失语了。

在《我的诗篇》系列活动中，"沉默"一词随着一首叫《最后》的诗频繁出现，这首诗出自曾有多年工人经历的诗人杏黄天。2015年2月2日，北京皮村举办"我的诗篇：工人诗歌云端朗诵会"，工人朗诵自己写的诗并通过网络传播，朗诵会结束时全场共同朗诵《最后》；在上海电影节"互联网电影之夜"，纪录电影的主创人员也邀请现场观众和主持人一起朗读了这六行诗：

> 我沉默的诗篇原是机器的喧哗/机器喧哗，那是金属相撞/金属的相撞却是手在动作/而手，手的动作似梦一般/梦啊，梦的疾驰改变了一切/一切却如未曾发生一样沉默。

一切并非像诗中所说的，如未曾发生一样沉默，工人诗人选择了表达而非沉默。但这样的表达是否无法影响现实，就像不曾表达一样？

"诗歌是一个无用的艺术。"比起改变现实，陈年喜觉得表达更大的意义在于记录，"几十年、几百年以后，人们透过你的文字、你的电影看到这个世界的一鳞半爪。"

年轻的时候，老井想过通过文字稍微改变矿工的命运。"随着年龄和阅历的增加，我越觉得这是不可能的。"采访中，身患高血压及颈动脉硬化的老井说话有些气喘，"现在我只能用文学做个记录，让后来的人知道，有那么一些人在做什么事就行了。"

这样的想法让老井坚持留在几百米深的矿下工作。2015年，老井接受凤凰卫视采访时说，十年前有机会调到地面上，他拒绝了。理由是，创作煤矿题材作品且还在一线工作的写作者太少，他愿意留在井下，用文字让更多人了解矿工的故事。

生命/死亡

在所有现实中，死亡当然是最黑暗的部分之一。

在几百米地心深处工作的28年里，老井从最初"下井有种下地狱的感觉"的新人，变成一个冷静而又情感丰富的观察者。死神既是他观察和记录的对象，也是多次与他擦肩而过的"熟悉的陌生人"。

成为矿工的头两年，他曾意外倒在皮带机上随着煤流滚滚向前，在到达幽深、笔直的井筒前条件反射地跳下皮带机，逃过坠滑下去摔死或被煤流掩埋的命运。

2008年的一个夜晚，加班4小时后的老井放下铁镐坐在地上休息，班长大声呵斥让他干活。在老井起身迈出步伐的瞬间，一块大矸石从洞顶掉下，砸在他刚刚坐下的地方。（见孙俊彬：《矿工、诗人和塌陷湖》，《界面新闻》，2016年10月）

在老井心中，死亡背后有一种神秘的力量。

有一次用炸药崩煤后，躲在巷道风门外的工人们跑向工作面干活，却推不开封闭的风门，只见细细的煤粉从门缝内溢出。他们这才明白，炸药崩煤后发生了煤和瓦斯突出事故，瓦斯携带若干吨突出的细碎煤流，把从工作面到风门的几十米巷道都填上了。

"假如当时这里有几十几百人，肯定不是被活埋也会被瓦斯给熏死，假如没有这风门做庇护，假如突出的煤尘的冲击力再大些、快些，风门抵挡不住的话，假如煤和瓦斯再延迟突出几分钟，人都进入风门内的话……假如以上任何一点变成现实，这段巷道就变成天然的棺椁了！"

"从生存到死亡的距离，只有仅仅几十厘米的厚度。"事后，大家争着去亲吻那木头的门。老井只是呆呆地抬头观望,看着由钢梁和塘材、芭片支撑起的顶板,"它是未知的、不可预测的,随时都可能坍塌的"。

在这股不可预测的神秘力量面前,陈年喜常常痛恨自己的无力。

2013年春,陈年喜在河南南阳一座山上做工。一天下午,他刚从矿洞出来,就接到弟弟的电话:母亲查出食道癌,晚期。

"我岩石一样,轰地炸裂一地。"那一刻的感受被陈年喜写进诗里。

尽管无心欣赏,陈年喜仍清楚地记得当时漫山是盛开的桃花。他甚至记得巷道起爆时,气浪会沿着一个60米深的斜井上来,冲得矿洞口外的两棵桃花剧烈地颤抖。"突然回想起我在世上奔波了这么多年,老天为什么对我这样的不照应。"

陈年喜不知道桃花凋零和母亲病逝哪个会发生在前面,但家里缺钱,他不能停下矿里的工作回家看望母亲;彼时他的父亲瘫痪在床,直到两年后去世:

> 我微小的亲人,远在商山脚下/他们有病,身体落满灰尘/我的中年裁下多少/他们的晚年就能延长多少……

做爆破工的收入勉强能支付亲人的医药费,却无法平息家人对陈年喜安全的担忧。陈年喜因为颈椎病无法回矿上工作,对妻子而言竟成了好消息,"她说至少你安全了"。

"她特别不情愿让我去打工,因为她的亲弟弟也是在矿上被炸死的,我去收尸的时候那人完全不成样子了。"

2003年,妻子的弟弟在山西临汾遇难,陈年喜连夜从河南灵宝赶到山西临汾,而煤老板早已把遗体从矿难发生的地方拉到临汾的另一个县城。

和煤老板的谈判异常艰难。整整一个礼拜,陈年喜都没怎么睡觉。谈判结果是,对方赔偿13万元私了。

离开前,陈年喜说:"老板,我怎么着也得看看我弟死的现场。"

对方的回答是"不可能"。

至今,那次矿难发生在哪里、死了多少人,对陈年喜来说仍是个谜。

个体/洪流

电影镜头跟随刚失业的叉车工乌鸟鸟,来到广州的一场招聘会。

乌鸟鸟拿着一叠获奖诗作向用人单位介绍自己:我会写诗,如果你们有内刊,我可以做内刊编辑,我也会开叉车,当司机也可以。

镜头记录下乌鸟鸟几次遭拒绝的尴尬,有人说他的诗只看到黑暗的一面,有人客气地赞许他写诗的行为并表示不需要写诗的人。一位招聘负责人则把话说得很直接:"你做这份工作到底能不能赚到钱,能赚到钱咱们去做,赚不到钱咱们就不做。"

在电影的这一部分,写诗和赚钱仿佛高雅和世俗的代表,而两者在如今的吉克阿优那里并不矛盾。

凉山彝族工人吉克阿优曾在诗歌里揭露彝族童工的悲惨命运、毒品对凉山彝区的危害、彝族传统在现代文明冲击下的消逝……他希望用文字改变人的思想,从而改善彝族人的生存状况。

后来他感觉这一想法"行不通","还得经济方面有个支撑才行"。

在一个由某食品公司赞助的征文比赛中,吉克阿优和该公司董事长相识,后者经营着一个彝族风味的啤酒品牌,成立了"经商扶彝公益基金",每销售一箱啤酒从中抽出0.5元帮助凉山贫困山区的儿童和老人。

"我搞文学,别人经商,我们可以联合起来把这个品牌做大,又可以做公益。"2016年8月,吉克阿优离开打工多年的浙江回到凉山,加入了这家食品公司。

"工人群体的命运是资本上的问题,"吉克阿优陈述观点的语气不是那么笃定,"资本在谁手里,谁就有话语权。"

陈年喜常在诗歌中表达个人面对某种洪流时的渺小。这种洪流有时是命运,有时是死亡,有时是资本。

一次,陈年喜在矿洞外吃饭,老板喊着赶紧拿被子,陈年喜知道肯定有人出事了。吃过饭,陈年喜和工友开电瓶车进洞上班,进到8 000多米深时,前方斜坡上来一辆矿斗车。

一名工友被倒置在车里,两只脚搭在车外,被子包着他蜷缩的尸体。

那名工友被运走后，空出来的矿斗车马上被工人用来上下斜坡。"我们跳上去一看，里面的血这么厚。"陈年喜用大拇指和食指比了三厘米，"脚都踩着那个血，太可怕了。"

"不能先把车里的血清了吗？"

"那不能，每个矿斗车都有分工，跑这个巷道的、走那个斜坡的，临时换会耽搁公司进度。整个矿洞像一条高速运转的链条，个人是其中特别小的一环，你这一环出了问题，马上就会弥补上，系统不会停止运转。"

陈年喜说，他参与的每个采矿工程都有伤亡预算。人命被算入成本的一部分。

2016年11月的一天，陈年喜登上帝国大厦顶楼，寸土寸金的曼哈顿岛尽收眼底，呈南北条形状被哈德逊河包围。夕阳给眼前的一切洒上金色，陈年喜觉得很不真实。

陈年喜写了《帝国大厦》，这首诗在旧金山的码头工会被诗人自己朗读，里面有这样几句：

站在最高的观望台上/我并没有看到更远的事物/初冬的朔风从四面吹来/让我更加惶惑：人到底意欲何往？

他不知道翻译有没有准确地传达他的诗意，不过当现场的一位听众将"人到底意欲何往"解读为"资本到底要把人带到什么地方"时，陈年喜认可了这种理解。"资本刺激着人的消费欲，让人的欲望越来越大，膨胀到不可驾驭，如果完全跟着资本走，人最后真的会走上一条不归路。"

一名旧金山的码头工人举手提问："我们也特别迷茫，你能不能告诉我们，怎样才能不被资本驱赶着走。"

陈年喜告诉澎湃新闻，当时他只是拐弯抹角地聊了这个问题："其实我真的没有答案，真的不知道怎么回答。"

采访、撰稿/周建平、黄芷欣
原载《澎湃人物》2016年12月16日

王者荣耀的"玩家社交"

在这个虚拟世界里,规则很简单:"杀人"与"被杀"。

10岁的周州牢牢掌握这一生存法则,每次驾驭英雄人物击败对手时,他内心都有一种兴奋感和刺激感。游戏里,没人关心他的年龄。

另一个"平行世界"存在游戏《王者荣耀》——这款市面上最火爆的手游已经拥有2亿注册用户,创造者腾讯公司的财报数据显示:它的日活跃用户超过5 000万人,刷新了腾讯平台智能手机游戏的新纪录,用户涵盖多个年龄段。

而据极光大数据的报告,19岁以下的玩家占《王者荣耀》玩家的四分之一以上。这款游戏对低龄玩家的渗透和影响正触发广泛讨论。

"好友"和"战队"是它的两大核心系统,不同年龄、职业、身份的玩家借此建立起千丝万缕的联系。作为一款现象级产品,《王者荣耀》早已溢出了"游戏"的边界,带来了一种新的社交方式,而包括未成年人在内的玩家沉迷游戏,也提出了前所未有的"社交游戏"监管难题。

"人越来越孤单"

在"王者峡谷"里,有三条路可以通往敌方战壕水晶塔,摧毁防御塔、捣毁水晶塔者胜利。双方队伍在峡谷里开战,因成成的队友去往另外一条线路,被对方杀害,导致团战失败。

厮杀正酣时,24岁的体育用品店经理成成忍不住呐喊起来,"来啊来啊,你不是很厉害的嘛。"

一年多前，成成在身边朋友的推荐下加入这款游戏。此前，他常玩的网游是《英雄联盟》，但后者需要电脑操作，不如手游《王者荣耀》方便。

在游戏里，他是领军者，通常选择的角色是英雄"高渐离"或"诸葛亮"，再给队友分配好刺客、射手、坦克、辅助、打野等角色任务。在他的这支普通玩家战队群里，队友的生命被视为最高宗旨，找人代打和与队友发生争执都被严令禁止。

成成享受虚拟空间里的杀伐决断和队友间的亲密合作。用他的话说，现实世界里，"人越来越孤单"，于是转向网络去寻找"和朋友、团队合作交流"的游戏。

过去一年多，成成的游戏记录是4 200多场，胜负各占50%，目前累积金币24万枚。系统里的每个英雄人物，他都会练习几局去了解技能，分析利弊。

和多数网游不同，这款游戏里的任何一个英雄都不具有绝对优势，也意味着任何一个都有成为"王者"的可能——玩家们既不会蜂拥而上选择同一个英雄，也不会因为自己所喜爱的英雄受到冷落而心生怨言。

成成每天都会抽空在视频网站上看游戏直播，学习走位、操作和意识。他觉得，游戏里"没有最强的英雄，只有不会操作的玩家"。

和成成一样沉迷游戏的，还有22岁的邓杰。在陌生的城市打工，他的朋友不多，每天凌晨两点独自从餐饮店下班回到出租屋，他不是立即睡觉，而是躺在床上打《王者荣耀》，直到清晨7点。

由于他在游戏里展现出非凡的实力，身边的同事纷纷向他请教。邓杰还招收了三十几个徒弟，并和联系较多的4个徒弟建了单独的微信群，所有人称他为"师父"，每天按时签到，在群里分享心情和游戏情况，这让邓杰有一种赢得"平等和尊重"的感觉。

中国社会科学院社会学研究所青少年与社会问题研究室研究员田丰把这称为"游戏环境中的屌丝逆袭"。

作为MOBA（多人在线战术竞技游戏）类游戏，《王者荣耀》打破了国产网游"经济碾压"模式，玩家不再从由经济投入带来的装备碾压、虚拟地位提升中获得快感，而是注重个人游戏实力。

在田丰最近发表的观察稿中，他写道："《王者荣耀》主要是年轻人在玩，屌丝青年和小镇青年是一个非常重要的组成部分……小镇青年在游戏中可以平等地与经济上占有优势的大城市青年对战，甚至他们可能会有更多的时间来练习，获胜几率更大。"

这款游戏默认可以拉微信和QQ好友一同玩，还设置了聊天窗口。高二学生林生最近开始在同学的怂恿下玩《王者荣耀》，在一局系统匹配队友的游戏里，他可能认识9个人，如果觉得对方不错，就通过游戏里的"添加好友"联系对方，再成为QQ好友，最后从线上到线下一起聚会，见面聊天，吃饭前必定会打几局游戏。

《王者荣耀》依托腾讯QQ和微信社交平台流量入口，导入大量熟人关系，构建了从游戏到社交再到游戏的循环。

林生所在战队的15个人都是同班同学，他们经常聊起游戏里的英雄、皮肤和技巧。对游戏的痴迷已经影响到他们的课业：时常老师在上面讲课，他们在下面"开黑"（一起玩游戏），直到老师走下讲台，他们一波"团灭"（战队成员全部被消灭），再把手机放到抽屉里装作读书的样子。

游戏给林生一种虚拟的"自信"：他自信张扬，用最喜欢的英雄"不知火舞"游荡在峡谷里的每个角落，一口气打到了黄金段位，还凭借竞技实力赢得了几个"小迷妹"。但现实里，因为长相不够帅气，他表白女生遭到拒绝。

基于游戏建构的庞大社交网，也可能伴随"涉黄"的风险。在成成的游戏战队系统里，曾有玩家刚进入战队，就在队伍中发表"约炮"言论，骚扰战队里的女玩家，成成知道后将其清理出了战队。

"永远不知道你的队友是谁"

根据游戏随机匹配玩家的机制，在一场对抗赛中，玩家会遇到不同的队友，与不同的敌人作战。有网友调侃："你永远不知道你的王者队友是谁。"

相较于传统的MOBA类游戏如DOTA、LOL，王者荣耀的游戏机制更符合手机端游戏快节奏、简单化的要求，这也使它吸引了各个层次的玩家。据极光大数据《〈王者荣耀〉研究报告》显示，14岁以下的用户占比3.5%，

15—19岁用户占比22.2%。

三年前,周州在大街上听到身边的人说起《王者荣耀》;9岁的时候,他背着父母在网络上搜索了这款游戏偷偷下载。玩了一年后,周州发现自己迷上了这款游戏,父母反对,其间他曾两次卸载游戏,后来他向父母承诺,只在周末玩两局。

周州偶尔会看一些游戏视频,学习战术,和班里的同学一起"开黑"。他习惯在纸上写下每一个英雄的技能和作战技术。

《王者荣耀》中的角色设定与真实历史人物不同,比如"荆轲",在游戏中被设定为一位身材丰满、衣着性感的女杀手。"如果不了解的话,就会以为《王者荣耀》里的人物就是历史里面的真实形象了。"周州说。

在这点上,武汉一家国企的员工吴燕深有感触。一天,女儿放学回家告诉她,学古诗《赤壁》时,讲到周瑜、大乔和小乔,全班同学想到的都是这款游戏;一次文艺汇演时,演员在舞台上表演荆轲刺秦王,饰演荆轲的演员套用了游戏里人物的语言作为台词,全场观众都哄笑起来。

2017年5月,《王者荣耀》开发者宣布,进入虚拟世界里的"召唤师"们需要使用有效的身份证件进行实名注册,否则将无法进行游戏。

实名制注册后,周州身边很多同学玩不了了。但他征得父母同意后,用名字注册了一个账号。

周州的母亲李琳是北京一家互联网科技公司的员工,她也是《王者荣耀》的玩家。平时,她要求孩子第一时间完成作业,然后才能玩游戏。作为家长,她也常跟学校的老师沟通孩子的学习情况。"基础做好了,玩游戏就是一种放松了,还能锻炼一个人的意志力。"但她也认为,"如果不太自律的孩子,建议不要让他涉足(游戏)。"

但对于海口的环卫工人王梅来说,12岁的儿子沉迷《王者荣耀》是她的一块心病。

她每天凌晨5点开始工作,持续到下午3点半,下班后她还经营一家小商店,店里常有人打麻将到凌晨一两点钟;丈夫白天外出打零工,晚上才回家里;夫妻俩早出晚归,家中常常只有孩子一人。

王梅和丈夫都是小学文化程度,儿子正在上小学六年级,他们已经无力辅导孩子功课,只能每学期交一千多块钱让他跟着老师补课,但补课之外，儿子在家不是上网就是看电视。

儿子打游戏打得"全神贯注"，跟他说什么都"听不见"。起初，王梅问他游戏是否花钱，儿子告诉她是免费游戏，王梅就没有在意。没想到儿子玩游戏越来越上瘾，学习也不那么认真了，成绩落到了班里最后几名。

不仅如此，"免费"的游戏竟然成了吸金的黑洞。2017年5月，王梅手机微信里的一笔钱迟迟没有到账，微信钱包也空了，打开交易记录一看，才发现累积消费了近4万元钱。问过用自己手机玩游戏的儿子后，她才搞清楚，其中29 000元打给了一家直播平台的游戏主播，6 700元购买了游戏装备。

王梅知道这个事情后快崩溃了。她不知道怎么办，又觉得儿子还小，对钱没概念。身边大多数小孩都在玩游戏，王梅没有办法禁止他，现在只是限制他一天玩一个小时。只要儿子拿起手机，她就在一旁盯着。

王梅不懂游戏里的世界，她对无法制止儿子玩游戏感到无奈。

为防止未成年人沉迷网络，腾讯宣布于2017年7月4日以《王者荣耀》为试点，推出健康游戏防沉迷系统的"三板斧"——限制未成年人每天登录时长、升级成长守护平台、强化实名认证体系，其中包括12周岁以下（含12周岁）未成年人每天限玩1小时。

据腾讯公布的数据，防沉迷系统生效的最高峰时段，有34万个账号达到限时时段后下线。但多家媒体调查发现，该系统上线首日，网络上就出现了破解方法，只要花几块钱，就能租到成年人账号无限制使用。

《中国青年报》7月4日的一则评论文章也指出："在利用技术手段防范未成年人沉迷游戏的同时，还应该反思家庭教育和学校教育是否给了孩子充满爱的环境，让他们的社交、情感、陪伴需求在现实生活中得到满足。否则，哪怕不让他们玩网络游戏，他们还会找到其他方式。"

"不是因为好玩，是因为大家都在玩"

《王者荣耀》采取多人战术配合机制，在操作与策略的角力中促进人际关系的加深。按成成的总结，游戏的"精髓"是"团队合作"。

为了吸纳更多玩家，成成建立了一支游戏战队，命名为"春蚕战队"。

根据游戏系统的规定，先要付出50点券的创建费用才能进入战队筹备状态。战队最初只有20人，现已扩展到150人，每扩张10人需要花200元左右。

进入战队的前提是，每周活跃指数达到2 500的王者段位，完成4次战队赛，一次打4局。他制定了严格的战队赛规则：每月的第一和第三个周日战队比赛，小队长组织5人队伍与战队内其他小队对战。

成成通常根据对战阵型选择英雄出场，比赛时，每个人都有自己的位置，和系统分配的其他战队对抗拼杀。进入总决赛获得胜利的队伍，每人可获得任意价值588点券皮肤一个。

成成和其他几名管理者用自己的点券买来皮肤，送给获胜的队员。同时，作为队长，他还负责处理虚拟世界里的是非，打战队赛的时候，有人投降或挂机，根据队规，直接开除。

战队群里每天有上千条信息滑过，大家聚在一起讨论战队赛、排位赛；晒自己的英雄、战绩；秀自己的皮肤、装备，恣意开玩笑和讲段子。游戏是他们的社交手段之一，他们玩游戏也并不只是因为"好玩"，而是因为"大家都在玩"。

邓杰也有自己的战队，组战队是他克服孤独的方式。和成成一样，他要求战队成员周活跃度指数达到2 700和必须参与4场战队赛，严厉禁止的一点是"在战队群吵架"。

一天，他们在群里讨论战术，有人因为战队赛失败你一句我一句争吵了起来，互相斗气，埋怨对坑人。

成成忍不住跳出来制止："大家都消消火，游戏而已，可能是默契问题，一场游戏下来肯定有失水准的时候。娱乐游戏，你们这是被游戏娱乐啊。"

群里的争吵平息了，所有人又转而讨论游戏战术。

"遍地是王者"

在这款游戏中，每一局中的"人头数量"或是排位系统中的段位，是游戏实力的直接表现。根据游戏实力，玩家被分为7个段位，初级玩家需要依次经历所有段位后，才能成为"王者"。"王者"之后还需要经过长时间排位赛，才能登顶"荣耀王者"。

第一次登上"王者",成成花了一个月时间。在成成的游戏清单里,他已经拥有66个英雄,唯一缺少的英雄"艾琳"已经下架;玩了一年多的邓杰早已登顶"荣耀王者",全区排名前99位,带领战队进到区里第7名。最短的一次,他和队友只用了6分钟,就让对方投降。

但在这款"遍地都是王者"的游戏里,邓杰逐渐失去了动力。他在朋友圈里折价出售皮肤,但询价的只有寥寥几人。

作为普通玩家里的高手,邓杰曾做过几天代练,按照京东和淘宝上的价格收费,但找上门来的人并不多,他很快就放弃了。

游戏代练是个竞争激烈的市场,邓杰说,"能挣到钱的代练"都是不到20岁的年轻人,不用上班,成天"不是打游戏就是看视频学"。他关注KPL联赛(《王者荣耀》的职业联赛),能够说出每一支战队的名字,最喜欢"耍得一手牛逼刺客"的职业选手梦泪,但从没有过要打职业赛事的想法,"怎么可能天天对着游戏"。

他的个人追求是"成就"。游戏系统里有一个成就系统,为了名师等级成就和专属奖励,他在系统喇叭里喊过上百次,到了6级,他能得到一个绝版皮肤。

"荣耀王者"有专属印记和徽章,拿到这枚徽章,登顶"荣耀王者",16岁的职业玩家刘秀只花去半个月时间,就打到60星级,成为全区第一。

刘秀没有想到,游戏从虚拟走向现实。有人找到了他的住处,拜他为师。大多数人是中学生,甚至有人出价2 000元,要求他从第一的位置上退下,刘秀没有同意。

小时候,父母忙着干活,刘秀一个人在家,他觉得无聊,就开始玩游戏,游戏里的杀戮让他觉得刺激,打赢游戏是他最开心的事。但游戏玩着玩着,刘秀觉得自己不会读书了,只能选择继续玩游戏,直到靠游戏谋生。

因为是未成年人,他做不了游戏主播。他也不想做代练,曾经接过一个单子,对方要求他一定用某个英雄,而且一场不能输,他索性把单子转给了朋友。"代练这个行业水很深,现在《王者荣耀》这么多人,每个人都有段位的需求。"

他唯一的收入来源是收徒弟,现在已经收了七八个人。他的目标是"做《王者荣耀》第一人",再带一支战队,拿一个冠军,回家娶老婆。

2017年年初，刘秀开始在知乎平台上分享《王者荣耀》教学与分析，获得了6 000多名关注者。6月，他告诉父母自己想做职业游戏玩家，遭到父母反对，他自己也担心，"万一《王者荣耀》没有现在吸金能力这么强了，我饭碗丢了，吃不上饭了，我初中学历怎么办嘛？"

"玩游戏而被游戏玩"

玩了多年游戏，成成自认摸清了游戏进行下去的逻辑：时间和金钱。

成成15岁就开始打游戏。以前，他在《梦幻西游》中花掉许多时间，这款游戏里，一把无级别装备需要几十万元人民币。他曾经战绩耀眼，受人瞩目，持续两年时间，都陷在游戏光环里，最后放弃了学业。这是他迄今最后悔的事情。

玩《梦幻西游》的时候，成成创建了一个帮派，他是帮主，每天在游戏里重复做任务，任务没完成，心里就不舒服，"觉得在被游戏玩而不是玩游戏"。

遇到不顺的地方，他忍不住破口骂人，他发现自己的脾性也被游戏影响和改变。"后来越来越变态，越来越花钱"，他把打游戏挣来的钱全部投入游戏中，单一款游戏就花了5万元，直到没有能力再支付，"游戏把我淘汰了"。

此后，他又陆续玩了其他几类游戏，来来去去，发现"也就那样"。

现在，心情不好的时候，他还是会打游戏泄愤。最狂热的时候，做梦也在打，刚要登上"王者"之位，就被一个电话吵醒了。

《王者荣耀》游戏中的"贵族"系统（VIP）共分8级，玩家通过充值获得点券，消费点券获得积分，积分达到一定的数量，就可以获得"贵族"，不同等级的"贵族"，有不一样的特权。

为了达到VIP8，成成往游戏里充值了5 000元人民币，目的是扩张战队人数，组织战队赛。"人因为孤独而去玩游戏，如果在网络游戏当中还是孤单一个人，你不可能坚持下去。"两年前，成成甚至在游戏里交了个女朋友，他用苦涩、相思、不靠谱来总结那段恋情。

读小学的时候，他成绩不好，常梦想着某天当上班长"去管班里其他同学"。如今，他沉浸在游戏里，让人听令于自己，"我年幼时的经历，造成我要在网络中寻找那一点点、微不足道的存在感"。

土豆是和邓杰联系较多的4个徒弟之一。20岁的大学生土豆2017年5月开始玩《王者荣耀》，邓杰带着她一路打到黄金段位。在这款游戏里，土豆和不同的人"一起杀人"，她陷入"无法自控的状态里"，没课的时候就不想出宿舍，宅着"打星星，打钻，想赢"。她花300元买了几款皮肤，象征级别的星星太少让她感觉"忧伤"。

尽管在游戏里可以认识不同的人，但游戏带给她的伤心比快乐多。"赢不了的时候，或者差一点就可以赢但是输了，被杀的时候很气，这样很累。"

成成多数时间选择在家里玩游戏，店里打得"心惊胆战"，因为不知道什么时候来客人，"打游戏不是，卖队友也不是"。

晚上在家里，孩子睡着了，他和妻子窝在沙发里玩《王者荣耀》。妻子在"白金"晋级"钻石"的对战中输掉了，心情不好，他在一旁指导："个人强势没用，团队游戏讲求团队。"妻子不听，让他闭嘴。

玩游戏十年，成成见过许多人在游戏里拼死拼活，血雨腥风。他认为现在的自己能驾驭游戏，但如果游戏影响了现实生活，他会放弃。

（应受访者要求，文中人物均为化名）

采访、撰稿/袁璐、钱雅妮、朱玉茹
原载《澎湃人物》2017年7月8日

隐秘"蝶蓓蕾"

近日,四位经网络招聘或朋友介绍陷入传销组织"蝶蓓蕾"的受害者,向澎湃新闻讲述了他们被诱骗、监控、洗脑和脱逃的经历。

传销七日——洗脑与反洗脑

口述者:郭均(化名),男,2016年毕业于河南质量工程职业学院,手机维修员

毕业以后,我像大多数人一样高不成低不就,差不多到了山穷水尽的地步,才勉强接受了一份工作,干了一段时间不喜欢就辞了。

当时在家考驾照,在朋友圈发了一条求介绍工作的信息。不久,有同学给我介绍工作,说一个旅行社缺人,我知道她学的就是那个专业,就打消了各种猜测。

本来目的地是北京,结果她说临时出差,我也知道她经常出差,就没多想。2017年4月20日,上午刚考完"科目三",我下午就买票去了天津。

到了天津,天已经黑了。出了车站,她带着两个人来接我,说是她的同事,过来帮我提行李,然后电话叫了一辆出租车——后来发现这个也是他们的同伙。他们先带我去了一个广场玩,吃完晚饭把我安排到他们的宿舍。

那个地方就在静海区人民医院和天津市静海区第七中学之间,大概是汇金里小区,第三排房子五楼,在阳台上可以看到学校操场,第一排好像是一家麻辣烫店。

我在那里一共待了一周。

第一天，进了门没有开灯，他们说有人在睡觉，怕打扰他们。宿舍是男女混住，有的睡了，有的在打牌。简单的聊天后，就安排我睡觉，还把我的手机借走了，说是看电影。几天的奔波有点疲倦，我倒头就睡了。

第二天，他们早上5点就起床了，迅速地铺好床，洗漱，然后做游戏。游戏主要有蚂蚁上树、美女缠身、武大郎烧饼、抽牌、真心话大冒险。做完游戏再上课，讲课内容是新市场网络营销计划。中午12点吃午饭，吃完午睡。下午2点起来，开始打牌——一种升级的纸牌游戏，四个人一组。

听说"蝶蓓蕾"有八个"家"（窝点），有的是四合院，有的是居民区。我们的"家"有三个卧室，很小，厨房在阳台，一个卫生间，还有一个阳台晾衣服。"家"里面一共有11个人，被骗来的人看上去都是刚毕业的学生。

"蝶蓓蕾"采用传销中惯用的五级三阶制：帅哥美女，就是新人；老板，是成员；领导，是成员老大；大导，是领导老大；还有代理商。出局，出局就是最大目标，享受很多待遇，有房有车。大导一般见不到，据我观察判断，大导一夜换一个地方。领导，是我们这个窝点的直接领导人。

管我们的人30岁左右。其他成员会主动监视我，我去哪里他们都会跟着，我做什么他们做什么。他们像把我当作"最贵（重）的客人"一样，我什么都不用做，洗脸水、牙膏都倒好挤好送到面前。

我内心很不安，观察四周，尽量去配合他们，表现得很自然。接下来是做游戏，我都尽量去配合他们。

做完游戏后，每个人搬个板凳，整齐坐成两排，前面是一张地图，用水笔写完就擦。看到这一幕，我知道这就是传销，就开始想如何对付他们，如何不被洗脑。开始他们讲得很快，根本就听不清楚，好像故意让你听不懂，勾起你的好奇心。

一堂课大概讲了一个多小时。课讲完了，饭也做好了。饭是他们成员骨干做的。早饭是馒头咸菜，饭前还要玩游戏，一些猜字游戏。

等饭好了，他们一起念感谢这个，感谢那个。一张长桌子上没有人坐，但还放着一份菜。后来进来一个人，端了一份汤过来，嘴里念叨领导辛苦了，新鲜美味的甲鱼汤。我仔细观察了，原来里面什么都没有。

吃饭的每个人都会讲一个小故事，有的讲黄段子，有的讲那些成功人士如何从这里走出去，如何过上奢华的生活，等等。

吃完饭，他们把东西收了就开始打牌。我每次上厕所都有人跟着，我明白他是监视我，我总是说"真是好基友呀，上厕所都陪着"来调侃他。

到了中午，他们领导回来了，是个女的，差不多30多岁。他们列队欢迎领导，我也跟着参与。见面就握手，下级对领导说"领导辛苦了"，领导对下级说"老板辛苦了"。

过了一会儿，领导就谈话，问我为什么来，见过传销没，我不能说我没听说过，说听说过一点。然后她就开始辩解说他们这是直销，而我是来考察这个行业的。

中午是米饭加咸菜，只是这次领导坐在她那个位子，我们这些成员玩游戏她不参与。游戏结束后，厨子端过来一份汤放在领导位子上，依然是空的。

第三天，有别的窝点的领导过来，我们排成队欢迎，互相握手说"老板辛苦了"。来的是个男的，然后领导单独找我聊天，问的差不多是同样的问题：听说过传销吗？传销是什么样的？我依然那样回答，然后他一一给我否决，说这是直销。待了一会儿他就走了，我们列队欢送。

晚上同学找我谈心，我当然不能说实话了，我明确告诉她，只要不违法，做什么工作都一样。睡觉的时候，总有人陪我，居然是一天换一个人，不厌其烦地在我耳边唠叨，我都是敷衍他。

第四天，又来了一个别的窝点的领导，这次是个女的，问我的问题大同小异，然后说是做直销的，不要怕，不会伤害我的等话语。同样待了一会儿走了。

晚上有个老板过生日，聚集了好多人，屋子都快挤满了。原来很多人都是从其他窝点过来的。每个窝点的人打电话唱生日歌，声音非常整齐，可以听出来每个窝点的人很多。然后领导在众人面前夸我学习如何之快等。

吃完饭他们逐渐散去。门口始终有个看门的。这天他们要我上台演说，我讲了一些奉承他们的话。

第五天，又来了一个男领导，带着恐吓的语言找我谈话，偶然间我听一个老板说有人要"下蛋"了。通过分析，是他们又骗了一个新人——在他们和我的谈话中，我证实了我的猜测。然后我开始装傻，不管他们说什么我始终一个表情、一个动作，不肯吃饭。

中午趁他们午休睡着，我想开门跑，发现门是锁着的，然后又悄悄回去睡觉。

第六天，又来了一个男领导，不管他说什么，我都是那副生无可恋的表情。他们不停刺激我，说的话句句攻心，当时我内心冲动到想跑到厨房拿刀，但又明白自己还是跑不掉，只好强忍下来。

想到自己可能命丧这里，家长都不知道我在哪里，感觉泪水模糊了双眼，因为我已经下定宁死不屈的决心了。

那天晚上一夜没睡，他们不让我睡，妄想用眼泪感动我，在我耳边不停唠叨。

到了凌晨，他们开始动用武力威胁，我依然是生无可恋的表情。

天快亮了，他们有的人坚持不了，都睡了。

第七天中午，窝点领导对我的反抗（绝食、装病）束手无策，说要送我回家，我知道这是不可能的。近期要来新人，很可能是将我转移到别的窝点，因为我知道他们太多的秘密，我走了对他们是一个威胁，所以我故意装作不愿意走。

把他们逼急了，也会打人，因为我不服从，他们打了我。

他们把我推到门口，试探我的反应，我就是不走。把他们搞得没办法，只得派了几个人跟着我，说带我去公园散散心，我装作不愿意去，他们硬是拉着我出了门，叫上一辆出租车，这个出租车司机跟他们是一伙儿的。

出了门，我知道机会来了。

在一个公园走了一会儿，身边跟了三个人，我没有采取行动，公园里人太少。然后去吃饭，他们骗我说那个地方饭好吃，我猜测那里有他们安排的人，不能去，执意去了别家。

趁他们吃饭时，我声称自己要上厕所。到了大街上我撒腿就跑，转了一个弯，逆行拦上出租车离开了，因为太害怕没有直接去报警。

刚出来，我没有直接回家，因为我不敢去车站，害怕他们去车站抓我，就到处逛。走着走着到了当地的一所大学，在校园里待了一下午。晚上找了一个正规旅店住了下来。我不敢直接回家，怕家人知道我经历了危险。我只是打电话（和家人）说这几天手机卡坏了，太忙没时间回电话，我不想让他们担心。

我虽然逃出来了，但是行李中有重要的东西。我就打电话威胁他们，说不把行李给我邮回家，就打电话报警，并且我说出了他们的位置来威胁他们。我怕他们知道我家位置，就故意把邮寄地址改成其他地方，后来行李寄回来了。

第二天，我感觉待在天津不安全，就去了北京，坐地铁去故宫玩了一下午。从北京返回河南老家时，可能是赶上"五一"，坐票都卖完了，只能网购到一张站票。因为前几天没休息好，到了半夜，我躺在走廊就睡着了，地上又凉又硬，我被冻醒了。

我后来才知道，那个给我介绍工作的同学原来在北京工作，她的朋友把她骗到了天津，被洗脑后她开始发展下线，我是她发展的第一个下线。

我经常用招聘网站，平顶山、郑州、东莞、深圳这些地方我都投过简历，也都独自一人去了。现在想想，很后怕。

成为下线——"被骗"与"骗人"

口述者：陈晓娜（化名），19岁，女大学生，身陷传销组织四个月

当时我出来的时候就觉得，天哪，我的世界明亮了，终于出来了。

那段时间，我找工作比较着急，找了很长时间也没找到。朋友说BOSS直聘"挺好的"，我就下了一个（APP）。

天津的一家公司很快录取了我。之前电话面试时他问我家里父母同不同意，如果录取能不能过来。

很快那个男的通知我录取了，星期天去报到，星期一就能上班。

我就一直跟那个男的联系，但到了当地给他打电话，他就是不接。然后等了半天才发短信给我，说坐什么车到哪里下，结果这一路上特别荒凉。最后到了站倒挺像回事，也有高楼大厦、大超市，我就没有怀疑。

我给他打电话，他说他这边忙，可能赶不去了，让朋友去接。我想他可能真的是忙，因为他说开会，我就也没多想。找工作嘛，着急啊，好不容易找到的，朋友来接就接呗。

当时接我的就是一男一女，那个男的穿得还好，那个女的皮肤黝黑，有点像干苦力的。

三个人吃饭挺长时间，就问你各种家里的情况，各种"刨祖坟"啊，我当时没觉得不正常，因为我找工作这么长时间，别人问你什么问题就套个近乎嘛。吃完我问他们回宿舍还是去公司看一下，男的没正面回答我，女的说她要去厕所，肚子难受。

然后我就跟那个男的站在外面等了半天，大概等了20分钟吧，她出来了。说已经在滴滴打车上叫了车了，咱们先回宿舍看看吧。我说行，我行李也挺重的。

过了一分钟左右，那个车就来了，我看是辆私家车，因为现在滴滴打车都是这种私家车，我也没多想。

上车之后，她就跟我要手机，问我手机上有什么歌她能看看嘛，我就说那你看吧。

我们到的那个地方不像城市，很荒，有一些工厂，几乎没有路标路牌，当时我就有点诧异。我说咱们住的地方不是小区嘛，她说住的小区前两天水管爆了，正在装修不能回去，现在住的地方就是平房，每天要自己骑车去公司。

他们帮我拿行李箱，下车就往里走。进去之后就有人说"美女打牌"啊，我就想着"完了"，大脑一片空白。我说我不会打，就一直站着，他们就非要你打牌。那么多人，我一个人也没办法，就打牌，打了两三把，然后有人说美女累了吧，进去休息吧。

我就进了右手边一个屋里，那个屋的门也特别破。里面的人本来是坐成一个圈的，进去了他们全起来了，我想完了。

他们铺着被子在地上坐着，说让我上去坐，我看那个被子特别脏，我说不上去。他们当家的让他们都出去，留我一个人。

他说，让我观察三到五天的时间，接着考个试。给我安排了一个师傅，每天师傅都会教我东西，第一天他们带我了解情况，第三天如果考试通过的话给我500块钱，如果是第四天通过给200块。

考试时他会问你：我们是做什么的，我们公司的灵魂是什么、制度是什么。他会让你背一些东西，说考试要用。

但是有些内容是到考试时才给你加进去的，你并不掌握，反正你第二天考试肯定是0分，无论你是答对了还是答错了。完事他会骂你一顿，让你第二天考试，第二天会给你40—60分，就是刚及格。

因为他考试的目的就是让你加入这个"创业良机"，就说你买一套我们公司的产品，就能成为经销商，可以为我们公司销售任何产品。他们产品大套的是3 900元，小套是2 900元，然后说大套不卖，就卖小套，意思就是你拿2 900元，他就让你通过。

我知道如果不交钱就一直耗着不能走。因为当时有一个小姑娘进去，她一直不愿意交钱，他们就一直不让她走。

我想过出逃，就在刚开始进去当"美女"的时候。

他们那个厕所是自己墙边搭的，里面有个桶，给你块布自己拉上。我看那个墙有窗户，垒了挺多砖头，还挺高的，就想从那个窗户跳出去。但是我一想自己太矮，窗太高了，而且跳出去的话，外面的人从窗户一下就看到了。我就想跳墙也不行，就放弃吧。

无论你干什么事，都会有安排的师傅一直跟着你，你的一举一动他都看着，根本逃不了。

当时有三个女孩，都在这个"家"里。男多女少，我发飙也出不去，我一个女的不如老老实实待着，听他们安排，找机会出去。但我后来交钱了，他也没让我走。他说，你就加入我们了，我们这边加入了是不能走的。

"美女"交钱了就是"新老板"，刚开始他们会教你主持、功能、制度，之后才会教你"卖东西"。"卖东西"就是让你下招聘的软件，像BOSS直聘、中华英才网、招财猫，还有其他好多招聘软件，像中华英才网和BOSS直聘这些特别不严谨的，都不用登记公司注册信息、企业代码。

他们非得让你发招聘信息，说你光待着不行，要干点活。我不愿意做，但是你只能配合他们，才会取得信任。

发招聘信息的时候，手机在你手里，但有人看着你打字。我就想先适应，跟着他们一起做吧。后来他们看我也没什么念头，我用手机也不看着我了，等关系处得好些，每天到那个点我就要手机。

我换过地方，因为他不可能让你一直在一个地方，他有好多个寝室，来回换了很多"家"。

6月我都是在那个"家"待着，大概有20多天吧，之后就被哥哥和警察救出来了。

口述者：汤可可，男，中国地质大学长城学院2017年应届毕业生，测绘专业，陕西人

2017年春节前夕，我在北京边实习边找工作，看到中华英才网的广告，就注册并开始投递简历。2017年1月10日，我投递了华北建设集团有限公司的测量员岗位，职位发布者是技术负责人张佳豪，公司地址是北京市大兴区。隔天，我就收到了张佳豪的回复。张佳豪问了我许多专业性的问题，如有没有获得测绘相关的证书，我回答没有。对方说，没有关系，来这边先学习，之后再考也可以。

当时，我特意上网查询了公司的相关信息，发现这家公司还挺大的。但忽略了注册的公司信息的真实性，但他与这个公司有没有关系你就不知道了。

我在里面待了有半个月吧，他里面的人都是这个专业的大学生。比如说他是这个专业的，他只会找这个专业的去骗人（发展下线）。因为他们也是被人骗进去的，然后只对他们学过的专业比较了解。

他邀约的人是有限制的。如果是黑龙江的或者东北三省那边，内蒙古啊，他是不要的。因为像东三省的人性格比较直比较豪爽，他有时候不太好控制。还有像云南那边的人说话也听不懂，担心他们和家人联系的时候，会透露一些消息。

刚去的新人什么都没有，也没有权力什么的。他们怕家里人的情绪，会让我们跟家里人联系，安抚说你在公司上班啊什么的。因为手机在通话的界面有一个"静音"，其实是他们拿着你的手机，你只管说话，通话都是免提。你通话的时候，他的手指头一直在"静音"上，你说不该说的话，他会马上按静音，别人就听不到了。

我经常和家里朋友联系。因为我跟我对象有每天打电话的习惯，我跟他说了，每天中午吃完饭我会给我对象打电话。有时候她会感觉到我的异常，然后她问我我也不能说，就找其他理由搪塞。

那会儿快过年了，我如果一天没有打电话，他会主动跟我说，你跟你爸你妈打个电话，告诉他们在这儿挺好的。

当时不是冬天嘛，比较冷，我就坐在褥子上，大家都盖一张被子。当时在被子里面，我就跟一个刚去没多久的女生，我们在手心上写数字，一个数字一个数字地写，悄悄交换了家人的联系方式。

我们那里也有打人的情况。他们明面上说不打人，但是他们跟你谈话的时候就只是你跟一个所谓的领导两个人在谈话，旁边会有一个带你的师傅。只有你们三个在一个房间，他们就算打你也不会让其他人知道。

我被打过，就是因为对他说的那些东西不配合呗。我其实特别顺从，他让我给谁打电话我就会打电话。他会先对你进行恐吓，比如说剁你手指头什么的，我当时就特别害怕，因为没经历过这事，以为是绑架，然后也没有反抗。到后来我才明白。因为我一直跟他说我想回家，我不想在这儿干，他们跟你好话说尽，你要是不改变，他就会教训你两下。他们不会让你有明伤，可能会踢你两脚啊，掐你脖子啊。他们会跟你说："我们干这个合法吗？"如果你说"不合法"，他就会教训你。

在那待了十几天后，他开始让我注册中华英才网、BOSS直聘等这些招聘网站。当然其他的招聘平台也有，你会自己加一些QQ招聘群。因为你是新用户，新用户可以在BOSS直聘上进行填写，招聘平台没有审核过程，第二天就可以直接使用了。我是学地质专业的，他会让我填像测量啊或者技术员等岗位让我招聘。

我当时只有在BOSS直聘上发布招聘信息。在我拿到手机的第一时间，脑子里想的就是走，因为是中午刚吃完饭，他们可能觉得你在这儿比较乖，对你的警惕放松了。当时我还在给我对象打电话，时间比较长，半个多小时，他们听的时候打盹了——他们晚上睡觉比较晚，基本是凌晨1点之后，早上6点起来，可能白天比较困。

我就在打电话期间，给我家人发了求救信息——趁他们不注意的空隙，把短信发出去还要及时删除，因为他们晚上会查你手机。我要发的内容在我脑海里想了特别多遍，基本上10秒左右就发出去了。

当时我发的第一条短信是"传销救我有人监督别暴露"，第二条短信就是"演戏让我回家"，就靠这两条短信，家人和警察把我救出去的。

出逃记——绝望的反抗

口述者：闵林（化名），24岁，男，上海人，IT公司程序员

只要进了那个门，我们就没有自由了。

我是被拉勾网上的信息骗过去的，当时他们问了我一些专业问题，我也查过他们说的那家公司。通过电话面试，对方说公司在天津有一个项目部，入职的话要到那里去，上海也有总部，但是总部不缺人。

到了天津，一班公交车坐了好久，一个多小时后到了他说的那个地方，会有两个人过来接你。

这两个人绝对不是你招聘信息上聊的那个人。我当时有疑虑，就问了他们很多专业问题，他们都能说出来。后来我进去才发现，那里有很多人和我一样都是程序员，搞IT的。

他们会故意拖时间拖到晚上，打一个滴滴，其实滴滴司机都知道他们是传销的，但还是把我们往里面送，因为他们管不了，并且也要从中谋利。

他们在那里租房子，像我住的那一个院子两间房，租给外人就500块钱，但是传销组织去租就是高价，3 400块钱一个月，所以当地人就不参加也不抵触。

我们管那个窝点叫"家"。一个"家"最多有15人，超过15人以后，他们会分寝室，把这个"家"里已经同化的人再分出一个寝室来，管理新人，这是一种方式。

一个"家"里最大的是当家的，第二大就是扛家的。"扛住一个家"叫扛家，基本上都是身强体壮的，打人那种事情，由他们来干。

我们当家的叫刘星辰（音），1997年出生的，他手下有很多人。那里面的人年龄都不大，都是1995年左右的，我们这些年龄比他们大的人还要被他们控制，那种感觉是挺不好受的。

每天进去的人太多了。我进去之后这十天，起码进去了七个人，几乎每天都会有"接线人"，也就是刚刚被骗去的，都是在找工作或者刚毕业的。

进去的前几天别人会告诉你，记住"家"里人的名字，记住"家"里面每一个地方以及特定的生活作息。

日常作息是这样的：每天早上5点50分起床，他们那里面的人会提前定好闹钟，起来以后每人都在一个院子里做100个俯卧撑。接着开始上课，讲授传销的一些东西。

早上上完课以后，9点钟会吃饭，吃面条，一个人大概只有20根左右吧，我不夸张地说。在里面吃的东西很少，反正就是吃不饱，他们顶多会每人发两个馒头、一份咸菜，然后买一大桶矿泉水。

中午我们一人喝一碗粥，那个粥和开水差不多，里面根本就没有几粒米。

吃完我们就自由活动，下棋打牌。到了下午两三点，会让我们继续上课。晚上大概8点钟吃饭，吃完饭之后，我们会在寝室里玩很无聊的游戏，一直玩。还会上一小时课，然后就睡觉了。

有时会躲警察的突击检查，你知道是怎么躲吗？就是把我们带到村庄旁边的田地避风头，在一个山沟里过夜，直到检查结束我们才能回去。我就被带过去一次，在山沟里整整待了20多个小时，凌晨3点多才回"家"。

有一次，我们去那个山沟里面过夜，回来的时候我特别注意了路旁边的一个路牌——杨李院村。

进入这个"家"后，他会找两个专人给你上课，这两个人专门负责你，他们会反复跟你说这个能赚大钱，能发财。开始的时候，你会不信，但是他们轮流说、一直说，这就是一个洗脑过程。

当家的会让你去打牌，我一看到那个情况，我就说我不打牌，我得走，就有几个人控制着你，说进房间，有点话跟你聊。被带进去之后，当家的就会恐吓，他会问你你觉得我们是干什么的，他就一直会诱导你说出"传销"这两个字。当你说出"传销"两个字以后，他会恐吓你，说你怎么知道我们就是传销，你为什么说我们是传销的，是控制你人身自由了，是打了你还是问你要钱了怎么怎么，就是一直在努力说自己不是传销。说你给我们扣了一个屎盆，你要为此道歉，就这样在里面考察三到五天，证明这不是"传销"。

我没被搜身，在我之后进去的一个杭州男的被搜了身。他们把他带到房间里，说你大老远跑过来累了，要不给你按摩一下。按摩就是全身上下搜个遍，看看有没有其他东西。

刚进去只有一个礼拜，我交了2 900块钱，都是借的。

钱是通过支付宝转的账。他拿着你的手机通讯录一个个打电话，然后让你向他们借钱，在旁边监视的不止他一个人，会有三四个吧。也有微信什么的，他里面的人会让你证明自己，发出一点声音，证明不是被骗的，是本人，以消除打钱的人的疑虑。

反正他们这个传销组织会给你一定的时间，要你交钱，交了钱以后把你给同化。交钱的目的就是买他们的产品，称为"蝶蓓蕾"，是一个美白套装，但这个产品其实是不存在的。

他们的解释是，现在交了钱相当于买了一张营业执照，以后可以卖这个产品了。

他们传销租房全挑在那种偏僻的村庄。每个村庄有十个以上的窝点，村里的年轻人基本都出去上班了，留下来的只有老人和小孩。

我们进去的人都被别人盯着，互相之间基本上没有聊天的机会，有的话也只是偷偷摸摸的眼神交流。

我刚进去时也想过集体反抗。但面对这么多陌生人，你不知道该相信谁，不该相信谁，你不敢起这个头。你不知道谁是他们里面的人，谁不是，谁和你一样有想跑的念头。在里面我试了两个，他们都不想出去，我就放弃了。

怎么试呢？就是眼神交流嘛，然后在他们身上比画"110"。我记得有一个人，他对着我笑了一下，然后摇了摇头。我就再也没有尝试，因为很怕有人告密，那样结果应该是很惨的。

我们没有多少反抗的余地。我身份证不在自己手上，连自己在什么地方都不知道。我们住在一个平房里，他们很少让我们出院子。我刚进去时，什么都不能干，我只能待在屋子里，我的衣服都是别人给我洗的。

手机也没在自己手上，但别人给你打电话发短信，他都会让你看、让你回。不过会有人盯着你，你不能乱说话。

进去以后，只有一种感觉，就是绝望。我有过一次反抗：他们里面有个规矩，你不打人，别人不会打你。在进去第四天后我有一种被逼疯的感觉，就想打人后逃掉。但我打完人以后，用砖头拍那人的头，没成功。接着在院子里我和他们里面的人打起来了，然后我就大声喊救命，但是外面一点反应都没有。

最后我被打了一顿，在床上躺了一天。从此我觉得做这种无谓的挣扎没有意义，就一直在服从他们。

你知道我是怎么出来的吗？里面有个女的被骗过去四个月也没有反抗过，一直服从，然后他们就信任她了，把那个女的手机给她用。那个女的拿了手机第一件事就是给她北京的哥哥发定位。她哥哥自己带着人去那里报了警，是警察带着她哥把我们救出来的。

那次救出了我和那个女的，还有一个去杭州求职然后被骗过来的男的，其他人有可能不愿意走。我听那个女的说，不愿意走也是有一定的原因，因为他们会让你投钱，让你去投资提高自己的身价。有很多人投了很多钱，他们就不舍得走了。

我们寝室的领导被警察抓起来了，当时我还指证他是我们寝室的领导，我也不知道警方怎么处理的，我们登记了一下就走了。

我们被救出来的时候已经天黑了，她哥哥就说我们开个酒店住一下，第二天再坐车回去。因为我们身份证也被没收了，还是拿着毕业证说明情况，求着前台给我们开房的。

我们当时在里面刚开完房间，还没在房间待一会，警察就给我们打电话，让我们赶紧离开。

我们马上打了一个出租车去往市中心的火车站。刚上出租车，那个司机就问我们是不是刚从传销组织里被救出来，我们说你怎么知道，他说每天都会接到这种人。

这个事情想找实质的证据很难，我们所在村庄里，根本就没有监控。我在里面被没收的手机现在还在用，手机的通话记录和聊天记录都被删掉了，甚至连支付宝转账记录也被删了。我的银行卡也被收走了，他会提现以后去取，拿着我的身份证和银行卡去取。

我从学校毕业出来之后，感觉还挺顺利的，做程序员工资也不算太低。我打算换一份工作，但被骗过去以后，我发现这个社会有很多地方是人们不知道的。

采访、撰稿/袁璐、彭玮、陈瑜思、于蕾、朱玉茹、李然
原载《澎湃人物》2017年8月6日

云南镇雄留守少年服毒事件

海拔一千多米的梯田上,油菜花开了。

2017年2月8日(正月十二)上午,付贵生踩着泥土,穿过一片狭长的梯田,来到正月初四刚堆的坟墓前。

"怎么这么想不开,要走这样一条路!"付贵生低沉的哭声显得撕心裂肺。新坟旁摆放着几个崭新的花圈,是他17岁的儿子小龙的。

农历大年三十深夜,17岁的少年小龙,在家中喝下一斤半的农药"敌敌畏",不到一个小时便毒发身亡。

遗书里,他写下了留守生活的困顿和与父亲的心结:两人少有的相处中,他因父亲火爆的脾气遭打骂,又被"逼问"账目。"别人都有一个美好的童年,而我却只有在阴暗的阳光里度过……我还很年轻,不是那么想死,但我受不了气",他写道。

大年初二,付贵生从600公里外的省城昆明——他打工的地方——赶回云南镇雄老家。过去十天,他无法入睡,他说,自己最大的错误,就是没有把儿子小龙带在身边。

自 杀

农历大年三十那天,小龙睡到快中午时才起床,自己弄了点午饭吃后,去了一百米外的玩伴小帅家里。

镇雄县盐源镇盐溪村,这个云南北部的小山村,正沉浸在节日气氛中,家家户户都在杀鱼杀鸡准备年夜饭。

中午12点左右，小帅妈妈高秀刚买了一条鱼回家，"我们大家都在看鱼"，高秀看到，小龙进屋后也凑进来看了一下鱼，接着他借小帅姐姐手机登录了一下QQ，待了大约四五分钟就走了。

小龙下了山。山下小卖部的老板娘刘春喜记得，那天中午，小龙独自一人钻进她店里，要买"敌敌畏"。"大年三十，买'敌敌畏'做什么？"刘春喜没有卖给他。小龙接着又走到一里远的第二家小卖部，也没买到"敌敌畏"。

没人知道他最后在哪里买到的这种剧毒农药。小龙的家离盐溪村村部有16里路，走路要一个多小时，村里有人认为，他走到了村部赶集的地方买的。

那天下午，爷爷付荣华觉得蹊跷：小龙跑进跑出家好几趟，他不知道孙子在做什么，"反正也没啥事，你要去耍就去耍"。

傍晚六点多，住在小龙家附近的小龙伯母看到他，"衣服帽子套在头上，身上像裹着什么东西"，从她家门口匆匆穿过。她如今回想，小龙当时裹着的大概就是"敌敌畏"。

这个倔强的少年，预谋已久的自杀，这次没有让任何人发现。

2016年4月，奶奶曾在小龙房间发现一瓶"敌敌畏"，"你床上又没有虱子又没有虫子，你这个用来做什么？"她问道。爷爷付荣华回忆10个月前的这一幕说，当时他们花了很多脑筋做小龙的工作，问他有什么事，"他后来才保证说，'我不会走，以后要孝顺爷爷奶奶'"。那一瓶"敌敌畏"后来被奶奶扔下了山。

两人没有料到，小龙会再一次买"敌敌畏"，悄无声息地实施自杀计划。

大年三十晚上七点多，小龙坐在回风炉边上写东西。"就是本子上那个'遗书'，我当时不知道，我又不认识字。"付荣华说。

回风炉左边是付荣华的床，右边是一张长凳，这个不超过十平方米的房间，既是他们吃饭的地方，也是他们洗澡的地方。30多年前盖的老瓦房，光线很暗，从里到外都已破败不堪，爷爷、奶奶和小龙每人一间房，除了洗衣机外，家里没有任何电器，电视机在三年前就坏了。

小龙就是坐在爷爷房间的回风炉边上，完成了他的临别遗书（前一天在菜地里开始写，到大年三十晚上才写完）。"他那天就坐在你这个位子，用背对着我们写的'遗书'。"付荣华指着到访的澎湃新闻记者说。

山里寒冷异常,回风炉盖上后,向四周散发出热气,煤气味顺着管子冲上了天。此前,回风炉的管子坏了很久,腊月二十九日,小龙特意重新安装好,"他说煤气味不好,花了两个小时装的"。

年过七旬的爷爷奶奶和小龙组成的爷孙之家,小龙是唯一的年轻劳动力。他经常帮爷爷奶奶干农活:打猪草、收玉米、扛东西……不遗余力。

除夕晚上八点多,三人围着回风炉吃了年夜饭,小龙吃了鸡蛋、肉和火腿肠。"都是他一个人吃,我们都是吃素的。"付荣华说,当晚小龙吃了一碗饭,里面和着三个荷包蛋。

吃完饭后不久,小龙坐在回风炉边洗了澡——只擦了擦上半身,接着他又吃了第二顿,"吃了点火腿肠和肉,没有吃饭"。然后他开始摆弄手机。

"不要老是玩手机,玩这个东西没好处。"付荣华说,他听到小龙应了一声,这是爷孙间最后的对话。

那是一台智能手机,手机屏幕早坏了,小龙坐在回风炉边上,把手机电板拆下来敲烂,然后把它们丢在爷爷床尾的角落。

"我看到他把手机丢在那里,还以为他打算好好学习了。"此时已经到了晚上12点,付荣华眯着眼睛躺在床上,听见孙子窸窸窣窣在洗下半身。

当新年的钟声响起,家里一切寂静如平常,睡隔壁的奶奶也躺床上了,小龙把奶奶房间的煤炉用湿煤封住,告诉她不用再起床封煤炉了。

熄灯十几分钟后,奶奶听到小龙房间发出"咕咕咕"的声响。她推门进去,看到孙子躺在床上,口吐白沫,两脚岔开,人已经奄奄一息,边上放着两瓶一斤装的"敌敌畏",一瓶已经喝完,一瓶还剩了一半。

留 守

事后村里有人说,事发前几天,小龙跟父亲通电话被骂。不过小龙父亲付贵生解释,腊月二十八、二十九日他们确实通过电话,他让小龙去买点东西准备过年,但两人并没有起冲突。

奶奶一直抱着孙子小龙,爷爷付荣华惊醒后不停打电话。开始给村里的医生打电话,"医生说吃了'敌敌畏'没救了",后来他又给在昆明打工的小龙父亲付贵生打电话,"宝儿(小龙小名)死了,吃毒药了……"此时已经是新年第一天的凌晨两点。

接到父亲电话后,付贵生一晚没睡。他在昆明搭不到车,从乡里联系了一辆车过去,大年初二凌晨3点才回到家。"本来准备回来过年,但是工钱一直没收到,大年三十才收到两万块钱。"

今年38岁的付贵生,2000年开始外出打工,现在在昆明做建筑木工。他有两个儿子两个女儿,17岁的小龙是家里的老大,从小跟爷爷奶奶在老家长大,两个妹妹和一个弟弟跟着父母在昆明读书。

为什么把小龙一个人留在老家?付贵生说,他出去打工的第二年,妻子张小芬也跟着去了昆明,走时想把一岁的小龙带走,奶奶因为舍不得孙子把小龙"藏了起来"。

上小学五年级时,付贵生曾把小龙接到昆明读书,但他在新学校和同学发生冲突,"外面读书没有学籍,也不能上初中高中。"付贵生说,在昆明上了一个学期后,小龙又回到了村里的小学。

母亲张小芬则说,小龙在外面不习惯,跟爷爷奶奶感情也深,自己想回村里读书。

沙塘村完小的王校长曾教过小龙的语文,对这个孩子印象深刻:有点淘气,成绩不是很好,但挺聪明,和同学也能玩到一块儿。

付贵生说,小龙读小学时,他每年都会回来去学校了解儿子学习情况。不过,小龙初中班主任文泽松说,当小龙班主任两年间,他从没见过小龙的父母,"一年偶尔会电话沟通几次"。

"他跟班里其他同学一样,话不是很多,沉迷于手机QQ游戏。"文泽松说,去年放寒假前一个月,小龙因为课堂上玩手机,被化学老师没收了手机,文泽松因此打电话给小龙父亲,在外打工的付贵生让小龙爷爷来学校取回了手机。

关于这台手机的来源,家人有不同的说法:父亲付贵生说,手机是小龙在干活时捡到的;但母亲张小芬说,手机是买来的。有前来采访的记者在小龙的房间里看到他珍藏在箱子里的一些物件:一些铜钱和纸币,他帮村民干农活换到了这些,再用这些买了一台手机。这台"身世不明"的手机在小龙自杀后被家人扔到了山脚下。

"上初二开始,他(小龙)就经常很晚睡,喜欢在这里玩手机。"付荣华指着回风炉边上的凳子说。

班里很多人玩手机,"管也管不住",有时课余时间或在家里玩,也有学生上课也玩手机游戏。文泽松说,班里有五十多个学生,小龙一般考四十几名。

身高一米七五的小龙,看起来比同龄人成熟,他喜欢穿运动服,不爱穿牛仔裤。同学印象中,他成绩不太好,经常上课睡觉,爱打一款叫《王者荣耀》的网络游戏——这款游戏的简介是:"机关术与魔道肆虐,生存或者毁灭,战争,似乎永无止境……"

在付贵生看来,他们父子也有关系缓和的温情时刻,他曾加过儿子的QQ,那时候小龙的昵称还叫"嗨,兄弟我赖上你了!",有一次儿子跟他说,有人想买他的游戏级别,他嫌便宜不愿意卖。

但没加多久他就被儿子删除了。生命最后的那段时间,小龙把QQ昵称改成了"忧伤心 死亡"。

小帅是小龙在村里最好的朋友,比小龙小两岁,近半年来,小龙经常到小帅的家里看电视。"他喜欢看电影,经常看电影频道、湖南卫视和中央电视台十四(少儿)频道。"小帅说,小龙抓着遥控器,一个人坐在凳子上一边看一边笑,有时候一坐就是一整天。

付荣华"完全看不出"孙子的异常,他回想起来,只觉得那两天他不多说话,也不多喊人。他认为,孙子性格倔强,想要做的事,不可能让人预料到。"这个人脾气古怪啊,古怪啊……"付荣华双眼含泪。

小龙去世的第二天凌晨3点,父母和弟弟妹妹从昆明赶回老家,最小的弟弟一到家里就哭了,嚷着要父亲带他去看哥哥,两个妹妹则对着棺木一直哭。

遗 书

"去年(被父亲)打骂、逼问账目,只因为一点小事情,我过完年,上有七十几的爷爷奶奶,下有十八九岁的哥哥(记者注:堂哥),我无法接受……在这十五年里,我感谢我的爷爷奶奶,是他们教我学会了为人处事,但是我的爸妈在(这)些年里没有一天是他们照顾我,但我不恨他们,因为他们有很大的负担。但是，我希望我父亲改改脾气，不要那么火爆……"小龙在遗书里写道。

"我知道网上有很多人骂我，但这个孩子为什么要这样死？"付贵生想不通。

镇雄县盐源镇坐落在大山深处，从柿凤二级公路往上爬，绕过一座又一座大山。2017年2月10日，天空飘起了小雪，山里云雾缭绕，狭长的梯田却开起了金黄色的油菜花。

从盐源镇再到盐溪村沙塘村民小组，直线距离约为8公里，实际路程则超过25公里，开车要一个多小时，走路要三四个小时，小龙平时就沿着这条路到镇上的盐源中学上学。

学校有学生近两千人，寄宿生六百多人，小龙是寄宿生中的一员，他每个星期天早上走去学校，星期五下午走回家。"下雨的时候就坐车，夏天15块钱，冬天20块钱。"与小龙一起上学的付青说，他们多数时候是走路。

付青比小龙低一个年级，他曾听小龙抱怨过与父母感情不太好。

外出打工十几年的付贵生，在昆明租了一间二十平方米的房子，里面放了三张床，一家五口人挤在一起，每个月房租几百块钱，"在这里住了有近十年了"，妻子张小芬说。付贵生做建筑工，每个月工资大约三四千块，张小芬主要在家带三个孩子，偶尔找些零活干。付贵生说，三个孩子在昆明一年学费要花六七千块，另外还有早餐钱，中饭和晚饭都是在家吃。

有四百多人的沙塘村民小组，土砌的瓦房散落在山坡上，夜晚星星点点的灯光，看起来像洒落大地的星星。沙塘村组长傅德松介绍，村里40%左右的人在外务工，在家里的主要是老人和小孩。因为修公路，村庄里的土地和房屋被征收了一部分，山坡上的梯田被留守村里的人视为生存根本。

70多岁的付荣华说，他们喂养了六年的母猪，去年下了两窝小猪仔，"卖了一万多块钱，去年全部都花完了"。几个儿子除了小儿子付贵生，另外两个儿子极少会给他们钱用——因土地和房子的分配问题，付荣华和其他两个儿子产生矛盾，因此尽管住得很近，小龙一家很少与伯伯家往来。

小龙也很少见到父母。因为超生，付贵生需要缴纳一笔不菲的社会抚养费。2月8日，他坐在煤炉边，掏出一张断成四截的纸，那是2012年乡政府发来的"缴纳社会抚养费通知书"，上面写着：付贵生必须于2012年内补缴社会抚养费14 560元。为了逃避缴纳抚养费,"我老婆从2006年出去,总共就回来过一次,每次回家都是我一个人"。

张小芬说,因为路途遥远,身边又有三个小孩,一般是小龙放假到昆明玩。这位母亲在儿子2岁时离开村庄,她说儿子如今"内向",也不和她亲近,母子间很少沟通。

2016年暑假,小龙在昆明待了四十多天,"说话总共不超过五句,"张小芬说。小龙回到老家后,张小芬打电话给他,他基本不接,甚至还把张小分拉黑了。

因为生活负担重,小龙常捉泥鳅卖以补贴家用,尽管也卖不了几个钱——后来村里种水稻的田少了,改种了玉米、花生和蚕豆,地里慢慢就没有泥鳅可捉了。

父 子

只上过小学三年级的付贵生,希望儿子小龙通过读书走出大山。

"可能期望比感情高,因为他是老大,如果读书出去了,对弟弟妹妹也比较好。"但是小龙成绩不好,七八门功课加起来经常只考一两百分,比如刚过去的期末他考了152分。

"打骂肯定也是有的,也就那么一两次。"付贵生一边说一边搅动着煤炉,烧得火红的煤渣"哗哗哗"掉到煤炉里,他挖了一勺湿煤覆盖在上面,屋子里瞬间散发出一股刺鼻的气味。

这个望子成龙的父亲,被村里不少人认为对小龙很"凶"。"教育小孩的方式不对。"村民高秀说。

生活窘迫,每星期30块钱的生活费,小龙将每一笔花销都记在记事本上,父亲回家时也会查账。村里的孩子对澎湃新闻说,如果账目不对,小龙就会挨打。

2月7日,澎湃新闻记者看到,里面记得最多的花费是方便面和米线,还有多笔一块钱的火腿肠支出——记账的习惯来自父亲付贵生的教导。

付贵生回忆,2015年除夕夜,他询问儿子的学习情况和生活账目,坐在角落的小龙突然大声说:"你为什么要把我生在这个世上,让我活得这么累!"

事后,他翻来覆去地想儿子自杀的原因,总结出四点:读书成绩不好的压力;家庭情况及住处不好;因为社会抚养费的问题,父母平时都不敢回来;第四点是小龙认为他没有给够生活费。

付贵生本来打算回家过年,但他一直没有拿到工钱,大概腊月二十六七,他叫儿子向爷爷拿点钱去办年货。"我是让他爷爷暂时垫一下,到时候我回家再还,这个孩子就因为这些想不通……"

床上的毛毯色彩鲜艳,在灯光下越发显得刺眼。床边有一个黄色的床头柜,抽屉里放着小龙的身份证、课本和记事本……边上有两床被子和几桶食用油,进门的地方还有几袋大米,是前几天民政局等政府部门送来的。

付贵生称自己最大的错误,就是没有把儿子小龙带在身边抚养,但他转念又想,"可是在外面也进不了公家学校,一个小孩一年要交3 000块钱学费"。他忧心忡忡地说,小龙的弟弟妹妹以后大约也只能回老家读书。

云南网2012年的报道显示,153万人口的镇雄县,是昭通市11个县区中劳务输出最多、留守儿童最多的县。

2月10日,沙塘村完小的王校长告诉澎湃新闻,学校里一半以上学生是留守儿童。小龙就读的盐源中学有一个心理疏导室,副校长刘应富2月11日告诉澎湃新闻:学校两年前开设心理疏导室,安排了两个老师坐班,对相关学生进行心理辅导,但他们并没有发现小龙有什么异常。

在长期关注未成年人保护的律师郑子殷看来,留守儿童的需求和心结,隔代的爷爷奶奶和老师很难解开,这需要专业人士来疏导,也需要政府投入更大的关注。"父母打骂孩子已经有了反家暴法,但父母对孩子的关心不足,在我们的立法上还考虑得非常少。"

小龙家的窗台上放着一个黄色的盒子,那是腊月二十八,付贵生给儿子买的新鞋。"买了一双运动鞋和一件运动衣服。"但付贵生还没来得及告诉儿子,"我朋友说有熟人到泰国打工,干满一年有二十万块钱,我打算正月回家来办护照,到时把衣服鞋子一起带回来给他。"

但小龙不会知道了。2月1日,他被下葬到距离家一里远的梯田里,100多位村民赶来为他送行。父亲给他买的新鞋子和衣服几天前也拿去烧了。2月7日,小龙的房间装上了明亮的白炽灯,将房梁上的蜘蛛网和坑坑洼洼的地面照得一清二楚。

（文中部分人物为化名）

采访、撰稿/明鹊、郭芄、谢煜楠、赵梦菲

原载《澎湃新闻》2017年2月14日

"穷孩子"的成功课与命运突围

1996年出生的武子璇总是不声不响，学习成绩不高不低。站在陌生人面前，她甚至害羞得说不出话来。

在众人的瞩目中，她缓步走向那架黑色的、闪亮的钢琴，十指抬起，一连串流畅的按弹后，音符从指尖轻盈地流淌出来，她的从容让旁观者察觉不到，她穿着一身破旧的、布满灰尘的衣服。

武子璇跟随做建筑工人的父亲在工地的砖块中间长大。2005年，离开老家江苏沛县后，她成了上海30多万农民工随迁子女中的一员，在一所农民工子弟学校上学。

武子璇还是一支叫"放牛班的孩子"的合唱队的成员，她的歌声洪亮，对钢琴也有特别的天赋。

当张轶超组建"放牛班的孩子"时，他受到一部法国电影的启发——影片中，才华横溢的音乐家克莱门特用音乐打开了一帮乡村"问题少年"的心；在现实世界中，张轶超想通过音乐课程帮助随迁的孩子们获得一种美的熏陶。

40岁的张轶超是上海久牵志愿者服务社（以下简称"久牵"）的创始人，从2001年起，这所机构为农民工随迁子女提供公益教育服务。张轶超的另一个身份是上海一所国际学校的老师，教高中生TOK（知识理论）课，探讨如何选择自己的人生。在贫穷与富裕之间来回，张轶超试图让前者与后者一样拥有多样的选择。

11年里，一届又一届的"放牛班的孩子"长大：有人留在上海念中专毕业后进入社会；有人回到老家读高中参加高考；还有8个人拿到了全额奖学金出国读书。尽管许多人还在他们的命运轨迹里盘旋，但他们已经意识到自身拥有的可能性。

久 牵

2017年5月底的一天，下午5点多，张轶超出现在大学路上的久牵浦西活动中心。高而瘦的他戴着眼镜，穿一套整齐的黑色西装，内搭浅色衬衫，不扎领带，看起来文质彬彬。

他随意坐在弹钢琴的凳子上，跟孩子们闲聊。钢琴上放着一张十年前张轶超与孩子们的合影，那时的他脸上还透着学生气。

2001年，复旦大学哲学系研究生张轶超骑着自行车，穿过校区，由国权北路转入废弃的江湾机场，无意间闯入一片外来农民工聚居区，这里有几所农民工子弟学校。

学校是在废旧厂房的基础上盖的，孩子们灰头土脸地在空地上跑，看到张轶超脖子上挂着相机，就一个个冲到他面前，摆各种姿势，要他拍照。

张轶超组织复旦大学学生去学校支教，但课堂上很吵，有人打闹，有人写作业，有人擤鼻涕，还有人在吃东西，只有很少的人在听课。学校的老师对志愿者也爱理不理，甚至对志愿者纠正孩子们的英语发音不满。

一次，他的一个朋友来学校，带了许多文具和一大袋糖果。张轶超把糖果交给校长分发，可当他走出在二楼的校长办公室，只听到身后传来兴奋的喊声："孩子们，快来吃糖啦！"他转身一看，糖果在空中飞，孩子们拼命地争抢，有人打起来，有人哭起来……这个画面让张轶超无法释怀。

他在想，这些孩子的未来会是怎样的呢，"他们最需要的是优秀的老师和系统的教育，而非物质上的暂时改善"。

张轶超打算开辟新的教学场所，他在国权北路上租了一套房子作为教学点。久牵诞生了。

从2002年2月开始，除了语文、数学、英语等主课是志愿者到农民工子弟学校教授，其他所有兴趣类课程，都在久牵进行。这些课程包括天文、音乐、绘画、电脑、历史、诗歌、摄影等，张轶超想让孩子们了解更多有趣的事情。

岔 路 口

据2007年上海市教育事业统计,截至2007年9月,上海接受义务教育的外来流动人口子女近38万人,其中初中阶段8万多人。

新华网2008年的一则报道援引共青团上海市委、上海市社区青少年事务办的调查称,初中毕业后,有约一半来沪农民工子女留沪跟随父母一起经商、帮工,或进入成人中专、技校或其他中等学校就读,另有一半来沪务工人员子女散落在社会之中,处于就学就业两难境地。

姚如惠是久牵的孩子中第一批站在"岔路口"的人。1992年出生的她,在7岁时跟随父母从老家安徽蚌埠来到上海。2006年,父母要把读初一的她送回老家——姚如惠的父亲因家境贫寒,读完初中便辍学,一直心怀大学梦,认为考大学才有出路。

对于随迁子女来说,从小离家,他们对家乡的记忆非常模糊,老家通常只是身份证上的一串地址,只有在需要填写住址信息时,才会翻出来查看。而因为教材版本、教育环境和上海也很不一样,他们回家后通常要经历一段艰难的适应期。

姚如惠去了一个寄宿制学校,班上90多个学生,每天六点早自习,九点晚自习结束。她成绩优异,中考进入县城一中最好的"火箭班",但这里课业压力很大,下课后,所有人都在看教辅资料做题目。一次她数学测试考了108分(满分150分),被老师点名批评,直到她下一次考了130多分,才提心吊胆地躲过点名。

姚如惠在那里像完全变了一个人,不怎么跟同学讲话,整天担心成绩跟不上。她很困惑,为什么要回到老家,她也不知道是否应该回上海。

当姚如惠在高考的题海里奋战时,升入初中的林兰兰,也面临去和留的选择。

1995年出生的林兰兰是河南周口人。2000年,父母把她和比她大两岁的姐姐林庆庆、比她小两岁的弟弟林创创都带到了上海。

爸爸最初的工作是收废品,妈妈是保洁员。白天他们上班,怕孩子受欺负,就把他们锁在家里。对面一户人家有两个儿子,把沙子和石头扔到林兰兰家锅里，三个孩子气得不行。等到父母回家，门一开，林庆庆就冲出去揍对面的男生。

姐姐林庆庆读完小学，被父母送到老家的寄宿学校。班上有130多个学生，60个人住一间宿舍，睡上下铺。她不仅无法适应那里的教育方式，还水土不服，浑身长痘，得了慢性胃炎，一年后，林庆庆又回到上海。

林兰兰成绩优秀，从小学到初中都是班长，父母也希望她可以回家考大学。但林兰兰不想回去，她还是喜欢上海。

合　唱　团

2006年，一个跟平常无异的早晨，林兰兰穿着松垮的秋衣，满身尘土地站在学校的操场上做完早操，在校长发表枯燥的讲话后，一个年轻的男人突然走上台对他们说，想组建一个合唱团。

他就是张轶超，在宣布组建合唱团的消息后，同行的志愿者柯慧捷拿出吉他弹奏起来。从没见过吉他的孩子们，脸上写满了新奇，都跑过去想要摸吉他，新奇感和"这个合唱队肯定很好"画上了等号。

几百个学生排起长队报名，一个个试音，最终筛选出36个人。林兰兰、林庆庆都被选上了。

多年后，张轶超回忆，组建合唱团其实是件"拍脑袋"的事。一天晚上，他看了法国电影《放牛班的春天》，看完后就有点小兴奋，"哎，办个合唱团挺好"。

他给合唱团取名"放牛班的孩子"。每周上两次课，孩子们从发音开始学，张轶超托着腮帮子坐在一旁听，"尽管他们很吵，唱得也不咋的，但很投入很认真"。

一开始，他也听得头大——这毕竟是一群从没上过音乐课的孩子，张轶超那时心想，怎么唱成这个样子。但两个月后，孩子们越唱越好，听他们排练，变成了一种享受。

在张轶超看来，合唱团也许不会改变人生，但会让人生更丰满一些。

随迁子女的父母几乎都是全年无休地工作，没空陪伴孩子，彼此之间也缺少交流，许多孩子寡言少语，不愿表达，如果父母老师责怪他们，他们最寻常的态度就是沉默。

玩是张轶超跟孩子们建立信任的方式。新江湾城曾是一块湿地,张轶超带着孩子们去那里抓虫子,鼓励他们带回去养。他还带他们玩藏宝游戏,打羽毛球、抓龙虾、放风筝、探险、看电影、打游戏……

孩子很容易厌倦,他需要不断开发新鲜玩意儿。他拿着天文望远镜带他们去看星星,带他们到外滩拍摄汽车的尾灯、前灯,教他们如何曝光,拍出漂亮的光带。在姚如惠的印象中,她跟着张轶超走了很多很多路,每天走得脚疼,"我们去江湾镇靠走路,来回要走七八公里"。

他带他们去吃沙县小吃、肯德基和高档食物。有些孩子吃了高档食物,会跟别人说:哎你知道吗?我今天吃的这个东西多少多少钱。

张轶超会教育他们:"我带你吃这些东西不是想让你跟别的小孩炫耀,在我看来,不管是沙县小吃还是几百块的菜,没有任何区别,我只是想让你体会这个世界的丰富性,食物可以做成这样,也可以做成那样。"

就在这些细微小事的指点中,孩子们开始认识世界,独立思考。

2006年,合唱团在上海电视台参加演出,演出结束后,歌迷把荧光棒扔在舞台上,十岁左右的孩子们一窝蜂冲上舞台抢荧光棒。

张轶超很生气,把他们训了一顿,"抢得脸红脖子粗,我让他们去想,为什么要去争抢这些荧光棒?"

站在回乡与否的人生岔路口,久牵的孩子们也需要去想很多"为什么"。

在大多数随迁子女的父母看来,回乡参加高考是唯一"出息"的可能,但林兰兰没有回乡,她在上海读了中专。基于自我的认识,对自己的人生做出选择。这是张轶超在国际学校上的知识理论课的内容,他希望久牵的孩子也能认识和创造更多的可能。

出 路

2009年的一天,张轶超从朋友处得知,有一个国际学校可以提供免费的全额奖学金,前提是学生足够优秀。

这个学校就是UWC(世界联合学院),它成立于1962年,吸收来自世界各地、不同文化背景的学生。张轶超希望久牵的孩子去试一试，后来王新月、姚如惠和刘燕霞三个同龄的女孩被送到北京免费学托福。

那时正是姚如惠高考前几个月，她请了一个月假学托福。班主任觉得她在"瞎搞"，父母也强烈反对。申请UWC时需要班主任写推荐信，但班主任说，这学校是骗子，"看名字大有可能是骗子"。

在张轶超的建议下，姚如惠还报考了复旦大学的自主招生，但"题目超难"，她考得很差；她还尝试直接申请去国外读大学，也失败了。最后阶段，姚如惠突然就气馁了，给UWC的申请书写了，却没有寄出去。

不够坚定的刘燕霞也没有投递申请书。

刘燕霞是重庆人，跟着父母到上海后换了三个小学，小升初时，她进了唐镇中学。唐镇中学不仅有上海本地学生，也有外地学生，初一时按成绩分班，刘燕霞成绩年级第一，在一班。初二时，考虑到外地学生不能参加中考，学校按户籍分班，刘燕霞就被划到二班。

整个初中三年，刘燕霞的成绩一直保持在年级第一，她还参加各种课外活动，比如每周去高桥烈士陵园做讲解员。"那时候特别不理解，我为什么不能上高中，比我成绩差的都能上。"

初一刚结束，刘燕霞考察了老家的学校，发现不仅教材版本不同，学习环境也完全不一样。"唐镇有征文活动，但他们只有上课、考试，不能看课外书，我很失望，还是想回来。"

三人中，只有王新月一人最终投递了申请书。2011年1月，她收到了面试通知，张轶超陪她去北京参加面试。

UWC喜欢有独立思考能力的学生，王新月跟他们讨论，如果她是政府工作人员，想做哪些事情。在回来的出租车上，张轶超对她说："你很关键啊，王新月，你肩负着很多人的命运呢。"

2011年4月，王新月被UWC录取了。她的成功让久牵其他孩子看到了希望，申请UWC一时在久牵成为"风潮"——但UWC官网上显示，他们的总录取率只有5%。

林兰兰原本对自己未来的设想是：读完中专先工作，边工作边考夜大。她认为做什么工作没太大关系，只要努力，保持向上的生活状态，就可以在上海站稳脚跟。

在中专一年级时，林兰兰首次申请UWC被拒。后来，一个去了UWC的学生回到久牵，分享在国外的学习经历，林兰兰托着腮，满眼的羡慕："那你就讲一件在UWC最好玩的事情吧。"

2014年这一年，久牵有三个孩子被UWC录取，分别去中国香港、英国、德国读两年大学预科。林兰兰是其中的一个，这是她的第二次申请，她去了英国。

选 择

在王新月被录取这年，姚如惠也考上了安徽大学。

进入大学后，她感到有些迷茫，第一个月就萌生了退学的想法。姚如惠去找张轶超，张轶超告诉她："你要退学也没有太大问题，但你前面的努力……你退学之后干什么呢？没有想清楚就不要退。"

同龄的刘燕霞这一年进入上海信息技术学校读中专。中专毕业后，刘燕霞经过层层面试，找到一份专业对口的公司实习。

那家公司很大，刘燕霞喜欢公司自由的企业文化，那段时间，她最大的愿望就是可以转正。但那个寒冷的冬天，她被告知没有被录用，她在租的房子里痛哭不已，"我也知道文凭很重要，有时也会感觉到跟室友的差距，一想到自己的未来，真的会哭"。

2008年，张轶超在浦东建了第二个久牵活动中心，刘燕霞是唯一一个浦东合唱团成员。下午4点半放学，她跟着张轶超一起，换乘好几趟公交，从浦东坐将近两个小时车去浦西排练。

让她印象最深刻的是，大家都把久牵当家一样。一开始，浦西的孩子不知道她的名字，就喊她"浦东的、浦东的！"

每周一次的合唱让刘燕霞很期待，"老师会教我们用气息唱歌，五线谱怎么看，拍子怎么打"。除了唱歌，刘燕霞还在这里学英语，上兴趣课。

小时候，她曾有很多个梦想。等到长大了，有的忘了，有的没有实现。"接触到合唱我就想当合唱老师，接触记者就想去做记者。张老师鼓励我，说这是孩子的天性。"

多年后，刘燕霞向记者回忆这些往事时，还会陷入更久远的记忆：

2000年,她跟随父母,沿长江坐船到上海。全家人搬了一箱子泡面,在船上吃了一个礼拜。爸爸最初在上海做门卫,一家三口就挤在浦东唐镇的一间门卫室里住。

在上海生活了17年,刘燕霞看着周围的摩天大楼,常觉得自己不属于上海,走到哪里都在漂泊。

毕业后,她独自在外租房,有时跟父母匆匆见一面,他们叮嘱她好好工作挣钱:"给你养大了,成人了,下面的路就由你自己走了。"

实习没有通过,久牵的一位老师推荐刘燕霞去了一家蛋糕店。她在那里负责包装蛋糕,但没多久,她就辞职了。刘燕霞觉得那份工作没有价值,辗转又换了两份工作,一直在寻找自己真正想做的。

回到久牵

2015年,姚如惠大学毕业,回到了久牵。她目标清晰,张轶超曾经带她走过的路,她想循迹前行,如今她是久牵浦西活动中心负责人。

久牵浦西活动中心位于复旦大学附近的大学路,100来平方米的屋子里铺着地毯,四周摆着钢琴、吉他、电脑,书柜里有各种书籍,架子上摆满了玩具、桌游……

下午三点多,风从阳台上吹进来,林庆庆在客厅铺上瑜伽垫慵懒地躺下,有人在弹吉他,有女生随着吉他声唱起歌来。

过去十年,久牵每年接受的孩子大约100人,不断有人离开和加入。某种程度上,久牵就像他们的避风港。林兰兰回国有时就住这里,林庆庆生活不顺时会逃来这里,屠文建中专毕业工作不如意时也会回到久牵。

1994年出生的屠文建是安徽霍邱人,5岁来沪。2006年,他成为"放牛班的孩子"的一员。屠文建痴迷于唱歌,小时候梦想当歌星,在合唱队时他当领唱,"觉得我很牛!"

小学毕业后,屠文建不愿意回老家,他在上海读了中专,但不喜欢学的计算机专业。跟林兰兰一样,屠文建也曾申请UWC,但只申请到半额奖学金,就没去。

2013年,离毕业还有一年,他已经修满学分,想早点出去挣钱,经张轶超推荐,他去了一家工厂。原本想去学财务,但去了之后,工厂安排他去流水线。

他的工作是在流水线上修机器,早中晚三班倒。"那班人都比我大,他们想的东西跟我想的不一样。他们都是想赚钱,我是想学东西,但是学不到东西。还要跟领导撒谎,讨好师父,不然待不下去。"屠文建难以融入工厂生活中。

他不喜欢这个工作,但在学校没有事做,也找不到别的工作。这里每天加班,一个月可以拿到6 000多元,他用"熬时间"形容自己那时的状态,压抑的时候就拿拳头对着墙壁打。

两年后,屠文建辞职,回到久牵做会计,一个月工资3 500元,但他不介意比工厂低。"这是我的家,我在家里工作,拿3 500元,已经很开心了。"

屠文建现在一边工作,一边自考大专,他想继续读大学,也想一直留在久牵,这里让他有安全感。但母亲马绍玲并不满意儿子现在的工作,因为工资不高。

他们家靠近江湾镇,是个由仓库改成的房屋,一家住在二楼的一个十几平方米的房间里,一个月租金1 100元。家里很简陋,一张双人床,一张上下铺,下铺是屠文建的床,上铺堆满了杂物。

马绍玲寄希望儿子通过读书改变命运,但屠文建成绩不够好。来到上海后,她又生了个儿子,也在久牵,现在读小学,她打算明年带他回老家读书。

"你有想过找别的工作吗?"记者问屠文建。"No!那样的人际关系不适合我。在别的地方没有在这里自由。"

命 运 轨 迹

在上海生活七年之后,2012年,读初二的武子璇跟着母亲回到了户籍所在地——江苏沛县。

她还记得几年前,离开老家的那晚是深夜,母亲把她叫醒,弟弟在母亲的怀里酣睡,而她困得睁不开眼,拽着母亲的衣服闭着眼睛往前走。

武子璇在老家读完了初中、高中。2017年6月,她参加了第二次高考,她希望高考后，去外面看看，把握自己未来的路。

刘燕霞如今在张轶超所在的学校做实验员，有一个干净独立的办公场所，她很喜欢这份工作，希望有一天可以当学科老师。2015年12月，她自考拿到大专学历，现在自考本科，还剩下三门课就可以毕业。

受张轶超影响，林庆庆和另一位久牵的孩子侯学琴毕业后都选择做公益。2017年5月底，侯学琴辞去自己毕业后的第二份工作，进入一家关于水污染的公益机构工作。"工资不是很高，但是做得开心就好。"

而王新月和弟弟王泽方、妹妹王雪蒙都考上了UWC。

从UWC毕业后，林兰兰申请到美国一所大学的全额奖学金，如今已经读完大一。2017年5月，40岁的张轶超结婚，林兰兰回来参加婚礼。不久后，她又匆匆前往墨西哥参加夏令营，学习西班牙语。

2014年，张轶超给林兰兰等四个"放牛班的孩子"颁发了久牵的毕业证书，上面写着："感谢你在久牵这个家付出的努力与勇气！祝贺你已经拥有自由的灵魂。"

林兰兰从张轶超手里领到毕业证时觉得，好像要永远离开久牵这个大家庭，未来的路会越走越远。

久牵的孩子们来来去去，但张轶超像大树一样扎在那里。2002年他硕士毕业，公立学校那时待遇最好，但他去了私立学校，在学校上课外的时间，都用来陪久牵的孩子。

有时别人会问他的父母，你儿子复旦毕业啦，去哪儿啦？在做什么呢？父母感觉受到打击，不知道怎么回答。

张轶超为此曾和父母发生争吵，双方谁也说服不了谁。如今，尽管久牵多次被媒体报道，受到赞誉，但张轶超仍然无法让父母为他做的事情而自豪。"他们会觉得上个电视被采访不是了不起的事情，能拿高薪才是。"

5月27日，张轶超在久牵给孩子们上TOK课，他提出一个问题：成功是什么？

八个学生围着他，最大的23岁，最小的在读初三。初三的男孩王振涛不假思索地回答："久牵就很成功啊，它改变了我们外地孩子的命运。"

张轶超望着他，微笑着说："我们还没有成功。"

在他看来，成功是突破自己既有的限制，也可以称之为命运。比如，流动儿童的命运通常是，初中毕业以后读个中专或者学个技术，成为普普通通的技术工人，或者做点小生意，成为个体户。在这样的命运里，他们很少去思考自己的人生价值，更多是为了谋生。"我觉得他只是意识到自身拥有很多可能性，但他依然还在他的命运轨迹里，没有跳出来，他未来还要面临很多束缚和压力。"

从久牵走出去的孩子，有人去了UWC，有人考上了大学，还有的人中专毕业。无论哪条路，这些孩子都面临需要突破的命运。

"去UWC的孩子，只是进入了另外一个命运轨道，他们在国外读完大学之后，也会有一条既定的道路，进外企，在写字楼里面工作等，这又是一个他们要突破的内容。"但张轶超觉得，可以独立地认识这个世界，然后有勇气选择自己的人生道路，他们在久牵就毕业了。

采访、撰稿/张维、邹佳雯、王迪、殷一冉

原载《澎湃人物》2017年7月10日

少年"逃离者"

2017年2月23日,在留下一封信后,16岁的大连女孩李鑫离家出走。直到18天后,父亲李国连才在3 000多公里外的广州找到她。

在媒体的报道中,李国连称最大的遗憾就是与女儿沟通太少。"就是现在地上掉下一块金子,我都不会捡的,我要我的女儿。"他说,这是一次"教训"。

李鑫的故事似乎结束了。然而在现实世界的一个隐秘空间里,许多离家出走的少年像李鑫一样在寻找出口——一方面,他们用离家的方式反叛父母或家人,意欲切断和原生家庭的联系;另一方面,他们又极度渴望一个温暖的家。

人民出版社出版的《中国流浪儿童研究报告》显示,截至2008年,中国有流浪儿童约100万名,其中一半以上是离家出走者。

在长期从事犯罪心理和青少年心理问题研究的中国人民公安大学教授李玫瑾看来,离家出走是"青春期的一个现象",应该"在家庭的基础上解决问题"。"让孩子觉得你(指父母)是关注他的,或者说有时候在于他愿意跟你聊天,这是最重要的。"李玫瑾对澎湃新闻说。

从家庭走向街头,青少年们被暴露在更大的风险中。2017年3月23日,美国《赫芬顿邮报》援引美国国家贫困儿童和无家可归者研究所的一项研究报告称:超过40%的无家可归的青少年与抑郁症斗争,比同龄人高出12个百分点(29%);无家可归的青少年更频繁地考虑自杀,比住在家里的青少年多出三倍的自杀行为(20%:6%);几乎四分之一的无家可归的青少年被迫与他们约会的人发生不必要的性行为。

显然，这不仅是一个个离家出走的故事，它揭示了出走背后的不安、焦虑和危机。

"去别的地方生活"

13岁时，因为"家人管太严"，青海少年秦杰第一次想离家出走。这个念头冒出来以后，一直盘旋在脑中，像雪球越滚越大。没多久，他执行了这个想法。

初一下学期，他找到两个比自己高一年级的校友，提议一同出走去别的地方生活，另外两个人"想都没想"就同意了。

他清楚地记得，那是一个冬天的周一。他们在学校碰头后扔下书包就走出了学校，出去后第一件事情就是"商量去哪，怎么去"。最后得到一个"可笑的结论"，他们决定徒步去100多公里远的一个地方，直到后来被父亲找回家。

许多离家出走的人觉得，自己是被家庭抛弃的那一个。2008年夏天的一个下午，秦杰的父母离婚了。那天，秦杰没有去法庭。他在家穿着棉衣玩电脑，一边玩一边冒冷汗，冷得直发抖。

父母因财产纠纷闹到了法庭，"当然，财产当中不包括我"。晚上父亲回到家，告诉他母亲要走了所有的财产，"留给我爸的，只有我"。

他在电视剧里看过父母因为孩子的抚养权争执不下，"但我妈却很随便，很容易把我留给了我爸爸"，他想不通。

在大街上游荡，秦杰常会遇到和他一样离家的人，他称为"同道中人"。

像一种惯性的牵引，他离家出走过很多次。有时出走一个星期，有时一个月，有时一年。父亲找，他躲，但多半都会找到，父亲把他带回家后，不打不骂，苦口婆心地劝说。可他就是不肯回学校。

直到2012年他参加完高考，报名的前几天和家人吵了一架，再度离家出走，就没再回过家。

和秦杰一样，安徽人蒋超也不想在"每天受虐"的家里待下去了。

在他的记忆中，小时候，父亲当着弟弟的面打骂他是家常便饭。他寡言少语，独来独往，朋友只有一两个。"长期的打骂让我形成了内向自卑的性格，直到现在也是这样。"他剖析童年生活的影响。

记忆模糊，蒋超只记得一些"心碎的故事"：初中的时候，他喜欢足球，一个同学送给他一张球星巴蒂斯图塔的海报，那是他最喜欢的足球明星。他拿着海报回到家里，径直钻进卧室藏起来。父亲跟了进来，问他刚刚拿的什么，他摇头。父亲在他房间里翻了半天，"没翻到，逼我拿出来"。

他怯生生地从床垫下取出海报给了父亲，"他打开一看，骂了句脏话，然后一脚踹倒我，把海报撕个粉碎"。

那晚的场景蒋超至今也忘不了："虽然打骂已经习以为常，但是这件事深深刺痛了我。"

"离家出走，去一个可以让我安身立命的地方"，他这样想。15岁时，蒋超用平时攒的钱买了编织袋，装好衣服和行李，借了路费，搭上去往安徽铜陵的火车，那里离家400公里。

听着车轮与铁轨的撞击声，他迷迷糊糊地到了目的地，在同学姐姐开的一家餐馆里当起了服务员。

半年后，父亲通过同学找到了他。接到父亲电话的那一刻，蒋超形容"如同跌入深不见底的冰窖"。尽管嘟哝着不回去，他还是被父亲带回了家。

故事没有结束。大三时，蒋超辍学了。随后几年，他辗转于天津、合肥、徐州等多个城市工作，一直在外漂着，即使春节也不回家。

"无根的浮萍"

在28岁的蒋超眼里，夏阳是离家出走的"传奇人物"，"他骑着一辆破自行车的足迹遍布全国"。

夏阳的父母离异，没人管他，他"自己做自己的主"。离家的几年里，夏阳相继去过河北、北京、天津、河南、江苏等13个省市。

四年前，夏阳无意间发现了"离家出走"的百度贴吧，他很快成为里面最活跃的人物。夏阳在"离家出走吧"发布的第一个帖子就是讲述自己离开江苏昆山的经历，那是他认为"最有水准"的一篇。

那段时间，贴吧成为夏阳的"精神食粮"，白天和夜晚都耗在这里。他在贴吧的级数是最高等级"13级",2012年的发言量超过1万条。

直到有一天,夏阳发现网络上有骗子,诱骗离家的孩子从事卖淫、打黑工等不法活动,甚至将其拐卖到偏远农村。

故事从虚拟走向现实。2012年,一个四川的女孩跑到河北,被一个人强奸了,夏阳跑到河北陪着女孩去派出所报案。

还有一个14岁的福建男孩晚上跑到江苏"投奔"他,他联系上男孩父母,男孩知道后后半夜跑掉了,夏阳带着男孩父母从江苏赶到杭州,在一家网吧里找到了男孩。

2012年,有不少人找到夏阳家,把那儿视作避风港。有的人落脚后直接找工作上班,有的在他的出租房里待了几天被他劝回家了。"最猛的时候,一间房子睡三个男生、一个女生,男的全部打地铺,女生睡床。"其中一个男生15岁,其他几个17岁。

从虚拟到现实的互动,给夏阳带来成就与失落交织的复杂情绪。"有时候心理会美滋滋的,但又得不到现实生活中别人的认可。"

成为吧主后,只要见到有留下个人联系方式、煽动组队离家出走的帖子,夏阳立马删除。在贴吧待了一年多,因为他"太过较真",结果被有的贴吧管理志愿者"清理出去"。

从曾经的"出走者"转向如今的"劝导者",另一位吧主秦杰时常感觉无力。"未成年人心智不成熟,很容易被网上所谓理解自己、收留自己的人感动,继而去投奔,发生的悲剧很多。"

让秦杰记忆最深的是一个16岁的东北姑娘,被一个30多岁的男人骗到农村做老婆——事后女孩逃出来诉说了她的亲身经历。

在贴吧里待久了,秦杰成为里面"经验丰富、值得信任"的人,他形容自己的贴吧管理理念是"坚决打击组队离家出走、教唆离家出走和未成年离家出走"。

秦杰通常会删帖和封禁发帖账号,却"没有办法禁止他们发私信给要离家出走的人",现在他每天大概要删十多个帖子。

"很多人因为家庭原因离家出走。可能家庭不和睦,家庭暴力,感受不到家庭的温暖而选择这条最难走的路。"秦杰分析这些"逃离者"的内心世界。

和秦杰一样，郑宇离家出走也是因为父母离异。第一次离家出走是初一暑假，他坐车到离家十几公里的地方，和几个同样离家出走的小孩会合。每一天是怎么过的，他已经记不清了，只记得几个小孩挤在一个小房间里，满脑子只想着怎么挨过明天。

离家五年后，郑宇在网络日志里写下他对父亲的感受："父亲是一座山，望尘莫及的山峰。记忆中的父亲，永远是一副不苟言笑、冷酷的脸庞……父亲不允许我受伤哭泣、委屈哭泣，他要我做钢铁意志的男人，最后把我变为冷酷无情的怪胎。"

平时，郑宇开着一家水果店，从店里回到家以后，他所有的空闲时间都泡在游戏"英雄杀"里。

"离家出走吧"是在2004年开始创办的。夏阳刚开始上贴吧的时候，这里有2 000多人，现在已经发展到有两万多人。在这个幽暗的空间里，大家就像大海里的无根浮萍，一片碰到另一片，日常生活、情感交流和游戏是被讨论最多的话题。

另一个网友聚集、被称为"心灵驿站"和"心灵倾诉的地方"是"离家QQ群"。

这个群是郑宇无聊和孤独时的产物。有一阵，他怀疑自己得了抑郁症，情感表达冷漠麻木，像一只刺猬，随时准备扎向靠近他的善意。

郑宇不愿谈起以前的工作，在他眼里，那是"不正经的生意"。后来成为他女朋友的，同样是离家出走的女孩。

他并不相信她，准确地说，他不相信爱情。"我习惯了一个人。"他冷冷地说，"就像把自己关进屋子里一个月，没有人说话，不听任何声音，全世界死一般的静，只有自己活着。"他形容那种孤独感。

郑宇把QQ群挂靠在他待过的贴吧里，之后陆续有人加入，一直到现在有100多人。群里每天有人离开，再有新人进来。在这个"驿站"里，"家"是一个难以缝合的伤口，群友们聊情感和工作，但很少聊到家人。

"这里的人多多少少都有心理隐疾。"在"离家出走"贴吧里，郑宇承担贴吧幕后管理员的工作，每知道别人的一个故事，他心里的伤口也会被撕开，那里就像一个阴暗、沉郁的树洞。

街头的隐忧

2016年3月,武汉大学(深圳)心理研究所的心理咨询平台上线。上线没多久,涌入4 000多条留言,其中约有1 000条提到离家出走,这引起了所长戴影频的注意。

也是从2016年起,武汉大学(深圳)心理研究所的咨询师郭爽开始针对离家出走群体进行微研究。她搜集了网上有关离家出走的新闻报道,自2017年1月至3月(截止到3月13日)一共有相关新闻83条。

根据她的观察,"每年春节前后,正好有一个期末的开学,这是典型的离家出走时间点"。而让她印象深刻的是离家出走人群的年龄,"集中年龄段是在13到15岁"。离家出走的原因都指向家庭关系,"(包括)家庭的背景,父母的教养方式"。

在郭爽看来,这个年龄的孩子受家庭影响比较大,一些父母在孩子成长过程中,担心孩子发生各种意外,管控得非常严。"但对孩子管控过度,孩子就会想要挣脱他们。"

"家长需要成长。很多父母不太会应对现在信息时代素质化时代的孩子。"戴影频认为,中国的家庭关系发生很大变化,孩子的教育压力越来越大,而一些父母的问题是不知道孩子的心是需要关注的。

一个细节是,武汉大学(深圳)心理研究所的心理咨询平台上线后,后台统计的提问人数中,孩子和家长数量比例是9∶1,家长的人数远远低于孩子的数量。

戴影频接触过一个案例:一对夫妻中丈夫出轨,情感生活不稳定,导致女儿想离家出走,"家庭关系不好的孩子可能缺乏安全感"。而在心理咨询师柴淑琼接触过的几十例离家出走的案例中,孩子大多是想脱离父母或者报复父母。

"小孩做决定容易冲动,离家出走的理由很简单。"戴影频说。

比如文章开头的那位少女李鑫,离家的直接原因是父亲一天三次的催问作业。离开大连的那天下午,她登上一辆南下的列车,将近38个小时后到达"工厂挺多"的广州,打算找份工作。没找到工作的前两天,她就睡在地下车库里,"外面太冷了"。

最让戴影频担心的是,这些孩子走向街头,流落到人群里面,难免遭遇各种危险。

2016年7月,柴淑琼受委托对一位受到严重伤害的离家出走女孩进行心理援助。女孩不满16岁,因为家庭矛盾出走,途中遭到不法分子的恶意伤害。在过去9个月里,柴淑琼和女孩前后联系了30余次,但女孩拒绝回家。

美国《麦基尼-文托无家可归者援助法案》定义"无家可归的儿童和青年"为"缺乏固定、经常和充足的夜间住所的人"。该国20世纪70年代通过的《离家出走与无家可归青少年法案》(*The Runaway and Homeless Youth Act*)规定,应向这些青少年提供紧急住所和有关食物、服装、咨询等救助服务。

柴淑琼说,在国外,离家出走的青少年可以寄养到第三方,而在国内,这种情况"父母不承担责任,政府又没办法接收"。

在中国人民公安大学教授李玫瑾看来,离家出走是"青春期的一个现象","(青少年)进入中学就开始长大了,有自我主意了,想自己放飞。"

"比如说要做好亲子关系,跟孩子多交流,以平等的方式对待他们,而不是用一种简单的、命令的方式。"李玫瑾建议,当孩子遇到一些困难的时候,父母应该有耐心,更多地去帮助他找到解决问题的方法。

"回家,故事结束了"

夏阳说,15岁时他有过一个"开网吧"的梦想。后来,他觉得梦想是个虚无的东西。

2012年以后,夏阳在广州开始了另一种"流浪生活"。他摆地摊,先后卖过T恤、拖鞋、耳钉、毛巾、内裤和衣服。哪里赶集,他往哪去,抢个好摊位是他最关心的。

平时,他没有固定居所,在网上买了一张折叠床,流浪到哪里,就睡到哪里,公园、加油站、菜市场都睡过。

在外"流浪",夏阳最想念爷爷奶奶。2017年3月22日凌晨,夏阳从广州河源市出发,骑着他装满毛巾的三轮车,打算骑700多公里,回到江西抚州老家。"曾经小,不懂事,现在知道开始工作赚钱了。"他说。

几年过去,离家出走成为蒋超最后悔的事情:"本来我可以有一个正常的人生,大学毕业,找工作,娶妻生子,怡然一生。"

最近这两年,他每年过年都回家一次,但始终不愿意长时间逗留,"在家时间久了一定会和我爸吵架"。

蒋超记忆中,跟父亲有关的唯一温馨的画面是:一次冬天回家,他冷得发抖,父亲把外套脱给他。"我记得很多事,有朝一日,我会报答你的养育之恩。至于过去的打骂,我会慢慢淡化,试着忘记。"他在日志中写道。

前不久,蒋超辞掉了在江苏徐州卖啤酒的工作,打算出去旅游两天,再回到家里,接受家人的安排,结婚成家。"我不是小孩子了,应该回到正常的轨道,所以我的故事结束了。"

柴淑琼的担忧没有结束。

前几天,那个离家的女孩主动联系她,柴淑琼劝她回家,但女孩害怕回家面对父母。"如果哪天她不跟我联系了,说明她真的对这个世界彻底绝望了。"

每天醒来之后和睡去之前,23岁的郑宇都会在"离家群"里分别发一句"早安"和"晚安",这成为他的一种习惯。

离家出走次数太多,他已经记不清具体数字。让他最懊悔的是,姥姥去世的消息他隔了很久才知道,那时他正在出走中。

现在,郑宇偶尔会到贴吧看看别人的故事,又常常因想到自己而陷入苦恼。如果看到群里有人抱怨,他也会情不自禁地跟着发愁。"如果父母埋怨自己孩子不如他人,他们考虑过别人父母比自己好吗?"

和郑宇同龄的秦杰正试着和父母和解。

最后一次离家出走,他去了一个离家800公里的城市,找了一个挣钱的"偏门"。2013年的8月10日,他在他生日的前一天,被警察带去了看守所。

一年以后,秦杰被释放。他在看守所管教的陪同下走出高墙铁网,那时他抬头看了看天空,比高墙内的蓝,比高墙内的大,天也不会被铁网隔成豆腐块。

那天,父母到看守所接他,他笑了笑,说了句"没事","就这样,我回家了"。

（文中人物秦杰、夏阳、蒋超、郑宇均为化名）

附：美国《离家出走与无家可归青少年法案》（The Runaway and Homeless Youth Act）部分内容

法案主要包括三项救助计划，分别是《基本中心计划》《生活过渡计划》和《街头拓展计划》

（一）《基本中心计划》服务对象为18岁以下的流浪儿童，服务内容包括：① 以寄宿家庭、团体之家或监管公寓的形式提供最多14天的临时住所；② 提供食物和衣物；③ 针对个体、团体和家庭的心理咨询；④ 医疗转诊；⑤ 帮助无家可归儿童与家庭团聚；⑥ 在必要的情况下为无家可归儿童提供替代性生活安置；⑦ 在无家可归儿童离开收容所后提供跟踪服务。此外，《基本中心计划》还为有离家出走可能性或有离家出走记录的儿童提供临时住所，并为18岁至21岁的无家可归青少年提供适当的服务。

（二）《生活过渡计划》：无家可归儿童在年满16岁或18岁后，往往会由于年龄限制无法继续获得福利机构的资助，而其自身又缺乏生活技能和社会资源，只能再次流浪甚至走上犯罪道路。为应对这一问题，《生活过渡计划》将受资助的年龄上限提高到21岁，帮助大龄儿童向成人过渡。

《生活过渡计划》的服务内容包括：① 安全、稳定的食宿；② 基本的生活技能培训，如消费和理财教育、信贷运用、家务、膳食制作和育儿技巧等；③ 人际交往技能培训，如与人建立积极人际关系的能力、决策能力和抗压能力；④ 教育机会，如为普通教育水平考试（GED）做准备、提供职业教育培训等；⑤ 就业培训和服务，如提供职业生涯辅导、推荐就业等；⑥ 针对青少年药物滥用的教育、信息宣传和咨询服务；⑦ 心理健康保健，包括个体和团体咨询；⑧ 身体健康保健，包括常规体检、健康状况评估和急症治疗等。

（三）《街头拓展计划》的救助对象是遭受剥削、性虐待或有潜在上述危险的街头流浪儿童，目的是帮助他们离开街头，接受适当的生活安置。受资助的机构可以直接提供服务，也可以通过与其他机构尤其是儿童保护组织合作来提供服务。服务内容包括：① 以街道为基础的教育和宣传；

②应急收容所;③满足基本生存需要的援助;④治疗和咨询服务;⑤预防和教育活动;⑥提供救助信息;⑦危机干预;⑧跟踪支持和服务。

（摘自何芳：美国《离家出走和无家可归青少年法案》综述研究,《当代青年研究》2012年第6期）

采访、撰稿/袁璐、喻琰
原载《澎湃人物》2017年4月20日

"无法告别"的临沂网戒中心

2017年1月6日,国务院法制办公室公布《未成年人网络保护条例(送审稿)》,并在2月6日前公开征求社会意见。

送审稿明确:"任何组织和个人不得通过虐待、胁迫等非法手段从事预防和干预未成年人沉迷网络的活动,损害未成年人身心健康,侵犯未成年人合法权益。"

2月3日,多位青少年问题研究专家接受央视采访解读该送审稿认为,以药物、体罚甚至电击等方式矫正治疗网瘾的行为是非法的,将被追究刑事责任。

成立11年以来,临沂市第四人民医院副院长杨永信和他的网戒中心因"电击疗法"备受争议。在热议之中,又不断有新的孩子被家长以欺骗或强迫的方式送进来。

2016年8月18日,临沂市卫计委曾公开回应称:"临沂市精神卫生中心下设科室网络成瘾戒治中心治疗网瘾患者在其执业范围之内,采取的'低频脉冲治疗'仅是其中一种治疗手段,与网络上热议的'网瘾电击治疗'有根本区别。"

围绕这些争议焦点,澎湃新闻记者分别于2016年8月和2017年2月两度探访临沂网戒中心,试图解析这所"网瘾戒除"机构的运行机理和它植根的生存土壤。

当王哲醒来时,身边围着四五个穿迷彩服的人,他恍恍惚惚看到了"网戒中心"四个字。有人叫他进屋睡觉,他不顺从,穿迷彩服的人就把他抬起来了。

他被抬到一个房间，手脚被绑起来，他记得，足足有四根针扎进手上的虎口，连上电极，电流通过，身上一阵生疼。

这是让临沂网络成瘾戒治中心备受争议的"电击疗法"。2016年8月，当澎湃新闻记者首次见到杨永信，提及"电击"这个词时，他略显烦躁地纠正说，这种治疗叫"低频脉冲治疗"。

杨永信是这项疗法的发明人，他是临沂市第四人民医院的副院长，人们称他"杨叔"或"杨教授"。在临沂网戒中心，他还被一些亲自将孩子送进来的家长奉若神明——他们自发组成"家长委员会"，维护"杨叔"的网戒理论、治疗方案不受干扰地执行下去。

设在临沂市第四人民医院（又名"临沂市精神卫生中心"）的临沂网戒中心，包括医院住院部的第二层和第三层，两层的楼梯间罩上了一层白绳编织的网，严严实实。爬楼梯进入病房要经过两道铁门，中间有家长看守，外人几乎无法进入。

2017年2月6日，澎湃新闻记者来到这里。当天气温跌破零摄氏度，网戒中心楼下少有人出现。

临沂市第四人民医院宣传科工作人员对澎湃新闻称，杨永信春节期间一直在网戒中心上班，最近休假去了。

截至2月7日，杨永信认证的新浪博客上的多数文章显示"加密"，无法打开查看，仅剩下两篇与"网戒"无关的博文。

临沂市卫生和计划生育委员会政策法规与宣传科的一位负责人2月6日向澎湃新闻表示，由于工作忙，他还没有看《未成年人网络保护条例（送审稿）》。

在临沂网戒中心，2009年卫生部叫停"电休克疗法"后，新的"低频脉冲疗法"已取而代之。成立11年以来，这里曾多次身处风暴之中，但相比它搅动的舆论场，风暴眼处却显得平静许多。

"13 号 室"

所有入住网戒中心的孩子都被称为"盟友"，截至2016年8月，有130

多名盟友入住。网戒中心要求每一位盟友必须住满五个月，住院都必须有家属陪同，以防盟友在这里发生意外。自从2006年网戒中心成立至今，这里先后收进6 000多名盟友。

盟友居住的"小室"大约四张床位，白色被子被叠成了豆腐块状。每张床的旁边有一张蓝色陪护椅，家长睡床，盟友睡陪护椅。

"13号室"是个例外。从表面上看，它与其他小室无异，外面一道木门，里面一道铁门。室内有一张小床、两把椅子——直到进入这间房间的人看到，被整齐摆放在桌子上的四台低频电子脉冲治疗仪。

为了让盟友们听话，住院的第一天他们就要接受一次"电疗"。

2012年，处在青春期的徐天产生了厌学情绪，和父母、老师关系不太融洽。"爸爸就觉得我出问题了，但不知道出了什么问题。"

他被父亲送到网戒中心。第一次来，他感到像被关进了牢笼，"我和爸妈被分开，不让说话，不让接触"。当被告知要在这住五个月，不能拿手机，不能与外界联系，徐天很不情愿。

因为不情愿，他第一次被抬进了13号室。"有没有错？"徐天记得医生这样问他。

"没错，是父母不理解。"他这样说道，医生继续接上电极。

"有没有？"

"有错。"当他承认错误，并答应在这里安心治疗时，他被从13号室放了出来。

根据几位盟友的形容，"电疗"时，医生用针扎在他们虎口位置，并接上电极，通电，在此过程中，有时会在他们的人中或者太阳穴附近扎针。

但几乎没有家长进过13号室。

马璐璐患有抑郁症多年一直未治愈，还有自杀倾向。2010年经人介绍后，家长把她带到临沂网戒中心。她记得，刚来时朋友告诉她有"电疗"，让她赶紧跑。"我当时为了缓解我爸妈的心情也就去试一下。"马璐璐记得，"电疗"时间一般安排在中午，父母都出院去给孩子买午餐，外面放着声响很大的广播操歌曲，"里边喊破天外边也根本听不见"。家长买完饭回来，一般广播操做完了，孩子也出来了——没有人亲眼见到自己孩子被治疗。

"盟　友"

"绑腿，抱腰，捂嘴，一边捂一边感受那种剧烈的（身体）抽动。"王哲第一次被抬进13号室，是盟友行动的，而他自己后来也成了抬人的人。

这里有如此多的"术语"，他们企图形成一种组织严明、令行禁止又独一无二的集体氛围。

盟友们犯错，会直接被"加圈"或者送进13号室，圈累积到一定数量，就要接受一次电疗。除此之外，家长"上报"、盟友之间举报也会带来一次电疗。

杨永信对网戒中心的"内部自治"感到自信。它包括盟友之间的，家长对盟友，盟友对家长之间的揭发、举报和惩罚。但他同时对"举报"的说法表示不满："实际是很简单的问题反馈、情况反馈，把这个说成举报，我觉得这是概念问题。"

盟友中的职务包括班长、三楼楼长兼总纪总安、二楼楼长兼总学思、总卫、总话筒、楼层纪体、楼层学思等。在王哲到来之前，这一套秩序已经存续多年。

总话筒下面有话筒员，负责上点评课时给杨永信（或其他老师）递话筒。杨永信走进大点评课准备说话时，一个盟友手握话筒笔直地站在他身旁。

王哲担任过话筒员，这位前话筒员认为这算得上一件好差事——不仅可以监督坐着的盟友，而且递话筒时可以动，不用一直保持同一个姿势。

而那些点评课堂上，坐着的盟友被要求挺直腰板，一动不动，否则会被加圈或者电疗。大点评课通常从上午九点多开始，有时到下午三四点才结束，中间不吃午饭，也不允许上厕所。

盟友中有一个安全小组，又分为几组，A接：接新老盟友，抬人电疗；B接：在治疗室做防护，绑腿，按人；C接：跟新盟友结对子，带新盟友熟悉环境。职务带"总"字的盟友一般就可以抬人。

这个安全小组是这样启动的：他们不主动把盟友送进13号室，但一旦家长提出要电疗自己的孩子时，A接负责人将在走廊里喊一声"抬人"，小组成员立刻把那个盟友抬起。

徐天后来当上了"总学思",主要负责查看盟友日记,他也抬人。他形容抬人时心里很麻木:"就是应该去,像一个套路。对方只要表现出过激行为,我们就会喊人。"

"你要是不去抬人,就算是不想改变,逃避改变。"徐天解释不抬人也是犯错。被抬的盟友一般都会哭,但即使哭,也不能骂人,因为骂人又是犯错。徐天坦言,倘若被抬的盟友私底下跟自己关系比较好,他还是会有些心疼。

盟友交往过密是这里最忌讳的。"人与人之间没有特别的信任,不能说和谁的关系好。"徐天说,"不能留任何联系方式,也不能喊哥哥姐姐,只能以朋友相称。"

徐天说,打小报告这样"让人唾弃的事"在这里变成了一种习惯。"发现了举报,对举报人还有奖励。"比如聊天时说了脏话,会被其他盟友反映。如果看到了不去反映,第三个盟友看到了就会举报这两个人。

不过"上有政策,下有对策"。2011年在网戒中心待过的宋方出院后被父母带回来给其他"在校盟友"做分享,他曾悄悄在厕所里和关系好的盟友交换联系方式,"一块走过来的,那么难受的五个月都过来了,留个方式还咋了"。

从网戒中心出来后,王哲私下与几个盟友有联系,他们有一个小群,但有人回网戒中心后揭发了这个群,于是,群里有人被家长再次送了进去。

"这是最恐怖的地方,如果你家长是那样的态度,你可能一辈子都要被监视。"

家 委 会

由盟友家长内部推选形成的家委会是网戒中心的管理者,目前包括10名成员。

他们脖子上挂着家委的身份牌,在网戒中心有"家委办公室",内部有家委制度本。2016年8月,当临沂网戒中心再次引发关注时,媒体蜂拥而至。几个中年家长把守在住院部入口处，他们阻止前来采访的记者进入网戒中心，并对咨询的人声称这里已经没有床位，不能进去。

网戒中心所在的二、三层病房进出的任何陌生人都会受到家委会的密切关注。四楼的护士称，网戒中心的管理很严，外人不能随便入内，有时连他们进入都要被询问。

在这里，家长之间也执行一套"圈记制"：做了"不对的事"要领圈。如果家长做错事，造成"不良隐患"，或者"不良后果"，有时整个楼层或者整个中心的家长要承担连带责任；记一个圈罚10块钱，罚圈的钱上交家委会，由家委会用于网戒中心日常开销。

盟友们进行军训时，家长要手挽着手围成一圈，防止盟友逃跑，要是发现谁没有手挽着手，就要罚圈。一旦盟友有自杀行为，家长也会被罚。

盟友离开网戒中心办事，要有别的家长陪同。一位在医院门口摆摊超过八年的摊贩称，她曾见到两个中年男人拥着一个孩子出门办事，三个人的手绑在一起。

徐天回忆，因为有盟友曾从厕所逃跑，所以盟友洗澡时必须有家长看护，如果外面没有家长把守，家长将被罚十个圈。"有时候身上难受，找不到家长，洗澡都洗不了。厕所也不能私自上，有时憋坏了，就拦一个别的家长。"

徐天还形容："有的家长也因为这个实在不想在中心待，但如果提出来，第二天就会在大点评课上被点评，家长就会很不好意思。"

刘彩想过要带儿子王哲离开。现在回想起来，她对里面发生的事感到不可思议：有一天晚上她跟儿子聊天抱怨，他每次都去爸爸老家过年，不去她的老家过年，这让她心里很伤心，接着马上就要给他治疗。

这种氛围让身为母亲的刘彩感到困惑。但每次她想带儿子走的时候，其他家委都会极力说服："他们说那里的孩子都变得很乖呀，孩子过了两天变化很大，但是不知道是不是真心的，说不清。压力那么大，很可能靠装蒙混过去。"

也有家长带着孩子直接离开了。可在网戒中心被"规训"后，有的孩子出去后"变本加厉"，父母只得又把他送进来。

离开再回来的父母将接受一次信任考验。"因为不相信中心，要交罚款。杨永信要让全体家长举手表决领同情圈，让那个家长进来。"

王哲在这里住了五个月，"一天到晚提心吊胆"。他认为，肉体不是最主要的痛苦来源，而是精神威胁："除了睡觉，任何一件小事做不好都会加圈。鼓掌超时，也会被电。"

徐天说每做一次治疗，都要单独收费，"电击还很贵"。

"网瘾病人"

在大点评课堂，130多名盟友穿着迷彩服和父母们相对而坐，他们坐得笔挺，气氛严肃。

2016年8月的一天，当杨永信带着澎湃新闻记者进来时，所有盟友刷地一下站起来，高喊"告别网瘾，重塑自我，打造完美"。

穿着迷彩服的盟友们并不都是网瘾少年。"你一看就很清楚，有未成年的，有成年的，有句话叫树大不止，有20岁的、30岁的，我们曾经收过40岁以上的。"杨永信的语气里透出一种莫可名状的自豪，"这里的盟友都是全国各地的，还有海外华侨专程赶来。"

按他的说法，家长中有很多是"高知"，比如老师、大学教授、医生、工程师等，他们从全国各地来到临沂网戒中心，想医好孩子的"病"。甚至还有因为酗酒和吸毒而被送来的30岁的盟友。

怎么界定"网瘾"？

"网瘾本身是一个生理问题，和烟瘾、酒瘾、毒瘾基本上都差不多，只不过烟瘾、酒瘾、毒瘾都是有物质的，赌瘾和网瘾是一种状况的，这个瘾症医学早就有。"按杨永信的说法，最直接的表征就是：只要对工作、学习、生活已经构成了一定程度影响的，就可以归为网瘾。

有盟友的床边放着一张"健康教育处方"，上面诊断一栏为IAD，心理咨询师邱杨解释，这表示"网瘾习惯与冲突障碍"。

邱杨是2007年的盟友，那时他17岁，因为"沉迷上网"被送来网戒中心。邱杨大学毕业后就来到这里任心理咨询师。网戒中心安排他来带记者参观，"来到这边的孩子，网瘾是最轻的表现。他不上学，白天睡觉，晚上通宵玩。还会打人，离家出走。"邱杨说。

2003年，杨永信在学校给学生做心理健康普及教育时，发现有学生上网玩游戏控制不了自己，也不来上课。"打架斗殴，割腕跳楼自杀，把刀子架在父母的脖子上……"他自称，从心理精神科医生的角度分析，网瘾只是种表象，其本质是先后天因素造成的性格缺陷，他要矫治的"是性格缺陷，而不是网瘾"。

他开始在临沂各学校讲述网络成瘾的危害，被家长关注到，"后来家长找到我，有的咨询，有的长跪不起"。

2006年1月，杨永信成立了临沂网戒中心，打算重新给这些"网瘾少年"塑造一个健全的人格。"这是最不容易的工程，我就挑战了一个最不容易的。"说到这里，他的脸上浮起笑意。

目前网戒中心有7名医生、13名护士和2名心理咨询师。杨永信让盟友们服用一些抗抑郁抗焦虑的药物，"因为网瘾最大的问题往往是伴有抑郁、焦虑、强迫，严重的还伴有幻症妄想"。

在2016年8月的采访中，杨永信对外界关于他治疗方式的争议不以为意。"到目前为止，都是一些非专业的人在讨论专业的治疗"，他说。

他向记者强调，2009年6月24日，卫生部组织召开了网瘾治疗专家讨论会，按照会议纪要精神，网瘾属于广义的精神疾病（精神障碍），可以采用生物学治疗加心理治疗的综合干预模式治疗网瘾。

但实际上，卫生部在2009年11月发出的一份《未成年人健康上网指导（征求意见稿）》中，明确否认将网瘾当作一种疾病，并严禁以体罚等方式"治疗"网络使用不当者，严格禁止限制人身自由的干预方法。

不仅如此，卫生部在2009年还组织专家研究和论证临沂网戒中心的"电击治疗网瘾法"，经论证，该技术的安全性尚不确切，为此，卫生部向山东省卫生厅发出通知，要求停止该疗法的临床应用。

被叫停后，临沂网戒中心用"低频脉冲疗法"取代了此前的"电休克疗法"。

公开资料显示，"低频脉冲电疗法"在临床上被用于"兴奋神经肌肉组织、促进局部血液循环和镇痛"。

"你随便网上一搜，这个是6伏的，输入功率是10个伏安，相当于灯泡。最大的区别是这个适合于大中小家庭的康复理疗产品，谁都可以操作使用。"杨永信对记者称。

2016年8月,他建议来访的记者体验这个仪器,经对方同意后,他向一位男记者的左手虎口处刺入两根银针。"银针刺入肌肉约一半,另一半留在外面,随后,医护人员将低频脉冲治疗仪的两个电极夹在银针露在肌肉外面的部分上。杨永信转动旋钮,随即感觉虎口肌肉酸麻,不由自主收缩,大拇指僵直缩向手掌,此时几乎是没有痛感的……电子显示屏显示频率为39。杨永信继续转动旋钮,手便开始出现胀痛感,当他猛地大幅度旋转旋钮、电流增大时,食指肌肉也不自觉收缩,胀痛感猛然袭来,不自觉地'哎呀'叫出了声。"这位参与体验的记者此后在微信公众号中写道。

不过受访的多位盟友对记者称,他们"治疗"时被刺入虎口的银针根数并不相同,有的是四根,有的是五根,还有的银针扎在靠近太阳穴的位置。

"(太阳穴附近)一边四根导线。那种感觉就是一万根针扎你。我当时咬得满嘴都是血,"一位2015年进入网戒中心的盟友对澎湃新闻称,"扎人中的时候,五台机器,五根针,头上两根,人中插一根针,印堂一根针。"控制电流的旋钮掌握在医护人员手中,它意味着电流的大小可以迅速加大或减小。

对于临沂网戒中心的治疗网瘾方案,2016年4月,临沂市科技局举行了一项由临沂市精神卫生中心承担的科研课题"网瘾戒治综合干预(教育)模式的研究"科技成果鉴定会。

鉴定委员会称:"科研成果综合技术填补国内空白,在国际上具有显著创新性,居国际先进水平,建议进一步扩大推广应用的范围。"

"杨 叔"

从事精神疾病治疗34年的杨永信,自称有个教师梦,读大学时,他本想报考教师专业,却"阴差阳错当了精神科医生"。

现在他基本上不开方了,他认为自己把精力更多地都用在对孩子精神认知的引领和价值观养成方面:"你说我是医学多一点还是教育多一点,我自己也说不上来。"

网戒中心点评课堂在某种程度上实现了杨永信的教师梦。他把这里称为道德讲堂、心理点评课，"这是一个最核心的环节，孩子的改变主要是在这个地方完成的"。

在网戒中心，盟友和家长都要写日记，可以互相反映问题。杨永信会在第二天的点评课上点评前一天家长或者孩子反映的问题，有大有小。

宋方的妈妈比较严，宋方说："如果我有时候没有给我妈洗脚，我妈就写纸条上报去了。"

"现在独生子女比较多，他们自私、懒惰、贪慕虚荣、冲动、不计后果，而且心灵特别脆弱，有句话叫作怕苦不怕死，要脸不要命。"杨永信笑着总结说。

他认为，父母在孩子的性格形成中有密切联系，他打算通过改变家长来影响和带动孩子改变，"要治孩子先治家长"。

"我桌上高高的一摞全是家长和学生写的表达情况的东西，"他认为自己做的事很不容易，"我不但要解决孩子的心结，还有家长的心结，还有夫妻间的问题，清官难断家务事，我还就做了这样的事。"

点评课上，每位家长和盟友都要记笔记。澎湃新闻从一位家长的笔记本中发现，她记录了每天点评课上，杨永信、班长、护士长等人的发言，还重点记录了关于医生对盟友存在的问题进行的点评。有时，这位家长还会在笔记本中反映自己孩子的问题。

从这些字迹不同的笔记中，可以强烈感受到杨永信的存在感。一位不具名的家长日记里，记录了另一位家长的提议，"让家委轮流给杨叔按摩"。徐天记得杨永信腰不好，"几个家长给他去按摩"。王哲看到那些家长，觉得很难过，"无限夸杨叔，贬低自己孩子"。

2009年，央视"新闻调查"栏目的镜头里，出现了一幕家长和孩子簇拥着杨永信跪下的情景。在杨永信看来，这是感召成功的结果和例证。

2016年，杨永信在博客上记录了他的一次"亲情感召课"：盟友们被要求学习歌曲《拉住妈妈的手》，杨永信鼓励盟友和家长们上台表演，在演唱的时候要联系歌词，回想自己童年的记忆。唱着唱着，一位盟友突然重重地跪倒在妈妈面前，号啕大哭。之后，仿佛多米诺骨牌，所有盟友跪成一片。

在徐天的印象中，在网戒中心下跪和磕头是常事，他怀疑这种行为的真诚度。"该哭该跪的时候，你越做越夸张，就很完美。情到深处，如果你抱着杨叔的腿再哭一下，那就更完美了。你如果磕得非常真诚，然后认错梆梆响，都能把那个地板震碎，就感觉你这个感悟太深了，改变太好了。"他知道有相当一部分人是装出来的，因为"到了那个气氛，不做什么事，就那么杵着，后果就是做治疗"。

徐天还记得，有一次杨永信点评院外家委主任张叔。张叔家庭不是很和睦，杨永信拿了一天点评他，张叔特别硬气，也没有认错。"杨叔就制造那种氛围，让全体家长和盟友都要感激张叔为他们做的一切（院外家委负责在全国各地接盟友），要张叔改变。然后所有人都跪下感谢张叔，不知道跪了多久，起来腿都麻了。"

徐天形容，很多人彼此之间都不认识，但"那个氛围就是，你看都跪了，你要跪，不管有没有关系你都要跪。我就想，赶紧让他认错吧，他不认错我们受罪"。

"伪 装"

盟友大多是被家人哄骗来的，在网戒中心的协助下入院。比如王哲，是2011年被母亲刘彩偷偷喂了安眠药后送到这里的。从家到网戒中心将近5个小时的车程，刘彩一直哭，"当时心里很纠结，知道在那里会受苦，但是又没有别的办法"。

王哲觉得自己成绩足够考大学了，他不想上学，打算用三个月时间写一本书。"我们接受不了了，感觉他就是要玩。"刘彩回忆。

王哲父亲听说了临沂网戒中心，特别去考察了一番。刘彩记得丈夫考察回来说很好，"我开始不同意，但实在没办法了只好试试。因为当时感觉，三个月后他也不一定去上学"。

厌学的徐天曾被父母带去看心理医生，"他们一去就让我填表格，最后居然鉴定出抑郁症"。徐天的同学路飞对此表示惊讶，在他印象里，徐天话很多，人也开朗，根本不像抑郁症。

在广州日辉成瘾和心理治疗中心主任何日辉看来，网瘾的本质是家庭冲突。"杨永信虽然做到了让家长参与治疗，但很多家长想要一个听话的孩子，孩子因为恐惧听话了，父母就感恩戴德。"

曾进入网戒中心送饭的摊贩用"里面的小孩都会叫阿姨好"来向澎湃新闻证实这里"教得很好"。

但澎湃新闻接触到的多位离院盟友都表示，这种失去人身自由的生活并没有给他们带来真正的改变，变好是为了顺应家长需求和害怕被电击而伪装出来的，"见到家长都要喊，并且微笑"。

徐天在里面待了七个月，他回忆这里充满压迫感，家长就是天："表现好就可以避免被电，就忍着装、演。"这段经历深刻影响了他此后的生活，刚出院时，他对父母和杨永信都充满恨意，感觉连父母都不能相信："不敢在父母面前表现出不开心，担心又送我进去。"

如今，他已经离开网戒中心四年。坐在澎湃新闻记者面前的他，看起来充满活力。他从不认为自己是网瘾少年或者问题少年，只能算在青春期得不到沟通和理解："他们也是第一次当父母，没有觉得我在青春期就要多包容一点。"

徐天觉得，杨永信有点异想天开，要想完完全全把一个孩子的性格变成一个固定的样子，基本上是不可能的，"硬掰的话就像弹簧一样，给他多少束缚力，他挣脱后就会给你多大弹力"。

被送进去三次的张明"心理阴影也很大"。他经常梦到自己被摁在床上，双手插针，"太暴力，很痛苦"。2014年他在里面住了七个月，之后寒暑假又被父母送了进去——因为在电脑上花费的时间太多，父母感觉对他失控。

刚满18岁的吴树也被送进去过三次。他认为，杨永信提前教会了他走上社会，该怎样做人，"网戒中心就是一个小社会，为了减圈，为了防止治疗，会搞好关系，什么话该说，什么话不该说。"

面对外界不绝于耳的指责，杨永信微笑着说，他一直在看评论，"很平静，（内心）没有任何的波澜"。他觉得，这些指责他和网戒中心的往届盟友属于认知有缺陷的人，所以对于同一个问题，他们跟家长以及网戒中心的理解不同。

杨永信给澎湃新闻介绍了五名返院分享的盟友，刘云父子就是其中之一。刘云评价儿子以前"认知偏差非常严重，心理扭曲"，认为是网戒中心改造好了他和儿子。两人回忆时，无法克制自己的情绪激动。儿子刘安站得笔直，两手紧贴裤缝，眼睛平视前方，他抽泣着说："我们叫杨院长杨叔，我更喜欢叫他杨爸爸。"

另一位返院分享的盟友叫王平。他的父亲酗酒家暴，父母在他很小时就离婚了。王平从三年级开始迷上了网络游戏，一连几天不出门。母亲曾试图以自杀挽回儿子但都失败了，只能把他送到网戒中心。

"很多从这里出去的网瘾孩子不敢上网是害怕再被送进去，但是实际上很多问题没有解决，还会恶化。"何日辉形容这类家长把孩子送到网戒中心是"无奈之举"，因为国内少有可以提供专业治疗的权威机构，在他看来，国家应鼓励体制内医生去做这些，而政府可以考虑购买服务。

已经出院五年的宋方，现在正在读大学，他坦言上网打游戏比过去还要多。上个月他因此与母亲吵架，母亲提到要把他再送回网戒中心去。宋方跑到阳台边，说"宁愿死也不回去"。

宋方的母亲在他出院时销毁了她的联系方式，因为她觉得网戒中心的性质类似于少管所，对孩子来说并不是多么光彩的经历。

王哲后来考上大学，但比之前的成绩差了很多。在临沂网戒中心时，他本想回来上学复习，但由于未满五个月，母亲被劝服让他继续待下去。"我妈后来肠子都悔青了，把我送那去结果耽误了高考复习。"

刘彩如今不太愿意跟王哲提及这段经历，尽管她也表示："现在看来弊大于利，一是去之前对他有太多误解，一是后来确实影响到了考试和生活，但是没有这个会怎么样也不好说。现在和他只能搁置这个问题了。"

2016年8月，几个家长仍旧零零散散坐在网戒中心楼下的院子门口，走廊上晾晒着孩子们的迷彩服。又到了吃饭的时间，家长们走出医院门口，去给孩子们买饭。

在这里摆了八年摊的那名摊贩指着马路对面一位行色匆匆的绿衣女人说："这个女人四年前来的，安徽的，儿子好了出院了。现在她老公和她在这里打工了，在这个地方炒菜。她儿子也在这打工，就不走了，回去万一再得了呢？"

半年后，当澎湃新闻再次来到这里时，冬日萧索。那名卖粥的摊贩还守在医院门口，她说自从媒体曝光后，家长没以前多了，买粥的也少了；另一名摊贩则说，2017年寒假，一些出院的家长还带孩子来听课做过分享。

（文中部分受访者为化名）

采访、撰稿/张维、贾亚男

原载《澎湃人物》2017年2月8日

少年小赵

大家都叫他"小赵",即便他留了一脸胡子,长得高高壮壮——年纪大的人这样叫他也就罢了,偶尔冒出个愣头小子也这样叫。

"小赵"真名叫赵昶通,是一名摄影师、纪录片导演。他用影像记录过世的亲人、变迁的家乡、贫困山区的孩子……他的作品屡次获奖,有社会机构还出资,为他镜头下的孩子们盖了一所学校。

他自己也曾被一位导演拍摄,片名叫《少年小赵》。在那架时光摄影机里,20岁的少年穿着军装,挥舞国旗,大步穿行在山西平遥的街头,嘶声呐喊:"中国加油!还我钓鱼宝岛,放我船长!"

片子截取的是主人公19岁到22岁,生命长河的一小段。在这段河流里,有人说照见了青春,有人说映出了时代。

赵昶通早已顺流而下,长到27岁。"小赵"成了他的标签,有时他也会在朋友圈分享《少年小赵》的海报,摆拍一张给少年点烟的照片,乐呵呵地说:"挺可爱的,虎头虎脑,愣头愣脑,有一股敢闯敢拼的劲儿。"

"就像有谁在他心头,那么轻轻地碰了一下"

初中团委书记梁喜兵对这个小孩印象深刻。有一次关于国家主题的演讲比赛,赵昶通既是主持人又是参赛者,他讲得激情澎湃,台下学生的热情也被激发出来,达到狂热。

那时赵昶通迷恋平遥歌手郭兰英,上网下载《我的祖国》《南泥湾》,放在英语学习机里听。

他还喜欢《九九艳阳天》,"九九——那个艳——阳——天来——哟,十八——岁的哥哥——呀——坐在那河——边",越唱越觉得旋律好听,就像有谁在他心头,那么轻轻地碰了一下。

回忆这些,主人公也说不清这种情愫从何而来。

他出生于1990年12月26日,在山西平遥古城大院长大。爸爸画画,后来也搞装修,打些零工,爱打麻将。妈妈在学校门口摆摊卖炒冰,从早忙到晚,顾不上两个孩子。

赵昶通和一群孩子雄赳赳气昂昂地奔向城墙,像小土猴一样从水口上钻进钻出。他们把城墙当战场,拿着树枝当枪使,学着电影里的模样歇斯底里地呼喊:"同志们,杀呀!冲呀!""保卫平遥古城!保卫平遥人民!"

每年9月中旬,是平遥国际摄影大展,很多摄影人来平遥采风。赵昶通看到在城里晃悠、左瞄右瞅的怪人们,果断拔出腰间的玩具手枪大喊:"不许动!"

那帮人见着这个鼻涕未干、脏兮兮的小孩,大笑着用镜头瞄准了他,"啪""啪"几声脆响,就把他变成了相机里的小人。怎么就将人放进去了?小孩百思不得其解。

赵昶通特别喜欢听故事,缠着掉了门牙的老爷爷给他讲,"咱平遥古城是一只金乌龟,四大街、八小街、七十二条蚰蜒巷就是龟背上的花纹……"他越听越玄乎,小鸡啄米似的点头,真以为平遥古城是一只大乌龟。

2007年中考,赵昶通英语只考了二十几分,无缘城里的高中,妈妈托人把他送到县职业高中,上了半年,成绩还是不理想。他喜欢画画,又向往摄影,因此转班改学美术。

虽然成绩不好,但他在课外活动上的劲头丝毫未减。他对平遥民俗、建筑等极感兴趣,翻阅《县文物志》《平遥县志》《古城览要》一类的书籍,和当地许多文史民俗研究专家成了忘年交。一到周末就跨上大梁车,去书中介绍的地点实地"考察",立志"走遍平遥"。

在QQ日志里,他记录了2008年6月19日第一次出发前的心情:"就在我收拾好行囊准备出发时,墙上的老挂钟敲响了,当、当……一下、两下,当第三声钟响刚落,我的身体似乎迸发出无穷的力量,我猛地推开门大步流星向前奔去，我看见前面大龟一直在朝着我憨笑，它在呼唤我："孩子，过来吧！'"

少年把史料、文物现状和调研见闻都写成文章，写了约五六万字，连续投稿当地文协刊物《平遥文学》。一来二去，他被纳入文协，成了唯一一个"90后"会员，其余会员有老干部，有中国作协成员。

平遥文学协会副主席张金花觉得，这个"90后"特别有热情，每次都积极参加县文联组织的纪念党的生日、国庆之类的活动，"像我们小时候那种特别崇拜英雄，热爱党，热爱国家，国家需要我们就可以奋不顾身冲上去的感觉，现在像这种年轻人太少了"。

他还玩贴吧，以网名"古城芳草"在平遥贴吧发表文章。导演范杰正想拍摄《走遍平遥》，给他留言"寻古城芳草"，还留了电话。没一会儿，赵昶通就打来电话找他聊，两人很投缘。就这样，范杰成了他电影入门的引路人，赵昶通一有时间就往他那儿跑。

后来山西省有一个关于生态汾河的摄影大赛，少年向范杰借相机参赛，拍成《汾河的故事》系列组照，得了二等奖，奖金2 000元。

"衣服后画了个毛主席"参加升旗仪式

在学校，赵昶通也是风生水起，他是校学生会的宣传部长，负责升国旗考核、设计板报。

他自撰"宣传部计划览要"，其中写道："升旗是每个星期一的一项重要内容。对于提升学生的爱国主义、迸发爱国热情具有不可替代的作用……"

他还在学校成立了"吉甫文学社"，自制社旗、采风证，带领社员们外出采风，祭拜已故革命军人；积极参加校内外迎接2008年奥运会、2009年建国60周年征文、演讲、歌唱比赛。

2009年，赵昶通被学校评为"感动校园十大人物"，作为代表，他给全校二十几个班级作了巡回演讲。

赵昶通觉得自己真有演讲的天赋，本来打了个草稿，一上台就扔了，噼里啪啦讲了四五十分钟："什么样的人才是有作为的人？能够把理想付诸行动的人才是有作为的人"，好多年后他发现自己依然记得这个开头，觉得

"就像搞传销的……"

那时候学校统一着装白校服，老师批评美术班的学生在校服后面乱写乱画，诸如大写个"葬"字、画个杀马特发型的卡通：刘海遮眼睛、遮鼻子、遮嘴巴……

赵昶通拿红黑中性笔在衣服后画了毛主席，招摇地穿着校服去参加升旗仪式，窃喜自己"给老师憋出内伤"。

赵昶通上高中后才知道，毛主席也生于12月26日。他觉得"似乎是冥冥中的一种力量"，他特别崇拜毛主席，迷恋那个时代的歌曲、海报、衣服。

他花了100块钱买了套军装。那时候他心中的100块，大概抵得上现在的1 000块。弟弟记得哥哥对那套军装"惜如珍宝"。家里人要叠起来，哥哥紧张："别乱动！"

赵昶通不仅买了军装，还买了配套的鞋子、果绿色的军用水壶、写着"为人民服务"的军包。

弟弟心里偷偷想过要穿，但是哥哥哪能让？军装对赵昶通来说是盛装，盛装只有在重要场合才能登场。

9名男生的庆国庆游行

2009年，建国60周年，堂哥参加阅兵，小赵也想做点"有意义的事"。

他在各个班级召集了60位品学兼优的同学，准备在9月中旬平遥国际摄影节时，上街来一场迎接建国60周年的"平遥90后爱国游行"。

说是游行，他也没有概念，之前知道奥运游行，感觉是"欢庆"。他查资料得知，游行要去公安局备案。也不能就自己莫名其妙去备案，少年去找县文学协会开了介绍信，拿着信去了公安局。

他拉了500块钱赞助，找同学设计了60件游行T恤、挂在身上的游行名牌，觉得特别激动。不承想，最后60个人只剩下9个。

2009年9月20日，10：01，9个男生拉着条幅一同走上大街，挥舞国旗，大喊"热烈庆祝新中国成立60周年""中国万岁"！

赵昶通在事后记录了那一日的心情。

"今天，我要控诉！我要歇斯底里地控诉！'90后'的我们并非是迷茫的一代，并非是颓废的一代，并非是失败的一代，'90后'的我们完全能够肩负起历史的责任感与使命感，去实现人生价值，去追求自己的美好明天！"

"胆怯顿时消失，似乎是冥冥中在召唤，心中的热血不觉沸腾。"

9个男生沿着平遥主街，来回走了两公里左右。在留下的照片里，队伍最前方的赵昶通挥舞大旗，感觉快飞了起来。

高涨的少年热情引起了很多游客的关注，纪录片导演杜海滨也在。

2008年奥运会、2009年建国60周年，让30多岁的杜海滨开始思考"爱国"，却迟迟没有找到答案。碰巧他遇到了这个满腔爱国热情的19岁小伙子，想做个纪录片，思考个体与国家的关系。赵昶通爽快答应，他觉得这是件正能量的事。

游行归来的赵昶通又上报纸又上电视，在平遥当地引起不小的反响。学校老师知道后，没批评他，毕竟做的不是什么坏事。文协成员赵静听说后，觉得这个孩子有胆识，有"先锋气质"。

但赵昶通回家后不敢炫耀自己在外的"英勇事迹"，免得找骂挨打，不正经上学弄这些干什么？

平遥少年坐上火车看世界

赵昶通高考落榜了。

校园里的"风云人物"，没有考上大学，他觉得是莫大的耻辱，没脸见人，他决定复读。妈妈王旭平托人把他送进了职业学校复读班，他"收敛"了不少。

2010年9月，中国渔船在钓鱼岛海域和日本巡逻船相撞，日方扣押了中国船长。在20岁少年的心里，这是件大事，应该表达自己的看法。他拿出了"盛装"。

赵昶通身着军装挥舞国旗走上平遥街头，声嘶力竭地呐喊："中国加油！还我钓鱼宝岛，放我船长！"

纪录片导演全程记录了这次游行。游行结束后，赵昶通在镜头前回忆过程:"有一个人,他竟然问我说,喂,你这干一天多少钱,我怒火中烧,真想揍他一顿。"

在人群看不到的地方,赵昶通从兜里掏出一瓶可口可乐,是一个路人塞给他的,"这个可口可乐不能拿出来,让人们看见这么爱国的行为,放上一个可口可乐简直是变味"。

比起儿子的宏伟壮志,父母还是希望他好好读书。复读那一年,他成了家里的重点保护对象,家中奉行并坚定贯彻一条原则:一切为了赵昶通,为了赵昶通的一切。

妈妈王旭平跟儿子说不要让杜导来拍了,耽误学习。赵昶通没答应,但还是感受到了巨大的学习压力。早上5点,他会从睡梦中猛然惊醒,提上暖瓶跑下楼,周围黑黢黢的,还有狗叫,教室里没来电,他就用充电台灯照明。

一年后,赵昶通考上大学了,西南民族大学摄影专业。家里放起了鞭炮,父母特别开心,不等别人问,他们就逢人便说:"考上了,西南民族大学,在天府之国的成都。"

家里为第一个大学生举办了升学答谢宴。

宴会那天,赵昶通喝了白酒,对着拍摄组聊起了家里的情况。说着说着,他就哭了。

赵昶通觉得自己对不起弟弟,他那么小就不上学,把挣的钱都给了家里。一旁的弟弟听到哥哥这样说,先是尴尬地笑,不让他讲,劝不住,便把哥哥从镜头前架走。

那些话赵昶通大概在心里憋了好久,他从小听到父母因为交学费而吵架。他想出人头地,想活出个人样,不要让别人小看他们兄弟。

终于,从小"不敢走出城墙外,觉得城墙外是外国"的平遥少年,背着行李和脸盆,坐上火车,去看世界了。

"她那么直接、大胆,小赵却乖乖的,好像还享受其中"

"妈呀,我们班上还有退伍军人过来读书啊",赵昶通的出场让大学同学李明东吃了一惊:头戴解放军式样的帽子,穿了一身军装,拉着写有

"中国人民解放军作战指挥部"字样的行李箱，人长得也成熟。

胡潜玩"B-Box"，跟人打招呼以"yoyoyo"开场。而赵昶通的床头贴了两张海报：一张毛泽东，一张周恩来。

虽然扮相独特，但同学们都觉得赵昶通人还不错，一见面就热情打招呼，上来就握手自我介绍。

军训时，赵昶通和李明东分享了打饭绝招：打一块钱的米饭，拿三个盘子，三角、三角和四角地打，这样能打出两块钱的效果。

李明东一边觉得这家伙奇葩，一边又觉得他懂事，就着几毛钱的大白菜豆腐，人家吃菜吃饱，赵昶通吃米吃饱。

说到吃的，山西少年离不开家乡的味道。他在超市发现山西陈醋时如获至宝。

系主任贺飞觉得遇到了个"神奇"的学生。下课赵昶通和他一起吃饭，从军用挎包里掏出了一瓶山西陈醋，什么都往上面蘸一下，还要给别人都尝尝。

上大学后，赵昶通立志要好好学习。他曾下决心：上大学绝不谈恋爱，将来一定回平遥。

杜海滨用镜头记录了少年的初恋。赵昶通喊姑娘小蒋帮他晒被子，小蒋从宿舍拽拽衣襟跑出来，问他怎么不叫男生帮忙？少年不回答，眼里含笑。

小蒋是班里成绩最好的姑娘，赵昶通觉得她身上有一种"特别好特别好的品质"，就是学习特别用功。姑娘是四川人，漂亮，泼辣。

杜海滨感到有趣的是，本以为小赵会找到一个听他讲过去的女朋友，没想到找到一个对他的志趣没有多少感觉的姑娘，她那么直接、大胆，小赵却乖乖的，好像还享受其中。

说起"恋爱"，镜头前的赵昶通半躺在宿舍椅子上，两手叠在脑后，笑得合不拢嘴，满脸甜蜜："不知道为啥，感情上的事情好像不由主观。"

女朋友虽然起初觉得赵昶通很"奇葩"，但相处下来觉得他很热心，会照顾别人，傻萌傻萌的。

谈了恋爱的赵昶通依然认真学习。第一节大学语文课，老师张仲裁讲王观堂先生的纪念碑铭，讲"独立之精神，自由之思想"。赵昶通听得入神,背诵了《碑铭》全文,几年后还能脱口而出。

张仲裁对赵昶通印象深刻,几年以后他收到了赵昶通从清华大学拍下的《碑铭》原文。他记得赵昶通上课时永远坐在第一排,课堂讨论上,即便很多同学反对他,他也不退缩,据理力争。

赵昶通入了校学生会宣传部,也参加很多课外活动,比如纪念"一二·九"的时候,参加配乐诗朗诵。

同学们一起彩排,"寒风凛冽,哀鸿遍野,华夏大地曾在屈辱中哭泣",音乐声响起,赵昶通按捺不住内心的激动,让同学们把手放在一起,大声喊"加油!"

大学第一个生日,他和朋友们去了KTV。女朋友给他唱了生日快乐歌,他给朋友们唱了革命歌曲。

李明东记得,大家听到后笑懵了,都是他爸爸辈的歌,但又觉得赵昶通唱得特别好听,后来李明东也不知不觉跟着哼起来了。

B-Box少年胡潜起初觉得,相比室友,自己的喜好更酷。他们各玩各的,并不表露对彼此的想法,后来他意识到,每个人都有疯狂喜欢一个东西的时候。

他们俩常交流电影、纪录片。胡潜记得赵昶通当时看的是批判现实主义的电影,像贾樟柯、田壮壮的。赵昶通还找了大量文史类资料阅读,越看越感兴趣,像个无底洞。

"我希望教育能够改变人的命运!"

大一暑假,赵昶通和胡潜、小蒋报名去大凉山支教。赵昶通是支教队的队长,队伍里有个同校的彝族大学生陈花,帮大家做翻译,和当地村民沟通。

尽管去之前大家就听说了大凉山很贫困,但贫困程度似乎还是超过他们的想象。

孩子们每天拿着比自己还高的柴火,走几个小时山路来上课,学校里没有电,没有水,没有厕所。很多孩子不会说普通话,不会简单的算术,也不知道家乡以外的地方。

小蒋惊讶于孩子们对于"中国"没有概念,以为日本很大,对2008年北京奥运会无动于衷。她教孩子们认地图，想让他们了解中国很辽阔，很强大。

赵昶通从基本的汉语拼音开始教起，教他们说"我是中国人"。他带孩子们学唱国歌，去买了国旗，在山上给孩子们举行了人生第一次升国旗仪式。

升旗前，赵昶通对孩子们说："我希望教育能够改变人的命运！"他举着国旗，带着孩子们高喊："中国万岁！"有捣蛋鬼接着话尾，"打倒日本帝国主义"，"中国万岁，万万岁！"

队员彝族姑娘陈花因为支教才认识赵昶通，觉得队长笑呵呵的，对每个人都很温和。她记得孩子们去山上找野生蘑菇给老师吃，有人担心吃了会中毒，队长坚持不能辜负学生的爱心。

队长有天晚上还特地问她，家里人是怎么教育她的，能让她坚持读书。看着当地贫困的状况，赵昶通觉得陈花爸爸特别厉害。

他还去找当地孤寡老人，买酒给老爷爷喝，给当地村民拍了很多照片。从大凉山回来，赵昶通把照片洗了出来，寄给村民。村民们爱惜这些照片，好多家都挂在了墙上。

后来，赵昶通几乎每年都回大凉山，去给孩子们拍照、摄像、带些物资。

他记得，第二次去的时候，孩子们在屋里烤火，小脸小手冻得通红。他进屋到墙角拍照，有几个小孩认识他，忽然一个小孩带头唱起了国歌，一堆孩子都唱了起来。

赵昶通热泪盈眶，他知道孩子们不会说汉语，用国歌向他问候。

"我若是曾经那个颠顸少年"

支教回来的夏天，赵昶通爷爷家的房子拆迁，几个月后爷爷过世了。

家乡也变得陌生。

他在QQ日志里写道："朴素的古城变得浓妆艳抹，人潮熙熙攘攘严重影响平遥人居住的环境，出行不便，物价飞涨。今日的古城全然不是我初识它的模样。"

赵昶通决定拿起摄像机，找出爷爷当年唱戏的影像带，用镜头记录爷爷和家乡的故事。

他想用影像,让后人知道爷爷是谁。在大凉山,彝族人从小背家谱,这让赵昶通很受触动,他不知道自己爷爷的爷爷是谁。

赵昶通意识到这是传统文化的断层,亲戚越走越远,人们也不再受"不偷不盗不抢"的宗族荣誉感的制约。

他想把亲人和家乡拍成一部纪录片,觉得无论从社会价值体系还是艺术表达来看,都是有意义的。

爷爷过世后,杜海滨的纪录片也停止了拍摄。片子末期,赵昶通剃了个光头,同学们说他变成了个愤青。

从2009年到2012年,杜海滨和摄像刘爱国长时间跟着赵昶通生活、拍摄,也刻意和少年的生活保持距离,尽量不干扰他的成长。

只是每次拍摄,少年不免都要被问什么是爱国。

拍摄结束后,没人再来追问他,但他心里却不断冒出问号:为什么爱国,为什么上大学?这些问题甚至让他成宿睡不着觉。

大三以前,赵昶通专业成绩优异,各项活动也很积极,老师们很喜欢他;大三以后,他开始外出实践,通过各种拍摄项目去了北京、上海、西藏……

他每年照例去大凉山给孩子们拍片,也把部分照片拿去参赛,作品《大凉山公益影像》获得第六届佳能感动典藏摄影大赛金奖。

有基金会关注到了大凉山的孩子,拿出100万元,给当地孩子们建了一所学校——向日葵小学。这是赵昶通认为自己做的最有意义的一件事,至少孩子们冬天上课不会挨冻了。

他也回家给爸妈拍照,在他们24年前合照的城墙上,以同样的姿势重拍了一张,照片得奖,获得一次去泰国旅游的机会。他把机会给了爸妈,让他们第一次坐了飞机,出了国。

不经意间,赵昶通的装扮开始变了,他开始蓄长发,包头巾,打耳洞,添了几件民族风的上衣。

再见到朋友时,有人说他像契丹人,有人说像藏族人,有人怀疑他是不是正在拍清朝戏。

他和学校老师保持良好的联系,自己的每一步计划都和老师商量。老师们认可赵昶通的作品,更认同他的人品。赵昶通翘课外出拍片,老师们为他开绿灯，期末作业用他的实践作品来代替。

2014年，赵昶通被选为老生代表给新生入学致辞，他把大一第一节语文课分享给了学弟学妹。同年，他被提名为第九届中国大学生年度人物候选人。

临近毕业，曾经决心毕业后一定回平遥的少年，写了一篇《回不去的家乡》：

> "我若是曾经那个颠顶少年，没有出过远门，只是悠然地活在我的小城，我的故乡当中，也许寻一份简单的差事，也许开一个小店，但是会很满意富足。"

出了门的少年决定创业。

2015年，他和李明东在成都合伙创办公司，大学老师们也帮他。他也常提携学弟学妹，优先照顾家里条件不是很好的。

他是李明东眼里的工作狂，常工作到半夜两三点，对拍摄细节要求严苛。领路人范杰看他现在拍片，"他就想把镜头拍好，他不会考虑为了这个镜头花了多少钱，钻牛角尖做到他心中满意为止"。

赵昶通依然在为大凉山、平遥古城拍纪录片，这是一个耗时长久的事。公司平日里也接拍一些广告宣传片、微电影等。

不管哪一类，赵昶通要求自己一年里一定要做出几个拿得出手的片子，哪怕钱少赚一点，要在创作力最旺盛的时光，把精力用在刀刃上。

2017年7月末到8月中旬，赵昶通去北京进修电影，在那里遇到了杜海滨。他们如今是好朋友，聊生活也聊业务。

"如果你可以穿越回七年前"

杜海滨把赵昶通四年的成长剪成纪录片《少年小赵》，片子在国际上获奖。从2015年开始，赵昶通和导演去各地参加放映会，时常面对问答环节中的尴尬问题。

杜海滨在2013年给片子配音时，让赵昶通看过粗剪片，他不发表意见。杜海滨追问，赵昶通说尊重导演。香港国际电影节首映，他静静坐在最后一排，心里不安。

现场问答环节，有一个观众对所有人说："小赵是一个真实的人物，我们无权指责他的过去，所以小赵如果你在场，你也放宽心。"

他从心底感谢那个观众。

赵昶通喜欢《阿甘正传》，把英文名也起作Forrest，希望单纯做自己，认真努力做喜欢的事，期望傻人有傻福。

他很少主动跟朋友提起《少年小赵》，看过片子的亲友各有各的感受。

妈妈王旭平把片名记成《快乐小赵》，她只看过一次，看到儿子上大学在谢师宴上哭的那段，她也忍不住流泪，觉得穷人家的孩子早当家。

初恋女友小蒋第一遍看片头时，"哇，怎么这样？通哥牛呀。"她从不知道自己交往过近三年的男友做过这些。片子看下去，她会深深感动。

摄影师刘爱国回顾片子，觉得一个鲜活的生命在几年里，有意识地自由成长，就像一棵树，在不断长高时，有些枝叶长大，有些会萎缩。

赵昶通变了装束，却也没有和过去刻意划清界限。他会穿着民族风T恤搭迷彩裤，去北京学习也拿着曾经那顶军帽。他如今最贵的衣服是去年花了4 000多块买的皮衣，美国原产A2飞行衣，想了好几年，咬牙买下的。

他迷恋军装风格的衣服，觉得这些衣服酷，都有自己的历史。

如今的赵昶通依然喜欢红歌。小时候不知道歌曲背后的意味，单纯迷恋曲调，现在一样迷恋，觉得那些老歌里有打动人心的东西。

只不过偶尔，他也会改编一下。比如在铁路边拍片时唱起："九九那个艳阳天来呦，十八岁的'大爷'坐在铁路边……"

"如果你可以穿越回7年前，在平遥街头遇到那个挥舞国旗的少年，你会是什么反应？"

"我和他一起喊。"他毫不迟疑。

"想都不用想，我要给他呐喊助威。应该感触很深吧，觉得恍如少年。不管他怎么想的，我觉得他是表达真诚的东西。"

采访、撰稿/于亚妮、邹佳雯、钱雅妮、秦芳
原载《澎湃人物》2018年1月4日

可可西里巡山队的25年

吕长征的肺坏了,医生警告他再也不要进可可西里。

54岁的吕长征是可可西里巡山队的主力司机,当了22年司机,他参加了每次巡山,但要他好好讲个完整的故事,他讲不来。

刚开始,吕长征不知道可可西里是什么,第一次开车进去,连东南西北都分不清。

可可西里的蒙古语意思是"青色的山梁""美丽的少女",藏语叫"阿钦公加",意为"昆仑之地"。它位于新疆、西藏和青海三省区交界处,青海玉树州西北,平均海拔4 600米以上,高寒缺氧,不适宜人类居住,被称为"生命禁区""人间净土"。但这里是野生动物的天堂。

国家一级重点保护动物藏羚羊是可可西里分布数量最多的野生动物,它为抵御高寒环境而长出的皮毛异常独特。20世纪80年代,盗猎者为猎取其皮毛卖钱而枪杀藏羚羊,使其种群数量从几十万只迅速下降到两万只。

1992年,玉树州治多县县委书记索南达杰带领民间志愿者成立西部工委打击盗猎分子,保护濒危物种。索南达杰在1994年只身追捕18名盗猎分子时牺牲。

但像吕长征这样的后继者们仍然继续着保护可可西里的艰难历程。

近6年,他们先后开展大规模巡山124次、中小规模巡山1 200余次,累计行程30余万公里,破获案件近20起。

2017年7月7日,可可西里成为中国第51处世界遗产。当队员们得知这个消息时,他们用了藏族最隆重的方式庆祝——穿起藏袍,在管理局的藏羚羊雕塑下跳起欢乐的舞蹈。

反 盗 猎

当流沙一点点将一个人吞噬时，他什么也抓不住。风过，沙地寂静无痕。

电影《可可西里》的这个镜头让观众难以忘怀。吕长征没看到过同样的事，但遇到的危险从来不比这个小。

吕长征是青海民和回族土族自治县的土族人，1995年，32岁的他在玉树州治多县给县委书记当司机。当时，治多县政府打算重建西部工委，组成"野牦牛队"反盗猎。

书记扎巴多杰找到吕长征，问："能不能吃苦？""会吃炒面吗？"

从小在牧区长大的吕长征回答："可以。"

吕长征第一次跟随扎巴多杰进可可西里时有七个人加两辆车。车是从盗猎分子手里缴获修好的。他们将其中一辆东风车的货厢盖上油布，队员就窝在油布下面。

电影《可可西里》的一个镜头里，成千上万的藏羚羊皮毛铺满高原，这曾是可可西里的真实写照。嘎玛才旦记得，导演陆川拍摄《可可西里》时，他们还替陆川借藏羚羊皮毛进行拍摄。

嘎玛才旦现在是可可西里国家级自然保护区管理局办公室主任，藏族，玉树人。1997年，玉树州政府在格尔木正式筹建可可西里管理处。

索南达杰的纪念碑竖立在4 000多米的海拔上，他的精神被传颂着。嘎玛才旦对"野牦牛队"老队员们有所了解，觉得这份工作既艰苦，又充满挑战。

从玉树藏族自治州民族师范学校毕业后，当时22岁的他觉得在玉树州商业局的工作无法施展抱负。1997年的春节，他扛着大箱，坐上卡车来到可可西里。

这时，可可西里同时出现了两支执法队伍。1995年组建的"野牦牛队"最初从社会上招募了60多名退伍军人和待业青年。这支队伍没有正规装备，一部分枪缴自犯罪分子。从严格意义上说，它只是一支临时组建、没有执法权的反盗猎队伍。不到一年，就走了40多人。

而可可西里管理处最初也只有行政执法权，没有刑事执法权，进山需森林公安陪同。他们没钱购买枪支，就从森林公安处借了两支枪，又从部队购买了几个枪套，全副武装地戴着空枪套去吓唬盗猎分子。

嘎玛才旦印象最深刻的是一场长达六天六夜的追捕。

有一年的6月，正值藏羚羊在卓乃湖产羔。他接到线索说，有一伙人要从花土沟绕道进入可可西里盗猎，他们有刀有枪涉黑社会背景。

嘎玛才旦带队驾驶三辆车，在卓乃湖兜兜转转直到第六天半夜两点，才发现盗猎分子。

"那三个车灯跟鬼火一样，感觉像大漠深处的幽灵。到了跟前，我开始堵第一辆车。当时特别乱，又是枪声，又是嘶喊声，又是追逐声。队员们打瘪了对方的车胎和油桶，汽油在往外流。但因为那个地方太缺氧了，也没有发生爆炸。"

当晚，抓获6人，有2人逃走。第二天一早，嘎玛才旦去清理现场时发现路边扔着一把上了膛卡了壳的半自动步枪。他这才意识到，前一晚逃走的两人曾放过枪。

这件事让嘎玛才旦感到庆幸，他觉得可可西里的生灵在庇佑着他们。

吕长征也有类似的经历。有一次，他们在太阳湖上游抓获了一群盗猎分子，但其中有两人开车逃走了。队员们立马去追，留下吕长征等待。

他等得着急，便去附近的山沟里捡石头玩，恰好在山沟里遇到逃走的两人。

"他一脚刹车停到我跟前，那时我反应比较快，一蹦跳到驾驶员的车门门边，驾驶员的头发长得很，我对着他的头发一抓直接撂下去了。一看副驾驶那儿有一把枪，副驾驶那人已经惊呆了。我抢出枪，上膛开了一枪，最后我们的人过来就把他们押走了。"

同一地区有两支执法队伍多有不便。可可西里国家级自然保护区管理局在格尔木成立后，1999年8月，西部工委被撤销，"野牦牛队"被管理局收编。目前可可西里管理局一共有五个保护站，分别是不冻泉保护站、索南达杰保护站、五道梁保护站、沱沱河保护站和卓乃湖保护站。

其中，卓乃湖保护站属于季节性保护站，位于藏羚羊集中产仔的卓乃湖岸边，附有野生动物监测站，便于对藏羚羊迁徙、产仔、回迁以及藏羚羊与其他各种野生动物的关系进行观测、记录，每年5月中旬到9月开展工作。

而其他四个则都是常设保护站，位于青藏公路沿线，需要承担辖区内的日常巡护工作。

陷　车

无人区没有任何信号，也没有任何标记，只有一望无际的荒原、湖泊和雪山冰川，路很难认。而这里除了巡山队，普通人被禁止入内。所以巡山员可以根据车轮印追踪盗猎分子和淘金者（在可可西里腹地太阳湖附近有不法分子入内挖金）。

但令人哭笑不得的是，有一次，吕长征早上翻过一座山巡视时发现两行车轮印，他以为是盗猎分子，就沿着车印追，追到天黑却发现回到了原地，原来那车印是自己的。

最初扎巴多杰带着地图，一边走一边画。吕长征跟着他把可可西里"画到了脑子里"。他根据山的形状，去记住山的名字，再辨识方向。

进无人区，车很关键。可可西里无人区总面积4.5万平方公里，平均海拔4 600米以上，含氧量是平原的50%。平均气温零下10摄氏度到零下4摄氏度，极端最低气温可达零下42.6摄氏度。

这里分布有大量湖泊、冰川、冰山、沙地，存在很多沼泽，雨水季节尤其多。天气变幻莫测，一天内可以经历四季。这里也时常有狼、熊等野生动物出没，人在其中行走非常危险。

正如电影《可可西里》里表现的一样，没有车时，要步行活着出来简直难以想象。

过去每年巡山队巡山12次，一次历时一周左右。但由于9月一过，可可西里基本形成冻土，入山很难。因此从2015年开始，他们每年只在5—10月间进山4—5次，每次在太阳湖和卓乃湖一带蹲点25天，继而在腹地展开数次小范围巡山。

2017年7月28日，郭雪虎刚完成第三批巡山任务。他现在是卓乃湖保护站副站长。卓乃湖保护站距离青藏公路直线距离不超过200公里，在不陷车的情况下，6—9个小时可以到达。

但若遇到雨水多，一天一公里都走不了。刚卸下东西，把车从坑里挖出来，装上东西，往前走了几十米，又陷下去了。

2009年，郭雪虎在太阳湖附近被困，为保存体力，队员们钻进帐篷躺着等待救援。救援队从公路到太阳湖整整走了8天，随后又花了4天才出山。那次一共陷车89次。

还有一年元月，过一处冰河时，冰面没有完全结冰，车陷进去了，队员们就站在冰河里挖车。寒风刺骨，脸上都是眼泪、鼻涕。

老队员们经历丰富，吕长征会把自己多年的开车经验毫无保留地教给新队员。比如，开车时要提前看有没有沼泽，需不需要提前绕路，遇到沼泽时要怎么换挡。

但可可西里沼泽面积很大，加之全球气候变化，冰川融化，湖水溃决，即使知道前面有沼泽或水坑，也很难绕过去，就只能由人先下水探路看能否冲过去。

每个队员们都经历过数不清的陷车。从卓乃湖返回时，公路就在眼前几百米的地方。龙周才加正想象着，一上公路很快就能到保护站，不用搭帐篷就能直接躺在床上睡一觉了。

"咣"的一声，车又陷了。他闭了下眼，与队友相视苦笑。下车，拿锹挖泥。

龙周才加是索南达杰保护站副站长，玉树囊谦县人。刚来可可西里时他刚初中毕业，才16岁，大家都叫他"小龙周"。他是在2005年可可西里管理局在玉树招聘临时工时报名的。郭雪虎和他同年抵达。郭雪虎也是玉树藏族人，那时刚刚20岁出头，辞去了玉树电视台的工作来到可可西里。

28岁的龙周才加已经成长为壮实的藏族小伙子。他皮肤黝黑，牙齿很白，脸上溢满兴奋，露出两个浅酒窝。

向着索南达杰站附近的新生湖方向，他把车开得飞快，凹凸不平的路面颠得人的头顶都触到了车顶，不远处灰色草甸上的藏原羚静默地向后飞移。

这辆皮卡车才开了两年，但长年在可可西里的荒漠中挣扎，显得疲惫不堪，他开玩笑地向澎湃新闻记者展示了松动的方向盘。

环 境 恶 劣

由于可可西里的含氧量太低，即使是从小在高原上长大的人，在那里也会出现高原反应。

吕长征出现过两次肺水肿。2002年的一次巡山途中他感冒了，但没有马上下山。第三天时，他已经喘不上气。在高原上一旦感冒，很容易引起肺水肿。

嘎玛才旦当时也在，他们赶紧把他往下送。一路上车辆颠簸着，吕长征失去知觉，陷入昏迷，开始说胡话："嘎队长，这么好的草滩，水又流着咧，我在这里躺一会吧。"

吕长征在医院昏迷了三天三夜，醒来时发现下肢失去知觉了，心里急得不行，"完了完了，成残疾了"。直到第二天早上腿才恢复知觉。

1997年可可西里管理处初建时，有26个编制，但只招到14个人。嘎玛才旦理解为可可西里不仅执法环境恶劣，自然环境也恶劣，肯定没人愿意来。

由于人少，嘎玛才旦每次巡山一个多月，回来最多休整两三天就又要进山，以至于有时他一想到进山，都有种想哭的心情。

他第一次巡山就持续了近50天。那时，卓乃湖还没有房子，他们五六个人挤在一张20平方米的白色帐篷里睡。

而吕长征最早进入无人区时，考虑到帐篷太重车拉不动，天一黑，五六个人就挤在一辆车里坐着睡觉。

哪怕夏天，可可西里夜晚温度都在零摄氏度以下，且有很多狼出没，队员们窝在车里都不敢出去。车小，腿都伸不直。后半夜大家都在喊："哎哟我的腿疼啊，哎哟我的脖子疼啊。"

但"小龙周"最初对无人区充满向往。2005年，可可西里有将近40名巡山员。他第一年没有被安排巡山，因此每次看着巡山队带枪进去，他就无比羡慕。

他每天拿着单筒望远镜爬到保护站的屋顶上，遥望这片神秘的土地。

在可可西里边缘，索南达杰保护站和五道梁保护站之间，红色的楚玛尔河从西北往东南方向流着，在金色的夕阳下闪着光。它是长江的北源，藏语意为红河。河泥是红色的，浅滩上印着刚刚奔跑过的藏羚羊的脚印。

第二年龙周才加可以入山了，他跟着老队员去买被褥、睡袋，置办伙食，将铁锹、千斤顶、喷灯等装车。经验丰富的老队员告诉他，这些东西要一个个试，防止铁锹是坏的或者喷灯的气孔被堵住。

山路很不好走，车一路颠簸，强烈的紫外线射得他直打瞌睡。队长不断掐他大腿，不让他睡。"他让我记住这些山的形状，那座山叫什么名字，还有一些湖泊叫什么名字。"他感觉队长很讨厌，睡觉都不让。

晚上在山里搭好帐篷后，队长告诉他："一旦出什么事，老队员肯定会冲在前面，但如果他们出了事，你得自己走出去啊。"

这之后，龙周才加在巡山时再没有睡觉。他默默观察，像吕长征一样在脑海里"画地图"。

睡在帐篷里，能听到熊和狼的声音。他害怕地看老队员会怎么做，却发现他们各自睡觉，并不搭理。早上起来，帐篷门口有一圈熊的掌印和狼的脚印。

还有一次，他们在河边熬肉汤，一只狼闻到了，从20米开外向他们冲过来。"小龙周"吓得不知所措，队长往天上开了两枪，狼掉转头跑掉了。

可可西里所有的野生动物都是被保护的对象。在索南达杰保护站的走廊里，一只灰色的老鼠沿着墙缝爬行，队员们发现了，也不去打扰它。

反盗猎工作大力开展后，大约2004年开始就没有盗猎分子出没了。如今，可可西里保护区及周边地区藏羚羊种群数量已经恢复到6万多只。

保护藏羚羊

"羊来了！"2017年8月6日上午10点54分，孟克听到瞭望塔上的喊声后，立刻将队员分工。接着他迅速跨上皮卡车，向藏羚羊即将经过的那段青藏公路的另一头行驶。

孟克将歪扣在光脑袋上的鸭舌帽摆正后才下车。他站在公路中间，正对着迎面而来的大卡车做暂停的手势："等藏羚羊过去你们再过去，麻烦一下。"

高原空旷无比，天高云淡。大约有300只藏羚羊在褐色的草甸上缓缓移动，同样褐色的皮毛让它们几乎与地面融为一体。青藏公路中间留出了将近1公里长的空白，人们和车辆守在两头默默等待着。

藏羚羊慢慢靠近青藏公路，试探，后退，试探，后退，公路上明黄色的交通线和遗留的轮胎气味让它们惊恐。

这不是孟克第一次护行，但他仍有些兴奋。他蹲下拿手机拍摄藏羚羊，但距离太远，拍不清楚。

"快过了，快咯！头羊一旦上了，马上就过了。"孟克穿着警服，耐心地望着远处的藏羚羊。

孟克是可可西里五道梁保护站的副站长，蒙古族人。他37岁了，在可可西里已有9年之久。建于1998年的五道梁保护站海拔4 680米，辖区1.5万平方公里，承担着对藏羚羊、野牦牛等野生动物的保护，还负责监测藏羚羊迁徙和返迁等活动。

"高原精灵"藏羚羊四肢纤细，步履轻盈，大眼睛水灵灵的。每年5月，母藏羚羊离开公藏羚羊，从西藏、新疆和青海省内集体向几百公里外的可可西里自然保护区太阳湖、卓乃湖一带迁徙产仔，同年8月，它们又带领幼仔从卓乃湖回迁，与公藏羚羊合群。

不管迁徙还是回迁，藏羚羊都要跨过横亘在高原上的青藏公路。青藏公路每天车流量极大，经常堵车。夏季除了重型卡车之外，还有大量自驾游车辆。为了保障藏羚羊安全通过公路，管理局在藏羚羊必经的公路附近建立了五道梁保护站。

藏羚羊在迁徙、产羔、回迁的过程中，由于气候条件、河流和一些人为因素，回迁成活率只有30%—40%。

一次，孟克看到一只藏羚羊腿被撞得只剩下一根筋挂着。他把它抱回站上，给它做了手术，将其救活，养了几年之后放归自然。

但也有救不活的时候。孟克给抱回的一只小羊羔取名为"小石头"，"小石头"一直拉肚子，喂药也不管用。"它想站却站不起来，快断气了，它一直看着我。我走开转了好长时间，心情特别低落。进去一看，它还是一睁一睁地看着你。"

藏羚羊认人，"小石头"只对孟克亲近，身体好的时候喜欢跟着他屁股后面走，别的巡山员靠近就会害怕。

孟克给"小石头"搞了个仪式。他把它埋到了索南达杰保护站后面的土里，点了根烟，嘴里念叨着："兄弟，一路走好。"

孟克喜欢称呼高原上的藏羚羊为"我们家的羊"，草为"我们家的草"。他带澎湃新闻记者开车到未有车开过的地带，地上留下了新车印。他心疼地喊着："把我的草都压坏了！"

待久了，队员们对可可西里都会产生这样的感情。吕长征记得，有时在山里没看到藏羚羊，"大家都在问，哎，我们的羊跑哪里去了？"

龙周才加来可可西里的第二个月就遇到藏羚羊迁徙，他跟随老队员去护行，但却只顾得上看藏羚羊，忘了指挥车辆让羊通过。而当游客向他询问藏羚羊的回迁现象等信息时，他也答不上来。

但今天，作为索南达杰保护站副站长，龙周才加已经独当一面了。由于人手都被抽调去巡山和办理案件，从6月开始，龙周才加一个人在保护站坚守了55天。

建立于1996年的索南达杰保护站还设有野生动物救助中心，巡山员在卓乃湖救活的小藏羚羊都被送到这里照料。在索南达杰保护站的羊圈里，7只小羊天真无邪。

每天早上，龙周才加7点半起床，给藏羚羊喂奶。这道工序类似于喂养婴儿：先将牛奶烧热，奶瓶消毒，再等到牛奶变凉，用手测温，温度合适时就开始喂羊。每天喂三次。

藏羚羊生性胆小，也容易感染疾病。因此每只小羊都有编号，对应着它们各自奶瓶的编号。

下午，龙周才加会带小羊去羊圈外面的草地上转一转，晒晒太阳。龙周才加小跑，它们就也跟着小跑。

可可西里情结

电影《可可西里》里有这么一段：司机从可可西里回驻地后，直接把车开到舞厅门口。

吕长征觉得那纯粹是"胡说八道"，对导演说这个司机演得太过分了。

"人家导演跟我说这是艺术,我说我才不是那样的呢!"

保护站水资源匮乏,队员们住在站上时基本不洗脸不刷牙。回到格尔木时,胡子头发都长了,脸也很脏。

龙周才加在索南达杰保护站独自待了55天后,赶紧回家洗澡,完了走路时感觉身体都是飘着的。"只要在床上躺下,可以睡个三天三夜的。"

12年来,龙周才加巡山次数达上百次,除了累还有乏味。车陷在山里十几天时,每天除了挖车,就是等、熬。

以前没有电时,孟克一个人在站上,为了省蜡烛,他在蜡烛上画了几条线,一到线,就吹灭,过会儿再点。"光明的东西都是好东西嘛,最起码点亮了,一个人坐一会儿,那也是不一样的。"

人们常说孟克长得像普京。他继承了少数民族的爽朗个性,像个天生的喜剧演员,经常自导自演。

完成工作后,他把保护站的桌子擦得干干净净,白手套洗得干干净净,然后戴上。他模仿领导视察,用手指在桌上抹了下,然后竖起大拇指:"同志们好,一擦,没有灰尘,工作干得不错!"

除了自己玩,他还逗藏羚羊。藏羚羊咬奶嘴时他突然把奶瓶抽走,藏羚羊就一直向他张着嘴要奶。他絮絮叨叨跟藏羚羊说了很多话,"它听不懂我知道,但是我聊呗。没办法呀,再不跟它聊跟谁聊"。

与可可西里巡山员接触后可以发现,他们自带幽默乐观的特质。索南达杰保护站队员解安程说:"在这样的地方,如果不开开玩笑,还怎么熬得过去呢?"

解安程是巡山队里少有的汉族人。他是退伍军人,小时候家里经济不好,解安程原本想经商,没有想到自己会做巡山员。

第一次巡山时,一路开过去,车上的垃圾已经没过脚踝,但没有一个人把垃圾扔到外面,当时解安程就被震撼了。两年后,他喜欢上了这片土地。

陷车、翻车、高反、昏迷。几乎每个巡山员都经历过。孟克说,跟大自然打交道,大自然有自己的危险性。

没人记得自己一共巡了多少次山。近6年,仅在新任局长布周的带领下,他们先后开展大规模巡山124次、中小规模巡山1 200余次,累计行程30余万公里,破获破坏野生动物资源和生态环境类案件近20起。

可可西里管理局现在一共有85名工作人员，目前存有编制37个，5个编制空缺，临聘人员53个。孟克、龙周才加、郭雪虎、解安程都属于临聘人员。

可可西里管理局曾针对附近的曲麻莱县、长江源和唐古拉山镇的牧民孩子招聘临时工，因为考虑到他们本身就对自己赖以生存的土地充满感情。

下午两点，可可西里新生湖湖水变得愈加碧绿，那绿色一层比一层深，在远处跟天际融为一体。这里除了水被风吹动时撞击在浅滩上的声音，什么都没有。

这些从小在草原上长大的人，觉得守护可可西里特别适合他们的性格和信仰。

孟克是牧民的孩子，家乡在200公里外的德令哈。他从小受到长辈们教育：不能往河水里洗脚撒尿、扔脏东西，不能在草原上挖土。人们吓唬孩子，往水里面撒尿或者扔脏东西，脸上会长坏东西。

来到可可西里9年后，孟克觉得这里的每一寸地、每一丛草都好像是他的亲兄弟，"可可西里对我来说就是半个生命吧，现在有这个感情了，真的。我的灵魂在这个地方，就是死也在这里"。

孟克的女儿4岁，工作忙时，他把她寄放在亲戚家。他曾经把她带上过可可西里，女儿知道他做什么，小小年纪也为父亲的工作自豪。

嘎玛才旦承认，20年前自己刚来可可西里时，并没有想过会一直留在这里，甚至如果有别的出路，他会选择离开。但20年后，他离不开了。

让吕长征不解的是，22年来看到很多人来了又离开，但他却从来没想过离开。两次肺水肿后，医生警告他不要再进入可可西里。从2012年开始，他就没再进入过可可西里腹地。

如今，他还会怀念过去的巡山生涯："我有时候也想去转一圈，但还是有点害怕，年纪大了，之前两次回来了，第三次有没有那么幸运我就不知道了。"

8月19日，第四批巡山队进山了。

采访、撰稿/张维、陈瑜思、邹佳雯
原载《澎湃人物》2017年8月24日

跨越大半个中国去奶你

过了机场安检，苏晓费了好大劲才把吸奶器的电机装好，把拆开来的冻奶箱重新打包。

两个20升的冻奶箱里规整地摆着扁平的储奶袋，上面标注着容量和泌乳时间。这个属于苏晓和她宝宝的冻奶箱像一位使者，将母子拴在了一起。

2017年8月，苏晓产假结束后只身从老家四川绵阳回到上海工作，把四个月大的孩子俊俊留下。上海刚装修完的新房子要散散甲醛，她不想让俊俊冒任何安全的风险。

同时，她不愿两地分隔疏远了跟孩子之间的联系，除了在孩子睡前打个视频电话，她在离开前就做了一个决定——每个月抽个周末从上海背上40公斤母乳回近两千公里外的绵阳。

送 奶

苏晓一个月运一趟奶回老家，待一个周末就回来，她能感受到俊俊对她的陌生以及与自己父母的亲近。她会因此有些小情绪，但每当看着孩子喝着母乳时，她会得到宽慰，"还是喝我的奶长大的嘛！"

这让她再忙再累也要千里送母乳，维持着这份远程的母子情谊。

她在孕期里就曾致电过一家快递公司的冷链方，对方说不能运送母乳这种液体。只要保证保温箱里的冻乳不化，理论上来说可以钻"没有液体"这个空子，但她仍然担心不牢靠。亲自运送是她能想到的最好方式。

苏晓进入了一个超过300人的背奶妈妈群，群里有人白天上班繁忙，掰着手指头算哺乳假，挤出时间泌乳下班背回家；有人把孩子寄放在老家由上一辈照顾，开车、坐大巴、坐高铁或坐飞机去运奶；甚至有人出差频繁，背着母乳坐飞机跨市跨省，甚至跨国。

苏晓对运奶之前的准备事项早已了如指掌，妈妈群的讨论中常会插入一些教学视频和图片。如果存奶足够多，规整地在冻奶箱里放满之前排掉空气的储奶袋之后，少留缝隙，最上层铺上低温冰袋；如果奶不够多，放不满箱子，妈妈们会在底层和四周填充注水冰袋，为的是填满空间，少留空档，可以保温更持久。

"冻奶一旦化了，要么让宝宝喝完，要么只能浪费。重复冷冻的话会破坏母乳本身的营养。"她解释说。

各个机场安检松紧度不同，这让苏晓每次过安检时都心存不安。群友们也会讨论各自安检的经历。

小宇是群友之一，因为2017年夏天北京太热，她把孩子送去了成都老家，于是送了三个月奶。她曾在托运安检时被人询问箱子里的液体是什么，"当时脸不红心不跳地说是牛奶，后来都佩服自己的淡定"。

群友任菲的箱子是36升的。她需要每周将母乳从杭州运到黄山下面的小山村，也就是她的婆家。路程有些周折，在四五个小时里，她需要小车换大巴，大巴在高速口换黑车。有次恰巧遇到杭州G20峰会，"那时候安检特别严。排安检就要几个小时，过的时候特别担心。当时也有各种段子出来，说液体要你喝一口。我老公就开玩笑说会不会到时候让你喝掉"。好在告诉安检工作人员实情后，夫妇俩就顺利通过了。

苏晓亲自送了五次奶之后已到年尾。2017年12月，她在背奶妈妈群内得到了新的方案，有宝妈建议她用机场快运——选择需要搭载的航班，托物流公司空运母乳到另一地，由家人去机场的货运处接奶。

她在网上找机场快运，有很多公司的联系方式跳出来，她就打电话一个个去问。她发现，只有相对小的物流公司会接活，价钱为每20公斤600元。

这从成本来看便宜了不少。之前亲自送奶除却往返机票钱不说，有部分超重的冻奶还需要额外买行李票。对苏晓这样独自运奶的妈妈来说，两个箱子有40公斤左右，提奶也着实费劲。

对于家人来说，这也是较好的安排。父母不愿意放弃在老家熟悉的生活，老家更宽敞，还有保姆。而她也没法在老家继续耗下去，产假接近尾声，她带着舍不得俊俊的心情回了上海。那个时候，丈夫因为跳槽去杭州工作，周末才能回上海。

迎接孩子的来临给普通家庭带来的家庭压力，苏晓也能感受到。她还记得做产检时，和老公讨论过华为裁员的文章，那时候她丈夫正处在跳槽的档口，收入稳定性是两人考虑的重要因素。如果不稳，宁愿不跳。"对于很多家庭而言，不是说要赚很多钱完成什么阶层跨越，而是要维持现有的家庭收入，有稳步上升最好。"苏晓坦言。

泌　奶

电梯里，同事陈卓见到背着大包小包的苏晓，以为她要搬家或者出差去。

背奶包里却装着苏晓不能随意打破作息的秘密。包里的电动双侧吸奶器会提醒她一天要吸三四次奶，此外还有储奶袋、笔、三节七号电池、乳头修复霜……刚与孩子分开那会儿，她特别不舍得，总要抽出时间吸奶，加上消毒和准备的工夫，每次吸奶需要花上一个小时到一个半小时的时间。

单位没有母婴室或女更衣室。她苦于找不到一个可以坐下来、有插座、又能回避异性同事的地方。

她眼见过其他部门的女同事在一个半平方米的角落空间里放下一个小帐篷，需要吸奶时就上半身钻进帐篷。

会议室的滑块一直停在"In use"（使用中）这一格；只有两个隔间的洗手间太小，味道又太大，冬寒夏热，不能老占着；开放型办公室里的人太多，难以遮掩；找不到插座时得往吸奶器的外接电源里横插三节七号电池，有时会吸奶到一半，电量所剩无几，吸力越来越小。

她总是不停地跑去会议室张望。没有锁的会议室空下来，她进去泌乳也不安心。后来她会叫上同事边干活边帮她把门，然后把支架白板挪到角落，人进入里侧，用支架白板隔出一个密闭的三角区域用以遮挡。

渐渐地，她把自己的泌乳规律从一天四次调整为一天三次，早晨一次，傍晚一次，临睡前一次。只有中间这次在单位完成，她同老板商量，在对方下班离开后用一下办公室，老板同意了。

最糟糕的一次泌乳经历是2017年5月，孩子出生才一个月不到。她家里的一位长辈突然去世，她临时要赶去徐州的殡仪馆等待长辈火化和入葬。那个季节的徐州天上飘着好多柳絮，她有点过敏，又正处于每三个小时要吸奶的阶段，她有过前车之鉴，但凡不定点吸奶就会发烧甚至乳腺炎发作。她因此提早备好吸奶器带在身边，殡仪馆里实在找不到合适的地方，最终去了条件落后的厕所，虽有隔间，但还是共用一条冲水道的蹲式老厕所。那些味道和墙壁上的污渍虽然让苏晓有不好的联想，但她还是忍住了。

任菲则幸运得多，她所在的公司是做女装的，部门里全部是女性，甚至可以在开会胀奶时毫不避讳地开始泌乳。

"那时候专门买了哺乳巾去遮挡。当了妈妈之后，对于这方面其实不会想太多。当时就觉得每一滴母乳都特别珍贵，不想浪费。"任菲说。

坐大巴运奶的途中，四五个小时里她也要吸奶，丈夫会让她坐在里侧，他在外侧看护。除了大的冻奶箱之外，她还买了个小的冷藏箱。随时要吸奶的话，小箱子可以起到冷藏的作用，"在路上吸的奶先放在小箱子里冷藏，到了之后再冰冻起来"。

苏晓在参与的母乳课程中学会了"五五五"原则，冷冻的奶可以保存五个月，冷藏的奶可以保存五天，室温20摄氏度左右可以保存五小时。她远程确认宝宝入口的母乳是新鲜健康的。她还会根据泌乳时间在储奶袋上标记"日奶"或"夜奶"，夜间分泌的奶有褪黑素，有助于婴儿睡眠。

俊俊一天的奶量是三袋日奶、两袋夜奶。苏晓的妈妈会根据宝宝的奶量提前一天把冻母乳转入冰箱冷藏室，第二天宝宝一饿就可以喝到加热至接近体温的母乳。

追 奶

"有推崇母乳的群或者文章会建议喂养到两岁，我感觉太过了。"苏晓把那些一味推崇母乳，拒绝其他辅食和调整哺乳时间的一群宝妈归入"拜母乳教"。

最初，她多少被感染，潜意识里觉得没让自己的孩子喝够奶的妈妈不称职。在初回上海的日子里，她的手机里有一排闹钟，每天隔三个小时响一次，周而复始，没有节假。高峰时期，苏晓一天能产1 800毫升左右的母乳，而孩子一天最多喝1 000毫升，在奶量供需上，苏晓有充分的信心。

"不定时吸奶的话，再要追奶就很困难了。"任菲有经验了。

她曾焦虑到睡不好觉，担心跟不上女儿与日俱增的奶量。所幸丈夫是一个很好的劝慰者，"没有（奶）就没有嘛，大不了兑点水"。他会在妻子半夜起床吸奶时多给她披件衣服，还主动承担了后半夜给吸奶器和奶瓶消毒清洗的活儿。

"因为我奶量还好，哪怕我辛苦一点，多存一点，还真有这种意念在支撑。妈妈选择多少小时吸一次，产出的奶量会有差别。比如我两个小时吸一次，吸两次就是300毫升，如果四个小时吸一次，可能只能吸200毫升，那就少了100毫升储奶。这样下去，相差就很大了。"

"有存货，心里才是踏实的。"好在任菲女儿的一天的奶量增加到800毫升之后不再往上攀升，半年后也开始加入辅食，不单纯依赖母乳了。

频繁吸奶的日子里，苏晓的情绪常常爆炸。"我以前工作的话会觉得很多东西在掌控之中，但是对于小孩子，我会发现自己什么都不会，就有点沮丧。而且会特别烦琐，那种烦琐让你不能休息。"她开始理解那些之前认为是"矫情"的产后抑郁。

这跟身体的荷尔蒙有关。"这也是妈妈不停混母婴群的原因，我们学习知识，希望被教育。对于新妈妈而言，在信息上是有焦虑的。"苏晓记得第一次逛母婴店的时候自己是懵的，所有东西都没见过，包括吸奶器、哺乳的内衣、不同形状的奶嘴、不同种类的婴儿牙胶，宝宝的衣服有不同阶段、不同功用。

有时候丈夫在旁边打游戏不闻不问，放在过去两人可能相安无事，放到孕妇刚出月子的敏感期内，一种情绪会叠加到无限大。"生完孩子的一年里很可能是夫妻矛盾的爆发期……甚至会影响到性生活。"苏晓说。

"忘记睡眠，忘记身材，每天三顿除外还要吃得让自己随时不饿着，喝两热水瓶的水，每天勤快地定时定点定量吸奶，一次都不能偷懒，因为你的每一次偷懒，奶都会变少，甚至于堵奶，甚至乳腺炎发作。"群友小鹿常在微信群里提醒其他宝妈们。

对此，苏晓深有体会。孩子不在身边，喂奶没有紧迫性，碰到工作忙碌起来，她常常选择做完手头的工作再去吸奶，时间不稳定，有时憋着憋着胀奶的那个劲就过去了。

有一次她独自在上海，乳腺炎发作，乳房胀得像一座小山一样，硬得像石头，"如果你定着不动不会有感觉，但你碰它或者动起来，就会像刺了一下或捏了一下。你发炎后会肿胀，要出来的乳汁也淤积在里面，会肿得很高"。她半夜烧到40摄氏度，不得不一个人深夜打车去医院看病。

断　奶

2017年12月31日，丈夫因为小事说了她几句，苏晓就借倒垃圾之名给他一点颜色看看。她独自跑到家附近的酒吧要了一杯酒，算是开了酒戒。这意味着，后面24小时内的母乳都不能要了。

年关的工作更为忙碌，忙得没时间跟孩子打视频电话，这让她事后感到歉疚。没有直播，倒是有录播，父母会贴心地给她录制孩子从早上起床、吃饭到晚上八九点入睡前的一些小视频，还会配上解说。回到绵阳，苏晓也无法亲喂孩子，俊俊早就习惯了奶嘴，无法自如切换到妈妈的乳房。

等一杯酒下肚，苏晓感到微醺。事实上，她早就意识到母亲、妻子、职业女性这三种角色的矛盾，可她已经尽力了。

苏晓储存的奶量已经够孩子喝到2018年的春天。家里的冰箱冷冻室已经满满当当，办公室的冰箱也占用了一格，连小区超市里的冰柜里都有她无处安放的母乳，营业员在她包裹的黑色袋子外又埋了好多雪糕和冰淇淋，外人无法窥见。

朋友调侃她说："超市的人如果有天偷喝了一包你的母乳，你会怎么样？"过去她可能要跟人拼命了，现在她变得完全无所谓。

那晚，她手机里的背奶群里有一位宝妈说："2018年我的工作会调整，要么顶起当负责人，要么公司空降职业经理人，所以过完一岁就要慢慢断奶。有人可能会说我自私，但我还有自己的生活和事业。"

在家里，除了苏晓一人坚持哺乳孩子到一岁，其他人都在劝她结束这种运送方式，让孩子趁早断奶。

"现在小孩是九个多月，我想慢慢降下来把奶断掉。"1月15日，苏晓这样说，好像是下了决心。

她跑去医院找医生，寻求更科学的断奶方法。"我属于泌乳很多的人，立即断奶的话很难。医生建议我继续把泌乳次数减少，从三次降到两次，起床一次，睡前一次。"苏晓一天三次的规律此前已坚持了四个半月。

母亲曾向她感叹现在育儿条件比她们那时好多了，以此劝慰偶尔抱怨的苏晓。20世纪80年代，母亲催奶时用一个玻璃盐水瓶灌上热水来回在胸口滚动按摩，泌乳时用一个泵奶器，把一个皮球状的东西捏下去，另一边就出奶。产假结束后回到朝九晚五的工作岗位，冬天太冷又没被窝钻，浑身直打哆嗦……

"条件好是好了，人们的要求也变高了。过去孩子只要养得白白胖胖就好了……有时候我自己也在反思是不是过于精细化喂养。"苏晓说。

她"倒垃圾"倒了三个小时候后回家了，丈夫主动向她求和。独处的三个小时里，他仿佛瞧见了妻子内心的挣扎。

（为保护受访者隐私，文中的人物均为化名）

采访、撰稿/彭玮

原载《澎湃人物》2018年1月27日

假发下的秘密

假发店的椅子被旋转了90度，阿布看不到镜子里的自己。

店老板秦康是故意这么做的。他已把阿布的长发剪短，正拿起电推准备剃，看着紧张的她有些不忍心，就把她转了过去。

阿布的眼睛始终盯着地面。秦康顺着头发生长的方向轻轻剃，这样发根吃力小，能防止剃破鼓包和肉瘤。

剃完，秦康把阿布转向镜子。做完乳腺切除手术都没有哭的阿布看着镜子里光头的自己，眼泪倏地夺眶而出，"好像是暴露了，发现自己真的有这么一天"。

那是2018年1月18日，阿布已做完第一次化疗。

想了就变成真的了，光头了

剃头让阿布真正认清自己是得了病。"如果没掉头发，我只是做了个手术，我不说没人知道。"她久久凝视着手机照片里长发健康的自己。

30岁出头的阿布还没有谈过恋爱。她大学时主修模特专业，参加过环球小姐比赛，当过车模、足球宝贝，拿过最佳形象奖，现任厦门一家国际运动品牌公司的视觉设计师。这位忙碌的"空中飞人"一个月出差四五次，"半年就能升到金卡"。她是个完美主义者，上班一定要化淡妆，涂腮红。

2017年11月，阿布被确诊为乳腺癌晚期，需要切除乳房。她忍不住在医生面前大哭，"我很害怕，想到了死亡"。但她迫使自己恢复冷静，在一天之内把工作交接完，当晚9点独自从厦门飞到上海住院。切除手术和整形手术同时进行。医生的自信给了她莫大的安全感，手术前一晚她睡得很好。

术后不久，她开始接受每三周一次的化疗。第一次化疗的两周后，她洗头时轻轻一抓，头发一把一把地掉，指间是一大把黑发。虽然她原本就对掉发有心理准备，但真正看到头发掉下来时还是感到难受。那段时间她好像认不出自己了，不敢出门，每天戴着帽子。

当一头长发脱落到所剩无几时，阿布终于决定去秦康的假发店。

秦康的假发店位于上海市肿瘤医院对面，十几平方米，隐藏在卖假胸（义乳）和中药的店铺后面，不仔细找，很容易错过，店里90%的顾客是因化疗而失去头发的女性癌症患者。

相对于普通的理发店，患者更愿意来这样的假发店剃头。"如果你去普通的理发店，人家问你为什么剃光头，你怎么回答？"秦康说。

60多岁的农村妇女方翠芬跟阿布一样是乳腺癌患者，也是做手术时不哭，在秦康的店里剃成光头时哭得一塌糊涂。

她以前一直把长发扎成辫子，从没留过短发。现时的她失去了右胸，经历了8次化疗、25次放疗，头发掉了，眉毛也掉了，整个人憔悴了。她老是照镜子，觉得自己变得特别难看。偶尔回老家拿衣服，村里人说认不出她了。

她瘦弱，说话柔软，却会决绝地说："有些人自拍光头的照片，我生病一张照片都不要拍。"她从没想过自己有一天会变成光头，也不愿接受。

得病前，阿布倒是想过剃光头，她每次看时尚大片都激动，觉得外国模特的光头酷酷的。但她明白，现在的光头是另一回事。"毕竟那种气质、脸型、高跟鞋和衣服配合起来会很时尚，但是真正生病后是看得出来的，不一样，每天跑医院。"

"不能想，想了就变成真的了。"阿布开玩笑说。

那天，她光着头在假发店试戴了五六种发型后，最终选了一款棕色短发，额头上厚厚的刘海，乖乖地横在眉毛上面。

她以前一直保留着齐胸的长直发，中分，干净利落。阿布本想选一款和自己原来发型一样的假发，可惜假发店的长发都有刘海，她没能如愿。

背着店员试假发，睡觉也戴着

2018年2月5日，阿布第二次来假发店。店里顾客大多是中老年女性，年轻的阿布戴着时下最流行的日本口罩，在这充斥着吹风机声和人声的店里显得格格不入。一米七八的她坐在假发店门口的凳子上，宽松的蓝色牛仔裤裤脚向外翻起，露出长筒袜。

她一点也看不出是癌症病人。假发替她保守了秘密。

光顾假发店的病人都在用不同的方式保守秘密。有的年纪大了，只买黑色假发，不要染色，因为她平时不染发；有的在店里不想当着店员的面试戴假发，而要拿到卫生间里自己戴好，再让店员调整；还有的害怕被家人看到光头的样子，睡觉也要戴假发；有人买假发时谎称用于头顶发量稀少，结果买了头顶的发片，用不了，又来退。针对盖白发、头顶稀少的症状，秦康一般只推荐发片，但化疗掉发则需要全头的假发。

也有人自己能正视对假发的需求，家人却做不到。

36岁的向日葵是在妈妈的陪同下来假发店的，她是浙江湖州人，头发掉光了。如她的名字，试发过程中她一直保持着大大的笑脸。

她的妈妈坐在一旁的凳子上，脸上写满忧愁。向日葵的鼻子里长了肿瘤，妈妈哭了好几天。其实向日葵在一个月以前就没有头发了，但她一直不同意女儿买假发，觉得"假发脏得很"。

甚至最初她舍不得女儿剪头发。但是向日葵的头发掉得到处都是，落到脖子里很痒，就剪了。"由于身边的患者都戴假发，她也就慢慢接受了假发。"向日葵说。

向日葵每试一顶假发都会紧闭双眼，戴好后再睁开，然后自拍一张照片发到闺蜜的微信群里，接着转身给坐在一旁的妈妈看："妈，你觉得可以吗？"

向日葵以前是齐刘海的波波头短发，她想找同样的发型，但试了却不合适。有一款戴着很好看的要3 000多元，她觉得太贵，她鼓着嘴巴说："戴一年我就扔掉了，放在家里很心痛啊！"

店里的假发价格从360元到3 000多元不等，区别在于发型、颜色、真发含量、头皮贴合度等。试了很多款后，向日葵最终选了一款1 300元的特价短发。理发师教她戴选好的假发，慢慢拉着头发往后拉，"两边对称，不要歪掉啊！""有点紧，这里有印子。""这个头发也不要梳，梳太死板。"

看女儿学得起劲，妈妈喊着让她不要戴着假发出门，向日葵也同意。她们打包把假发带走，打算只在春节探亲时佩戴。

秦康知道，假发是难以启齿的。他以前在日本假发公司工作，公司要求顾客买完假发后三天要打一个电话询问售后效果，隔了一两个月再打一次。他打过去，对方一般尴尬地找个借口或者敷衍两句就挂了。"如果人家正在跟男朋友吃饭或者正在开会，你打过去，问假发戴得怎么样，这很傻。"秦康现在只告诉客户，有问题可以打电话给他们，毕竟这不是一件像买了辆法拉利那样值得炫耀的事，"她（病人）可以让周围的人说，哎呀你的头发怎么剪得这么难看，在哪里剪的？而不是你的假发这么好看，在哪里买的？"

说出病情有压力，在家人面前很少流泪

比假发更难以启齿的，是癌症本身。

"一个健康的人去商场买假发，可能买一些大品牌或者非常好看的假发去'炫耀'。但患者却希望所有人都不知道自己戴了假发，不知道自己生病。"秦康说。

阿布在手术前就想好了要买假发，她不想因为光头招致过分的关心。

阿布曾跟一个朋友说出实情，但说出去就后悔了。对方当即说想见她，还要合影留念，过了几天，朋友又发信息向她询问病情。这对阿布来说都是压力。"他们不了解病情，知道是癌症就以为离死亡不远了，就会来问我。我还得跟他们解释，解释了他们以为我自欺欺人，我不想跟他们解释。"

独自一人来买假发的徐美华也不想让朋友们知道她的病情。

63岁的徐美华是上海本地人，穿着白色羽绒服，戴着白色金属框眼镜，她脸小，白净清秀。

2016年12月,她曾体检出两肺纹理增生,没太在意。10个月后,她被查出肺癌晚期。不久,医生又告诉她是神经内分泌癌症,跟乔布斯生的病一样。

徐美华出门都戴着帽子,小区里的朋友并不都知道她生病的事。"他们知道了又要来看我,要来送钱送东西啊,然后很伤心啊。"

2月4日,她化疗结束后去理发店把头发全剃了。剃头时,她让儿子把过程录下来,然后给家人看。

"他们看了很难受,我觉得其实没什么,这是生病的过程嘛,也没有办法。我觉得要接受它,真的没什么。"她说着说着却忍不住哭了出来。

她的晚年生活本来丰富且忙碌:跳舞,学钢琴,参加小区活动,还要帮忙照顾两个孙女。

徐美华在家也戴着帽子或者假发。"如果我光头,两个孙女都害怕,她们问,奶奶你怎么了?"她觉得光头在家里,家里气氛也不好。为了不让家人担心,很多事情她都独自去做。

方翠芬在家里倒不怕晃着光头,但她也不敢出门。丈夫的朋友来家里看她,她要提前戴好假发。如果他们提出想看看她的头发,她就撩起一角又迅速放下。

在方翠芬的村里,得乳腺癌是件难以启齿的丑事。方翠芬得病后更是深有体会:"我们那边地方小,大家生病了还害怕被别人知道,害怕被笑话,就不说真话","有的人生了这病,家里人理都不理。我外甥女的一个朋友生了这病,她老公都不去看。"秦康在店里遇到过不少因一方患病而家庭破裂的。一个女患者,婆婆在她生病期间带着丈夫去相亲。

而方翠芬比较幸运,她一路上有丈夫刘小健的默默陪伴。刘小健是个高大沉默但又温柔细心的男人。第一次知道妻子的病后,他无法接受,在床上躺了两天不起床,不吃饭。两天后,他来到上海陪妻子看病,洗衣做饭的事全包了,从不抱怨。

方翠芬生病后刘小健瘦了十多斤,他以前喜欢开车兜风,老家山多,风景好,但自从妻子生病后他就再没出去过了。

化疗时,方翠芬吃不下饭,每天躺在床上熬时间。"生不如死"这个词,方翠芬说她在读书时没懂,生病时全理解了。"化疗太难受了,真的太难受了。有一个医生也得了这个病,说从医30多年,从来不知道化疗这么难受。"

"以前每天都要掉眼泪。白细胞低了要打针,打下去后全身痛,痛起来很厉害,现在我的指甲都是新换的。以前在乡下剥毛豆,现在的指甲不能剥,好像空了,里面化脓了,皮肤里面是黑的,出血干了结痂。衣服不能洗,碰到就痛。"

她和丈夫年轻时去过很多地方打工,也上当受过骗。夫妻俩老实,"生意做不好"。他们最后亏本回了老家。方翠芬现在做靶向治疗,用的药1.7万元一支。

"真看不起病。她这病看下来差不多总共要50万元。第四个化疗的时候路都不能走,只能打车。"刘小健说。

夫妇俩跟人合租住在肿瘤医院对面的居民区,150元一晚。在聊天过程中,刘小健自己出去散步了。方翠芬忍不住坦承:"我老是想着我女儿和儿子,他们怎么办,老公经常安慰我。我手术化疗的时候,乡下的朋友都来看我。我不想我老公和孩子他们太难过,我在他们面前都很少掉眼泪。"

化疗完,"寸头就寸头吧"

方翠芬化疗结束已有7个月,新头发正在长出来,为了利于生发,她平时在家都不戴帽子或假发,但她出门依然要戴上假发。

但她的头发长得慢。她跟丈夫抱怨时,刘小健就轻轻摸摸她的头,说,长得很好很好。

趁着来医院做后续治疗,方翠芬在丈夫的陪同下年前最后一次来假发店,她要清洗头上的假发,干干净净回家过年。

方翠芬戴着洗干净的假发满意地走了。她打算等病好了,去送外孙女上学。化疗时头发掉光,外孙女对她说:"外婆,你不要去我的学校。""现在我问她,能不能去,她说可以去。"方翠芬羞涩地笑了。

徐美华一边试戴自己的假发,一边探头看着秦康给坐在她旁边的一位胖阿姨试戴。"我的脸型不太适合太短的,我想要点鬈的,我也不喜欢太黑的。"

徐美华最终买下那款360元的鬈发，因为这跟她原来的发型很像，似乎这样可以让生活保持原状。"我还要认识它。"徐美华用手托着假发对秦康说，"老板，它怎么护理，你教一教我。"她对着镜子，小心翼翼地戴上，摆正，抹平鬓角。她很满意，甚至觉得不需要进行任何修理。

她打算下次带一个好朋友来做参谋，再买一两个好的，贵一点也能接受。"这个头发戴在我头上，实际上是给人家看的，又不是给我看的，人家看了好看就行。"

阿布第二次来假发店是想给假发剪一个狗啃刘海，她拿手机里存的演员郭采洁狗啃刘海的造型图片给秦康看。她想，反正已经是短发了，就索性剪得酷一点。

秦康先是剪下一点点，阿布不满意，"剪得再不规则一点"。秦康又剪了点，说："剪了啊，剪了别后悔啊，95%可能不适合。"阿布说："哎呀，你说的我都发抖了。"秦康剪完了，说："乖乖女变成假小子了。"阿布睁开紧闭着的眼睛，满意地笑了。

其实最早家里人建议阿布把头发剃光时，阿布不愿意，她仍怀有头发不会掉光的一丝侥幸和不甘。觉得假发即使合适，但戴在头上，始终觉得不是自己的。

阿布的母亲曾看着她的艺术照偷偷流泪，但还是强忍悲伤安慰阿布，这种病未必就没得救了。阿布的大伯得胃癌，18年前做的手术，现在活得好好的。想起母亲，阿布觉得自己必须坚强。

她现在每天练毛笔字，看电视剧，偶尔逛逛自己喜欢的品牌店。阿布把这当作一场"重新看待人生的病"。

"慢慢治疗，病好了就活着，病不好也不能改变什么。就是想干嘛就干嘛呗。"她打算化疗结束后就只留光头，不戴帽子和假发。"让它长吧，寸头就让它寸头吧。"

（除秦康外，文中其他人名均为化名）

采访、撰稿/张维
原载《澎湃人物》2018年3月20日

酒徒的战争

你可能遇到过这种情况：一个浑身酒气、喝得烂醉如泥的人从你身旁踉跄而过；你也可能在公园的椅子上，街边的垃圾桶或电线杆旁见过醉得不省人事随地而卧的人；你可能会和同伴说，嘿，看那个醉汉。

他或她可能是一个酒精依赖症患者。

国家卫计委医学科普平台对这种病症的描述是：饮酒者无法控制自己的饮酒行为，并且出现躯体化和戒断的症状。它的病因包括遗传、心理和社会因素。

这种病可能找上许多人，男人或女人。酒精依赖症已成为世界性的公共卫生问题。和它的对抗与意志力无关，酒瘾像恶魔一样侵蚀患者。

但一些想摆脱恶魔控制的患者正走在戒酒的路上。戒酒将是他们一辈子的战争。

"酒 鬼"

"我是一个酒鬼。"

40岁的女人安宁端坐在椅子上说，她的目光投向远方，没有焦点。在一个男人分享完自己的故事后，她主动发言。

"他的故事让我很有共鸣，只有酒鬼才能懂。"她有五分钟时间，让其他人听到自己的声音。

这里是Alcoholisc Anonymous（嗜酒者互诚协会，以下简称AA）的现场，房间里一共坐着20个男人和女人。

安宁看上去是一个精明干练、气场十足的女人，丝毫嗅不出酒鬼的气息。虽然已经停酒几年，但她每次和会员分享自己的故事，都会哭得稀里哗啦。

她讲的故事，只和酒有关——

小时候，她的父亲经常喝酒，家里隔三岔五就有人来吃饭喝酒。15岁时，她初次端起酒杯，几秒钟，就将一杯啤酒咕咚咕咚灌进了肚中。她瞧不起那些在酒桌上扭扭捏捏的女孩，而她，要表现得与众不同，酒可以让她成为焦点。

前几次喝酒的经历已经记不清了，她依稀记得18岁时喝完一杯红酒后，通体舒畅，直到现在还难忘那种感觉。

从2003年起，酒精成为20多岁的安宁的生活必需品。那年夏天，她通过了执业医师的考试，立即买了两瓶啤酒庆祝。

此后的每一天，她脑中都萦绕着喝酒的念头。"工作顺利，生活美好，怎么开心怎么来"，从两瓶到四瓶，从啤酒到白酒，喝完一场再换地方喝第二场，从一家卡拉OK换到另一家迪厅。

这样的日子持续了两年。

2005年，安宁开始独自喝酒。那时她在外地学习，没有朋友陪伴，每到夜幕降临，就想痛痛快快地喝一场，然后一觉睡到天亮。她给自己找了很多喝酒的理由，然后自然地将小瓶的二锅头送入口中。

学习结束后，她返回家中。朋友邀约她吃饭喝酒，她坐立难安，熬到下班，迅速脱去身上的白大褂，骑着自行车顺路买上熟食和酒，就往朋友家奔去。

那年年底，她喝酒的频率越来越高。早上起来就期盼夜晚到来，好尽情喝酒。伴随酒精渴求的同时，是轻微的戒断反应。每天凌晨5点，安宁会从心慌中醒来，只有喝酒才能让她平复。"怎么就那么爱喝？"她隐约觉得不对劲，但又没太在意，还是那么喝着，量越来越大，次数越来越多，晚上，中午，早上……

又过了一段时间。她自觉一个女人不能毫无顾忌地喝酒，或许自己该结婚，成了家，也许就不会喝那么多酒了。

她开始找男朋友，但男人也爱喝酒，他们吃饭，去KTV，夜宵，都离不开啤酒。一直到结婚几个月后，他们计划要孩子，这才开始戒酒。28岁时，她怀孕了，到儿子满月这段时间，滴酒未沾。

但出了月子，身体里的那个魔鬼又蠢蠢欲动了。那时，安宁回了趟娘家。舅舅从宁波带回来一桶杨梅泡的酒，告诉她，酒刚泡上，不好喝，要泡上一段时间。她看着玻璃罐子里红颜色的酒液中泡着梅子，有些按捺不住。当着全家人的面，她要求先喝一口尝尝味道。"就那么一口，我一年都没有停止喝酒。"

她盯上了那桶酒。等家里没人时，从里面偷偷舀出一斤，喝完后再揣着矿泉水瓶到街上打一斤散装白酒，灌回那桶酒里。很快，桶里的10斤酒被喝光了，梅子酒的颜色也被添加的劣质白酒稀释得越来越淡。直到有一天，她还没来得及往里灌白酒，就被哥哥发现了。

从那以后，她开始从外面买酒。

每天下班后，她都要买上两瓶酒，塞到斜挎包中间的夹层里。这种酒的味道偏淡，她以为可以避过家人的注意，但她喝完酒嗜睡，还是被母亲察觉到不对劲。

她想戒酒，但已经戒不掉了。早晨上班前，她从家里带走一瓶啤酒，从六楼往下走，刚到楼底酒瓶就空了。她又跑到小区卖早餐的地方买上两瓶白酒和两瓶劲酒，一股脑倒进喉咙里。

她问自己到底是怎么了，如果天天这样喝下去，又该怎么办？但只是想一下而已，很快就有一个强大的声音在她耳边说："喝吧，没关系，到你想停的时候肯定能停下来。"

病　人

又连续喝了一年。

一天，安宁突发急性胰腺炎，疼痛至休克，她被母亲送进医院。看到同病房的两个患者相继离世，她决心病好了再不能再像以前那样喝酒了，只在逢年过节和家庭聚会时有节制地喝。

"但没有想到这种病是对酒失去控制的"，当身体的痛苦刚刚消退，大夫告诉她可以喝粥，没过两天，她又开始喝酒了。

几天后，胰腺炎复发，肚子疼得直不起腰来。母亲急忙找车送她去医院，在等车的十几分钟里，安宁捂着肚子跑到小卖部买了一瓶二两的白酒喝下去后，才上了救护车。

她是一个糟糕的母亲和女儿。躺在病床上时，她想到了自己一岁多的孩子和年迈父母，罪恶感袭来，"我怎么那么没出息？都这样了不怕死吗？"

但两次住院后，她依旧没有停止喝酒，鬼使神差般一次次端起酒杯。

母亲问她，为什么要喝，她随口说了一堆理由：抑郁，不开心，睡不着觉。母亲催促她去精神病医院看病。她拗不过，去了。

医生给她开了抗抑郁的药物，她吃完药继续喝酒，清醒让她自责和痛苦。有次醉酒之后，她带上几百块钱，疯疯癫癫从家里跑出来，打了辆出租车，跑到当地的精神病医院，找到医生，把钱放在桌子上，说自己很难受。

那是她第一次住进精神病医院。但是治疗没有任何效果，从医院出来之后她依旧在喝酒，而丈夫已经厌倦了这个每天喝得醉醺醺的女人。

在一次喝酒之后，她很难受，跑到丈夫跟前跪倒在地上，让他照顾好孩子。丈夫让她回屋睡觉，她当时感到绝望，猛地从桌上拿了一个啤酒易拉罐拉环片在手腕上一刀一刀划下去。"我也不知道什么想法，我太恨我自己了。我也不想喝酒，但是我做不到。我想他们理解我，但没有人理解，我很茫然。"

那一刻，她恨她自己。但她顾不了那么多了，她必须喂饱潜藏在身体里的恶魔。比起男人，一个总喝酒的女人是离经叛道的。每喝一次，她脑中也在强化这种想法，自己不被原谅。

血流了一地，几条暗红色的瘢痕像细绳般永远绑在她的手腕上。安宁主动提出再次去精神病医院戒酒，她向医生袒露自己的酗酒问题。

21天里，她和患有精神分裂症的病人一起住在封闭式的病房里，穿着病号服，定时被人叫出去晒太阳、放风。

治疗结束后，她满心欢喜地从医院走出来，准备迎接新的生活。但没几天，她又重新拿起了酒瓶，那时她只感觉自己"是一个没有道德底线的人，是一个坏人，用世界上所有狠毒的语言来形容都不为过"。

她记得特别清楚，早晨醒来，母亲已经带了孩子一夜，她睁开眼的第一反应是怎么又醒了,自己怎么还活着,怎么面对这一切。母亲抱着孩子走到她床边,满脸愁容,问她怎么又喝多了。

她看了孩子一眼,不知道该怎么面对,伸手往外推孩子,让他们都走。"那一刻我觉得我不配活着。"她恳求父亲给自己打了针安定剂,"我真的没有办法睁开眼睛去面对这一切,面对我身边的任何人。我觉得我是一个罪人。"

有一次,父母带她出去旅游,坐在飞机上,母亲突然说,"如果这一刻飞机落下来多好,我把你跟你爸都带走了,这世上我唯一不放心的就是你们两个,我们三个人一块死多好。"那一刻,她才知道父母每天在刀刃上过日子。

无法戒酒的自责让她选择喝酒逃避。《小王子》一书中酒鬼的自我剖析,恰如其分地道出了她的心理:喝酒是为了忘记让自己感到难为情的事,什么事让他难为情呢?因为整天喝醉酒。到后来,她不是害怕喝酒,而是害怕醒来。

安宁再次被送往精神病医院。那次,她也不知道自己喝了多少,往死里喝,还吃了20片安眠药。昏昏沉沉醒来时已经在去省精神病院的路上了。

她只在那住了一天。第二天,医生带她去检查的时候,她试图逃跑,心里盘算着先躲到卫生间,把衣服换掉,再跑出去找一个小卖部喝两瓶酒。但是逃跑没成功,又被抓了回来,很多人把她往封闭病房拖拽,她抱住一根柱子,号啕大哭,以死抵抗。母亲没有办法,只能接她回家。

离开医院后,她独自走回家里。丈夫提出离婚。她不愿离,承诺自己一定戒酒。她开始做家务,照顾孩子,上班,努力尽一个妻子的本分。但就在返回上班的第一个晚上,元宵节,她值着夜班,抱着酒瓶喝得酩酊大醉。

醒来时已经躺在家中,父母坐在她的床前,满眼焦虑,央求带她去北京看病。

最终,她又一次住进了精神病医院。

失 控

安宁的另一个身份是内科医生。

上班时，为了不让同事闻到酒味，她戴双层口罩，嚼口香糖，但那股刺鼻的味道还是会钻到别人的鼻子里。同事问起，她编织谎言搪塞一番，说昨天晚上喝多了。慢慢的，她就无所顾忌了，每天带着满身酒气出现在人前。

生完孩子的第一年她还能正常工作；但第二年，身体就垮了，没法再正常工作。现在回想起来，她甚至庆幸当时没有出现什么医疗事故。

长期的酒精依赖，导致她整张脸变了形，头发大把大把地掉，"像个鬼似的"，"酒瘾在身体里面，灵魂在外面，完全进不去，我看着魔鬼在一点点折磨我，却无能为力"。

她试过很多办法戒酒：旅游，锻炼身体，喝黄鳝泡酒，烧香跳大神，看风水，但没有扛过身体的戒断反应。只要几个小时不喝酒，她就会严重地出现心慌出汗、舌头发硬、血压升高、晚上失眠等反应，听到开门声或者滴水声，就会惊慌失措。

酒瘾上来时，她心跳加速，双手颤抖，满脑子想着怎么弄到一瓶酒喝。早晨空腹，白酒二两三两地往下灌，心没那么慌乱了，她再去洗脸刷牙，夜晚喝到昏迷，喝完就睡。

她不知道为什么要端起酒杯，也弄不清楚为什么这样抑制不住地想喝。喝酒最严重的那段时间，母亲整天盯着她，拿走了她所有的钱。

但喝酒的欲望盖过了理智，这个体面、威严的医生想方设法溜出去，到超市偷酒，再跑到一个废弃厕所或者阴暗的楼道里，用颤抖的手拧开瓶盖，汩汩送到嘴里。喝完以后，她泪流满面，呆呆站在原地不敢动。一旦动了，肚子里的酒就会翻滚上来。

2010年开始，她陆续三次住院戒酒，复饮了就请假在家或者住院，工作和生活成了一团乱麻。

AA的会员大多都有和安宁相似的经历，疯狂饮酒，抑郁，自杀，被送到精神科戒酒。

2014年8月5日是齐昊进入AA互诚协会的第一天，当时他已经是一家上市公司的项目经理。

齐昊习惯性饮酒是从大学开始的。那时他喜欢一个女孩，表白被拒绝，心情很差，总是跑去小饭店喝酒，每次喝一两斤的白酒。

从北京航空航天大学毕业工作后，齐昊常有应酬，饭桌上需要喝酒，他无所畏惧,日积月累,酒量逐日上升。

2000年,领导派给他一个千万元级别的软件项目,那是他第一次独自做项目,在青岛待了大半年,只要一遇到问题,他就找人吃饭喝酒,自信"能用酒摆平"。

顺利做完那个项目之后,齐昊对酒的渴求越来越强烈。他盼望每个周末到来,从早上10点开始喝酒,持续到第二天。一个喜欢他的女孩知道他喜欢喝酒,定期批发几箱啤酒送到他家中。

就这样到了2003年,一发不可收,每个早晨他都在喝酒。星期一上午,他带着满嘴的酒味到公司开例会,同事问起来,他只说前一天晚上喝多了。"非典"期间,公司放了两个月假,他整天关在家里,肆无忌惮地喝酒。

这样的状态持续了三年,公司的同事都已经知道齐昊是一个嗜酒者。那年公司裁员,他首当其冲被赶出那家服务了18年的公司。

齐昊感觉自己从高处重重地摔了下来。没多久,他转战到新的公司,但不过两个月,他又在酒瘾的驱使下每日中午狂欢饮酒,再次被公司开除。

绝 望

2004年,齐昊到北京大学第六医院寻求戒酒治疗,接待他的是研究酒精依赖的精神医学教授李冰。

齐昊告诉李冰,自己不喝酒的时候心情会非常低落,抑郁。李冰给他开了一盒百忧解,服药期间本不得饮酒,但他趁妻子不在的时候把药丸吐了出来。

他恐惧戒断反应。过去,他自己尝试过戒酒,孤独地躺在床上,恶心、手抖等戒断反应通常会持续两三天,最严重的时候,他出现过幻视、幻听。

几次戒酒都失败了。妻子备孕期间他也没有停止喝酒,2008年10月,他的孩子出生了。当在得知孩子健康平安后,他兴奋得掉头就跑出医院,第一件事是买了瓶酒庆祝。

2009年,齐昊进了现在的公司。起初,他戒了几天酒,但没多久,他被公司派往工地办事,新同事请他吃饭喝酒,他又不可遏制地喝起来。

很快,齐昊又变回了以前的样子:每天顶着酒气出现在公司同事和领导面前；他成了小区里被人指指点点的"那个酒鬼"，以至于每回买酒，他都像老鼠一样贴着墙走，生怕被人发现。

他戒不掉酒，但喝完之后就迅速被内疚感包裹，他拿头撞墙，责怪自己不争气。

每天早上5点半，他准时被砰砰的心跳声唤醒，咽下第一瓶酒；即使在冬天，瓶装的啤酒也只需几十秒就被他灌进肚里，最糟糕的时候，他连续喝了21天啤酒，没有任何进食。

2013年，齐昊和公司老板共同处理一个项目，两人整天待在办公室，他只得找机会溜到宿舍喝一罐啤酒，但回来后身上散发酒气，有次更是出现戒断反应，老板发现了他的秘密。

他停掉了齐昊手里的工作，安排他住院戒酒。他在医院住了41天，每天看书，写文章，吃药，打针，自信能凭着自己的毅力克服酒瘾。

从医院回家后，他又坚持锻炼，看书，吃药。这样过了100天，齐昊以为自己能够掌控酒精了，他买了啤酒，又喝了点红酒，短短四天，再次失控了。

出　路

安宁最后一次入院戒酒是在2012年2月9日。

那时北大六院的医生向她提到AA（嗜酒者互诚协会），说这个协会的会员每周一到医院开会，也许对她戒酒有帮助。安宁决定住院试试。

她过去一直认为，喝酒失控是道德问题，戒酒失败是毅力问题。直到医生笃定地告诉她，酒精依赖是一种病。

确认自己是个病人后，她释然了一些，问医生怎么治，得到的答案却是"无药可医"，并且会逐步恶化，想要康复的唯一办法是一生与酒精绝缘。

安宁再次坠入绝望中，"我做不到滴酒不沾啊"，她无法想象不喝酒的生活将怎么过。她焦躁不安，加上戒断反应，那时总是情绪失控，把书或枕头砸到病房的墙上。

她也为自己得了无法让人理解的病而伤心，丈夫因此抛弃了她，更让她感到屈辱。

互诚协会成为她最后的救命稻草。

周一的会议现场，所有人聚集在一间屋子里，安宁很紧张，一动不动地坐在椅子上，打量四周。

她猜想，人群中那位气质出众的女孩应该是聚会的负责人，但聊起来才知道，这个高学历、英文流利的海归女孩也是一个酒鬼。而其他会员，不是博士生就是公司老板，她突然如释重负，"原来世界上还有女人跟我一样，我不是唯一这样喝酒的人"。

但接下来，安宁没有等来她想象中的治疗方案。她对眼前的一切疑惑不已：到场的人嘴里念着上苍，手里捏着书，还手拉手做祈祷，就像美剧里患有隐疾的人聚在一起寻求救赎，连彼此间的礼貌也显得"虚假"。她有些失望。

护士拿给她一套书，她翻看其中一本："生活中还有一群人，他们往往聪明能干，而且善解人意，但失去了对酒精的控制能力。"这是对酒鬼的描述。

她在书里拼命寻找可以填补内心落差的话，让她觉得自己没那么丢人。

停酒第10天，一个会员告诉安宁，他们在医院外面举办会议，她可以搭乘一名会员的便车过去。到了会场，人们相继和她打招呼，报出自己停止喝酒的时间，有的一年、两年，有的五年、十年。

她听到了一个时长40分钟的故事。那个男人和她的经历并不一样，但是喝完酒以后痛苦纠结的情绪触动了她，"他把我想说的全说了出来"。她坐在那里呜呜地哭起来，觉得自己去对了地方。

接着，会员们陆续发言，有人戒酒为了儿女，有人为了父母，有会员会鼓励安宁也发言，她说，想为自己戒酒，找回自己。如果不是酒，她是一个好女儿、好母亲、好妻子，但是现在她什么都不是。

她一个人租住在会议地点附近的地下室里，自怜自艾的情绪撕扯着她。她决意要戒酒，每天带着本子和笔去开会，坐第一排，积极发言，酒瘾发作的时候拼命喝可乐抵御。

协会的每个会员都会找一个助帮人，助帮人的任务是无条件接受某个会员打来的电话，通话的目的是聊天。

安宁也找到了一个助帮人。对方讲述自己的酗酒经历，让她仿佛看到了另一个自己。

后来,她一次次去开会,出院前夕,她跟一个会员说起自己的担忧,害怕出院后会复饮,对方告诉他:"怕就对了,只有对酒有足够的恐惧才会去抵抗它。"

一个月后,她回到老家,一下子回到现实,离婚、失去孩子抚养权等,很多事情一下子涌过来,她给助帮人打电话,诉说自己依然无法驾驭的痛苦。

2013年,单位有一个在北京进修一年的机会,她争取到了,再次收拾好行李来到北京。她一周参加四次AA的会议,无法静心工作,想要离开,但看到那些离开后又复饮的人,她又打消了这个念头。

从北京进修回去后,她成了单位重点培养的骨干,即将被调到ICU病房工作。那意味着更繁重的工作,她不确定,离开AA后能否独自抵抗酒精的诱惑。

最终,她决定辞职,告别了十几年内科临床工作和公立医院的铁饭碗,回到北京,开始另一种生活——如果不是酒精依赖症,她的人生轨迹或许全然不同。

嗜酒者互诚

1935年,美国阿克伦市,一个戒酒的纽约商人遇到了另一个嗜酒者。他发现,当他试图帮助那个嗜酒者时,自己喝酒的欲望也降低了。

后来,他和一个酗酒的医生一道戒酒时发现,戒酒的耐力与给其他嗜酒者的帮助和鼓励的程度密切相关。

四年里,美国的几座城市相继成立了戒酒小组。1939年,随着《嗜酒者互诚》一书出版,"嗜酒者互诚协会"(AA)的名称问世。AA向所有人开放,戒酒的愿望是入会唯一条件。

在将AA引进中国之前,李冰研究酒精依赖治疗多年,但没有戒酒成功的案例。

2000年,她到美国进修时参加AA互诚协会的国际会议。大会现场有来自世界各地的五万名患者,每个人戒酒的时长不等,但其中没有中国患者。

事实上，在中国酒精依赖症有相当的发病率。北京大学回龙观临床医学院副主任医师杨可冰等人曾经做过调查，中国汉族人群，酒精依赖的发病率大约在6%—8%之间，男性患者远多于女性患者。

在杨可冰看来，酒精依赖症是酒精中毒慢性脑病的表现，发病的机制主要是遗传因素和环境因素共同作用的结果。环境因素主要是饮酒文化地域，此外，跟饮酒的人群、习俗也有关系。

戒酒者要时刻跟酒瘾做斗争，"那种瘾时刻侵扰着他们"，李冰说，酒精成瘾的人只要停止饮酒或者减少酒量就会出现心慌、手抖、出汗、意识障碍、癫痫发作等戒断反应。

杨可冰解释说，目前治疗酒瘾主要通过药物和认知强化的一些动机治疗，包括探索开发一些物理治疗，但总的来说还没有很有效的治疗方法，难题在于防止复发。而AA，严格意义上说不属于治疗手段，是一种康复模式，一种团体的心理训练。经过多年以来的实验证实，它是康复治疗中非常关键的一环。

从美国进修回国后，李冰开始筹划在国内举办AA的会议。她形容AA的方式是"用精神的力量替代酒的力量"。

李冰每个月大约接收20名酒精依赖症患者，她在医院设置了开放式病房，AA的会员人数并不稳定，发展至今，网络会议从最初的四五人增加到一两百人。会员有男有女，年龄从20岁到70岁。

互诚协会常提到三要素：一是强烈的戒酒意愿；二是诚实；三是行动。"这对酒鬼来说是另一种生活，它教你以后的人生中除了喝酒怎么去生活"，齐昊认为，这很重要。

有人维持了一年、两年、三年、四年甚至十几年、几十年不喝，也有人中途复饮，喝死了，还有人失联了。

加入AA是免费的，会议更像一种仪式，有固定的流程：宣读誓言，重复12个步骤，介绍新来的会员，报出停酒天数，再分享故事。

"会议就是我们的药。"王伦说。他是北京地区AA的负责人，建了一个会员的QQ群。这个群设置为只允许管理员发言，他反对会员在群里交流，担心他们"习惯打字而不打电话交流"。每天有新人进来，管理员发出会议通知，其他时间群里鸦雀无声。

在AA待了十年，王伦见过有人20来岁就喝死的，也见过有人60多岁开始恶化的。他接到过无数绝望者的电话，坚持戒酒到最后的人并不多。

很多戒酒者只是短暂摆脱酒精的控制，包括王伦，尽管断酒多年，但在闻到酒精味时他仍会出现流口水的生理反应，尤其是劳累、孤单、生气时，愈发渴望酒精。

在意识到自己无法独自戒酒后，齐昊参加了AA的会议。在那里，他说生活中的琐事、工作上的烦恼，他把那里视作能说话、能被人理解的地方。

那里是许多酒精依赖症患者的秘密花园。他们不用掩饰自己是个酒鬼，可以无拘束地释放压在心底的苦闷。

每听完一个故事，齐昊感觉自己的人生被回放了一次，不断提醒他回到过去有多可怕，而他想清醒地活着。

沉迷酒精的十几年消磨了大把光阴，如今，他正奋力追赶，频繁参加职业证书的考试，下班后复习考研资料到深夜，努力让生活变得不一样。

迄今为止，安宁加入AA已经有五年九个多月，这几年她滴酒未沾。戒酒之后的前三年，她并不快乐。过去遇到过不去的坎、棘手的事，她喝酒逃避，如今要清醒地直面这些。

在新的公司，安宁隐匿了前嗜酒者的身份，她妆容精致，跑步健身，维持一种健康向上的姿态。

在互诚协会她还遇到了现在的爱人，一个停酒12年的"酒鬼"，一个能够理解她过去和现在的男人。他们没有打算要孩子，两人都担心疾病会遗传到孩子身上，"我们活着就已经不错了"。

无论停酒时间多长，没有人敢说自己戒掉了，"只能说在路上"。

戒酒初期的夜晚，齐昊经常梦到自己在喝酒，喝完又轻松戒掉了。"我依然有喝酒的欲望，但我可以选择不喝。"有次喝茶的时候他误喝了一口啤酒，立即吐了出来，暂时抵御住了酒精的诱惑。

（为保护受访者隐私，文中部分人物为化名）

采访、撰稿/袁璐、王倩

原载《澎湃人物》2017年12月29日

民法典接力60年

中国社会科学院法学研究所研究员孙宪忠，是1949年以来中国第一批民法学博士。从小学到博士生毕业，他一直被一头小羊的问题困扰。

孙宪忠1957年出生在农村，那时候大家在生产队干活，集体出工。有一个农民养了一头小羊，出工时就把小羊牵到路边吃草。村里为此召开了批斗大会，批斗农民自己想办法挣钱，强迫农民把羊卖了。

上小学的孙宪忠知道农民家里有病人，觉得他想多挣点钱可以理解，又觉得他好像真的有私心，为什么不能和大家共同致富？

这个问题困扰了他20多年，直到他去了德国。

"哪能有什么私有的东西？"

中国人民大学民商事法律科学研究中心主任杨立新，比孙宪忠大五岁。

他插队、当兵，1975年转业后，被分配到了吉林省通化市中级人民法院。

当法官，对23岁的杨立新来说不是件容易事。他去民事审判庭，除了民法基础知识欠缺，法律里只有一部《婚姻法》可用。

判案时，他只能参照一本《政策法规汇编》，判决书上一律都写"证据确凿，根据党的政策和国家的法律判决如下"。

中国政法大学终身教授江平在《私权的呐喊》中回忆，1957年到1976年，民法已濒临消亡。法律院系规模、学生和教师人数都大大萎缩，民法课程有的已近乎取消，不少民法教师由于种种原因改行。

和其他基本法相比，民法与商品经济、社会生活的关系最密切，它调整平等主体的人身和财产关系，保障的是"私权"。

1949年以后，中国制定过《民法典》。

第一次是在1954年，因为"反右"和"大跃进"，立法终止；第二次是在1962年，1964年社会主义教育运动开始，立法机关的人也去搞运动了，紧接着是"文化大革命"，起草再次停止。

武汉大学法学院教授余能斌1964年大学毕业，他在中南政法学院（现中南财经政法大学）学法律，直到毕业也没弄懂到底什么是民法。老师不敢讲民法，不敢讲私权。

那时的余能斌也不觉得什么东西该是私有的，私有是被消灭的对象。

1958年，他家砸锅炼钢铁。公社办大食堂，他家房子被用作食堂，母亲去别人家住。1976年，母亲去世，房子交给生产队作牛棚。

他心里虽有疑惑，但想到自己读书拿国家助学金，觉得自己是国家培养出来的，是国家的人，哪能有什么私有的东西？

一纸契约，一场改革

1978年，中国仍没有足够的粮食养活自己的人口。

那年年末，在安徽省凤阳县凤梨公社小岗村，18位农民聚集在严立华家里，他们在这一晚立下了"生死契约"：

>"我们分田到户，每户户主签字盖章，如此后能干，每户保证完成每户的全年上交和公粮不在（再）向国家伸手要钱要粮。如不成，我们干部作（坐）牢杀头也干（甘）心，大家社员也保证把我们的小孩养活到十八岁。"

这张契约被认为拉开了中国改革开放的序幕。有了自主权，农民种粮的积极性大为提升。

80年代初，约有2 000万名被下放到农村的知青和工人回到城市，国营企业没有钱雇佣他们，国家开始允许年轻人做"个体户"。

城镇里出现了各种小摊：理发的、修鞋的、磨刀的、修自行车的、卖饮料小吃和各种手工艺品的。

有买卖，就有纠纷，民事问题不断涌现，法院无法可依。"文革"期间被砸烂的司法机关重新开始运作。

1978年6月，最高人民检察院正式开始办公，1979年9月，第五届全国人大常委会第十一次会议决定重新设立司法部，1980年1月，成立中央政法委员会。

1979年，全国人大常委会第三次组织《民法典》起草。

余能斌当时在中国社科院法学所工作。他记得1979年春，法学所召开了一次民法与经济法关系的理论讨论会。会上，大家激烈争论；会后，法学所牵头组织了调研。

当时中国法学会会长王仲方率团出访日本，他问日商，为什么对中国投资持观望态度？日商直言不讳：你们没有法律保障，没有民法。

在余能斌的记忆里，1981年北京的夏天特别炎热。

招待所里没有电扇，在向阳面房子里，年近七旬的林诚毅教授光着膀子，把稿子或用复写纸复印，或用刻钢板刻印出来供大家讨论。

参与者们热情高涨，第三次起草却以失败告终。余能斌反思，那时实行的还是计划经济，人民对"私有化"保持高度戒备，理论和经验不足。

1982年6月，民法起草小组解散，改革却日渐推进。

计划经济年代，多数外国人对中国人的印象是"蓝蚂蚁"。"蚂蚁"是指中国人数量之多，"蓝"则是中国人着装的统一颜色。普通百姓几乎一律穿蓝布褂，买布用布票，布几乎是一种颜色，非蓝即灰。

"计划经济的基本出发点是把人当作劳动力资源，通过计划使得社会的物质和人力资源达到最佳搭配，人不被当作发展上的主体，不许你有鲜明的特征。"孙宪忠分析说。

1983年年底，全国停止发放布票，敞开供应布，布票从此成为废纸。

孙宪忠印象深刻的是，"蓝蚂蚁"消失了，人们甚至穿上"奇装异服"。

改革需要法律的保障，制定不了民法典，全国人大决定先制定出一部民事性基本法律。

1986年，《民法通则》诞生。

孙宪忠感慨当年《民法通则》的第二条规定——民法调整平等主体之间的财产和人身关系。

在江平看来，《民法通则》最大的优点是规定了民事权利。他在《法治天下》一书中谈到，这些权利所体现的精神，一个是平等，另一个是自由。

听"疯"了的学生，讲"疯"了的江平

1986年，杨立新在中国政法大学进修法律。

《民法通则》通过，学生们强烈要求江平校长讲课，江平是立法小组的成员。两个年级大概400个学生，挤在国防大学的大礼堂。

杨立新回忆那一天听江老师讲课，听得都快"疯"了。学生们分工记录，尽量一字不落记下来。

学生们听"疯"了，江平也讲"疯"了。

讲到两个多钟头时突然停电，江平说不要紧，自己嗓门大。点着蜡，他扯着嗓门喊了一个多小时。来电后又接着讲，一共讲了八个小时。

回去当天晚上，学生们互对笔记，对出来70多页讲稿，用复写纸复写，一人一份带回家，回法院给大家培训。

杨立新当时兴奋得不得了。他在法院工作多年，判案没有法条，一下有了《民法通则》，虽然只有156条，却把民法问题都写进去了，"简直是久旱逢甘露"。

30多年过去，杨立新回忆起往事依然振奋。他告诉澎湃新闻，那时候法律界最有权威的几位老先生，佟柔老师、江平老师、王家福老师、谢怀栻老师、魏振瀛老师，在他们心里都是神。佟柔老师单"所有权"三个字，就讲了16节课，一节课45分钟。

当时，佟柔、江平、王家福、魏振瀛作为《民法通则》起草的顾问，在《民法通则》通过后，受邀在人民大会堂参加了庆功宴。

佟柔的学生周大伟在《佟柔先生与中国民法学》中记述，会后，佟柔老师拉着一旁周枏教授的手说："周老哥，这回我们的民法算是真的要出来了。"周枏老先生一边眯着眼笑，一边不住地点头。

两口子打架，你管不管？

1988年前后，西南政法大学民商法学院教授谭启平，见证了重庆市第一起因为肖像权引发的诉讼。

原告是一名复员女军人，中国新闻社重庆分社未经允许，用她的照片印制挂历，进行销售。谭启平是原告代理人。他记得，被告当时认为，把女军人照片印成挂历，让她的形象走遍全国，她应该感到高兴才是。

已经颁布的《民法通则》第一百条规定："公民享有肖像权，未经本人同意，不得以营利为目的使用公民的肖像。"

女军人得到了赔偿。

法律的出台引导社会变革，社会变革呼吁法律的出台。中国政法大学教授夏吟兰对此深有体会。

1980年，"感情破裂"作为法定离婚理由，写入新的《婚姻法》。"那个时候有特别大的争议，因为中国人的观念都是过错离婚主义，你有过错才能离婚，没过错怎么能离婚呢？"夏吟兰记忆犹新，那时候有一个"秦香莲上访团"。

《中国生活记忆——建国60年民生往事》里记录了这段"秦香莲上访团"状告"陈世美"的往事。

1983年，由36名妇女组成的"秦香莲上访团"联合到全国妇联上访，状告她们以"感情破裂"为由要求离婚的丈夫们，在有关领导人的过问下，36个"陈世美"没有一个离成婚。而此后10年内，36个"陈世美"却仍旧选择和他们的"秦香莲"离婚了。

社会的变革不易，法律的出台亦艰难。

2001年，夏吟兰做调研时，问警察在街上看到两个人打架会不会管，警察肯定地说管；她追问，这两个人是两口子，你管不管？绝大多数警察说不管。

1993年，夏吟兰去香港培训，第一次听说"家庭暴力"这个概念。

"过去觉得'打是疼，骂是爱''三天不打，上房揭瓦''娶来的媳妇买来的马，任我骑来任我打'，这个就是传统观念。"

她认为反家暴要立法，通过立法改变行为，保护家庭中的弱势群体。

夏吟兰参与了《反家暴法》立法，2015年12月27日，十二届全国人大第十八次会议通过《中华人民共和国反家庭暴力法》。

在此之间，1999年《合同法》通过，2007年《物权法》通过，2009年《侵权责任法》通过，2010年《涉外民事关系法律适用法》通过……

在杨立新看来，改革开放中社会的进步与民法分不开："它把基本秩序用法律规定下来了。不论你做什么，经济发展还是进行交易，都是依照它的规则进行的。"

民法学者80大寿上的大声疾呼

《民法通则》颁布后沿用至今31年。孙宪忠认为，这部法如今已经落后于时代了。

他解释说，《民法通则》的156条里，如今只剩10来个条文有用，更多的条文都在改革开放过程中被其他法律替代，有些条文已经被历史淘汰了。

而现存的单行法，由于颁布的年代不同、社会背景不同等原因，相互之间存有矛盾。

杨立新以产品质量纠纷的诉讼时效举例：《民法通则》第一百三十六条规定，出售质量不合格的商品未声明的，诉讼时效期间为一年；而《产品质量法》第四十五条规定，因产品存在缺陷造成损害要求赔偿的诉讼时效期间为两年。

制定《民法典》的作用之一被认为，能解决现存法律之间的相互矛盾，统一整体的逻辑。

在各个单行法不断颁布期间，起草《民法典》也曾被全国人大常委会提及。1998年，《民法典》起草被提上日程，整个学界受到极大鼓舞。

孙宪忠记得当时在一片欢呼声中，许多学者自发组成了民法典草案课题组，自筹经费编纂民法典草案建议稿。

2002年，全国人大立法工作机关编纂完成了《中华人民共和国民法（草案）》，中国学术界对该草案有很高预期，但他们发现，为民法典精心设计的制度和条文多数未被采用。

民法学界认为该草案过于保守。各方意见难以达成一致,立法方案就此终止。立法机关决定放弃《民法典》整体推进的模式,回归逐一制定单行法的渐进模式。

针对中国要不要制定民法典,也曾有不同声音。

梁慧星在《关于中国民法典编纂问题》一文中回忆,在2013年9月,民法学研究会年会上,法工委民法室的工作人员作报告,提出现在各个民事单行法都有了,是否有必要制定民法典。

文中记述了同年10月,北京大学召开民法学者魏振瀛教授80大寿庆祝会,魏振瀛在最后致辞中大声疾呼:中国一定要制定民法典!全场一片静寂。

在夏吟兰看来,学者有对学术的要求,立法机关有对现实社会的考量,立法是一个妥协的结果。

2014年,十八届四中全会提出要依法治国。

杨立新等民法学者了解到,最初决定中没提到制定民法典,学者们急坏了。在人民大学601会议室,全国的民法学者举行了一个盛大会议,请来各路媒体,坚持主张民法典必须要写进依法治国的决定。

杨立新听说,在其中起到重要作用的一个人是最高人民法院院长周强,周强是西南政法学院(现西南政法大学)研究生院民法专业毕业生,师从金平。

一直为制定民法典呼吁的还有孙宪忠,早在2013年3月的全国两会,他就提出修订《民法通则》为民法总则、整合其他民商事法律为民法典的议案。2014年,他再次提出同一议案并论证。

"当官不学民法典,不如回家卖红薯"

十八届四中全会最终把制定《民法典》写入了决定。谭启平记得老师金平看到决定后说,这次《民法典》制定肯定能够完成。

金平今年95岁,是如今在世唯一一位参加过第一、二、三次民法典起草的学者。

2017年3月15日,作为《民法典》开篇的《民法总则(草案)》在十二届全国人大第五次会议上表决通过。

这一天,西南政法大学民商法学院教授谭启平放下了手头所有的工作,带着女儿买了花,去了金平老师家里,他要去向这位将近百岁的民法老人表达特别的敬意。

当年被一只羊所深深困惑的孙宪忠,博士毕业后,1993年去德国留学。

他听到有人总结英国工业革命为什么成功——"从来没有一种法律制度,像所有权这样能够焕发起人们创造的激情。"

认识到所有权的重要性,孙宪忠后来在参与《物权法》制定时,坚决反对房屋70年产权到期后要向国家交钱,主张无条件让老百姓享有永久所有权。

2017年3月15日《民法总则》通过前夕,他发朋友圈,说民法总则即将制成,思之夜不能寐。他提笔写了一首长诗,其中有一句:"当官不学民法典,不如回家卖红薯。"

3月15日那天,中国人民大学民商事法律科学研究中心主任杨立新也发了朋友圈:"今天通过《民法总则》,我特别怀念佟柔老师、谢怀栻老师、魏振瀛老师,以及仙逝的各位民法前辈。没有他们打下的基础,就没有今天的民法。还有江平老师、王家福老师,都是我国民法的旗帜!"

1990年,69岁的佟柔去世,江平曾在纪念文中感谢他:"民法和民法学在最困难的法律虚无主义横行年代中,香火未绝,烟缕未断,佟柔先生是起了主要作用的。"

84岁的谢怀栻于2003年去世,让江平印象深刻的是,谢老终年穿一身中山装,看起来似乎是老学究模样,但思想一点不保守,对于逐渐崭露头角的青年学者和一些优秀的博士论文,谢怀栻说非常高兴看到年轻学者"站在老一辈人肩膀上前进"。

2016年,当年在80大寿时大声疾呼"中国一定要制定民法典"的魏振瀛也去世了。

澎湃新闻希望拜访在世的民法学前辈,却遗憾地从他们的亲人、助手或是学生口中得知,有人已经失语几年,有人已经头脑不清……几位老人婉拒记者的理由是,不想以如今的状态面对媒体,想留住谦谦君子的风度。

金平如今患了眼疾。西南政法大学民商法学院院长、金平的学生赵万一说,老师虽然视力不好,也要让人把《民法总则》的内容念给他听。

2017年4月,编纂民法典分则各编的工作也开始进行。分则至少包括五编——《合同法》《物权法》《侵权责任法》《婚姻家庭法》《继承法》。根据计划,全部民法典的编纂工作预计将于2020年完成。

对于三年后即将出台的《民法典》,杨立新认为,《民法典》可能也会有很多缺点,但毕竟先把它统一起来,再慢慢修订。

对于接下来的三年,民法界充满期待,也不乏担忧:分则到底应该怎么编,新法《民法总则》和旧法《民法通则》共存,是否会给法官判案带来更多的挑战……

95岁的金平通过西南政法大学,给后辈们录了一段视频,他在视频里说:我们法治建设的道路还是漫长的,我希望大家多做一些思考,多做一些贡献。

采访、撰稿/于亚妮、张维、殷一冉、蒋玮琦
原载《澎湃人物》2017年4月29日

不能说的秘密

这是一组与"性侵"有关的口述,包括性侵受害者、法律援助者、社会工作者、性科普作者在内的四位人士向澎湃新闻讲述了他们的经历——有关被侵犯与伤害、压抑与沉沦、救赎与思考。

受害者:"我想说出来,只希望不被说是我的错"

口述者:王小竹(化名),27岁

性侵我的人是我姨夫。

小时候爸妈工作忙,我在姥姥家的时间比较多,姨姨家就在姥姥家对门。第一次(被性侵)是我4岁左右,一开始是触碰、亲吻,细节有点忘记了,但当时的感受我记得非常清楚,是害怕。我觉得这是一件不好的事情,但我也不知道哪儿不好。也不敢告诉爸妈,因为第一反应是我错了,而不是别人错了。

我父母是不会夸奖我的那种人,所以我从小做什么事情都会尽可能做到最好,担心他们不满意。姥姥有一点重男轻女,我出生那年舅舅意外死亡,姥姥会不经意间说是我命硬之类的话。这种情感我很小的时候就捕捉到了,所以我总是怕他们突然不要我了怎么办。

小时候没有接触过性教育,父母也不是回避这个话题,是根本没谈到过,性在家里就是一片空白、一个盲区;而且小时候大人会告诉你不要跟陌生人怎样,但不会告诉你要去防备亲戚长辈。

有了第一次,没人去责问他,就有第二次、第三次。在我9岁之前,每周都去姥姥家，所以是很高的频率。他在长辈那一代算是比较爱玩的。姥姥家只有我一个女孩，我哥哥们都会找他去玩，大人们对他的印象是很会带孩子的人。

有时候吃饭时大人会说，你去你姨姨家吃。我说我不想去，因为我本能地抗拒、害怕。他们问我为什么不去，我说我不喜欢他。但是问我为什么不喜欢，我又说不出一个理由。大人就说你不懂事，觉得你无理取闹。

我后来关注过这样的事，发现对儿童的性侵犯并不是一个小概率事件，而且我所知道的人里面，（施害者）都是家里亲戚或者很熟的朋友，很少有陌生人做这样的事。大部分孩子会自己选择不说，或者可能只会很隐晦地说谁谁谁是坏人，很少有小孩告诉爸妈。

9岁时发生了实质性的性关系，就是强奸。爸妈从来没有发现过，我觉得父母对我的关注度真的太低了。三年级以后我们搬家，不再常去姥姥家，岁数大一点后抗拒意识也强了，发生的频率就低了一些。

最后一次是六年级下学期。家长让我去他家取东西，他那时候有点用强迫手段，也半得逞了，就是也进入了。但我一直很奋力反抗，床头柜有个酒瓶还是保温杯之类的，我摸到以后几乎用全身所有的力气砸下去，把他头打破了。

在此之前，我慢慢长大好像就知道发生的是什么事，但不确定，也不敢找人核实。五六年级时有个电视剧，忘了名字，里面演到一个男的骚扰女下属，其中有个女的被迫就范，女主角在反抗。我就知道，原来是可以反抗的。之前到隐隐约约知道这是强奸、是犯罪的时候，就开始觉得错的不是我，所以才会有那么大的愤怒和反抗的情绪。

小学的时候，我妈偶尔说到女孩子要自爱，其实不是对我说，因为觉得我还小。但是我听到之后就会觉得，我做错了什么呀？处女很重要，但我已经没有了呀，我能怎么办呢？知道发生了什么事后，我性格也一下变化特别大。变得暴力了，什么东西拿在手里就不自觉地想破坏，跟同学之间也老打架，不像小孩子之间打打闹闹，是真的像照死里打的那种。

上初中以后就特别想学坏，初一就会抽烟喝酒，可能也受非主流影响，一口气在耳朵上扎了七八个耳朵眼。那时候是想让自己变得很厉害，然后去找他报仇。但是我没办法依靠别人，靠一个初中生的智慧，就只能想到这样的办法。

高一下半学期开始看心理医生，是初二认识的哥哥帮我找的。十年前，心理医生水平也不好，开的药吃了以后人每天眩晕，身上会肿，都没法出门。我就经常旷课。爸妈还是不知道，我每天早上7：20出门，8：00他们走了我就回来了。中午12：00他们下班，我11：30出门，他们回来了我也回来了，假装是放学回来。

高三的时候觉得，再这么吃下去就傻了吧。长大后也慢慢想通了一些：要活下去，总有一种方式吧，那时候上网吧也会接触一些信息，觉得社会包容性还是大了一些。就想，好好考试啊，还要上大学呢。但高中两年没怎么上课，是补不上来的，压力就变成了学业的压力。

刚好有个表哥那时在读研究生，压力也很大，我们经常聊天。第一次尝试说出这件事，就是跟他。我也不太确定自己当时的心理是什么：是让他替我出头解决这件事、伸张正义？还只是因为压力特别大希望情绪有个释放口？甚至可能是为了博取别人的同情？可能三点都有。

但他听完之后，只说了一句话："那又能怎么样呢？"他也会安慰我，说人在做事天在看，就归到一种宿命论上去。因为姨姨家的孩子生病了，姨夫自己也是重度糖尿病，家里经济条件也不太好了。表哥就说，你看，都是现世报。

我有两个感觉：一是好失望啊，可能我潜意识里还是希望他能给我一个会帮助我的信号吧；第二个感觉是好庆幸啊，还好我从小到大都没有跟别人说过，不然我小小年纪就要承受失望了。后来我挺后悔跟他说的，他从小到大都是三好学生，又是典型的理工男，那时候也才二十三四岁，非常单纯，这件事也超出了他的理解范围。

高考没考好，父母说要不然复读，我就像疯了一样，说不可能。那时候我迫切地想要离开家所在的城市，觉得空气都是脏的。我说要出国，他们不同意，觉得本科出国太早了，一定要让我复读。那时候，我才把这件事情说了出来。

我妈号啕大哭。这件事也告诉了我舅舅舅妈。我爸当时就说先咨询法律，看能不能起诉。我舅妈说那不行，她这么小，以后怎么做人呢。我觉得这种说法可能是现在大部分人的想法，就觉得最好息事宁人，不然闹大了对我是二次伤害。其实我是无所谓的，这件事情已经伤害到了我，我不怕。

但是他们咨询了一些人，说想要因为我的这件事把他抓进去，好像不可能了，因为18岁去指证4岁时候的事，已经太遥远了。后来我爸好像知道他吸毒还是贩毒，反正后来他被抓了起来，但不是因为我的事情。

说实话，如果今天能让我重新选择，我不会告诉他们。4岁时没有告诉他们，我是后悔的，因为当时我不相信父母会相信我说的话，不相信他们会做什么，但这是一个错觉，父母肯定会保护我的，如果我早说，被伤害的时间会大大缩短，或者程度没有这么深。

但是如果回到18岁，我不会说。因为首先事情没有解决，家里人还是选择了息事宁人。大家的出发点是好的，想要保护我，他们觉得，说出去以后你怎么做人呀？但这不是我的错呀，我继续好好地做我的人呀。我觉得这个社会对受过伤害的小孩不公平，还是会戴着有色眼镜去看他们，好像是他们的错。

而且我告诉家里人，我父母觉得特别亏欠我，没把我看好。那段时间可能我说我要上天他们都说好，就想把小时候的亏欠一股脑补给我。一下子不会跟我相处了，其实我心里面特别难受。所以再给我一次机会，我是肯定不会说的。

后来我也没出国，爸妈不放心，就让我休学了两年。玩的时候写了一些关于旅游的帖子，有一次觉得想把这件事说出来，单纯地想给自己做一个记录。看到的人比我预想的多一些，有人在下面留言："你是做旅游想红疯了吧？这种丢人事都拿出来说！"后来我就把这篇文章删了。

现在有点后悔。有这样经历的小孩太多了，但我是经历了一个比较完整的心路历程，从对自己的怀疑、伤心、失望，到现在不能说释然，但可以正确地面对，我很希望可以说出来。

但我不希望这件事变成一个茶余饭后的笑料，让别人看热闹。我已经经历了自己和自己对抗、撕扯，很痛苦，但我也不需要别人同情我，也没抱希望说陌生人替我解决什么，我说出来，只希望不要有人说是我的错。我没有错。

我现在对这件事没有那么避讳，它就是我的一段经历而已。但是我跟我前男友是因为这个分手的。他有一次在网上看类似的帖子，聊起来，我告诉他我的经历以后，他说："你太残忍了。"他能接受我不是处女这件事，但没有办法接受我小的时候被别人强暴过。他说："我没法正确地面对你，可能一方面很心疼你，但又很可怜你。"我跟他一吵架，他就觉得我可怜，就把自己的火气压下去。这种情绪掺杂在情侣之间，时间久了很不健康。

我现在的男朋友是一个特别聪明的人。我发过微博，所以他知道我这件事，但他不会跟我去讨论。后来有一次他说，你的过去我没法参与，所有的伤害是已经有了的，我现在安慰你我觉得你也不需要，所以我们好好过现在和以后就行了。

我现在觉得，这是对我这件事情最棒的回应，就是平静地去面对。你不可怜，你不脏，你不卑微。可能就跟你今天出门摔了一跤一样，留了一个疤。当然我希望社会是正义的，这个人是要被惩治的。但是这样的孩子，不要给他们同情，不要给他们怜悯，如果可以，你去爱他们，如果不可以，你就把他们当正常人，不要让他们觉得自己跟别的小孩是不一样的。

我希望这样的人渣少一些，父母把孩子保护得好一些。但我觉得这是避免不了的，有人的地方就有恶。我家下一代目前五个男孩，没有一个女孩，女孩子的心理我比较能理解，男孩子这方面教育也很重要，因为性侵不分男女。等我自己有孩子了，我会保护得很好。最重要的是告诉孩子不能在外过夜，除了自己的床谁的床都不能睡，泳衣遮盖的地方谁也不能碰。

我想，我一定会尽我所能，把所有的爱给孩子，让她知道，父母是可以相信和依赖的。

社工："父母与孩子的关系是最大的保护"

口述者：李梓琨，儿童希望救助基金会反虐待儿童项目工作者

我是2014年6月加入儿童希望救助基金会的，在反虐待儿童的项目做全职执行。我们70%以上的个案都是被性侵的，受害者最小的4岁，最大的17岁。

单亲的孩子挺多的，还有流动打工子弟、留守儿童。受侵害的环境有家、学校、老师家,还有所谓医院,就是那种村里的卫生所,地里也有,公众场合的比较少。施害者虽然也有没文化的,但很多是老师,还有个别官员。

来我们基金会寻求救助的渠道有很多,但是当事人一般不会主动联系我们。发生性侵和无缘无故被人打了一巴掌的性质完全不一样,有些孩子宁愿自己默默消化、忍受。

小飞(化名)是河北某市一所重点初中的"乖孩子",因为是全封闭式的寄宿学校,孩子三个礼拜才回一次家。家长的关注点都在分数,认为寄宿制的学校有利于学习,然而学校关起门来里面会发生什么,都不知道。

初中刚入学的时候,小飞参加军训,当时管纪律的政教主任李建(化名)把小飞和他的同学蒙眼、堵嘴、绑腿,打着绳结,然后手铐铐上,塞到后备厢里,开车出去。他在外头自己租了个房间,在那里和他们强行发生关系。还会挑长得好的,性格不是很暴烈的,全程录像拍照,签保密协议,跟这些孩子说我有这些东西,你们敢说出去,我就把这个传出去,你们一辈子名誉都毁了。

那些性侵犯者恰好知道你怕什么,所以小飞一直隐瞒着,大家也就作为一个默认的事实。李建就这样,很心安理得,并且很猖狂。这就是为什么前后不少孩子都被他残害了。

小飞的父亲是特别老实的一个农民,缺乏性教育相关知识和防范意识。小飞回家之后不是没有反应,他说不想上学,不想在这儿待了。父亲问为什么,他不说话,情绪也不对,学习也不好,他父亲不理解,还打小飞。班主任老师还侧面提醒他父亲,你们家孩子不要和李建老师走得太近。他父亲怎么会往那个层面想?太老实了。

我们后来去(那个出租屋)的时候,小飞他爸爸看着那个地方直接就哭了。每次到了那个地方,四五十岁的一位中年父亲,就看着那门抱着头哭。

长期憋在心里,小飞不行了,离家出走,两眼恍惚,跟傻子一样。找回来以后,他爸妈把小飞送到医院精神科,是心理医生问出来了这些事。根据法律规定,性侵以14岁为界限,14岁以下重判。在审讯时,李建一口咬死了是孩子14岁以后发生的事。最后判决书下来,判了两年十个月,现在已经放出来了。

小飞曾经跟我说过一句话。我问他现在这事对你还有什么影响，他说也不像之前那段时间那么惨了，因为这个事情本身的伤害是一方面，但是大家都不知道的情况下，自己也能忍。但最受不了的就是他父亲报警之后媒体来采访，他就觉得太耻辱了。他的人生是一张白纸，就因为这个事会有一个黑点。有个记者采访他，可能因为不了解细节，直接当面就问小飞："你当时为啥没有反抗呢！"他说不下去，崩溃了。

为什么男童曝光出来的少呢？因为社会期待。社会期待认为"男儿有泪不轻弹"，他去哭、表现得很脆弱，是大家不接纳的。这样的羞耻通常不比女孩轻，甚至更严重，他患的是创伤后应激障碍综合征，应直接住院，表现为自闭抑郁。

男童受到性侵，我们在救助过程中，不是从开导而应从接纳的角度去救助。首先怎么走出耻辱感、羞辱感，然后我们会找一些年长的男性，给他一个榜样，这个需要男性的长期陪伴，需要男性和男性之间的对话。

我们会选择特别尊重他，他不想提这个事我们就不说。他想说，我们就听着，陪着他。他在工作上很努力地证明自己，我们会给他一些肯定，不把他当一个孩子看，他现在也十八九岁了，按说是个男人了。我们需要他协助做一些工作，甚至有志愿服务，会叫他来帮忙。在这个过程中，他很有成就感。

客观来讲，古今中外，各国都存在这个问题。再微观一点，家庭、父母、社会舆论、制度都有原因。

父母和孩子的关系其实是对孩子的最大的保护。做父母的扪心自问一下，你能不能做到，当孩子发生了任何羞耻的、悲惨的、"见不得人"的事情，第一反应是来找自己的父母说，而不是找别人。父母去体会孩子的感受，就可以和孩子说一些很亲密的话，去了解孩子心里对性或者身体的认识和看法。

大众是有良心的，但不知道怎么做。在微信公众平台里非常明显能看到，大家更多的是问比如我作为一个妈妈，我作为一个教育体制内的教师，我是一个幼儿园老师，我们应该怎么做。甚至有一个警察留言说，我们曾经也接过这样的女孩被性侵的案了，在审理的过程当中就会一次又一次问这个孩子当时经历了什么，很不专业但是没有办法，然后他问我们以后再遇到这种案子，我们应该怎么做到既专业又不二次伤害孩子。我们作为一个NGO，有这样的社会责任指导他们。

我做这个项目已经三年了，最深的感受就是个人能力太有限，很多时候有心无力。我们人员不够，真的希望能有更多的人来做这个事。

个案救助也挺困难的，公众、舆论的不理解导致我们筹款困难。还要连接很多专业的资源，国内缺乏这种专业性质的服务，我们也是摸着石头过河，现在也形成了一些模式。

最难的是我们所处的客观大环境，其实法律现在都有，就是具体落地执行的过程中还存在一些困难。像在国外发生了性侵这种事情，第一时间知道找哪个部门。我们才刚有了未成年人保护中心这么一个机构，事实上它和救助站挂一个牌子，要做到国外那种专门配备有社工与公检法部门一起工作的，可能还需要一些时间。

性科普作者："性侵犯的伤害在事件之后"

口述者：易衡（网名"女王C-cup"），微博"大V"

2015年2月，我在互联网上发布了一个关于儿童性虐待、性侵犯的调查问卷。在不到一个月的时间里，收集到了17 522份有效问卷数据。

虽然数据可能存在误差，但这毕竟是一份样本容量很大的问卷，能让我们看到一些非常严肃的问题。例如：有超过一半的受害人在9岁之前经历了性虐待、性侵犯，90%发生在14岁之前，60%集中在5—10岁。三分之二的施害人是熟人。

超过7成的受害人隐瞒了被性虐待的事实。可能环境还是不够好，这些孩子如果真的走到大众面前，接受采访或者公布自己的身份，可能会受到很多质疑、谩骂、侮辱，这些对于一个受害者来说太不公平了。

很多遭遇过性侵犯的孩子其实是被困住的。他觉得"我告诉再多人，也没有人和我一起经历这个事情，感同身受不存在"。他要一个人孤独地去消化它。性侵犯这件事从生理而言不是一个很大的伤害，真正的伤害在于这件事件背后的意义。

有时候孩子非常敏感，比如说，如果侵害他的人是家庭内部成员，他们非常有可能选择不说，因为说了家可能就散了，或者说了父母也可能不会相信。这样的孩子往往是在家里被忽视的。孩子也有自己的思考方式，不见得他们比成年人更不懂。

我做调查的动机，是一个女孩发给我的私信。她讲述了自己被性虐待的事，在征求她同意之后，我在微博上将此事发了出来。当时没想到，会引起那么多人给我发消息，（私信）像雪花一样飞过来。此前他们可能没办法在现实中公开，或者公开了但可能被拒绝承认过，所以屈服于短暂的压力，但是心里一直不平。

绝大多数受害者倾诉的时机，都在事情发生很久之后。很多人不想透露自己的信息，但非常感激有机会可以讲述自己的经历，觉得"终于可以说出来了"，但也只是倾诉而已。因为对于大多数人，事情已经过去了，他们可能已经是成年人，只能说："它发生过，是我生命中一个非常具有影响力的创伤，而我一个人背负着它，甚至没有办法跟其他任何人讲。看到你这里有一个途径，我想要讲出来。"

叙述本身是一种力量，共鸣也是一种力量，在这个过程中从别人的经验里去体验也是一种力量。我也想营造一种共命运的感觉——不光是女性，是想唤起一种身为人的共鸣。"人的共命运感"可以促使我们去改变一些现状，争取一些东西。很多人在私信最后会说，讲出这个是希望爸爸妈妈能够相信孩子说的话，能够去照顾好自己的小孩，是一种呼喊在里面。

这个调查远非一个科学调查，它的样本只面向受害者。不能根据它来说明，中国有百分之多少的类似情况，或者哪些城市的女性受害，但它让我们能够大概知道，至少有这么多人（受到过伤害）。据我所知，这方面的资料很少。

那段时间我变得非常焦虑。它们都是语言，数据在发声，我总觉得我要做什么，但又做不了，到后来产生躯体化反应，整个人痉挛颤抖，无法控制地呼吸过度，整个人很刻意地去呼吸，最后肺开始痛，还有持续性紧张、潮热。

可能这就是悲剧或者苦难本身的力量，你没有办法无动于衷。我不是法律专业出身，也没受过受害者心理辅导方面的培训，真的很难提供什么支持给受害者。只能尽量去开导，并告诉他们要如何去求助，找妇联、公益组织、心理咨询……隔着网络，他们会很感谢有这样一个可以信任的陌生人帮助自己，但除此之外，我确实给不了更多。

预防儿童性侵害的组织还比较多，但性侵后救助太缺失了。一个人做不起来，民间也做不起来。如果我们有专业的社工、心理工作者，有官方资源，接到案子之后有一个标准动作，有心理援助和跟进（是最好的）。

律师："男童被性侵不容忽视"

口述者：吕孝权，千千律师事务所律师

我们于2014年发起组建了"守护天使"公益法律援助志愿律师团队，现在有近30名志愿律师。代理的儿童性侵案大部分是"师源"性的，就是幼儿园或中小学里发生的教师对学生的性侵犯。

我自己的经验和体会有几点：

第一，儿童性侵案的被害人通常不止一个，绝大部分都是群体性的，四五个甚至十个、二十个。这种案件的代理都是需要一个庞大团队的，我们是老中青结合，而且有明确分工。出庭前，经验丰富的资深律师去谈判沟通；开庭分成刑事部分和附带民事赔偿部分，刑事案件做得比较多的律师负责举证质证以及代理意见的发表，擅长民事的律师负责赔偿部分，这样各自发挥所长，配合比较默契。

第二，这样的案件，要求被害人的法律援助律师一定要有基本的性别平等意识和儿童保护意识。如果按照普通刑事案件或民事案件来处理，可能会不自觉地对被害人和家属造成伤害。所以我们也经常开一些实务交流培训研讨会，包括防范儿童性侵法律法规的梳理学习、性别（儿童权利）意识和公益理念培训，等等。

第三，我们经过好几个案子的共同摸索，得出结论是：尽管是作为被害人的辩护律师，但在向法院或检察院提交代理手续的时候，一定要两份，一份是刑事部分的代理手续，一份是附带民事赔偿方面的代理手续。

我们希望不仅立足于个案，而要通过个案来发现一些法律的推进点。比如现行法律明确规定，刑事附带民事案件当中，不支持被害人的精神赔偿诉求。但是对于像性侵包括猥亵儿童，还有故意杀人这些涉及民生、杀害、道德性的刑事犯罪，尤其是物质损害比较少的刑事案件，我觉得这是可以改进的。

我们代理的案件，大部分来源于家长自己知道，或者周围人提供线索，或者通过媒体报道，循着线索找到我们。我们知道一些案件后也会尝试联系，听他们的诉求和意愿。有些当事人愿意，有些当事人有顾虑。比如前面提到，刑事被害人的民事赔偿现行法律不支持，那么作为被害人一定会考量，我通过提起诉讼到底能够拿多少钱，或者我不使这个案件曝光，私了能拿多少钱。

通常第二种方式（私了）拿的钱更多，因为加害人可以通过出钱来求得被害人的谅解，通过法官调解私下达成和解协议的话，可能刑期会少判一点。这种情况，被害人基本可以拿到五万块至十万块。民事判决很少有上万块的，正儿八经走法律程序，被害人手头证据全都有，对刑事被害人的赔偿，可能也只有医疗费（住院费、伙食费、营养费），父母处理这件事上花的交通费、误工费，如果孩子去看心理医生有明确诊疗方案和票据的话，心理辅导的费用可以作为医疗费的一种。除此之外，其他赔偿法院一般是不支持的。有的被害人手上一张票据都没有，一分钱都拿不到。

第二个顾虑就是，我通过寻求法律援助以后，被告人能不能被定罪。有的案子时间比较长了，没有第一手、第二手物证，施害者可能也很难被定罪。这种情况下，被害人的隐私已经曝光，就属于二次伤害了，家属可能宁愿选择不报案，尤其是这个案子引起曝光或者说某些机关介入以后，在儿童权益保护意识和性别平等意识匮乏的时代背景之下，对被害人家庭的伤害是无可避免的。

我们代理的案件很多发生在农村，被害人是留守儿童。成绩好的，长得好的，更容易成为教师实施性侵的对象。加害人和受害人之间有权力上的控制关系，通常他们不会用暴力手段，只是胁迫，比如"你要是说出去我就让你不及格"，给这些心智不成熟的孩子施加压力，让他们乖乖就范。

一般的孩子是不会告诉父母的。被侵犯的儿童之间可能会互相开玩笑，比如在课堂上，老师把这些学生一个一个叫上去"背课文"，实际上会进行猥亵，这些孩子会形成一个圈了，圈内就互相取笑，说，唉，看下一个倒霉蛋会轮到谁。有时候会被隔壁班的同学发现，或者被自己的兄弟姐妹发现，这个事情才会被父母知道。极个别孩子比如说洗澡的时候父母发现生殖器不太正常，问起来了，一般孩子才会说实话。

但有的父母不重视。孩子说某某老师经常摸我胸部、屁股，父母没有认识到严重性，他们认为老师怎么会这么做呢，或者那是老师疼你，不要想歪了。以后孩子肯定不会再跟父母说了，我们接触了不少这样的事例。我们的家庭教育、学校的安全教育、性教育亟待提升，孩子不知道怎么保护自己，怎么去陈述这些。有的孩子甚至产生自责的心态。

一般孩子太小的话，我们不会直接跟孩子接触的，都是在家长的监督下看看身体和精神状态如何，不会去问。十二三岁、十五六岁的，我们可能会征得他的同意，如果承受能力可以，能够表达清楚的，那我们可能会交流。

他们首先肯定是抵触的，要通过父母跟孩子慢慢确定关系，让他们知道我们确实是帮助他，不是让更多人知道这个丑闻；其次他们再一次回顾伤害信息的时候，本身也是二次揭开伤疤，你在这个过程中会发现他的表情特别痛苦，不愿意去触碰这些东西，说实话我们也特别不愿意情景再现，所以我们会有意识地尽量减少这种伤害。

遇到的困难当然也很多。第一就是传统的男尊女卑文化观念，办理案件的时候，能够感受那种世俗的眼光，包括他们的家长、老师甚至社会、媒体，一些衍生的二次伤害是普遍存在的，有些是不经意的，但归根结底要改变的还是性别意识、儿童保护意识。关键是要认识到这个问题，这个是很大的障碍，可以说是其他障碍的基础因素。

第二个障碍就是诉讼层面的问题。比如说我们现在的刑法第二百三十六条强奸罪（奸淫幼女），被害人只能是女性，这就是法律上对男童有差别的一个保护原则。但我相信这些男童受到的身心伤害不会亚于女童，男童被性侵也是不容忽视的。

现在能获得立案的案件有几个特点：第一，报案的不仅一个女童，可能十个二十个，同时她们的线索指向同一个加害人，还有一些基本物证；第二，除了受害者本人之外，还有其他人的口供，同时能互相印证；第三，这个嫌疑人有这方面的前科，这样可能会获得立案。最希望的还是有基本的物证。

现在很多地方做得不错，近年国家也相继出台了《关于做好预防少年儿童遭受性侵工作的意见》《关于依法处理监护人侵害未成年人权益行为若干问题的意见》《关于依法惩治性侵害未成年人犯罪的意见》等，说明国家的基本态度也是向着好的方向，就看怎么更好贯彻执行。

立法也是进步了。比如刑法第三百六十条第（二）款"嫖宿幼女罪"的取消，这是一个好事，今后类似情况将统一按照刑法第二百三十六条第（二）款的规定以强奸罪（奸淫幼女）从重处罚。说明法律实施了无差别的、优先保护儿童的立法原则和精神。另外《中华人民共和国刑法修正案（九）》修改了猥亵罪的构成要件，将猥亵妇女改为猥亵他人，也就意味着以后男性（包括男童）也将成为猥亵罪的保护对象。所以通过个案的积累、媒体的宣传倡导、专家学者的倡议、人大代表的议案等，立法本身也在改善。

执法层面也有进步。公检法办案机构会有一些培训，可能是最高人民法院安排，也可能是与我们这样的民间机构合作，或者跟地方建立试点与妇联合作等，性别意识、儿童保护意识也在不断提高。那些接受过培训的机构处理案件的时候，相比没有经过培训的机构意识好很多，很明显。

我们一直倡导，在处理性别案件的时候专人专岗处理。无论是民事的还是刑事的，包括派出所、法院，都应该有专门几个经过培训的人员来处理这样的案件，一定要推动专业化的程度。这包括两个方面：第一是意识，儿童权益保护意识、性别意识、平等意识一定要有；第二就是技能提高的问题，一定要业务能力好的。两者要同时符合。

采访、撰稿/章文立、张维、喻琰、邹佳雯
原载《澎湃人物》2017年8月19日

雾霾之下三位母亲的选择

2016年12月20日，一路向北。

上海开往北京的G126次高铁列车依次经过苏州、南京、定远、徐州、枣庄……飞驰如一柄快剑刺入淡薄的白雾，又被瞬间裹挟而去，隐没在愈发黏稠深重的前方。

临近山东省济南西站，窗外的电线杆向后掠去，几道电缆朝着远方延伸，连着一个基站信号塔。再向远，影影绰绰只望得见第二个的影子。过了济南，基站不见了。土地、房屋、树木等等一同消隐了，视野里是白茫茫的一片。

"咔嚓。"有人把手机贴在车窗上，按下拍照键，自言自语道："太可怕了。"

隔一个走道，邻座抱孩子的大姐自动接话："昨天石家庄（空气质量指数AQI）都破一千了，爆表！"手比画着，她捂嘴笑起来："给我家孩子买了个'防毒面具'，这么罩着像个消防员似的，哈哈。"

她怀里，两岁七个月大的女孩在车厢里暂时卸下"武装"，两条肉乎乎的小腿不安分地蹬来蹬去，不一会儿下了地，蹒跚着来回跑起来。

至河北省沧州西站，转保定的大巴取消了——雾霾太重，高速公路封闭。再经北京换高铁，出保定东站，手机APP监测显示：AQI 361，严重污染。

当日，北京空气重污染红色预警、霾橙色预警；深圳空气质量指数为61，"良"；云南丽江则只有32，"优"。

逃 离

"我真的从来没有后悔过我做出这个决定:离开雾霾笼罩下的北京。"兰燕飞说。

2013年,她住北京东二环。家在四楼,兰燕飞每天早上起床,会习惯性地走到阳台上望望窗外。天时常是灰蒙蒙的,像个盖子一样,这让她心情糟糕。

兰燕飞是湖北人,2007年到北京工作,彼时的兰燕飞从未料想,自己有一天会戴上口罩,而后离开。

她记忆里对口罩的关注,是2009年刚和丈夫一起时。他在国外待了一年回来,每逢空气不好就会戴上口罩。兰燕飞觉得他有病。丈夫做实验给她看:早上出去戴一天,晚上回来口罩就黑了。兰燕飞心里服气,行动不改:"太引人注目了,咱不是高调的人呢,别(戴口罩)让人笑话。"

直到2010年怀孕,眼见着空气越来越污浊,她直觉地担心未出世孩子的健康。

除了开始戴口罩,她和丈夫商量后,去燕郊租了房。公司在东二环,不堵的时候开车单程也要一个多小时,后来值夜班,身体和时间成本都让她有些吃不消。好在儿子出生时很健康,兰燕飞松了一口气。

儿子一岁时,全家人搬回城区,兰燕飞的父母随之来到北京。"我爸就说,这空气老有股煤味儿啊。"兰燕飞回忆。"雾霾"这个词,当时尚未进入他们的认知。

2012年,国务院发布空气质量新标准,增加了PM2.5值监测。2013年1月12日,北京西直门北交通污染监测点PM2.5实时浓度达993微克/立方米,3天后,《光明日报》报道称,北京儿童医院日均门诊量近1万人次,其中30%是呼吸道疾病。

那一年,儿子生了好几次病。兰燕飞起初只奇怪:孩子身体向来不错,平时感冒也很快就好,为什么今年总是高烧不退?后来几次去医院,甚至凌晨挂急诊,发现总排着长队,而且都是家长带着小孩。

兰燕飞回想,儿子一岁多时第一次严重生病发烧,她送孩子去医院,开车时的视野特别不好。"我就发现一到雾霾天的时候，他就比较容易发烧，而且每次去检查，几乎都是呼吸道方面的问题，我就觉得应该和雾霾有关。"

2013年10月，世界卫生组织下属的国际癌症研究机构（International Agency for Research on Cancer，IARC）发布一项研究结果，将空气污染确定为致癌原因之一。

正在兰燕飞决定做出一些改变的时候，有云南的朋友表示愿意提供一份工作。2014年春节后，她举家迁往丽江。

有人说她冲动，有人觉得她矫情，也有人说：好不容易拿到了北京的工作居住证，孩子也进了一家不错的公立幼儿园，还折腾什么呢？

"我说他的健康是第一位的。没有健康，其他一切都是虚的。"兰燕飞说。搬家的心情是雀跃的。"真的会有解放的感觉。"她回想起来，语调里都带着笑。

刚去的时候，她保留了在北京的习惯，每天早起都会望向窗外，碧空如洗。上班经过香格里大道，正对面就是玉龙雪山，她每每忍不住去拍。一发到朋友圈，总有北京的朋友开玩笑说要拉黑她。假日出游，到雪山脚下的湖边搭个帐篷，躺在草地上看云朵飘过，有时下点小雨，很快停了，便出现一弯彩虹。兰燕飞想："我要是在北京，肯定享受不到这个。"

更重要的是，儿子到丽江之后再也没有因为生病去过医院。女儿是二胎，出生在丽江，最初的记忆里，天空是蓝色的。

"当然也会有牺牲，包括人脉、资源。关键什么是最重要的。我既然选择了这个，我就会负责任，不会后悔。但我没有办法替别人做选择，如果对你而言，工作是最重要的，房子是最重要的，你愿意为这个付出，选择在北京待下去也是可以的，毕竟是个人选择嘛。"兰燕飞说。

考虑到儿子上小学，2016年年初，她和丈夫重新找了工作，搬到深圳。理论上，北京机会更多，根基更深，但北京的工作，他们一概没有考虑。兰燕飞说，离开的时候她就没想过回去。

"空气变好目前看来还很遥远。可能30年？不一定。50年？那我就太老了。"她说。

行　动

"我没关系，但50年就是我孩子的一辈子。"田甜说。

她从前不关心环保。2014年怀女儿时总咳嗽，才对空气污染重视起来。后来看见网上一篇文章："说洛杉矶雾霾，开始以为只是两三天，结果没想到一霾就是50年。一下子击中了我。"

田甜的儿子今年六岁。2016年7月到内蒙古亲子游，导游带大家去敖包许愿，儿子说出了一句让她完全没想到的话："希望北京的天也能像内蒙古一样蓝。"

她逗儿子："那我们不回去了好不好？"儿子摇头。

"为什么不好？我们可以带着爸爸、妹妹、姥姥、姥爷一起。"

"我只希望北京的天像内蒙古一样蓝，我并不想离开北京。"

田甜想起儿时的北京。她是部队大院里长大的孩子，有一天和小朋友一起玩，玩累了就躺在部队电影院前面的台子上，看着天。天是特别纯净的蓝色，有白云在上面飘，好像伸手就能够到。"特别美。在那以后任何时候，我听到蓝天白云，脑海里浮现的都是那个画面。别人问我你最喜欢的颜色，永远都是天蓝色。"

田甜的丈夫在北京后海边的胡同里长大，是土生土长的"胡同串子"。这个城市承载了一家两代人的生活记忆，"北京"对他们来说不只是地理意义上的家，也是扯不断的情感和根脉。田甜羡慕那些从外地来的家庭："他们有老家，实在不行可以回去。可我没有，北京就是我的家，我能逃到哪儿去？"

2016年12月16日，北京启动空气重污染红色预警。18日是星期天，田甜一家人早早起床，准备去看少儿京剧。门后衣帽柜上两排挂钩，四个口罩。两岁的女儿习以为常，自己动手，戴不好就喊哥哥帮忙。出门开车，儿子坐在副驾驶后面的位置，正对着车载净化器的开关，他照例伸手按开。

这是田甜买的第一台净化器，同时买了家用版，摆放在客厅正中央。2015年上半年，她又给女儿房间添置了一台。本次红色预警之前，她买了一台放在儿子的书桌上。自己和丈夫卧室里那台送给了爸妈，这一轮重污染来临，她为父母再下了一单。总共花了近两万块钱。

到了剧院，田甜从包里拿出一个雾霾检测仪放在桌上。PM2.5数值稳定在251微克/立方米，她拍了一张照，心里很沮丧。刚在室外测到的数值是292，室内看来并没有好多少。从剧院出来，她又去了一个艺术中心、一个大型商业中心，在每个地点选三个不同位置，将测得的数据和时间、地点、测霾表品牌等信息一起，上传到微信群和公邮。

当日与她同时行动的，还有16位北京地区的家长。两天前，红色预警启动当日，微信公众号"大小爱玩"发布了"全城测霾大行动"招募文案，并列出家长常带孩子们去的室内游乐场、博物馆等地，号召家长们来"认领"。超过70位家长报名。他们想知道，课停了，室外也不能活动，那除了装满空气净化器的家，孩子还能去哪儿。

晚饭时间，儿子兴奋地闹腾。田甜心里的无名火"噌噌"往上冒，她警告儿子："你今天老实点，别惹妈妈。"儿子小心翼翼问："妈妈你怎么了，不高兴吗？"田甜说："妈妈累了。"

她心累。当日检测的所有室内空气质量全都是严重污染。回家路上，她满脑子都是画面感："可能没实测的时候真的不知道……你看到那些数据，好像真的能看到你肺上正趴着这些颗粒。"

第二天早上，田甜又去了一个博物馆。室外，PM2.5数值一度超过400微克/立方米，她没拍照。最终上传的图片数值是399。"大概400是我的心理防线。"她说。室内，工作日人不多，来的大多是学龄前的小朋友。田甜拿出测霾表，两分钟后，她觉得自己要哭了。

博物馆里的孩子们都很开心。没有人戴口罩。田甜没忍住，给"测霾大行动"的组织者打了个电话："我真的很后悔，没有带一打口罩来发。"想起此前的雾霾天，总有妈妈说要带孩子去哪个室内游乐场"躲霾"，她就难过，觉得还不如在室外，至少孩子不会摘口罩。

她想起前一天晚上车开进小区的时候，保安来开门。儿子突然问："妈妈，保安叔叔没有戴口罩，我有两个口罩，我能不能明天给保安叔叔一个？"早晨出门前收快递，儿子又批评她："妈妈，你能不能别老买东西？你不是说雾霾有毒吗？你老买（东西）快递员叔叔就要一直在外面了。"

这是田甜自己未曾有过的意识。欣慰之余，她觉得这次志愿参与的活动有了意义:"雾霾是这么扩散的,观念也是这么扩散的。……未来的世界是他们创造的,你要让他知道,他才会保护自己和自己的下一代。"

因此,尽管拿出雾霾检测仪的时候总有莫名的心虚感,但这让她更坚信参加活动的意义:"只有大家都有这个意识,对的那个人才是对的。"她认为,商家主动监测并实时公布结果,才是该有的样子。

"全城测霾大行动"能促成什么成果,她并不确定。"最起码知道哪里不安全,不会带孩子去。"她说,即便测量数据不那么准确,也可以做个参考,更重要的是保持警醒。"只要还在讨论,起码还在关注。最怕的就是我们已经麻木了。如果没有人不停地呼吁,习惯是迟早的事情。"

如果可能,她也希望能带来一些改变。"哪怕只是一点点呢,其实我们也就做了一点点嘛。"她笑着说,"洛杉矶的抗霾行动,也是一群妈妈发起的呀。"

她指的是20世纪50年代,洛杉矶一群家庭妇女自发组织的Stamp Out Smog(意为"驱除烟雾")行动,她们做调研、写报告、到政府请愿、向州长进言治理倡议,从二三十个成员不断壮大,每有公开的环境污染情况听证会,总会有数以百计的母亲到场,带着自己的孩子一起表达关切和不满。这支焦虑的母亲队伍,成为推动洛杉矶治理空气污染的重要力量。

"我最大的焦虑就是害怕我的孩子不能自由呼吸。"田甜说。

在《雾霾中的中产阶级生活方式》一文中,吴强写道:"当那些两年前不相信雾霾就是政治、嘲笑'从我做起'的人们终于开始谈论雾霾政治,意味着一种'谁也无可逃遁'的环境责任意识开始生长。这既是一种公民责任,也是一种全球责任,并且可能超越个人主义,产生集体行动。"

说起儿子的未来,田甜的丈夫开玩笑:"以前觉得男孩子嘛,要拼搏奋斗一下,争取成功。现在觉得,能平平安安、健健康康把他养活到18岁,就行了,就不容易了。"这个在很多年前田甜考虑去珠海工作时强烈反对的北京土著爷们儿,在这次红色预警后,突然萌生了找一份国外工作的想法。他开始考虑带全家人一起移民。

"这就是所谓'脑流失'呀。"北京大学国家发展研究院汪丁丁教授在《长期雾霾的政治社会效应》一文中写道。

兰燕飞和田甜两个家庭的选择,一定程度上印证了他的预测:首先,人口将从大都市向雾霾尚可忍受的中小城市或山区迁徙；其次，如果国内的生存环境持续恶化，很可能诱致中高收入群体（以及低收入但年轻的群体）中的一部分移民海外。

防 护

"我是普通家庭中的一个，就只能做好防护。"都海虹很无奈。

她在位于河北省保定市的一所高校当老师，女儿正读六年级。无论从工作或孩子教育的角度考虑，她都无法想象搬迁。保定位于石家庄和北京中间，空气质量常年排全国倒数，1996年她来此读大学，记忆就蒙上了一层雾气，只不知道有没有霾。

"张家口是没有雾的。"都海虹说起家乡眉飞色舞。小时候镇上有条河，很大很清亮，还有水鸟，她们放学都去河边玩。2016年夏天，她带着学生去张家口的农村做调研："对比太大了！张家口那个蓝天，你看着都觉得晕。"张家口地势由西北向东南倾斜，是北京西北方的上风口，重污染企业也很少。

都海虹怀念敢深呼吸的日子。自己走不了，她希望女儿读高中时能出国交流："赶紧走，走得越远越好。"以后读大学和工作，她也希望女儿能去没有雾霾的地方，钱赚多赚少都不重要。她筹划着，等女儿上大学后，自己也不留在保定了，早点退休去别的地方。

2016年12月21日下午四点，她去接女儿放学时忘了拿口罩，总是下意识地用毛衣领子捂住口鼻，尽管明知道没用。保定当天的空气，没戴口罩让她觉得窒息。

车停在学校附近，提前等在路边，这是都海虹现在的习惯。学校有夏令时和冬令时，有一次她记错时间，让孩子等了半个小时，至今想起来还懊恼："我心里特别愧疚你知道吗？怎么能让她在室外生生待了那么久呢？"

等女儿和两个小伙伴一起坐上车，她问："教室的空气净化器今天开了吗？""开了。"女儿说。空气净化器是学校今年新装的。由于天气原因，秋季学期体育课基本停上，学生们都在教室里窝着。周二和周五下午的"阳光体育"也停了。都海虹觉得好笑：国家实行阳光体育计划，是为了让孩子们多锻炼身体。可这天气，锻炼什么呢？

女儿是体育委员，特别爱运动。小时候，夏季的下午到晚上都在外面溜达，周末，都海虹常带她骑车去植物园。现在都改成了室内活动，比如看电影，或者去别的小朋友家玩。女儿总也待不住："妈妈，我出去玩会儿。"她现在一般都会回复："你看这天，不准去。"

都海虹也担心在室内待久了，孩子玩手机、iPad和电脑游戏的时间不可避免地延长。"你都不知道我们有多么搞笑。一旦下完雨，天放晴了，空气好了，整个小区那是倾巢出动啊！带着孩子，各种植物园、小区绿地，哪儿哪儿都是人。一到这种时候，我也跟她（女儿）说，别写作业了，出去玩儿去。"她坐在家里的沙发上，指着窗外。

阳台上摆着一排绿萝。女儿骑着平衡车，在客厅窄窄的走道上来回溜。孩子的姥姥在厨房里做晚饭。"我妈今天中午还炒了一道'防雾霾'的菜。"都海虹笑起来，"前两天给我们端来一碗汤：'喝！防雾霾的。'"

姥姥补充说，这是从微信上看来的，不知道管不管用："非典的时候国家还会出防治药方，现在也没个专家出个（防雾霾的）药方，让咱老百姓自个儿配。"

姥爷在旁边乐。他觉得雾霾"防不住"，每天出门散步两小时，他从来不戴口罩，但外孙女戴口罩，他是支持的。"都特别担心她，她才多大点啊。"都海虹也说。她会自己忘记拿口罩，但从来没忘记过提醒女儿。

女儿去年夏天查出患有变异性哮喘，治了很久才好。都海虹不敢断定是因为雾霾，但女儿从小患鼻炎，她觉得和空气污染可能有关系："夏天连续天气好的时候，鼻炎就会好很多。现在这种天，即使戴口罩，一大早就开始擤鼻涕，打喷嚏。"

她自己配生理盐水，想起来就给孩子清洗鼻腔："洗出来的水都是黑色的。"去年双十一，都海虹囤了好多口罩，今年上半年又买了一箱，至少有50只，到现在还剩一大盒。家里是复式结构，楼上楼下各放了一台空气净化器。都海虹打算今年再买一台。

2016年年底这一轮PM2.5数值爆表，对其他城市的人来说是空气污染严重的体现，对生活在保定的都海虹一家，只是常态里的小波动而已："看一眼，哦，这么高。第二天起来再看一眼，哦，又这么高。"

相比较而言，都海虹更看中平日里多出的几个蓝天。对比往年，她觉得保定今年已经好了很多：政府下了死命令，关停了很多企业，环保补贴力度也大，大晚上都有洒水车一趟趟在街上跑。"治理（雾霾）是有点效果的，只是这几天PM2.5的浓度好像比往年强（而已）。"她说。

二楼的墙上挂着很多照片，都是女儿出去旅游时拍的：贵州、海南、桂林、秦皇岛、大连……只要有假期，她都带着孩子出去，近几年尤其考虑哪里雾霾少，所以总往海边跑。自驾游时，车上常备帐篷、防潮垫等各种装备。每次出去玩都带着狗。

"一到绿地上，孩子和狗就去疯狂地撒欢儿啊。"都海虹挥着手描绘当时的情形。她觉得心酸。对比起自己，女儿的童年太可怜了。

"去了那么多地方，你最喜欢哪儿啊？"记者问都海虹的女儿。

"哪儿都喜欢。"她回答。

"总有个比较喜欢的嘛。"

"有蓝天就行。"

采访、撰稿/章文立、蒋玮琦
原载《澎湃人物》2016年12月30日

一直等待，在飞机失联的一千多天里

几乎没什么平安夜的气息。从徐京红家的窗户向北看，一片灯火稀疏，连7公里外那座高约15米的巨型圣诞树灯光装置也被"鸟巢"——国家体育场挡住了。

徐京红抽完一根细长的女士香烟，关掉轰轰响的抽油烟机。

"不好意思，回来的路上堵车，两个多小时没抽烟了。"她走到饭桌前的椅子上坐下，抽油烟机旁还飘着一缕烟雾。

她终于放下一直盯了几分钟的手机。这两天在手机屏幕上跳出来的诸多信息里，"2016年12月23日，一架载有118人的空客A320客机从利比亚起飞后遭劫持"的新闻让她印象深刻。

徐京红觉得，被劫机某种程度上反倒是"好消息"——2014年3月8日，她的母亲搭上马航MH370客机，从吉隆坡国际机场起飞，之后1 021天一直杳无音信。

"即使你们的亲人没有在MH370上，也应该继续关注这个事件。"她说，"只要是坐飞机的，坐任何一种交通工具的，都有遇到这种事的可能性。"

这是个概率问题。徐京红对作出这一假设表示抱歉，但她觉得，类似的事件有可能发生在每个人身上，这是与MH370乘客家属"无法感同身受的人"关注、思考这一事件的意义。

"我必须有普通人的一面"

"变态""不正常""精神分裂"，是这天晚上徐京红接受采访时形容自己的高频词。例如，每当8岁的儿子问她，"妈妈你找到姥姥了没有"，她都会大哭。

12岁的大女儿呵斥弟弟："不要再问妈妈了！"

丈夫已经不敢跟她提马航，怕妻子又一次歇斯底里，拿自己当出气筒。找真相、找母亲的下落，成了徐京红人生中的头等大事之一，她终日与悲伤、困惑和愤怒为伴，丈夫忍不住说："你也是一个母亲啊。"

徐京红无言以对，只能用行动免除丈夫最大的顾虑，遭受严重精神打击而无法继续从事翻译工作的她，选择待在家里照顾孩子。

每个周五晚上或周六早上，她从天津的家开两个多小时车，到北京照顾肝癌晚期住院的父亲。周一前返津，接送孩子上下学。

她愧疚，认为自己没做好母亲的角色。孩子调皮的时候，她以前会温和地处理，"现在对孩子突然一嗓子把他们吓得一哆嗦，然后自己赶快又去反省，觉得对不起孩子。以前我从生完小孩之后就不吸烟了，可是从2014年3月8日开始我简直快变成烟囱了，情绪失控时有发生，有时接触到一些MH370或乘客家属的信息会发飙、发狂"。

徐京红想象她跟孩子暴躁起来的样子，"可能很狰狞"。这让她想起在家属见面会看到的一些面相有些狰狞的老人，他们常常激动地发泄心中不忿，这种不忿长期控制着他们的表情。

2015年4月，马航关闭位于北京顺义空港物流园的马航家属沟通与支持中心，遭家属抗议。马航将每周三次的中心活动改为每月两次的见面会，2016年又改为每月一次。

154名中国乘客的家属从北京乃至全国各地来到空港，与马航工作人员争吵，向他们索要事件真相和亲人下落。两年多来，来的家属越来越少，最后固定下四五十人。

就在2016年12月，徐京红在空港遇到家属中可能是第5个开始"神志不清"的老太太。老太太对徐京红说："你很眼熟啊，我现在都记不得你是谁了，你叫什么名字，我知道你，你是一个好姑娘……"然后絮叨对失联事件的悲愤。

"你说人怎么就能够被摧残到那种状态呢？"徐京红害怕自己变得跟那老太太一样。"我是一个妈妈，我要带两个孩子，我必须有普通人的一面。"

如果家属见面会没有安排在周末，徐京红只能先早早地开车把孩子送去上学，再从天津开到空港，在见面会上和其他家属聊天、互相安慰。不是太堵车的话，到空港是一两点钟，待不了多久又得回天津接孩子放学。

"我老公都不知道我去了，开车很辛苦，在高速上很困很困，但我觉得这么做值，很变态哈？"

几个好闺蜜想帮她排解，时不时拉上她一起吃饭、逛街、美容、美甲。徐京红涂了颜色鲜艳的指甲油，上面还贴了钻。和闺蜜们在一起，她也会像普通人一样有说有笑，前提是在她面前绝口不提马航。"我都不知道我是不是精神分裂，不接触MH370还挺正常的。"

但她有时会拒绝闺蜜的邀请，一个人待着，抽烟、喝酒、哭。

被伤害和自我伤害

在寻找母亲、照顾年幼的孩子和病重的父亲之间，徐京红努力保持平衡，只是"不正常"的状况依旧时有发生。

2015年7月，徐京红一家和亲戚朋友一起去三亚度假。克服恐惧乘飞机去旅游，是徐京红为"给孩子提供圆满的童年"作出的努力。

然而，这次努力被7月29日的一个新闻所摧毁。

法属留尼汪岛传出发现疑似马航MH370客机残骸的消息。"原来一直存在侥幸心理，既然飞机不知道在哪里，也许根本就没掉到海里。你现在告诉我残骸找到了，我当时整个人都有点崩溃，跟着一起去的几个家庭的人都不敢跟我说话了。"

关于MH370的消息一次又一次地刺激着徐京红，最大的一次是2015年1月29日，马来西亚民航局宣布MH370航班失事，并推定机上所有239名乘客和机组人员已遇难。

另一位失联乘客家属张伟宁坚称他不看新闻以避免刺激，却对这些新闻了如指掌：2015年8月，马来西亚总理宣布，多国专家证实在法属留尼汪岛发现的客机残骸属于马航MH370；此后几个月，在莫桑比克和马达加斯加附近海域发现大量疑似MH370飞机残骸；2016年8月，马来西亚官方承认MH370航班机长曾在自己家中模拟飞行过与这架客机疑似坠入南印度洋相似的路线，引发公众对机长有预谋地自杀式坠机的猜想；2016年11月，澳大利亚运输安全局更新的搜索报告称飞机在燃料耗光后坠入海中……

列举完，张伟宁气愤地说，"隔一两个月给你出点新闻，让你家属心里崩一下，刺激一下家属。"

张伟宁的女儿、女婿、外孙女都在MH370上。家中90多岁的老太太常常怀疑儿子张伟宁编造谎言，"你说孩子出国了，出国快三年也得回来，一封信没有，一个电话也没有，什么都没有"。

女儿一家在顺义有一套房子。张伟宁和妻子每个月至少去一次，开窗透气，打扫卫生，洗床单、被单，"孩子回来就能住"。煤气费、电费、水费，甚至车位费全给交着。

"我就坚信人在，从2014年3月8日那天，我就跟老伴说，我的第一感觉是人在，甭怀疑。而且失联那天中午12点有个记者就给我信儿了，他就说你放心吧，飞机回去了，没坠，回在哪不知道，反正肯定是回去了。"

他随即用不容置疑的语气强调信息源的权威性："这个记者资历比较深。"

采访张伟宁时，他的妻子泡了茶，端来一碟切好片的苹果，突然哽咽起来，"你们比我孩子还小呢，我一看你们就忍不住……"她迅速打住，转身背过去。

几分钟后，她又对记者说，"你多高？一米六八……我女儿也一米六八。你叫什么名字？啊，我女儿也姓张……你们以后常来我家做客，常来我家……"

妻子出门买菜后，澎湃新闻记者问张伟宁，"阿姨一见到跟女儿年纪相仿的姑娘就控制不住情绪？"

"肯定了，我们现在早上起来锻炼都很早，八点多钟人家带着孩子出来玩的时候我们已经回家了。晚上都是天黑了我们才出去。"

"为什么？"

"不愿意看到人家带着孩子玩。"

徐京红也有相似的体验，在马路上看见别的母女在一起走她都受不了。"有时候开着车看见了都会控制不住自己哭，也是挺不正常的。"

2016年夏天,徐京红文了一个刺青。

"就是控制不住自己想发泄,可又不知道怎么办,那就让自己痛好了。"她让刺青师告诉自己哪个部位皮薄,感受更痛,然后决定在前臂内侧文一架飞机。她故意不敷麻药,文的时候痛得发抖。

去看望父亲时,徐京红特地穿长袖。

丈夫发现刺青的存在后,气得立马把手机摔在地上。"他不能理解,我也不能理解,我就不知道自己为什么,就是想这样去做。"徐京红挽起袖子,把手臂放在桌面上让我们看。

飞机呈降落的姿势,朝向她的心脏。

对张伟宁和徐京红而言,生活有点不得不活下去的味道。

张家客厅的茶几上、饭桌上、桌子抽屉里放着一排排的药。心梗、脑梗、血压高、尿酸高,各种毛病在失联事件后集中爆发。医生给他们的建议则是注意心理健康。

但张伟宁顾不上这些,他仍拒绝和MH370乘客家属以外的人接触,理由是不想"跟祥林嫂似的"逢人诉说不幸。

他下定决心,"要一直找下去,直到找出真相把人找回来为止,除非我死了,只要我活一天,爬我也得爬到马来西亚航空公司去找他们要人"。

张伟宁觉得找不到孩子活着也没什么希望了,一把药一把药地吃下去保命,也是为了找孩子。徐京红则连吃饭都觉得是一种负担,"人要是能不吃饭就好了。死可能是能轻松一点的最好方法,但是不能这么做,有很多责任要去承担,不能这么自私。"

"我没有立场去指责别人"

姜辉没有把生活当作负担。陪伴家人和寻找母亲,是他认为最有意义的两件事。

失联事件后,他和徐京红一样丢了工作,却觉得自己现在才发现了生命的意义。"以前一直是为业绩、为考核在打拼,但是MH370事件之后,我一直在想40多岁了,人活着是为什么?我觉得要做一些自己认为真正让自己开心的事情。虽然有失业的焦虑,但这个事让我有更多的时间陪伴孩子、照顾家庭。"

2016年12月22日晚，姜辉走进北京地坛公园南门附近的一家咖啡厅。他微笑着打招呼，边坐下边脱下围巾和外套，慢条斯理地叠好，放在他左侧的空椅子上。翌日下午，他会在滑冰馆用同样慢条斯理的动作为5岁的女儿穿滑冰鞋，戴膝盖和肘腕保护套，然后站在滑冰场外的寒气中看着女儿训练。

"需要点些什么喝的？"

"我不用。"他拿出一个塑料水杯，里面泡着茶叶。聊天时，他不时打开杯盖喝一口水。偶尔会用手摩挲杯沿，陷入深思。

"我现在最害怕的事情是停止搜索，如果说得更长远一点，我害怕的是我这一生能否等来MH370的真相。我不要带着遗憾和疑问走完这一生，所以我会用余下的时间去推动MH370的搜索和事件调查。"

他希望用家属的诚意来促使官方力量坚持搜索，"光凭我们家属的力量太渺小了"。12月3日，他和中国、法国和马来西亚的几个家属抵达非洲岛国马达加斯加，寻找飞机残骸。5天后，他们在马达加斯加海滩上发现了一块疑似飞机残骸的碎片。

18日凌晨3点多，姜辉回到北京，6小时后还要送孩子去上课。"走的时间太长了，半个月以来她妈妈一个人又工作又带孩子也吃不消。"

整整半个月他都没怎么看马航家属的微信群。他知道自己又被骂了。

群内有家属认为，姜辉去找残骸等于去确认飞机和人已不在了，是对其他家属的伤害和背叛。在家属群的聊天记录里，澎湃新闻记者看到有人骂了姜辉。

上一次因为残骸的事被骂是在去年，获确认的马航MH370残骸在法属留尼汪岛上首次被发现，姜辉和另外两名马航家属去了留尼汪岛，想核实外媒公布的信息。

"有些家属骂我或说过激的话，我能理解。我回北京才知道，前阵子天津有个老太太，她儿子在飞机上，她开始经常自言自语，还进了医院。这些家属都已经伤心成这样了，你不能苛求他们保持理性。我就做自己认为对的事情，他们说什么也不用放在心上。"

但他并非每次都能心平气和地应对家属间的互相指责，七八个家属群里，刚开始他还会和别人互相对骂，"但后来我是不理他们了，没有意义，只能是消耗和伤害自己"。如果是在他自己管理的群,有时候这个家属骂那个家属骂得太过分,他会直接把骂人的踢出去。

家属间最严重的指责缘于2015年年底马航提出的和解方案:马航赔偿250万元人民币,条件是免除后续法律赔偿责任,后来赔偿金额改为252万元。超过40位乘客家属领取了赔偿款,与马航签署和解协议。

尽管放弃追究赔偿责任不等于放弃追寻亲人下落和失联真相,领赔偿款的人还是遭到了部分家属的指责。他们大部分不愿意公开谈论此事,逐渐淡出家属群体;有的减少了在微信群的发言,或者不再去空港的家属见面会;少数几个人刚拿完钱便销声匿迹。

"什么数字不挑,偏要挑二百五。"徐京红拒绝了和解,觉得这笔钱是对家属的侮辱。对签了和解协议的家属,无论是徐京红、姜辉还是张伟宁,都经历了从愤怒到理解的心理过程。"有的家庭确实是生活很困难,他需要这些钱继续生存。"徐京红在"生存"这两个字上加重了语气。

"但有的家庭(记者注:指经济条件较好的家庭)是我不能理解的,他们可能想放下它,不再追究了,就是不想再听见这件事了,这样的人也是有的。"

她停顿了一会儿,补充道:"我没有那个立场去指责别人,每个人都有自己的考虑,你无法完全站在别人的处境去考虑问题。"

生 活 在 继 续

李成的弟弟李立在国外打工,2014年3月8日到吉隆坡转机乘坐MH370回国。失联后,李成的母亲整天哭,原本视力就不好的她如今双目失明。

李成说,父亲原来是"挺清醒的一个退休教师","但是现在见了垃圾就捡到家里,捡的垃圾装了两大车,塑料袋、塑料瓶,别人扔的衣服、鞋子,什么东西都有,基本上失去一个常人的理智了"。

李成把和澎湃新闻的见面地点定在离他所在村口不远的一间十平方米左右的平房,说是旧屋在翻修,进水了待不了人。但他们显然并不愿提及旧屋翻新这个话题。

李成、李立的妻子刘月华、李成的两个妹妹和李成的老母亲,挤在这间摆了两张床的屋子里。

李成说，家里人要么务农、要么打工，经济条件不好。"不拿（赔偿款）吧老人身体状况不行，还得住院治疗，拿吧确实不符合我们当时拒领赔偿款的决心，很矛盾。钱可以拿，但是我保留找人的权利，我必须保留这个权利。"

"会不会因为领钱感到压力？"

"怎么说呢，心里反正是很复杂……"几秒钟的停顿后他说，"现在还不如不拿呢。"

"为什么？"

"不拿我能继续和姜辉他们一块寻找真相，拿了家属间的指责挺厉害的。我真想去北京，但是从那以后（指领赔偿款后）有的家属指责你，你去北京没什么意义了。就是像姜辉他们到马达加斯加这些事还有家属在指责，原来我会在群里出面说一下谁对谁错，不要再争执了，现在我不发表说法了，只是默默地关注，但我从心里是支持他们的。"

李立的妻子刘月华说，出事那一年多，她脑子老是记不住东西，"本来是想着要回屋拿什么东西，走到屋里又忘记了"。晚上睡觉老做梦，"他在国外给我打电话的情景老是在脑子里转。脑袋里就是想着飞机不可能回不来，飞机是不是跑到一个什么地方降落了，人是不是在一个森林或者在一个小岛上"。

她语速很慢，眼睛一直看着地上，每回答一个问题都要想很久，声音也不大。一屋子的人屏气凝神，刚好能听见她说的话。"我记得一次骑电动车送孩子上学，转弯时脑袋也不知道怎么想的，前面有一辆货车迎面过来，差点碰到一块，我的车就摔了。从那以后就想不能这样下去，要振作起来，如果再出事情的话家里怎么办，所以说从那以后我就慢慢地开始……开始想要振作起来。"

直到采访结束后，刘月华和李成的妹妹们小声聊天时才面露微笑。

两天后的晚上，李成突然给澎湃新闻记者连发8条微信和3条短信，要求所有家庭成员在文字报道中用化名、视频打马赛克，报道里不能出现真实的地理位置，只能说他是"某省"人。

如常替代无常

对张伟宁来说，女儿家在顺义有套房子给他打理，算是为亲人的回归留个念想。但亲人有一千多天没有回来的事实仍是他的噩梦，白天他还得在老太太面前强颜欢笑，继续骗老太太说孩子在国外。

栗二有则从来没有梦到过孩子。"因为啥，我孩子是搞通信的，他没有出事之前，每天也是全国各地在转，春节（前腊月）二十八、二十九才回家，过了春节初五、初六他就出去了。所以虽然说孩子失联，但是我觉得他还在外边工作。"

他每个星期天给儿子打电话，对"您拨叫的电话已关机"听而不闻，然后对着电话拉家常。选择星期天是因为"怕耽误孩子在外边工作"。

2016年12月6日，栗二有从北京出发，去马达加斯加与姜辉等人会合，"一块去找真相"。

刚到马达加斯加圣玛丽岛的海边旅馆，行李还没放下，栗二有就摘下树上的一个野果吃。姜辉忙说："你别瞎吃，别中毒了。"

"我说了他还在那咬、说了他还在那咬。"姜辉回忆。在马达加斯加的沙滩搜索残片时，栗二有突然躺下，让姜辉给他拍张照片。

栗二有说，果子能吃，躺下感觉沙滩的热量也可以承受，证明儿子像鲁滨逊一样在一个岛上生活着。《鲁滨逊漂流记》的故事，他不记得已经对媒体说过多少次。

他总拿马达加斯加跟马来西亚对比，说马达加斯加东海岸的气味是好闻的，不像2015年年初到马来西亚海岸时，闻到的"呛得人受不了"的腥气；马达加斯加的海水很清，三四十米深的时候都能看到海底，马来西亚的就没那么清。总之他认为马来西亚的海水就是"凶险呛人"，而马达加斯加呢，"用一个词就叫沁人心脾"。

"海水很蓝，圣玛丽岛被绿色覆盖，我的儿子现在就住在类似这样的一个岛上。"

12月21日，澎湃新闻记者到栗二有家时将近下午1点，栗二有早已吃过中饭、睡了午觉，正和妻子坐在客厅里看中央电视台中文国际频道，看有没有关于飞机的新闻。这是他们每天必看的频道，除了睡觉和外出，电视就没关过。

这天是冬至，他的妻子坚持要热饺子招待记者。"冬至不吃饺子要烂耳朵。"她有些自豪地说，"如果别人家里出什么事，会感觉家里阴森森的，我没有。儿子一年到头出差，我们习惯了。要是不提这件事，我就感觉孩子还是在外面出差的。"

她每天要吃安定药。失联事件发生一年来，她常在睡梦中无缘无故坐起来哭喊，摔手机。第二天栗二有问起来，她自己也疑惑，"我没有摔，我没有哭"。

在妻子彻底摔坏3部手机后，栗二有带她到了邯郸市中心医院。那是2015年夏天，妻子被诊断为重度抑郁。

女儿、女婿坚持让母亲来自己家住，带带外孙女，分散精力，她的情绪才开始渐渐好转，只是依然不稳定，"小外孙女才两岁大，我也跟她着急，一点小事惹到自己了就发火"。

栗二有也感觉自己身体快累垮了。于是，他强制自己哪怕睡不着也要在晚上两点前睡觉，六点准时起床打太极，中午不管发生什么事都要午休。

"没有一个好身体，等不回来的。"他用宣布一个五年或十年计划的口吻说。

日　常

12月23日下午，姜辉开车送女儿去上英语课。这是女儿为准备幼儿园升小学考试报的班。

一路上，姜辉让女儿把路上随机碰到的车牌号数字相加，练习加法，又教她用英文念100以内的数字。送完孩子，他开车到民航局，拿出一块20厘米左右的蜂窝状碎片，"这是我们这次在马达加斯加捡到的疑似MH370残骸碎片"。

下午两点半，工作人员收下碎片。姜辉开车接女儿下课，把她送到滑冰馆，陪伴她训练。

这时，徐京红已经送完孩子上学并来到北京。她买了汤，送到父亲病床前。晚上，姜辉会在微信上找徐京红聊天，安慰承受着重负的徐京红。

时而有更年轻的家属找徐京红问："徐姐，我该怎么办？""我只能安慰她们，抱着她们哭一哭，然后劝她们要坚强，但是我自己都不知道该怎么去坚强。"

一位家属的丈夫在飞机上，她独立抚养两个孩子。因为职业限制，她频繁出差，没办法常常陪在孩子身边。她经常哭，一些朋友觉得她"没完没了"；而当她在微博上发些快乐的内容，又会有一些网友私信她："你老公都没了，你还笑。"

徐京红为这位家属愤愤不平："哭也不是，笑也不是，让我们怎么自处啊？"

只有和家属待在一起的时候，徐京红才能放松地哀乐无常。"会一起笑得很开心，也会因为一个人崩溃而大家一起崩溃掉。"

徐京红记得，有一次姜辉喝多了，平日理性平和的他突然号啕大哭，"那简直是太恐怖了"。朋友送姜辉回家，他开不了自己家的密码门锁，他忘了密码。

室外有雾霾，门窗紧闭。徐京红点燃一根烟，抽油烟机便又开始工作了。

她放了手机里的一首歌——《马航去的地方》。

> 但愿马航你去的地方　鱼儿能飞上苍穹
> 云朵为你架起了彩虹
> 但愿马航你去的地方　星星化为了玉琼
> 希望生命穿越了时空
> 希望生命穿越了时空

（文中部分人物为化名；澎湃新闻记者权义对此文亦有贡献）

采访、撰稿/周建平、张敏
原载《澎湃人物》2017年1月1日

一个村庄的讣闻

往年这时候，新磨村一组（当地习称"新村"）的村民们正准备上山收花椒，再挑个大太阳的日子，把收下的花椒拿出去暴晒。

到那时，这个被平均海拔近3 000米的大山环绕的村子，中央一公里长的老街、各家院子里的水泥坝子，都会被火红的花椒铺满，登高望去像是绵延跳跃的火焰。

26岁的蒋凯仍然不愿相信，如今眼前的灰色废墟下掩埋着他家的二层小楼、村里的老街、街两旁的羌族木楼、他的儿时玩伴、邻里亲戚以及他的父母。

2017年6月24日凌晨5时38分55秒，四川省茂县叠溪镇新磨村突发山体滑坡，持续100秒的垮塌将新磨村一组全部摧毁，从富贵山山顶倾泻滚落的碎石，在山脊一侧划出了一道上窄下宽、近扇形的灰白色伤口。

山脚下的新磨村一组位于扇尾处，是这个伤口的疼痛中心，村里40余户100余人被掩埋。

新磨村一组从地图上消失了。

只剩下这个村庄40年来春夏秋冬的故事，留存在活着的人的记忆中。

灾难：一夜之间

"我的姨父在水电站发电，那天早上没水了，水原本是从新村流下来的，他跑到那里去看，发现新村没了……"家住新磨村二组的李艳回忆灾难发生的那天早上。"我当时带着孩子在睡觉，妈妈叫我们快起床收拾东西,回茂县。我问我妈什么情况,她说新村没了,我当时全身发抖,怎样穿衣服我都不知道。"

新磨村二组离灾难发生的一组大概四五公里。李艳的外婆,她妈妈的4个兄弟姐妹,她的二姨、二姨夫、三姨、三姨夫都住在新村,9个人都不在了。

"谁知道一夜之间,什么都没有了。"26岁的蒋凯喃喃道,宛如梦呓。

他的父母在废墟下。事件发生时,蒋凯和妹妹、80岁的奶奶不在村里,因此躲过一劫。

据蒋凯回忆,6月24日山体垮塌前一晚,他还和父母在家庭微信群里聊到深夜,"我爸妈是22号刚从山上挖药回到家,如果晚两天下山,就不会出事了。他们挖药就是想之后把家里的房子装修好一点,但是没有机会了"。

蒋凯家的房子是他上小学三年级时建的。当初为了选址,蒋凯爸妈遵照村里惯例去请来了风水先生,房子该怎么修、朝哪个方向都有讲究。

就这样,背靠富贵山、面朝阴山的两层小楼建起来了,家里大门往下走100米就是汇入岷江的松坪沟河。站在楼顶一眼望去,能将一组整个村子收入眼底。到秋天,还能看见对面山上的红叶,"很美的"。

初中毕业后,蒋凯开始外出打工,8年时间里,除了每年的春节、祭山会等重大节日,他回家的次数少、时间也不固定。垮塌事件发生前的十几天,本在茂县县城打工的蒋凯有空回家待了三天,一家五口团聚。

现在想起父母,蒋凯印象最深的是,每天晚饭后大家一起坐在家门口聊天,有时候也和邻居几户一起聊天。聊的都是小事,比如天气,或者是父母上山挖药的见闻。

这样的平常安宁,是蒋凯记忆中家里甚至整个新磨村一年四季都有的样子。

历史:建村40年

李艳听72岁的爷爷说起,新磨村是1976年以后才建的村庄,至今刚满40年。

爷爷唐文明记得，1976年，松潘县小河乡发生了一起7.6级左右的地震，为了避震，政府要把原本住在擂鼓山的团结村转移到一块相对开阔的地方，就是如今的新磨村。"当时新磨村这里是个荒地，看去都是平的，特别的开阔。"

"谁都不会想到那里会垮的。"唐文明至今不敢相信，"它就在山脚下，离河面不到20米。整个是一个平的，并不是在斜坡上。"

1979年，村里的房子基本盖起来，最初房子就是顺着一条老街，在两边修建，后来又不断向两边延伸。修了公路后，沿着公路边又盖了些房子。

在没建钢筋混凝土的两层小楼以前，蒋凯家也住在老街旁的木房子里。从木屋后门一出去，就是村里原来的小学，蒋凯在这里读了小学一到三年级。

后来村里小学被撤销，2008年汶川地震后，在小学200多平方米的地上盖起了新磨村的村委会，这里成为全村人的活动室。每逢节庆或喜事，村里人都会换上羌族服饰，在村委会的大院子里，唱歌、跳舞、喝咂酒。

生活：周而复始

在蒋凯的记忆里，和他父母同一辈分的新磨村人大多以务农为生，主要种植花椒、土豆和李子。

每年十月、十一月松坪沟景区内红叶满山，前来赏景的游客也会住在新磨村村民家中。这几年，很多村民顺势开起了"农家乐"。

十二月到次年二三月，大雪封山，那是村民们的空闲时光。每到这时候，一家人总围坐在家烤火。

入冬后到下雪前，村民们把从山上捡来劈好的木柴，整齐地码放在墙边。烧柴剩下的草木灰隔一个礼拜到十天就得清理一次，铲出的草木灰可以撒到地里做肥料。

等到四月一开春，天气暖和起来，村民就开始一年的劳作。

先把冻了一冬天的土地翻一遍，再修剪李子、花椒的枝叶，播种新的作物。雨水渐渐增多的季节，村民们也会为花椒的收成担心。

六、七、八月份是收花椒、晒花椒的时节。

刚从山上收下来的花椒一定要挑个太阳最好的日子拿出去暴晒，要一次性晒干，只有一次晒干成黄色的花椒才能卖个好价钱。多次晾晒的花椒颜色会暗很多，偏紫，价钱也差。

晒干后保证花椒不受潮，用麻袋装好，没几天就会有专人开着面包车或是农用车上门来收，行情好的时候一斤能卖到50多元。

种在路边的李子也到了要成熟的季节。九月以后，碰上国庆节假期，来松坪沟景区看红叶的游客增多，李子并不担心销路。

游客最多的时候，村民们在自家房子里搞起农家乐。除了住宿，还为游客提供当地的特色食物，例如腊肉、青稞酒。天气再冷些，还有少数前来看雪景的游客。

每一年，生活周而复始，蒋凯清晰记得平淡生活的一点一滴。除了这些，他的脑海里还有美好而热烈的唱歌、舞蹈、喝咂酒……

羌族：依山而居

茂县新磨村村民都是羌族。

这是中国古老的民族之一，自称尔玛人，因依山而居，被称为"云朵上的民族"，主要聚居于四川省阿坝藏族羌族自治州的茂县。这次发生山体垮塌的新磨村，周边5公里内平均海拔约2 967米。

他们有自己特殊的服饰，每个片区都不一样，基本上是手工做的，有喜事时大家不约而同穿上自己做的衣服，去唱歌跳舞。

老年女性习惯穿长裙戴高发饰，平常也会穿传统服饰，只有天气特别热时才会换普通衣服。年轻人平时和汉族人着装无异，种地劳作都方便些。

李艳的奶奶，74岁的谢永芳会讲羌语，羌语没有文字，而像李艳一样的很多年轻人已经不会说了。

他们有自己的文化。对新磨村村民来说，每年的大年三十过春节和农历四月十二祭山会都是村里的大日子，哪怕身在外地的游子也必须要回到家中团聚。

为了春节的团聚，家里长辈都会在十一二月间"杀年猪"，将杀好的猪肉腌制一两天后挂在家中灶台上熏制，再在年前的十几天里置办好年货。

等到大年三十晚饭过后,各自家中烧火吃个夜宵,亲朋就会相约一起去村子里的庙里烧香,"晚上12点之前去,等着烧来年的头香"。

打从蒋凯记事起,每年都会去庙里烧香祈福。6月24日山体垮塌后,庙被埋了,庙里原本供奉着菩萨、玉帝等,也都没有了。

对山的敬畏,新磨村从未缺失。

每年农历四月十二,是新磨村上神山祭神的日子。整个村子的人大清早在村子老街集合,带着鸡、羊、锅碗等上山。

村里的老人主持祭神仪式,先杀好祭祀牲畜,人们围着神山转一圈,将杀好的牲畜送到神山顶,祭奠后每人上前烧香,再围着神山祈祷风调雨顺。

祭山会的仪式结束后,每家开始在山上准备吃食,没有桌子凳子,全村人就在草坪石板上吃饭,在树林里聚会,这样的聚会大约持续一天。

让26岁的李艳记忆深刻的,是新磨村的婚宴。她记得全村人都会聚到村委会。村委会的院子里有一个烤羊的火坑,里面生起篝火,全村人围着篝火烤羊,伴着锣声鼓声唱歌跳舞。

全村男女老少还会一起喝咂酒,这是用五谷杂粮发酵做出来的酒,也被称为杂酒。在一个大酒坛子里,大家围在一起用镂空的竹竿轮流喝,按照长幼的次序喝。有人喝,有人唱歌,歌不停,酒也不停。

李艳记忆深刻的还有舞龙。她记得去年春节舞龙时,二姨把脸上都抹满锅底灰,大家哈哈大笑,小孩子们被吓得躲得远远的。

把脸抹黑舞龙是既定的习俗,奶奶谢永芳也说不出理由来。龙是他们的吉祥物,让龙到每家都去一下,保佑全家平安。桌上摆满好吃的,每家都会邀请耍龙人进屋坐半个小时,少不了喝酒唱歌。

奶奶谢永芳告诉记者,耍龙就是耍走灾难,祈求平安。隔几年才会舞龙,一旦开始,就要连续舞三年。

2017年是舞龙的第一年,本来还要连着舞两年,可是那条放在村委会活动室的龙和整个村庄,都无影无踪了。

记录:曾有此地

蒋凯从未感到如此不安。他记忆里的新磨村是开心、安宁的,村里人都是一家人，谁家碰到拿不定主意的事，都会互相商量。

哪怕在2008年汶川地震时，新磨村的房子倒的倒、裂的裂，蒋凯家的房子也在大家的帮助下很快就修补好了。大家都在，生活仍然继续。

但现在，蒋凯不敢想未来。6月26日一早，垮塌发生的第三天，他和其他村民一起，遵照习俗，去垮塌现场祭拜逝去的亲人。

昔日的家园变成一座石山，人们互相搀扶，一边痛哭一边在石山里寻家。蒋凯站在灰色的废墟上，辨认着自己家的方向，点燃了纸钱。

26岁的李艳没有敢告诉奶奶谢永芳，她的二叔和二姑遇难。但老太太很快察觉到异常，她的二儿子开小客车，几乎每天往返于新磨村和茂县，每次来县里，都会来看她。

灾难发生前一天，他有事没有出车，刚从外地回县的女儿本想搭爸爸车回家，也因此在县城里耽搁了一天，就此逃过一劫。灾难发生当晚，他在景区上班的儿子碰巧没有回家，也逃过一难。

灾难发生后，昔日常来的二儿子没了踪影，74岁的谢永芳蒙在鼓里，一遍遍给儿子打电话，都是关机，她开始胡思乱想，猜测儿子出车祸了。

老人要出门去打听，李艳无奈告诉了奶奶实情。平时身体一向健康的谢永芳承受不住，反复昏厥，被送到茂县人民医院医治，接受治疗和心理辅导。

谢永芳72岁的老伴唐文明，灾难发生后连着两天去废墟现场。他从1979年和谢永芳结婚来到新村，认识新村快40年了。站在废墟上，记忆中的新村没有了一点痕迹。

灾难前，村前的河对面全是农地，种着花椒、果树。如今，原来100多米宽的河道被滚下的泥石填满，河道改流，原来笔直宽阔的河流，变得弯弯曲曲。河对面的花椒树，一棵都没剩下。

没了河道参照，在茫茫石海里，唐文明找不到儿子和女儿的家。

躲过一劫的外孙，按照每天早上对着山的位置，辨别出家的地点，满怀期盼地去挖石头。挖到了衣服后，再也没敢挖下去。

如今村里活下来的人，多是在外打工与读书的年轻人和小孩，还有在县城里带小孩的老人。

李艳还记得灾难发生两天前，姨们去山上挖药材，天天下雨，她笑她们累得像野人一样,她们却说:"我们辛苦无所谓,只要把药卖了,就多一笔收入。"

话音犹在,昔日的笑脸如今只活在李艳的梦境里。她希望记者把新村的印象完整记录下来,让后面的人知道,有过这么一个地方,是自己的父母确实生活过的地方。

采访、撰稿/于亚妮、张蓓、李珣、赵孟、胥辉、于蕾、黎眈、邹佳雯、陈瑜思、李钊

原载《澎湃人物》2017年6月27日

北京大学里的平民学校

"白日不到处,青春恰自来。苔花如米小,也学牡丹开。"——《苔》

"有些地方可能比较潮湿阴暗,太阳光往往照不到,但是在这些地方我们会发现,有一些生机盎然的绿色在悄悄地蔓延生长,走近一看,那是一种什么样的生机呢?它可能就是一粒非常小的、像小米一样的花,但是它也像牡丹一样开放。"

尚俊颖这番话说到了焦彦华的心坎里。这首诗,他曾在平民学校的古典诗词课上听程郁缀教授讲过,后来又偶然听尚俊颖提起,两人心照不宣,都认为它十分契合平民学校的精神,尤其像是为焦彦华的奋斗人生量身定制的注脚。

焦彦华与尚俊颖是同龄人。2013年夏天,同一场高考,山东的尚俊颖考入北京大学政府管理学院,山西的焦彦华因家境贫寒与大学失之交臂。两年后,这两个年轻人,一个已是北大学子,一个成了北大保安,却在平民学校相遇相知,成为互为榜样的朋友,在某种程度上,甚至影响了对方的命运。

百 年 传 承

尚俊颖大一进"青协"(北京大学青年志愿者协会),有个师兄说,北大有个公益项目叫平民学校,他的第一反应是:"平民学校?老师是谁?学生是谁?"

师兄告诉他,平民学校是2006年创办的免费素质教育平台,由一群北大师生志愿为北大工友上课，每期教学时间3个月，包括10节文化主课、10节英语课、10节计算机课以及若干次户外素质拓展活动。它像一个真正的学校一样，有入学和毕业仪式，有班规，上课要签到，缺勤超过1/3者，则无法领到由继续教育部颁发的结业证书。

北大工会主席、平民学校校长孙丽告诉澎湃新闻，当时在全国高校后勤社会化改革的背景下，北大校内涌入了一批不同以往事业编制的新群体——劳动合同制和劳务派遣制的外来务工人员，为了让这个群体融入北大，校工会与教育学院牵头，联合校团委、后勤部等多个单位，酝酿一年，决定重办平民学校。

它的前身可追溯至百年前。1918年，时任北大校长蔡元培提出"劳工神圣，人人平等"，创办了"校役夜班"，而后李大钊、傅斯年、罗家伦、邓中夏等北大师生纷纷投身平民教育运动。但由于当时中国社会动荡，"校役夜班"被迫中断。

了解平民学校后，本身热衷公益的尚俊颖加入了志愿者团队。起初他有点担心与工友会"有隔阂"，没有共同语言，但走进平民学校发现，很多学员都是年龄相仿的年轻人，"大家能玩到一起去"，相处融洽，这让他对平民学校产生了更多好感。

2015年，平民学校第10期启动，尚俊颖自荐成为学生志愿者负责人，全程统筹志愿者工作。在这一期，他遇到了与自己同龄的学员焦彦华。

焦彦华竞选为班长后，约尚俊颖吃饭，聊起过往经历和当下的生活，不经意间流露出对北大学生的羡慕，以及对回归校园生活的渴望，尚俊颖便鼓励他："其实你也可以啊，你和我一样年纪，为什么不可以再上大学呢？"

这一问，把焦彦华问动心了，转念反思：是啊，为什么不呢？

"在平民学校，大家都在追求上进，40多岁的叔叔阿姨还在学习，你这么年轻，为什么不能去奋斗一把？"

学习永远不晚

在平民学校讲法律，令张会峰教授印象最深刻的，不是比北大学生课堂还要好的"抬头率",而是学员的年龄差别。有16岁的少年,也有60岁的爷爷,每期学员100名左右,大多20岁出头,50岁以上的"有三五个"。

2017年第12期的课堂上,就有一个特殊的大龄旁听生——他的出现实在令人好奇。

下课前半小时,51岁的毕英锁从后门猫进教室,在角落找了个空位坐下,他头发湿漉漉的,看样子刚洗过澡,仿佛浑身还冒着热气。

这是本学期的最后一堂课"身边的经济学",董志勇教授正在组织工友玩一个关于资源分配公平的游戏,气氛热烈,笑声不停,以至于很少有人留意到这位迟到了一个半小时的大叔。

作为农园食堂的一名普通员工,毕英锁每天要切配200斤豆腐和蔬菜,早上6点半起床,8点上班,晚上7点下班。下了班,在食堂吃完饭,第一件事先洗澡,洗去身上忙碌一天后的油烟味,换上干净的便服,再出门。

这次迟到是因为食堂加班到晚上8点才收工,他已用了最快速度吃饭洗澡,头发未干,便跨上单车匆匆赶来。

其实,很多学员常常因为加班、劳累或其他事情而没能来上课,每节课的出勤率大概六七成。孙丽说:"每年都有学员拿不到结业证,有的可能确实忙,有的可能觉得没有什么实用价值。"

"也有个别学员就是不想来了,融入不了这个团体。"第1期学员曹志刚记得,第一期有53人,只有7人全勤,5人没拿到结业证书。

毕英锁是第11期的全勤学员,2016年农园食堂有两人入学,另一个是19岁的河南小伙,高中没毕业,上课不积极。"每次我拉着他来,他才来,来了也玩手机,听不进去,上了三四节课就不来了,最后结业证也没领。"毕英锁对此不能理解。

他喜欢学习,问他为什么喜欢,他乐笑了,笑记者问得多余:"学习哪有为什么?学习总是有益无害的。"

毕英锁生于1966年,家在河北邢台,当过兵,当过村干部,后来做生意黄了,便出来打工。青少年时期由于种种因素,没能好好学习,"耽误了大好时光",他一直深以为憾。

2017年3月第12期开学,他又回来一节节旁听。其实两期课程并无差别,但他总觉得"听两遍和听一遍,理解层次不一样"。不管工作多忙多累,每周二晚上只要有一点时间,他都会赶过来听课,哪怕只有半小时。

他的坚持还有另外一个重要的原因,就是结交朋友。

在工作圈子里,他找不到志趣相投的朋友。下了班,同事们喝酒的喝酒,玩手机的玩手机,他不愿把时间浪费在此。他更喜欢去二教听课,去操场打太极,去工友之家杀几盘象棋,周末再去书画社练练书法,那儿欢迎他这样的工友,不收报名费,"纸墨也给你准备好,只需带支笔"。

他喜欢来平民学校这样"生机盎然"的地方,跟年轻人在一起,感觉更快乐一些。来北大6年,他认识了100多个包括北大学生在内的年轻朋友,经常跟一些人约球,"感觉一天不见就缺少点什么,呵呵。"毕英锁被自己说笑了。

去年,领导推荐他和19岁小伙去参加平民学校,令他又惊又喜。一方面,同事们都觉得,平民学校是年轻人去的地方。他也感到意外,餐饮中心1300多名员工,每个食堂只有一两个名额,为什么不让年轻人去?

但另一方面,他又觉得,活到这个年纪,还有机会学习,是一件幸福的事。他在开学典礼上分享感言:"在座很多学员都比我年轻,但我想说,学习,什么时候开始都不会晚。"说完,"各个领导带头鼓掌"。

"终身学习"算是平民学校的校训了。那一期的结业典礼上,讲健康的钮文异教授也说了同样的话:"今天平民学校的结业,并不意味着学习的结束,而是新学习的开始。"

从"打工者"到"北大人"

2017年7月1日,47周岁的曹志刚终于考完所有的课程,拿到了中国传媒大学继续教育学部公共事业管理专业的专科学历。这是2013年平民学校提供给历届优秀学员的深造机会,学费予以减免。

曹志刚是勺园食堂一名厨师,从1992年起就在北大工作。2006年被单位推荐,成为平民学校第1期学员,并从第2期到第7期一直担当志愿者。他记得第1期课程,有教人际交往的,有教保护地球的,也有教劳动合同法的。

孙丽解释,平民学校创办之初,课程以职业教育为主,设计了北大为家、快乐工作、学会共处几个模块,但两期之后,学员提出了新的需求——"我在北大,我想听北大教授讲课。"

于是,从第3期开始,所有主课都由北大的老师来上,每一期根据学员反映稍作调整。"光是哲学系的老师就换过好几次。"孙丽说,有些老师很大咖,但讲课太学术,工友听不懂,有些老师满怀热情主动要求来上课,但如果工友对这个内容不感兴趣,下期就会换人。

目前,给平民学校上课的老师,大部分都是北大的"明星大腕"。

钮义异教授长期在基层做科普,经常全国各地飞,在平民学校从第8期教到现在,已经5年了。每次上课,他用一套健康生活顺口溜、三个健康操、几个段子,就能把气氛活跃起来。

他习惯在课堂上"满场跑",学员们的眼睛就溜溜地跟着转;他讲性生活规律,年轻的女学员与同桌相视一笑,害羞地低下了头;他让学员画自画像,有人在"自己"旁边多画了一棵被风吹弯的枯木,写着:"面对疾风吧!"

张会峰教授是文化部文化共享工程"普法知识讲座"唯一主讲人,讲课风趣幽默,形象生动。2015年,孙丽听说他"在北大学生中口碑特别好",亲自把他请来,至今已教了3期。

在他看来,平民学校是把优质的资源提供给工友上课,"工友获得的不只是知识,而是北大对你的尊重"。

曹志刚对此深表认同。他说平民学校对自己最大的影响,是把他从原来单调、盲目的生活中拯救了出来,让他变成一个心态更年轻、更阳光、更积极向上的人。

"很多人上班犯困,下班有精神,工作时碌碌无为,像被操纵的机器人似的。下班后也不知道去干什么,结果好多去喝酒、打游戏,或者干些其他没有太大意义的事情。"曹志刚看到现在很多工友像曾经的他一样盲目,就恨不得都把他们送去平民学校。

在加入平民学校前,他在北大已生活了14年,却始终没有归属感,"总感觉自己不是北大的人"。

生活是标准的"两点一线":每天从宿舍到食堂,从食堂到宿舍;下了班,不是打球,就是看电视,很少参加学校的活动,去教室听课更是"根本没想过的事情"；交际圈仅限于几个同事，同事排挤，竞争严重，往往难以交心；跟北大师生极少交流，"总感觉人家是国家栋梁，我们只是打工的，不在一个层面上"。

但来到平民学校，他发现"国家栋梁"并非遥不可及。有一天下班，他突然收到一条短信，问："曹师傅，您知道红烧茄子怎么做吗？"这是一个学生志愿者发来的，曹志刚猜想她可能也喜欢做菜，便把红烧茄子的制作过程和注意事项，编成一条很长的短信回了过去。他第一次意识到，原来自己和北大学生也能有共同语言，也能在某方面帮到他们。

在平民学校7年，曹志刚还认识了很多其他单位的朋友，经常保持联系，"遇到什么事情，你一说，人家马上就帮忙"。平民学校的经历，也让他常常有机会代表餐饮中心甚至北大工友参加各种校内外的活动。

2017年5月4日，在北大120周年校庆启动仪式上，他作为工友代表上台，与北大校长、北大校友、北大教授和北大学生并肩站在一起，共同按下倒计时启动仪。那一瞬间，他前所未有地感觉到，"北大人"三个字所带来的自豪感和责任感。

久旱逢甘霖

2017年5月，临近毕业的尚俊颖再次回到了平民学校的课堂，对工友说："很高兴认识你们，我来到这里，不是因为我们不一样，而是因为我们都一样。"

"他们是工作人员，我们是学生，平民学校给了同样生活在校园的两个群体一个很好的接触平台。"杨帆加入志愿者团队，就是想回馈工友平日的服务。她是2014级外语学院研究生，参与了第10期和第11期的英语高级班教学。

谈起给工友上课的过程，她直言自己是"摸着石头过河"。刚开始她以为高级班学员基础较好，按照教材准备了一些日常对话，没想到有些工友连字母都读不全，便不得不临时改变方向，从字母教起，"让十几个人围成一圈，接龙念ABCD，谁出错就要起来说个相声。"

给志愿者做培训时，尚俊颖会提醒大家第一节课先破冰："先聊聊自己，聊聊家乡，聊聊家庭，建立一个比较亲密、彼此信任的关系后，再去上课，效果会好很多。"

杨帆上课时会有意识地培养与学员的亲近感，听说焦彦华是高中毕业，便多问了一句："为什么没上大学呢？"

这个问题瞬间击中了焦彦华——"我何尝不想上大学？我何尝甘心一辈子只做一名保安？"

2013年高考结束后那个假期，无数次僵持不下的争吵，使焦彦华耽误了填报志愿的时间。父母认为大学生也找不到工作，无谓浪费四年学费。已成家的四个哥哥姐姐都没读过什么书，也不支持他上大学。

开大卡车拉煤的哥哥给他找了一份下煤井的工作。在山西，父母种地养不活五个孩子，去煤厂搬砖、捡铁、挑炭，一辈子靠苦力维持基本生活。

当时村里跟煤井签了协议，每家每户有分红，焦彦华个人分到3万元，吵着跟父亲要了2万元，偷跑到了北京，上了一所成人院校。

进去后他发现那根本不像是一个大学，学风松散无纪律，一学期下来毫无收获，而高昂的上学成本，也让他不堪重负。几番挣扎后，他选择了退学，"当时就想，可能这辈子都不能上大学了"。

就在焦彦华感到人生无望而迷茫的时候，他遇到了平民学校。

奋 斗 的 力 量

2014年年初，焦彦华来到北大当保安，人生地不熟，连北大的教室都不敢去。有一天晚上，班长突然说要去上课，他好奇问了句，才知道北大有个平民学校。

在班长的带领下，焦彦华走进了平民学校的课堂，这是他第一次在北大教室听课，清楚地记得那是在理教311，尚俊杰老师的计算机课。当时他对电脑几乎一窍不通，"连电子邮件都不会发"。那堂课上，他学会了如何上百度搜索，如何进北大校园网，如何注册微信。

平民学校每期分配固定名额到北大各个单位，工友自愿报名，但保安大队每年报名人数都超额，就会从中筛选出表现好的员工推荐上去。为此，焦彦华加倍努力工作，等到第二年招生，他便急切地给大队写了一份报告，申请名额。

在杨帆看来，焦彦华是很需要被关注和鼓励的人。有次她过生日，带着一束花去上课，给每个学员都送了一朵，轮到焦彦华时只剩下一把草，她就开玩笑说："焦班长，你是万花丛中一点绿！"后来焦彦华告诉她："姐，你这句话让我很感动，让我觉得自己很受重视。"

在平民学校，焦彦华获得了他一直以来最缺乏的支持。杨帆和尚俊颖不止一次鼓励他重考大学，孙丽老师也说过一番话，让他一直记在心里："只要有能力，人这一辈子一定要上一次正规大学，不管学校好坏，一定要走完这个过程。"

结业后，焦彦华纠结了一个多月，终于下定决心。他本打算辞职回家乡复读，却又一次遭到了父母的反对，归根到底还是钱的问题，"工作辞了，钱也花了，考不上怎么办？"

"你们不用管了！"焦彦华挂了电话。其实他能理解父母，"我妈每天早上去捡煤渣子，从煤渣子里挑炭，一块一块挑起来，攒成一吨一吨卖出去。"从小到大，他的学费就是这么捡回来的，现在父母老了，他不忍心再让父母奔波劳累。

他上网搜索其他途径，得知可以以社会考生的身份参加高考，便决定一边工作一边复习。备考这一年，家人不支持，同学不看好，焦彦华克服困难的力量几乎都源自平民学校。

他英语差，平民学校常务副校长迟春霞赞助了2 000元，让他在新东方报了英语补习班。在图书馆主任巩梅老师的担保下，他申请到了北大图书馆的通行证。

尚俊颖帮他补习地理，有段时间常在青协办公室辅导到深夜12点。但"俊颖是个大忙人"，大多数时候是另一名志愿者杜智宇陪他自习。两人结伴去图书馆，一待就是一下午，期末便约在晚上十点半之后，在咖啡馆里"刷夜"。

每当他感到吃力、坚持不下去的时候，杨帆会约他出来，在一杯鸡尾酒中，连说带"骂"地开导他，让他振作。"彦华拥有我所不具备的勇气，他敢于跳出来去追求一种新的生活，我很想保护他这个想法。"

让大家出乎意料的是，高考前三个月，焦彦华又回到平民学校当志愿者，担任第11期的班主任。孙丽问他为什么不专心复习，他说平民学校让他相信奋斗的力量："只有在这儿，我才有动力。"

同期学员梅银月和他一起回去当志愿者，像妹妹一样为他加油，帮他分担工作，让他有更多时间看书。"她是从头到尾一直陪我走完高考的人，虽然她没有做什么，也不善表达，但陪伴本身就是一种力量。"

2016年6月，焦彦华没有回家，一个人在县城完成了第二次高考。他考上了内蒙古集宁师范学院，如愿成为一名大学生。

打 开 一 扇 门

至今，焦彦华还经常在朋友圈里发有关平民学校和北大的信息，但他唯一遗憾的是，3个月的时光太短暂了。

有人质疑，短短3个月时间，能否让工友真正学到知识。孙丽表示，早有人建议延长学期为一年，但工会没敢放开，担心工友坚持不了，"他们工作多辛苦，又不是学历教育，都是业余学习"。

张会峰认为，通过2个小时的讲课，让工友知道有些问题需要找懂法律的人咨询，知道这个问题法律可以解决，法律应该怎么解决，他觉得普法的目的就达到了。

在杨帆看来，每期10节英语课，且由不同志愿者来上，想让工友学习很多知识并不现实："志愿者们有个共识，通过这3个月的时间，为他们打开一扇学习英语的门就可以了。"

有个河南工友口音重，没学过英语，一开始根本不敢开口，但最后一节课，他可以站在大家面前，用英语介绍自己，不很流利但是完整地阅读一篇英语短文。这个微小的改变足以让杨帆感到欣慰。

尚俊颖第一次见到焦彦华时，他在台上竞选班长，"比较紧张、局促"，但结业典礼再见他在台上，整个人已经"非常从容、自信，肢体语言也很自然"。他认为，平民学校最重要的是让工友对这个学校有了归属感和认同感："这种被接纳、被尊重的感觉，可能会改变一个人面对整个生活的态度,这种改变比起从课程学习中收获多少实用性的知识技能,更加有价值。"

北大平民学校创办后,曾尝试在北京市工会、全国总工会推广,但始终"推不动"。2011年,在平民学校的启发下,中国人民大学学生社团"新光协会"创办"新光夜校",因参与者越来越少,于2017年4月停办。

5月,尚俊颖作为北大青协副秘书长去新光夜校调研,发现他们其实有热情,也有好想法,唯一存在一个很大的问题,就是没有官方力量的支撑,组织动员能力不足。

在他看来,官方力量是平民学校可以一直推进的动力,多部门协作的组织系统能保证人力物力源源不断地输进来,但同时,官方性质可能也是平民学校缺乏创新的原因:"现在的活动可能跟几年前差不多,对于更个性化的需求,也回应得不够。"

"从公益的专业角度来看,平民学校本质上是一个教育事业,应该关注教育对象的变化,并对这个变化有一个基于调查的评估。但做评估,就得去做一个长线的跟踪,去观察每个工友在离开平民学校之后的生活,看看他在平民学校经历的,对他到底有怎样的影响。"但他也承认,这需要耗费非常大的精力,甚至需要专业的团队来做,算是一个"吹毛求疵"的奢求。

离开平民学校后,焦彦华踏进了梦寐以求的大学。他把在北大学到的思想、经验,都用到了现在的大学生活中。担任团支书,身兼15个孩子的家教,成立素质拓展协会,策划荧光夜跑和10场朗读者活动,每天忙到凌晨1点才睡,"累并充实快乐着"。这个暑假,他又将热火朝天地投入一个新的项目中。

或许,尚俊颖唯一可以确定的是,焦彦华这朵"苔花",正在内蒙古的大草原上,像牡丹一样盛放着。

采访、撰稿/张小莲、陈瑜思、于蕾
原载《澎湃人物》2017年7月15日

寻陨香格里拉

2017年10月15日下午3点。在金沙江畔川滇两省交界处的一间网吧里，四五个藏民正沉浸于一场网络夺宝游戏。

网吧一共有32台电脑，但从来没有满座过。顶着一头乱发的年轻网管从折叠床上爬起来，睡眼惺忪地给来客登记，每小时收费4元。

刘杰文一行是网吧里少见的汉族客人。他们围在一台电脑旁，聚精会神地盯着屏幕，刘杰文操纵鼠标，把谷歌地图上的墨绿色山脉放大或缩小，"从这里到这里"，牟建华突然用手指划过屏幕，操着一口东北口音说。同伴赵兴则一言不发，双臂环抱在胸前若有所思。

他们在找陨石。陨石是10月4日中秋节光临云南的，当晚8点，伴随着巨大的轰鸣声，它拖着耀眼的光亮砸向香格里拉的高山峻岭，不久云南上空乌云骤聚，赏月无望。

坊间传言这块被目击的中秋陨石价值连城，"一克至少能卖两万元"，人们各怀心思要找到它。

"哇，你们都是来寻宝的啊！"藏民洛绒土麦被三人的讨论吸引住，从夺宝游戏中抽出身来，"明天我们也去找，既然你们来了，说明还有啊"。

天下掉下来的好东西

奔子栏镇是经过走访排查锁定的陨石可能降落点。它位于云南省迪庆藏族自治州香格里拉市德钦县东南部，与四川得荣县瓦卡镇隔金沙江相望。

从网吧出来，步行五分钟就能跨过金沙江进入四川。这里是"茶马古道"的必经之路，从河谷升至最高海拔达6 000米的高山冰川，地形复杂，气候也变幻莫测，河谷气温可达11—29摄氏度，高山则为零下10摄氏度至20摄氏度。

奔子栏和瓦卡的居民大都是藏民，也有小部分外来打工的汉族。镇子很小，河谷干热的风迎面扑来，白色的房子嵌在两侧黄褐色的、寸草不生的山体间，十分显眼。

在这间小镇网吧里，越来越多的藏民站起来伸着脖子听刘杰文一行的讨论。在藏民眼中，这块天上掉下来的石头一定是好东西，找来摆在家里或者供奉在寺庙都是不错的。

仅有16户人家的吉迪村，20多个村民放弃了每日的劳作，跑到附近的山里找陨石，这让村长白志终感到担忧。白志终是村里唯一目击陨石"飞"过的人，当时他正从香格里拉石灰厂开车回家，远处突然闪过一道亮如车灯的白光，又有一道像炉火似的红光划过。但这位目击者并不认为能找到陨石，他也不赞成村民们去找。

当地藏民生长于山间，长年供奉神山，一眼就能分辨出那些长相相似的山。洛绒土麦曾带着七八个藏民上山连续找了三天，却一无所获，其间他陆续碰到好几个寻陨团队，不由感叹"都是做梦啊！"

洛绒土麦不认识陨石，看到稀奇的石头就捡回来。他忍不住问刘杰文："是白天好找，还是晚上好找，晚上会发光吗？"

陨石是地球之外的天体坠落的碎片，它们绝大多数来自木星和火星之间的小行星，少数来自月球和火星，记录了宇宙里发生的历史事件，是人类探索外太空秘密的"价廉物美"的科学样品。

但要找到它们并不容易。中国科学院紫金山天文台已故研究员王思潮曾说，尽管全世界每年坠落500克以上的陨石有500次，但能找到的新陨石大概只有10次，很多陨石都掉到了大海、山区和沙漠里。

如何一眼分辨出陨石呢？"黑黑的，有磁性，有些锈，重"，这是大多数陨石爱好者的辨识方法，为此有人随身带着小磁铁来验证。但中科院紫金山天文台研究员徐伟彪说，这只是表象，如果没有经验，很容易会被误导。

"这么不靠谱的事儿"

网吧里的三人没能敲定陨石的精确落点。刘杰文感到有点无力,他双手抱着后脑,往椅背上一仰,喃喃自语:"这么不靠谱的事儿。"

刘杰文是意外介入这场寻陨行动的。他有两个身份,一个是藏地作家,一个是山货贩子。作家是他的人生理想,做山货贩子则可以养活他和家人。他在奔子栏镇有一块两三亩大的山货基地,写作之余,开车到分散在山间的藏民家收山货。

中秋节那晚,他原本在德钦县和朋友们喝酒庆中秋。守在山货基地的弟弟给他打来电话,形容基地顶上飞过一轮"大月亮",椭圆形的,像大梭子,发出轰隆轰隆的爆炸声,白光亮如白昼,村民都以为地震了,紧张地跑出来看。此时,他加的山货微信群里也炸开了锅。

第二天有人告诉他,陨石落在了山货基地背后。

NASA近地小行星研究中心数据库公布的卫星观测结果显示,这场发生在北京时间10月4日晚20时7分的小行星撞击事件,撞击点位于香格里拉县城西北40公里处,北纬28.1度,东经99.4度,爆炸当量相当于540吨TNT。小行星相对地球的速度为14.6千米/秒,空爆高度只有37公里,很可能有未燃尽的陨石落到地面。

陨石爱好者称它为"目击陨石",坠落在中秋之夜也让它显得富有寓意。很快,电商平台上出现了高价兜售的"香格里拉陨石";接着一家名为"中国科学探险协会陨石科学考察专业委员会"的民间机构,在10月10日借由媒体发出以1万元/克的价格收购香格里拉陨石的悬赏令;香格里拉的本地人开始自发搜寻,陨石猎人、天文爱好者、陨石商贩也从四面八方赶来了。

刘杰文是陨石的门外汉。不过他有在地优势:当地山势险峻,或者无路可通,或者只有"之"字形如刀刻般的陡峭山路,刘杰文熟悉路况,也熟识山民,耳目灵通。

1981年出生的刘杰文是江西高安人,曾在上海当了8年的工程师。他是很多人眼里的文青,留过长发,拍过裸照,爬过雪山,做过很多"疯狂的事。

四五年前，他辞掉工作，来到滇藏交界处的梅里雪山建小木屋，打算写个荒野故事，没想到50多天后，建成的木屋被拆掉了。机缘巧合，他帮人卖虫草收到30多万元货款，这让他在生活和梦想间找到了支点。他就在德钦县买下了山间的一处老宅，爬山探险，长居于此。

好奇心驱使他去找陨石。凭借有限的天文知识找了几天后，刘杰文在微信公众号上发了一篇文章分享寻陨经历——当时他是唯一公开宣布寻找香格里拉陨石的人。

接着，各方寻陨者纷纷来联系他；一些身份不明的人在微信上声称给他做"专业指导"；朋友们也纷纷催他，"别卖核桃了，赶紧去找石头！石头比核桃有价值，核桃年年有，陨石千年难遇"。

但天外之物进入地球后是怎样的运行轨迹，谁也不清楚。徐伟彪说，尚不存在这样的研究。在吉林的一次陨石事件中，科学家通过已经找到的陨石落点反推了陨石的下落轨迹，但过去的运行轨迹对当下不具有参考性，只能通过走访寻找。

当刘杰文找到第八天时，外界不时传来发现陨石的消息，但都没有被证实。在一些与陨石相关的QQ交流群里，有群主发"注意不要暴露已经找到的信息"后又迅速撤回。而大部分寻陨者跟刘杰文联系获取信息后，就不再搭理他。

满世界找星星的人

第一个找上刘杰文的是广东陨石商人梁飞。

10月13日晚上，梁飞拍着刘杰文的肩膀喊："刘文杰刘文杰，终于见到你了！"他神秘地指向夜空，表示已经知道陨落地点了，"就在那边，就在那边！"

被叫错名字的刘杰文有点懵，他原本期待与梁飞交流自己的信息，却发现对方根本不需要他提供信息。"天上不会掉馅饼啊，但现在会了！"梁飞压低声音，指着所有人说："你们都去，每个人都能找到！现在已经卖到10万元1克了。"

梁飞是个44岁的中年男人。他打扮入时，戴着眼镜，梳着油光的大背头，露出轮廓分明的脸。他站在屋子中央，手指夹香烟，说话因激动急促显得不利索。

梁飞自称是"真正的追星族，满世界找星星的人"。他翻出手机里的照片，称自己在新疆、内蒙古、东南亚、西北非等地都追过星。

他随身带了一个红头文件，自称是中国观赏石协会陨石专业委员会的会员，受委员会指派而来。据他和另一个成员介绍，该组织是由陨石爱好者组成的民间协会，2016年3月成立，微信群有成员153人。每年会员要交会费500元，交5万元可以当会长，交3万元可以当副会长，交6 000元可以当理事。

"我是冲着主体来的，不会小，它撞山了，发着红光。"他掏出手机，打开一张图片，手指一拉，放大，那是网友拍摄上传的视频截图。梁飞用手指猛戳手机屏幕，说："看见没有？红光，天都亮了，这就是撞击点。"

刘杰文凑过去想看清楚点，梁飞却收了手机，捏了捏刘杰文的膝盖，轻声说"等下再说"。刘杰文想弄清楚梁飞是如何推算出来的，但梁飞又捏了一下他的膝盖。

瓦卡镇地面海拔不足2 000米，梁飞第一次来，已经有轻微高原反应。他不敢进山，一直推延进山日期，也每天都在改变对陨石落点的推论。

梁飞住在藏民邓珠开在瓦卡镇的酒店里。邓珠的好友叫格桑，梁飞住进来后找到邓珠和格桑带他爬山。他把两人拉到刘杰文身边，摁着坐下，说："这都是星友，藏族星友。"

找到陨石，给父亲看病

牟建华这天晚上也在奔子栏镇等刘杰文，他开门见山地说，要加入刘杰文的团队。

35岁的牟建华身形高大，体型较胖，眼睛小小的。他耗上了刘杰文，爬上他的车，主动改口叫"队长"，强调自己"服从组织安排"。

这位新队友坐在车上，手扶着草帽，用浓重的东北口音说："我们主要是找陨石的。但不是只找陨石，不能白上山，要找点奇石。"

牟建华在奔子栏已经独自待了一个星期。这段时间，他沿着NASA定位的坐标一路走访村民，划出了自认为的陨落范围，有好几个方向，范围很大，都处于层峦叠嶂中。

他觉得自己一个人进山找陨石，就是"找死"，原本他叫了个朋友同行，但在机场被放了鸽子。

"放大镜你们有吗？"向来谨小慎微的牟建华对人生的第一次大冒险感到兴奋。"要放大镜干嘛？"刘杰文问。"放大镜看石头啊，看里面的纹路。"

牟建华在得知"中秋陨石"消息的第二天就从辽宁本溪坐车到沈阳，又从沈阳坐飞机到香格里拉。他在包里装了一个指南针、一个放大镜、一把绳子，还有一件他过去在钢铁厂穿过的蓝色工作服。他没见过真正的陨石，就在手机里存了一堆下载自"中国陨石网"的照片。

牟建华读书的时候，有夫妻离婚后没人管的孩子拉帮结伙欺负人，他是被霸凌的对象，从五年级持续到初中毕业。

24岁前，他活在噩梦中，母亲常发现他在睡梦中大喊大叫，不住地蹬墙。他从不向父母吐露心事，印象中，没什么文化的父亲害怕惹事。

父亲一生在本溪钢铁厂工作，从最底层的工人做起，一步步努力往上，直到可以看懂图纸，但看得懂图纸也当不成工程师，因为工程师需要文凭。

牟建华初中毕业后，想学计算机，但是父母觉得没用，就让他去学厨师，告诉他人什么时候都离不开吃饭。

牟建华不是干厨师的料，父亲让他也进了钢铁厂，跟自己一样学看图纸。在那个年代，本溪钢铁厂是本溪人最向往的地方，热度类似于如今的公务员。但牟建华不喜欢，他干了7年，也没学会看图纸。

钢铁厂效益越来越差。有一段时间厂里连工资也发不出，牟建华就辞职了。

他辞职时29岁，想做与计算机相关的工作，但苦于缺少工作经验，一直找不到。他跑到北京的街头发传单，在北五环外拆迁的地块找到一间破的透风的小房间住，再后来又跑到大连卖保险。

始终不认同他志向的父亲去年患了癌症。牟建华不得不辞去工作，回家照顾他，原本不富裕的家也入不敷出，欠下外债。

在找陨石这件事上，父子俩再次爆发分歧：老人脾气犟，着急上火极力反对，但牟建华坚持要找。

在他看来，这是一根救命稻草。他要找到陨石，还钱，给父亲看病。

寻找陨石的"赎徒"

三人相聚的次日，刘杰文带着牟建华、梁飞在网吧讨论陨石的落点，现场各执一词。

梁飞主张陨石下落发生了两次空爆，空爆点依次是从东往西，而刘杰文觉得应该是从西往东。梁飞不管，坚持让刘杰文在电脑上划定自己确定的范围。

"你就这么确定，大哥？"刘杰文边滑动鼠标边问。他习惯在作出一个推论后，对身边人提出疑问：有没有可能不是这样，还有别的情况？

"哈哈哎，经验！"梁飞喝了口水大笑。刘杰文和牟建华都没理解对方的依据在哪里。

三人网吧会议的当天夜晚，他们的第四位队友赵兴刚从南宁抵达香格里拉，赵兴手机赌博赢了1万多元，"好运气"让他对接下来的"旅行"期待不已。

赵兴是广西南宁的药材商人。他个头不高，黑色皮鞋擦得锃亮，10月15日上午，作为第三位来客与刘杰文会合——赵兴不是他的真名，他特别要求写他时用这个化名。

这位新的造访者带来了一架望远镜和一张香格里拉地图。他摊开这张找不到比例尺的地图，放在宾馆房间的床上。

"这是一个获取成功改变命运的捷径！挣钱是为了实现自己的人生价值，否则父母和老婆都看不起你！"赵兴卷起袖子，如同发表一个伟大的宣言。

为进山寻陨石，他特意准备了一瓶药酒，声称此酒既壮阳又滋阴，"在山上冷的时候，我们每人喝一口就暖了"。

牟建华听着这席话，脸色泛红，激动地抖着腿说："这事不犯法。"刘杰文则坐在对面不置可否地望着他们——他并不妄想一夜暴富。他信仰的成功学是，一步一个脚印改变命运，如同开着小车去村里挨家收山货。

赵兴则不是。1980年他生于广西农村的七口之家，因为穷，童年在寻找食物中度过：抓鱼，打鸟，捉泥鳅、蛇和老鼠。老鼠跟辣椒大蒜爆炒对赵兴来说是最好的美味。

他16岁进入社会，贩卖水果，装一车回来，一看，上面是好的，下面都是坏的。

他更愿意跟老人交朋友，读《孙子兵法》《厚黑学》《心理学》《犹太经商学》和《毛泽东语录》，希望在世上不被人害。

他经商赚了些钱，也沾上赌博，天天打麻将，2006年的一个晚上输了十万元。妻子打包行李走了，半个月后两人离婚。

母亲骂他，但没什么用。他自称成长过程中没有感受到太多的爱，父母天天干农活，顾不上他。他和父亲两三年说不上一句话。

赵兴的兄弟姐妹都是老老实实工作生活的人，但他不是。他骨子里高傲，自知个子不高，长得不好看，只有钱才能给他安全感。

"我做事都是以赌徒的心理来衡量的，就像找陨石一样，投机冒险我也要做。为什么？因为它快，是捷径。否则像我们这样的人，要多少年才能挣到几百万？"

"埋 雷"

和赵兴同一天见刘杰文的还有胡银河。他跟梁飞原本同在一家叫"中国观赏石协会陨石专业委员会"的组织，因为在微信群发言引起众人不满，便退出了。

胡银河原名叫胡银余，40岁，因为痴迷外太空，改名"银河"。他是浙江温州人，在广东经商。但与梁飞不同，胡银河从不卖陨石，只收藏，自称家中已经摆了上千块，最贵的一块花了百万元。

出发之前，胡银河在家附近寻找陨石磕掉了一颗牙齿。他不是专业的陨石猎人，才接触陨石一年多，出来找过几次，但都没找到。10月5日与朋友来到香格里拉后，就一直没刮胡子，打算"蓄须明志"，直到找到陨石。

这几天微信上经常有人给他发红包，让他"埋雷"，他没有理睬。"埋雷"意指拿一块真的陨石放在香格里拉，谎称找到了香格里拉陨石，借此来炒作卖出高价。

有迹象表明有人这样操作了——一个女孩在微博上看到有人发布附有GPS定位的陨石照片，声称已找到陨石，便从北京立刻来到坐标所在地，结果发现对方是个骗子。

事实上，这种造假手法并不高明。徐伟彪说，有很多科学手段可以鉴别真伪。

胡银河的加入带动了李雅。他们在一个陨石交流群里结识，前者每天在群里发图片和视频分享寻陨经历，李雅感觉他真诚可靠。

在和胡银河并肩行动前，李雅已经独自在奔子栏待了两天，每天不是待在宾馆，就是在金沙江边的浅滩上拣拣石头。

香格里拉那几天在下雨，"星友们"告诉李雅，雨后容易发生泥石流。在甘肃的男友也催她回去，而李雅正在宾馆纠结要不要进山，她不甘心就这么灰溜溜地走了。

李雅原名叫李冬莲，但她不喜欢这个名字，觉得有点"丧"。几年前，她到派出所改名，警察告诉她，过了18岁一般不能改。生活中，她用"李雅"这个名字示人。

李雅是江西吉安人，现在跟男朋友住在甘肃武威。她是做玉石生意的"走商"，每年去全国各地参加展销会，其间接触到陨石，有了要成为猎星人的梦想，觉得神秘又浪漫。

在得知此次陨石的消息后，她二话没说就买了火车票。为了省钱，她从武威坐车到兰州，再经过成都、攀枝花，转了四趟车，花费700元，两天半后到达香格里拉。

李雅出发前加了寻陨的微信群，发了一条朋友圈："我已像个偏执狂一样，持续关注本群三天四晚。从来没有哪一个社会事件像此次的香格里拉猎陨这样让我如此热血沸腾地不眠不休。"

陨落地点之谜

刘杰文已经十几天没回去做生意了。他的车天天在山里跑，山路泥泞不堪，一边是笔直的山体，一边是悬崖峭壁，中间的小道曲折且狭窄。

藏民的小木屋坐落在山坡上，门锁着，门前堆着牛粪。遇到大货车小心翼翼地擦肩而过时，黑皮肤的藏民隔着窗户冲他喊："找石头啊！"

刘杰文的下巴有一抹山羊胡子，看上去神态疲惫。他缩在冲锋衣里，不厌其烦地解释，从没想过要通过陨石赚钱，"一开始觉得好玩，但找了几天后，上瘾了，越来越想知道自己的推理是否正确"。

像破案一般，刘杰文陷进去了。他脑子里每天都在画陨石的飞行轨迹，晚上分析到两三点，想象陨石可能在地球上砸了一个洞，烧到了森林。

刘杰文从小对外太空充满好奇，以前买杂志，一看到戴面具的外星人他就喊："我要这个！就这个！"

"我就不信找不着，我都分析到这个地步了，怎么可能找不到！"沿着九曲回肠的山路，从裸露的山石到高山草甸，刘杰文穿越了七个自然带，走访了几十个村庄，行驶了两三千公里。

最初哪里有陨石消息，刘杰文就往哪里去。听说有白光飞到了泥顶村附近的山背后，他马上打电话给在泥顶村过中秋的藏族朋友，朋友带着几个人去山上找了两天，什么都没找到。

谷弄布村有村民家的墙体被震裂，被传是震感最强烈的村庄。刘杰文又跑去问，一位村民说中秋节晚上在院子里洗脸时，看到一个大火球飞过，相当亮，偏蓝色。大约两分钟后听到爆炸声，声音像飞机的隆隆声。

似乎越来越多的线索汇聚起来，刘杰文起初是激动狂喜的，话说多了，嗓子都哑了。

位于香格里拉西北部的巴拉格宗景区的工作人员李婷那晚在酒店门口看到了一团足球大小的红色火球带着轰鸣声从头顶飞跃，她以为要砸向自己，赶紧抱头蹲下。十几秒后，火球不见了，所过之处，天空乌云密布，旋即下起雨。

刘杰文认为这个信息很关键。他分析，红球后于白光，人眼看到空中的物体从头顶飞过时，方向最不容易出错。循着李婷所指的方向，刘杰文花了两天时间排查了周围所有的村落，最终将陨石主体下落的范围确定在巴拉格宗和木鲁村之间。

那里是无人区，遍布雪山和森林，面积达100平方公里，海拔四五千米。峭壁笔直，车无法进入，只能徒步翻越。

刘杰文去时，正值下雨，他犹豫很久，决定先去其他方向寻找陨石碎片。

"夺 宝 战"

10月15日晚上，人都聚齐了。

众人跟着刘杰文再次来到网吧查看地图，一番讨论后的结果与刘杰文此前的推论一致，他面色泛红，点起一根烟，说："好，这次我一定要进巴拉格宗！"

梁飞一直在玩手机。他在结论出来后第一时间掏出手机拍照，鼓动大家寻找陨石，尽管这个结论与他此前的推论并不一致。

次日一早，这支寻陨队伍开了个碰头会。胡银河和刘杰文是队伍中仅有的有户外登山经验的人，而梁飞凭着"口才"成了大家眼中的"专家"。赵兴指着刘杰文、胡银河和梁飞，嚷着"你们三个人带队！"

梁飞站起来，急吼吼地指着桌上一块观赏石强调："不管谁找到陨石，先不要动，先定位，一动，一点科研价值都没有了。"

尽管陨石的影子还没见，大家已经就陨石找到后如何分配、陨落地点如何保密进行了激烈讨论。他们主张共享陨石主体，随行的记者也应该有份。

李雅是个执着较真的人。她曾在微信朋友圈大吐苦水，抱怨来时路上遇到的商家唯利是图：司机强行把他们拉到某处宾馆住宿；在饭店吃完饭上个厕所，有人坐在门口收钱。

在陨石分配的事情上，李雅与其他人发生了分歧。她觉得要把分配细化，劳动和所得应成比例，对记者可以奖励，因为记者付出劳动没其他人多。

她和赵兴、牟建华都认为每个人都要在行动之前签一份协议，写清如何分配陨石。梁飞、胡银河等人则满不在乎。胡银河瘫在沙发上说："我可以不要陨石，我来是寻找真相的，想知道我们从哪里来。"

阳光穿透酒店的落地窗洒在每一个人身上，香烟缭绕，整整两小时的争论后，众人被分成四个小组，准备次日进山。

此时，还有不少新寻陨者在来的路上：在广东卖窗帘的商人郑兆权因一次在山区定做窗帘，在路边小便偶然捡到一块黑石头，被鉴定是陨石，就走上了收藏陨石的路。

50多岁的甘肃农场主人郑天成在自家农场附近的戈壁滩上捡到了"奇怪的石头",被鉴定是陨石,就喜欢上了陨石。

内蒙古的苗贵军三年前捡到了一块陨石,被命名为"锡林陨石",从此结缘,开了陨石馆,常出来找陨石。但锡林陨石是他迄今为止找到的唯一一块陨石。

陨石的所有权存在争议,《物权法》中规定的属于国家所有的自然资源中没有明文列举陨石,为此民间寻陨热情高涨。无论梁飞,还是胡银河,或是其他寻陨的人,身上都佩戴着各种陨石制成的饰品,如手链、项链、手表。梁飞展示他腕上由陨石材料制作的黑色手表,胡银河的脖子上则挂着由几十颗大小类似、形状不一的陨石串成的项链。

当晚8点,刘杰文一行又开了一次会。会议原本应围绕着如何进山讨论,但主题很快变成"如果找到陨石该怎么分配",甚至延伸到如果陨石卖了钱,如何保管,是否要锁到银行密码箱,密码该由谁保管。

对其他人争论的话题,刘杰文感到不可思议,仿佛卷入了一场看不见的"夺宝战"。

事实上,陨石的价值如何没有定论。目前市场上也没有卖出特别高价的陨石,"100元一克是高的了,还有2块钱一克,几毛钱一克,如果有人说几万元一克那是瞎忽悠"。北京天文馆陨石资深专家张宝林接触过许多陨石爱好者和收藏者,但从未见过因陨石发财的人。陨石的研究价值和经济价值也与其新鲜度有关,在野外放置越久,原生态被破坏后,它的价值也递减。

刘杰文眼前的"夺宝战"很快生发了一个新问题:一群人上山,如果遇到危险,其他人是否需要担责?有人提议,每个决定上山的人应该写一份保证书,确保一旦出现意外不需要其他人担责,也避免当事人家属找来。但这个提议旋即被另一部分人反对,渐渐消失在混乱中。

会议就这么结束了,赵兴坐在酒店的棋牌室里,唆使大家打麻将,但没人理他。刘杰文对这两天接触到的人和不断涌来的利益诉求倍感压力和烦躁。

猎陨既要有陨石知识,也要具备野外生存能力。"陨石猎人"的装备通常包括金属探测器、卫星电话、无人机、GPS定位装置,还有帐篷睡袋、干粮便携食物等。但这支临时组建的寻陨队伍里,大部分人都没有户外经验。李雅对上山这件事忧心忡忡,她深夜疯狂在网上搜索:如果有人出事,要不要承担责任,越查越感到恐惧,直到凌晨3点才入睡。

大家既想找到陨石,又担心危险。没人去关心明天要爬哪座山。事实上,他们大都不知道第二天去哪里,那个地方跟之前推论的完全不一样。

进　山

只睡了两个多小时,第二天早上五点半,李雅把自己闹醒跟大家一起出发了,5辆车载了一行21人。天还未亮,车子在蜿蜒的山路上盘旋而上,大家一路都沉默着。

沿途经过零星的几户人家,房屋大多颓圮。万籁俱静,只剩下山风、泉水声和鸟语。这片山区多是这样,有时会见到70多岁的藏族老人手握佛珠在念诵经文,干瘪的嘴角向偶遇的路人展露微笑,躁动的外界与这里似乎无关,但又紧密相关。

车开到山腰没路了,众人开始爬山,从7点开始,全部爬到山顶已是下午1点。这座山位于得荣县内,"得荣"是藏语,翻译成汉语就是"石头",寓指山上都是石头。海拔从不到2 000米上升到4 200多米,途经灌木丛、树林、草甸等气候带,队伍里的人大口大口喘气,有人嗓子眼涌出血腥味,走几步就要停下来歇一脚,等气顺了再继续。

梁飞和牟建华在半路发生高原反应,无法上山。牟建华呼吸困难,几近昏迷,他的鼻子被太阳晒得红红的,大颗大颗的汗珠从额头滚下来。

过去他几乎每天都在催刘杰文上山,就在上山的前一天晚上,他还靠着墙壁做起蹲运动。此时,他含着巧克力,努力抬头往山上看,只看到一片郁郁葱葱的树林。他想完成这场未竟的冒险,却完全使不上劲。为了劝说他下山,大家只得谎称山上没有陨石。

的确一无所获。晚上8点,一群人花了4个多小时下山。天黑漆漆的,人们互相搀扶着,手忙脚乱地摸索着路。赵兴崴了脚,这意味着之后几天他都不可能再登山。

刘杰文觉得这样根本找不到陨石。户外经验丰富的他原本只需两个小时爬山,但带上所有人,几乎没有时间展开活动。

他想单独探路，李雅反对，她主张共同行动，为此刘杰文想要退出。李雅提出，退出后不能泄露陨落地点，"这是大家一起讨论出来的"。

饭后，继续开会，最终同意第二天让刘杰文先去巴拉格宗探路。

巴拉格宗山势陡峭，难以翻越。刘杰文试了一天，觉得不能再找下去了。同一天，他从律师口中得知，如果他带人上山，有人发生危险，他要承担责任。他觉得自己不能再带着一群没有户外经验、想找陨石发大财的人继续走下去，这背离了他的初衷。

第二天晚上，刘杰文退出了。他回到房间退出了微信群。

退　出

刘杰文的退出在团队中引起不小的骚动，那晚几乎每个人都去找他聊天。剩下的人各自在做打算。

赵兴提出：如果之后不能进山，但平摊费用，是否还能共享陨石？胡银河回答："我们要重组队伍，之前的约定失效了。"

赵兴瘸着腿离开了。这天晚上，他用手机赌博，输了6 000元。

牟建华回到山下时哭了。人们以为他是因无法上山找陨石而哭。事实上，那天他接到电话，父亲的癌细胞扩散住院了，家人希望他马上回去。"这次复查扩散到肝脏上了。我就想找到陨石给我爸看病。"

有人告诉他，陨石能治病，"他们都亲身经历过，腰脱治好了，肩周炎治好了，头发由白变黑，我听着挺神奇的"。

一位"星友"在酒店里用陨石做起实验：他把陨石放在壶里煮，煮好的水倒进玻璃杯，另一个玻璃杯倒进等量的矿泉水，再往两个杯子里滴几滴酸碱检测液，陨石煮过的水呈现蓝色。他经常给别人做这个实验，以证实陨石是有特殊功效的。

胡银河也相信陨石有灵性，可以治病。他们全家人都用陨石煮水喝，晚上睡觉他也抱着块大陨石，自称第二天起来对前一天的梦记得清清楚楚。

在徐伟彪看来，治病是陨石爱好者"凭空想出来的"，一些陨石商人为了宣传产品而这样说，并没有科学证据。

民间爱好者认为陨石里含有地球上没有的元素，但徐伟彪解释说，地球上的元素就是宇宙中所有的元素。中学化学课本已经明确阐述，地球上所有元素都包括在元素周期表中，宇宙中的元素也一样，没有差别。

刘杰文离开后，梁飞和胡银河分成了两派。梁飞声称有专家给他指导，陨石落在另一边；后者则坚持自己的判断。梁飞对着胡银河喊："连东南西北都分不清！要相信科学！"胡银河说："我不要相信科学。"

牟建华无奈地苦笑："他告诉我不要相信科学，可是我一辈子都在相信科学，但我不可能跟他们起冲突。"

牟建华不可能上山了，他把希望寄托在剩下的队友身上，"他们让我待在这里等，找到了还会共享"。牟建华也不知道自己是不是真的相信，他最初觉得梁飞是个骗子，但现在已经顾不上了。

李雅在附近尝试着独自爬山找陨石，没找到。她后来在金沙江滩上捡了145公斤的奇石。"这个大姐很能捡。"牟建华看她捡石头时感到震惊。

石头寄回家运费需要700多元，但是在运送时，李雅轻报重量，只付了200元，以致最后快递员不满，不愿替她寄送。她又重新找了一家。

陨石降落香格里拉20天后，牟建华带的几千块钱要花光了。没有任何迹象表明陨石有找到的可能，剩下的人要去的地方越来越危险，有人劝他回家，他衡量之后，决定放弃。

牟建华在10月25日离开了。为了省钱，他没有坐飞机，从奔子栏回到香格里拉，又坐车到昆明，从昆明坐火车回北京，再到本溪。五天后，他回到家里。

牟建华说，有人答应他，回去后寄陨石给他父亲治病。他不知道能不能等到。

有的人走了，有的人又来了。寻陨行动仍在继续。

找到第28天时，胡银河决定离开队伍，单独行动，"他们不团结又懒，就知道吹牛，天天饭桌上找陨石"。在刘杰文离开的第二天，李雅怀疑，他大概是自己一个人去找陨石了。

采访、撰稿/张维、王倩、陈瑜思
原载《澎湃人物》2017年12月20日

中国最遥远的足球故事

足球被膝盖击起，下坠时又经脚面一弹，卷带沙尘划出一道金色的弧线。

地处中国西北的库木塔格沙漠上，天色湛蓝，13个9到10岁的少年脸晒得黝黑，他们快速交替双腿训练颠球，没有人停顿。

教练艾克拜尔站在一旁紧紧注视，这是他自发组织、训练了4年的少年足球队——"沙漠狼"。"狼是一种团结的动物。"艾克拜尔说，他的手机外壳上是一匹狼的图腾。

新疆鄯善县东巴扎乡回民小学位于吐鲁番盆地边缘，和库木塔格沙漠相距不超过两公里。在这片面积达1 880平方公里的沙漠，夏季气温可高达52摄氏度，不喝水连续锻炼2个小时，是教练艾克拜尔训练球员耐力的方式之一。

第一次见到这支民间足球队时，纪录片导演比利亚尔被深深震撼——那时"天热得沙漠快烧起来了"，他没想到新疆北部还有这样热爱足球的孩子。

2016年7月底，新疆哈密人比利亚尔开始筹拍纪录片《中国最遥远的足球》。过去5个月里，他的团队先后去到新疆48个城市、县镇村，拍摄那些奔跑在戈壁、沙漠和荒地里的少年身影。这些民间球队多数缺钱也缺人，却像沙漠里的胡杨林一样生机勃勃。

"沙 漠 狼"

从哈密出发，比利亚尔一路往西深入新疆腹地，第一站便是鄯善县。

艾克拜尔是吐鲁番地区鄯善县东巴扎乡回民小学的体育老师，今年42岁，一身运动装的他肤黑眉浓，身材壮硕。

20多年前从足球专业毕业后，艾克拜尔一直在基层教体育，在东巴扎乡小学，他是唯一的体育老师。2013年，艾克拜尔从一年级学生中挑选出二三十个喜欢足球、活泼好动的孩子组成"沙漠狼足球队"，自费培养他们踢球。

"我的足球队也要像狼一样团结，"他用带维吾尔语口音的汉语认真地对澎湃新闻记者说，说着说着就攥紧了拳头，"球不是一个人踢的。"

球队现在一共有20个孩子，主力球员有13个，都是四、五年级的农村学生，艾克拜尔雄心勃勃，想把这群孩子带成"一流的球队"。

他喜欢踢球，孩子们也喜欢。但被问到为什么喜欢，大家挠挠头，谁也说不清楚。

"在新疆，踢球有人看"，比利亚尔说。他指的是，在这片广袤的土地上，足球有广泛的群众基础。

南疆的阿图什市是新疆足球的发源地，1874年，阿图什人巴吾东·穆萨巴耶夫从欧洲引进足球运动，并在学校开展。1927年，依克萨克村农民足球队先后以2∶1战胜了英国领事馆队，又以7∶0大胜瑞典传教士队。

资深体育记者白国华向澎湃新闻回忆，2004年他去依克萨克村采访的时候，村里一位70多岁的老大爷，穿着皮靴颠球给他看。

在阿图什，每个村都有足球队，有很多民间自发组织的足球比赛，在8月份的比赛前，村民们会搭建起一个庞大的足球场，进场观赛的人超过3万人。"球员们穿上紧身衣（出场），赢得比赛后村民都纷纷往球员衣服里塞钱。如果我代表村里出战的话，我爸会为我骄傲，他在整个村面前都可以抬头挺胸了，这辈子都值了。"比利亚尔说。

在北疆的吐鲁番鄯善县，9岁的努尔艾力正为赢得足球比赛胜利的荣光而努力。他在"沙漠狼足球队"踢中场，清秀的脸蛋上有一双机灵的小眼睛。1月初，新疆的天气异常寒冷，这位中场球员两只手插在口袋里，专注地练习颠球。

努尔艾力踢球已经超过5年，他是艾克拜尔心目中踢得最好的孩子。鄯善县少有内地城市的休闲娱乐场所，在接触足球前，努尔艾力最主要的游戏是跟村里邻居小孩捉迷藏，足球对他似乎有天然的吸引力——在连规则都不懂的时候，他拉上父亲，两人就在院子里对踢。

回家务农之前，努尔艾力的父亲肉苏力曾经当过兵。过去，他每天早上6点半（新疆时间4点半）起床，带着努尔艾力一起跑步。如今，肉苏力年纪渐长不再跑了，努尔艾力却仍然坚持早起，他每天早上跑步到离家一公里外的沙漠，训练半个小时再步行去上学。

这是他为自己设计的锻炼计划。"就是想（拿）第一，"这位少年说，"我想未来好好踢球，进国家队。"他的公交卡上贴着葡萄牙籍球星C罗的头像，这是他的偶像。

父亲肉苏力一度担心踢球耽误儿子的学习，直到从老师那里得到确定的信息：这孩子成绩不错，又很喜欢踢球，才应许了："踢就踢吧，能（踢）出（鄯善）就出去。"

家里的电视现在几乎只放球赛节目，"我们晚上都不看别的台"。肉苏力坐在炕上指着胖胖的电视机说。

沙漠里的路

2017年1月6日，星期五。下午5点多，金黄的阳光投射在水泥地上，最后一场期末考试结束后，十几个小学生一窝蜂跑出教室。

这原本是个篮球场。水泥地上，一张破旧不堪的网支撑起一个小型足球球门，立柱已经锈迹斑斑。10岁的艾力库提正站在篮筐下守门，一只球直飞过来，他侧身跃起，扑倒在水泥地上。

艾力库提已经跟艾克拜尔学了4年足球，尽管不是主力，只是替补，他对这项运动仍然充满热情，从地上爬起来，这位小学生身上挂满了灰，鼻涕也淌下来了。

孩子们经常在水泥地上踢球，受伤是常事。几个月前，努尔艾力踢球时磕掉了两颗牙齿，哭着回了家。父亲肉苏力记得，那天晚上他到公交站等儿子，"那个车过来我一看，这个地方都是血。"肉苏力指了指自己的嘴巴。

那天他带着孩子去了医院，买药、打针，但没休息三四天，努尔艾力又接着踢球了。

这是努尔艾力印象中少有的一次因为受伤而哭的经历,他几乎从不抱怨累和痛,能让他难受的只有失败——那是"沙漠狼足球队"组建半年时,一年级的努尔艾力和县城里五年级的学生比赛,最后输了,"所有人都躺在地上大哭"。坐在炕上的努尔艾力摆动着双腿,缩着脑袋腼腆地笑了。

零下13摄氏度。冬日的朝阳把草地上的晨霜映照得闪闪发光,13个孩子绕着操场跑圈——每周末,艾克拜尔老师会带着孩子们去鄯善县城二中的人工草坪踢球,这里的场地比起沙漠和篮球场的水泥地要好太多了,大家都开心极了:"冷吗?""冷!""累吗?""不累。"

提起这支足球队,除了自豪,艾克拜尔最常说的词就是"困难"。学校没有太多经费支持足球队,艾克拜尔就自己掏钱给孩子们买足球、衣服和鞋子,印着"沙漠狼足球队"的球服他买了五六套,为此,他常常遭到妻子抱怨。

艾克拜尔从小就在鄯善县长大,在他的记忆里,小时候踢足球的人比现在还多。那时,他的父母都在鄯善第一中学当老师,学校有个20米乘以50米的土操场,"地上还有小石头,我们(踢球)也不害怕。"他一连用两个"特别爱"来形容对足球的喜爱。

从1989年到1992年,连续四年,艾克拜尔代表吐鲁番地区参加了全疆15个地区的足球联赛,拿过第5名、第8名。

1994年从新疆师范大学足球专业毕业后,艾克拜尔一直教体育至今。2016年下半年,东巴扎乡回民小学新建的一栋教学楼落成。崭新的宣传栏里,张贴着"沙漠狼足球队"的最新战绩,照片中孩子们围着足球笑得很灿烂。

"有机会去县里比赛的时候,最吸引他们的是什么,你知道吗?"比利亚尔对白国华说,条件更好的学校里"五颜六色的球"比任何东西更吸引他们。

努尔艾力他们踢的球,"都是破的,捡的,别人送的,还有自己缝的,当然,全部加起来,也不够13个——所以当他们看到有人居然用网袋装着那么多看起来干净整洁的足球时,那种欣羡之情,可想而知。"后来,白国华在一篇文章中写下了这些。

1998年，艾克拜尔调到东巴扎乡小学，自己掏钱一口气买了20个足球，每个5块钱。他曾经有过"国足梦"，读高中时，艾克拜尔甚至想，"一辈子不结婚，练好球进国家队"。现在，他把希望寄托在孩子身上。

在"沙漠狼足球队"之前，艾克拜尔培养过两批足球队，可惜第一批没有机会参加外边的比赛，第二批在比赛中没有拿到名次。

2016年12月22日，国家足球队队长冯潇霆在广州发起了一场足球公益赛，"沙漠狼足球队"的两位少年努尔艾力和阿巴斯，以及另外两名来自阿图什和克拉玛依的新疆少年成为这次公益赛的主角之一。

从中国的西北部到南部，这4个孩子需要从各自的小城坐20多个小时的火车到乌鲁木齐，再搭5个小时的飞机到广州。

发起这场公益赛的冯潇霆对他们的精神状态和气势印象深刻："一下飞机，我问他们想干什么，他们就说什么时候可以去踢球？"冯潇霆对澎湃新闻回忆说，这让他很惊讶，"他们可以不去玩不去逛街，可以一直踢球，精力非常旺盛。"

比利亚尔形容，那次比赛中几个孩子是"绷紧的状态"："满脑子都是什么时候踢球，什么时候比赛，跟谁踢，晚上也问，吃饭也问。"

让比利亚尔有些心酸的是，第一次踩上恒大足球俱乐部的草坪，几位常年在水泥地上训练的少年竟然很不适应："那草坪太软了，是真草！四个孩子这辈子都没有踩过真草坪，他们就上去躺着，去闻那个草坪。"

第一次在真草坪上踢球，4个孩子怎么都踢不上力，直到训练了一天后，"才发现这才是最好的"。

4年来，"沙漠狼足球队"的日常训练从未中断过：周一到周五，下课后训练；周末去县城其他学校的人工草坪训练。夏季，艾克拜尔会在太阳升起前和落山后，带着学生去到库木塔格沙漠训练——他们紧紧抓住所有空闲的时间和免费场地，去追逐那个胜利的梦。

皮球在一眼不见尽头的沙漠里翻滚，这条路会通向哪里？

"冠　军"

在新疆，大部分的足球比赛，还是局限在当地。"孩子也想出去踢比赛，但因为经济原因，出不去。"比利亚尔对澎湃新闻记者说。

2016年10月，"沙漠狼足球队"在鄯善县城拿了第一名，获得代表鄯善县去参加吐鲁番地区比赛的机会。

艾克拜尔却没钱去参加，他跟学校沟通多次，只拿到2 000元，加上自己掏的3 000元，还差了5 000元。平时滴酒不沾的他在赛期临近前喝醉了——还有一年，这些孩子都将要毕业，他们的机会不多了。

那天，他给比利亚尔一连发了几十条语音信息："帮帮忙，我鄯善县第一，没钱咋办？"

同样热爱足球的比利亚尔深刻懂得，把一个民间足球队带到这样的程度有多难。1991年出生的他从一年级踢球踢到六年级，之后他一度离开哈密，只身前去乌鲁木齐的足球学校学习，期待被选拔上去往训练条件更好的内地踢球。

那时每年内地会来这里挑选苗子，选不上的人就要再学上一年，交上一年3万元的学费，等待下一年的选拔。

比利亚尔没被选上，他在学校待了一个月就离开了。后来，他辍学了，也中断了足球梦，做起音乐和摄像工作。直到在给新疆天山雪豹职业足球队拍摄宣传片的过程中，萌生了拍摄新疆足球纪录片的念头。

绵长的天山山脉把新疆分为南疆和北疆，传统意义上认为，南疆的足球文化氛围更浓，所以当比利亚尔的镜头捕捉到北疆的这支"沙漠狼"时，他惊喜不已。

"世界上任何一个孩子的天赋应该被尊重，如果没有足球，基层很多孩子可能上完小学就不上了，帮家里干活。"一些家庭把孩子的出路寄托在足球上，就像当年比利亚尔渴望的那样，通过踢球去往城市，去到训练条件更好的内地，接着踢球。

2016年，几个孩子参加广州的那场公益赛，家长都觉得孩子有可能会留下，命运从此被改变。比利亚尔不得不向家长解释，那"只是个公益赛"。

艾克拜尔感到自己责任重大。"沙漠狼足球队"球员的父母把孩子托付给他，他称呼他们"儿子们"。

看到来自艾克拜尔的40多条微信语音时，比利亚尔愣住了，"我一听就是喝多了，他边喝边诉苦"。

比利亚尔决定拿出5 000块钱给艾克拜尔，他觉得不管输赢，都要踢，对孩子来说比赛才是最重要的。

10月20日，艾克拜尔带着16个球员来到了吐鲁番，每个孩子都异常兴奋，这是他们第一次走出县城。

晚上10点（新疆时间晚上8点），艾克拜尔就收走了房卡——为了不让孩子们看电视太晚影响第二天的比赛。每场比赛前他都会给孩子们开会，安慰他们不要紧张，但轮到他自己，"四天的比赛，心是悬着的"。他摊开双手表示无奈。

在比赛第一天，阿巴斯着凉感冒了，早上起来浑身没力气。"我问他，儿子怎么样？他说可以可以，活动活动。但是他还头疼。"距离比赛还有20分钟时，艾克拜尔带着阿巴斯去医院打针，并安排了替补队员。"我特别担心，但没想到第一场7∶2，我们赢了，特别高兴。"

一共有14支队伍，整整踢了4天。最后一场打完后，孩子们都围着艾克拜尔，问："老师，我们第几？"

"你们冠军！"艾克拜尔边说边模仿当时的情形，"我学生全部哭了，哇！我特别高兴，四年的辛苦得到了好成绩。"

这场比赛的奖励是50个足球和3 000元奖金。拿了冠军的"沙漠狼足球队"，2017年2月将继续参加南疆北疆的比赛。

当艾克拜尔带着孩子回到学校时，50多个学生列队鼓掌欢迎，一位老师还送给他一束花，"说艾老师你辛苦了，我都想哭了你知不知道"。

"野　路　子"

库木塔格沙漠多是连绵起伏的沙山，孩子们颠完球，就一个个冲上山头跑圈。夏天，结束两个小时的训练后，这些个头小小的孩子便四散飞跑进沙漠边缘各家的葡萄园里摘葡萄。这些孩子家里主要的经济收入就是几亩葡萄地的收成。冬日里，绿色全部褪去，只剩下裸露在外的灰褐色葡萄架。

"我们的沙漠是独有的，在沙漠踢可以训练耐力。"为此，艾克拜尔想出让孩子们在52摄氏度的沙漠中连续训练两个小时不喝水的方法。

第一次训练时，阿巴斯晕倒了。艾克拜尔觉得，如果孩子们一直喝水就会打乱训练计划，"所以我们要求训练完才喝水。而且还要训练他们不脱衣服，平时脱的话，比赛的时候肯定脱衣。但比赛（规定）衣服一脱，就要被出示黄牌。"

"哪个教练是让孩子上沙漠练体能的？"在比利亚尔看来，这种训练方法并不科学，但对他来说，"只能这样——野路子。所有教练都想有系统学习，他也渴望，但没有途径，这是新疆足球的根本问题。"

鄯善县教育局委员阿布力提甫·阿布力米提也告诉澎湃新闻记者，全疆很少有组织足球老师的培训。鄯善县位于吐鲁番盆地东部，冬天极少下雪，每年冬季，乌鲁木齐第五小学、乌鲁木齐第三中学和宋庆龄学校都会来鄯善县进行为期20—25天的冬训，鄯善县的基层教练利用这样的机会向其他教练学习。

但在此之外，艾克拜尔只能自己看一些足球训练视频和书。他的汉语不太好，有时会听不懂记者的提问，表达也有语法错误。但比利亚尔说，艾克拜尔已经是新疆基层教练中汉语比较好一点的，"有些基层教练，可能都不会说汉语"。

近年来，新疆的校园足球队在全国比赛中多次获奖：2015年全国青少年男子U16足球联赛（北海赛区）中，新疆足协成功卫冕冠军；新疆阿图什足球队在第10届俄罗斯索契国际青少年足球锦标赛上获得冠军；拥有数十年足球运动史的乌鲁木齐第五小学足球队，则在近5年内先后获得9个全国冠军、4个国际大赛冠军。

当新疆青少年足球接连卫冕冠军时，民间一度流传"新疆青少年足球是中国足球的未来"的说法。但在从事足球报道多年的白国华看来，新疆足球的发展受到地域、经济、语言、技术训练等多方面的挑战。"第一是新疆地理上离中心城市很远，打比赛耗费比较大，而教练与其他地区教练交流学习的机会也相对少；第二是语言和文化问题，想要踢得好，要交流融入。"

在用五个月拍摄新疆的多支青少年球队后，比利亚尔也总结说，语言是一大障碍，许多教练缺乏系统的培训，主要凭借经验和直觉训练。"很多教材是英语翻译成汉语的，没有维吾尔语的。这导致系统化的东西教练们不懂，全凭一些从别人那听的看的（东西）在训练。"

这让比利亚尔感到遗憾:"新疆青少年小时候在用天赋和身体素质踢球,但到了一定程度,这些将不再是踢球的决定因素,讲究战术、头脑的内地孩子很快就超越了新疆的同龄人。"

他说,内地也会从新疆带走一些踢得好的孩子进行培训,但由于语言和文化差异,这些孩子要融入当地生活并不容易。

国家队目前还没有新疆籍球员。国家足球队队长冯潇霆说,不管是新疆球员还是其他地方的孩子,要想成为职业球员、进入国家队都非常难,从俱乐部的预备队、四线队、梯队一步步往上选拔,不仅要经受技术上的考验,还要有很强的综合素质,比如心理素质等。

冯潇霆对那次公益赛中的四个新疆孩子印象深刻:"他们敢拼敢抢,比较有灵性,有自己的思维方式。我给这些孩子的建议是,从个人技术到战术方面,都需要系统的、循序渐进的训练。"

而在白国华看来,像艾克拜尔这样的基层教练,"需要对他们进行专业培训,看怎么让他们接触到好的观念和训练方法"。

曼德拉曾说,体育有改变世界的力量。比利亚尔觉得,足球的迷人之处正在于,让这群少年远离一些不良习惯:"比如抽烟喝酒,和一些不好的人混在一起。因为在他的意识中,自己是一名球员。"

今年,艾克拜尔又新收了一批一年级小学生球员,他们都是福利院的孩子。等"沙漠狼足球队"毕业后,这将是他的第4批球员。

采访、撰稿/张维、朱伟辉、谢煜楠
原载《澎湃新闻》2017年1月22日

寻源太极拳

"（有些人）根本不了解太极拳，就去否定太极拳，不是很可笑吗？"陈姐愤愤不平，重复了两遍。

下午6时，天色尚明，夕阳斜照在河南温县陈家沟一户普通农家房院：两个青年人舞枪弄剑，三五个中老年男女习练太极套路；旁边一位白头老人躺在木制摇椅上眯眼观看，时而指点一二；膝下二孙嬉闹，孩子母亲正忙活着一屋13人的晚饭，其中8人是从外地过来学太极拳的。

陈姐来自湖南，早年曾在新加坡生活，看到当地很多老外都练太极拳，自己作为华人却不会，感到遗憾，于是3年前来到陈家沟学艺，之后每年夏天都来，每次待一个月，2017年是她第四次到访。

这些天，外面江湖喧嚣，令这个武术之乡颇不平静，村民对媒体的到访显得谨慎，又迫切地想发声。

"现在外面几亿人学太极拳，90%以上是为了养生，只学个套路，它更多是作为一种运动而不是武术，你不能因此就说'太极拳是空架子，只有花拳绣腿'。"

在陈姐看来，太极拳的技击性毋庸置疑，每一个看似柔软的动作，都可能蕴含虚实变化和势疾力猛的内劲。按她师父的话说，太极拳能不能打，只在于练拳者是否把功夫练到家，是否能自如地发挥出来。

她口中的"师父"，即摇椅上那位寸头发白的老人，陈氏太极拳第十代传人陈长义，今年71岁，功夫一点没落下，力气和敏捷不亚青壮。他16岁师从族祖陈克忠学习陈式太极拳小架，研练50余年，外号"闪电手"，寓意出手极快，年轻时与"四大金刚"（注：民间流传的陈家沟太极拳四位代表人物）陈小旺等交手，胜负各半。

作为太极拳发源地，陈家沟武风兴盛，处处都是练拳人。虽今太极拳馆遍布全国乃至世界各地，每年还是有大量的太极迷不远万里来到陈家沟，寻根朝圣，学习太极拳和太极文化。

寻源：走镖与杀人技

问起陈氏太极拳的发展史，村里几乎每个成年人都能如数家珍地说个大概。

陈家沟位于黄河北岸，河南温县县城东5公里的清风岭上，"北负太行之雄，南据虎牢之险"，历来是兵家必争之地。

太极拳文化研究学者、温县政协副主席严双军（1985年开始研究太极拳，至今已出版15本相关著作）介绍，元末明初，陈家沟陈氏始祖从山西移民到此，便带有家传长拳。这里沟壑交错，常有兵匪出没，为了保卫家乡，村里设立武学社，渐渐习武成风。

明末清初，陈氏传至第九世，出现了天资聪慧的陈王廷。他自幼习武，少壮时行兵走镖，平贼剿匪无数。晚年潜心研究武术，在家传拳术的基础上，汲取百家之长，融合太极八卦阴阳五行、中医经络学和道家吐纳术，创编了一种集技击、强体、健身、修性为一体的新武术——太极拳。

直到清末，陈氏十四世、太极拳第六代传人陈长兴及其儿子仍走镖谋生。"在那个年代，学武是用来保命的，太极拳如果没有技击，就没有存在的必要了，根本不可能流传下来。"严双军说。

太极拳经久流传，演变出了许多流派，陈氏、杨氏、武氏、吴氏、孙氏是公认的五大派系（注：也有一说是包括和氏在内的六大派系）。

"五大门派都出自陈家沟。"陈氏家族理事会会长陈一华告诉澎湃新闻记者，杨氏太极拳创始人杨露禅是跟陈长兴学的拳，幼时被村里一个富人陈德瑚收为义子，并请来家贫的邻居陈长兴教其拳法，杨氏四十艺成返乡，以走镖为业，后于1843年去北京授徒教拳，自此秘不外传的太极拳开始流入社会，故有"陈氏太极杨家传"的说法。后来的武氏、吴氏、孙氏均在陈氏和杨氏的基础上衍变创编而成。

1932年，武术史学家唐豪曾三下陈家沟考察，走访遗老，查阅族谱、家谱等众多资料，最终确定太极拳创始于陈家沟。2007年，国家体育总局正式将陈家沟命名为"中国武术太极拳发源地"。

"前几年还有很多人说太极拳是什么张三丰、李四丰（创立的），都是奇谈怪论！国家有考证，太极拳就是源于河南省陈家沟，创始人就是陈王廷，这个历史永远改变不了！"提起太极拳发源地之争，68岁的陈立法激动难抑，字句顿挫。他出生于太极世家，爷爷是陈氏第十七世太极宗师陈省三，与陈发科等三人并列为当时陈家沟的四大高手。唐豪来村里考证时，陈省三提供了很多珍贵的史料。

随着陈家沟太极拳名气渐长，越来越多人以学拳、交流的名义上门挑战，但"没有一个人能打出去"。陈一华回忆，大约在1963年，河南省武术处一个练长拳的金姓干部来陈家沟摸底，与父亲陈伯先的师父陈克忠比武切磋，几个回合后，尚未分胜负，对方已抱拳称败。当时村里还有另一位高手叫陈照丕——陈发科的侄子和徒弟，"四大金刚"的师父。

这位干部问陈伯先："陈照丕和陈克忠哪个厉害？"陈伯先回答："都厉害。"

陈一华与记者谈话间隙，他的儿子吃着面忍不住插了几句："太极拳练好了，可以防身，练得不好，可以健身。凡是扯上内功、心法，都是骗人的。"

5月3日，王思聪在微博回答网友问题表示："相对于太极，我更相信物理。"陈一华的儿子认为王思聪不懂太极，他听老人们说，"雀不飞"以前存在过，鸟在手掌上，蹬爪起飞那一瞬间，手掌向内缩，使鸟失去着力点，飞不起来，"这也是物理"。

"太极拳是一门科学运动。""四大金刚"之一的朱天才相信"雀不飞"真实存在，但他同时认为，当今几乎没有人能把功夫练到如此敏感的地步。在古代，武术是一门杀人技，"打架要签生死契约，打死人不负责"。新中国成立后，传统武术技击已不适应时代发展，大部分拳师没有实战经验，比赛都在规则下进行。

72岁的朱天才于5月6日晚回到陈家沟，第二天一大早就被媒体围拥，被反复追问太极拳到底能不能实战、怎样证明它的技击性、太极拳的真功夫是否已失传。老爷子被问烦了，把冷了的茶一泼，反问："只有打才是真功夫吗？不打就不是真功夫？这是最低级的认识！"

类似的问题问过很多陈家沟人，得到最多的回应是："你们都不懂太极。"

断与续：披星戴月，偷练太极

如今国内外，太极拳馆遍地开花，普及程度空前，但60多年前，陈家沟太极拳的四百年传承曾几近断裂。

1928年，陈照丕受邀去北京，在宣武楼立擂，广会武林同道，前后17天，未遇敌手，"站住了脚"。彼时，陈氏太极拳才算是真正走出了陈家沟。两年后，陈照丕推荐三叔陈发科来京，自己转去南京授拳。1938年南京沦陷，他又回到河南，在部队机关教拳，并在1948年随机关参加了革命。

陈照丕于1958年退休回到陈家沟，发现村里除了传习小架的陈克忠，几乎已无人教拳。他当即挑选了几个孩子"重点培养"，其中包括后来的"四大金刚"——陈小旺、陈正雷、王西安和朱天才。

1966年，温县掀起"横扫一切牛鬼蛇神"的"破四旧"运动，所有人不得聚众学拳、公开练拳。陈一华、陈立法等被抄家数次，陈照丕、陈克忠被批斗而死，诸多太极拳典籍被毁，部分太极拳套路失传。

陈立法回忆，当时大家都是在家里趁着天黑偷偷练，常常夜里去师父家学拳，凌晨再踩着月光回来。

"没有人见过我练拳。"陈立法说，那时他每天天未亮，去村委处来回挑三担水，家门口一条长长的窄巷通往大街，一路练出去，再一路练回来，前院到后院五道门，都是实实在在的厚木，用拳肘"啪"一下，一道道打开。

陈立法的太极拳就是这样在日常生活中练成的。14岁学拳，他很庆幸自己坚持下来，没有丢掉功夫，"那时候谁丢下不练了，那就没了，以后再练回去，很难"。

1978年11月16日，邓小平在会见日本友人时，挥毫题词"太极拳好"。直到1992年，严双军才在王西安家人从日本带回来的杂志上发现了题词。

1980年，温县成为全国首批甲级开放县。次年3月，陈家沟第一次迎来了19人的日本代表团，村里在操场上举行了太极拳表演，人群里三层外三层，"地上，楼上，树上，全是人"。日本电视台将表演全程摄录下来，以至于陈立法怀疑有偷师嫌疑："人家回去把你的动作放慢一百倍，还学不会吗？"

　　据媒体报道，从1981年4月到1982年下半年，陈家沟接待了27批外国代表团，分别来自日本、韩国、新加坡、马来西亚、加拿大和欧洲各国等。外宾频繁来访，终于引起河南省政府的重视，纷纷成立武术馆、研究院、旅游局，设立赛事，出版书刊，选派拳师到国外交流，重新发扬传统武术。

　　"四大金刚"就是在这样的时代背景下被推出来的。

　　朱天才四人从20世纪50年代开始习武练拳，70年代开始代表县里、市里、省里参加比赛。80年代到90年代，他们每到年底都要到国外转一圈，"陈家沟太极拳走向世界，早期就是我们推广的"。

　　改革开放后，媒体来村里采访，经常由这四人接待、表演，"四大金刚"便逐渐在民间流传开来。"也不知道是谁传的，"朱天才的妻弟陈启胜告诉澎湃新闻记者，官方并不认可这类江湖气的称号，"现在武协都不让叫了，都叫代表性传承人。"

　　作为"四大金刚"的延续，下一代中年拳师中则出了个"八大天王"，严双军直言这主要是宣传的结果。2006年，陈家沟选派拳师参加深圳文博会，"谁在家就叫谁去了，'八大天王'就是这么来的"。

　　"八大天王"之一、"70后"张福旺表示，武术界自古以来都有江湖绰号，"人家往往记不住真名，记住了绰号"。张福旺是陈家沟土生土长的村民，师承王西安，5岁开始练拳，19岁开始参加比赛，20世纪90年代出去闯荡时，才20来岁，没有名气。当时人们对太极拳普遍有偏见，一种认为太极是张三丰创造的神功，一种认为太极就是简化的24式。

　　难免不断有人来挑战踢馆，"人家一看你打拳像摸鱼，就找上门来了"。1995年，他到湖北教拳，有个练外家拳的警察，身高体壮，约他在山顶比赛，很多人围观。对方一拳抡过来，肩膀空了，张福旺顺势打了个肩靠，将其击得碎步退至一丈外，重心不稳，往后倒了下去。张福旺赶紧跑过去拽他起来,"要不要再来?""不要了。"两人化敌为友。

产业链与怪现象:"大师满天飞"

忆往惜今,陈一华不禁感慨,太极拳真正精华的东西失传太多。他坚信,现在几乎没人能达到前人的水平,但相伴而来的是,普及程度达到历史最顶峰。

据不完全统计,全球有3亿人研习太极,遍布150多个国家和地区。

2000年,温县开始规划陈家沟太极拳文化旅游景区,先后建造祖祠、博物馆、王廷大街等,以太极元素为核心,催生了一条完整的产业链。光是陈家沟一段800米左右的主街,就有四五家太极养生馆、六七家太极服装店、十几家饭店和家庭旅馆。温县旅游局局长杨照辉告诉澎湃新闻记者,陈家沟一家服装店每年的销售额就有200万元,每年景区旅游人次达110万人。

1980年,陈家沟新建武术体校,由陈一华的父亲陈伯先组织管理,属于公办,当时有教拳的老师偷偷在家开武馆,被视为陈家沟太极拳产业化的开端。此后民办武馆渐多起来。2000年,武术体校以38.5万元卖给陈小旺家族,改名为"陈家沟太极拳学校"。至今,全村成规模的武校有3家,大大小小的家庭武馆近30家。

张福旺的家庭武馆是其中办得比较好的,他告诉记者,在陈家沟靠教拳发财并不容易,但他没有透露具体收入。"挣钱不是关键,关键是受人尊重,所有人看见你,都叫你师傅,他们跟我学了之后,身体或者家庭改观了,这才是最大意义。"

据张福旺、严双军、陈启胜等人介绍,在外教拳的陈家沟人,多为30—40岁的青壮年,做得好,一年可挣30万—50万元;多集中在广东、福建、浙江、江苏等经济比较发达的东南地区;知名拳师陈向武在汕头开馆,一对一教学,1小时1 000元;陈正雷有4 000多名弟子,弟子的弟子已在开拳馆;朱天才的弟子在日本开会馆,一个会馆就有10万会员。

陈家沟太极拳产业延伸到外面的部分才是巨头,但数据无法统计。"因为好多人在外面开拳馆,不想让师父知道。弟子在外面辛苦灌溉,有些师父一过去就'摘桃子',把学生都带走了。"严双军了解到,这种情况虽然只是极少部分,但在年轻一辈的弟子中间影响很大。

心直口快的陈一华感觉到,陈家沟太极拳发展起来了,也出现了不少"怪现象":以前都是义务教拳,有责任传承,"现在世界各地的人都来学了,能靠教拳挣钱了,味道就变了"。他认为,太极拳发展到今天,是对人性的大检验,有些人为了挣钱不择手段,有些人学拳就为了作秀、包装,有些人水平不高,没什么可教,却大喊大叫,还有一帮人跟在后面叫喊。

陈一华直言,现在很多所谓的拳师、大师、宗师,有些人名副其实,但也有人沽名钓誉:"好多人外地人问我,这里谁的水平高?我也没办法解释。'四大金刚'的水平有多高,也没有衡量标准。"

朱天才也认同,所谓的大师没有衡量标准,有些人练三年五年,也称自己是大师。"不仅是武术大师,各种大师都有,什么易经大师、国学大师,大师满天飞!我觉得没什么意思,国家也是不承认的。"

"哪有那么多大师!什么叫'太极十年不出门'?意思是你辛辛苦苦练,三年一小成,九年一大成,十年后才可以出去教拳。所以有句话叫'练拳者千人万人,成手者一人半人'。"张福旺练拳40年,教拳20余年,尚不敢自称大师。

陈立法的观点有所不同,他觉得有些人虽练拳时间不长,也能出去教人学个套路,"高级老师教高级学生,初级老师教初级学生,一年级的水平也能教零基础学生",这是文化普及趋势下必然的传播方式。他一直告诫儿子,练拳好不好不重要,关键要做人,做人一定要守规矩。

传承与迷茫:"两条腿走路"

随着太极拳普及化,它的意义更多体现在养生健体,95%学太极的人都是来健身的。但陈一华认为,对拳师的要求不能止于养生健体,还要达到先辈的水平,要把太极拳的内涵、精神传承下去。

在张福旺看来,太极拳的传承应"两条腿走路":一条是继续推广健身功能,另一条是传承技艺。2016年11月起,他们开始筹备一个"三步走"计划:第一步,温县的武馆联手定期举行比赛,让学生有更多实战的机会;

第二步，推动设立更多国家级的太极拳推手职业联赛；第三步，举办太极拳与其他传统武术的对抗类比赛。

最近纷纷扰扰的事情更让他下定决心，在以后的传承中，必须加强道德的教育和技击的训练，"绝对不能让技艺失传"。

陈家沟历来注重太极拳技击的传承。以前，陈家沟的弟子、孩子出去跟人打架，把人打伤了，老人会出面摆平，要是打输了，没人会管；现在，陈家沟所有的武馆学生都要参加对抗类比赛，要是谁家的孩子拿了套路冠军，没人记得住，拿了推手冠军，大家会觉得挺不错。

俗话说"练拳不练功，到老一场空"，太极拳是内家功夫，必须从童子功练起。朱天才认为，练功只有两个秘诀：一是遇到明师，学拳先明理；二是长期坚持练习。"现在的孩子头脑灵活，有文化，但缺少苦练的功夫。"

"以前的人除了生产就是练功，整天都在练，一间房，房里有一张长凳，练累了就在凳子上休息，一天练30遍。"陈启胜描述"四大金刚"当年练拳的情况。

来学拳的孩子大多成绩不好，学成教拳是他们的一条出路，但他深知，这条路不容易，竞争比较激烈，他自己就是吃着苦走过来的。对下一代拳师的走向，张福旺也比较迷茫，未来学技击的人可能越来越少，有多少人可以传承？

他注册了一个家庭武馆，暂时租用场地教学，申请在陈家沟买一块地，但需要排队等。陈家沟的土地越来越紧张，同一块地，十年前卖10万元，现在卖150万元，增长了15倍。

他在租用的场馆里举办了短期学习班，去年学拳1000人次，包括90多名来自16个国家的外国学员。

法国骨科医生Matthieu是陈立法唯一一个正经收的外国徒弟，他8岁开始接触中国功夫，2005年来陈家沟游玩时，在杨露禅学拳处偶遇陈立法。当时陈立法在他面前耍了一遍小架一路，独特的拳风给他留下了深刻的印象。

一年之后，Matthieu再次来到陈家沟，拜师陈立法学太极拳，每年集中学习一个月，至今11年未曾中断，在陈立法的众多弟子中，堪称佼佼者。

在欧洲，绝大多数人都认为太极拳只有助于养生，很少有人知道太极拳也可以格斗。"因为他们接触到的大多是杨氏太极,在我的理解中,杨氏较少发力,陈氏更多发力,有更多的擒拿、推手等技能。当我对太极拳的了解越来越深,我知道它是可以实战的。"2011年,Matthieu在法国开了一个武馆推广太极,现在有30个学生。

外界传言陈家沟人人都会太极拳,陈立法认为这种宣传过分了,陈家沟有700多户,3 000口人,他估计现在有一半人会练,但练得好的人依然是少数。有时候他感觉,老外对太极拳比中国人还用心。

陈立法小时候跟奶奶一起睡,奶奶常跟他说,爷爷的功夫有多好,因此他从小就有强烈的传承意愿。他14岁随父亲学拳,33岁开始教拳,不过主业仍是耕种,一直到近几年,村里搞旅游开发,没地了,也耕不动了。

如今年近70岁,子孙满堂,衣食无忧,陈立法的想法越来越简单:"有人来学拳,我就教,没人来,我也不去宣传。只要能把太极拳传给儿子,儿子传给孙子,一代代传下去,就满足了。"他为传承了武学世家的衣钵感到骄傲,"我们家12口人,除了小孙子,11个人都会练"。

采访、撰稿/张小莲
原载《澎湃人物》2017年5月11日

布拖大桥杀人事件

少年赤尔（化名）不喜欢读书，偶尔跟朋友打打闹闹。

2018年3月中旬的周末，他和同学到山上玩，几人点燃了一堆木柴，烤熟了几个土豆，接着抓来一只青蛙，塞进矿泉水瓶子里，再把它们埋进泥土里，说要让它们生长发芽。

几天过后，他们再次上山，翻开土堆，发现青蛙已经死了。

彝族少年

在大凉山深处，海拔两千米的布拖县城，17岁的彝族少年赤尔有自己的娱乐方式：他喜欢看电影、玩游戏、在本子上涂涂画画；一会儿自称"爱新觉罗"家族，一会儿称自己姓"狗日"——其实他叫"格日赤尔"，身份证登记时错录成了"苟日赤尔"。

几年前起，布拖县紧抓"控辍保学"，失学的孩子一个个回到学校。县城唯一的中学，布拖中学的老师说，一个年级的学生从几百人增加到了上千人。

赤尔的父亲格日日色（化名）很早意识到教育的重要，13年前，他带着儿子赤尔从老家搬到了县城，为了给他们更好的成长环境。

去格日日色家要穿过布拖大桥。这座长度不到50米的老旧石桥横跨在干枯的布拖河上，把县城分成了城区和郊区。格日日色一家住在郊区，从一条小巷子走进去，再转过几个弯，就是他们住的房子。

大门口挂着一排羊角，"以防不好的事情发生"。进门右边有一个水池，水池边有一棵桃树,粉色的桃花谢了,印入眼前的是黄色的墙壁,屋顶上一只在散步的猫不时发出婴儿般的啼哭声。这栋黄色的平楼是格日日色借了13万元修建的,直到现在还欠别人四五万元。

布拖是高寒山区半农半牧县,彝语里的意思是"有刺猬和松树的地方"。早在2 000多年前,彝族的先民就在这里繁衍生息,目前彝族人口占到全县的94%。这里保留了最原始的彝族风情:彝族节日、服装、饮食、丧葬习俗。

每年7月是彝族人最盛大的节日"火把节",着盛装的彝族人在火焰里唱歌、跳舞,观看斗鸡、斗牛、摔跤、赛马。

赤尔最喜欢的节目是"斗牛"——从第一场开始,赢的牛和下一头上场的牛继续斗,一直到分出最后的胜负为止。他还喜欢去山上放牛羊,每到周末,他和弟弟格日里加(化名,以下简称"里加")一大早出门,直到下午3点才回家,两人在山上掏鸟窝、聊天、摘索玛花。

但在父亲格日日色眼里,赤尔不喜欢说话,性格内向,有什么事不喜欢跟父母说。

有一次,家里请毕摩("毕"为"念经"之意,"摩"为"有知识的长者"。毕摩是专门替人礼赞、祈祷、祭祀的祭司),发现赤尔不见了,以为他离家出走了。格日日色让亲戚朋友到处找,把商店、汽车站、网吧找遍了,一直找到凌晨1点多,最后发现赤尔躲在厨房楼上放木材的地方。

这个17岁的少年,用沉默来叛逆,父亲甚至觉得他有孤独症。

格 日 一 家

格日日色经常教导孩子,"读书是唯一的出路"。但赤尔并不赞同,他默默地在笔记本上写道:实际上学习不一定有出路,其他的方式也有一定的出路。

闲暇的时候,赤尔经常画漫画,画动画片里的,画生活中的人,画活灵活现的僵尸和怪物,攒了厚厚一大本,他还给每一幅画配上了一句专属它的话。

赤尔曾跟弟弟里加说,他长大后想当一名画家。

家里人不知道怎样才能让他当上画家。"我跟他说，你想当什么只能靠你自己"，格日日色唯一能做的就是，尽力把孩子们送去好一点的学校。

格日日色家经济条件不好。他有五个孩子，除了老大赤尔外，还有两子两女。最小的孩子还没上学，其余四个孩子都在县里读书。格日日色有肺结核，平时开一辆面包车，没生意时，他就打点零工；妻子沙娅（化名）在家照顾孩子，偶尔去菜市场卖卖鸡。

周一到周五的早上，沙娅做好饭菜后，招呼四个孩子起床吃早餐，然后他们陆续走去学校，大概要二三十分钟。赤尔一般最早出门，之后是读小学的里加和妹妹乌合（化名）……下午放学后，他们逐个走回家，最晚回来的是赤尔，他需要上晚自习，回到家大概要晚上九十点钟。

和赤尔一样，弟弟里加和妹妹乌合也有自己的梦想。

里加想当一名老师，上小学六年级的他这几天很烦恼——他想去江油市上初中，但只有考进年级前100名，他才有机会去江油市读书，因为担心自己考不好，里加好几天没有吃好睡好了。

老三乌合今年11岁，上小学四年级，她的梦想是当一名医生。

"因为爸爸、妈妈和奶奶都有病，当医生就可以给他们治病。"乌合说。

布拖县城有两所小学、一所中学，有一家医院、一家保健站和一家卫生院。对于多数彝族人来说，家里人生病了，首先是请毕摩来"做迷信"，之后才选择去医院。

如果家里出了事，有纠纷，"基本都不会找政府，而是找族里德高望重的人（家支）解决。"表哥尔呷（化名）说，这些都是彝族习俗，除非家支解决不了的事情，他们才会去找政府。

已到4月，春风吹遍了大凉山，但布拖县位于滇北高原，一山有四季，十里不同天。前一天艳阳高照，第二天能突然下起雪来。

4月6日，大雪纷纷扬扬，远处的山坡很快覆上了白白一层，盖住了早出的索玛花。但布拖河水仍是枯的，河床底部裸露在大雪里。披着藏青色披毡的彝族人，皮肤黝黑，打着雨伞从桥上走过，就像一切从未发生过。

其实，整座县城的人都知道，几天前的夜晚，布拖大桥上发生了一起杀人事件。

杀 人 事 件

3月28日晚8点50分，赤尔像往常一样，上完第二节晚自习，合上书本后走出了教室。

那一天天气很冷，最高气温不到8摄氏度。

赤尔走出校门，穿过普提上街，经十字路口，绕到嘎子街南段。一切看上去和往常一样，嘎了街南段再往东就是布拖大桥，桥的另一头，几家店铺依旧开着灯，隐约可见路上的人影。

大约晚上9点15分，28岁的阿布日木（化名）手里提着一把砍刀，出现在了大桥以东约300米的路上。他对着刚从家里出来的且沙拉子（化名）喊了一句："我是阿布日木"。

接着，他举起砍刀对着且沙拉子的头砍了过来。

且沙拉子没有反应过来，第一刀落在他的额头上，他只觉得瞬间头昏脑涨，鲜血流进了他的眼睛里，他什么也看不清楚，之后就晕倒了。

且沙拉子一共被砍了六刀：额头一刀，左边脖子一刀，左边腰部一刀，左边手臂三刀。

一家宾馆老板的亲戚坐在门口，目睹了不到五米开外的马路上发生的血案：且沙拉子很快被砍倒在地，阿布日木朝着地面踢了一脚，之后迅速转身往布拖大桥的方向跑了。

下晚自习回家的赤尔也走上了布拖大桥，不足50米的桥上黑黢黢的，赤尔和拿着砍刀的阿布日木迎面撞上了——也许到最后，他都不明白这一切为什么发生。

阿布日木冲着赤尔左边的脖子砍了下去，17岁男孩的动脉血管瞬间被砍破了。他用手使劲捂着脖子，拼命地往回家的方向奔跑，后面的阿布日木拿着砍刀紧追不放。

赤尔跑到一家小商店门口求救，"报警、报警，我被人杀了……"商店的老板马海拉拉（化名）是赤尔家的亲戚，当时正在打电话。她听到呼喊，抬头见到一个满脸是血的人，吓坏了，甚至没看清楚是谁。

马海拉拉很害怕，她不停地让赤尔出去。接着又跑来了一个路人，跟马海拉拉说想到店里躲一下,那人跑进店后,两人"啪"的一声把店铺门关了。

"我很害怕,怕'疯子'进来把我们也杀死。"马海拉拉情绪激动地说。她后来也悔恨,当时如果收留赤尔把他送去医院,可能结果会不一样。

没过十分钟,离马海拉拉的店一百米内,被砍倒在地上的且沙拉子醒了过来,他跟跟跄跄地站起来,把藏青色的披肩裹在头上,奋力往大桥方向跑去。

马路两边的店很多都关门了,还有一些"砰砰"地正在关。且沙拉子穿过大桥,往前跑了四五百米,跑到灯光明亮的十字路口,才停了下来。

这时距离事发过了将近20分钟。晚上9点34分,且沙拉子坐在十字路口路边上打电话报警,6分钟过后,他又打电话给在边上一家KTV做清洁工的母亲。几分钟过后,躲在马海拉拉店里的路人也拨打了报警电话,时间大概是晚上9点40分到9点50分之间。

这通电话打完,听到外面没有了动静,马海拉拉悄悄地打开店门,叫了一个人去通知赤尔的父母。

血 色 大 桥

通知的人跑到赤尔家问:"你家的孩子都在吗?"格日日色一家正在家里看电视。

格日日色没有看时间,大约晚上9点40分,他和妻子匆匆穿好衣服后,跟着对方跑了出去。在此之前,老二里加去中学门口接哥哥,没有接到哥哥的他,也才刚刚回到家里一会儿。

从大门走出来,拐了一个弯,大约不到300米的距离,他们看到赤尔倒在地上,周边是暗红色的一大片,鲜血流进了旁边的水沟里。没过多久,66岁的奶奶在家里待不住,也跑了出去,见到这一幕又哭着跑了回来。之后里加也跑了出去,看到血泊中的哥哥,他"哇"的一声哭了出来。

"我们到的时候就已经断气了。"格日日色哽塞道,当时黑漆漆的,周边没有一个人,他们在黑暗中把赤尔的遗体抬回了家。

第二天早上,布拖大桥周边四处都是血迹,从赤尔倒下的地方延伸到了且沙拉子报警的十字路口。

关于阿布日木杀人的事传遍了整个县城，行凶细节流传出不同版本。

马海拉拉激动地说，她当时很害怕，听说阿布日木当天砍了三个人，第三个是一位老人；而大桥边一家小卖店的老板说，那个老人只是白天被阿布日木用棍子打过，那天晚上并没有被砍；整条街的店铺都没有人知道这位老人的情况。

街道两侧商店的人都躲进店里，偷偷听着外面的动静，有人上了门店的楼上，从窗户外看阿布日木的影子。

整个嘎子街南段都很紧张，大家都在猜阿布日木去了哪儿。

布拖大桥往西，沿着一条小路下去，是卖牛、卖羊、卖猪的地方；沿着嘎子街南路往西，是一排卖银器的门面，白天的时候，里面的银匠打得"哐哐"作响；再往西不到100米，从一个入口进去，里面是菜市场，各种各样的水果和蔬菜，看起来已不太新鲜，但有些价格不菲。

桥边一家水果店的老板称那天晚上看到，阿布日木砍了人后，把砍刀夹在腋下，从她店门前匆匆穿过，之后往菜市场边上那条小路走了。而路边一家酒店的老板说，阿布日木拿着刀，好像回家换了一件衣服，之后又从家里走了出来。

夜晚的灯光下，他的影子摇摇晃晃的。

晚上9点40分左右，警车来了，民警很快找到了阿布日木——在离布拖大桥大约300米的菜市场外面，嘎子街南段的一家杂货店门口，阿布日木举着刀又推倒了一位老人。

"他手上拿着刀，警察朝天放了一枪。"一家蛋糕店的老板说。阿布日木当时在他隔壁的店旁，他们正准备关店门。

那位被阿布日木推倒的老人，是且沙拉子的母亲。阿布日木被抓后，她上前一把抓住他红色的头发，质问他为什么无缘无故砍自己儿子。

阿布日木被抓后，人群突然从四面八方涌了出来。

大约十分钟后，警方派了一辆警车把坐在马路边上的且沙拉子送到医院。

且 沙 拉 子

3月28日那天晚上，且沙拉子正要去医院。因为患病他已经在医院治疗了六七天，那晚，他在母亲的出租房里吃过晚饭，就出了门，往布拖县人民医院的方向走去。

他、赤尔和阿布日木，三人素不相识。

被砍伤一周后，4月5日，且沙拉子蜷曲在病床上，看起来仍很虚弱，他嘴唇发白，不时咳嗽。因为旧病，他的身体恢复得很慢。一件藏青色的披毡，放在邻近的病床上，正是那晚他裹在头上的那件。

41岁的且沙拉子坐了起来，他靠着墙壁，发出嘶哑的声音，"昨天回家做迷信（请毕摩）了，痛得一个晚上都睡不着觉"。他指着左手臂说。他额头上、脖子上的伤口被缝了起来，黑色的细线清晰可见。

且沙拉子再一次用右手指着绑着纱带的左手说："这里被砍了三刀，现在都动不得了，"之后他又指了指腰部，"这个地方还有一刀。"

布拖县人民医院入院证明上写着：且沙拉子住院前，全身多处刀刺伤致流血30分钟。额部头皮裂伤、左颈部皮肤裂伤、前前辈（背部）皮肤裂伤；左环指、小指浅背伸肌腱断裂；鼻骨骨折；第五掌骨中段粉碎性骨折；左尺骨中下三分之一骨折。

且沙拉子的家住布拖县火烈乡，从县城坐中巴车过去要半个小时，泥泞的土路很不平坦，车行颠簸，人几乎要从座位上弹起来。

且沙拉子有四个孩子，最大的15岁，上小学五年级，最小的4岁，还没有上幼儿园。两年前，他和妻子四处打工，去过江苏、安徽、新疆，一年可以赚两三万块钱，后来妻子回家了，他一个人在外打工，一年只能赚一万多块钱。

因为身体不好，且沙拉子去年也不再外出，他在家种田、养牛、羊，有时候能赚一点钱，有时候连开支都不够。

十几年前，父亲过世后，母亲木沙跟着他一起过。三个月前，因为家里入不敷出，木沙只身来到布拖县城，在城边租了一间月租100块钱的房子。

每晚6点到凌晨2点，木沙在KTV做清洁工，一个月的工资是1500元。

租的房子在布拖大桥往东300米，从一条小路走进去不到100米，一排低矮平房中的一间。大约十几平方米的空间，屋内很简陋，水泥地上摆了一张床，中间拉了一根绳，上面挂着衣服和毛巾。

67岁的木沙干完活下班,从KTV走回家,大概要凌晨2点半以后才能入睡。

"我儿子无缘无故被人砍了,现在我们还要自己出医药费。"木沙不断进出病房,一边不停地唠叨:"家里哪里有钱呢,去哪里找钱……"

阿 布 日 木

28岁的阿布日木,身高一米八左右,染着一头红色的头发。

他的小学同学沙德(化名)记得,阿布日木读书成绩不怎么好,常坐在教室后面。小学毕业后他没再读书,整日在外游荡。

"每天都在这条街上走,有时候还来店里买蛋糕。"嘎子街南路一家蛋糕店的老板说。

出事前,阿布日木经常去大桥边的一家理发店,他有时候清醒,有时候糊涂。"他不清醒时,很凶,我不敢给他理发。"理发店老板阿力(化名)说,他曾给阿布日木洗过头发,看到他头皮上有很多伤口。

洗完头后,阿布日木坐在凳子上,自己给自己刮胡子,刮完胡子后就走了。"他从来不给钱的",阿力说。而一家卖酒的老板说,阿布日木经常酗酒闹事,县城卖酒的老板都不敢把酒卖给他。

这个28岁的年轻人,在彝族人眼里,已经算不上年轻了,"(这个年纪一般)都有好几个小孩了"。

阿布日木也曾结过婚,他有过一个女儿,七八年前被前妻带走了。

阿布日木家族的一个奶奶说,阿布日木很小的时候,母亲就过世了,他由小姨带大。十几年前,小姨也过世了,他不久后开始吸毒,那时候他十七八岁。因为吸毒,他进过几次派出所。

奶奶说,阿布日木的父亲从小就不太管他,两年前父亲也过世了,现在家里就只剩阿布日木一个人。

从菜市场边一条小路进去,布拖县强制隔离戒毒所对面,有一栋新修的大房子,那是阿布日木的家。分为前后两个部分:前面是门面,水泥墙壁边是红色木门,一共有四五间,从门缝看进去,里面一片凌乱,散发出一股刺鼻的气味;后面一间大房子,是阿布日木住的地方,边上一扇红色和黑色相间的铁门，大门紧锁。

住在隔壁的罗德（化名）说，阿布家族很大，以前有很多土地。父亲死后，阿布日木把土地卖了，用卖土地的钱新修了房子。几个月前，房子刚刚修好，但据说新房子现在也被卖了。

罗德说，阿布日木有一辆一万多元的摩托车，他整天无所事事，骑着车在街上转。

人们流传，事发当天，阿布日木吸了毒，还喝了酒，神志不清导致杀人。

4月6日，布拖县公安局的一位民警在电话中说，阿布日木被抓时，手里拿着一把砍肉的刀。民警问他，拿着一把砍刀做什么？阿布日木回答说："我拿砍刀杀牛，我又没有杀人！"

这位民警确认阿布日木当时喝了酒，但没有确认他作案时是否吸毒或精神失常。

警方已对本案立案。截至发稿时，案件还在进一步调查中。

赤尔的葬礼

4月3日，赤尔走后的第6天，黄色的屋子里挤满了人，断断续续的哭泣声此起彼伏。少年躺在堂屋的神堂前，身体上盖着彩色的布条，上面粘着钱币和纸牌。额头上是一排排用来去异味的香烟，旁边放着一张他生前的照片。

这是赤尔的遗体上山火葬的前一晚，家里的人都通宵守灵。

女人们披着披毡，戴着蓝色帽子，肩并肩地坐在一起，还有的人在边上喂奶。男人大多在大门外，他们在外面烤火、抽烟、喝酒，空啤酒瓶堆了一地。

11岁的乌合也没睡，"我想大哥，睡不着，心里很难过。"戴着红领巾的她说，大哥对她很好，经常教她做作业，给她买零食吃。

"以后再也见不到他了"，乌合悲伤地看着四妹沙蕾（化名），她可能还不知道死是什么意思。7岁的沙蕾坐在一旁小声地说：我想跟大哥玩。

上山的前几天，参加丧礼的人聚集在一起吃坨坨肉，来的亲戚朋友很多，格日日色杀了十头牛、五六头猪，还有羊。

这种聚餐，他们称为"古止古舍切"——宽广的草坪上，男人、女人和孩子蹲在地上，围着饭菜坐成一个圈，一只手抓坨坨肉吃，一只手用勺子舀饭吃。

那是一种很大块的肉，切好之后，直接入锅煮熟放盐，煮熟的牛肉有点咸，散发出浓浓的肉香味。彝族人很重视葬礼，除了亲戚朋友，旁边的熟人也都会来。亲近的人会送牛、羊或猪。这些牲畜会全部被杀掉，给来参加丧礼的人吃。

阿布日木的亲戚也来了，他们也送了一些东西过来。

双眼布满血丝的格日日色，眼神呆滞地盯着远方说，他不会原谅阿布日木，希望他受到法律的制裁。

上山下葬的这天上午，披着藏青色披毡的男人和女人，把赤尔的书本、鞋子、衣服……甚至牙膏、牙刷都塞进了袋子里，里加刚从市场买回来的画画本和笔，也一同被他们塞进了袋子里。

尔呷说，彝族人死后，家里人一般不会留死者的东西，因为怕看到伤心。

马上要出殡了，屋子里响起了哭声、喊声、拍手声……连绵起伏。很快来了一辆卡车，伴随着一阵阵哭泣声，赤尔和他生前所有的东西，都被搬上了这辆卡车。

30多辆送行的车浩浩荡荡地上了路，慢行了大约20分钟，在县城郊区的马路边停了下来，丧葬队伍爬上了一座小山坡。

4月4日中午12点，阳光明媚，山上细小的索玛花开得正艳。毕摩把一只鸡来回丢了两次后，遗体被抬到整齐的木柴上面，赤尔的母亲哭得撕心裂肺，但木柴很快就被人点燃了。

烟雾冲上天空，最终化为了灰烬。

尔呷说，彝族人把生死看成一件平常的事，不过在清明节，活着的人在心里记住死去的人。

命 运

杀人事件发生后，除了几个当事人，所有人的生活依旧，但内心的恐惧无法挥去。

赤尔的一位同学说，现在晚自习结束，很多家长都会到学校门口来接孩子回家。

4月5日夜晚9点多，布拖大桥周边有几家商店开着门。

"你们几点钟关门，不害怕吗？"

"怕，所以不出去。"

小商店老板马海拉拉后悔没救成人，又懊恼店里沾了血，已经不干净了，要"做迷信"才能驱除。

大凉山遍山都是美丽的索玛花。

20世纪80年代末，凉山彝族自治州成为"金三角"毒品贩运的一个重要通道、中转地和集散地，许多大宗毒品经四川与云南接壤的攀枝花、凉山、宜宾、泸州、甘孜等地进入，在成都、西昌等大、中城市中转。

吸毒带来意外死亡、劳动力丧失，还有艾滋病，由此导致的痛苦、死亡，又滋长了贫穷和不安。

多年来，凉山州严厉打击贩毒吸毒，随处可见禁毒口号。据"凉山长安网"报道，"凉山公安将禁毒工作作为全州公安机关重要的政治任务、中心工作与一把手工程，2016年，破获毒品刑事案件1 236起，抓获犯罪嫌疑人1 613名，缴获各类毒品550千克"。

布拖县城也发生了很大的改变，夜晚主城区灯火明亮，KTV开到凌晨，三轮车穿梭不停，但仍有一些阴暗的角落。

尔呷说，父亲因为害怕他学坏，从小就把他送到州府西昌读书，后来他在外地上了大学。

4年前，格日日色也把儿子送去了西昌绿荫学校，那时候赤尔才读小学四年级，一个学期只能回家一两次。尔呷后来觉得，赤尔那么小就独自去西昌读书，生活在陌生的环境里，他多少有些自卑和内向。

赤尔当时的班主任罗老师记得，在绿荫学校时，赤尔人很乖，但不爱说话，有点厌学，"可能压力大吧"。2017年夏天，在争取家里人同意后，赤尔从西昌绿荫学校转学回了布拖，进入了布拖中学的重点班。

格日日色万万没有想到，回到布拖县不到一年，赤尔死在了乱刀之下。

4月6日,他把二儿子里加送去西昌参加考试,他相信"只有读书才能改变他们的命运"。

采访、撰稿/明鹊
原载《澎湃人物》2018年5月2日